Laura Karasek

Verspielte Jahre

Roman

QUADRIGA

MIX
Papier aus verantwortungsvollen Quellen
FSC www.fsc.org FSC® C014496

Dieser Titel ist auch als E-Book erschienen

Quadriga Verlag, Berlin, in der Bastei Lübbe GmbH & Co. KG

Originalausgabe

Umschlaggestaltung: Uwe C. Beyer, Hamburg
Umschlagmotiv: Tamara de Lempicka, »La dormeuse« (1934);
VG Bild-Kunst, Bonn
Satz: Kristina Kienast, Berlin
Gesetzt aus der Palatino
Druck und Einband: GGP Media GmbH, Pößneck
Printed in Germany
ISBN 978-3-86995-038-9

5 4 3 2

Sie finden uns im Internet unter: www.quadrigaverlag.de

In dieser Welt gibt es nur zwei Tragödien.
Die eine ist, nicht zu bekommen, was man möchte,
und die andere ist, es zu bekommen.

Oscar Wilde

Theresa wartete in einer Bar, als er anrief. Er saß im Auto und fragte nach dem Weg. Sie bestellte sich einen neuen Wein. Er kam nicht. Er rief wieder an: »Ich hab mich verfahren.« Sie bestellte noch eine Weinschorle und nahm das Glas mit aufs Damenklo. Sie schminkte sich die vor lauter dicker Tusche schon klebrigen Wimpern. Der Wein schwappte ihr über die freie Hand, und es roch säuerlich. Die Finger klebten. Alles musste gleichzeitig passieren. Sie sah, dass es zu viel war, was sie aufgetragen hatte, aber jetzt gab es kein Zurück mehr. Die Augen waren zu schwarz, dann aber auch mehr Puder. Die Haut war jetzt zu braun. Dann aber auch zu viel Lippenstift. Sie hatte nur eine Kleinigkeit reparieren wollen, und nun war alles zu viel.

Sie war sich sicher, wenn sie vom Klo käme, würde er schon dasitzen. Aber da saß keiner. Nur ihre Freunde, die von alledem nichts ahnten und ganz langsam ihre Gläser austranken. Die, die davon ausgingen, ihr Abend ende sowieso in einer halben Stunde – es war ein und derselbe Moment. Die drei wussten, dass nichts mehr kam, während sie darauf wartete, dass etwas kam, vielleicht etwas mehr, vielleicht alles. Die Übelkeit schaukelte sie, aber für nichts in der Welt hätte sie mit ihren Freunden tauschen wollen. Auch wenn sie ihren eigenen enttäuschten Blick fürchtete, der durch nichts zu verstecken, mit keiner Kosmetik zu übermalen war. Es war der Blick, den sie von ihren Geburtstagen kannte, wenn sie Geschenke vor den erwartungsvollen Augen ihrer stolzen Freunde auspacken musste. Der Blick, der darüber nachdenkt, wie Freude aussieht. Diese Überlegung machte ihn zur Fratze. Und selbst wenn sie sich wirklich freute, hatte sie doch Angst, es würde unecht aussehen, sodass auch die echte Freude eine gespielte war und damit überhaupt keine. Und alle konnten es sehen. Und nie würde ihr der richtige Blick gelingen.

Am liebsten nahm sie alle Geschenke eingepackt mit nach Hause und öffnete sie dann allein voller Scham, mit Gewalt, ohne Geduld, riss das schöne Papier auf wie ein Hungriger eine verpackte Schokolade. Und keiner sah zu. Und sie musste keine Freude darstellen.

Genauso war es bei Männern. Sie hatte dann diesen Blick, der versucht, kein Blick zu sein.

Sie erinnerte sich, wie sie ein Mal ihrer Ferienliebe wiederbegegnet war. Vielleicht hätte sie nicht versuchen sollen, ein schönes Ereignis zu wiederholen. Dann hätte sie sich ausmalen können, was aus ihm geworden war – Astronaut, Unfallchirurg, glattes Silberhaar. Sie hingegen wollte die Wirklichkeit, wie die Wiederbelebung einer Ameise, dachte sie. Aber das Glück war nicht wiederzubeleben, trotz Elektroschock. Er war Franzose, und sie war Jungfrau, als sie ihn kennenlernte. Sie verbrachte damals sechs Wochen in Frankreich, um ihr Französisch aufzubessern. Ihr Gastvater in dem pastellfarbenen Ferienort Südfrankreichs siezte sie, obschon sie erst 15 war. »Soyez sage«, gab er ihr abends mit auf den Weg, bevor sie das Haus verließ, was so viel bedeutete wie: »Seien Sie weise.« Ihre Gastmutter stand meist summend am Herd in einer kneifend engen Schürze, durch die sich der Bauch abzeichnete, der vom Naschen an den dampfenden Töpfen gewachsen war, auch wenn ihre Beinchen dünn und lang aus der Schürze herausragten wie bei einem Marienkäfer. Ständig kostete sie, rückte sich ihren samtenen Haarreifen zurecht, schlürfte hölzerne Kochlöffel ab, rührte wild in brodelnden Saucen, in die sie massenhaft Sherry schüttete, den Rest der Flasche trank sie selbst und dazu noch Rotwein zum Würzen und Rotwein zum Ertragen dieser Ehe, die einer ungesalzenen Bolognese glich. Der Wein, den Theresa als Mitbringsel für ein

Abendessen gekauft hatte, war von ihrer Gastmutter ausgetrunken, ehe die Sonne untergegangen war. Theresa traute sich nicht, danach zu fragen, und schlich schlechten Gewissens aus dem Haus, weil sie die trinkende Madame allein zurückließ, die langsam anfing, mit ihren Töpfen und Pfannen zu sprechen, und deren Mann seine Weisheit mit einer 24 Jahre jüngeren Tschechin zu teilen schien. Theresa hatte Gregoire kennengelernt. Tagelang hatte sie sich gegen seine aufdringlichen Versuche gewehrt, sein ungeschicktes Kneifen in ihren BH, als suche er seinen Autoschlüssel oder vielleicht ein wenig mehr Weiblichkeit bei ihren damals nur im Ansatz entwickelten Brüsten. Er schleckte und leckte an ihr wie an Speiseeis, sie war sein Minimelk, vor allem an ihrem Kinn, und sie dachte, das gehöre sich so. Spaß machte es wenig. Irgendwann bastelte er an ihrer Unterhose herum. Immer wieder schob er den Flutschfinger hinein, dann zwei, irgendwann die ganze Faust. In von Abschiedsschmerz drängender Ausweglosigkeit gab sie nach und ließ sich entjungfern.

Später ärgerte sie sich, dass sie nicht die ganzen Ferien ausgenutzt hatte. Viele Male mit ihm, ihrem Ersten, hatte sie verpasst, nein, verschenkt! Aber immerhin würde sie etwas zu erzählen haben, wenn sie nach Deutschland zurückkäme. Sie fühlte sich stolz und streckte erwartungsvoll ihren Körper, schaute sich um, als hätte sie sich einer äußerlich wahrnehmbaren Veränderung unterzogen. Aber als sie ihn am nächsten Tag anrief, sagte er nur: »Du trittst ein totes Pferd. Fahr nach Deutschland zurück.« Gregoire hatte sich nie mehr gemeldet. Als sie drei Jahre später in Paris war, musste sie an ihn denken. Sie hatte noch die Nummer von dem Haus seiner Eltern in dem kleinen Ferienort an der Côte d'Azur. Der Ort war inzwischen ein Touristenmagnet mit Taschendieben und brüchigen Crêpesbuden an jeder Ecke. Sie rief Gregoires Eltern an und fand heraus, dass der Franzose, der damals wie ein Panzer ihre Jungfräulichkeit überrollt hatte, jetzt in Paris auf eine Hotelfachschule ging. Sie ließ sich seine Nummer geben und zögerte lang, bis sie wählte. Er freute sich sogar, ihre Stimme zu hören, und so schlug sie ihm ein Treffen vor. Sie saß in der keimigen Metro, in der die Luft mit säuerlichem Urin, bitterem Bier und klebrigem Schweiß getränkt war, und fühlte sich wie sperriger Abfall in einem zu kleinen Müllsack. Sie hielt die Luft an. Als sie bei Place Perreire ausstieg, dachte sie an seine feuchte, eingeölt glänzende Haut, die ausgesehen hatte, als müsse sie jede Sekunde zischend verdampfen. Plötzlich fühlte sie den warmen Schmerz wieder, der sie damals bei seinem Anblick überkommen hatte. Und den anderen Schmerz, den Schmerz in ihrem Unterleib, der sie tagelang begleitet, den sie nach Deutschland mitgenommen hatte. Jedes Mal, wenn sie sich hingesetzt hatte, hatte eine kneifende Hand ihren ganzen Unterleib gepackt und darin herumgewühlt wie in einem festen Kuchenteig. Die Faust hatte gebohrt und gleichzeitig gezogen, drückend und reißend. Am stärksten spürte sie es, wenn sie auf Holz saß. Dann war sie erregt von der Erinnerung und konnte nicht mehr unterscheiden, ob das Brennen von ihm gekommen oder erst durch seine Abwesenheit entstanden war.

Sie traf Gregoire in einem schäbigen Café, das er vorgeschlagen hatte. Es war flimmernd beleuchtet und viel mehr ein Zigaretten- und Zigarrenverkauf, in der alte zahnlose Männer qualmend und antriebslos herumsaßen. Draußen regnete es, und er war noch nicht da, als sie den Laden betrat. Sie wartete. Jeder könnte es sein. Und sie bemühte sich, ihren Blick unter Kontrolle zu halten. Plötzlich kam er hereingeschlurft mit seiner triefenden Regenjacke. Er zog die Kapuze vom Kopf und schüttelte die Haare von links nach rechts wie ein nasser Hund. Er begrüßte sie und setzte sich. Er war ziemlich klein, sein Körper wirkte gedrungen, wie zusammengestaucht, und er hatte langes strähniges Haar. Sie ging aufs Klo, um sich zu sammeln, und übte vor dem Spiegel einen fröhlichen, freundlichen Blick. Als sie wiederkam, streifte er den Anorak ab, und unter dem grauen T-Shirt kamen seine nackten Arme hervor, weißes massiges Gewebe, das vor drei Jahren noch fest war wie eine Traube, die beim Hineinbeißen zerplatzt. Seine eingeölt schimmernde Haut zerfloss in ihrer Erinnerung und schmolz zu einer Pfütze. Er war nichts als ein triefender Fettfleck. Er hatte schon mehrere Ausbildungen abgebrochen, arbeitete inzwischen in einer Kantine als Koch und roch nach feuchtem Handtuch. Irgendwann stellte er sogar kurz die »Weißt du noch?«-Frage. Sie wollte ihm nichts erzählen. Sie sprachen von ein paar alten Bekannten aus Südfrankreich. »Erinnerst du dich an Arnaud?«, fragte er. »Der ist jetzt Vater geworden. Krass, oder? Aber er und das Mädchen leben getrennt. Sie haben sich für ein paar Tage eine schwarze Nanny besorgt. Kannst du dir das vorstellen? Also ich würde keine schwarze Frau auf mein Kind aufpassen lassen, nachher steht mein Kind später nur auf Schwarze. Weißt du, so was setzt sich ja fest in so einem kleinen Kindergehirn!« Sie konnte nicht glauben, was sie hörte. »Erstens ist das Unsinn. Und zweitens: Was wäre daran so schlimm?«, sagte sie. »Na ja, ich hätte keine Lust, dass meine Kinder sich dann nur mit so Farbigen abgeben.« »Ach so«, antwortete sie und dachte entsetzt: »Ich wurde von einem Rassisten entjungfert!« Gleichgültig verabschiedete er sich schließlich, und er und seine Regenjacke tropften aus dem Café. Das war er. Ihr französischer Held.

Menschen gehörten in eine bestimmte Zeit, in eine Geschichte, in ihr Kapitel. Sie konnten nicht mittendrin wieder hineinspringen. So was ging nur in Soap-operas, wenn der verschollene Bruder wieder auftaucht und alle sich lieben. Hurra!

Ihren Blick fürchtete sie auch heute noch.

Benjamin kam erst zwei weitere Weinschorlen später. Ihre Freunde wollten ins Bett, doch sie bat um eine letzte gemütliche Zigarette. »Bitte, nur noch fünf Minuten!« Sie wollte nicht allein warten. »Wir sind so müde, Theresa.« Die Freunde rauchten hastig und verabschiedeten sich. Sie ging wieder aufs Klo, mehr Puder, inzwischen war sie orange. »Was mache ich hier eigentlich?«, sagte sie zu ihrem Spiegelbild, in das sie hineinstolperte. Beinah stieß sie mit der Scheibe zusammen. Der Wein hatte sie redselig gemacht. »Ich darf mich nicht so freuen. Ich darf mir das nicht alles so ausmalen.« Die Phantasie ist nur eine Sardine, vor die sich das U-Boot der Wirklichkeit schiebt.

Als sie vom Klo kam, war er noch immer nicht da. Doch gerade als sie sich hinsetzen wollte, kam er zur Tür herein. Sie hatte Angst davor, rot zu werden, und ließ sich die Haare weit ins Gesicht fallen. Sie hoffte, ihre Röte würde den Puder nicht durchdringen.

»Tut mir leid, dass ich so spät bin!« Benjamin rückte seinen Stuhl neben ihren und strich ihr vorsichtig eine Strähne hinters Ohr. »Du bist genau richtig.« Sie nahm einen Schluck. Er sah sie an. »Gefall ich dir nicht?«, fragte sie und hielt ihm ihr Weinglas hin. »Du schon! Aber ich hol mir lieber einen Gin Tonic.« Er stand auf und stellte sich an den Tresen. Sie sah ihm hinterher. Er war ein kantiger, gut aussehender Mann, der ihr vor Kurzem auf einer Party im Heart als Liebhaber einer Bekannten vorgestellt worden war. »Kennst du Benjamin? Der bumst zurzeit Josie.« Er sah nicht aus wie jemand, der lange allein ist. Theresa hatte einen Schritt auf ihn zugemacht, war stehen geblieben und hatte ihn angestarrt. »Was kann ich für dich tun?«, hatte er gefragt. »Amüsier mich!« Er hatte ihre Hand genommen und sie an der Tanzfläche vorbei auf die Straße gezogen. Der erste Taxifahrer in der Schlange hatte seine Zigarette ausgetreten und ihnen die Tür geöffnet. »Willst du woanders hin?« Benjamin hatte auf die Autotür gedeutet. »Du riechst gut«, hatte er gesagt, als er auf der Rückbank neben sie gerutscht war. Während der Fahrt hatte er bereits versucht, sie zu küssen. »Komm schon«, hatte er gesagt. »Ich glaube, wir sollten unseren Abend verschieben. Ich steige hier aus.« Der Taxifahrer hatte angehalten, aber sie hatte einen Moment gezögert. »Gib mir wenigstens deine Nummer«, hatte er gebeten. »Die findest du schon heraus, wenn du dich anstrengst.« Sie hatte Benjamin am nächsten Tag bei Google gesucht und eingegeben: »Benjamin Josie Heart Berlin« – aber leider hatte sie keinen Treffer gefunden.

»Ich habe beim Einschlafen und Aufwachen an dich gedacht. Los, sag, triffst du mich? Ich bin so ungeduldig!«, hatte er ihr am nächsten Tag geschrieben. Nun kam er mit seinem Glas an den Tisch zurück. »Gib's zu. Eigentlich hast du dich gefreut, dass ich angerufen habe.« »Ich hab doch damit gerechnet«, erwiderte sie und fasste sich mit der Hand an den Nacken. Er erzählte ihr, dass er Architektur studiere und nebenbei für ein Hochglanzmagazin arbeite, das unbekannte Künstler porträtiere und das niemand las. Er sagte, er fotografiere gern. Am liebsten schöne Frauen. »Meinst du, ich darf dich irgendwann mal fotografieren?« »Zeig mir erst mal was du kannst.« Er holte sein Handy aus der Hosentasche und hielt ihr ein paar Aufnahmen hin. »Die sind unglaublich, Benjamin«, sagte sie. Gott sei Dank gefallen mir die Fotos, dachte sie, das könnte ein aufregender Abend werden. »Was machst du denn am liebsten?«, fragte er. »Ich mache gern Unfug!« Sie lachte. »Und am liebsten würde ich am Theater arbeiten! Zum Beispiel als Regisseurin.« »Hast du denn am Theater schon was gemacht?« »Ich hab am Thalia Theater in Hamburg mal als Regieassistentin gearbeitet und am Deutschen Theater in Berlin hospitiert. Das hab ich geliebt!« »Und warum bist du da nicht geblieben?« »Weil ich doch groß und stark werden und mich jetzt auf meinen Master konzentrieren muss.« »Konzentrier dich doch auch ein bisschen auf mich!«

Nach dem vierten Gin Tonic fragte er: »Darf ich dich jetzt endlich küssen?« »Ich weiß nicht. Du scheinst im Geiste immer ein wenig besetzt«, sagte sie, »von den Frauen. Von deiner Vergangenheit.« »Das stimmt nicht, Theresa, da ist viel Platz. Erschreckend viel Platz.« »Da steht mir zu viel Gerümpel rum. Und das Gerümpel macht mir Angst.« Der Wein wankte durch ihren Körper. »Ich schmeiße das ganze Gerümpel für dich weg!« »Ich hatte schon als Kind immer Angst, dass ein Löwe durchs Fenster in mein Zimmer kommt. Meine Mutter hat dann gesagt: So ein Unsinn, hier gibt es gar keine Löwen. Und dann war es mir peinlich, dass ich so irrational war. Aber die Löwen sind geblieben und immer nachts um mein Bett geschlichen.« »Ich bin kein Löwe«, sagte er. Er beugte sich zu ihr vor, ganz nah, aus der Nähe sah er anders aus, beinah noch besser, sie sah seine zwei Augen, drei Augen, nur ein Auge, das sich in der kurzen Entfernung aus beiden zusammensetzte. »Küssen ist gesund«, sagte er. Jetzt war es so weit. Er kam auf sie zu.

»Küssen verbrennt viele Kalorien, habe ich mal gelesen. 11,8 Minuten verbrauchen einen ganzen Kinderriegel«, sagte sie, um die unangenehme Stille zu durchbrechen, als sich ihre Münder trennten und die Nasen kurz zusammenstießen. »Darf ich eine Pizza Hawaii, eine Currywurst, ein Schnitzel und einen Brownie bestellen, und wir küssen all die Kalorien weg?« »Bestell alles von der Karte. Rauf und runter.« »Du hast einen Magnetmund, Theresa«, sagte er, und sie verküssten zehn Kinderriegel.

Benjamin war ein gescheiter, aber launischer Mensch. Besonders wenn er getrunken hatte und ihm eine Laus und 17 Schnäpse über die Leber gekrochen waren, war er unberechenbar. Er stammte aus einer rheinländischen Familie, von der er sich loszusagen versuchte. Seine Mutter war eine schmale, bescheidene Frau, die Porzellan bemalte, das sie auf Märkten verkaufte. Sein Vater war Filialleiter eines Reisebüros, ein etwas verhärmter knurriger Mann mit knittrigem Gesicht, der an den Wochenenden gern auf Volksfeste ging und Vizepräsident des Schützenvereins war. »Eigentlich habe ich meine Mutter nie leiden können«, sagte Benjamin. »Weil ich so ein mieser Sohn war und ständig ein schlechtes Gewissen hatte.« Deshalb war er mit 20 nach Berlin gezogen, um Fotograf oder Architekt zu werden.

Nachdem sie seinem Kuss nachgegeben hatte, begann eine herrlich unverbindliche Zeit sporadischer Übernachtungen, sie konnten sogar gemeinsam frühstücken, ohne Versprechungen zu erwarten.

Sie waren immer betrunken, wenn sie miteinander schliefen,

der Weg im Rausch war eine Abkürzung ohne Zügel, ohne Peinlichkeiten, ohne Scham. Der Wein war eine Notwendigkeit. Zur Begrüßung küssten sie sich nur zaghaft, und erst im Rausch verfielen sie in eine Selbstverständlichkeit. Einmal flüsterte sie ihm im Bett übermütig zu: »Ich will mal wissen, wie es nüchtern ist.« »Besser«, sagte er. »Wieso sind wir dann nicht nüchtern?«, fragte sie. »Feigheit.«

Es dauerte noch ein paar Tage, bis sie sich eines belanglosen Nachmittags nackt und nüchtern voreinander stellten. Sie hatte den ganzen Tag nichts gegessen und fühlte sich einigermaßen wohl mit ihrem frisch rasierten Körper, den sie dennoch hastig mit einer Armbewegung um die eigene Taille wieder bedeckte. Ihr Wohlbefinden hielt nur wenige Sekunden an, vor allem im Stehen, weil die durchgedrückten Oberschenkel vielleicht zu muskulös, zu stramm erschienen. Sie warf sich aufs Bett, zog den Bauch ein, um sich besser zu positionieren, sah kurz unauffällig an sich hinab – wie zur Kontrolle –, während er sie schon am Hals küsste und sich auf sie setzte. Er biss ihr in den Nacken, und sie bemühte sich, entspannt zu sein, nicht zu tief ein- und auszuatmen, nicht zu denken, an gar nichts, aber vielleicht hätte sie vorher noch ins Solarium gehen sollen, dachte sie unzufrieden, bis ihr linker Ohrring sich in seinem Nasenloch verhing. »Aua!«, zuckte er auf. »Oh, Verzeihung!« Sie fummelte den goldenen Draht aus seiner Nase, doch bevor es peinlich wurde, lachten sie beide und konnten von nun an nüchtern miteinander sein, nackt und nüchtern.

Die Wirklichkeit ist nur ein Teil des Möglichen.

Friedrich Dürrenmatt

Nun lag ein Angebot auf dem Tisch, so mühelos erlangt wie eine Milch im Supermarkt. Sie hatte gerade in Berlin ihren Bachelor in Theaterwissenschaften gemacht und wollte mit der Masterarbeit beginnen, als ihr Vater einen Freund vom Goethe-Institut in Hongkong um einen Gefallen gebeten hatte. Sie sollte ein unbezahltes, einjähriges Praktikum in dem Hongkong-Büro machen. »Hongkong! Welch ein Abenteuer!«, jubelten ihr einige Freundinnen zu, andere winkten ab: »Hongkong ist nichts für dich, Theresa. Das ist viel zu weit weg und exotisch. Du gehörst hierher. Oder nach Paris oder London!« Auch die Eltern waren sich uneinig, ihrem Vater gefiel die Aussicht einer internationalen Karriere, ihre Mutter würde sie lieber in der Nähe behalten und bestand mit weiblicher Beharrlichkeit auf dem Master. »Gerade als Frau!«, rief sie immer wieder, als hätte ihre Tochter beschlossen, ein Kopftuch zu tragen.

»In Hongkong bist du mitten im Leben, in einer Wirtschaftsmetropole mit Zukunft!«, argumentierte ihr Vater.

»Sie ist doch auch hier mitten im Leben!«

»Und ich weiß gar nicht, ob ich hier wegwill!«

»Ach! Wenn man jung ist, schafft man das.« Ihr Vater machte eine verächtliche Handbewegung.

»Wenn man jung ist, sollte man leben«, erwiderte Theresa, »und wenn ich da arbeite, verpasse ich hier alles.«

»Irgendwann muss man ja auch mal erwachsen werden!«

»Aber den Master mache ich später bestimmt nicht mehr, jetzt oder nie.«

»Das stimmt, und wir unterstützen dich bei allem, was du machst«, sagte ihr Vater plötzlich gerührt. »Man sollte nur so eine einmalige Möglichkeit nicht verstreichen lassen.«

»Jetzt lass sie doch!«, giftete ihre Mutter. »Sie wird noch unendlich viele Möglichkeiten haben!«

An diesem Abend träumte sie von ihrem ersten Arbeitstag in Hongkong, sie hatte verschlafen und fuhr auf dem Gepäckträger eines klapprigen Fahrrads ins Büro, vorn strampelte ein Chinese, den sie nicht verstand, ihre Haare klebten im Nacken, und die Beine zitterten von der Anstrengung, auf dem Rad sitzen zu bleiben und nicht in die Speichen zu geraten, sie musste die Oberschenkel anspannen, ihr war nicht wohl, sie hatte alle Unterlagen vergessen, und ihr Abschlusszeugnis hatte sich in ein weißes Blatt verwandelt, die Buchstaben waren verschwunden, ausgelöschte Leistungen. Ihr langer rothaariger Chef setzte sie in ein Zimmer, einen ehemaligen Archivraum ohne Fenster, in dem sie den ganzen Tag vor einem Monitor sitzen musste, der einem überdimensionalen Aquarium glich. Sie schrieb verbotene E-Mails an ihre Freundinnen und errechnete aus Langeweile in Kalorientabellen, wie viel sie am Tag zu sich nahm und was sie durch beispielsweise 20 Minuten Staubsaugen oder 40 Minuten Bügeln verbrauchen würde. Am Abend befreite der lange Boss sie aus dem dunklen Arbeitsraum und stand mit einem Stapel ausgedruckter E-Mails vor ihr. »Das haben Sie heute geschrieben!«, schimpfte er und wedelte mit den Blättern. »Hier, Kilogramm, Kilojoule, Fetttabellen – alles private Tätigkeiten!« Es war so peinlich, dass sie aufwachte.

Der Vertrag steckte zwei Tage später in ihrem Briefkasten, wie sperrige Pappe in einer Altpapiertonne, in einem großen DIN-A4-Umschlag. Man traue ihr zu, das Büro in Hongkong zu unterstützen, dort gebe es ein großes neues Projekt, für das sie wie geschaffen sei, man würde sich sehr freuen, sie müsse nur noch die richtige Entscheidung treffen. Das Angebot lag tagelang vorwurfsvoll auf ihrem Schreibtisch wie ein stehen gelassener Teller Nudeln mit eingetrockneter Soße. Zwischendurch überlegte sie, ihn sich einfach einzurahmen und aufzuhängen, aber sie konnte sich nicht durchringen, ihn zu unterzeichnen. Sie hatte Angst vor dem unbekannten Hongkong, sie wollte kein karg möbliertes Business-Apartment, lieblos gerahmte Poster an der Wand, ein eckiges Sofa, benutzte Teller und Löffel, vor denen sie sich ekeln würde trotz Geschirrspülmaschinenwäschen im heißesten Programm, keine endlosen Flüge nach Hause, vier Mal pro Jahr, eine Packung Brezeln, ein Erfrischungstuch, ein Gangplatz (der Fensterplatz engte sie ein, man musste fragen, wenn man hinaus wollte, selbst ein Klobesuch musste erlaubt und angekündigt werden, sie wollte an den Gang, in die Freiheit), Zeitverschiebungen, tagelange Jetlags, nächtelanges Wachliegen. Sie wollte nicht all die Geburtstage ihrer Freunde verpassen, die Ereignisse und Hochzeiten, sie fürchtete, in China hängen zu bleiben, womöglich für immer, sie gruselte sich vor gebratenem Hund und Suppe aus Hühnerfüßen und Schweinehirnen, vor den erdrückenden Menschenmassen in hochmodernen U-Bahnen, der Arbeitswelt der Erwachsenen in einer Stadt der Zukunft, in denen Schwebebahnen Hochhausschluchten durchkreuzten – sie wollte hier bleiben, in der Behaglichkeit. Hier musste sie keine fremdartigen Schriftzeichen entziffern und keine Sagrotantücher zum Sterilisieren der Waschbecken benutzen, hier gab es eine Wohnung ohne fremde Haare auf der Matratze – hier gab es Benjamin. Aber war er ihr wirklich so wichtig? Und war sie ihm überhaupt wichtig?

Wochenlang meldete sie sich nicht auf das Angebot, las immer wieder den Vertrag, versteckte ihn wie eine leer gefressene Haribo-Tüte, um nicht an die Bauchschmerzen erinnert zu werden, übte ihre Unterschrift, telefonierte mit ihren Eltern, chattete mit ihren Freunden, schrieb SMS und E-Mails und fragte nach Rat, jeder musste seinen Senf dazugeben wie bei allen großen und kleinen Fragen: Wo gehen wir essen? Was mache ich am Wochenende? Welcher Duschkopf ist besser? Liebt er mich nicht? Sie wagte es nicht, die Absage zu formulieren, schon Zusagen fielen ihr schwer, und wenn es sich nur um ein Abendessen handelte. Die Dinge würden sich nicht, wie gewohnt, von allein regeln.

Ihre Wankelmütigkeit hetzte sie, ihr Gehirn gab nachts keine Ruhe. »Ich weiß nicht, was ich will!«, sagte sie zu ihrer Freundin Clara. »Du willst immer alles«, entgegnete die. »Aber irgendwie will man doch nichts, wenn man alles will. Also nichts wirklich.« »Und jetzt?« »Ich will kein Durchschnittsleben, aber ich frage mich manchmal, ob ich für das andere Leben einzigartig genug bin. Ich wollte Regisseurin sein und trotzdem finanziell unabhängig, ich will dazugehören, ohne mich zu fügen.« »Dann füg dich nicht und mach was Besonderes«, sagte Clara. »Was denn! Ich habe Angst, zu versagen. Und dann bin ich bloß einer dieser gescheiterten Selbstverwirklicher. Eine drittklassige Regieassistentin.« »Aber wenigstens hast du es dann probiert.« »Erwachsensein bedeutet irgendwie, dass man alle wichtigen Entscheidungen schon getroffen hat, ohne es gemerkt zu haben«, sagte Clara. »Vielleicht hast du recht. Unserer Generation fehlt irgendwie die Demut.« »Genügsamkeit!« »Aber wie soll man genügsam sein, wenn man mit der ganzen Welt konkurriert! Heute reicht es nicht mehr, deinen Nachbarn von der Schulbank zu besiegen. Überall findet sichtbarer Kampf statt. Die Anforderungen erhöhen sich, Karriere, Freunde, Fotos, Facebook, dies und das und mehr und alles!« »Weil das Leben der anderen zugänglich ist, für jedermann.« »Wir sind ja unfreiwillige Teilnehmer. Jeder will der Beste sein, der Allerbeste.« »Vielleicht kommt es uns nur so vor. Wir sind ja selbst schuld, wenn wir dauernd vergleichen.« »Der Vergleich ist die Wurzel allen Übels.«

Theresa schickte schließlich eine schwülstig-freundliche E-Mail mit der Absage (sie sei »untröstlich«) an das Goethe-Institut in Hongkong und beruhigte sich mit dem Gedanken, dass sie noch jung war, dass ein solches Angebot ja noch mal kommen werde, mindestens! Wie jemand, der durch seine Straße fährt und den Parkplatz 70 Meter vom Haus entfernt nicht nimmt, weil er hofft und glaubt, es komme noch ein besserer, ein näherer, und dann – wenn er wieder um den Block gefahren ist – feststellen muss, dass kein besserer kam und der alte Parkplatz auch fort ist, weggeschnappt von einem grünen Renault Twingo, und nun fluchend eine halbe Stunde im Quadrat fährt, erfolglos, bis er den Wagen im Parkverbot abstellt, den Strafzettel in Kauf nehmend. Aber sie ahnte damals nichts von Strafzetteln für versäumte Entscheidungen, sie glaubte, dass Angebote lebenslang aufrechterhalten bleiben, dies war schließlich kein Sommerschlussverkauf.

An sich ist nichts weder gut noch böse –
das Denken macht es erst dazu.

William Shakespeare
Die Tragödie von Hamlet, Prinz von Dänemark

Theresa machte sich Gedanken über ihr Aussehen. Sie glaubte, dass Schönheit und Liebe in einem kalkulierbaren Verhältnis zueinander stünden und dass sie mehr geliebt würde, je hübscher sie wäre. Und sie dachte, dass sie, wie alle Menschen, nicht alles aus sich herausholte, äußerlich und charakterlich. Es gab viel zu tun.

Ohne Bemalungen auf dem Gesicht fühlte sie sich ertappt und verlegen, als wäre sie beim Nasebohren erwischt worden. Einmal war sie nach dem Sport mit rotem Kopf und blauer Trainingshose in den Supermarkt gegangen, um nur schnell eine Sojamilch zu kaufen, und hatte an der Wursttheke ihren damaligen Schwarm entdeckt, also stahl sie sich erschrocken durch die Supermarktgänge davon wie ein Dieb, versteckte sich bei der Margarine, hoffte, er würde zur Kasse gehen und verschwinden, aber er stand inzwischen bei der Butter, und so ließ sie irgendwann vor lauter Angst, in ungeschminktem Zustand auf ihn zu stoßen, die Sojamilch bei den Tiefkühlpizzen stehen und huschte gebückt aus dem Supermarkt.

Theresas Eltern baten sie, sich neben der Masterarbeit einen bezahlten Job zu suchen, und so bewarb sie sich ein wenig ängstlich und widerwillig um einen Platz in einer Beratungsfirma. Man lud sie zum Lunch mit Partnern und Geschäftsführern ein, der sich zu einem zähen Mittagessen mit drei Gängen ausdehnte. Bereits vor der Hauptspeise gingen Theresa all ihre Fragen aus, Geschäftsgerede strengte sie an, sie war kein förmliches Mädchen, der Hosenanzug kam ihr wie ein Clownskostüm vor, aber niemand lachte; etwas Dummes zu sagen war ebenso unangenehm, wie gar nichts zu sagen.

»Unser junger Kollege hier ist gerade Vater geworden!« Dabei klopfte ein älterer Partner dem Berater mit Milchgesicht auf die Schulter. »Sie sehen also, Familie und Karriere lassen sich durchaus vereinbaren! Auch für Sie als Frau.« Der Partner verkündete diese Botschaft mit dem gleichen Stolz, als würde er steigende Umsätze melden.

»Ach, bei mir dauert das noch ein Weilchen.« Theresa kaute auf einem sehnigen Stück Carpaccio herum, dessen Fettstränge sich zwischen ihren beiden Vorderzähnen verhakten. »Vielleicht ändert sich das ja, wenn ich bei Ihnen arbeite. Sie haben sicher nette junge Kollegen.« Sie hatte etwas Charmantes sagen wollen, aber die Herren waren verdutzt. »Zwei junge Exemplare sitzen direkt vor Ihnen«, sagte der ältere Partner ein wenig gekränkt, als habe sie die Jugendlichkeit der Kollegen nicht bemerkt. »Oh, ja. Sehr schöne Exemplare!« Auch dieser Satz schien unangebracht. Theresa schnalzte mit der Zunge und fuhr sich über die Zähne, um die Fäden des rohen Fleisches aus den Zahnzwischenräumen zu saugen, dabei wölbte sich ihre Oberlippe. Für die Männer sah es aus, als machte sie eine obszöne Geste, die etwas anderes andeutete. Sie musste lachen, aber das sollte sie besser nicht. Ihr fiel ein, wie sie während eines Klavierkonzerts in der Oper als Teenager versucht hatte, einen Hustenanfall zu unterdrücken, was ihr nicht gelungen war. Sie hatte das komplette Allegro mit ihrem Husten begleitet, allerdings immerhin bemüht, im Takt zu bleiben, wenigstens rhythmisch zu husten, um das Publikum nicht zu verärgern, eine Kulturbanausin, die Beethoven verhustete und beinah daran erstickte. Seitdem saß sie im Konzert, im Flugzeug und in der Uni immer am Gang.

Das Lachen war ebenso wenig unterdrückbar wie das Husten. Sie grinste, ihr Mund ließ sich nicht verbiegen, schnell nahm sie einen Schluck Sprudelwasser, um die unkontrollierten Mundbewegungen hinunterzugurgeln. Sie mochte kein Sprudelwasser, aber sie traute sich nicht, etwas zu sagen, und wartete angespannt auf den nächsten Gang. Eigentlich liebte sie die Männerwelt, in der sie als Mädchen immer von ihrem Lächeln und ihrer Unbeholfenheit profitiert hatte, aber hier stieß sie auf Granit, die vier Anzüge waren gegen all ihre Koketterie immun, gebügelt, so glatt, dass alles an ihnen abperlte, was Rundungen hatte. Die jüngeren Kollegen waren den älteren mit lichterem Haar offensichtlich hörig, das Gespräch drehte sich ausschließlich um Themen wie Frankfurter Kindergärten, Fußballvereine, Reiseziele, Wein aus dem Rheingau, Stromanbieter, Golfschläger. Sie konnte sich nur zum Thema Wein und Reiseziele äußern und kaute zwischen dem Trainerwechsel bei Eintracht Frankfurt und den Sonderkonditionen bei Solarenergie für Einfamilienhäuser auf ihrem Wolfsbarsch herum, dessen Gräten sich ihr in den Gaumen rammten. Sie lutschte auf einem Eiswürfel, um ihren wunden Mund zu kühlen. »Wir Nordlichter mussten natürlich den Fisch bestellen! Ich bin damals auch von Bremen hierhergezogen«, sagte der eine Partner. Sie lächelte krampfhaft, das Wort Nordlichter hatte ihr noch nie gefallen. »Oh ja, ich liebe Fisch!«, sagte sie bedeutungsvoll. »Haben Sie mal Hai gekostet?« »Leider nein«, antwortete sie. »Meine Frau und ich waren letztes Jahr in Tokio. Dort gab es köstlichen Hai!«, sagte der Partner aus dem Norden. »Waren Sie mal in Tokio?« »Leider nein«, erwiderte sie. »Tokio ist eine lustige Stadt. Wirklich witzig. Das muss man mal gesehen haben.« Er schüttelte den Kopf, als fiele ihm eine amüsante Situation ein. »Wir haben dort so irre Sachen erlebt!« »Ach, wirklich?«, fragte sie. »Oh ja!« »Ich werde mal hinfahren.«

Das Gespräch hatte für Theresa die Nulllinie erreicht. »Erzählen Sie uns doch noch etwas von sich«, sagte der Chef. »Was ist Ihre größte Schwäche?« »Zigaretten und Vollmilchschokolade.« Theresa hasste diese Selbstbewertungsfragen. Sie lächelte den ältesten Partner an, der sich seine dünnen Haare in Einzelsträhnen von links nach rechts über die Geheimratsecken gelegt hatte. Er zupfte das Einstecktuch heraus und tupfte sich die Stirn.

Mit großer Geste wurde eine Crème brûlée serviert, als handele es sich um ein seltenes Juwel, das man mit einem hörbaren Staunen in Empfang zu nehmen hat, der Kellner verbeugte sich. »Köstlich! Crème Caramel!«, rief der junge Berater, dessen Nase einer Ingwerwurzel glich. Theresa mochte keine Crème brûlée, sie hatte den Aufstand um dieses Dessert nie verstanden, ein süßlicher Karamelpudding mit einer festen Zuckerkruste, na gut. »Sie essen ja gar nichts!«, sagte der eine Partner in hanseatischem Dialekt. »Doch, doch.« Sie schob sich den Löffel genießerisch in den Mund. Es ging inzwischen um Golfkurse und -turniere. Sie hielt sich mit aller Kraft aufrecht. »Nehmen Sie einen Espresso?« »Nein, danke!«, antwortete Theresa in der Hoffnung, die Mahlzeit möge nun ein Ende nehmen. »Dann werden Sie bei uns kaum überleben!«, scherzte der älteste Partner, und die anderen Herren brachen in Gelächter aus. »Wir sind alle bei den anonymen Koffeinoholikern!« »Oh«, sagte sie, weil sie irgendeinen Laut von sich geben musste, der Erstaunen suggerierte. »Da kommen Sie auch noch hin. Wir treffen uns täglich zur Therapie.« Sein Kinn schob sich in dem engen Hemdkragen auf und nieder. »Wenn das so ist, her mit dem Gift!«, rief sie aufgesetzt. Der Espresso schmeckte bitter, sie trank eigentlich nur Kaffee mit Milch, viel Milch.

Nach dem zweistündigen Mittagessen nahm man sie in die hohen Bürotürme mit, sie wusste nicht, neben wem sie gehen sollte, der Bürgersteig war zu eng für alle fünf, sie wollte nicht hinterhertrotten, aber sie wollte auch nicht in einem Einzelgespräch stranden. »Müsst ihr denn sehr viel arbeiten?«, fragte sie einen der Jüngeren vorsichtig, nachdem sie etwas langsamer gelaufen war und sich von ihm hatte einholen lassen. »Wir arbeiten viel, aber ich finde das auch in Ordnung. Man ist schließlich Dienstleister.« Sie erreichten das Bürogebäude, und man stellte ihr zahlreiche Mitarbeiter vor, überall dieselben Fragen. »Sind Sie zeitlich und örtlich flexibel? Warum würden Sie sich für uns entscheiden? Sind Sie ehrgeizig? Wo sehen Sie sich in zehn Jahren?« Sie sah sich noch nicht mal übermorgen. Ihrer gläsernen Zukunftskugel schienen die Batterien zu fehlen.

Die Niederlage erreichte sie zehn Tage nach dem Bewerbungsgespräch per elektronischer Nachricht. Tagelang hatte sie die Rhythmen bekannter Lieder mit dem Zeigefinger auf die »Refresh Page«-Taste geklopft in dem Aberglauben, eine gewisse Kunst des Wartens würde den Inhalt der Nachricht beeinflussen, eine Absage mit dem Zauberzeigefinger in eine Zusage umwandeln, wenn man nur häufig genug den Takt wechselte, tick, tick, klack, klack. Sie war bereits beim Ententanz angelangt, als sie nach neun Tagen wunden Wartens eine E-Mail mit dem Betreff »Ihre Bewerbung« erreichte. Sie trommelte noch ihr Lied zu Ende und ließ dann ihren Zeigefinger auf den Öffnungsknopf wandern. »Liebe Frau Pipapo ... Zu unserem Bedauern müssen wir Ihnen mitteilen, dass wir Ihnen kein Angebot für eine Zusammenarbeit machen können. Für Ihre private und berufliche Zukunft wünschen wir Ihnen alles Gute und weiterhin viel Erfolg.«

Die Zurückweisung kniff sie wie Liebeskummer, spitz und mit langen Fingernägeln, mitten in den Bauch, in die Eingeweide, selbst in die Nieren, obwohl sie nicht mal sicher war, wo ihre Nieren überhaupt lagen. »Die wollen mich nicht«, sagte sie laut und löschte die E-Mail, um sich vor der Wiederholung der Worte zu schützen.

»Unterstützt ihr mich noch während der Masterarbeit?«, fragte Theresa ihre Mutter vorsichtig am Telefon. »Wir helfen dir natürlich, wenn das Stipendium nicht reicht!« »Ich hab den Job nicht bekommen.« Theresa war bemüht, ihre Stimme möglichst unberührt klingen zu lassen, aber ihre Mutter hörte, dass sie trösten musste. »Das war doch ohnehin nichts, was du machen wolltest«, sagte sie. »Das ärgert mich ja besonders! Mich wollen nicht einmal die, die ich auch nicht will! Und die sagen mir ab.« »Eine Niederlage tut dir mal ganz gut. Das Leben besteht nicht nur aus

Zusagen. Eine Niederlage ist wichtig für den Charakter.« »Aber warum wollen die mich denn nicht?« »Ach, Resi. Das weiß man nie so genau. Vielleicht passt du nicht ins Team, vielleicht wollen sie lieber eine ganze Stelle besetzen oder weniger zahlen.« »Es tut trotzdem weh!« »Mach dir keine Sorgen, denk doch an deine Freundinnen, die wirklich fertig sind mit der Ausbildung, ein Doppelstudium hingelegt und schon Arbeitserfahrung haben. Und die trotzdem über ein Jahr suchen. Ihr habt's gar nicht so leicht.« »Ja, aber ich wusste nicht, dass ich zu den Unvermittelbaren gehöre!« »Jetzt mach doch erst mal deinen Master. Der Rest findet sich. Sonst frag mal beim Berliner Ensemble oder an der Schaubühne, ob die jemanden brauchen.« »Ja, aber da bin ich dann vierte Regieassistenz und darf das Blumenwasser der Hauptdarstellerin auswechseln. Und die zahlen mir bestimmt kein Geld.« »Aber es ist ein Anfang! Denkst du, dein Vater und ich haben uns nicht mühsam hocharbeiten müssen? Man fängt nicht als Intendant der Staatsoper an.« Das hier war kein Anfang, das war das Ende. Aber Theresa nickte in den Telefonhörer und blies ein paar Kringel mit ihrer Zigarette. »Rauchst du etwa?« Ihre Mutter hörte den Nikotinatem. »Ich atme nur.« »Du bist wie dein Vater«, sagte ihre Mutter.

Ihr Vater war ein herzhafter Aufsteiger, der sich in den Siebzigerjahren in einer Kanzlei zum Partner hochgearbeitet und als Jurist und Medienberater in der Gesellschaft einen Namen gemacht hatte. Man schätzte seine Grobheit, er war ein gescheiter und brutaler Verhandlungsstratege, der eigentlich gern Opernsänger geworden wäre, hätte es ihm nicht so maßlos an Geld und an Musikalität gefehlt. Seine Eltern waren einfache, bescheidene Leute mit Geldsorgen und vielen Kindern, so hatte er sich mit 18 in eine bessere Welt aufgemacht, ein Jurastipendium ergattert, nebenher zahlreiche Aufsätze in Fachzeitschriften veröffentlicht, Nachhilfe gegeben, Supermarktregale ein- und ausgeräumt und seine Jugend hinter sich gelassen. Er sprach nie darüber. In Bayreuth hatten sich ihre Eltern dann getroffen, als ihr Vater schon beinah das zweite Staatsexamen hinter sich und ihre Mutter gerade mit ihrem Psychologiestudium begonnen hatte. Bereits vor ihrer Geburt hatte die Mutter eine Stelle bei einem großen Verlag als Lektorin angetreten, später arbeitete sie als Pressesprecherin für einen Medienkonzern. Die Eltern wollten ihren Kindern alles ermöglichen. Und doch saß ihnen ständig die Verlustangst im Nacken.

Theresa war ein zartes Mädchen, das sich hinter einem lauten Lachen und vielen Zigaretten versteckte. Sie sah sich durch die Augen der anderen. Auf vielen Fotos fand sie sich entstellt, es überfiel sie eine Unzufriedenheit, wenn sie sich auf Bildern betrachtete, weil sie in ihrem Kopf so anders aussah. Sie konnte sich vor Selbstwut auf ein Mindestmaß herunterhungern, dann wieder fraß sie sich an einem Tag Hunderte von Gramm an, wenn sie den Kühlschrank durchsuchte und von Schinken über Käse zu Marmelade, Quark und Joghurts bis zu Müsliriegeln wechselte in maßloser Gier, nur um sich schließlich mit Bauchschmerzen auf dem Sofa wiederzufinden, stöhnend und voller Selbsthass, als hätte sie sich eine gerechte Strafe verabreicht. Aber Theresa hatte ständig Futterneid, sie wollte nie zu kurz kommen.

Wenn sie mit ihren Eltern in die Oper ging und ein Opernsänger schlecht sang, bat sie ihren Vater, für den Sänger, der vom Publikum ausgebuht wurde, besonders laut »Bravo« zu rufen. »Bitte, Papi, klatsch für ihn!« Die Mädchen, die in der Schule gehänselt wurden, taten ihr leid, und manchmal fragte sie sich, ob sie nicht selbst zu diesen Mädchen gehört hatte. Sie fing nur an zu rauchen, weil man sie in der neunten Klasse wegen des Nichtrauchens aufzog.

Als sie noch ein Kind war, hatten ihre Eltern immer begonnen, miteinander englisch zu sprechen, sobald es um Geldsorgen, Eheprobleme oder gesundheitliche Schwierigkeiten ging. Sie hatten die Wirklichkeit lange Zeit von ihr ferngehalten, sie sollte eine unbeschwerte Kindheit haben. Sie hatte viel Glück gehabt.

Auch heute bekam Theresa in der Apotheke selbst ohne Rezept jedes Medikament, der Mann von der Telekom hatte ihr trotz fehlender Kundennummer ein Kabel verlegt. Sie hatte einen Polizisten überredet, ihr das Ordnungsgeld zu erlassen, als sie unangeschnallt am Steuer ihr Mobiltelefon benutzte.

Aber die Gesundheit ließ sich nicht herbeilächeln. Theresa litt seit ihrem zwölften Lebensjahr an einer Netzhautdegeneration, Rethinopathia pigmentosa. Man sagte ihr immer, sie könne erblinden, wenn sie nicht auf sich Acht gebe.

Doch sie hasste Augentropfen, Salben, Fastenkuren, Rückenübungen, Mineralschlammpackungen. Selbst Kontaktlinsen und Druckerpatronen bestellte sie im Internet. Nur bei Männern erschien ihr keine Pirouette zu üppig, zu aufwendig, zu pompös.

Erst am Ende der Pubertät war Theresa aufgefallen, dass ihre Mutter sich mehr und mehr bemühte, das Geld der Familie beisammenzuhalten, das ihr Vater so gern in Rotweinflaschen und andere Vergänglichkeiten investierte, Autos, Golfschläger, Käse, sein Rugbyteam. Er besaß keine Immobilien, keinen Bausparvertrag oder Aktienfonds, er kaufte sich lieber teure Anzüge, die er auf Geschäftsreisen immer wieder in Hotelzimmern liegen ließ, oder die neuesten Handys mit Kamera, die er nie benutzte, bis er die Telefone auf Zugfahrten verlor; er trank die Minibars leer und fuhr mit dem Taxi zum Einkaufen, zum Tennisspielen oder ins Büro. Er war ein Lebemann, dem das Leben nicht genügte. Theresa bewunderte seinen Lebenshunger und seinen Stil. Er war großzügig und schüttete seinen Kindern schon in der Grundschule guten Wein in die Gläser. Sie sollten alles haben und alles probieren, während ihre Mutter mit einem Trichter den Wein zurück in die Flasche goss und ihn ermahnte, er solle den Kindern keine Flausen in den Kopf setzen. Ihre Mutter hob alles auf, Käse wurde in Alufolie gewickelt, Marmelade aus den Schälchen zurück in die Konfitüregläser gelöffelt, Pullover wurden den Cousinen vermacht.

Theresa war damals noch von der Gleichberechtigung ihrer Eltern überzeugt, eine Ehe aus Liebe, intellektueller Austausch, gemeinsame Kinder. Sie wusste von dem Scheitern anderer, sie kannte Liebeskummer und Zurückweisungen, aber sie glaubte gedankenlos an die Beziehung ihrer Eltern, eine Beziehung ohne für sie wahrnehmbare Höhen und Tiefen.

Eines Samstagsmorgens war sie aufgewacht und hatte ihre Mutter, eine sonst stets beherrschte, gefasste Frau, im Badezimmer weinen gehört. Es war ein hemmungsloses Weinen, das die Entdeckung nicht fürchtete, vielleicht sogar suchte. Zunächst hatte Theresa vor Scham und Schreck keine Bewegung gemacht, aber irgendwann presste sich ihre Blase in den Magen und sie musste am Bad vorbei zum Klo. Ihre Mutter stand mit geröteten Augen im Flur, es war Theresa peinlich, sie so zu sehen, und sie wusste sich nicht zu helfen. Aus Höflichkeit entschied sie, die Tränen ihrer Mutter zu überspielen. »Guten Morgen«, sagte sie, als ob nichts wäre. Ihre Mutter reagierte nicht. Das Weinen ist für das Gegenüber beklemmender als für den Weinenden, dachte Theresa, als sie unbeholfen vor ihr stand. »Willst du einen Tee? Ich habe Tee gemacht«, fragte ihre Mutter. »Gern.«

Sie tranken zusammen Tee in der Küche, Theresas Vater war am Telefon in seinem Arbeitszimmer und schien zu flüstern. Er war verschwitzt, als er die Küche betrat, die Haare klebten ihm an der Stirn, und er fragte, ob er auch einen Tee haben könne. Die Frühstücksmischung hieß »Glücksmomente«. Theresa las nun schon zum fünften Mal die Inhaltsstoffe auf der Packung durch, Süßholzwurzel, Orangenschalen, Bockshornklee, um nicht nach oben zu schauen. Alle rührten in ihren Teetassen, sie sahen einander nicht an. »Ich gehe einkaufen«, sagte ihre Mutter und stand auf. Ihr Gesicht war vom Weinen mit kleinen roten Flecken gesprenkelt, wie eine Kinderkrankheit. Aber hier, hier handelte es sich um eine Erwachsenenkrankheit.

Am nächsten Morgen hörte Theresa in der Küche ihre Mutter keifen: »Ich bin nicht bereit, dieser Frau irgendwelches Geld in den Rachen zu werfen. Soll sie doch selbst arbeiten!« Inzwischen wurde nicht mehr Englisch gesprochen, die Kinder waren aller Sprachen ihrer Eltern mächtig. »Mach endlich einen Vaterschaftstest.« Theresa stellte sich schlafend, obwohl niemand da war, der sie hätte sehen können. Es kam ihr vor, als hätte sie ihre Eltern in flagranti erwischt, beim Liebesakt. »Das war eine völlig harmlose Geschichte!«, hörte sie ihren Vater rufen. »Wie lange will uns diese Frau noch terrorisieren? Du gibst ihr doch Geld. Und dem Kind. Sie soll nicht dauernd hier anrufen, auf unserem Festnetz, unserem Haustelefon!« »Sie ist einsam. Und verzweifelt.« »Wirst du mich jetzt wieder allein lassen mit den Kindern, wie damals an Silvester vor fünf Jahren?«, fragte ihre Mutter. »Sie hat mich erpresst. Ich war doch damals Weihnachten schon bei euch.« »Wie großzügig von dir!« »Ich kann nichts dafür, dass sie uns nicht in Ruhe lässt.« »Och, du Armer! Willst du jetzt etwa Mitleid von mir?« »Das war dann ja schnell vorbei. Ich hatte damals Torschlusspanik. Ich wurde alt. Ich dachte, das ändert jetzt eh nichts mehr«, hörte Theresa ihren Vater sagen. »Es ändert aber alles«, dachte sie, sie wollte ihm wehtun, sehr wehtun. »Alle Männer sind gleich. Auch ich«, sagte ihr Vater resigniert. »Für mich nicht«, dachte Theresa, warum war er nicht anders. Meine arme Mutter!

Theresa hörte nichts mehr, nur ihre Mutter, die die Geschirrspülmaschine ausräumte, Gläser klirrten. Sie wartete noch eine Stunde, dann stand sie auf und schlurfte in die Küche. Ihre Mutter hatte ihr Muttergesicht wieder angeknipst, sie trank einen Tee. Ihr Vater kam mit einem Sektglas in der Hand in die Küche, seine Lider hingen herab, er sah bedrückt aus und alt. Sie hatte Mitleid mit ihm. Melodramatische Szenen gefielen Theresa nur mit fremden Männern, hier war es pathetisch und kitschig. Sollten sie sich in die Arme fallen, anschreien, schweigen? Alles kam ihr unangebracht vor. Ihre Mutter fing an, Kirschen, die auf dem Küchentisch in einer Schale lagen, zu sortieren, ihnen die Stiele auszuzupfen und die verbeulten herauszupicken. Theresa wollte sie in den Arm nehmen, aber sie konnte sich nicht überwinden, etwas zu tun oder zu sagen.

Damals war Theresa 18. Manchmal kam es ihr später so vor, als habe sie diese Szene nur geträumt, wie sie im Halbschlaf aus der Ferne eine verschwommene Wahrheit vernommen hatte. So wie ihr vieles in der Erinnerung unwirklich, hinzugedichtet, verzerrt vorkam, als hätte sie sich von der Vergangenheit gehäutet, das Ich von damals abgestreift. Ihr Vater war also ein ganz gewöhnlicher Betrüger, er hatte irgendwo eine uneheliche Tochter oder ein Kuckucksei, hoffentlich war es ein hässliches Kind, ein dummes Mädchen. Sie schämte sich für ihre Missgunst, aber sie schämte sich noch mehr für ihren Vater, für dessen Triebe und Schwächen. Aber am meisten schämte sie sich, dass sie ihre Mutter nicht trösten konnte, dass sie nicht fragte und schwieg, dass sie ihrer Mutter nicht vergeben konnte, was sie mit sich machen ließ. Vielleicht war ihre Mutter selbst schuld, dass ihr Vater sich so aufführte, vielleicht hätte sie sich nicht alles gefallen lassen sollen. »Der eine kann sich immer alles erlauben«, dachte sie. »Und der andere nichts.«

Ideal und Wirklichkeit

In stiller Nacht und monogamen Betten
denkst du dir aus, was dir am Leben fehlt.
Die Nerven knistern. Wenn wir das doch hätten,
was uns, weil es nicht da ist, leise quält.
  Du präparierst dir im Gedankengange
  das, was du willst – und nachher kriegst dus nie …
  Man möchte immer eine große Lange,
  und dann bekommt man eine kleine Dicke –
  C'est la vie –!

Sie muß sich wie in einem Kugellager
in ihren Hüften biegen, groß und blond.
Ein Pfund zu wenig – und sie wäre mager,
wer je in diesen Haaren sich gesonnt …
  Nachher erliegst du dem verfluchten Hange,
  der Eile und der Phantasie.
  Man möchte immer eine große Lange,
  und dann bekommt man eine kleine Dicke –
  Ssälawih – !

Man möchte eine helle Pfeife kaufen
und kauft die dunkle – andere sind nicht da.
Man möchte jeden Morgen dauerlaufen
und tut es nicht. Beinah … beinah …
  Wir dachten unter kaiserlichem Zwange
  an eine Republik … und nun ists die!
  Man möchte immer eine große Lange,
  und dann bekommt man eine kleine Dicke –
  Ssälawih – !

Kurt Tucholsky

Ihr Vater war damals oft betrunken, er saß alleine in Kneipen und sang mit, wenn ein Barpianist einen Evergreen spielte. Manchmal setzte Theresa sich zu ihm, wenn er nach Hause kam und in der lichtlosen Küche noch mit den Weingläsern klimperte oder sich an dem Schnapsregal seines Sohnes bediente, heimlich, während dieser bei Freunden zum Risiko-Spielen war. Einmal hatte sie ihn im Zimmer ihres Bruders erwischt, als er mit verschränkten Armen ums Regal kreiste und immer wieder murmelte: »Ich habe nichts gemacht!« Sie hörte die Eltern oft in der Küche flüstern, und sie sah die verquollenen Augen ihrer Mutter und die hängenden Wangen ihres Vaters, die Kränkung im Gesicht ihrer Mutter, ein welkes Gesicht ohne Schlaf. Ihr Vater fragte sie damals sogar nach einem Joint oder »was ihr Kinder heutzutage so raucht. Gib mir doch was! Irgendwas!« Er wurde mit dem Älterwerden nicht fertig, aber wer wurde das schon? »Das Leben ist scheußlich«, verkündete er und goss sich noch einen doppelten Fernet Branca ein. »Die Ehe funktioniert nicht!«, fuhr er ungefragt fort. »Ich würde mich manchmal am liebsten vor einen Zug werfen. Das Alter ist grässlich. Ich wünschte, ich wäre tot.« Er klagte über Zahnweh und Sodbrennen und üble Träume, in denen er Züge verpasste und durch Prüfungen fiel oder mit einem Fahrstuhl in endlose Tiefen raste. »Und was ist mit mir? Bleib doch, bleib für mich«, sagte Theresa und nahm seine Hand. »Ach, für dich! Du kannst auch alleine auf der Welt sein. Ohne mich.« »Und wer führt mich später zum Altar? Ich will doch, dass meine Kinder ihren Großvater kennenlernen.« Sie wollte, dass er sich an ihr freute, dass es sich für sie lohnte. »Mich sollte man besser nicht mehr kennenlernen.« Nicht einmal für sie wollte er bleiben, sie war es nicht wert, das Leben auszuhalten. »Trink nicht so viel.« Sie machte sich Sorgen, wenn sie ihm zusah, wie er sich die Wange hielt vor Schmerzen, wie er aggressiv wurde und traurig, wie er von früher berichtete und vom Betrügen. Sie wollte doch nur, dass er glücklich war.

»Ich habe Torschlusspanik. Ich werde bald 70.« Das hatte er damals gesagt, zur Zeit dieser Affäre, als er sich aufspielte und darüber sprach, dass Männer alle fremdgehen, alle, ausnahmslos, und wenn sie es nicht täten, dann seien sie Perverslinge oder hätten bloß keine Gelegenheit.

Einmal waren sie in einem guten Hamburger Restaurant am Hafen, sie feierten den Geburtstag ihrer Mutter, die ihre Gesichtszüge inzwischen wieder unter Kontrolle hatte, nur ihre Tränensäcke verrieten, wie müde und traurig sie war, da half auch keine exklusive Kosmetik, keine Augenmaske und kein Traubenkernextrakt. Theresas Vater hatte bereits so viele Kir Royals getrunken, dass er plötzlich einen freudigen Schrei ausstieß. Als die Kellnerin fragte, ob die »Herrschaften schon etwas ausgewählt hätten«, antwortete er: »Die Herrschaften essen nichts. Wir haben Durst. Bringen Sie uns noch eine Flasche Champagner! Wir wollen auf meine Ehefrau anstoßen.« Ihre Mutter stand leise auf und ging Richtung Damenklo. Damals hatte Theresa gedacht: »Ich will niemals trinken, ich werde meinen Kindern niemals so etwas antun, und ich werde mir niemals von einem Mann auf der Nase herumtanzen lassen.«

Theresa lebte inzwischen in Berlin. Eines Morgens, als sie mit Benjamin in ihrem Bett lag, fragte er mit der Ruhe eines Samstags: »Was ist denn jetzt eigentlich mit uns?« Eine Frage, die sie niemals zu stellen gewagt hätte. »Mit uns ist alles gut«, antwortete sie heiter. »Und?«, bohrte er weiter. »Ich weiß nicht. So ist doch alles am besten«, antwortete sie, sie wusste nicht, ob aus Mutlosigkeit oder aus Überzeugung. »So?« »Ja, so ohne Einschränkung.« »Was willst du denn?«, fragte er. »Ich will einfach nicht, dass sich etwas verändert.« Er wirkte gekränkt, und nachdem er das Haus verlassen hatte, fragte sie sich, ob er jemals wiederkommen würde. »In der Freundschaft verliebt sich meist der Mann, in der Affäre das Mädchen«, dachte sie.

Sie schrieb ihm eine Nachricht: »Vergib mir.« An diesem Tag antwortete er nicht mehr, sie schien ihn mit ihren vagen Aussagen vergrault zu haben. Aber je länger er nicht antwortete, desto entschlossener wurde sie, dass sie ihn doch für sich haben wollte. Sie hatte sich eben alles offenlassen wollen, als gäbe es noch hundert andere Optionen. Als es dunkel wurde, scheuchte ihre Nervosität sie durch die Zimmer ihrer Wohnung und trieb sie dazu, fluchend mit sich selbst zu reden. Sie wollte ihn anrufen und war aufgeregt, als sie den Hörer in die Hand nahm. Seine Mailbox sprang an, und sie wurde noch wütender, als habe die automatische Ansage eine schlechte Nachricht verkündet – Flug verpasst. Sie versuchte es wieder und wieder, anfangs schämte sie sich noch, irgendwann wanderten ihre Finger wie von selbst zum Wahlwiederholungsknopf, sie konnte die Ansage schon mitsprechen. Am liebsten hätte sie die letzten Stunden wiederholt, auf einmal war sie sich ganz sicher, was sie wollte, und das, was sie sagen wollte, lag verschlossen in seiner Mailbox, die er nicht öffnete, für sie war er unerreichbar.

Es war Samstag, und sie ging lustlos mit ein paar Freunden in einen Club. Sie bemühte sich, fröhlich zu erscheinen, und versuchte, sich in Gleichgültigkeit zu trinken, aber der Wodka spülte nur eine noch größere Welle der Wut in ihr hoch, und so küsste sie in einer dunklen Ecke neben den Klos am Notausgang einen Engländer, der für irgendeine Band in Berlin war und sie an der Bar auf ein paar Schnäpse eingeladen hatte. Danach rannte sie bestürzt zum nächsten Spiegel und wühlte in der Handtasche so ungeduldig nach ihrem Handy, dass Lippenstifte und Wimperntusche, EC-Karten und einzelne Zigaretten herausfielen und über den verkrusteten Boden kullerten. In der Tasche war nur noch das Handy. Ein einziger Blick genügte – keine Nachricht. »Ich muss gehen«, sagte sie zu ihrem Spiegelbild, bückte sich zu der Tasche und sammelte ihre Habseligkeiten ein.

Als sie im Bett lag, konnte sie vor Zorn nicht schlafen und schaute bis zum Morgengrauen abwechselnd Wiederholungen von Nachmittagstalkshows und dann wieder fassungslos auf ihr Handy.

Am nächsten Tag brachte Benjamin ihr einen großen Strauß Lilien und sagte: »Ich will dich für mich allein.« Sie nahm die raschelnden Blumen entgegen, und er blieb. Sie verbrachten ein paar selige erste Wochen.

Sie gingen viel miteinander aus, verließen aber sonntags nie das Haus, sprachen angeregt über Filme, lasen dieselben Bücher (meist von Franzosen oder Russen) und diskutierten darüber. Sie machten einander spielerisch scharf, er brachte ihr vieles bei, er war ungeniert nackt und schämte sich nie für seine Bedürfnisse und seine ungeschützte Körperlichkeit. Sie gingen in Fotoausstellungen, schauten gemeinsam Tierdokumentationen an und waren Teil eines riesigen, wild durchwachsenen Freundeskreises. »Ich will, dass alles immer so bleibt wie jetzt. Oder meinetwegen die letzten zehn Jahre einfach noch mal!«, sagte Theresa.

Vielleicht war sie wirklich wie Obelix als Kind in einen Zaubertrunk gefallen, aber nicht in einen Kessel voller Kraft, sondern in einen Eintopf voller Gefühle, wie ein Freund ihr einmal gesagt hatte. Aber es fiel ihr schwer, lange glücklich zu sein. Sie saßen im Auto und fuhren auf einen Bauernhof zwei Stunden von Berlin entfernt, und eigentlich freute sie sich, aber abends knarzte das Holz unter ihren Schritten, und sie betrank sich mit Rotwein. »Warum bist du so hibbelig?«, fragte er, als sie beim Scrabble dauernd aufsprang, nachschenkte, überprüfte, ob die Tür abgeschlossen war, auf ihr Handy schaute, das keinen Empfang hatte. »Ich müsste einfach weniger Interesse an Vergnügen haben«, sagte sie. »Wie scheiße wäre das denn! Wir müssen alle viel mehr Vergnügen haben.« Er grinste ein wenig unverschämt. »Aber ich interessiere mich so stark für Vergnügen«, sagte sie, als gestehe sie einen Makel. »Mehr Vergnügen, keine Grenzen. Und dann den Himmel sprengen.« »Männer können sich immer ohne schlechtes Gewissen vergnügen. Du kannst wunderbar den ganzen Sonntag Serien schauen und zweitklassige Filme, ohne dich dabei schlecht zu fühlen.« »Warum sollte ich mich dafür schlecht fühlen?«, fragte er. »Weil du deine Zeit verschwendest!«, rief sie. »Gerade nicht«, widersprach er, »ich mache mir eine schöne Zeit!« Und er legte Skögul auf das Scrabblebrett. »Das ist kein Wort!«, rief sie. »Doch, das ist eine der Walküren aus der nordischen Mythologie«, erklärte er. »Es klingt wie ein Ikea-Schrank«, sagte sie und trank das Weinglas aus. »Du klingst wie ein Weinschrank«, sagte er. Aber hier hatte sie Angst, ihn nüchtern zu küssen, es war so lautlos, von draußen kam kein Motorengeräusch, kein gleißendes Scheinwerferlicht, nur die einsamen Rufe einer Eule.

Über ein Glück, das du flüchtig besessen,
Tröstet Erinnern, tröstet Vergessen,
Tröstet die alles heilende Zeit.
Aber die Träume, die nie errungnen,
Nie vergeßnen und nie bezwungnen,
Nimmer verläßt dich ihr sehnendes Leid.

Isolde Kurz

Theresa ging jeden Tag mit ihren Freunden, die Diplomarbeiten schrieben oder für Klausuren lernten, in die Bibliothek. Schon bald hatte sie das Exposé ihrer Masterarbeit eingereicht, und ihr Professor verkündete überschwänglich: »Das klingt fabelhaft! Wenn Sie fleißig sind, könnte die Arbeit in zwölf Monaten fertig sein.« Er lächelte Theresa an. »Ich kann Ihnen sogar ein Stipendium ermöglichen – mit solch einem Exposé. Aber von Ihnen hatte ich auch nichts anderes erwartet!« »Das freut mich.« »Wenn das Ding erst einmal fertig ist, können Sie sich den Job aussuchen!« Sie stand aufrecht im Professorenzimmer der Universität. »Triumph ist Triumph«, dachte sie, »wenn ich mir nur bloß etwas daraus machen würde!« Wenigstens war sie nicht in Hongkong vereinsamt. Sie hatte sich gegen das Richtige entschieden – aber wofür eigentlich?

Theresa erhielt ein großzügiges Stipendium, und nachdem das Exposé so erfolgreich fertiggestellt war, wollte sie jeden Tag mit der Masterarbeit beginnen, aber am Mittwoch schien die Sonne, am Donnerstag hatte sie Bauchweh, und Freitag war Freitag, und da lohnte es sich ja vor dem Wochenende kaum noch, mit der Arbeit anzufangen. Montag war dann Montag, sie hatte lange geschlafen und übers Wochenende ihre Stimme verloren, Dienstag hatte sie einen Friseurtermin und wollte die Geschirrspülmaschine ausräumen, Mittwoch regnete es so stark, dass sie das Haus nicht verlassen mochte und stattdessen eine ganze

Staffel »Friends« schaute. Donnerstag traf sie ihre Freundin Carlotta zum Mittagessen, und davor lohnte es sich gar nicht, das Dokument auf dem Laptop überhaupt nur zu öffnen. »Nach dem Mittagessen öffne ich die Datei«, sagte sie sich, obwohl sie gerade erst gefrühstückt hatte, es war zwanzig nach elf.

Sie traf Carlotta in einem überfüllten Café in der Auguststraße in Mitte. Junge Menschen pressten sich an den Selbstbedienungstresen, und Carlotta warf ihre Worte in das Gewusel hinein: »Mein Chef will, dass ich ihn für zwei Jahre nach Kapstadt begleite.« »Zwei Jahre? Wer geht denn heutzutage noch solche Bindungen ein?«, fragte Theresa. »Es ist ja schon unmöglich, mein Fitnessstudio zu kündigen, obwohl ich seit einem Jahr nicht mehr dort war!«, rief sie über den Kopf eines hageren Jungen hinweg, der seinen strähnigen Scheitel zwischen Carlotta und sie geworfen hatte. »Ich komme nicht einmal aus meinem Handyvertrag raus, der verlängert sich automatisch um 24 Monate. Ich habe schon hundert Mal mit der Hotline telefoniert, für 79 Cent die Minute. Bei solchen Warteschleifen ist es kein Wunder, dass alle Angst vor Verbindlichkeiten haben.« »Was magst du?«, fragte der junge Mann hinter dem Tresen. »Ich weiß nicht«, Carlotta überlegte und drehte sich zu Theresa. »Was nimmst du?« »Habt ihr frische Zitronenlimonade?«, fragte Theresa den Mann am Tresen. »Nein, aber Rhabarberminzschorle«, schlug dieser vor. »Ja«, antwortete Theresa, »die nehm ich.« »Ich auch!«, rief Carlotta. »Und einen großen Fetasalat mit Couscous. Oder, stopp, doch lieber einen Ingwertee statt der Rhabarbergeschichte.« »Und was machst du jetzt mit Kapstadt?« »Ich glaube, ich bleibe hier. Und suche mir was in Bielefeld oder Berlin oder so.« Theresa wusste, dass Bielefeld keinen Flughafen hatte, keinen direkten Weg nach Kapstadt, aber einen Technologiekonzern, für den Carlottas Freund Nico arbeitete. Carlotta nahm zwei Rhabarberschorlen entgegen, der Mann am Tresen hatte ihre Umbestellung nicht gehört. »Wolltest du nicht einen Ingwertee?«, fragte Theresa. »Ach, egal«, sagte Carlotta feige, als sei sie froh, dass sie überhaupt etwas serviert bekam. »Aber du bleibst nicht wegen Nico hier?«, fragte Theresa. »Nein, nein. Ich will einfach gerade nicht so weit weg.« »Aber irgendwann gehe ich bestimmt noch mal ins Ausland.«

»Ich auch, Argentinien wäre cool.«

»Ich bin so gespannt, was aus uns allen wird!«

»Was wäre dir denn am liebsten?«, fragte Carlotta.

»Macht. Oder Spannung, Spiel und Schokolade.«

»Geht's auch etwas konkreter?«

»Ich weiß nicht«, sagte Theresa und pulte an ihrem Daumen. »Irgendwie hat man immer das gemacht, was alle so ungefähr gemacht haben.«

»Ja, unsere Leben liefen parallel, alle waren in der Schule, keiner hatte mehr oder weniger. Und auf einmal hat der eine ein Kind und der andere keins. Und einer einen Job und ein anderer keinen Abschluss.« Theresa rupfte sich einen Hautfetzen am Daumen ab. Es fing an zu bluten. Sie lutschte an ihrem Finger.

»Niemand will zu den Versagern gehören«, sagte Carlotta.

»Niemand will zu den Üblichen gehören«, erwiderte Theresa.

Als Carlotta drei Monate später einen Job bei einem Lebensmittelunternehmen in Bielefeld zusagte, weil sie angeblich weder in Berlin noch anderswo eine Stelle bekommen habe, zerrissen ihre Freundinnen sich das Maul, wie man freiwillig nach Bielefeld und dann noch einem Mann hinterherlaufen könne. Abhängigkeit war verpönt, obwohl alle für sich selbst eine Ausnahme machten. »Bist du sicher, dass du erst mal zu Nico in die Wohnung ziehen willst?«, fragte Theresa so neutral wie möglich. »Ja, bis ich was Eigenes gefunden habe«, erklärte Carlotta. Aber sie würde nie wieder ausziehen. Aus der provisorischen Übergangslösung wurde ein Dauerzustand.

Theresa wunderte sich über diese Mädchen, ihre eigenen Freundinnen mit großartigen Aussichten, mit denen sie, schon als sie 15 waren, davon geträumt hatte, einmal ein gutes Leben zu führen – mindestens so wie die Eltern, aber ganz anders und noch toller und noch mehr von allem, und ohne dass sie gewusst hätte, wie sich das gute Leben erreichen ließe, wie es sich definierte, wer es bestimmte – und dass diese Freundinnen und Begleiterinnen sich inzwischen das Leben von einem Mann oder mittelmäßigen Aussichten verbiegen ließen. Das Leben wurde geknickt, gebogen und gefaltet, je nach Belieben, wie die knautschigen Ballonfiguren in Vergnügungsparks. Die Definition vom guten Leben hatte sie im Lexikon, auch bei Google, vergeblich gesucht, und dennoch schien jeder seine Bedeutung zu kennen.

Carlotta zog also nach Bielefeld zu Nico. Theresa konnte nicht fassen, dass sie bereits so jung die erste Freundin an einen Mann verloren hatte. Aber weitere würden im Laufe der Zeit von der Penisplage dahingerafft werden, und sie erinnerte sich an gewisse Abende, Abende vor Benjamin, mal ein Samstag, mal ein Dienstag, an denen sie für einen Mann von ihren Freundinnen sitzengelassen worden war. »Ich kann nicht mit dir ausgehen, Max hat angerufen!« »Ich mach's mir heute Abend gemütlich mit Philipp.« Es hagelte Absagen auf sie ein, nur weil eine Kussaussicht, eine mittelmäßige Liebesoption mit einem Langzeitstudenten mit lichtem Haar, mit einem Langweiler mit Vaterkomplexen bestand, die feigen Freundinnen nahmen nicht einmal mehr den Hörer ab, sie kletterte die Kontakte in ihrem Handy alphabetisch auf und ab, man hätte genauso gut eine Shuffle-Funktion wie beim iPod einstellen können, die Anrufe wurden immer willkürlicher, Zufallsplaylisten. »Hallo? Hallo ... du bist heute in Wien! Ach, schade ... Hallo? Hallo, ach ... du schläfst schon. Hallo? Hallo. Und wer tanzt mit mir?« An diesen Abenden war das Alleinsein unerträglicher, als mit dem lästigsten aller Kollegen unterwegs zu sein, als mit selbstbezogener Schrillheit in einer Bar zu sitzen, als mit einem Taubstummen und einem Analphabeten Karaoke zu singen. Allein war das unterste Glied in der Kette, und keine Telefonliste, keine 789 Freunde bei Facebook, keine

30 E-Mails am Tag, keine fünf offenen Skype-Fenster mit Chats, keine 23 SMS voller Hoffnung, die dann doch im Nichts versandeten – »Vielleicht heute, wahrscheinlich später, lieber morgen, eher nachher, heute nicht, aber nächste Woche, bin nicht da, bin verreist, bin krank, mag nicht, aber mag dich.« –, halfen darüber hinweg, dass sie zu Hause saß und keiner mit ihr spielte. Sie zog allein an ihren Zigaretten, ohne Unterhaltung raucht es sich schneller, der Aschenbecher quoll über, und bei jedem Fiepen ihres Handys schreckte sie hoffnungsfroh hoch, blieb bis spät in die Nacht geschminkt, lief auf Stöckelschuhen durch die Wohnung, stets auf Abruf bereit, es war erst halb zwei Uhr nachts, noch war alles offen, die Schuhe drückten und machten Lärm, aber sie stakste gut gelaunt an den Kühlschrank, öffnete schon mal eine Flasche Wein, gut, nun war es zwanzig nach zwei, aber vielleicht meldete sich noch ein betrunkener Freund, eine verlassene Freundin, noch nicht die Zähne putzen, noch nicht das Gesicht abwaschen, noch einmal Wimperntusche nachziehen, noch einmal die Frisur ändern, das Beste kommt immer unerwartet, aber um Viertel nach drei gab sie auf. Verkleidet und nicht abgeholt. Sie ging schlafen und ließ das Licht im Flur an.

Erstaunt musste sie zur Kenntnis nehmen, dass es in ihrem Alter schon Frauen gab, die ihren Alltag im Vorübergehen mit der Leichtigkeit und Erfahrenheit einer Sekretärin erledigten. Frauen, bei denen man sogar an einem Sonntagvormittag unangemeldet klingeln konnte und eine herausgeputzte Person und eine aufgeräumte Wohnung vorfand. Sie hingegen brauchte Vorlauf, ohne Ankündigung war weder sie noch ihre Wohnung präsentierbar. Sie war eines dieser Mädchen, die schon von einem Arzttermin gestresst waren, die sich für alles Listen machten, sogar Listen für Aufgaben, die noch gar nicht zu erledigen waren, fiktive Probleme der Zukunft: nicht vergessen, im nächsten Jahr ein neues Sommerkleid kaufen, irgendwann einmal zum Schuster gehen, das Auto waschen, das Kleid bei der Reinigung abholen. Manchmal wachte sie nachts auf, knipste das Licht an und schrieb einen neuen Spiegelstrich auf ihre Liste, eine Aufgabe, die sie jagte und ihr den Schlaf raubte. Fehlende Batterien in der Fernbedienung oder ungekaufte Glühbirnen machten sie nervös wie ein brennender Ofen. Die Glühbirnen rannten im Traum hinter ihr her, von wegen Energiesparlampe, hetzten sie durch ihren Pflichtenkatalog, und aus lauter Angst, die Glühbirnen zu vergessen, stand sie auf und schrieb das Wort »Glühbirnen« mit einem Ausrufezeichen auf ihre Liste.

Wenn sie wach lag und nicht an den Tod oder einen Mann dachte, durchkämmte sie alle Gebiete der Alltagsbewältigung nach neuen Aufgaben für ihre Liste, Rasterfahndung für die Haushaltsführung, ihr wuchs beizeiten ein Wäscheberg über den Kopf. »Hab ich denn auch an alles gedacht?« Sie fühlte sich Versicherungsunterlagen nicht gewachsen, bei Schadenfreiheitsrabatten und Überschussbeteiligung ebenso wie bei Kolbenfressern oder Bolzen nickte sie nur ratlos – sie verstand die Begriffe, aber sie konnte sich unter ihnen absolut nichts vorstellen. Wenn sie nach großer Überwindung etwas erledigt hatte, überkam sie eine neue Unruhe, weil sie glaubte, einen Haken hinter einen ihrer Spiegelstriche machen zu können, und feststellte, dass man nichts, nicht mal einen Gang zur Post, endgültig – für sein Leben – abhaken konnte. Sie würde immer wieder zur Post gehen müssen, zur Bank, zur Apotheke, zum Finanzamt, auf die Einwohnermeldestelle, Entkalker kaufen, Wäscheweiß, Geschirrspülsalz, das Auto betanken, vielleicht mal einen Fensterputzer bestellen. In ihrem inneren Notizblock würde es niemals leere Seiten geben. Diese Tatsache rief in ihr chronische Ruhelosigkeit, ja fast Verzweiflung hervor.

Siebenmal mein Körper

Mein Körper ist ein schutzlos Ding,
wie gut, dass er mich hat.
Ich hülle ihn in Tuch und Garn
und mach ihn täglich satt.

Mein Körper hat es gut bei mir,
ich geb' ihm Brot und Wein.
Er kriegt von beidem nie genug,
und nachher muß er spein.

Mein Körper hält sich nicht an mich,
er tut, was ich nicht darf.
Ich wärme mich an Bild, Wort, Klang,
ihn machen Körper scharf.

Mein Körper macht nur, was er will,
macht Schmutz, Schweiß, Haar und Horn.
Ich wasche und beschneide ihn
von hinten und von vorn.

Mein Körper ist voll Unvernunft,
ist gierig, faul und geil.
Tagtäglich geht er mehr kaputt,
ich mach ihn wieder heil.

Mein Körper kennt nicht Maß noch Dank,
er tut mir manchmal weh.
Ich bring ihn trotzdem über'n Berg
und fahr ihn an die See.

Mein Körper ist so unsozial.
Ich rede, er bleibt stumm.
Ich leb ein Leben lang für ihn.
Er bringt mich langsam um.

Robert Gernhardt

Mittlerweile lebte Benjamin seit sechs Monaten an ihrer Seite, und hin und wieder vermisste sie die Sonntage ohne Überwachung: unrasierte Beine, erdige Gesichtsmasken und Ketchup auf Scheiblettenkäse in Plastikpapier.

Theresa und Benjamin kamen gemeinsam von einer Hochzeit auf dem Land und fuhren mit dem Auto zurück nach Berlin, es war ihr Auto, aber er lenkte und rauchte dabei, während die Wiesen hinter ihm vorbeiwischten. »Mein Kopf tut so weh«, sagte er. »Willst du nicht mal fahren?« »Ich bin so müde, Benjamin. Bitte fahr du.« Die Sonne knallte auf das schwarze Autodach, und ihr blonder Schopf wurde heiß und heißer. »Mir wird ganz schlecht von der Zigarette«, sagte Theresa und wedelte mit der Hand seinen Rauch weg. »Mann, bist du spießig heute.« »Können wir mal anhalten, ich muss aufs Klo.« »Hier ist aber kein Klo, Theresa.« »Ich geh in den Wald.« »Kannst du nicht noch ein wenig durchhalten?« »Ich muss aber jetzt!« »Dann kannst du danach ja übernehmen und fahren.« »Ich fahr doch so schlecht!« »Ist mir egal. Ich fahre jedenfalls nicht mehr.« Er lenkte den Wagen wütend an den Straßenrand und bremste abrupt, ihre Körper wackelten vor und zurück wie Pudding. Sie standen auf einer kleinen Allee. »Bist du verrückt? Musst du so ruppig anhalten!« »Du wolltest doch pinkeln!« Sie stieg aus und stapfte raschelnd durch die kniehohen Gräser, die ihr die Beine kitzelten, es summte neben ihren Ohren, und es summte in ihrem Kopf.

Als sie zum Auto zurückkehrte, saß Benjamin mit geschlossenen Augen auf dem Beifahrersitz, den er weit nach hinten gekippt hatte. »Was machst du denn da?«, fragte sie. »Ich ruhe.« »Und ich soll jetzt fahren?« »Ist ja dein Auto.« »Ich kann aber nicht. Benjamin. Mir ist ganz zittrig und schwindelig von dem Wein gestern, und außerdem weiß ich den Weg gar nicht.« »Ich auch nicht.« »Ich fahre aber nicht.« »Dann bleiben wir wohl hier stehen.« Er legte sich zurück, als wollte er einschlafen. Sie rutschte auf den Fahrersitz und schloss ebenfalls die Augen. So saßen sie da, am Straßenrand zwischen Lindenbäumen und noch

270 Kilometer von Berlin entfernt. Er sagte nichts, und sie wartete, wartete geduldig zehn Minuten und dann 17, dann 23, und dann explodierte sie. »Du bist echt so ein Arsch! Du weißt genau, wie ungern ich Auto fahre. Und Autobahn. Du bist schließlich auch hergefahren. Ich will einfach nach Hause.« »Wer kriegt schon immer das, was er gern will!« »Ich dachte, ich.« »Diesmal nicht.« Wieder schloss er die Augen. »Aua, mich hat was gestochen!«, rief sie und schlug sich mit der Hand an den Hals. »Du bist von der Tarantel gestochen«, sagte er und musste lachen. Plötzlich lachte auch sie, obwohl ihr Tränen der Wut über die Wangen rollten. »Küss mich«, sagte sie. Und sie zogen sich aus am Straßenrand. Drei Stunden später waren sie zu Hause.

Sie waren oft eingeladen, es gab Abendessen und Filmpremieren, Wochenenden auf dem Land, Bareröffnungen, Einweihungsfeste, Abrisspartys, Trinkspiele, Gesellschaftsspiele, Grillabende, DJ-Sessions, rumhängen, Gitarre spielen, chillen, Konsum, Spielwiesen.

Es blieb kaum mehr Zeit für Zweisamkeit. Im Laufe der Ereignisse fingen sie an, sich zu streiten. Er war ständig beleidigt, wenn sie ohne ihn irgendwo eingeladen war, sie kränkte es, dass überall in der Stadt irgendwelche Josies oder Franzis oder Olgas herumlauerten wie ausgeschaltete Springbrunnen, mit denen er vor ihr geschlafen hatte. »Aber damals kannte ich dich doch noch gar nicht!«, verteidigte er sich. »Ja, gerade deswegen!«, rief sie rechthaberisch. Es traf sie, dass er inmitten ihres Bekanntenzirkels herumgewildert hatte. Der Blick der fremden Mädchen demütigte sie, weil er ihr zuzurufen schien: »Ha! Ich war auch mal mit deinem Freund im Bett! Ich weiß genau, worauf er steht. Ich war vor dir auf der Mundrangliste!«

Benjamin warf ihnen verschwörerische Blicke zu, sie sah ihn mit den Mädchen flüstern, sie sah, wie er seine Hand auf ihren Rücken legte und ihnen Cocktails spendierte, obwohl er am Ende des Abends pleite war und Theresa das Taxi nach Hause bezahlen musste. Sie konnte die Grenze nicht finden: Wann war man ein Duckmäuschen, ein Dummerchen, das sich alles gefallen lässt, und wann war man eine Zicke, die wegen jeder Kleinigkeit explodierte?

Benjamin und sie fingen an, sich gegeneinander auszuspielen, aufzurechnen mit Gefälligkeiten, Freunden, Einladungen: »Den kennst du ja nur über mich!« »Das weißt du ja nur durch mich!« Sie befanden sich im Wettbewerb, wie ihn Jugendliche miteinander führen, weil sie für einen kurzen Moment glauben, alles das erste Mal zu entdecken. Irgendwann würden sie beide feststellen, dass jeder ihrer klugen Gedanken schon einmal gedacht worden war. Meist von Menschen, die bereits seit Jahrzehnten tot waren. In ihm steckte ebenso ein Drang danach, gefallen zu wollen, wie in ihr. Ihr fiel ein Satz ein, den sie einmal bei La Rochefoucauld gelesen hatte: Wir vergeben oft denjenigen, die uns langweilen, aber niemals jenen, die wir langweilen.

Sie waren beide so eitel, so ambitioniert in ihrer gesellschaftlichen One-Man-Show, dass sie einander vollkommen vergaßen; sie wussten beide: Als Paar macht man keine neuen Eroberungen. Sie sahen einander inzwischen als Bedrohung an, als Putschisten, die den Umsturz des anderen ausheckten. Er kam ihr manchmal vor wie ein kleinstädtischer Emporkömmling, der sich für die Berliner Kultur- und Kunstszene herausgeputzt hatte im Federkleid des Gockels. Man ist nie so lächerlich durch die Eigenschaften, die man besitzt, wie durch jene, die man zu haben vorgibt, auch das hatte sie bei La Rochefoucauld gelesen. Manchmal dachte sie: »Er hat so ein Glück mit mir«, und sie fragte sich, ob er sich dessen überhaupt bewusst war, ob er froh war, dass er sie hatte. Dann wiederum dachte sie: »Ich habe so ein Glück mit ihm!« Denn sie war sich nicht sicher, ob nicht vielmehr sie zu Dankbarkeit verpflichtet war, dass er bei ihr blieb, dass er es mit ihr aushielt, vielleicht hatte sie ihn überhaupt nicht verdient. Wenn diese Selbstzweifel sie überkamen und sie im Bett lag und sich fragte, ob sie ein guter Mensch sei, stiegen ihr all ihre kleinen Verbrechen und Untaten zu Kopf und stießen gegen ihre Schädeldecke, wo sie sich sammelten und anstauten. »Ich habe Anna nicht zurückgerufen, ich habe meinen Bruder nicht vom Bahnhof abgeholt, ich habe mich gefreut, als bei meiner Großmutter der Anrufbeantworter und nicht sie selbst ans Telefon ging, ich habe keinen Sport gemacht, ich habe meinen Professor vertröstet, ich habe mich misshandelt, geraucht und gequält, und so quäle ich nun Benjamin, der mich nicht besser gemacht hat, ich war nicht beim Augenarzt, ich wollte doch Gesangsunterricht nehmen, mich für etwas engagieren, einem Förderkreis für Kultur beitreten, mehr Klassiker lesen, mehr tun und mehr tun, und morgen fange ich an! Morgen früh gehe ich laufen.«

Dann ging sie nicht laufen, weil sie so müde war von den Blasen in ihrem Kopf, den wund geriebenen Gehirnzellen, und so war der Tag schon wieder im Eimer, weil sie nicht laufen gewesen war und die Unzufriedenheit mit dem Aufwachen begonnen hatte und sich bis zum Abend streckte, als Benjamin mit einer DVD vorbeikam und sie fernsahen und sie sich schämte, weil sie glotzte, anstatt zu lesen, und weil sie dabei M&Ms aßen, bis ihr der Bauch anschwoll. Und so lag sie wieder wach und fragte ihn: »Glaubst du, meine Eltern sind zufrieden mit ihrem Kind? Glaubst du, sie führen eine glückliche Ehe? Glaubst du, man kann einander ewig treu sein?«

»Man kann es vermutlich schon. Aber will man das? So ein Verzicht – wozu? Man hat doch nur ein Leben. Und dann soll man die letzten 30, 40, 50 Jahre nur mit einem einzigen Menschen schlafen?«

»Ich kann es mir auch nicht vorstellen. Und wer sagt denn überhaupt, dass das Leben in Treue das bessere ist! Vielleicht versauern die Treuen in ihren ungelebten Phantasien. Vielleicht kann ein kleiner Seitensprung eine Beziehung beleben. Vielleicht schützt man sich so vor Verbitterung, weil man dem anderen nicht ständig vorwirft, er bremse einen, er halte einen vom Spaß fern.«

»Man hat vielleicht eher ein schlechtes Gewissen und gibt sich wieder mehr Mühe.«

»Oder man sieht erst dann, was man an seiner Beziehung hat.«

»Aber es wäre natürlich schön, wenn wir es schafften.«

»Willst du es denn schaffen?«

»Irgendwann sicherlich, ja. Aber meine Eltern haben auch versagt. Die führen keine glückliche Ehe. Ich glaube, sie können sich nicht einmal mehr ausstehen. Sie hassen sich dafür, dass sie einander von so viel abgehalten haben.«

»Findest du, ich halte dich von Sachen ab?«, fragte sie.

»Natürlich hält man einander immer ab. Aber das ist der Preis für eine Beziehung.«

»Wovon halte ich dich denn bitte ab?«

»Na ja, von anderen Frauen. Manchmal von meinen Männerabenden, Gott sei Dank vom Computerspielen. Und jetzt gerade vom Schlafen.« »Ich bin also nur eine Belastung, eine Bremse für dein Glück?«

»Nein, Theresa. Ich mache das doch alles nur, weil ich mit dir sein will. Für niemand anderen würde ich das tun.«

»Du bringst also ein großes Opfer?«

»Man kann es dir nicht recht machen«, seufzte er und rollte ihr den Rücken zu. Sie sah seine glatte Haut und die Schulterknochen, die sich wie Flügel dem Laternenlicht der Straße entgegenreckten. Streckte in Beziehungen nicht immer einer die Arme aus?

Nach gemeinsamen Abendessen fragte sie ihn oft: »War ich zu laut? Hätte ich nicht sagen sollen, dass dieser Film eine einzige Belanglosigkeit ist? Glaubst du, Sophia war gekränkt, weil wir zu spät gekommen sind? Warum habe ich nur diese großspurige Geschichte erzählt? Hätte ich lieber die Klappe halten sollen?«

»Du machst dir viel zu viel Gedanken, Theresa. Nimm dir nicht immer alle Winzigkeiten so zu Herzen.«

»Ich will nicht, dass die anderen denken, ich wäre vorlaut.«

»Du willst unterhaltsam sein – und das warst du auch.«

»Ja? War ich?«

»Ja, nur manchmal eben auf Kosten der anderen. Es kann oder will nicht jeder im Mittelpunkt stehen. Du aber brauchst Applaus.«

»Ich nehme doch niemandem etwas weg!« Sie küsste seinen Oberarm. »Beruhige dich doch. Die mögen dich doch alle.«

»Ich hoffe es«, sagte sie verunsichert, griff zum Handy, das neben dem Bett lag, und hackte hastig auf die viel zu kleinen Buchstaben, um noch Nachrichten an ihre Freundinnen zu schicken, sich zu bedanken und zu sagen, wie schön der Abend gewesen sei, aber der Abend wurde nicht dadurch schöner, dass man es hinterher behauptete.

»Leg doch das Ding endlich weg.« Benjamin maulte, weil das Licht des Displays sich violett durch seine geschlossenen Lider bohrte. Er zog sich eine Schlafbrille über die Augen. Sie reckte sich nach ihm und wartete auf seinen tröstenden Arm, eine Hand, einen kleinen Finger auf ihrem Körper, aber er grunzte bereits schlaftrunken. »Ich bin nur deine Sättigungsbeilage«, flüsterte sie, aber er stellte sich schlafend. Sie stand noch einmal auf, schlich ins Wohnzimmer und kam am Spiegel im Flur vorbei, in dem sie sich voller Verachtung betrachtete. Sie schlug sich mit der Faust in den Bauch und sah ihrem Fleisch beim Nachgeben zu. »Immer suche ich Streit mit Benjamin, wenn ich doch eigentlich mit mir selbst streiten will«, dachte sie. »Ich muss besser werden.« Sie legte sich auf den Wohnzimmerboden und machte vor Wut ein paar Sit-ups. »Morgen rufe ich Omi an. Morgen mache ich einen Augenarzttermin. Morgen!« Alles könnte noch gut werden, sie war jung.

Sie schleppte ihn auf eine Filmpremiere im Cinemaxx. Er hasste diese Veranstaltungen mit sichtbaren Hierarchien. Aber man hatte sie und Benjamin nicht auf der Gästeliste gefunden, es war erniedrigend, die Schlange hinter ihnen wackelte ungeduldig in der Kälte vorm Kino. »Sie halten hier alle auf. Der Film geht gleich los! Wir wollen auch noch unsere Karten abholen!«, motzten die Darsteller einer Nachmittags-Soap hinter ihnen.

»Wenn ich Sie zum Trouble-Counter schicken dürfte?«, sagte die grazile Hostess, ohne eine Miene zu verziehen. »Zum was?«, fragte Benjamin mit aufmüpfiger Entrüstung und trat mit gerecktem Hahnenhals einen Schritt vorwärts, er ließ sich nichts gefallen. »Lass doch«, mäßigte sie ihn und packte seine Hand. Sie schämte sich für diese aufgeblasenen Veranstaltungen, für ihre eigene und seine Unwichtigkeit auf dieser Erde, in dieser Welt so wie auch in jeder anderen. Benjamin und Theresa standen von nun an in der Schlange des Trouble-Counter.

»Was hast du denn da?«, fragte er eines Abends, als er mit dem Gesicht einer Trockenpflaume ihre Wohnung betrat. Bis vor Kurzem hatte er immer, wenn sie durch den Spion schaute, nachdem es geklingelt hatte, Fratzen und Gesichter für sie gezogen, war eine imaginäre Treppe hinuntergestiegen oder hatte vor dem Guckloch für sie getanzt, die Nase gestreckt – nun stand er da, sie sah sein Gesicht durch den Spion und wartete, ob er zu seinem liebevollen Ritual ansetzte, aber er stand mit geradem Mund vor der Tür und klingelte ungeduldig ein zweites Mal, grell direkt neben ihrem Ohr. Er sah sie an und zeigte auf ihr rechtes Auge, während er unwirsch seine Frage in ihr Gesicht warf und an ihr vorbeimarschierte, mit festen Schuhen auf dem Holzfußboden, um ins Wohnzimmer zu treten. »Wo denn?«, fragte sie und fasste sich tastend mit dem Finger ans Auge. Sie war ungeschminkt und trug eine große Strickjacke, vielleicht entsetzte ihn ihre wollige Bequemlichkeit. »Dein Auge ist ganz rot«, sagte er mehr angewidert als besorgt. »Das sieht nicht gut aus.«

Sie lief zum Spiegel und überprüfte ihre Augen, tatsächlich, die weiße Landschaft war mit roten Ästen durchzogen, wie stecken gebliebene Blitze oder ausgelaufene Flüsse. »Wenn ich ins Licht schaue, sticht es, als ramme sich ein Messer durch meine

Pupille.« Sie hatte Benjamin nie etwas von ihrer Augenkrankheit erzählt, er hasste Krankheiten und Schwäche, und sie fühlte sich wie behindert, minderwertig und faulend mit ihrem verwesenden Auge, das jederzeit seinen Geist aufgeben könnte, eine Zeitbombe in der Pupille.

»Geh lieber mal zum Arzt. Oder ins Krankenhaus. Das sieht ekelig aus. Warte nicht bis Montag.« Es war Samstagabend. Benjamins Stimme hatte die strenge Sachlichkeit eines Erziehers. »Ich gehe am Montag.« Theresa winkte ab, sie hoffte, dass das Auge bis dahin von selbst durch ein Wunder geheilt würde, ihr Überkörper würde das schon geradebiegen. Aber der Körper gehorchte ihr nicht: Am Sonntagmorgen war das Auge mit einer Kruste verklebt. Benjamin sah ihr mit Abscheu in das eine, das übrig gebliebene gesunde Auge, ein Auge, das seinen Ekel erkannte, obwohl es ganz allein sehen musste. »Ich sehe dich«, sagte sie, um ihn daran zu erinnern, dass ihr linkes Auge sehr wohl fähig war, sein Grauen zu erblicken. Das andere Auge glich dem eines neugeborenen Kalbes.

»Das sieht geschwollen aus«, sagte er. »Es tut auch weh, sehr weh. Es fühlt sich an, als ob mir das Gehirn von hinten aufs Auge drückt. Ein Tumor oder so was. Das habe ich mal gelesen, dass die Augen dann hervortreten.« »Geh lieber heute in die Notfallklinik«, sagte er. »Da muss man so ewig warten!«, nörgelte sie. »Du kannst dir doch Bücher mitnehmen.« »Oder du begleitest mich?« »Ich hasse Krankenhäuser. Und ich muss heut noch was tun. Ich besuche dich, falls die dich dabehalten, ja?« »Ich will dich ja nicht zwingen, aber es wäre schon lieb, wenn du mich begleiten würdest.« »Ruf mich doch an, sobald du aufgerufen wirst. Ich muss dir ja nicht im Wartezimmer dein Händchen halten, oder? Werd mal erwachsen, Theresa.« »Werd du lieber ein Mensch! Ein Freund!« »Du wirst im Leben nicht immer jemanden haben, der dich tätschelt, wenn der Doktor mit der Spritze kommt!« »Ich würde dich auch begleiten!« »Das bezweifle ich«, sagte er. »Du magst mich nur, wenn ich stark bin. Und selbstständig. Wenn ich dich nicht beanspruche. Und vorzeigbar! Jetzt findest du mich hässlich und ekelst dich vor meinem Auge, wie vor allen Krankheiten! Wenn ich alt und gebrechlich bin, läufst du dann auch weg, weil es nicht ästhetisch ist?«

Sie raufte sich die Haare, verunstaltete sich den Kopf, als wolle sie sich noch abstoßender machen, sieh her, so musst du mich auch lieben, die Haarbüschel verknoteten sich zu einer filzigen Matte auf dem Kopf. »Siehst du! So bin ich Struwwelpetra. Keine Barbie!« Sie hielt ihm mit der Hand eine Klette vor die Nase.

»Verschwende nicht all deine Energie hier. Geh lieber zum Arzt«, sagte er, unbeeindruckt von dem Haarknäuel vor seinen Augen. Aber sie wurde den Verdacht nicht los, dass er sie nur begehrte, wenn sie hübsch und präsentierbar war, ein Vorführwagen nach der Waschanlage, lackiert und präpariert. Sie nahm sich ein Taxi ins Krankenhaus und weinte allein auf der Rückbank hinter einer Sonnenbrille, die sie vor dem Licht schützte, das in ihr Auge fiel wie ein Sonnenbrand, wie ein Wespenstich, das Licht strömte mit Feuer und Nadeln durch ihre Pupille, ein unaufhörlicher Fluss von Schmerz. Durch das Auge gelangte er als zuckender Wurm in ihr Gehirn und zappelte sich durch die Windungen ihres Schädels.

»Elf Euro achtzig«, murrte der Taxifahrer ihr entgegen, und sie kramte blind in ihrem Portemonnaie. »Nun machen Se schon! Ich kann hier nicht ewig stehen bleiben«, motzte der Taxifahrer, und der Blinker tickte. »Ja, ja.« Sie wühlte immer hektischer. »Hier.« Sie reichte ihm einen Zehner mit ein paar Münzen. »Stimmt so.« Sie ärgerte sich, dass sie, wie immer, aus Scham und schlechtem Gewissen ein viel zu hohes Trinkgeld gegeben hatte.

In der Klinik verwies man sie auf einen Stuhl. Sie wartete. Es wurden Menschen aufgerufen, die lange nach ihr gekommen waren, aber deren Arme Blut über den Boden tropften oder deren Gesichter grün angelaufen waren. Husten hallte aus allen Ecken, sie roch den Mief des Verfalls, rettungslose Kranke, zu denen sie von nun an gehörte, nörgelnde Hoffnungslose, durch das

Sieb der Gesellschaft hindurchgeplumpst. Uns belächelt man, wir hinken und humpeln und stöhnen und ächzen. Sie beneidete die Schwerkranken für einen Augenblick, die unter dramatischen Schritten und Aufrufen in Operationssäle eskortiert wurden und hinter Schwingtüren verschwanden, während sie – mit ihrem lächerlich geschwollenen Auge – noch jung war und beinah gesund. Sie spürte die Blicke auf sich: »Suchen Sie sich gefälligst unter der Woche einen Arzt und lassen sich einen Termin geben! Sie blockieren hier alles! Sie Zimperliese!« Sie setzte erneut ihre Sonnenbrille auf und musste sich zwingen, nicht vor Wut zu schreien, vor Wut aus Ungeduld. Ärzte streiften mit wehenden Kitteln an ihr vorbei, aber auch hier, wie bei Benjamin, schien sie nichts wert zu sein, weder privatversichert noch schön, noch blutend, belangloser Durchschnitt selbst unter den Notfällen.

Als man sie nach fünf Stunden endlich aufrief, war sie so niedergeschlagen, dass sie den Arzt nur noch müde fragen konnte, ob sie möglicherweise einen Gehirntumor habe, weil ihr Auge hervorquelle und poche. »Sie haben keinen Tumor«, beruhigte er sie. »Sie haben einen stark erhöhten Augendruck, was bei einer Infektion eher untypisch ist.« »Ich habe Retinitis pigmentosa, schon eine Weile«, sagte sie. »Werde ich erblinden?« »Ich will Sie nicht belügen. Es ist möglich. Aber es sieht bisher noch nicht danach aus.« »Und was passiert mit meinem Auge?« »Im Verlauf Ihrer Krankheit kommt es typischerweise erst zu Nachtblindheit, dann zu einer langsamen Einschränkung des Gesichtsfeldes bis hin zu einem sich immer mehr verengenden Tunnelblick. Die Erkrankung führt in einem späteren Stadium in der Regel zu Blindheit. Haben Sie denn irgendwelche anderen Symptome?« »Nein, eigentlich nicht«, sagte sie eingeschüchtert. »Es ist nämlich so«, der Arzt atmete ein und wieder aus, sein Mundgeruch pfiff Theresa mitten in beide Nasenlöcher, säurehaltiger Atem. »Bei der assoziierten Retinitis pigmentosa, die in 25 Prozent aller Fälle auftritt, weisen neben dem Auge auch andere Organe des Körpers Krankheitssymptome auf. Einige solcher mit Retinopathia pigmentosa oftmals zusammen auftretenden Symptome sind Hörstörungen, Lähmungen und Gehstörungen, Herzrhythmusstörungen, Muskelschwäche, geistige Entwicklungsstörungen.« »Um Himmels willen!« Sie hielt die Luft an, um seinem Atem zu entgehen. »Es gibt bedauerlicherweise derzeit keine Behandlung, die das Fortschreiten von Retinopathia pigmentosa verhindern oder die Krankheit heilen kann. Allerdings existieren Studien, wonach die Einnahme von Vitamin A den Verlauf verlangsamen soll.« »Studien!«, rief sie hoffnungslos und holte Luft. »Studien sollen mir helfen?« »Noch ist Ihr Auge ja kerngesund«, beruhigte sie der Arzt. »Sie haben nur eine kleine Entzündung momentan. Schonen Sie sich. Stärken Sie Ihre Immunabwehr.«

Dann müsste ich Benjamin verlassen, dachte sie. Er macht mich fertig. Er wird mich blind machen. Blind vor Liebe, sie musste lachen, so hysterisch war sie, so egal war ihr das alles, so sehr wollte sie raus hier, nur raus, um ihr Leben sehend weiterzuleben, wahrzunehmen, zu sichten, zu schauen, zu glotzen. Der Arzt verschrieb ihr Tropfen und Tabletten und klebte ihr einen weißen Wattebausch mit Pflastern, die sich kreuzten, übers Auge. »Ich rate Ihnen zu einer psychologischen Betreuung.« »Könnten Sie denn jemanden empfehlen?« Theresa musste sich bemühen, die Fassung nicht zu verlieren, sie wusste schon lange, wie es um ihr Auge stand, aber jedes Mal, wenn ein Arzt ihr erneut erklärte, was sie hatte, was ihr drohte, wie sie zu leben hatte, in Angst und Vorsicht und Prävention, dann schüttete sich Hoffnungslosigkeit über ihr aus. Sie dachte an jede lange Nacht, jede einzelne Zigarette, jedes Glas Wein, jeden versäumten Yogakurs, jede geschwänzte Nachuntersuchung, jeden aufgeschobenen Therapeutentermin. Du bist schlecht, du wirst es noch bereuen, du wirst dich noch über dich selbst ärgern, buy now, pay later, aber dann zahle – zahl bis an dein Lebensende.

»Hüten Sie sich vorerst vor Sonnenlicht«, riet er noch und befreite sie von seinem Geruch, aber niemand stand vor der Tür, um sie abzuholen. Dabei wurden selbst die hässlichsten, ältesten, buckligsten, verwahrlosesten Patienten von irgendwem besucht oder abgeholt, da standen Familienmitglieder und Blumenkinder vor der Tür, aber für sie war niemand da, nicht einmal ein Gänseblümchen. Sie nahm wieder ein Taxi, Einsamkeit war ein teures Vergnügen, und fuhr nach Hause. Am Abend kam Benjamin zu Besuch und brachte weiße Schokolade mit, die er zum größten Teil selbst aß. Sie sagte ihm nichts von ihrer Behinderung, für ihn wollte sie heil und unversehrt sein. Er liebte Schönheit, er schwärmte für Gesundheit und Form, er war ein Ästhet, und er ging Dicken und Bleichen und Alten und Pflegebedürftigen aus dem Weg. Er fasste sie mit einer Vorsicht an, als wäre sie ansteckend und mit Urin beschmiert. So wie ein Masseur einen faltigen, ungewaschenen Kunden anfasst, man musste ihn beinah dafür bezahlen. Die Augenklappe legte sich über ihre Lider und ein Schleier über seine Zuneigung. Dann kam die Klappe wieder ab, das Auge war geheilt, und er sah sie wieder an.

Er legte großen Wert darauf, die Freunde zu trennen in deine und meine, nie unsere, er war gekränkt und empört, wenn sie vor ihm eine E-Mail oder SMS mit einer Einladung bekam. »Ich gehe da nicht hin«, verkündete er dann, und sie konnte ihn nicht mehr umstimmen. Er war zäh und schaltete in Konfliktsituationen gern für 12 bis 48 Stunden sein Handy aus, weil er nicht gestört werden wollte, weil sie ihn nervte, er konnte auf gesellschaftliche Abfuhr eben nur mit einem Zurückstoßen seinerseits reagieren. Manche Freunde waren bereits verärgert, sie musste ihn in Schutz nehmen, in großer Runde war sie seine Verteidigerin, wenn sie zu zweit waren, klagte sie ihn an. Er verhielt sich wie eine Diva. Und das meist zu Unrecht. »Du könntest mir auch einfach mal zwischendurch einen blasen«, sagte er beim Rührei am Frühstückstisch. »Ich esse doch gerade.« Sie nahm eine Gabel von dem dotterfarbenen Glibber, lauter tote Küken, und das Ei wurde in ihrem Mund immer mehr, es schmeckte, wie eine Stinkbombe riecht, und er sah ihr beim Kauen zu. »Ja, aber danach. Nach dem Essen!«, sagte er. »Ich will aber nicht so auf Kommando.« »Aber ohne Kommando machst du's ja auch nie zwischendurch. Was weiß ich, einfach mal so.« »Ich würde es machen, wenn du nicht so einen Druck aufbauen würdest. Es ist Samstagmorgen.« »Ja, eben. Alles entspannt. Wochenende.« »So ist es für mich aber nicht entspannt.« Sie hatte das Ei inzwischen irgendwo zwischen Speiseröhre und Mageneingang stecken, bröckelnde milchige Masse aus der Legebatterie. »Du willst mir einfach keinen Gefallen tun! Du bist unfähig dazu, etwas Nettes ohne Gegenleistung zu machen. Vielleicht hat das mit einer von dir fehlinterpretierten Frauenbewegung zu tun. Du denkst, sobald du einem Kerl etwas Gutes tust, würdest du dich selbst verraten!« Benjamin salzte sein Ei nach. »Ich will dir einfach keinen Gefallen tun, wenn du mich zwingst.« »Ich mache so was ja auch für dich«, sagte er und deutete zwischen ihre Beine. »Ich fordere dich auch nicht dauernd dazu auf. Dann macht es wenigstens noch Spaß und bleibt ein eigener Entschluss.« »Es ist offensichtlich einfach dein Entschluss, mir das Wochenende zu vermiesen.« Er schob die Reste seines Rühreis demonstrativ in den Mülleimer, wobei er die Klappe nur einen Spalt aufhielt, so, dass die Eierreste am Eimer haften blieben, wo sie am Aluminium trockneten, bis sie hart werden würden, harte Milch – harte, graue Eiermilch an meinem Mülleimer, dachte sie. »Ich gehe jetzt joggen«, sagte er. »Rufst du mich später an?« »Ich melde mich.« Er zog die Tür zu, sie hörte seinen Schritten nach, dann war es still. Sie konnte das Ei auf ihrem Teller quaken hören.

Er wird mich betrügen und verlassen, dachte sie, betrügen und verlassen. Ich darf das nicht zulassen. Ich muss das verhindern. Ich muss fremdgehen, damit es nicht so wehtut, wenn er es auch tut. Ich muss das präventiv machen, nur zum Schutz, zur Selbstverteidigung gegen einen möglichen, wahrscheinlichen, hypothetischen Angriff. Ich brauche einen Bürgen, wenn er ausfällt, eine Fallback-Option, so was braucht man doch heutzutage überall, nicht nur in der Wirtschaft. Man muss heute alles absichern, rückversichern, garantieren, freistellen, enthaften.

Selbst in den zweisamen Momenten gedieh eine Nichtigkeit zu einem Blitzkrieg. »Och Mann, mir ist heiß«, nörgelte er abends im Bett und stieß sie weg, wenn sie an ihn herangerobbt kam. Sie zerrte an seinem Arm, zwickte in sein Fleisch und rüttelte an seiner Schulter. »Ich will schlafen«, motzte er. »Bitte lass mich schlafen.« »Na gut«, murmelte sie so anrührend wie möglich, kniff und drückte aber noch ein wenig an seinem Arm herum. Dann Stille. Sie wartete, aber keiner sprach. »Ich kann aber nicht schlafen«, sagte sie patzig wie ein Kind, das nicht von der Mutter ins Bett gebracht werden möchte. »Und deshalb darf ich auch nicht schlafen, oder wie?«, fragte er gereizt. »Doch. Aber du musst mich in den Arm nehmen«, zappelte sie. »Ich liege aber grad so gemütlich«, brummte er gespielt schläfrig in sein Kissen. »Bitte. Dann gebe ich auch Ruhe«, flehte sie. »Du zuppelst immer an mir. Ich kann einfach auf der rechten Seite besser schlafen.« Wortlos, aber mit einem Seufzer rollte er sich zu ihr herüber, legte patschend den Arm um sie und schlief ein paar Minuten später ein. Er schlief ein! Sie lag steif, seine Hand wie eine Fliegenklatsche auf dem Bauch, die Augen geöffnet, ein Wachkopf.

Oft, wenn sie wach lag, stellte sie sich vor, wie man sie enthäutet oder bei lebendigem Leib begräbt, sie sah die Erde in ihre Nasenlöcher fallen und Würmer über ihr Gesicht kriechen, sie sah Kometen in die Erde einschlagen, die alles, was je hier war, für immer vernichten, vielleicht gab es irgendwann sogar neues Leben, einen neuen Urknall – und die Lebewesen würden dann denken, sie wären allein im Universum. Sie dachte an den Ozean, an seine Dunkelheit und Mystik, die auf sie eine unwiderstehliche Faszination und Angst ausübten, sie dachte an entführte Kinder, die missbraucht werden, und an deren Arglosigkeit, an den Moment vor dem Tod, an Krebs, an Gehirntumore, an Atomwaffen, an deformierte Neugeborene, an Terroristen, die ihr die

Augenlider abschneiden und sie erdrosseln, an brennende Häuser, an das Mittelalter, an den Galgen, an die Unberechenbarkeit der Himmelsgesteine, an die Eiszeit, an Naturkatastrophen, an Monster, ans Ersticken, ans Ertrinken, an abstürzende Flugzeuge, an einen Helikopter, der auf ihr Haus fällt und es in Brand setzt, an die Angst – und immer wieder fragte sie sich, wie die Menschen diesen Moment überstehen, den Moment, an dem sie mit Gewissheit spüren: Jetzt sterbe ich.

Sie konnte sich erst beruhigen, als sie irgendwo las, dass man im Falle des Verbrennens, Ertrinkens oder Erstickens vorher ohnmächtig würde.

Ihr fiel ein Interview mit Woody Allen ein, das sie sehr beeindruckt hatte. »Für die meisten Menschen ist der Sarg halb leer; für Woody ist der Sarg halb voll«, soll seine Frau über ihn gesagt haben, und Woody Allen erzählte dem »stern«: »Wir alle befinden uns in einem gigantischen Vernichtungslager. Ich sage Ihnen, was unsere Existenz auf diesem Planeten ausmacht: Nach ein paar Jahren Leben klopft es mitten in der Nacht an deiner Tür und eine Stimme sagt: ›Mitkommen! Sie sind schuldig!‹ … und dabei habe ich nie etwas Tragisches erlebt. Meine Eltern prügelten mich nicht, sie kauften mir alle Spielsachen, die ich haben wollte, und ich wurde auch nicht plötzlich Vollwaise. Meine Theorie ist, dass ich damals schon gespürt habe, dass ich sterblich bin und eines Tages alles das Klo runterrauschen wird: ich, meine Wohnung, die Nachbarn – einfach alles. Als ich begriff, dass das wahre Bild allen menschlichen Lebens ein alles verschlingendes Toilettenrohr ist, verschwanden alle Niedlichkeit und alle Begeisterung aus mir. Stattdessen begann mein Körper Angst zu produzieren. Und das hat bis heute nicht aufgehört.«

»Hast du keine Angst?«, fragte sie Benjamin im Dunkeln. »Warum fängst du solche Gespräche immer nachts an, wenn wir im Bett liegen!« »Weil mir diese Gedanken immer erst spät kommen.« »Wovor hast du denn Angst?«, fragte er gereizt. »Ich habe Angst, dass alles schiefgeht. Vor dem Tod. Vielmehr: vor dem

Sterben. Und dass noch ganz viele schreckliche Dinge auf mich zukommen werden, Leid und Krankheit und Unglück.« »Aber du antizipierst ja schon die Schmerzen, die noch gar nicht da sind. Mach dir doch das Leben jetzt nicht durch eine hypothetische Zukunft schwer!« »Ich weiß gar nicht, wie ich das alles ertragen soll, das Alter, das Alleinsein, das Leben ohne meine Eltern, vielleicht kein Geld, vielleicht niemals Kinder, vielleicht eine Scheidung, Verluste.« »Aber so weit ist es doch noch gar nicht!« »Machst du dir denn nie Sorgen um deine Zukunft?« »Ich denke einfach nicht so viel über so was nach. Das ist aber keine Verdrängung oder so. Ich denke ganz einfach nicht daran, weil es unnütz ist, weil ich nicht dran denken will. Warum alles komplizieren, wenn es auch einfach geht?« »Ich will ja einfach – kann es aber nicht. Ich bin so oft traurig. Ohne Grund. Ich bin dann so leer und schwer und fühle mich, als würde ich alle belasten und alles falsch machen. Meine Masterarbeit, die ungetanen Dinge, die ausgelassenen Gelegenheiten.« »Vielleicht nimmst du dich zu wichtig. Sei nicht so streng mit dir.« »Ich wollte doch mal Regisseurin werden! Und singen. Und mit Freundinnen eine Stiftung gründen. Und Italienisch lernen.« »Das könntest du alles in der Zeit tun, in der du dich mit diesem nächtlichen Wahnsinn herumschlägst. Lass uns schlafen, damit wir morgen wenigstens was leisten.« »Du bist so hart zu mir. Wie kannst du so schroff sein?« »Ich bin nicht schroff, Theresa, ich bin müde. Und das bringt doch alles nichts, Selbstzweifel um halb zwei, wenn man um acht aufstehen muss, Gedanken, die dich nur fertigmachen. Ich habe keine Lust mehr, jeden Abend bei deinen Selbstzerstörungs-Sessions zuzuschauen. Entspann dich! Mach Yoga! Geh zur Familienaufstellung. Hier im Bett kommst du nicht weiter!« Sie weinte, aber sie wusste nicht, ob sie traurig war oder ob sie ihn erweichen wollte. »Jetzt weinst du schon wieder!«, stöhnte er. »Weißt du, irgendwann zieht das nicht mehr! Wenn man jeden Tag weint, verliert es an Bedeutung. Was willst du denn mal tun, wenn etwas wirklich Schlimmes passiert, wenn jemand stirbt oder so?« »Sag so was nicht!« Sie konnte sich nicht umdrehen, aber sie wünschte sich so sehr, dass er sie in den Arm nahm, und doch konnte sie selbst sich nicht regen, ihr Kopf befahl ihm stumm: »Bitte, bitte, dreh dich zu mir«, aber sie sagte nichts, sondern lag erwartungsvoll und steif auf dem Kissen. Plötzlich wälzte er sich, sie hörte die Federn in seiner Decke rascheln, vielleicht würde er sich ihrer jetzt erbarmen. »Ich gehe jetzt lieber.« Er stand auf und streifte sich seine Hose über, die auf dem Stuhl gelegen hatte, er band sich langsam die Schuhe zu, sie hörte den Gürtel durch seine Jeans rutschen, das Einrasten der Schnalle, den Reißverschluss, Geräusche des Aufbruchs. »Bitte geh nicht«, sagte sie, wobei sie fast würgen musste. »Du lässt mich ja nicht schlafen, egal, wie oft ich dich bitte, wie sehr ich mich bemühe, du hast immer etwas zu nörgeln.« »Ich nörgele nicht! Ich teile dir nur meine Ängste mit!« »Immer dieselben Ängste, immer wieder das sinnlose Gespräch! Immer Problemgespräche.« »Das war ein ganz normales Gespräch! Sobald es mal nicht heiter ist, nennst du eine Unterhaltung Problemgespräch!« Sie schrie inzwischen. »Bei dir regnet es täglich Rasierklingen.« Der Mieter aus der darüber gelegenen Wohnung klopfte mit einem Besenstiel oder irgendeinem dünnen Gegenstand auf seinen Fußboden, und ihre Zimmerdecke brummte. »Siehst du, wir sind das Psychopatenpaar! Selbst die Nachbarn wachen von deinem Gezeter auf«, zischte Benjamin. Er schritt auf die Wohnungstür zu. »Du gehst nicht!«, keifte sie und stellte sich ihm in den Weg. »Lass mich durch«, forderte er bestimmt und stand mit gnadenlosem Blick vor ihr. »Ich lass dich nicht gehen.« Sie hielt die Arme beschützend vor die Tür, als handele es sich um ein Kind, das er zu verprügeln drohte. Er schob sie beiseite. Sie quiekte hysterisch. »Aua, du tust mir weh.« Sie rangelten miteinander, er drehte den Schlüssel um, die Tür war bereits einen Spalt geöffnet, sie presste sie wieder zu. »Du klemmst mir den Finger ein!«, schrie sie. »Schhhhh.« »Du sagst mir nicht schhhh!« Sie drehte den Schlüssel im Schloss um, zog ihn heraus, rannte zum Fenster und warf ihn hinaus. »Ha!«, sagte sie. »Eingesperrt.« »Du bist vollkommen wahnsinnig«, sagte Benjamin. »Ich will doch nur, dass du hierbleibst«, sagte sie. »Ich muss ins Bad.« Er schob sie beiseite und schloss sich im Badezimmer ein. Wenig später hörte sie das Rauschen der Dusche. Er duschte lange, und sie wartete im Trockenen, im dunklen Zimmer, streifte durch die Küche, stand plötzlich am Spülbecken, drehte am Wasserhahn, ließ kaltes Wasser in den Ausguss fließen und wartete auf einen Laut. Sie hörte aus dem Bad seine Schreie: »Aua! Warum wird das denn so heiß?« Sie hatte ihm das kalte Wasser abgedreht. Sie drehte den Hahn wieder auf und wieder zu. Immer wieder. »Aua! Mann!«, hörte sie sein Fluchen durch die Wand. »Ich bin ein Idiot, dass ich bei ihm bleibe«, dachte sie. »Er macht mich zum Idioten! So wollte ich doch nie sein.« Zwei Stunden später kam der Schlüsseldienst, er entließ die Geisel aus der Wohnung und stellte Theresa 250 Euro in Rechnung, mit Nachtzuschlag.

Sie stritten mit der Heftigkeit zweier Hooligans. Es ging immer um Telefonate, das nächtliche Wegrollen, Zurückweisung. »Gib mir Gefühle!«, rief sie ihm fordernd entgegen. »Wenn du Liebe willst«, riet er ihr altklug, »dann sei doch einfach mal lieb.« Aber sie konnte nicht lieb sein, weil sie nicht anfangen wollte mit der Versöhnung, sie empfand keine liebevolle Zuneigung, sondern eine Art Verachtung für seine Sturheit und Herzlosigkeit, die sie erregte, er konnte sie weinend in ihrer Wohnung liegen lassen ohne Schuldgefühle, ohne das Handy anzuschalten, er war hartnäckig in seiner Abweisung. Manchmal warf sie sich vor ihm auf die Füße, umklammerte seine Fesseln, rollte sich zusammen wie eine Lakritzschnecke, manchmal torpedierte sie ihn mit Beleidigungen – »Ich hasse dich!« –, und er riss sich aus ihren Klauen und sagte voller Abscheu: »Ich weiß gar nicht mehr, wie du unverheult aussiehst.« Oder er zischte geringschätzig: »Reiß dich mal zusammen. Wo ist deine Würde!« Sie stritten so sehr, dass sie vor Wut seine Kleider aus dem Schrank riss und sie aus dem

Fenster warf. »Da hast du deine Scheiß-Boxershorts! Und deine Jeans!« Sie schleuderte die Hosen aus dem weit geöffneten Fenster im dritten Stock und die Kleidungsstücke blieben in den Bäumen hängen als Fetzen, als überreife Früchte einer faulenden Beziehung. Benjamin besorgte sogar eine Feuerleiter, um seine Lieblingsjeans aus den Ästen zu befreien, aber die Leiter war nicht hoch genug, die Jeans hatte sich in den Zweigen verheddert und hing noch wochenlang vor ihrem Haus. Sie waren die Götter des Gemetzels. Sie hasste es, dass sie sich seinetwegen erniedrigte, er hatte sie zu diesem entstellten Embryo gemacht, zur Keifzange, obwohl er gar nichts machte. »Das ist es ja eben!«, dachte sie, »dass er nichts macht, dass er eigentlich nicht gut genug ist.« Aber sie wusste, dass sie von ihm erwartete, ihre Unzulänglichkeiten mit einer Größe zu verdecken, über die er nicht verfügte. Sie waren beide im heißen Wasser ihrer schaumigen Liebe geschrumpft. Keiner konnte den anderen mehr ernähren, weil sie all ihre Reserven und Kontingente erschöpft hatten, keine Rationen mehr im Krieg, keine Konservendosen, zerlöcherte Lebensmittelkarten. Nur in den kurzen Momenten der Versöhnung waren sie auf eine innige Art miteinander verbunden, weil die Lebensbedrohlichkeit ihrer kranken Beziehung sie aneinander fesselte wie zwei Entführungsopfer, die sich in der Todesnähe liebten.

Der Streit war ihr Rauschgift. Einmal hatte sie ihn am helllichten Tag auf der Straße während eines beiderseitigen Gerangels so angeschrien, dass Bewohner die Polizei gerufen hatten. Einmal ging sie hoch, zu den Nachbarn um sich zu entschuldigen, und bat ihn: »Bitte tu so, als ob wir Gäste hätten. Mach ein paar Stimmen und Geräusche, während ich da oben bin.« Es war ihr peinlich, dass sie zu zweit einen solchen Lärm verursacht hatten, dann schepperte er mit Töpfen und imitierte Besucher, mehrmals kam die Nachbarin im Morgengrauen im Nachthemd auf den Balkon gewankt, wedelte mit den Armen über dem Kopf und rief hinunter auf die Straße: »Kinder, beruhigt euch!« Ein anderes Mal hatte Theresa sich den Fuß verstaucht, als sie nach ihm getreten und einen Laternenpfahl getroffen hatte, sie hatte ihn auf einem Geburtstag vor aller Augen geohrfeigt, weil er ihr nicht half, ihre Jacke zu suchen, die sie verloren hatte – inzwischen hielt sie nicht mal mehr der Anstand zurück. Ein weiteres Mal hatte sie ihn beim Raufen und Zanken so festgehalten, dass sein Hemd riss, als er sich loszureißen versuchte. Alle Knöpfe waren in einer Fontäne zu Boden gesprüht. »Stirb!«, hatte er ihr damals zugekeucht, da hatte sie entsetzt ihren Griff gelöst, und er war befreit fortgestolpert.

Er fing an, ihr Briefe zu schreiben, weil er aus Angst vor einem Streit nicht mehr mit ihr telefonieren wollte, die Telefonate eskalierten, weil sie eine Flatrate hatte und eine ausdauernde Batterie, er war kurz angebunden, sie wollte reden und argumentieren und sich beschweren und etwas von ihm hören. Deshalb legte er ihnen beiden eine Telefonsperre auf und schrieb ihr verzweifelt: »Liebe Theresa, ich weiß nicht, was mit dir los ist, aber die ganze Situation im Moment tut mir sehr weh. Ich weiß einfach nicht mehr, was ich tun soll. Warum musst du immer diskutieren, obwohl alles gut ist? Ich habe das Gefühl, dass alles, was ich mache, dir Anlass gibt, zu streiten. Streiten ist, wie du weißt, etwas, auf das ich überhaupt keine Lust habe, insbesondere nicht, wenn es keinen Grund dafür gibt. Ich kann mich schon gar nicht mehr erinnern, worüber wir in letzter Zeit gestritten haben, aber den Samstag habe ich nicht vergessen: Du sagtest, ich sei ein Lügner, so wie du mich schon immer für einen Lügner gehalten hast, weil du ein einziges Mal, einmal, am Anfang, eine SMS in meinem Handy gesehen hast, die von einem anderen Mädchen stammte. Ich wollte die Nummer dieses Mädchens löschen, aber das wolltest du auch nicht, weil du mir nichts verbieten wolltest oder keine Freundin sein wolltest, die ihrem Freund etwas verbietet, oder wie auch immer. Seitdem denkst du, ich sei, wie alle Männer, wie alle Menschen, ein schlechter Mensch. Ich habe dir immer gesagt, dass ich nur dich liebe, aber du, du willst, dass es scheitert, weil du dann recht behalten hast. Nachdem du mich auf dem Geburtstag am Samstag unvermittelt angeschrien hast, bin ich mit dir vor die Tür gegangen, wo du mir ins Gesicht geschlagen hast. Das alles so laut, dass sich mehrere Nachbarn beschwert haben. Ich weiß nicht mehr, wie ich dich davon überzeugen soll, dass ich dir nichts Böses will. Du sagst, ich sei illoyal. Was soll ich tun? Was ist der wahre Grund für das ganze Theater? Was soll ich tun?« Dann waren einige Zeilen durchgestrichen, sie erkannte die Punkte der kleinen is über dem wilden Gekritzel, stundenlang hielt sie das Papier gegen das Licht, unter das Licht, auf Holz, auf Glas, aber sie erkannte nur die hüpfenden Punkte der is, tanzende kleine Kugeln, die zu einem »ich liebe dich« gehören könnten oder zu einem »wie sehr ich dich liebe«, aber es war alles durchgestrichen, aufgehoben, und am Ende stand nur »Bitte sag mir, was mein Fehler ist. Sag mir, was es wirklich ist. Das würde mir sehr helfen. Dein B.« Sie konnte es nicht erklären, sie konnte ihm nicht antworten, es war einfach alles entzündet, seine Worte waren eitrig.

Ihre Wutausbrüche erschreckten sie, ihre emotionalen Amokläufe, manchmal hörte sie schon die fassungslosen Nachrichten im Radio: »Die Nachbarn sagten aus, sie sei stets ein unauffälliges, nettes Mädchen gewesen!« Sie wollte kein Terrorist sein. Aber wenn er vor ihr stand und sie auf ihn mit geballten Händen trommelte, galoppierende Wirbel auf seinen Körper, seine Rippen, seine drahtig-schlanke Brust, wenn ihre Fäuste aus ihm etwas herauszuklopfen versuchten, einen Ton, nur eine Regung, eine Vibration, erreichte sie nichts. Ihr Instrument genügte nicht, sie brauchte ein Orchester, damit er sie hörte. Er regte sich nicht mehr, wenn sie auf ihm paukte und an seinen ausgeleierten Saiten rüttelte. Verstört ergriff sie effektivere Maßnahmen: Sie sah sich dabei zu, wie sie ihm den Kopf an den Haaren herunterzog, so tief, noch tiefer, das Knäuel fest in der bebenden Hand. In dieser Position hielt sie inne, sein Kopf presste nach oben, sie riss nach unten. Irgendwann schüttelte er den Kopf aus ihrem Griff, zappelte sich frei, Haare segelten in Flocken zu Boden, wie Federn einer erschossenen Ente, sie erschrak, er kam ihr so fremd vor, mit anderem Gesicht, mit wildem Haar, und mit einer gewaltigen Handbewegung wischte er ein Bücherregal, das an der Wand lehnte, um, es stürzte ein wie ein gesprengtes Hochhaus und brach sich am Fußboden wie eine Welle. Es widerte sie an, was sie getan hatte, und sie schrie eine lange Zeit. Irgendwann wurde sie luftarm, kurzatmig, wimmerte und warf sich zu den auf der Erde verstreuten Büchern wie in die tosenden Fluten des Ozeans. Dort blieb sie liegen. Er ging, wortlos, sie hörte seine Ledersohlen auf dem Holzfußboden, ganz deutliche Schritte, beinahe ruhig und erhaben. Und obwohl sie ihm hinterherlaufen wollte, obwohl sie sein Gehen nicht aushielt, blieb sie auf einem Buchdeckel liegen, dessen Kante sich ihr in den rechten Arm bohrte, aber sie konnte ihn nicht bewegen, sie konnte sich nicht bewegen. Es verging eine Weile, und dann erkannte sie, dass ihr Schauspiel ein Schauspiel war, zumindest hoffte sie es, und so rappelte sie sich hoch, ihr fehlte das Publikum, ihn konnte sie nicht mehr beeindrucken, er war fort, sie hatte sich verausgabt, und die Bücher lagen auf der Erde, und sie schämte sich, die schönen, heilen Bücher hatten bezahlen müssen für ihren Wahnsinn. Immerzu sprach sie Erpressungen aus, die sie wieder rückgängig machen wollte, bei der sie die Bedingungen abändern, die Klausel für nichtig erklären, ihre eigene Unzurechnungsfähigkeit deklarieren wollte – wie ein Kind, das ruft: »Das güldet nicht!« Sie griff zum Handy und rief ihn an.

Aber sie hatte ja gewusst, dass er nicht zurückkommen würde. Sie hatte gewusst, dass er die ersten vier bis vierzehn Male nicht abheben würde. Sie kannte das Tuten und die Ruhe dazwischen, die sekundenlangen Atempausen, in denen sie hoffte, auf die Stille würde kein blecherner Ton mehr folgen, sondern eine Stimme. Bitte, bitte, eine Stimme! Sie hatte gewusst, dass er sie unterbrechen und mitten im Satz auflegen würde. Und er hatte gewusst, dass sie immer und immer wieder anrufen würde.

Ohne Atem und ohne Sinn. Sie drückte immer wieder auf die Wiederholungstaste. Es geschah automatisch, das Telefon war ganz verklebt von ihren tränenbeschmierten Wangen, irgendwann wird die Taste noch herausbrechen und mir entgegenspringen, dachte sie. Dann hat die liebe Seele Ruh.

Jedes Mal, wenn sie sich wieder gefangen fühlte in ihrer eigenen Unkontrolliertheit, wie ein Säugling im Einteiler, schwor sie sich, beim nächsten Mal anders zu sein. Beim nächsten Mal würde sie als Erste gehen. Müsste er ihr hinterherlaufen! Beim nächsten Mal würde sie nicht wimmern und schreien und lauter Dinge sagen, an die sie sich hinterher nicht mehr erinnern könnte. Das Gesagte war nicht mehr aus der Welt zu nehmen, nicht aufzuheben wie ein fallen gelassener Stift, es gab keinen Radiergummi für das gesprochene Wort, keine Delete-Taste wie am Computer, es lag da wie Abfall, und man musste fortan einen großen Bogen um den ganzen Müll machen. Aber irgendetwas musste sie schließlich benutzen, um ihn festzunageln, einzuschließen, weichzuklopfen, umzuschrauben. Doch jedes Mal erwischte sie das falsche Werkzeug. Es verbog den Nagel so, dass man ihn nicht mehr herausziehen konnte. Und sie wünschte sich, ohne Hilfsmittel, einfach nackt gekämpft zu haben. Aber ihre Boshaftigkeiten kannten kein Umtauschrecht, reduzierte Billigware wie ihre schäbigen Worte nahm keiner entgegen.

Er quälte sie mit seiner schlechten Laune, seinen Erpressungen und Vorwürfen, der eisernen Lieblosigkeit, nachdem sie ihn mit Klagen befeuert hatte: »Nie kämpfst du um mich, nie zeigst du mir, dass du mich magst, du bist illoyal, du nimmst mich nicht mit zu Geburtstagen deiner Exfreundinnen, du triffst dich noch mit dieser Josie!« Und er erwiderte: »Du suchst immer Streit, du liebst das Streiten genauso sehr, wie ich es hasse, du willst auf Teufel komm raus deinen Willen durchsetzen, du glaubst mir nicht, obwohl ich dir sage, dass ich dich liebe, du hast mir nie irgendetwas geglaubt.« Manchmal vergaß er, ihr Bescheid zu sagen, wenn er ausging oder Freunde traf, so als wollte er sie ausgrenzen oder als Rivalin ausschalten. Er schwärmte von anderen Frauen mit schönen Beinen, tollen Gesichtern, aufregenden Geschichten und rechtfertigte sich dann mit einem »Wenigstens bin ich ehrlich. Jeder Mann, der behauptet, er finde einzig und allein seine eigene Freundin attraktiv, der lügt.«

»Irgendwann wird einer von uns die Atombombe werfen«, sagte sie traurig, wie eine bittere Wahrheit, wie eine Warnung. »Und dann ist alles verseucht.« »Für niemand anderen auf der Welt würde ich diesen Terror ertragen«, sagte er. »Sei mir nicht böse. Ich habe doch keinen freien Willen. Das weißt du doch.« »Wir haben überhaupt keinen Willen mehr, weder frei noch unfrei.« Beide wussten, dass keiner mehr im Recht war, sie hatten den Bereich des Gesetzmäßigen verlassen.

Oft vernichtet man in der Liebe, woran man am meisten glauben will.

Als er sich mitten in der Nacht anzog, um zu gehen, und in der Küche noch eine Zigarette mit wenigen Zügen herunterrauchte, um sich zu beruhigen, hatte sie nackt vor ihm gestanden, war ihm barfuß aus dem Bett in die Küche gefolgt, wortlos und splitternackt stand sie auf den kalten Fliesen, nur von den unregelmäßigen Lichtstreifen vorbeifahrender Autos beleuchtet. Sie hoffte, dass ihre Nacktheit ihn zurückholen würde, und wenn es nur wäre, weil er ihre unbedeckten Brüste so liebte, die immer wieder angestrahlt wurden, sobald ein einsames Auto die leeren Straßen durchquerte. »Bitte«, flüsterte sie in den Rauch seiner Zigarette hinein. Und er blieb.

Sie ertrug es nicht, dass er sie nicht mehr mit den Augen eines Mannes anschaute, der sie noch haben wollte. Er hatte sie – und den Blick gab es nicht mehr. Seine Zuverlässigkeit, das tägliche Anrufen, all die Bemühungen, Lilien, Parfum, Rasuren, damit die Küsse nicht schmerzten, damit seine Stachel ihre Haut nicht aufscheuerten, gab es nicht mehr, anfangs hatte er sie zum Bahnhof gebracht, wenn sie zu ihren Eltern fuhr, und abgeholt, wenn sie wiederkam, inzwischen schrieb er: »Nimm dir doch ein Taxi.« Aber in einer Welt, in der die Eltern sich inzwischen wieder selbst verwirklichten und die Väter nicht erreichbar waren, weil sie mit der neuen Freundin auf Barbados badeten, und die Mütter sich jeden Abend auf einem anderen Cocktail amüsierten, in der die Freundinnen die gemeinsamen Ferien für eine Liebesreise à deux absagten und die Wohngemeinschaften für Ehen geleert und die besten Mitbewohner für mittelmäßige Paare auseinandergezogen waren, in einer solchen Welt war ihr die Liebe als der einzige Ort des Verlässlichen erschienen, aber auf diese Liebe war kein Verlass, sein Handy war aus, oder es klopfte ständig jemand an, für den er sie wegdrückte, er suchte sein eigenes Glück.

Falls es ihn gab, hatte sie ihn verloren, ihren freien Willen und ihre Gedanken schlackerten herum wie in einem Flugzeug bei Turbulenzen, sie war eine Parkinsonkranke. Manchmal prüfte sie, ob der Wille fähig war, dem Körper Befehle zu erteilen, indem sie ihren Herzschlag zu stoppen versuchte. Aber der Wille konnte das Herz nicht anhalten. Sie konnte auch ihrem Magen nicht aufgeben, zu verdauen. Oder sich selbst kitzeln, um zu lachen.

Vielleicht stimmte es, was sie immer vermutet hatte: Das Gelebte verdirbt das Glück. Nur die Verknappung erhält das Verlangen. Sie übertrug die Lieder, die sie wirklich liebte, nicht auf den iPod, sondern hob sie auf, nur auf dem Computer, nur einmal pro Woche durfte sie die Lieder abspielen, damit sie ihrer nicht überdrüssig wurde.

»Ich werde im Sommer für drei Monate nach Zürich gehen«, teilte ihr Benjamin über einer aufgewärmten Tomatensuppe unvermittelt mit. »Ich kann dort bei einem Energieeffizienzprojekt assistieren, bei Jochen Gruber, der gilt als Koryphäe.« »Ich dachte, wir wollten im Sommer nach Argentinien fahren. Oder wenigstens eine Woche nach Südfrankreich.« »Das geht leider nicht, Theresa. Dieses Praktikum ist eine einmalige Option.« Und als sie den Löffel wütend in die Tomatensuppe fallen ließ, fügte er hinzu: »Du kannst mich ja dort besuchen. Zürich ist auch schön.« »Ich will aber nicht nach Zürich.« Die Tomatensuppe hatte ihr rote Flecken ins Gesicht gespritzt, so rot wie die Haare eines Clowns. »Theresa, versteh das doch. Ich muss mich jetzt um meine Zukunft kümmern.« »Ich bin wohl nicht deine Zukunft.« »Zwei Monate gehen so schnell vorbei!«, sagte er. »Was bringt dir denn das? Wirst du dort wenigstens verdienen?« »Nicht viel«, sagte er, »es geht ums Prestige. Ich muss das jetzt tun.« »Du bist über 30 und lässt dich immer noch auf solche unbezahlten Praktika ein? Du gibst mir einfach keine Sicherheit«, sagte sie.

Es gibt in Beziehungen immer einen, der verhungert, und einen, der überfressen ist. Nur der eine sieht den fehlenden imaginären Teil, er dichtet die Lücke hinzu, die es nicht gibt. Ist der eine zu hungrig oder der andere zu sparsam?

Im grellen Licht der Männerwelt sehen alle Mädchen blass und krank aus, dachte sie. Sie quälte Benjamin mit bissigen Bemerkungen vor Freunden, er war ein wendiger Wurm in den Höhlen und Tunneln der Gesellschaft, sie korrigierte seine englische Aussprache und kniff ihm nach dem Essen verachtend in die winzige Rolle, die sich über seiner Jeans gebildet hatte, wenn er saß. Geh doch!, dachte sie giftig, weil er nur am Rande der Gesellschaft kratzte, die sie zu erobern gedachte.

Sie schob ihre niederträchtigen Gedanken beiseite wie die hässliche Porzellanfigur, ein bemaltes Glücksschwein mit einem Hufeisen im Maul und einem Kleeblatt auf dem Hintern, das sie von ihrer Großmutter geschenkt bekommen hatte und für das sie sich ebenso schämte wie dafür, dass sie die Figur verbarg. Aber sie wusste, dass die Figur noch im Schrank stand, ganz hinten, versteckt.

Nun waren drei Wochen vergangen, und sie besuchte ihn. Zürich erschien ihr prachtvoll, eine heile Welt ohne Schmutz und Gefahr. Aber Benjamin musste von morgens bis abends arbeiten, er stand um sieben Uhr auf und kam zwischen elf Uhr abends und ein Uhr nachts mit der Gehetztheit des schuldbewussten Berufstätigen nach Hause, der seinen Besuch verkümmern lässt. Besuch war stets eine Zumutung, das wusste sie. Die Last, ein Programm zu erstellen, sich verpflichtet, unfrei zu fühlen – sie hatte ungern Gäste und war ungern Gast. Die Machtverhältnisse verschoben sich in fremdem Revier. Sie versuchte, tagsüber an ihrem Master zu arbeiten, aber es gab kein Internet in Benjamins möblierter Wohnung, und eine Bibliothek kannte sie nicht.

Eines Morgens machte sie sich zu einer Bibliothek auf, die Benjamin ihr im Internet herausgesucht hatte. Es war ein mühsamer Weg mit der Tram, man musste umsteigen und dann noch einen Berg hinauf, sie fand den Eingang nicht, und der schwere Laptop zerrte an ihrer linken Schulter, sie fand keinen Sitzplatz mit Steckdose für ihren Rechner, die Gänge lagen wie Schluchten vor ihr, die Regale waren nicht beschriftet und sehr hoch, sie konnte die Bücher nicht finden, sie schnaubte, das Kleid klebte ihr heiß am Rücken, es gab nichts Brauchbares, nur Literatur zur Schweizer Geschichte und Rechtslage, völlig unnütz für ihre Arbeit. »Verdammtes Zürich!«, fluchte sie, und der Laptop hämmerte ihr bei jedem Schritt gegen das Becken. Sie wollte nach Hause.

Benjamin entschuldigte sich mit aufwendigen Abendessen in eleganten Restaurants am Wochenende, aber selbst am Sonntag, als sie nachmittags am See lagen, fiepte sein Blackberry unüberhörbar, und er musste für zwei Stunden ins Büro. Sie saß allein in Cafés und konnte dort nicht an ihrer Arbeit schreiben, sie war unkonzentriert und streunte wie ein herrenloser Hund durch die Straßen, fuhr mit der bimmelnden Straßenbahn hin und her, vor und zurück, und zweimal sogar mit dem touristenbeladenen Dampfer über den Zürisee, allein und schweigend neben Greisengruppen und Liebespaaren. An einigen Tagen hatte sie bis spät in die Nacht kaum ein Wort gesprochen, höchstens drei Sätze gesagt, »Einen Café au lait, bitte!«, »Darf ich zahlen?«, und »Haben Sie mal Feuer für mich?«, ihr Stummsein schaffte viel Zeit zum Nachdenken. Einmal hatte ein Herr im Café neben ihr ein Stück Rüblitorte stehen lassen, Rübli war ihre Lieblingstorte, und sie hatte, nachdem er gegangen war, mit dem Arm hinübergelangt, sich prüfend umgeschaut und eine Gabel von seinem Teller gegessen, bevor der Kuchen abgeräumt wurde. Wie tief kann man sinken, dachte sie, fehlt nur noch, dass ich in Mülltonnen nach Pfandflaschen oder angebissenen Sandwiches wühle.

Sie vertrieb sich die Tage in Modegeschäften und gab sinnlos Geld für Kleider aus, die sie nie tragen würde. Auch Monate später hingen all die Einkäufe aus Zürich immer noch mit baumelnden Preisschildern ungetragen im Kleiderschrank. Aber sie wollte Benjamin nicht lästig sein, also beschäftigte sie sich. Nur hin und wieder schrieb sie ihm aus Langeweile oder Sehnsucht Nachrichten, fragte, wann er denn endlich Feierabend habe. Sie konnte die freie Zeit nicht einmal nutzen, um einen Arztbesuch oder Papierkram zu erledigen – hier gab es nichts für sie zu tun. Nach zwölf Tagen flog sie zurück nach Berlin, zurück in ihr selbstbestimmtes Leben.

Es hielt sie nichts in Berlin, die Masterarbeit erdete sie nicht, Benjamin war in Zürich, also beschloss sie, aufs Oktoberfest zu fahren. »Ich fahre morgen nach München«, sagte sie am Telefon zu Benjamin. »Ist irgendwas?«, fragte er angriffsbereit. »Nein. Ich muss einfach mal wieder richtig feiern.« »Hab Spaß, aber pass auf dich auf. Ich hab jetzt schon Theresaweh!« »Das hättest du dir vorher überlegen können.«

Sie erreichte München, am Hauptbahnhof empfing sie eine Zuckerbäckerwelt, pastellfarbene Dirndl, gesunde Gesichter, Tourismus, Tradition und Idylle. Sie nahm sich ein Taxi zu einer Freundin, streifte sich das Dirndl über und verschwand in den Menschentrauben vom Schützenzelt.

Sie liebte die Beständigkeit des Rausches, jeden Tag empfing sie die biergetränkte Luft der Festhalle, die schwitzige Welt schunkelnder Massen, der gewohnte Ablauf, das gelbgrelle schonungslose Licht, das Drücken und Quetschen in den Gängen, die schubsenden vollbusigen Bedienungen mit Kränzen von Bierkrügen in der Hand oder schwebende Platten von halben Hähnchen, die farbenfrohen Dirndl und die immer gleichen Lieder »Rollin on a river, What's up, Angels, 99 Luftballons, Skandal im Sperrbezirk« und zum Abschluss stets: »Weu a bisserl Glück für di no lang ned reicht, weust bei mir bleibst, wenn der beste Freund sich schleicht, weust a Herz host wia a Bergwerk, weust a Wohnsinn bist für mi, steh'i auf di.« Aber auch dieses bisschen Glück genügte ihr keinen einzigen Abend.

Sie verlor bereits am ersten Tag ihr Handy, zog mit dem Ziehkoffer von Freundin zu Freundin, von Übernachtung zu Übernachtung, fremde Duschen, keine frischen Handtücher, verbogene Zahnbürste, jeden Tag das ewig gleiche Dirndl, und täglich grüßt das Murmeltier. Der Ziehkoffer hatte inzwischen ein kaputtes Rad, er ließ sich kaum noch rollen, sondern nur noch wuchten, mit ohrenbetäubendem Lärm ratterte sie durch die Stadt, aber schon bald würde sie wieder im Schwarm der Menge untertauchen und sich dem Treiben ganz hingeben.

Benjamin versuchte inzwischen, sie zu erreichen, aber ihr Telefon war schon seit Tagen tot. Sie hatte ihn vollkommen vergessen in der Gemeinschaft des Volksfestes, das sie auffing als eine vertraute Welt voller Heiterkeit und Gesang. Ihr Handy kümmerte sie nicht, sie suchte keine Telefonzelle, sie war mitten in der Welt, Zelte voller Leben, Lederhosen und Sicherheitskräfte, aber abgeschieden von ihm. Er fing an, sich Sorgen zu machen, beruhigte sich mit dem Gedanken, dass er sie bald wiedersehen würde. Aber als er sechs Tage später am Berliner Hauptbahnhof ankam, um sie zu besuchen, und nach ihr Ausschau hielt, stand niemand da, um ihn abzuholen. Er stellte sich auf die Zehenspitzen, um die Menschenströme am Gleis zu überragen und sie am Ende des Bahnsteigs zu finden, aber Theresa hüpfte immer noch über die Wiesn. Sie kannte kein Datum mehr, keine Jahreszeiten und Uhrzeiten, für sie waren alle Tage beruhigend gleich, sie hatte ihn versetzt. Für ein paar Maß, für ein bisschen Heiterkeit, für nichts und wieder nichts. Benjamin plagten wilde Phantasien, er sah sie zertrampelt am Boden eines Zeltes dahinsiechen, unter einem Bierkrug begraben, in einer Pfütze aus Pisse von übel riechenden Dreckskerlen. Wutentbrannt rief er bei all ihren Freundinnen in München an und erreichte schließlich Sophia, die mit ihr unterwegs war. »Ja, Theresa steht grad neben mir!«, brüllte sie in den Hörer gegen die Rufe Tausender »Rätätä rätätä, morgen ham wir Schädelwäh. Rätätä rätätä, Schädelweh is schee!«. »Ich geb sie dir!«, schrie Sophia. Es knackste. »Hallo?« Er vernahm Theresas Stimme mit der Erleichterung und Freude des Eigentümers eines entlaufenen Hundes. »Gott sei Dank«, seufzte er erlöst. »Was ist denn?«, kreischte sie genervt, als habe man sie wegen eines Wasserrohrbruchs des Nachbarn gestört. »Ich hab mir Sorgen gemacht. Du warst seit Tagen nicht erreichbar.« »Waaaaas?«, sie hörte ihn nicht. Im Zelt rief man »Die Krüge hoch!« und trompetete. Theresa hielt sich ein Ohr zu. »Es ist so laut hier. Ich rufe dich später an, ja?«, schrie sie. Die Massen johlten und stampften auf den Tischen: »… Living next door to Alice. Alice! Who the fuck is Alice?« Das war das Letzte, was er von ihr hörte. Sie speicherte seine Nummer in Sophias Handy und meldete sich vier Stunden später betrunken auf dem Nachhauseweg. »Halloooo hallooo«, säuselte sie. »Theresa. Das ist nicht witzig. Ich dachte, dir wäre was passiert.« »Sei doch nicht so ein Spielverderber … Spüüüüülverderber«, gackerte sie. »Ich bin in Berlin dieses Wochenende. Und du bist nicht mal hier!« »Jaja, du Spießer«, lallte sie heiter und stolperte durch Münchens Straßen. »Ist das jetzt dein Rachefeldzug wegen Zürich?« Seine Stimme klang eisern und das erste Mal unbarmherzig. »Na ja, du bist ja abgehaun! Und jetzt bist du in Berlin – wie großzügig von dir. Aber guess what? Ich bin nicht da. Hubsi! Einfach nicht da! Tata!«

»Das ist einfach nur lächerlich, Theresa.« »Tja, da staunst du!« »Ich staune nicht, ich ärgere mich. Du willst immer nur streiten!« »Selber!« »Theresa, du bist ja total besoffen. Vielleicht sollten wir dieses Gespräch beenden.« »Ich hab dich ja nicht gebeten, mir hinterherzutelefonieren. So was nervt mich. Du nervst mich. Ich will hier Spaß haben. Spaa-haaaß. Etwas, das du gar nicht mehr kennst. Du willst immer nur aaaa-haaa-haaarbeiten oder schlafen. Boring!« »Dir ist echt nicht zu helfen«, sagte er trocken. »Erst lässt du mich allein, und dann verdirbst du auch noch alles.« Sie war hysterisch und hatte Schluckauf, sie verteidigte sich mit miserablen Argumenten, wohl wissend, dass sie im Unrecht war, dass sie sein Verständnis überdehnt hatte wie ein Gummiband, und nun war es gerissen und flog ihr um die Ohren, es schnellte rückwärts und verpasste ihr einen Peitschenhieb wie einen Stromschlag. »Wenn ich dich so nerve«, sagte er beleidigt, »dann lass ich dich jetzt lieber in Ruhe.« Die ewige Toleranz in seiner Stimme war verschwunden, ihre Bosheit hatte sie vernichtet. Klack, machte es, und sein Handy war aus. Mailbox, Mailbox, Mailbox. »Du nervst mich«, sprach sie giftig nach dem Signalton. Dann noch einmal. »Du denkst immer, du wärst im Recht, im Recht, weil ich so irrational bin. Im Recht, weil ich gefühlsduselig argumentiere. Wie ein Mädchen! Das denkst du. Aber du irrst dich! Ich finde das echt scheiße von dir.« Ihr Schluckauf unterbrach sie. Sie rief noch einmal an. »Du wirst noch dein blaues Wunder erleben! Ich bin dein blaues Wunder!« Ein paar Minuten später wurde sie sehr traurig, und Reue überkam sie. Sie rief wieder an. »Ich bin einfach so traurig, Benjamin, weißt du, so traurig. Bitte ruf mich zurück, bitte, wenn du das hörst. Ich will mich entschuldigen. Sei nicht so stur, bitte. Ich will wieder lieb sein.« Sie wartete und schaute im Gehen pausenlos auf das Display, aber es leuchtete nicht. Beinah wäre sie gegen eine Litfaßsäule gelaufen. Und dann drückte sie noch ein letztes Mal auf die Wahltaste. »Ich warte auf deinen Rückruf, ruf mich zurück, du Schwein. So was lasse ich mit mir nicht machen! So kann man mich nicht behandeln. Schalte endlich dein Handy wieder ein! Fuck you.« Sie war bei Sophia angekommen, die bereits schlief, aber ihr ein kleines Licht im Flur angelassen hatte.

Theresa wühlte in ihrem unausgepackten Ziehkoffer, sie sprach zu sich selbst: »Wo ist meine Zahnbürste?« Sie warf alles durcheinander, Kleider und Schuhe flogen fontänenartig durch das Zimmer. »Ich hasse es«, fluchte sie. Dann schlief sie im Dirndl auf dem Sofa ein.

Sie blieb aus Trotz noch fünf Tage in München, ohne frische Wäsche zum Wechseln, mit klapprigem Ziehkoffer, der über die Bordsteine sprang, wenn sie von einer Freundin zur nächsten zog. Sie wechselte stets zu der Freundin, die sie auf das Oktoberfest begleitete. Keiner hielt ihr Programm dauerhaft durch, sie klapperte Begleitungen in Schichten ab.

Benjamin kam zehn Tage später zurück nach Berlin. Er saß auf ihrem Sofa, sie nippte an einem Pfefferminztee, und er schimpfte, dass sie ihn auf dem Oktoberfest gegen ein paar flüchtige Blicke anderer Männer eingetauscht habe, der Wert der Dinge bedeute ihr wohl nichts mehr und er wolle nicht verloren gehen wie ihr Handy, all ihr Hab und Gut und ihre Gesundheit. Sie sagte nichts, konnte nichts sagen, weil sie zu heiser war. Ihre Stimme war ihr im Schützenzelt ebenso abhanden gekommen wie ihr Telefon. Sie schnäuzte sich und nahm einen Schluck Pfefferminztee, verschluckte sich an dem heißen Wasser und hustete. Sie trug einen Kapuzenpullover, und ihr Haar war verknotet, sie sah erbärmlich aus – wie eine durstige Blume, die verkehrt herum in einer Mülltonne klemmt. Sie nieste, und ihre Augen brannten und zuckten, Überlebenskampf versengter Insekten. Das Oktoberfest steckte ihr in den Knochen wie ein Stachel und hinterließ Splitter. Sie schlang die Arme um ihn und küsste seinen Hals in Punkten ab, im nervösen Takt eines pochenden Herzens, Kuss, Kuss, Kuss, Kuss, Kuss, wie ein besetztes Telefon. Er schüttelte den Hals und verspannte die Schultern. »Du bist krank.« »Na gut«, krächzte das, was von ihrer Stimme übrig geblieben war. Mit dem verloren gegangenen Handy waren all seine früheren Nachrichten, all ihre leidenschaftlichen Dialoge, jede Vergangenheit mit ihm ausgelöscht.

Manchmal stand sie vor Benjamin wie ein Kind vor einer Artischocke, sie wusste nicht, wie man ihn verzehrt, wo man anfängt, wie man es vermeidet, die Haare der Pflanze zu verschlucken, wo man an den Blättern lutschen darf, um den bitteren Geschmack zu umgehen, wie man genug Blütenfleisch bekommt, ohne zu verhungern, wie man die Blätter ausrupft. Er war eine komplizierte Delikatesse.

Du bist mein Land

Du bist mein Land,
ich deine Flut,
die sehnend dich ummeeret;
du bist der Strand,
dazu mein Blut
ohne Ende wiederkehret.

An dich geschmiegt,
mein Spiegel wiegt
das Licht der tausend Sterne;
und leise rollt
dein Muschelgold
in meine Meergrundferne.

Christian Morgenstern

Es hatte begonnen, als sie 15 war. Der weibliche Urknall. Damals hatte sie sich in den Barkeeper des Hotels verguckt, in dem sie mit ihren Eltern am Arlberg ihren Skiurlaub verbrachte. Jeden Abend schlug sie neben ein paar schunkelnden Ehepaaren, die an ihren Williamsbirnen lutschten, und in breitem Dialekt tratschenden Einheimischen die Zeit am Tresen tot. Sie sah ihm dabei zu, wie er die Zitronen in Scheiben schnitt oder wie er klimpernd Eiswürfel in die langen Gläser fallen ließ. Manchmal spielte sie mit den anderen Gästen Karten oder kritzelte lustlos Zeichnungen auf den Block für die Bestellungen. In der Bar hingen ein paar leuchtende Bierreklamen, und eine Discokugel drehte sich und warf kleine Punkte an die Wand. Ansonsten war es dunkel und verraucht, jeden Abend lief die gleiche Musik, vermutlich gab es nur wenige CDs und niemanden, der sie wechselte (iTunes mit seinen zahlreichen Wiedergabelisten existierte damals noch nicht), und sie war immer die Letzte, die ging, bevor der Barkeeper die mickrige Holztür zusperrte. Dann legte sie sich ins Bett und freute sich auf den nächsten Abend. Es gab stets eine Aussicht, die Perspektive von morgen, die ihr über den Abschied vom Heute Trost verschaffte. An ihrem letzten Abend nahm sie all ihren Mut zusammen, nachdem sie fünf Tequila bei ihm bestellt hatte, und forderte ihn zum Tanzen auf. Die Tanzfläche war leer, und es lief »Hungry Eyes« aus Dirty Dancing. Er zog sie heran, und plötzlich knutschten sie wild aufeinander herum, beinah so, als wären sie beim Tanzen gestolpert und auf die Lippen des anderen gepurzelt. Er nahm sie mit in sein kleines Angestelltenzimmer unter dem Dach, schmiss sie auf ein schwarzes Ledersofa, dessen kühler Stoff unter ihrer Haut quietschte, neben dem Sofa stand ein Papierkorb mit Basketballnetz-Aufsatz, er schien aus allem einen Wettbewerb machen zu wollen, selbst aus Abfall, und sie wunderte sich, warum er beim Küssen ständig ihren Kopf herunterzudrücken versuchte. Sie hatte nur eine leise Ahnung von dem, was sie da unten erwarten mochte, und sie hatte Angst. Also steckte sie den Kopf wieder hoch wie ein ertrinkendes Kind, das nach Luft schnappte. Am nächsten Morgen reiste sie mit ihren Eltern und ihren Brüdern ab. Im Flugzeug pochte der dumpfe Druck in ihren Ohren, und sie schluckte und knirschte mit den Zähnen und gluckste vor Schmerz, vor Übermüdung, vor Abschied von ihm, von Tequila, Salz und sauren Zitronen, bis sie nicht mehr durch die Nase atmen konnte.

Ihre Brüder hatten ihr das Skatspielen beigebracht und was als Mädchen zu tun und was zu tragen sei. Sie wurde auf die Welt, auf die Männerwelt, vorbereitet wie auf einen Boxkampf, eingesalbt, angefeuert, aber man hatte vergessen, ihr den Zahnschutz einzulegen.

Damals wollte sie noch mit den Pumps und dem Lippenstift ihrer Mutter Erwachsene spielen und wunderte sich, dass Männer sie bereits wie eine behandelten. Es gab auf ihrem amerikanischen Internat, das sie mit 16 besuchte, einen Schüler aus Brasilien, Vincent, der sich vom ersten Tag an für sie interessierte und mit rollendem R Englisch sprach, er war ein wohlhabender, gut gelaunter Junge, der sie jeden Tag zu einem Spaziergang über den Campus abholte. Das Internat lag an der Ostküste, das Wetter entsprach den Jahreszeiten, es gab heiße, drückende Sommer und kalte, klare Winter und den sattesten, kräftigsten Herbst, den sie je gesehen hatte. Vincent lud sie am Wochenende auf eine Feier von Südamerikanern in Boston ein, und es gab würziges Fleisch und viel Cachaca, brasilianischen Zuckerrohrschnaps. Im Laufe des Abends küsste er sie und gestand ihr seine Liebe, solch eine Intensität war sie bisher nicht gewöhnt, und sie genoss es, seine Freundin zu sein. Privatsphäre war jedoch auf dem Internat unmöglich, sie trafen sich abends heimlich hinter den Tennisplätzen oder bei den Feldern, auf denen American Football gespielt wurde, aber man hatte nur bis elf Uhr abends Ausgang, dann wurden die Betten kontrolliert, und so blieb ihnen wenig Zeit. An den Wochenenden musste man sich von der Schule abmelden und einen Alibi-Beaufsichtigenden angeben, bei dem man wohnte. So kam es, dass sich alle irgendeinen Freund oder eine Freundin aus der Umgebung in Massachusetts suchten, zu dessen Eltern sie sich zum Schein ausschrieben. In Wirklichkeit verbrachten sie ihre Wochenenden mit zahlreichen Internatsfreunden in einer Hotelsuite in Boston, die sie mit den Kreditkarten der Eltern buchten. Dort saßen alle gemeinsam im Wohnzimmer, rauchten Zigaretten und inhalierten Ritalin, bis sie Feuer im Hals hatten. Ihr steckten Dornen im Gaumen, jedes Schlucken war wie ein Schlitz mit einem Messer, als drehe jemand langsam einen Schraubenzieher durch ihren Rachen. Manchmal zog Vincent sie vor den anderen in eines der Schlafzimmer der Suite und streichelte sie liebevoll, irgendwann ungeduldig. Aber es passierte nichts. Er lud sie über Silvester nach Brasilien ein, und sie sagte, sie müsse erst ihre Eltern fragen. Es folgte ein weiteres Wochenende im Hotel in Boston, wieder zierte sie sich, als er ihr die Hose aufknöpfen wollte, sie legte unbeholfen seine Hand zur

Seite, nebenan feierten die Freunde zu lauter Musik und zerstückelten Ritalinpillen gegen die Müdigkeit, dies war kein romantischer Ort. Aber Vincent wurde wütend und gekränkt, sein R rollte immer stärker, wie eine Lawine, es tauchte sogar in Worten auf, die gar kein R enthielten, die Tollwut hatte ihn gepackt, er war gebissen worden von dem wilden Tier, das in jedem männlichen Jugendlichen herumstreunt, der Aufschub trieb ihn in den Wahnsinn. »I haRRRRve to take a cold showerRRR«, atmete er beinah spuckend in das dunkle Hotelzimmer hinein. Sie blieb allein auf dem Bett liegen und fragte sich, warum sie nicht nachgeben wollte, vielleicht war es dieser lieblose Ort, der ihr Angst machte, hier spukte es falsche Freundschaften wie in einem Geisterhaus. Sie wollte einfach nicht, nein, nein, nein. Der Mond warf ihr einen Lichtfleck auf die Brust, wie eine Brandmarke. Das Bett vibrierte mit den Bässen des Nebenraums. Die Tür ging einen Spalt auf, und sie hoffte, dass Vincent hereinkäme, aber sie hörte mehrere Stimmen flüstern. Dann purzelten zwei betrunkene Mexikaner zu ihr ins Bett, sie wackelte bei den Bewegungen auf und ab, aber stellte sich schlafend. Sie döste ruhelos, ihre Schminke hatte das Kopfkissen schmierig gemacht, und sie war sich nicht sicher, ob sie träumte oder ob es tatsächlich geschah, aber sie spürte ein oder zwei Hände, die sich ihr in die Unterhose schoben. Am nächsten Tag hörte Vincent für immer auf, mit ihr zu sprechen.

Silvester verbrachte sie nun bei den Eltern in Deutschland. Die Einladung war verfallen. Bis heute war sie nie in Brasilien gewesen.

Man überträgt anfangs aus Liebesbedürfnis ein Ideal auf eine Person und gibt sich dem Strom der Empfindungen blindlings hin; und später, wenn die Binde von den Augen fällt, kann man nicht mehr loskommen, weniger von der Person als von dem Bild der Vergangenheit, zu dem sich die Seele aus der Leere der Gegenwart so gerne flüchtet und das immer wieder mit der entgötterten Wirklichkeit sich verbindet.

Karl Wilhelm Justi

Es begann mit einem Ring. Theresa hatte sich selbst einen Ring gekauft. Er hatte 19 Euro gekostet, sah aber teurer aus.

Benjamin war auf einem 30. Geburtstag in Lübeck, und sie besuchte eine Freundin in Frankfurt, wo sie neuen und alten Bekannten auflauern wollte, von den fuchtelnden Armen der Angst aufgescheucht, in Vergessenheit zu geraten. Sie glaubte, selbst die, die sie gar nicht kannten, könnten sie vergessen. Vor allem in einer Welt, die ein exhibitionierter Freudenschrei war. Sieh her! Wie gut es mir geht! Eine ganze Generation saß vor dem Internet und klickte sich durch hochgeladene Fotos von Freunden, Halbfreunden, Viertelfreunden, Namenlosen mit Gesichtern, Namen zu Gesichtern. Smallworld, StudiVZ, MySpace, Facebook, XING – Spielwiesen der Selbsterfindung, Trampoline in die große weite Welt. Menschen, mit denen man zur Schule gegangen war, mal ein Bier getrunken hatte, Fußball spielte, arbeitete, denen man auf Reisen begegnet war oder in einer Vorlesung, kleine Geschwister, große Geschwister, Exfreunde, Freunde der Exfreunde, Freundinnen der Freunde der Exfreunde, Familienmitglieder, One-Night-Stands – eine beinah lückenlose Galerie der Vergangenheit. Immer wenn sie in Berlin in der Bibliothek umherlief, sah sie im Vorübergehen auf den Bildschirmen der aufgeklappten Laptops die Netzwerkseiten aufleuchten, dort, wo eigentlich Diplom- oder Hausarbeiten stehen sollten.

Sie genoss es, die anderen beim Schummeln ertappt zu haben, und setzte sich beruhigt und scheinfromm wieder vor ihren eigenen Bildschirm. Es war die Plage einer Generation, die sich durch das aufgespritzte Leben von Freundesfreunden klickte. Sie alle kannten die heimliche Freude des Schnüffelns. Und die Gier nach Selbstpräsentation. Seht her, was aus mir geworden ist! So glücklich verheiratet, endlich flachbäuchig, ohne Zahnspange, ohne Komplexe, neues Leben, neue Brüste, Gründer eines Start-up-Unternehmes, Geschäftsführer, Model in New York, Reisen durch Vietnam, Studium in Stanford, Clubbesitzer. Es war das tägliche Klassentreffen. Ein Flohmarkt mit alten Sachen, herauspoliert und zur Schau gestellt. Sie wusste nicht, ob sie die Wirklichkeit vor dem Internet oder das Internet vor der Wirklichkeit versteckten.

Jeder wollte sich überbieten in den vorgegebenen Kategorien, es war ein Kartenquartett – bloß mit Menschen, Höchstgeschwindigkeit und Beschleunigung wurden gelistet, jeder wollte den Stich, groß schlägt klein, dünn schlägt dick, laut schlägt leise. Niemand schrieb sich den Haarausfall, die Geldsorgen oder die Scheidung auf die Karten. Es war ein Gesellschaftsspiel über Tische, Wohnungen, Städte und Länder hinaus, und jeder wusste, dass Herz nicht Trumpf war. Aber wer waren die glücklichen Menschen, die Supertrümpfe der Gesellschaft? Was blieb übrig, wenn alle Entdeckungen online stattfanden? Man konnte in Guatemala Bundesliga schauen, in Indien den Rücktritt des Bundespräsidenten verfolgen und vom Sofa aus mit Google Earth um die Welt reisen.

Nun war sie also in Frankfurt. Alles entzog sich der Vorhersehbarkeit. Am Abend war sie mit ihrer Freundin und ein paar anderen in einen Club gefahren. Dort, im Kingka, hatte sie sich lange mit einem Mann unterhalten, der ein Freund ihrer Gastgeberin war. Neben beiden stand eine Obstschale, und sie hatte, so erzählte er ihr später (sie konnte sich nicht mehr erinnern), versucht, mit drei Orangen für ihn zu jonglieren. Und als sie alle in die Höhe geworfen und keine gefangen hatte, hatte er eine vom Boden aufgehoben, sie geschält, und sie hatten die saftigen Hälften gemeinsam gegessen. Sie stand lange mit ihm allein an der Bar. Oft genug hatte sie diese Momente inszeniert, stundenlang wartend durchgehalten, sich positioniert. »Geh!«, rief es ihr verständnislos zu. Aber sie war taub und stumm und steif und starr und steckte fest in der Partykruste, als wäre sie in Zement gegossen. Sie wartete auf den Kuss, das Gespräch, den Blick, das Wort, den Mann, den einen, das Ereignis, welches Ereignis? Auf wie vielen Sofas hatte sie stundenlang in fremden Wohnungen von Männern gesessen und den Gedanken daran, dass sie lächerlich, aufdringlich aussehen musste, nur dadurch ertragen, dass sie sich diesen Gedanken mit Weißwein die Kehle hinunterspülte? Wie oft hatte sie sich in der Hoffnung auf einen Moment betrunken, war bereit gewesen, wach zu bleiben, auszuharren, in der Kälte zu warten, sich angähnen zu lassen, mit baumelnder Handtasche im Arm an der Tür zu stehen, hatte sich bemüht, nicht genervt auszusehen, obwohl sie verzweifelt war, zu rauchen, zu trinken und wieder zu rauchen, als Schlaflosigkeit getarnt, was Eroberungsmanöver war. Sie hatte das Warten als Langeweile verkleidet – oder war es umgekehrt? Vielleicht suchte sie Zerstreuung, um nicht an die wahren Probleme zu denken. Und sie hatte sich selbst immer wieder sagen müssen: »Gleich gehe ich. Gleich bin ich weg.« Wenn sie in fremdem Revier, in einer privaten Wohnung war, schämte sie sich noch mehr für ihre Beharrlichkeit. Jeder Schluck, den sie nahm, kam ihr durchschaubar und verräterisch vor, beinah laut. Sie schlürfte und fragte sich, in welchen kurzen Intervallen sie zum Glas greifen durfte. Sie schenkte sich selbst nach, schenkte ihm noch mehr nach, gab es denn keine Erdnüsse? War er denn nicht durstig? Schaute und wartete. Wenn es endlich zum erlösenden Kuss kam, fühlte sie sich wie eine abgestandene Brausetablette, vernachlässigtes Aspirin ohne hohes C. Die Länge des Wartens hatte die Haut schrumpelig gemacht, sie musste aussehen wie braun gewordenes Obst mit Dellen. Nie konnte sie die Kraft zum Gehen aufbringen. Und in der ungeduldigen Gier schwor sie sich dann: »Jetzt nicht, aber nächstes Mal! Nächstes Mal werde ich nicht so lange bleiben!« Am schlimmsten war ein Mann, den sie in einer Bar traf, sie bestellte sich schnellstens einen großen Wein, am liebsten einen Liter, aber das war zu auffällig, also einen halben Liter, her damit. Und der Kerl verlangte nach einem großen Spezi oder KiBa, Kirsch-Bananensaft. Bei solch einer Bestellung ahnte sie, dass er in zwei Stunden aufstehen und gehen würde, das Date war für ihn kein Rendezvous, sondern ein ganz normales Treffen, das Mädchen war kein Rauschmädchen, sondern ein Apfelschorlenmädchen.

Wie viele Küsse würde es brauchen, damit sie genug hatte?

Irgendwann waren alle anderen verschwunden, und Theresa fand sich mit zwei männlichen Freunden ihrer Gastgeberin allein vor einer Flasche Wodka wieder. Ihre Freundin hatte ihr gesagt, sie könne nachkommen, sie solle einfach auf ihrem Handy anrufen, dann werde sie ihr die Tür öffnen, aber sie sei jetzt müde und betrunken und wolle nicht mehr feiern. Also blieb Theresa, suchend nach etwas, obwohl sie nichts verloren hatte. Die zwei Jungen fingen nun an, um sie zu buhlen und sich aufzuplustern. Der eine, der sich selbst in jedem Schaufenster, jedem Eimer für Eiswürfel, jedem sich spiegelnden Glas betrachtete und dabei die Augenbrauen hob, erzählte ihr, mit wie vielen Models er schon geschlafen habe. Und dass es eine Schande sei, dass er mit seiner Exfreundin habe Schluss machen müssen, weil sie so schön sei. So schön! Und der Sex!

Der andere, der vorher mit ihr eine Orange gegessen hatte, randalierte ein wenig herum, zerdrückte eine Zigarette auf dem Sofa des Clubs und pöbelte armerudernd vor sich hin. Er trat gegen die Couch und stieß sich den Fuß. Dann setzte er sich hin und begann, die Serviette, die unter seinem Wodka Red Bull lag, zu zerrupfen und mit den Fetzen um sich zu werfen. Sie saß im Papierregen. Ganz in die Arbeit vertieft wie ein kleiner Junge beim Basteln, schaute er plötzlich auf und motzte dem anderen entgegen: »Kannst du uns nicht mal kurz alleine lassen!« Der andere, der gerade aus New York kam und somit dauernd englische Sätze in sein verlorenes Deutsch einbaute, schleckte sich mit der Hand durch die Haare und erwiderte: »Alright. Aber danach ist my turn.« Sie konnte sich nicht erklären, warum sie auf dem Sofa sitzen blieb. Die Nacht konnte doch so nicht zu Ende gehen! Die Nacht durfte sowieso nicht zu Ende gehen! Nichts sollte je zu Ende gehen. Vielleicht wollte sie nicht wahrhaben, dass trotz aller Verheißung eine Erfüllung ausgeblieben war. Sie war noch nicht bereit für den resignierten Gedanken an den nächsten Morgen, für die Angst vor dem Aufwachen, die stumpfe Enttäuschung im rollenden Taxi, wenn die Fragen aus dem Dunst des Alkohols aufsteigen wie Dampf: Wozu – Wozu nur? Aua.

Also blieb sie sitzen. »Wen von uns beiden findest du schöner?«, fragte der eine, der viel Englisch redete. »Geh doch jetzt einfach mal«, sagte der Aggressive. »Dann hol ich jetzt noch mal Getränke für uns. Du hast fünf Minuten. Dann bin ich dran.« »Er ist jung und brauchte das Geld«, sagte sie verschwörerisch zu dem einen, als der andere um die Ecke gebogen war.

Sie war froh, dass sie mit dem Orangenmann alleine war. Irgendwie gefiel ihr seine Bescheidenheit und die kindliche Wut, mit der er Nähe abzuwehren versuchte. Er nahm ihre Hand und schaute den Ring an, dann schaute er irritiert hoch. Und dann wieder den Ring an. Er sagte nichts, aber streifte ihr den Ring vom Finger. Es war still, als er sie anfasste. Er spielte mit dem Ring und sah ein wenig verloren aus. Wie jemand, der eine Zigarette hält, um nicht mit leeren Händen dazustehen. »Du siehst aus wie ein Orang-Utan, der zum ersten Mal einen Gegenstand betastet«, sagte sie. »Ich betaste auch zum ersten Mal den Ring eines Mädchens. Was ist das wohl für ein Ring?«, sagte er und drehte ihn mit seinen Fingern. Sie sprachen eine kurze Weile. Es war alles zu kräftig gewürzt und vollkommen sinnlos, die Sprache voller Luftschlangen und Schnörkel. »Dieser Ring wollte zu mir. Der gehört zu mir, das sehe ich sofort. Das hab ich schon bemerkt, als du vorhin reinkamst«, sagte er. Viel zu schnell kam der andere mit drei schwappenden Gläsern zurück. Er verscheuchte seinen Freund mit dem Ring und erzählte von New York und von schönen Frauen, die aber leider immer so dumm seien. So nice, aber so shallow! Der Erste kam wieder und sagte: »Das reicht. Jetzt hau wieder ab.« Die beiden waren Freunde und neckten sich. Und sie schämte sich für die heftige Freude, die sie dabei empfand, Hauptdarstellerin einer solchen Gockelei zu sein. Irgendwann erkannte sie schließlich, dass es keine Auflösung geben würde. Sie täuschte vor, aufs Klo gehen zu müssen, und floh aus dem dunklen Keller hinaus in die schon helle Nacht.

Als sie am nächsten Tag aufstand, schlich sie sofort an den Computer ihrer sich in der Entgiftung wälzenden schlafenden Freundin. Sie ging zu Facebook. Nichts. Sie ging zu Xing. Nichts. Sie ging zu A Small World. Nichts. Wie hatte er noch geheißen? Sie gab seinen Namen ein und suchte nach ihm. Es gab ihn. Es gab ihn überall, und er hatte sie trotzdem nicht kontaktiert. Enttäuscht fuhr sie nach Berlin zurück, zu Benjamin, der sie mit grimmigem Gesicht und schlappem Arm in Empfang nahm. Sie verbrachten die meisten ihrer Wochenenden inzwischen getrennt, einer hier, einer dort. Und sonntags, wenn die Laune und das Gesicht den Tiefpunkt erreicht hatten, fanden sie wieder zueinander, Wiedervereinigung ohne Begrüßungsgeld. Sie wollte fort von hier, denn Benjamins Hände am Sonntagabend neben dem »Tatort« hielten sie nicht mehr, es waren kratzende Hände, Hände, die sie nicht streichelten – und wenn, dann nur im Tauschgeschäft (»Ich kraule dich fünf Minuten, wenn du die Spülmaschine ausräumst«). »Vielleicht gehe ich für den Master nach Frankfurt«, sagte sie, um ihn aufzuschrecken. Sie war ein Kind, das in eine Pfütze sprang, aber keiner schaute zu. »Warum denn das?« Sie meinte es ja gar nicht ernst. Sie wollte sehen, ob er sich regte. »Ich kann mich hier irgendwie nicht mehr konzentrieren.« »Was willst du denn da? Frankfurt ist scheiße.« Mag sein, dachte sie, aber ich muss weg von hier. Und wenn ich aus Trotz nach Frankfurt gehe! Benjamin sagte nichts mehr, er hielt sie nicht, er diskutierte nicht, er schien nicht einmal traurig, er schlief einfach ein, noch vor Mitternacht. Und sie blieb wach, der letzte ruhelose Mensch an einem Sonntag.

Zwei Tage später, als sie schon nicht mehr damit rechnete, aber immer noch darüber nachdachte, schrieb der Frankfurter ihr. Ebenso plötzlich wie erwartet. Eine vorhersehbare Überraschung, deren Ausbleiben sie gekränkt hätte. Wie Geschenke des Freundes, die nicht selbst gemacht, gebastelt, entworfen, doppeldeutig, sondern gekauft sind. Wie schön, eine weiße Thermodecke für mein Sofa! Ein Epiliergerät! Ein Windlicht! Unterwäsche! Ein Gutschein! Konzertkarten, na gut.

Er hieß Leopold.

Er

13:08

ich betrachte den ring als kriegsbeute.

Sie

13:11

hast du mich denn besiegt?

Er

13:11

klar, aufgabe zählt als niederlage.

Sie

13:37

du hast ja eine geisel: meinen ring. was verlangst du dafür?

Er

14:07

ich gebe ihn nicht her, denn ich kann nicht damit aufhören, ihn mir immer wieder anzustecken. und wie könnte ich auch meine einzige verbindung zu dir loswerden wollen.
wo bist du?

Sie

14:46

ich weiß gerade gar nicht, wo ich bin. woher soll ich nun wissen, wohin mit mir, wenn diese ganzen stimmen in verschiedenen tonlagen singen und ich nur noch einen chor von gequengel höre. vielleicht weißt du ja, was gut ist.

Er

14:51

ich will aber nicht in deinen chor eintauchen, weil ich beeindruckend schlecht singe und dir so deine entscheidungsoper endgültig versauen würde. aber grundsätzlich: immer dem ring nach.

ich weiß aber, was du meinst, kann mich auch schlecht bewegen, muss mich langsam nach nem job umsehen, kann mir noch nicht mal die richtung vorstellen. hab schlichtweg überhaupt keine ahnung, tragisch. spiele schon mit dem gedanken, auf irgendeinem schiff anzuheuern und in irgendeinem dritteweltsland zu stranden.

dann bin ich ein elendstourist, ich fahr irgendwohin und guck mir den bodensatz an, damit ich meine probleme danach wieder in der richtigen relation sehe. oder ich biete genau solche reisen an, für reiche amerikaner mit schuldgefühlen. 2 wochen, vororthilfe, mit kostenloser bowle. ich hab echt keine ahnung, aber abhauen ist immer gut.

ansonsten kann ich dir auch nicht helfen, du wirst die nächsten 34 jahre vor einem bildschirm sitzen.

Sie

15:36

ich sitze doch auch jetzt schon oft genug vor dem bildschirm. das internet ist der teufel.

du meinst also, man müsse mir davonlaufen? bleib doch da. flucht ist auch niederlage.

tritt ruhig näher. ich beiße nicht.

Er

15:45

ich kann mich NICHT konzentrieren, ich könnte ausflippen.

Sie
16:15
ich kann mich auch nicht konzentrieren. dabei habe ich seit wochen nichts, nichts und nichts für meine masterarbeit getan. und irgendwann muss die ja mal zu meinem professor gelangen. ich habe angst vor prügel. und dann die erniedrigung! mein verlegenes stottern, wenn er fragt: warum.

Er
16:19
ich stelle mir so einen tinnitus vor, aber nicht ständig. immer nur, wenn ich abdrifte, also eigentlich doch dauernd. so als ob man sich nicht anschnallt, und das auto meckert. mach, mach, mach das, mach das jetzt. jaja, gurt für meinen kopf.

Sie
16:28
diesen tinnitus hab ich auch. pflichtenohrwurm. aber hier bin ich doch ganz neu.

Er
17:07
tatsache, wo bist du neu?

Sie
17:13
in deinem kopf.

Er
17:15
Unmöglich,
dich rauszuschmeißen.
du lenkst mich ab, ping ping ping.

Sie

17:39

du mich auch. ping pong.

Er

18:17

ist das hier eigentlich gerade ein ringen um das letzte wort?

Sie

18:23

wieso denn das letzte? gehen dir die worte aus?

Er

18:37

das wird in dem moment passieren, wenn du vor mir stehst.
oder wir stehen dann einfach nur dumm umeinander rum und herum, und bei mir dreht sich alles um dich.
gib mir doch wenigstens deine adresse, damit ich dir den ring schicken kann.

Sie

19:17

ich wundere mich, dass du ihn mir zurückgibst. soll das etwa ein abschied sein? so wie nach einer wohnungsauflösung oder trennung, wenn man die tassen auseinandersortiert und sich gegenstände in die hand drückt. »hier: deine bratpfanne. leb wohl.«

Er

19:22

vielleicht können wir eine scheidungskinder-wochenend-lösung für den hausrat finden. immer wenn du dich nackt fühlst, bekommst du ihn, und ich, wenn ich einsam bin und jemanden brauche, der mir sagt, was ich tun soll.

Sie

19:40

jedes zweite wochenende kommt er zu mir, und in den schulferien darf ich mit ihm verreisen. wie er dir allerdings sagt, was du tun sollst, möchte ich gerne wissen. mit mir redet er nicht! ich muss auch wissen, was ich tun soll. sogar ganz dringend.

Er

20:12

nach welcher entscheidung suchst du denn?

Sie

20:47

ich suche ein ziel. ich suche mehr als nur kurzweiliges vergnügen. und du?

Er

21:08

ich brauche dringend eine konstante, sonst komm ich nicht vom fleck. aber die brauche ich schon länger und hab bis jetzt doch keine gefunden.

Sie

21:16

wie soll konstante denn aussehen, klein oder groß, blond oder braun?

Er

21:25

du weißt doch ganz genau, wer meinen kopf besetzt hält.

Sie

21:42

ich will vielleicht mehr als nur den ring.

ich bin immer für viel. nicht für wenig.

Er

22:05

ich will immer zu viel. vollkommen maßlos. wir dürfen ab jetzt keine punkte mehr benutzen

Sie

22:26

du willst viel? (darf ich ein fragezeichen benutzen?)

leben will ich ausrufezeichen

Er

22:35

alle satzzeichen sind erlaubt, die kein ende implizieren. aber feuer die punkteregelung wieder, das übersteigt meine grammatikmanie.

Lenny Kravitz

It ain't over til its over (youtube)

Er

22:57

es ist nicht vorbei bei bei.

Er

23:59

oder aber ich trinke nie

Er

00:00

mals

Er
00:03
wieder.

Er
2:03
tut mir leid. noch weiß ich nicht, was, aber ich ahne es.

Sie
9:31
was ahnst du?
guten morgen.

Er
11:35
ach der rotwein ließ mich nicht kalt. dass ich mir um 2:00 uhr noch so viele gedanken zu dir gemacht habe!

Sie
12:07
das ist wohl ein gutes zeichen. darf ich mich freuen?
tennis mit ballmaschine macht keinen spaß. jedes spiel braucht einen gegner. oder mitspieler. was willst du sein?

Er
12:38
gegner

Sie
12:56
du willst unbedingt gegen mich kämpfen.

Er

13:05

ich will unbedingt, dass du dich mit mir beschäftigst. einem mitspieler kannst du absagen, versuch das mal mit einem gegner.
lauf. lauf um dein leben.
ich lebe auf der nulllinie, da passiert bekanntlich nicht viel.

Sie

13:07

hier passiert also nichts?

Er

13:16

nur hier, das ist meine herzmassage. aber wer weiß, was passiert, wenn das ekg wieder anspringt.
würde gerne nach berlin fahren und auf dich warten, aber dann kratzt mir meine pflanze ab. und da sie mittelpunkt eines experimentes ist, wie ich mich anderen lebewesen gegenüber verhalte, wäre das ein herber rückschlag.

Sie

13:27

ein bonsai, den ich mit 14 bekam, vertrocknete nach einer woche. ganz zu schweigen von meinen meerschweinchen. das eine habe ich mal nachts draußen vergessen, und dann hat es sich mit löwenzahn vergiftet. ein anderes, was ich mit sechs jahren zur einschulung bekam, starb nach einer woche, während ich in der schule saß. meine mutter kaufte vormittags schnell ein neues und setzte es in den käfig. es war allerdings schwarz gefleckt, weil die zoohandlung keines mehr hatte, das, wie meins, braun gefleckt war. als ich aus der schule kam, habe ich es nicht gemerkt. es wurde behandelt wie das original. die wahrheit hat mir meine mutter erst gebeichtet, als ich 18 war.
so einfach funktionierte die welt damals. etwas stirbt und wird

ersetzt, und nichts tut weh. seitdem halte ich mir keine tiere und pflanzen mehr.

Er

13:55

sehr komisch. dieses meerschweinchen lebte eine furchtbare lüge. ich kenne diese meerschweinchensituation von meiner schwester, der sind so unglaublich viele weggestorben. teilweise schon auf der fahrt von der tierhandlung zu uns nach hause, aber du übertriffst es. die pflanze ist wie ein kaktus und versucht mir dennoch dauernd wegzusterben. braucht eigentlich weder sonne noch wasser, ich betrachte das als persönliche beleidigung. es ist eine pflanze, die ich jeden tag streichele, pflege und mit der ich rede. vielleicht ist es also auch ihre eifersucht dir gegenüber, die sie in den selbstmord treibt. denn in dem zeitalter vor dir ging es ihr bestens. genau genommen stehen wir immer noch nebeneinander in frankfurt an der bar, zwei fremde, die einfach nicht aufgehört haben, miteinander zu reden.

du hast mich in der hand.

nur bitte klatsch nicht – das letzte, was ich will, ist, zu staub zu werden.

ich mach jetzt mal ne kleine pause.

Er

14:52

»System message: Leopold is ignoring you«

Er

15:03

»System message: You have been deleted from Leopold's buddy list.«

Er

15:17

ok, regeneriert. ich bin wieder unantastbar.
ich hab in meinem ganzen leben noch nie ein so langes gespräch geführt. niemals. ich weiß nur, der ring ist die finte.

Er

15:37

ich faste ab jetzt alkohol. bis ostern.

Sie

15:44

fasten ist doof. ich gehe jetzt was essen.

Er

17:57

du kannst doch unmöglich so lange essen. hätte ich das vorher gewusst, ich hätte irgendwas machen können. rausgehen, unter menschen, vielleicht ein kurzes gespräch.
so ein langweiliges wochenende hatte ich schon lange nicht mehr. es ist einfach gar nichts passiert, nichts.
aber mir geht es bestens, nüchternheit, keine depressionen, keine illusionen, keine falschen hoffnungen und zeugnisse in finsterer nacht, keine versprechungen und selbstlügen, keine liebesschwüre, kein liebesgeschwüre, keine namenslosen brüder, keine reue.

Sie

18:40

was kannst du tun, damit es wieder spannend wird? oder kann ich etwas tun?

Er
19:25
ich wäre zufrieden, würdest du überhaupt an mich denken.

Sie
19:53
aber ich denke doch an dich.
und du? denkst du vielleicht grad an mich?

Er
19:57
zufälligerweise denke ich auch jetzt gerade an dich. aber unter uns, da kannst du echt nur schwer danebenliegen.

Sie
20:18
ich brauche eine boje, etwas, an dem ich mich festhalten kann. momentan treibe ich wie gemüse in einer suppe, die umgerührt wird. mir ist schwindelig.
und du mit deinem fasten! ohne wodka würden wir uns nicht kennen. nüchternheit ist der konjunktiv des lebens.

Er
20:35
oh, wie wäre mein leben wohl verlaufen, wenn wir uns nicht kennengelernt hätten? meinst du, es ist gut, dass wir uns kennen? glaubst du, wir sind nur eine kleine springflut, oder ist das die anhebung des meeresspiegels, auf nimmerwiedersehen holland?

Sie
20:39
ohne die romantisierende wirkung des alkohols fliege ich bald aus dem abendprogramm. mein ganzer sendeplatz ist in gefahr.

Er

21:24

ich hoffe nur, deine vorstellung von mir wird dich nicht zu sehr enttäuschen.

ich würd dich extrem gerne dieses wochenende sehen. ich bin mir aber nicht ganz sicher, ob ich mich nicht so richtig traue oder ob mir irgendetwas anderes nicht passt. ich erinnere ein »ja« deiner stimme.

Sie

21:57

die ja-sagerin fragt: wieso traust du dich nicht? bring doch den trau-ring mit.

ich bin dieses wochenende in hamburg bei meinen eltern. mein freund besucht seinen bruder in lübeck.

Er

22:32

so wie ich das momentan sehe, hab ich überhaupt keine wahl. ich muss sowieso besser früher als später ins feuer springen, sonst kann ich mich gleich irgendwo einbuddeln. also ganz vielleicht komm ich für ein paar stunden vorbei und betrachte, wovon ich nicht lassen kann.

und das letzte, was ich will, ist, dass du nein rufst, wenn ich es will.

Sie

22:36

ich rufe JA.

Sie wusste gar nicht, ob er ihr überhaupt gefiel. Vielleicht gefiel ihr bloß das Gefallen.

Gott sei Dank war er größer und seine Geheimratsecken kleiner, als sie in Erinnerung hatte. Sein ganzer Kopf war schmaler als beim letzten Mal. Sie begrüßten sich übertrieben vertraut. Sie hatte Angst, rot zu werden, und nahm ihn vor Schreck in den Arm. So könnte er ihr Gesicht nicht sehen. Ihr war unbehaglich, und sie fürchtete, er könnte enttäuscht sein. Warum wollte sie ihm überhaupt so sehr, so unbedingt gefallen? Sie fürchtete seine Abneigung gleichermaßen wie die eigene, das Unbehagen des Wiedersehens, die Möglichkeit der Entdeckung des Missfallens, ein Haarbüschel im Ohr, Hühneraugen auf dem Fuß, Poren auf der Nase, rote Flecken auf dem Oberarm, zu viel Nähe – da gab es dann keine Beschönigungen und Ungenauigkeiten mehr, sondern nur die Revision des Erstgutachtens, alle Nachrichten und Phantasien mit einer Hornhaut durchzogen. Sie wollte sich für ihre Entscheidung nicht schämen. Und sie fragte sich, was schlimmer war, zu entzaubern oder nicht verzaubert zu sein. Er roch gut, seine Mutter wusch ihm vermutlich noch die Hemden. Junge, du bist 30! Sein Jackett hatte eckige Holzknöpfe. »Ist dir nicht warm?«, wollte sie fragen. Für solch eine Desillusionierung war sie noch nicht bereit, es war zu früh, um sich über Details und Kleinigkeiten und Holzknöpfe zu ärgern, Monate zu früh. Sie trank einen Schluck und hielt sich das Weinglas vors Gesicht. Als wollte sie sich dahinter verstecken. Irgendwann fragte er, ob sie mit ihm noch woanders hinfahren möge. Ja, endlich, ja. Es gefiel ihr, dass er so direkt war, obwohl er Angst haben sollte, obwohl es Benjamin gab, obwohl er sie kaum kannte, trotz aller Obwohls.

Sie fuhren lange mit dem Auto durch die Stadt, an der Elbe entlang, Schiffe brummten, flackerten, tröteten, und sie drehte ständig am Radio herum.

Wenn er gleichzeitig schaltete und seine Hand auf der Kupplung lag, war ihre Hand seiner ganz nah. Sie spielte am Regler, es kratzte aus dem Radio, es kratzte in ihrem Körper, die Nähe seiner Hand juckte sie. Überall.

Als er anhielt, wollte sie nicht aussteigen. Sie fühlte sich wie ein kleines Kind, das im Auto eingeschlafen war und nun quengelte, bis es von den Eltern ins Bett getragen wurde. Dabei war es eng in seinem Auto, und sie musste aufs Klo. Er schaltete den Motor ab. Sie blieben noch in der Stille sitzen. Dann machte er die Tür auf und zerschnitt den Moment. Frische kalte Luft blies hinein, und sie streckte sich und stieg aus. Der Boden war vereist, und sie rutschte ihm entgegen. Auf der Elbe wurde gewerkelt, Container schwebten über gigantisch gleitenden Schiffen, alles zog seine Bahnen an ihnen vorbei, mit einer beinah lautlosen Kraft, sie betrachteten das Spektakel des Handels. Sie hätte gern gesagt: »Küss mich, küss mich doch«, aber ihr fehlte der Mut, und keiner von beiden wagte ein Wort über den im Raum stehenden, den im Hafen ankernden Betrug, der dort anlegte mit der Mühsal eines schweren Schiffes und den Rufen eines Wals.

In diesem leisen Moment klingelte ihr Telefon, und Benjamin rief an. »Scheiße, Theresa!«, fluchte er in den Hörer. »Ich kam grad vom Pokern nach Hause und bin ausgerutscht.« Er hatte in Lübeck mit seinem Bruder und ein paar Jungs Bier getrunken, viel geraucht und beim Pokern verloren. »Und jetzt?«, fragte sie. »Die Hand ist geschwollen. Ich hab mich falsch abgestützt beim Fallen.« Das Eis hatte ihm ein Bein gestellt und zwei Finger gebrochen. »Wo bist du? Kannst du herkommen?«, fragte er kleinlaut. »Aber das sind vierzig Minuten mit dem Taxi!« »Die Jungs sind alle betrunken.« »Ich bin gleich bei dir«, seufzte sie, und der Atem zeichnete eine warme Spur in die eisige Luft. »Fährst du mich nach Lübeck ins Krankenhaus?«, bat sie Leopold. Er nickte resigniert wie jemand, der einem nachteiligen Vertrag zustimmt. Auf der Fahrt waren ihre Gedanken bei Benjamin: Sie nahm es ihm übel, dass er gestolpert war, wie mit einer unbeabsichtigten Intuition, einer Ahnung des Körpers von ihrer Abtrünnigkeit, und sie nahm es sich übel, dass ihre Wut auf Benjamin, den Spielverderber, stärker war als ihr Mitleid, und zwischendurch ergriffen sie heiße Wellen der Reue, einer zweigeteilten Reue: »Ich hätte nicht ans Telefon gehen sollen! Ich hätte einfach weghören können!« Und gleichzeitig: »Ich hätte Leopold nicht treffen sollen.« Sie glaubte, sie sei schuld, dass Benjamin gestürzt war, sie glaubte, sie habe ihn gestürzt. »Er wird mir alles ansehen!«, dachte sie. »Er wird es spüren, er wird es ahnen, wissen, er hat uns bestimmt gesehen am Hafen, wir waren fahrlässig, er weiß es, er weiß alles!« Sie wusste nicht, wie sie ihm entgegenschauen sollte, sie war eine schlechte Schauspielerin, die immer grinsen musste, wenn sie log. Sie wollte alles abstreiten: Ich habe nichts getan! So, wie wenn man im ICE auf ein vollgeschissenes Klo geht, wieder herauskommt und der Schlange mitteilen möchte: »Dieser Dreck ist nicht von mir!« Aber hier war es ihr eigener Dreck. An diesem Abend gab es drei Verlierer. Und wenn sie nun am Regler des Autoradios drehte, war das Kratzen verschwunden, Leopold schaute geradeaus, und zwischen ihnen gab es keine Seitwärtsbewegungen mehr. Als Leopold sie absetzte, wusste sie nicht, wie sie sich verabschieden sollte, es musste schnell gehen, neben ihnen stand ein Krankenwagen. Sie schritt auf die verglasten Schiebetüren zu, wartete kurz, drehte sich noch einmal um, aber er hatte ihr bereits den Rücken zugewandt, und die Sensoren der Türen hatten sie erkannt – ein Mensch stand vor der Tür, was bin ich nur für ein Mensch!, dachte sie – und öffneten sich. Es roch nach Desinfektionsmittel und Schreien. Die Krankenhauswelt verschloss sie hinter sich. Ratsch.

Sie erinnerte sich, wie sie in Berlin eine harmlose Affäre mit einem Musiker begonnen hatte, der in kleinen Alternativläden in Deutschland, Dänemark und Schweden auftrat und der ihr vor allem gefiel, wenn er weit weg war, oben auf der Bühne. Er schrieb ihr direkte, aber gelegentliche Nachrichten, die sie ihren Freundinnen vorlas und deren Unregelmäßigkeit sie mit einem »Er ist halt viel unterwegs« in Schutz nahm. Sie mochte seine Worte und seine Gitarre, sie träumte davon, dass er bedeutend werden und sie an seiner Seite Muse und Inspiration sein würde, und sie genoss die verspielten Nachrichten, die er ihr von überall schickte. »Dein Mund ist der schönste der Stadt«, schrieb er. Und sie antwortete ihm: »Du saugst mich nur aus. Ich bin ein Säugetier, ich brauche dich ganz.« »Ich schenk dir mein ganzes Album!«, schrieb er. »Ich will die hidden tracks, das Bonusmaterial«, forderte sie. »Rein ins Paradies. Ins Theresadies. Mit einem Kopfsprung. Deine Küsse soll es regnen. Dann ziehe ich mich nackt aus und renne nach draußen.«

Theresa war über Silvester von einer Freundin nach Tirol eingeladen, aber der Musiker würde mit Freunden in London feiern, das wusste sie. Sie kannten sich zu unverbindlich, als dass sie fragen konnte, was er an Silvester vorhatte, obwohl sie insgeheim hoffte, er würde sie noch nach London bitten. »Was machst du eigentlich Silvester?«, fragte er eines Abends nach einem Konzert in Friedrichshain mit scheppernder Akustik. »Ich bin wahrscheinlich in Österreich«, antwortete sie, um gerüstet zu erscheinen. »Schade«, sagte er, »ich bin wahrscheinlich in London.« Sie sagte nichts und er auch nicht. Aber sie hatte durch ihr »wahrscheinlich« noch eine Schneise für ihn offen gelassen, und brachte es nicht übers Herz, sich einen Flug nach Innsbruck zu buchen, man konnte ja nie wissen, immerhin waren Freunde von ihr auch in London. Sie verbrachte Weihnachten bei ihren Eltern in Hamburg, aber Silvester ließ ihr keine Ruh. »Was soll ich tun?«, fragte sie ihre Mutter kurz vor Heiligabend. »Würdest du Ski fahren gehen oder nach London?« »Ich würde in die Berge fahren«, sagte ihre Mutter anfangs noch geduldig, aber als Theresa am zweiten Weihnachtsfeiertag immer noch unentschlossen am Esstisch in der Weihnachtsgans stocherte, als suche sie in der Füllung nach einer Lösung, stöhnte ihre Mutter nur: »Das ist ja nicht mit anzuhören! Wie lange willst du denn noch warten?« »Lass mich doch«, verteidigte sich Theresa gekränkt, aber sie wusste, dass ihre Mutter recht hatte, sie wusste, dass dieser verdammte Flug ihr die ganzen Feiertage über auf den Magen geschlagen war, sie hatte die Kirche kaum genießen können, weil sie das Handy zu Hause hatte liegen lassen, und der gute Wein am Abend verschaffte ihrem rastlosen Rachen nur wenig Trost. Nach Weihnachten gab sie langsam die Hoffnung auf, suchte aber immer wieder im Internet nach Flügen und sogar Zügen nach London. Sie verbrachte Stunden vor den aufgerufenen Seiten, verglich Flugzeiten und Preise, schrieb sich alles auf einen Zettel, den sie später nicht wiederfand, und buchte nichts. »Du machst mich wahnsinnig«, sagte ihre Mutter, wenn sie ins Zimmer kam und Theresa wieder einmal am Laptop sitzen sah. »Jetzt gibt es keinen Flug mehr nach München oder Innsbruck, wie komme ich nur nach Österreich?«, seufzte Theresa am 27. Dezember. »Gott sei Dank«, atmete ihre Mutter auf. Theresa rief ihre Freundin an. »Es gibt keine Flüge mehr«, druckste sie kleinlaut und versuchte, der Fluggesellschaft den Schwarzen Peter zuzuspielen. »Das ist echt nervig, Theresa.« Die Freundin war gereizt. »Ich hatte dich eingeplant, einen Hüttenabend mit den anderen organisiert, das Gästezimmer für dich freigehalten. Und jetzt kommst du gar nicht!« »Tut mir leid.« Theresa war unwohl zumute, und hätte sie zugeben können, warum sie so abgewartet hatte, hätte man sie vielleicht sogar verstanden, aber die Schmach war zu groß. Man soll nie auf ein Angebot warten. Sie hatte sich den Abend für jemanden freigehalten, der überhaupt nicht mit ihr rechnete.

Theresa verbrachte Silvester nun bei einer Freundin in Hamburg, die gerade von ihrem Freund verlassen worden war, sie saßen mit drei anderen Mädchen auf dem Sofa, die Theresa nicht besonders gut leiden konnte, und um Mitternacht knallten die Feuerwerkskörper erbarmungslos durch den Hamburger Himmel, als sei es überall anders besser als hier unten, als sei es derselbe Himmel, den alle betrachteten, nur dass ihre Aussichtsplattform den miesesten Blick hatte, Sitzplätze der billigsten Kategorie, in London ist der Himmel schöner.

Kurz darauf spielte der Musiker wieder in Hamburg, und sie nahm einige ihrer Freundinnen mit, die während des Konzerts ständig nach dem Sänger fragten. »Dein Gitarrist soll uns mal den Sänger vorstellen!«, bat die eine verschwitzt, als das Konzert vorüber war. »Erst mal stelle ich dir meinen Typen vor«, erwiderte Theresa gekränkt. Sie saßen vor den Garderoben hinter der Bühne, das grelle Licht fraß sich in die Haut, es gab Bier und Cola im Kühlschrank, Tonmeister und Bühnenarbeiter trugen Boxen und Kabel durch die Gänge, Theresa und ihre Freundinnen wichen dem Hochbetrieb aus, auf dem Tisch trocknete die Butter auf sich wellenden Schnittchen, der Strom einer vernachlässigten Zigarette wand sich den Weg in die Höhe und wartete, genau wie sie, darauf, dass jemand wiederkam und zugriff. Endlich kam er aus einem hinteren Raum. »Ich hab mich nur schnell geduscht. Die anderen kommen auch gleich. Wollt ihr ein Bier?« Er reichte den Mädchen die Flaschen. Theresa nippte an ihrem bitteren Becks. Das Gespräch kam nicht in Gang, sie redeten vom Konzert. »Hat's euch gefallen?«, fragte er. »Sehr«, antworteten die Mädchen und wandten sich dann wieder einander zu. Er lehnte an einem zerfledderten Sessel, mit halber Pobacke, und blies gelangweilt in seine Bierflasche, die Geräusche machte wie ein kleiner Dampfer. Tuuuut, tuuuut. Sie wollte die Glasmusik überhören und schaute zu ihren Freundinnen, aber er trompetete weiter in seine halb leere Glasflasche, mit geformtem O-Mund und einem krummen Gesicht wie o-beinig, und er pulte das Etikett von der Flasche. Da war er wieder, ihr enttäuschter Blick, ihr Geschenkegesicht, das hilflose Halten der ausgepackten Wahrheit. Der Sänger kam heraus, mit einem Handtuch um die Schultern gewickelt, und ihre Freundinnen drehten die Köpfe. »Heute müssen wir noch weiter nach Bielefeld.« Sie hielt sich die Bierflasche vor den Mund, damit er nicht sah, dass sie gähnte. Zum Abschied küssten sie sich kurz, und als der kleine Tourbus um die Ecke bog mit wackelndem Hinterteil, war sie erleichtert, dass er fort war. Es tutete noch lange in ihren Ohren wie ein Tinnitus. Tinnitus bezeichnet ein Symptom, bei dem der Betroffene Geräusche wahrnimmt, die keine äußere, für andere

Personen wahrnehmbare Quelle besitzen. Der Pfeifton, den er mit seinem Mund gemacht hatte, war nur für sie ein Alarmläuten gewesen. Niemand anders hatte seinen Makel wahrgenommen. Für sie war er unüberhörbar. Der Pfeifton hatte ihn entzaubert.

Ein paar Jahre und belanglose Liebschaften später hatte sie auf einer Filmparty Imre kennengelernt. Damals war sie 20, neu in Berlin und hatte sich mit Vicky, einer Bekannten, an der Bar das sechste Glas Wein bestellt. Die beiden suchten den Raum nach Unterhaltung ab, die ersten Stühle standen bereits zerstreut und verlassen im Raum herum wie unliebsame Gäste. Da quiekte Vicky: »Da sitzt ja Imre!« Und tatsächlich, dort saß er, der Schauspieler Imre Meir, ganz allein inmitten von einem Kreis leerer Stühle. »Lass uns mal rübergehen«, zupfte Vicky an ihrem Kleid. Eigentlich waren die beiden keine Freundinnen. Sie kannten sich von solchen Veranstaltungen und waren nun eine Schicksalsgemeinschaft von Wartenden, des andern unfreiwilliger Spielgefährte. Theresa hatte Vicky auf dem Damenklo getroffen, als sie sich satten Lippenstift nachzog. »Es wird doch immer erst lustig, wenn alle betrunken sind!«, rief sie, nahm ihr Glas vom Waschbeckenrand und prostete Theresa zu. Und den Rest des Abends, vor jedem Schluck, prostete sie Theresa von nun an zu. Vicky war Journalistin für eine Gazette, die sich hauptsächlich mit der britischen Royal Family und Seriendarstellern beschäftigte. Sie hatte einen riesigen, ständig wechselnden Bekanntenkreis, der aus C-Prominenten und Halbsternchen, Türstehern und Geschwistern oder Exliebhabern von Castingshowteilnehmern bestand. An Freundschaften war sie nicht interessiert, zu langatmig, zu mühsam, zu schnell ausgewrungen, geschmacklos wie Kaugummi nach fünf Minuten. Aber, so erzählte ihr Vicky geheimnisvoll an der Bar, »du glaubst es nicht, ich nehme auf jede Geschäftsreise immer meinen Stoffhasen mit. Im Ziehkoffer. Das ist mir immer so peinlich, wenn das durch den Scanner muss und die da meinen Hasen entdecken.« »Ist doch nicht so schlimm, die sehen ganz andere Sachen da auf ihrem Bildschirm!« »Aber weißt du, Theresa, man denkt immer, ich hätte das schönste Leben: Filmfestspiele, Preisverleihungen, Interviews – aber am Ende des Abends liege ich doch allein im Hotelzimmer, irgendwo außerhalb von Cannes oder L.A., weil die Hotels im Zentrum zu teuer sind oder ausgebucht. Am Fuße der exklusivsten Ballkleider hängt die Schleppe der Einsamkeit.« »Das kann ich mir vorstellen.« »Niemand kann sich so ein Leben vorstellen«, sagte Vicky mit melodramatischer Stimme. »Ich nehme jedenfalls auch immer einen Teddy mit ins Bett, seit ich von zu Hause ausgezogen bin«, erwiderte Theresa. Sie dachte liebevoll an ihren harten, auf der linken Seite plattgelegenen Steiffbären, dessen borstige Haare sich nicht mehr glatt streichen ließen, sondern widerspenstig über den Knopfaugen lagen. Theresa schlief immer auf dem Bauch, in einem Arm den kratzigen Bären, im anderen eine Kissenwurst, eine daunengefüllte Rolle, über die sie gerade mal ihren Arm legen konnte, so prall war sie. Wenn sie, wie so oft, schlecht träumte oder die Geräusche des Fahrstuhls aus dem Treppenhaus für einen Einbrecher hielt, presste sie sich die Wurst wie eine schusssichere Weste auf den Körper. Der Bär trug einen Matrosenanzug mit einem Lätzchen, auf den ein Anker gestickt war, und das rührte sie noch mehr, die kleine Kleidung, die jemand für dieses Wesen genäht hatte, während sie noch nicht mal einen Knopf an eine Bluse nähen konnte, dafür musste sie in die Reinigung, was immer sehr peinlich war, denn dann legte sie Hemden und Blusen auf den Tresen, ganz gewöhnliche Baumwollstoffe, nichts Delikates, Unwaschbares, weshalb die Frau ungläubig fragte: »Zur chemischen Reinigung?« »Nein, bloß Knöpfe annähen.« »Aber die sind doch in gerader Linie!« Die Reinigungsfrau schien unterfordert und hielt Theresa den Stoff unter die Nase. »Ich weiß.«

»Komm, wir sagen Imre Hallo«, quengelte Vicky. »Aber ich kenne Imre überhaupt nicht!« »Aber ich! Komm mit.« Theresa fühlte sich bedrängt und widerstandsunfähig, während Vicky sich noch rasch das Kleid zurechtzupfte, lockerer am Bauch, straffer am Po. Mädchen biegen sich immer vorher zurecht, dachte Theresa. Imre hing auf seinem Stuhl mit ausgestreckten Gliedmaßen, das Glas schwankte in der Hand, die Krawatte war gelockert, der Blick gesenkt. Es ärgerte Theresa, dass Vicky ein Stück weiter vorn ging und sie sich hinterherschlängeln musste wie der Hintern einer Raupe.

Es ging auf solchen Veranstaltungen nur um Nützlichkeit. Vicky stellte Imre schamlose Fragen nach seiner Exfreundin und seinem Tattoo, und Theresa saß ungewöhnlich still neben den beiden. »Du bist süß«, wandte sich Imre plötzlich an sie. »Ruf mich an.« Er schrieb ihr seine Nummer auf und grinste unverschämt, als habe er ihren BH geklaut. Er war einer von den Männern, die eine Frau so lange weichschmeicheln, weichspülen, bis der klebrige Saft aus Blüten und Komplimenten wie Leim an ihren Füßen haftet und sie sich nicht mehr rühren kann, im Treibsand seines Triebes. Aber Theresa wollte glauben, was sie allen anderen Frauen verbieten würde zu glauben: Sie würde die eine sein, bei der all der unbefangene Prä-Beischlaf-Brei tatsächlich der Wahrheit entsprach. »Ja, ich weiß«, würde sie ihren Freundinnen reumütig erklären, wenn diese ihre Warnungen aussprachen. Sie wusste alles, sie kannte Männer, sie hatte immerhin zwei Brüder, und sie spürte, dass dieser Angeber es ernst meinte. So eine Frau wie sie hatte er noch nie kennengelernt! Seine Großspurigkeit, sein beiläufiges Gestreue von Namen bekannter Regisseure und Künstler, seine dreisten Worte, seine Ungeniertheit, sein Schmatzen – sie ekelte sich beinah vor seinem kraftvollen Willen, sie zu erobern. »Bei dir könnte ich schwach werden«, sagte er schelmisch. Zuhören wollte dieser Mann nicht. Er wollte sprechen. Und zwar von sich. Er hatte sie zum Abschied einfach geküsst, und das, obwohl die Presse nur einen Stuhl weiter saß. Sie hatte die Lippen aufeinandergepresst. Wie ein Kind, das Schmerz empfindet. Und doch war sie kurz davor gewesen, ihren Mund einfach zu öffnen. Aber sie wagte nicht, sich zu regen.

Die Entscheidung dauerte nur Sekunden. Küsse hatten weitreichende Kosequenzen. Ein Kuss könnte zum nächsten führen, fallende Dominosteine, ein Betrug, ein hastiger Entschluss jenseits kontrollierter Denkprozesse. Vielleicht nannte man diese Art der Unfreiwilligkeit Schicksal, all diese Dinge in der Liebe geschahen innerhalb von Millisekunden, schneller als der Kauf einer Packung Zigaretten oder die Wahl einer Speise im Restaurant. Kuss, Wiedersehen, Sex, Heirat, Vermehrung, Familie – welch ein Zufall, welch eine Willkür? Liebte man den, den man küsste oder küsste man den, den man liebte? Vielleicht hätte ihr der Kuss gefallen. Noch hatte sie die Fäden in der Hand.

Aber sie würde ihn anrufen, übermorgen schon. »Imre?«, fragte sie kleinlaut und war froh, dass er durchs Telefon nicht sehen konnte, wie schamrot sie war. »Ja?«, fragte er, und seine Stimme klang höhnisch, siegesgewiss, das Ja fing im Bassbereich an und schlängelte sich ein paar Töne nach oben, erwartungsfroh. Mit dem Anruf hatte er bereits gewonnen. »Ich dachte – ich wollte mich mal melden.« Sie hörte, wie hilflos sie klang. »Das merke ich«, sagte er beinah spöttisch. »Wollen wir essen gehen?«, fuhr er fort, er war kein Mann der vielen Worte. Er wusste, wie er schnell zu dem kam, was er wollte, ohne Raststätte und Vorspiel, ohne Werbepause oder Tarnkappe. Sie trafen sich beim Italiener am Savignyplatz. Er liebte das alte Westberlin. Sein linkes Knie wippte unter dem Tisch auf und ab. »Bist du nervös, Imre?«, fragte sie und kam sich kokett vor. »Nein«, sagte er, »ich bin geil.« Er bestellte sich Langusten, die er aussaugte und zerrupfte, mit schmutzigen Fingern und einem festen Griff. Sie aß ein Carpaccio, klein und bescheiden. Und dann ging es zur Sache, er brachte sie mit dem Taxi bis vor die Tür, in den Osten, wo sie wohnte, ein riesiger Umweg – aber er wusste ja, dass sich die Fahrt lohnte, vorgetäuschter Gentleman. »Darf ich dich nach oben begleiten?« Er konnte sich das Grinsen nicht vom Gesicht wischen, wie getrockneter Kakao um die Mundwinkel, den keine Serviette mehr beseitigen konnte, milchbärtig war ihm das

Lächeln gemalt. Der Wein hatte das Nein aus ihrem Wortschatz gestrichen, und so warf er sie aufs Bett. »Aua«, sagte er plötzlich mitten im Raufen, weil er versehentlich auf ihren Teddy gerollt war. »Was soll denn der Scheiß hier? Nimm das Ding weg!« Er schleuderte den Bären herzlos aus dem Bett, der Bär überschlug sich, drehte einen Salto und purzelte zu Boden. Er schien sie von dort vorwurfsvoll anzusehen, während Imre sie auszog und ihren widerstandslosen Körper packte. Sie schliefen unbedeckt miteinander, und aus den Augenwinkeln erkannte sie den Bären, der auf dem Boden saß und ihnen dabei zuschaute. Sie konnte den Blick nicht von ihm lassen.

»Bist du hier nie einsam in diesen gemieteten Appartements?«, fragte sie ein paar Tage später, als sie in seiner möblierten Darstellerwohnung auf dem Sofa saß, wie bei einem Vorsprechen, ganz auf der Kante. »Nie! Ich habe meine Familie«, sagte er bestimmt, »sonst brauche ich niemanden.« Auch sie schien er kaum zu beachten. Er war bereits dabei, sich auszuziehen, während sie noch aufrecht und mit geradem Rücken am äußersten Rand der Couch wartete. Es dauerte nicht lange. Danach ging sie aufs Klo. Aber offensichtlich hatte er ein Kondom oder eine vorherige Geliebte einen Tampon ins Klo geworfen, denn das Klo rumorte und rülpste schließlich laut. Alles kam da wieder hochgespült, Schmutz der letzten Tage. Blubb, machte es, und das Klo drohte überzulaufen. Eine hässliche Suppe war das. Sie war verzweifelt. Sie spülte wieder. Aber das Klo gurgelte unablässig. Ihr wurde sehr warm. Sie war gezwungen, ihn zu rufen. »Hallo?«, rief sie ängstlich, als sei sie in einem dunklen Keller verloren gegangen. »Kommst du mal kurz?« – so zaghaft, als hoffte sie, er würde sie nicht hören. Aber er hörte und griff zu dem roten Saugpfropfen und schob und sog und presste und blubberte die Reste in den Abfluss. Sie stand daneben und sagte kein Wort. Es war das letzte Mal, dass sie sich trafen. »Ich drehe was in München«, sagte er am nächsten Morgen und drückte ihr zum Abschied an der Tür einen kleinen weißen Umschlag in die Faust. »Damit wirst du

Spaß haben.« Sie nahm es entgegen. »Komm gut nach Hause«, sagte er gleichgültig. »Ja, du auch«, antwortete sie unbeholfen. Aber er war ja schon zu Hause. Und dann machte er die Tür zu.

Theresa hatte fortan versucht, ihre Jugendnarben nicht zu beachten.

Leopold schrieb ihr am nächsten Tag.

Er

15:17

es ist schon ganz gut, dass ich darüber ein bisschen traurig bin, was unmöglich lange genug dauern konnte. ich bin verflucht, jetzt wo ich nicht mehr allein sein kann, muss ich es.

Sie

15:20

gestern hab ich mich noch einmal umgedreht. da warst du schon weg. ich dachte, du winkst wenigstens.

Er

15:27

ich hab mich umgedreht, sicher drei, vier mal.
ich hab bis jetzt noch nicht einmal eine kassette für ein mädchen aufgenommen oder irgendwas vergleichbares gemacht, geschweige denn mich bewegt – also inklusive packen.

Sie

15:29

ich hab mich wirklich ziemlich bald umgedreht. du warst zu ungeduldig.

Er

15:34

ach so, du dachtest, ich steh da. dafür bin ich zu stolz, ich hab mich beim weggehen umgedreht. so nebenbei, verstehst.

Sie

15:36

nein nein. ich dachte nicht, du stehst. ich dachte, du rennst. hinterher.

Er

15:43

das war nicht der moment.

Sie

15:52

nein?

Er

16:30

es gibt nur den einen moment, der rest ist lediglich die einleitung dazu.

das war nicht der moment, das war nur ein blick darauf, ob es überhaupt einen moment geben wird. und zwar für mich. das hat nichts damit zu tun, ob du dir nicht ganz sicher bist. das fehlte mir noch, dass mir die sturmreif geschossene burg in meine eroberung reinquatscht.

ich will, dass du von selber bleibst, dass dich kein gurt an mir hält, nichts und niemand, nur du selbst.

ich kann dir nicht alle 2 tage 500 km hinterherreisen.

Sie

17:29

ich bin jetzt krank. du hast mich angesteckt.

Er

17:42

aber irgendwas hab ich auch.

Sie
17:45
was hast du denn? ich habe internetitis.

Er
17:46
ich hab dich.
und du nervst sooooooo krass.
ich wäre dir dankbar, wenn du zwischendurch mal für 5 minuten aus meinem kopf verschwinden könntest.
ich würd mich einfach ganz gern mal zwischendurch irgendwo anlehnen, aber dann läuft mir die lehne weg. es ist nicht zum aushalten.

Sie
17:52
du hast theresitis? warum hast du mir das alles nicht ins gesicht gesagt?

Er
18:02
das war das erste mal, dass wir uns wirklich gesehen haben. ich konnte es einfach nicht glauben.

Sie
18:05
was konntest du nicht glauben?

Er
18:28
du weißt ganz genau, was ich meine.

Er

18:44

ich konnte nicht glauben, dass ich mich blind verliebe.

Er

18:44

ich stell mich jetzt die nächsten 2 stunden unter die dusche und schlag mir gegen die stirn. machs gut.

Sie

18:48

das hättest du mir ins gesicht sagen sollen. manches muss man sagen und nicht schreiben.
blind verlieben ist gut. ich könnte tatsächlich eines tages erblinden. ich habe eine augenkrankheit. das weiß aber keiner. nur meine eltern. aber die verstehen nichts davon. die stellen immer die falschen fragen. also sag jetzt einfach nichts.

Er

19:58

du bleibst gesund. du bleibst bei mir. und wenn du nichts mehr sehen solltest, würde ich dich führen und dir vorlesen und dir von landschaften erzählen.
verliebt! – ich weiß gar nicht, was die ganze welt daran findet, ich fühle mich furchtbar. geh jetzt in »rambo«, wenn er mich nicht auf andere gedanken bringen kann, dann schafft es niemand.

Sie

20:16

fühlst du dich furchtbar oder fruchtbar. das R kann wandern.
ich werde nie erfolgreich sein. ich war auf einem so guten weg. doch anstatt urlaub zu machen, verreise ich ins netz. ich bin ausgewandert in die virtuelle welt.

Er
20:36
ich bin wie ein schmutziges fenster, über jahre dachte ich, man schaut mich an, doch man schaute nur hindurch. mir galt nie aufmerksamkeit, nur wenn klausuren anstehen, werde ich plötzlich beachtet und geputzt, aber in wahrheit doch nur, um danach noch besser durch mich hindurchsehen zu können.

Sie
20:38
ich sehe jemanden hinter deinem fenster stehen. und er sieht mich an.

Er
20:42
nein, er spiegelt sich.

Sie
20:55
was meinst du, sind wir zwei vom leben gelangweilte oder betrachten wir uns einfach gerne im spiegel?

Er
20:56
hör doch jetzt endlich damit auf, hier reinzustarren, tritt endlich ein und nimm mich mal in den arm.
du bist mein schönster zeitvertreib, vorher war ich tatsächlich ein bisschen gelangweilt, buchstabensuppenmädchen.

Sie
21:04
ich bin die quelle. aber keine qualle. vielleicht eine falle.

Er

21:05

und ich trinke und ich brenne und ich falle.
leb wohl, mein superlativ.
ich komme am wochenende nach berlin.

Sie

21:36

willst du denn mit mir allein sein am wochenende?

Er

8:54

du bist doch meine muse. die pampel-muse. ich will zwischendurch schon ein bisschen mit dir allein sein.

Sie

9:07

du hast mich gestern zu einer wartenden gemacht. keine nachricht mehr. warteschleife mit blöder pianomelodie. und nie das erleichternde »Was kann ich für Sie tun?«.

Er

9:09

unsinn, ich bin aufzugmusik. du musst nur mal aufhören, dauernd garage und dachterrasse abwechselnd zu drücken.
morgen bin ich in deiner nähe. wenn sich niemand mehr querstellt.

Sie

9:23

ich wusste: das warten eines mädchens erweicht dich.

Er

9:35

ja, es zwingt mich schon in die knie, wenn du nur ein bisschen leiser redest.

Sie

9:40

ich will wieder leise mit dir reden. unter der decke flüstern.

Er

9:56

je leiser du flüsterst, desto näher ziehst du mich an dich. nicht zu leise, wenn ich dich greifen kann, lass ich vielleicht nicht mehr los.

Sie

10:05

ich kann noch viel leiser. auf zehenspitzen reden.
willst du noch mehr?

Er

10:09

wollte eigentlich nur warten, ob du noch schreibst. nur noch eine mail,
ich bin schlicht süchtig nach dir

Sie

10:17

das ist also die unendliche geschichte.

Er

10:20

wir müssen gegen das nichts ankämpfen

Sie
10:22
ich will ins nichts. aber im moment bin ich im alles.

Er
10:27
du bist mit so viel bei mir, was soll da noch kommen?
aber für dich bin ich austauschbar. ich bin halt grad da. und morgen bin ich's wirklich.

Sie
10:33
du. genau du.
du du du. da da da.
the Police de do do do, de da da da.

Er
10:34
ich freue mich gerade so unglaublich.
gleich umarme ich den computer.

Sie
10:42
ich spüre es fast. es sind nicht mehr viele stunden.

Er
11:39
zu viele.

Sie
11:40
Wie viele denn noch?
mach, dass es schneller geht.
schreib mir ein pro und ein contra.

Er

12:23

pro das eine, contra das andere auge. aber in beide bin ich verliebt. ich will dich sehen, unbedingt. aber morgen ist immer noch besser als übermorgen. wenn es heute nicht passt, sei es, weil du zu müde bist, ist es so. du stehst in keiner verpflichtung, aber ich komme jetzt,
um das zu ändern.

An diesem Abend hatte sie eine Einladung zu einem Abendessen angenommen, um nicht allein zu Hause zu warten, bis er ankäme. Sie saß bei Freunden in der Küche, das Nudelwasser kochte, und sie fragte sich, wie lange sie noch warten sollte, bis sie die Nudeln ins Wasser warf. »Das Wasser blubbert«, sagte sie mit einem Appell in der Stimme. »Oh ja!«, rief Stephan und ließ die Nudeln ins Wasser fallen. »Wo ist eigentlich Benjamin?«, fragte er. »Der ist ein wenig erkältet«, antwortete sie und errötete, weil sie nicht wusste, wie sie ihr Gesicht beherrschen sollte. Sie wollte betroffen aussehen, aber in ihren Mundwinkeln kniff die Freude. »Ist die Pasta schon durch?«, fragte sie nach zwölf Minuten. Aber die Spirelli waren noch hart. Den Rest des Abends saß sie unkonzentriert auf ihrem Stuhl und rauchte. Sie hörte Menschen reden, aber es erschien ihr so undeutlich und wirr, dass sie nicht mitsprechen konnte. Es waren ihre engsten Freunde, und doch langweilte sie sich mit ihnen vor Ungeduld und Hochmut. Sie war nicht mehr eine von ihnen – war sie es jemals gewesen, war sie nicht immer die Atheistin unter den Katholiken, die Ecke in allen gesellschaftlichen Kreisen, die Ungezogene unter den Wohlerzogenen, die Fotografie unter den Gezeichneten, nur mit Anstrengung mitgeschmuggelt in der Großlieferung von Waren, die Un-ware. Sie lebte in einer Parallelwelt wie ein Geheimagent, und die Tatsache, dass sie mit niemandem über ihre Erlebnisse sprechen durfte, machte sie einsam und eigen. Sie schlich aufs Klo, um ihm eine SMS zu schreiben. Würde es jemand bemerken, dass sie ihr Handy mit ins Bad nahm?

Sie traf Leopold um kurz nach eins in der Nacht. Sie hatte im Versteck der Müdigkeit das Abendessen verlassen, ihre Freunde schauten sie ungläubig an, aber sie hatte sich so schnell den Mantel übergeworfen, dass keiner sie aufzuhalten versuchte. Es gab nicht einmal Abschiedsküsse. Und sie hätte nicht wacher sein können! Als sie ihn sah, wie er ihr entgegenkam, war er viel kleiner, als sie ihn in Erinnerung hatte. Er trug eine plustrige Felljacke, und seine Füße sahen in den Schuhen winzig aus. Er wirkte wie ein kleines Kind auf einem viel zu großen wackligen Fahrrad mit Armen als Stützräder. An ihren Stimmbändern rüttelte es, als sie ihn begrüßte. Sie gingen nebeneinander her und suchten einen geeigneten Ort für ihr Wiedersehen. Nicht zu schnörkelig, nicht zu hell, bloß nicht zu still, mit Besuchern, aber ohne Zuschauer. Hilflos liefen sie durch die Stadt, zwei Touristen mit Bauchtaschen. Dabei war der Ort ganz egal. Sie waren zwei Einsame, die nicht nach Hause gehen konnten, zwei Ausgesperrte ohne Schlüssel, die nicht offenbaren konnten, wonach sie eigentlich suchten. Ihre unbeholfene Suche vertrieb alle Ansprüche, der Ort musste nicht einmal mehr schön oder sauber sein. Es ging nur noch darum, dass sie eintreten könnten.

Seine Felljacke roch nach Tier. Er ließ beim Rauchen versehentlich die Zigarette fallen, und stolperte einmal über den Bordstein, nachdem sie eine Kreuzung überquert hatten. Er war in Hundekacke getreten, die ihm nun unterm Schuh klebte, und so hinterließ er eine Spur in der ganzen Bar, die direkt an ihren gemeinsamen Tisch führte. Sie sah, wie er versuchte, unauffällig die Scheiße loszuwerden, indem er die Sohle am Tischbein rieb. Aber die stinkende Fährte war unübersehbar, unüberriechbar, sie waren die Täter, und als die anderen Gäste den Matsch bemerkten, als sie ihre Füße hoben und auf den Boden schauten, sahen sie, wer der Übeltäter war. Warum machen sich Menschen immer zum Trottel, wenn sie gefallen wollen? Sie verschlucken sich oder husten, wenn sie versuchen, möglichst sinnlich eine Nudel in den Mund zu schlürfen, sie laufen gegen Türen oder Feuerlöscher, die an der Wand hängen, oder ihr Schnürsenkel ist offen, sie tropfen beim Essen, oder jemand rempelt sie an, sie riechen falsch oder reden dummes Zeug, Zeug über Autos oder über die guten Noten, die sie einst in der Schule hatten, sie verlieren einen Knopf oder treten in eine Pfütze, sie rauchen die Zigarette falsch herum oder es scheißt ihnen eine Taube auf die Schulter, oder sie haben einen Popel an der Nase kleben, ihnen wächst ein leuchtend weißer, blühender Pickel am Kinn, oder sie haben Broccoli im Zahn. Sie sind Menschen.

Und warum störte sie das alles so sehr? Weil sie selbst so unsicher war und sich für sich und die Menschheit schämte? Sie war ja selbst überschminkt! Sie war so lächerlich und klein, dass er ihr noch kleiner vorkam, weil er sie küsste. Und als sie sich endlich küssten, schmeckte er nach Wein, Zigaretten und Kneipenluft, halb frittiert, halb gebraten, nach einem zu langen Gespräch, nach einem viel zu langen Gespräch.

Sie hatten sich Mut angetrunken, mehr Mut, hatten den Zeitpunkt verpasst, an dem der Kuss ein freiwilliger Kuss gewesen wäre. Jetzt war er nur notwendige Folge des langen Abends, Verzögerungsschachzug mit zweistündiger Verspätung. Trotzdem hatte sie mit Benjamin seit langer Zeit keinen solchen Kuss mehr gehabt. Es hatte gar nichts damit zu tun, was sie für Leopold empfand. Es war nur ihre Weiblichkeit, die sie mit einer windigen Sehnsucht überflutete. Schon das Reiben an der Naht seiner Hose, vielleicht an einem Knopf, vielleicht an seiner angeschwollenen Männlichkeit. Sein Gürtel schrubbte an ihrem Unterleib, sie war fertig, obwohl sie noch angezogen waren und er atmete erleichtert aus.

Draußen wartete Helligkeit, die Stühle waren bereits hochgestellt. Ihr orangefarbenes Gesicht war inzwischen wieder weiß, abgeblättert wie eine Tapete, und Gedanken an morgen streiften ihr auf leisen Pfoten durch den vernebelten Kopf. Man soll nie jemanden zum ersten Mal küssen, wenn es draußen schon wieder hell ist.

Sie hatte Angst, mit ihm zu schlafen. Sie hatte Angst, dass auf die Lustsekunden mit Leopold nichts folgte, dass er fort wäre, sobald sie nachgab, sich hingab. Sie wusste: Das Gift der Versuchung wirkt verzögert. Man kann nicht nach Belieben unartig sein – ohne später dafür zu bezahlen.

Zum Abschied sagte er: »Ich muss jetzt zurück nach Frankfurt, verlieb dich in mich.«

Aber nach der Verliebtheit geht's bergab, dachte sie. Und zwar nicht im Schneepflug. Aber sie tat, wie ihr befohlen. Sie verliebte sich in seine Worte. Und sie war nicht einmal sicher, ob der Mensch hinter den Buchstaben ihr gefiel. Aber Liebesgeschichten entstanden inzwischen über SMS, Chats, Facebook, Projektionen hinter einem Bildschirm, welcher der Phantasie jeden Wunsch erfüllte. Sie las ihn lieber, als sie ihn sah. Sie mochte das Gefühl, das er ihr gab, sie mochte sich selbst wieder. Nur wenn sie in der Bibliothek mit ihm chattete, musste sie aufpassen. Manchmal kamen Freunde vorbei und stellten sich hinter ihren Bildschirm, um flüsternd mit ihr zu plaudern. Dann blinkte ihr Chatfenster auf und man konnte seine Nachrichten auf dem Monitor lesen. Sie bebte vor Panik, hoffentlich schrieb er nichts Offensichtliches, das ihre Affäre sofort auffliegen ließ.

»Mit wem schreibst du denn da?«, fragte eine Bekannte von Benjamin und ihr, die sich neugierig hinter ihrem Computer aufgebaut hatte. »Halt die Klappe«, wollte sie Leo durch den Monitor zurufen, aber sie sah, dass er schon wieder eine Nachricht eingab. »Leo is typing a message«, verkündete der Bildschirm. »Ach, nur mit so einem anderen Theaterwissenschaftler, der mir Tipps gibt. Lass uns einen Kaffee trinken gehen, ja?« Theresa klappte hastig den Laptop zu, und ihr schlotterten die Knie, als sie die Bibliothek verließ.

»Ich muss deinetwegen schon lauter Pausen machen! So werde ich nie Master!«, schrieb sie ihm später. Sie redeten jede Nacht am Telefon, wobei sie sich während des Gesprächs wie ein Uhrzeiger im Bett drehte und stets in andere Himmelsrichtungen ausgestreckt lag.

Benjamin wunderte sich zunächst nicht einmal über ihre Zurückgezogenheit, ihr Bedürfnis nach Abstand, vielleicht war er sogar erleichtert. Sie sagte ihm ständig ab, sie müsse zu sich finden, doch alles, was sie fand, waren die Arme eines anderen. Wieder einmal hatte sie den Notausgang übersehen, die Katastrophe nicht ertragen, sondern sich einen Fluchthelfer gesucht, der ihr den Tunnel grub und dabei wie ein wild gewordener Maulwurf bohrte und schaufelte. Irgendwer oder irgendwas würde sie immer retten, glaubte sie.

Benjamin hieß jetzt Leopold. Raider heißt jetzt Twix, sonst ändert sich nix. Manchmal kam es ihr vor wie in einer Serie, bei der ein Hauptdarsteller kündigte, weil er ein besseres Angebot bekommen hatte. Nun konnte aber die Geschichte doch nicht ohne den Hauptdarsteller weitergehen, also wurde ein Ersatzmann gesucht: »Ich bin Sven und spiele jetzt den Paul.« Der neue Paul war die Fortsetzung des alten Paul, nur mit anderem Gesicht. Einsamkeit war keine Option.

Sie konnte kaum noch mit Benjamin zusammensitzen, ohne vor Angst rot zu werden. Sie glaubte, jeder Satz würde sie verraten. Ihr wurde dauernd heiß im Kopf, eine erstickende Hitze, wie nach dem Verzehr einer Suppe oder einer heißen Schokolade mit Rum, alles stieg ihr zu Kopf. Manchmal fürchtete sie, den Verstand zu verlieren und wie ein Tourette-Kranker alles auszuplappern, als würden ihr die Worte auf der Zunge ausrutschen – wie am Beckenrand, wo es nass und glibschig ist, als würde sie die Sätze erbrechen, rülpsen, platzen lassen. Sie hatte Angst vor sich, vor dem Moment, in dem ihr alles egal wäre oder sie die Kontrolle verlöre. So musste sich ein Straftäter fühlen, der eine Leiche verbuddelt hatte. Benjamins Anblick machte sie so traurig, dass sie ihm vor Verlegenheit kaum in die Augen schauen konnte. »Ich kann nicht anders!«, dachte sie. »Er lässt mich im Stich, und ich rette mich nur«, rechtfertigte sie sich. Sie wünschte sich, dass Benjamin sie bestrafte, dass er sie auch betrog oder dass Gott, an den sie nicht glaubte, sie bestrafte und dass sie erblindete. Sie bekam Hautausschlag am Bauch. Vielleicht wollte ihr Körper sie verraten und ein Mal zeichnen, dort, wo ein anderer Mann sie berührt hatte. Manchmal war sie so niedergeschlagen, dass sie vollkommen ziellos spazieren ging, durch laternenlose Straßen, im baumleeren Berliner Wind, und dass sie zur Musik auf ihrem iPod weinte. Sie schämte sich, dass sie Meat Loaf hörte und Filmmusik, Schnulzen aus ihrer Kindheit von Take That und Whitney Houston.

»Muss es aufhören, weil es uns nicht guttut, meinst du?«, schrieb sie Leopold. »Nein, es muss anfangen, weil du mich verrückt machst«, schrieb er eine Minute später zurück.

Sie wollte Leopold in Frankfurt unter dem Vorwand eines Mädelswochenendes im Rheingau besuchen, während Benjamin vorhatte, zu seinem Bruder nach Lübeck zu fahren. »Willst du nicht doch mit?«, fragte er Freitag am Telefon. »Ich habe mir das Auto von Georg ausgeliehen, wir könnten gemeinsam hochfahren.« Aber es war doch alles abgesprochen und ausgetüftelt, sie wollte Freitagnacht bereits bei Leopold sein. »Fahr du lieber allein. Ich mache mein Freundinnen-Wochenende«, entschuldigte sich Theresa am Telefon. »Ich könnte dich abholen, in einer Stunde«, sagte Benjamin. Theresa wusste, dass es besser wäre, wenn sie mit ihm führe, sie rang mit sich und schrieb ihm zehn Minuten später. »In Ordnung, komm. Ich habe schon gepackt.« Aber es war nichts gepackt, gar nichts. Sie wollte zu Leopold, sie stand 40 Minuten vor ihrem offenen Kleiderschrank und packte, sie warf wahllos Kleider mit Bügeln in den Koffer, es musste gepackt sein, sie hatte Benjamin doch gesagt, dass sie schon gepackt hatte. Er hupte unten, und sie hievte den sperrigen Koffer die Treppen hinunter, während sie überlegte, wie sie ihm nun doch absagen sollte. Als sie die Straße schwitzend erreichte, hatte er den Kofferraum bereits geöffnet und rauchte eine Zigarette. »Na also!«, sagte er und nahm ihr den Koffer ab. Als er ihn verfrachtete, schrie sie plötzlich: »Halt!« Er zuckte zusammen und schaute sie an.

»Ich komme doch nicht mit«, druckste sie. Sie würde es ewig bereuen, sie konnte jetzt nicht zurück, sie musste zu Leopold, wie abgemacht, wie verabredet. »Was ist denn los mit dir!« Benjamin ließ den Koffer fallen. »Ich habe den Mädels doch zugesagt. Ich komm da jetzt nicht mehr raus.« »Wie du meinst«, sagte Benjamin und überreichte ihr den Koffer. »Mach dir ein schönes Wochenende.« Sie drückte ihn an sich, als würde sie ihn nie wiedersehen. Die Autotür klappte zu, und auf einmal kam ihr ihre Entscheidung so falsch und endgültig vor, dass sie dem fahrenden Auto wedelnd hinterherrannte »Stopp! Stopp! Ich will doch mit. Nimm mich mit!«, rief sie. Benjamin hielt den Wagen an und stieg aus. »Was ist denn los?«, fragte er. »Ich will mit«, sagte sie aufgewühlt und rang um Luft. »Okay, Theresa. Ich begreif's nicht. Aber okay.« Er öffnete noch einmal den Kofferraum und warf ihren Koffer hinein. Als er die Kofferraumklappe zuschlug und sie ihren Koffer hinter der Scheibe liegen sah, unwiderruflich aufgegeben, da überkam sie ein heißer Zweifel, als habe sie gerade festgestellt, ihr Portemonnaie verloren oder den Herd angelassen zu haben. Sie setzte sich gefügig auf den Beifahrersitz und hoffte, die Reue werde im Laufe der Reise auf der Strecke bleiben. Aber je weiter sie sich von Berlin entfernten, desto stärker wurden ihre Zweifel.

Auf der Autobahn Richtung Hamburg wurde sie schließlich so nervös, dass sie plötzlich schrie: »Lass mich raus. Lass mich irgendwo raus. An der nächsten Ausfahrt.« »Ich lass dich doch hier nicht raus.« Benjamin lenkte stur weiter, er war auf der linken Spur und gab richtig Gas. »Wir fahren in die falsche Richtung!«, rief sie. »Lass mich raus. Ich nehme von irgendwo den Zug, ich nehme den Zug nach Hessen. Ich muss hier raus.« Aber die Landschaft zog an ihnen vorbei, und sie fuhren Richtung

Norden, und Leopold wurde immer kleiner, war immer weiter weg, bald würde er unerreichbar sein, unrevidierbar verloren. »Lass mich raus«, sie strampelte auf dem Beifahrersitz, ihr war ganz schlecht, was hatte sie getan, was hatte sie nur getan?

In Hamburg setzte sie sich schließlich in den Zug und fuhr Richtung Frankfurt. »Ich verstehe dich nicht mehr, Theresa«, sagte Benjamin. Wie konnte er auch? Der Betrug trennte sie voneinander, hätte er von Leopold gewusst, hätte er sie vielleicht sogar verstanden, ihre Zerrissenheit, die Unruhe, die Zweifel – aber so glaubte er einfach, sie sei verrückt geworden, grundlos verrückt.

Sie wünschte, sie hätte es ihm erklären können. Er war doch ihr Freund, ihr nächster Mensch.

Theresa verbrachte schließlich drei Tage mit Leopold in genügsamer Zweisamkeit. Sie gingen in den Zoo und schliefen überall miteinander. Abends überkam sie die Lust beim Italiener, also folgten sie einander aufs Klo und pressten sich an die Tür, die Klinke schnellte auf und ab, es ging alles hastig und ruppig, aber so geht es nun mal, wenn man einen Überfall ausführt, ohne Strumpfmasken, nur mit gefräßigem Blick auf den Verstoß gegen das Gesetz, dem Bruch mit Recht und Ordnung, der Gleichgültigkeit gegenüber der Gesellschaft, pack mich, trag mich, treib mich. Und sie stopften sich die Taschen voll wie Verbrecher, überall Beute, steck sie ein, steck mich ein, greif zu. Es war ein Grabbeltisch von Schmuggelware, und jeder wühlte nach dem besten Fund.

Sie verlängerte ihr Wochenende um mehrere Tage, aber Benjamin schien das egal, er rief nicht einmal an oder fragte, wo sie denn bleibe. »Es geschieht ihm schon recht«, dachte sie. Aber als sie ihn wieder einmal nicht erreichte und das Tuten des Telefons ihr wie das Läuten von Kirchturmglocken erschien, das die Unendlichkeit des Todes ankündigt mit ehrfürchtigem Echo, obwohl das Leben kein Echo hat, da überkamen sie krampfartig die Sorgen. Sie fing an zu weinen und sah sich auf Benjamins Beerdigung, schamgetränkt unter den bösen Blicken seiner Familie. Sie wusste, wenn er jetzt sterben würde, wäre sie schuld. Vielleicht hatte er alles herausbekommen, sie gesehen, vielleicht war er ihr hinterhergereist, vielleicht war er verunglückt auf der Suche nach ihr und lag nun zerquetscht im Auto, bloß weil sie eine beschissene Person war, ein Mädchen ohne Selbstbeherrschung und Selbstachtung, ohne irgendeine Achtung vor irgendwas oder irgendwem. Und Gott, an den sie nicht glaubte, würde ihr Benjamin wegnehmen, er müsste sterben, weil sie eine Sünderin war.

Doch wenig später vertrieben Rache und Begierde die lästigen Pocken des schlechten Gewissens. Sie glaubte sich tatsächlich im Recht, ihr war jegliches Unrechtsbewusstsein verloren gegangen, er hatte sie hierhergetrieben und sie aufs Klo mit einem anderen gescheucht: »Schleich dich.« Sie hatte nun seit Tagen nicht mit ihm gesprochen, und ein paar Tage mehr oder weniger erschienen ihr bedeutungslos. »Wenn ich schon alles zerstöre«, dachte sie, »dann mit Musik und Feuer, dann hinterlasse ich keinen gefüllten Kühlschrank, dann fresse ich alles leer und verseuche den Boden. Ich bin das radioaktive Mädchen. Das böseste unter all den Elementen: Schwermetall Plutonium.« Und sie sah ihre Beziehung wie eine Fischgräte durch das tote Meer treiben.

Ihre Beziehung zu Benjamin war vergiftet, saure Milch in der Sonne, eine angeschlagene Clementine mit braunen Fruchtfliegen, und sie hatten alles versucht. Irgendwann hatten sie, um sich zu schützen, Regeln festgelegt. Und so, wie in einem Boxkampf nur Schläge erlaubt sind, die mit der geschlossenen Faust ausgeführt werden, so genehmigten sie sich das Beschimpfen nur noch auf Englisch. Die Fremdsprache sollte Entgleisungen vorbeugen. Sobald es eine, auch nur die kleinste, Meinungsverschiedenheit gab, wechselten sie schnell die Sprache, weil ihnen im vertrauten Deutsch der Mund zu schnell auszurutschen drohte. Aber schon bald waren ihre Gehässigkeiten in der Fremdsprache beheimatet, Englisch war wie geschaffen für Flüche.

Sie legten auch Themen fest, die es zu meiden galt wie eine abgesperrte Straße. »Betreten verboten.« »Achtung, Hochspannung. Lebensgefahr.« So konnten sie nicht über seine vorigen Liebschaften sprechen (weil es sie kränkte), ungern über Geld (weil er keines besaß), ebenso wenig über das Wachliegen nebeneinander (sie konnte nicht einschlafen, er nach wenigen Minuten), darüber, wer zu wem zu kommen hatte abends (weil sie getrennt lebten und niemand gern den lächerlich unaufwendigen neunminütigen Fußweg oder vierminütigen Fahrradweg auf sich nahm – außerdem besaß er kein Fahrrad und sie schon, sollte sie doch losradeln – aber sie brauchte mehr Waschzeug als er und ihre Schminke – dafür hatte er doch eine Schublade für sie freigeräumt – aber ihr Bett war frisch bezogen – dafür musste er früher aufstehen – aber sie hatte wenigstens Milch im Kühlschrank und etwas Frühstück usw. usw.), über Krankheiten (er fühlte sich ständig halbkrank, viertelkrank, »Da bahnt sich was an«, und sie wollte immer mit offenem Fenster schlafen, das war ja ohnehin gesünder, und sonst würde sie nicht atmen können, und deshalb hatte er ständig Ohrenschmerzen oder keine Zeit, weil er jetzt wirklich Ruhe für die Genesung brauchte, nachdem sie ihm das offene Fenster zugemutet hatte), darüber, auf welcher Seite man schlief (er drehte sich manchmal von ihr weg und rollte auf seine rechte Seite, aber sie lag doch links, und wie konnte er ihr den Rücken kehren, dann zog sie manchmal an seiner Schulter und versuchte, ihn zurückzurollen, wie mit einem Nudelholz ging das dann hin und aber, aber er konnte doch nicht immer auf derselben Schulter schlafen, warum wollte sie das nicht verstehen! Ihm war schon der Nacken steif, morgen müsste er wieder zur Massage, oder wollte sie da nicht mal an seiner Schulter drücken), über Einladungen (er fühlte sich zurückgewiesen, wenn sie irgendwo eingeladen war, »Die haben doch meine Telefonnummer genauso«, nörgelte er verstimmt, und sie musste alleine auf den Geburtstag, »Komm jetzt«, »Vergiss es«), über Schlafzeiten (er liebte es früh, sie liebte die Nacht), über Telefonate (sie brauchte lange Gespräche, er schaltete gern sein Handy aus, vor allem nachts, wenn sie betrunken anrief und wieder einmal von seiner Mailbox begrüßt wurde wie von einer Sekretärin, die ihr eine Abfuhr erteilte: »Herr F. ist nicht zu sprechen«, der Korb kam nicht einmal mehr von ihm, anfangs hatte sie den Dialog noch verweigert, inzwischen pflegte sie eine regelmäßige Freundschaft mit der Mailbox), über seine Familie (er mochte nicht über seinen Vater sprechen, und es ärgerte ihn, wenn sie sensationsversessen, ja geradezu lüstern nach neuen Familiendramen suchte) – und so blieb nicht viel übrig, worüber sie noch hätten sprechen können. Der Genuss war zu einer Übelkeit verblüht wie gegorener Fruchtsaft. Jeder Wortwechsel wurde zum Parcourslauf, sie rasten in Schlangenlinien um alle Minenfelder, und ihre Friedensabkommen waren von kurzer Dauer.

Aber sie liebten sich mit Hingabe, und die Versöhnungen waren überwältigend, beinahe feierlich, das Orchester spielte die Friedenshymne, während sie miteinander verschmolzen. Der Waffenstillstand entpuppte sich als bloße Waffenruhe. Jeder betrieb eine aufwendige Kriegsführung. Und während sie für Debatten und Leidenschaft kämpfte, rang er um Harmonie und Ruhe. Er nannte sie das Trüffelschwein für Probleme.

»Ich scheine nicht die optimale Gussform für eine Beziehung zu sein«, sagte er, »man will eine Beziehung gießen, und raus kommt eine Kanone.« Jedes Mal, wenn er gehen wollte, robbte sie an seinen Knöcheln auf dem Boden hinter ihm her, und er zog sie wie einen Feudel über das Parkett. Dann führten sie den gleichen Kampf, immer und immer wieder. Es war das endlose Tauziehen und Armdrücken zweier Fanatiker, zwei gleich starker Kräfte. Es war wie in der Fabel von Buridans Esel, der zwischen zwei gleich großen Heuhaufen wählen muss, vor Unentschlossenheit in der Mitte stehen bleibt und verhungert.

Benjamin war Leopolds Geburtshelfer, aber den Säugling musste sie nun allein ernähren. Und damit ihr nicht die Milch ausging, weil Leopold so durstig war, fing sie an, ihn mit Erpressungen zu stillen. Sie führte einen Zwei-Fronten-Krieg. »Ich weiß einfach nicht, was ich will.« Oder: »Wenn du am Wochenende nicht kommst, treffe ich mich ja doch wieder mit Benjamin«, drohte sie ihm berechnend am Telefon. Insgeheim bat sie um eine Strafe, er musste sie bestrafen, weil sie so schuldig war. Anfangs reagierte er trotzig: »Mit dir im Team trägt man besser einen Rückenpanzer.« Aber irgendwann hatte sie ihn wieder mit Drohungen und Zweifeln beschossen und ihm gesagt, dass er möglicherweise nur eine Übergangsregierung darstelle. »Ich glaube, es ging mir … ich weiß wirklich nicht, wann es mir das letzte Mal so mies ging.« »Das wollte ich nicht«, beteuerte sie reumütig, aber sie war sich nicht sicher. Und dann hechelte er: »Ich hab heute kaum Luft bekommen, wollte so dringend mit dir sprechen, weil ich dachte, du bist unglücklich, weil ich dachte, wenn es dir nur ein ganz bisschen so geht wie mir, verzeihst du mir das nie.« Er klang aufgewühlt. »Und ich hatte Angst, dass, wenn es dir auch so geht, dass du mir dann davonläufst. Und dann wurde mir klar, was du für eine Macht über mich hast, und obwohl ich gar nichts gemacht habe, wäre ich dir beinahe nachgekrochen.« Und nach einer Pause: »Ich glaube, ich will nicht kriechen müssen.«

Sie schwieg und fragte sich, ob sie diesmal zu weit gegangen war. »Was wiegt also mehr«, fuhr er fort, »dass ich unglücklich bin, weil ich dich nicht habe, oder dass ich unglücklich bin, weil ich dich habe?« »Willst du mich nicht mehr?«, fragte sie mit unschuldiger Stimme. »Ich hab einfach alle zwei Tage das Gefühl, dass du mir wegläufst. Wie soll man sich denn da fühlen!« Sie hatte ihn noch, das spürte sie. Sie musste jetzt etwas Nettes sagen, ihn mit einem Leckerli füttern. »Ich bleibe da«, beruhigte sie ihn und hörte ihn durch das Telefon lächeln. »Wirklich, so verliebt war ich noch nie.« Spiel, Satz und Sieg. »Du hast mich so sehr«, flüsterte er zum Abschied.

Manchmal kam es ihr vor, als müsse sie Leopold in seiner Gutmütigkeit beschützen, wie man ein Kind von der Wahrheit abschirmen muss, dann wieder war sie sich nicht sicher, ob nicht vielmehr sie das Kind war, das er mit all seinen fürsorglichen Flunkereien vor dem Grauen der Welt zu bewahren suchte. »Du hast eine Utopie in dir«, sagte er zu ihr, aber sie glaubte, ihr kindliches Paradies, das wir alle in uns tragen, längst verloren zu haben – durch einen Vulkanausbruch, Trockenheit und Waldbrände, eine Naturkatastrophe, die Feuer über das Land gelegt hatte.

Sie verliebte sich in seine Gutartigkeit. Aber auch eine gutartige Geschwulst kann zu einem Tumor heranwachsen und muss irgendwann mit dem Skalpell entfernt werden. Durch die selige Gewissheit, dass er ihr niemals etwas Böses wollte, selbst wenn sie ihm nach dem Leben trachten würde, entbrannte eine Hingabe in ihr, so wie man sich einer Religion hingibt, der Idee vom Paradies, der Möglichkeit einer Insel. Ein Gott ohne das Konzept des Teufels war nicht viel wert.

Einmal hatte man ihr eine Magensonde gelegt. Der Schlauch wurde in die Nase eingeführt, kratzte dort, und die Nase wehrte sich, indem sie Unmengen von Schleim Richtung Ausgang stieß. Ein Fremdkörper produziert leicht eine solche Reaktion. Der Schlauch wanderte Richtung Rachen, sie röchelte und würgte und hätte dem Pfleger beinahe auf die Schuhe gekotzt. Bald lief es ihr nun auch aus den Augen, ihr Körper tränte, ihr Gesicht war verschmiert, und sie bettelte, während sie kaum Luft bekam, der Pfleger möge den Schlauch rausziehen. »Ich schaffe das nicht. Ich schaffe das nicht. Ich ersticke.« Der Pfleger bat sie, ruhig zu atmen. Nur ruhig atmen. Und als sie das tat, glitt der Schlauch ihr durch den Rachen, durch die Speiseröhre, direkt in den Magen. In solchen Momenten glaubt man, das Gefühl, einen Fremdkörper zu spüren, werde nie wieder schwinden. Jedes Schlucken hämmerte gegen den borstigen Schlauch. Nie hatte sie es genossen, schlucken zu können. Aber der Moment, in dem der Schlauch wieder weichen sollte, in sieben Stunden, erschien ihr so fern wie die Vorstellung, dass sie irgendwann einmal Großmutter sein würde. Er war einfach jetzt noch nicht da. Und jetzt auch nicht. Und es nützte ihr nichts, dass er mit Gewissheit kommen würde. Denn noch pochte der Schlauch in ihrem Hals und hobelte Holzsplitter durch ihre Speiseröhre. Wie komisch, dass die Zeit im Schmerz genauso langsam vergeht wie in der Vorfreude. Ebenso fern schienen ihr jene Momente, in denen sie ihn geküsst hatte. Und selbst als sie ihn geküsst hatte, im Jetzt, da ahnte sie auch mit derselben Gewissheit, dass der Kuss enden würde, so wie der Druck des Schlauches, den man ihr herauszog, und damit war der Kuss schon eine Erinnerung, ein Phantomkuss, ein Phantomschmerz, nur noch durch das Körperliche von dem Verschwinden getrennt. Der Körper erinnert sich nicht. Nur der Kopf.

Manchmal glaubte sie, sie wäre eigentlich schon tot und alles, was sie erlebte, sei nur eine Erinnerung aus dem Fegefeuer, an das sie eigentlich nicht glaubte. Sie hatte keine Angst vor dem Tod, sie hatte nur Angst vor dem Sterben, denn das musste sie ganz alleine schaffen, und wie sollte ihr das gelingen? Sie konnte doch noch nicht einmal einen Knopf annähen oder einen Nagel gerade in die Wand schlagen, wie sollte sie da mit dem Tod zurechtkommen. Furcht schoss ihr durch die Brust wie aufgeschreckte Vögel. Und all ihre Liebschaften würden ihr nichts nützen, sie wäre allein und vergänglich wie ein Insekt. Und in hundert Jahren, dachte sie, ist all das weg. Er und sie und wir und ihr und du und ich. Nur es nicht. Das Es hatte es gut. Der Tod kam ihr vor wie ein lebenslanger Liebeskummer, der sich immer neben alles Schöne legt und es anknabbert und auffrisst oder sich in den schwächsten Stunden zum Dunkelsten gesellt. Der Tod lebte immer mit. Die Menschen berührten sie, weil es sie rührte, was sie sich alles geschaffen hatten, Gebäude und Straßen, Springbrunnen und sogar Flugzeuge, Instrumente hatten sie geschnitzt und Kleidung genäht – und doch hatten sie noch kein Kraut gegen die Vergänglichkeit gefunden. Und das war irgendwie bemitleidenswert an diesen Kreaturen, die sich für Genies hielten, weil sie Raketen bauten und Musik komponierten. In der Musik allerdings waren sie mit ihren Schöpfungen tatsächlich genial: die Zauberflöte, das Klarinettenkonzert von Mozart und das Klavierkonzert von Tschaikowsky, Chopins Fantaisie-Impromptu, die sagenhaften Arien Puccinis, Bachs Mathematik, Händel, Schubert, Haydns Orfeo. Aber ansonsten waren sie gescheitert, sie würden aussterben wie die Dinosaurier, und in einer anderen Gegenwart würde man ihre Fossilien finden und sie belächeln. Sie musste an Stendhal denken: »Die einzige Entschuldigung Gottes ist, dass er nicht existiert.« Und wenn sie ans Alter dachte, ans Erblinden und ans Sterben, dann lehnte sie sich im Bett auf und bäumte sich und sagte laut: Nein nein nein nein nein vor sich hin, so als wollte sie dem Tod widersprechen. Nein! Ihr Herz blubbte wie kochender Rahmspinat in ihrem Körper, jetzt kocht es und wird mir aus dem Körper spritzen wie aus einem Topf, ich lebe nicht mehr lange, nun ist es so weit, meine Lebenszeit ist vorbei. Sie hörte das Herz aufhören. Sie fasste sich auf die Brust, unter dem Fleisch ihres Busens war nichts zu hören, da war nur Gewebe wie bei einem Steak. Sie griff zum Handy und schrieb ihren Eltern eine Abschieds-SMS: »Ich liebe euch sehr.« Aber bevor sie sie abschickte, blubbte es wieder in ihrer Brust, da kochte ihr Herz noch vor sich hin, bevor es gar war und serviert wurde, ich habe noch etwas Zeit, noch etwas Zeit. Ich wäre lieber mal ein Jahr tot und dann eines wieder lebendig, wieso muss man eigentlich alles Leben an einem Stück leben, welch eine Verschwendung. Warum gibt es keine Alternative zum Leben, zur Ehe, zum Arbeiten, man kann immer nur alles ganz haben. Oder gar nicht. Ihr Kopf stieß an seine Grenzen, lief immer wieder gegen dieselbe Wand der Unvorstellbarkeit, der Endlichkeit, und sie konnte die Wand nicht niederreißen, sie nicht einmal sehen, wie ein Goldfisch, der dumm und munter immer gegen das Glas seines Aquariums schwimmt. Der Tod war wuchtig, durchdringender als eine Sinfonie mit schweren Posaunen und Fagotten, fülligen Tubas und dichten Streichern.

Dann vergaß sie den Tod wieder, wie alle Menschen, so wie man 500 Gramm Butter auf der Einkaufsliste vergisst oder eine Tüte Milch.

Sie ging in dieser Zeit oft auf dem Dorotheenstädtischen Friedhof an der Chausseestraße spazieren, auf dem viele Schriftsteller und Philosophen lagen. Dort ergriff sie eine unbestimmte Sehnsucht, ein Grauen, die ewige Unerträglichkeit von den Alternativen, der Endlichkeit und der Unendlichkeit. Das älteste Grabmal war aus dem Jahre 1807, und sie fragte sich, wo wohl die Menschen lagen, die vorher verstorben waren, und dass man in zweihundert Jahren nicht einmal mehr ihr eigenes Grabmal finden würde. Die Aufräumerei der Menschen schreckte vor nichts zurück. Gräber wurden leergeputzt wie Supermarktregale voller Schokohasen nach den Osterfeiertagen. Menschen waren Saisonartikel. Sie studierte die Jahreszahlen und Namen, erschauerte bei den Kindergräbern und stand ehrfürchtig vor den mächtigen Familienmausoleen – fasziniert und abgestoßen zugleich. Man musste den Tod auf die Schippe nehmen, mit der er unsere Gräber schaufelt, sonst blieb einem nichts übrig.

Peter Ustinov hatte sich gewünscht, dass auf seinem Grabstein zu lesen sein sollte: »Den Rasen bitte nicht betreten.« Auf einem anderen Grabstein soll gestanden haben: »Hier liegt Martin Krug, der Kinder, Weib und Orgel schlug.« Oder: »Hier liegt meine Frau – kalt wie immer.« Und: »Hier könnte Ihre Werbung stehen.« Sie lachte auch über: »Ein Herz und zwei Arme haben aufgehört zu schlagen.« Ernest Hemingway soll angeblich auf: »Bitte verzeihen Sie, wenn ich nicht aufstehe«, bestanden haben. Und auf dem Grabstein eines Straßenfegers war zu lesen: »Ich kehre nie wieder.« Ein großer Hypochonder verlangte für seinen Grabstein: »Ich habe euch immer gesagt, dass ich krank bin!«. Das wollte Theresa auch, auch sie wollte recht behalten. Am liebsten hätte sie drei Leben geführt, wie bei Super Mario. Aber das Leben war kein Computerspiel und auch kein Geschenk, höchstens eine Leihgabe, man musste es beim Verlassen wieder abgeben, wie die 3-D-Brille im Kino. Sie träumte oft von ihrer eigenen Beerdigung, sie hörte die Hymnen und Loblieder, Reden ihrer Eltern und zahlreicher Männer, darunter auch ein Schauspieler und ein bekannter französischer Musiker, alle Menschen, die sie berührt hatten, sie hatte sogar ein spezielles Tagebuch fürs Publikum. Es lag gut aufgehoben in ihrem Nachttisch, falls sie plötzlich versterben sollte. Darin standen ein paar Hinweise auf ihre Persönlichkeit, ihre Musikalität und ihre Tiefgründigkeit für all die Nachrufe in der Presse mit hübschen Fotos. Sie würde als blinde Frau zugrunde gehen, wie viele Große, und sie würde sich am Ende ihres Lebens verschanzen wie Marlene Dietrich, weil sie sich nicht mehr schminken, ihre Entstellung nicht mehr erkennen und kontrollieren könnte ohne Augenlicht, davon wollte sie keine Bilder mehr, nur Telefonate würden gestattet sein.

Sie traute sich nicht einmal, in der Nase zu bohren, wenn sie allein war, weil sie glaubte, dass jemand sie filmte. Wenn sie vor dem Spiegel Fratzen schnitt oder posierte, überkam sie Scham, als hätte sie sich vor ihren Zuschauern lächerlich gemacht, sie glaubte an ihr Publikum, sandte vielleicht betrunken sogar durch den Spiegel einen Gruß an ihre Fans. Sie war immer nur bei sich, das, was sie nicht wahrnahm, existierte nicht, und so spann sie manchmal, es gebe nur ihr Leben, nur ihre Stationen und Orte, woanders wurde die Kulisse gerade umgebaut, und während die Freunde nicht mit ihr waren, hätten die Darsteller dieser Freunde Urlaub, manche würden wiederholt als Statisten arbeiten. Eine große Liebesszene in ihrem Leben kam ihr vor wie der Cliffhanger am Ende einer Saison, das große Finale vor der nächsten Episode. Sie liebte Cliffhanger. Und manchmal wollte sie zurückspulen oder in die Vorschau lugen.

Sie hatte bereits mit 21 Jahren ein Testament geschrieben und darin festgelegt, dass sie verbrannt werden wolle, kein Wurm sollte sie umsonst bekommen, dann lieber die Flammen. Am liebsten gar keiner, aber das war keine Option. Wenn sie an ihr krankes Auge dachte und an ihr rastloses Leben, überfiel sie Angst, Angst vor einer düsteren Zukunft voll grässlicher Schmerzen und Reue. Sie glaubte nicht an Gerechtigkeit, es gab keine Gleichheit in der Gesundheit, keine Verteilung aller Krankheiten auf alle Menschen wie bei Süßigkeiten unter Geschwistern, wie bei Chips im Pokerspiel, im Leben bekam der eine mehr, der andere weniger, doch trotzdem redete sie sich ein, dass ihr Krankheitenkontingent erschöpft sei: »Ich habe schon bezahlt. Gott wird mich beschützen.« »Das wird er nicht«, antwortete man ihr, und sie erwartete, dass die Vernunft ihr sagte: »Weil es ihn nicht gibt«, doch man fuhr fort: »Er ist eine Bestie. Er verschont niemanden.«

»Er kann jedenfalls nicht behaupten, dass ich ihn schlecht unterhalte«, sagte sie, und dann bat sie Gott um Verzeihung dafür, dass sie nicht an ihn glaubte.

Nachts wachte sie häufig von ihrem eigenen lauten Atmen auf, wie von einem letzten Hauch, bei dem sie sich aufrichtete, erdrosselt und erstickt, als würgte sie den letzten Traum noch herunter. Dann saß sie im Bett mit Atemnot und japste nach Luft. »Ab morgen rauche ich nie wieder.« Aber sie rauchte weiter, sobald die Nacht vorüber war.

Queen lief im Radio, und sie fand es befremdlich, Freddy Mercury singen zu hören, obwohl er doch tot war. In unseren Zeiten kann man Tote hören. Als sie ein kleines Kind war und der Arzt sie gegen Masern, Mumps und Röteln impfte, hatte sie ihn gefragt, ob er sie auch gegen das Sterben impfen könne, vielleicht indem er ihr ein wenig Tod injiziere.

Es ging um einen Zwergenaufstand aller Menschen gegen den Tod, mit einer lächerlichen Armee von winzigen Wissenschaftlern ohne Antworten. Die Menschen bauten sich ihre kleinen Häuschen mit Fenstern, aus denen sie auf ihre Bewegungsapparate schauen konnten, glänzende Automobile, sie erfanden Sportarten, bastelten sich Hüte, putzten sich heraus, forschten an Bienen und Mäusen herum, untersuchten Fossilien, lernten Vokabeln, studierten Gesteinsformationen, drehten Filme, sagten das Wetter voraus – wozu nur? Um das Leben für irgendwen irgendwann einmal besser zu machen, wenn das einzige eigene Leben schon längst vom Nichts der Ewigkeit verschluckt sein wird. Im Angesicht des Todes gab es niemanden, an den man sich wenden konnte, keine 24-Stunden-Telefonhotline, keinen Umtausch oder Kundenservice, kein Gegenmittel, keinen Elektriker und keinen Präsidenten.

Es war so weit. Sie hatte ihn verlassen, körperlich verlassen, und er hatte es ausgesprochen. Benjamin sprach das Wort »Ende« aus, und es kam beiden ganz natürlich vor. Sie hatten es schon lange gewusst. Aber sie hatte geschwiegen, und nun hatte er das Wort gesagt – wie ein Kind, das sich traut, »Scheiße« zu sagen. Es war ein Schimpfwort, und beide würden dafür bezahlen müssen, eine Mark in die Fluchkasse. Sie erschrak, als es klar wurde. Wie eine Betrunkene, die nicht gemerkt hat, dass sie Auto fährt, und das auch noch auf der Autobahn in die verkehrte Richtung. Eine Geisterfahrerin war sie gewesen.

Sie standen auf der Straße, an einer grauen Kreuzung in Berlin, an der Ecke war ein Supermarkt, Menschen mit Einkaufstüten strömten heraus, trugen ihren Blumenkohl und ihre Salatköpfe nach Hause, in ein warmes Zuhause, kauften ganze Hähnchen für das gemeinsame Abendessen, Brötchen zum Frühstück. Hier standen sie und machten Platz für all die Menschen mit ihren Lebensmitteln, als stünden sie im Weg, sie traten vor und zurück, mitten im alltäglichsten Betrieb. »Entschuldigung! Platz da!« Ein Fahrradfahrer trennte sie mit scheppernder Klingel. Sie konnte sich kaum rühren, weil die Menschen und die Autos störten und sie sich beherrschen musste, um nicht vor den Karottenkisten, die da draußen vor dem Supermarkt aufgebaut waren, zusammenzubrechen, obwohl sie ihm am liebsten in die Arme gefallen wäre. »Warum hast du mich nicht festgehalten, als ich fortgelaufen bin?«, fragte sie Benjamin. »Du warst zu weit weg. Ich hätte dich nicht mehr einholen können.« Ja, sie war ihm entlaufen. Und vielleicht hatte sie sich gewünscht, dass er hinterhergelaufen wäre. Aber sie hatte immer gewusst, dass er nicht rennen würde, auch wenn er gern joggen ging. Er war kein Läufer. Er kam nichts und niemandem hinterher, nicht einmal sich selbst. »Hol mich zurück. Setz mich wieder ein. Lass mich mitspielen. Mach mich zum Torwart, zum Gegenwart, zum Morgen«, bat sie. Sie waren beide ganz ruhig, das erste Mal seit Langem friedlich und beinahe liebevoll. Sie fragte sich, ob er so matt und teilnahmslos wirkte, weil er sie zu sehr oder weil er sie zu wenig liebte.

»Es fühlt sich scheiße an. Aber vielleicht wenigstens eine gute Szene«, schrieb sie ihm, als er gegangen war. »Vielleicht ist es eine gute Szene; eine von Vernunft getragene, schmerzhafte, zu erwachsene, leere Szene«, antwortete er. Aber als er um die Ecke gebogen war mit seiner niedlichen Mütze auf dem Kopf, mit seinem bunten Schal, wie ein großer Junge in Kinderklamotten, mit seinem kräftigen Duft, dem scharfen Kinn und den langen Wimpern, da hatte ihr der Schmerz das Augenlicht genommen, für einen Moment. Er war von herzzerreißender Schönheit. Ihre Sicht war zugekleistert, sie sah aus wie ein neugeborenes Kalb, rosafarben und völlig hilflos, sie konnte kaum gehen, tapste x-beinig über die Straße und wimmerte und krähte bitterlich.

Ihr kamen Menschen entgegen, aber sie konnte und wollte sich nicht zusammenreißen. Es war ihr sogar scheißegal, seht doch her, denkt euch doch meine Geschichte aus, habt Mitleid. Am liebsten hätte sie sich auf den Asphalt geworfen und gestrampelt. Aber sie musste erwachsen sein, obwohl sie gar nicht wusste, wie. Sie fand auch keinen Grund, warum man mit Mitte 20 nicht mehr Kind sein und sich unter dem Bett verstecken und nach Mami rufen und gefüttert werden durfte. Mami, Mami, Mami!

Erwachsensein war im Grunde genommen zum Schreien. Aber Schreien war inzwischen verboten. Genauso wie Weinen, genauso wie Trampeln, genauso wie Leichtsinn, genauso wie Spielen, genauso wie Klingelstreiche und Unfug, Unwissenheit, Unüberlegtheit, Unbeholfenheit, Unvernunft. All die Uns, die Spaß machen. Sie wollte zurück in die Haftungslosigkeit und Strafunmündigkeit der Minderjährigen. Sie war ein Mündel ohne Vormund.

Langsam begann sie zu begreifen, dass es sich bei Benjamin nicht um eine Spielfigur handelte, die sie jederzeit wieder aus dem Regal nehmen und mit ihm eine neue Partie beginnen könnte, dass sie es vielmehr auf die Spitze getrieben hatte. Und an der Spitze war es bekanntlich einsam. Die Zerstreuung, die sie in Leopold gesucht und gefunden hatte, hatte schließlich ihre Beziehung zu Benjamin gefressen und aufgelöst wie Zucker in Wasser, wie die Spaltung von Kohlenhydraten, Eiweiß und Fetten, lautlose Zellteilung. Ihr war, als habe man ihr den kleinen Zeh amputiert. Nie hatte sie die Warnungen ernst genommen. Paulinchen war allein zu Haus … Und Minz und Maunz, die Katzen, erheben ihre Tatzen. Sie drohen mit den Pfoten: »Der Vater hat's verboten! Miau! Mio! Miau! Mio! Lass stehn! Sonst brennst du lichterloh.« Als sie bemerkte, dass es keine Rückspultaste im Leben gab, keinen Radiergummi, sondern dass sie mit schwarzem Filzstift gemalt hatte, da schluchzte sie so theatralisch, als habe sich eine italienische Oper über ein Andrew-Lloyd-Webber-Musical übergeben. »Zu Hilf'! Das Kind brennt lichterloh!«

Aber ihrem Konzert hörte nur Leopold zu, und der hatte es bald satt, ihren Katzenjammer wegen Benjamin zu ertragen. Er hatte sowieso keine Lust auf andere Männer in ihrer Nähe, ständig war er eifersüchtig, und sie genoss seine Hitze und wärmte sich daran. Sie lebten von einem Tag in den nächsten, von Hand und Mund, spielten Schach und betranken sich dabei, fuhren an den See und badeten, legten sich in die Sonne zum Trocknen und genügten sich für einen kurzen Moment.

Wenn sie ihn besuchte, stand er oft schon auf dem Balkon, er winkte und pfiff hinunter, und sie pfiff nach oben, beide freuten sich wie Kinder aufeinander.

Eines Nachts brach sein Bett unter ihnen zusammen, und sie lachten sich in den Morgen. Er hatte eine Luftmatratze aus seinem Schrank gekramt. »Nur so lange, bis ich ein neues Bett kaufe«, hatte er gesagt. Aber die Luftmatratze blieb lange. Zuerst störte sie sich nicht daran, da sie ihn nur an den Wochenenden besuchte, aber irgendwann verließ sie Berlin und zog nach Frankfurt, um dort ihre Masterarbeit fertigzustellen. Sie musste fort aus dem Berliner Sumpf, in dem Benjamin herumtrieb, der sie mit seinen Verlockungen wie Moor zu verschlingen drohte. In Berlin konnte man unmöglich arbeiten. Es gab jeden Abend irgendwo Lärm und Rufe – also war sie umgezogen, abgehauen aus der Verbotenen Stadt und auf der Luftmatratze gelandet.

Die Masterarbeit aber faszinierte sie in Frankfurt ebenso wenig wie in Berlin, und die Lockrufe der Stadt ebbten nicht ab. Wer sich ablenken wollte, konnte das selbst in der Einöde, Würmer beobachten oder Geschirrspülmaschinen einräumen, Bars ausprobieren oder im Internet Handtaschen bestellen, es gab überall die Gelegenheit zum Faulenzen und Verzögern. Sie schrieb Gedichte und unfertige Kurzgeschichten, die sie schon wenige Wochen später beim Durchlesen durch einen Knopfdruck wieder löschte. Sie sang in Karaokeläden, aber niemand entdeckte ihre Stimme. Das besondere Leben würde ausbleiben, vielleicht.

Unglücklicherweise bekam die Luftmatratze, die sie nun nachtein, nachtaus mit Leopold teilte, nach einiger Zeit irgendwo ein Loch. Sie suchten die Matratze ab, konnten aber die undichte

Stelle nicht finden. Jede Nacht, bevor sie schlafen gingen, trat Leopold von nun an die Luftpumpe, und jeden Morgen erwachten sie gegen sechs Uhr auf dem harten, kalten Holz, wenn die Luft endgültig aus der Matratze gewichen war. Wie ein zischender Luftballon. Ihre Haut roch nach Plastik, und sie hörte auf, darüber zu lachen. Unausgeschlafen liebt es sich schwer.

Sie konnten nur noch mühevoll und umständlich miteinander schlafen, überhaupt schlafen, da die Luftmatratze wackelte und schaukelte, als triebe sie auf dem offenen Ozean. Daher verlegten sie ihr Sexleben aufs Festland, zogen sich auf Rückbänken von Taxis aus, es war ihnen gleichgültig, dass der Fahrer sie im Rückspiegel beobachten konnte, sie suchten sich Tankstellen, Bäume, Sträucher, in denen sie weideten. Aber die Nächte auf der luftleeren Matratze ermüdeten sie, pffffft rauschte das Plastikbett gen Boden, und sie fingen das Streiten an. »Warum kaufst du nicht einfach ein neues Bett?«, fragte sie vorwurfsvoll. Und er beschimpfte sie als verwöhnt, sie solle bloß runterkommen von ihrem hohen Ross. Das Aufpumpen der Matratze genügte kaum noch. Angestrengt trat Leopold die keuchende Pumpe, presste den Blasebalg mit hechelnden Bewegungen, und immer wieder pfiff die Matratze wie eine Lokomotive und atmete die letzten Stöße aus, die Leopold ihr einzuhauchen versuchte.

Sie suchte sich in Frankfurt eine eigene Wohnung mit zwei Freunden aus der Uni, die inzwischen in Frankfurt arbeiteten, David und Franzi. »Du willst mit einem Mann zusammenziehen?«, fragte Leopold ungläubig. »Wir kennen uns schon ewig«, beteuerte sie. Aber Leo war ein Brausekopf, und sie musste ständig mit ihm diskutieren, weil David aus der Dusche kommen könnte, wenn sie da war, nur in ein Handtuch gewickelt, und dass er, Leopold, mit eigenen Augen gesehen habe, wie verstohlen David neulich auf Ferdinands Geburtstag zu ihr herübergeschielt habe, und weil David sie früher einmal, mit 19, geküsst habe. »Ich bin nicht dein Prügelknabe«, rief er wütend und dann, sofort zurückrudernd: »Ich will dich nicht erschrecken. Und ohne dass das jetzt wie ein Heiratsantrag klingt – aber du hast mich aus dem Koma geholt.« Doch da trug ihre Beziehung bereits die Narben der Eifersucht auf dem Gesicht, die Narben des Betrugs auf den Schultern und eine weitere Narbe, die seine Luftmatratze auf ihrem Knie hinterlassen hatte.

Leopold wurde nach der Probezeit in einem Internet-Start-up nicht übernommen, aber störte sich nicht daran. »Ich bin noch auf der Suche. Bisher war ich immer nur nutzlos«, verteidigte er sich. Und »unbrauchbar« wurde sein Lieblingswort, er, sie, die Welt, Freunde – alle waren unbrauchbar. Er fing an, seine Eltern zu belügen und zu versetzen, die ihm ständig irgendwelche Praktika oder Vorstellungsgespräche bei Banken und Versicherungen organisierten. Sie waren in der Gesellschaft gut vernetzt und wollten das Beste für ihren geliebten Sohn. »Ruf doch mal den Conrad an«, ermutigten sie ihn fröhlich. »Da kannst du dich sicher melden.« Aber Leopold wollte niemanden anrufen und brachte immer noch die dreckige Wäsche zu seiner Mutter nach Hause. Sie war eine schlanke, disziplinierte und harmoniesüchtige Frau, die Leopolds Arzttermine vereinbarte und die Rechnungen an seine Versicherung schickte. Sie kaufte ihm Obst und Gemüse, das sie ihm in den leeren Kühlschrank legte, und jagte ab und zu eine Putzfrau durch seine Wohnung.

Irgendwann aber hörte sie damit auf, und so fand sich Theresa schon bald in einem süßlichen Duft verwesender Früchte wieder, wenn sie seine Wohnung betrat. Eine Zeit lang hatte sie einfach die Küchentür geschlossen und die Obstreste ignoriert, die aus dem Mülleimer quollen. Eines Morgens, als sie bei Leopold und seiner platten, pfeifenden Matratze übernachtet hatte, biss der schwere, gärende Obstgeruch ihr so sehr in der Nase, dass sie die Küchentür öffnete und alles putzte und schrubbte, in einem Wahn, stundenlang fluchend und tränenüberströmt, bis es schon wieder dunkel wurde. Als sie den Müllsack hinunter in den Keller bringen wollte und die Fruchtfliegen darin unruhig zappelten und raschelten, fiel ihr im Fahrstuhl der Beutel zu Boden und riss. Sie fluchte. Die Fruchtfliegen wimmelten und wuselten noch tagelang im flirrenden Neonlicht des Fahrstuhls weiter.

Leopold scheiterte an der Gesellschaft, in die er hineingeboren worden war. Es war, als wäre er für eine Fußballmannschaft eingekauft worden und musste nun die blauen Trikots tragen und sich mit seinen Mitspielern arrangieren. Seine Eltern hatten ihm die Freunde ausgesucht, weil es Kinder ihrer Freunde waren, entfernte Verwandte. Die Tanzschule, der Tennisclub, die Schuhe und Hosen, die Internate, der Jagdschein, der Geigenunterricht, vielleicht Golf, vielleicht Segeln – das alles wurde durch Mundpropaganda in all die Kinderzimmer getragen und dort verbreitet wie ein Parfum.

All diese Kinder marschierten im Gleichschritt in der Uniform der edlen Gesellschaft, der sie angehörten, Herrschaft der Traditionen, Diktatur der Manieren, tanz nicht aus der Reihe, aber Leopold tanzte nun einmal gern und unrhythmisch, mit zuckenden Armen und zappelnden Beinen. Kein Elternhaus wollte seinen Anspruch auf Mitbestimmung abtreten, sein modernes elterliches Züchtigungsrecht hergeben. Alles war ein prachtvoller Betrug, die Truman Show war nichts dagegen, es wurden Kulissen eingekauft, das Gut auf dem Land, die Residenz auf Sylt, am Starnberger See, Potemkinsche Dörfer, es wurden Kostüme geschneidert, Barbour-Jacken angeschafft, Chinohosen, Einstecktücher, Pashminaschals, Tod's Slippers, die Kinder wurden auf Summer Schools in England geschickt, es gab Handküsse und Bedankemichbriefe, man weinte nicht und hatte keine Gefühlsausbrüche. Es wurde gelächelt, als stünde stets ein Fotograf herum, alle wollten in die Bunte. Und niemand wusste mehr, wer sich das alles ausgedacht hatte, wer entschieden hatte, dass es so sein musste, es war wie die Frage nach dem gesellschaftlichen Urknall, die Vorstellungen waren nicht einmal solche, die dem

Herzen und Glauben der Eltern entsprungen waren. Sie alle waren Matrjoschkas, Puppen in Puppen, verschachtelte Kindeskinder.

Nur manchmal blitzte die Wirklichkeit durch ihre Cordhosen, kroch aus ihren Longchamp-Taschen heraus wie ein Hase aus dem Hut, bloß ohne Zaubertrick, und dann pressten die Mädchen das arme Tier mit Gewalt zurück in die Tasche. Selbst die Volljährigkeit vermochte die Sklaverei und Bevormundung nicht zu vertreiben, soziale Strukturen sind hartnäckiger als Tinte auf Leinen, da half kein Fleckenteufel. Salonunfähige Partnerschaften wurden mit der gesellschaftlichen Schere zertrennt und Verlobungen aus finanziellen Gründen aufgelöst, berufliche Verbindungen genutzt, der Patenonkel war Reeder in Hamburg oder der Trauzeuge der Eltern Vorstand in London, der Bundeswehrfreund des Vaters war im Aufsichtsrat in Bielefeld. Fügsame Kinder nickten mit den Köpfchen und wurden selbst zu Eltern, die ihre folgsamen Kinder ebenso manierlich und diskret in die Gesellschaft einfädelten wie beim Menuett. Die Selbstbeherrschung hatte diese Menschen zu einem Wachsfigurenkabinett entstellt.

»Niemand von denen ist authentisch, wahrhaftig oder nackt!«, schimpfte Leopold über sein Umfeld. »Ach«, sagte Theresa besänftigend, »aber wer ist schon wirklich nackt? Ich meine, jeder verbirgt sich doch hinter etwas und fügt sich gesellschaftlichen Zwängen!« »Ja«, erwiderte Leopold, »aber es gibt einen Unterschied zwischen Kleidern und Karneval!«

Vielleicht hatte er recht, und sie alle waren als ihre Urgroßeltern verkleidet, ein nicht enden wollendes Kostümfest, sogar in den eigenen vier Wänden.

Aber Familienrollen lassen sich nicht ablegen. So bestimmten die Großeltern die Erziehung ihrer Enkel mit, sie suchten Schulen aus, ihr Einfluss rankte sich über ihre Zäune hinaus und wucherte durch die Gärten der Generationen. Schon die Säuglinge und Kleinkinder wurden herausgeputzt, man hatte sich gut zu kleiden und ein Frühstück am Sonntag im Bademantel war undenkbar. Man durfte sich auch nie genug auftun, um wirklich satt zu werden, nur drei grüne Bohnenstangen, dann bitte weiterreichen.

Seine Mutter war schon als kleines Mädchen von ihrer Mutter auf Diät gesetzt und ständig zum Verzicht getrimmt worden, und als Theresa bei seinen Eltern zu Gast war, wurde auch ihr Essverhalten sorgfältig begutachtet. »Das ist mit sehr viel Butter zubereitet«, sagte die Mutter warnend und reichte die Schale mit dem Kartoffelpüree weiter, ohne sich oder ihr etwas davon zu genehmigen, nur die Männer durften sich aus der Schale bedienen. Theresa schaute dem Brei hinterher, aber wagte es nicht, um einen Stopp zu bitten, der Brei wanderte weiter, sein Dampf stieg aus der Schale empor, aber ihr war der Zugriff verwehrt. Auch der Kaffee, den sie bestellte, wurde korrigiert. Aus ihrem Café Latte wurde ein »Lieber nur schwarz, ohne Milch«. Theresa war wehrlos gegen die Bevormundung, sie traute sich kaum, während des Essens auf Klo zu gehen und zu fragen, ob man ihr für den bitteren Espresso wenigstens den Zucker reiche. »Ist dir nicht kalt? Willst du nicht lieber eine Jacke anziehen? Bist du sicher, dass du zum Fisch einen Rotwein willst? Das Brot können wir schon abräumen lassen, nicht wahr? Nimmst du immer so viel Salz?«

Sie legte sich aus Höflichkeit einen Schal um die Schultern, wenngleich sie nicht fror. Leopold ging häufig vor großen Familienessen zu McDonald's und sättigte sich präventiv.

Er erzählte ihr, dass seine Schwester schon im zarten Alter von zwölf zu Weight-Watchers-Treffen geschickt wurde. Zusätzlich wurde sie beim Psychologen und bei der Ernährungsberaterin angemeldet, auch wenn sie medizinisch gesehen nicht übergewichtig war. Ihr wurde morgens vor der Schule nur ein Pulver, eine Art Slimfast, in Milch, später sogar nur in Wasser gerührt, und nach der Schule gab es Salat ohne Dressing und Fleisch ohne Saucen und dazu Tabletten, die den Stoffwechsel ankurbeln oder die Fettaufnahme bremsen oder irgendetwas an dem kleinen

Kinderkörper verändern sollten. Wenn sie bei einer Freundin zum Spielen verabredet war, rief ihre Mutter stets höchst besorgt und beunruhigt bei deren Mutter an und richtete ihr aus, dass ihre Tochter unter keinen Umständen Süßigkeiten essen dürfe, auch wenn die anderen Kinder welche bekämen, man solle ihr einen Apfel oder eine geschälte Mohrrübe reichen, bitte, unbedingt!

Auch Leopold wurde schon in der Grundschule zu verschiedensten Ärzten geschickt, man hatte Angst, dass er lispeln könnte, also kam er zum Logopäden, er sollte besser schreiben lernen, also trainierte man mit ihm gegen die Legasthenie an, er musste Bilder erkennen und Sprachtests durchführen, jeder Nachmittag war zugequetscht mit Ärzten und Untersuchungen. Seine Schwester war deshalb nach Sydney gezogen, so weit weg wie möglich, und wenn sie an Weihnachten nach Hause kam, wollte sie ins Gästezimmer zum Schlafen, weil es vom elterlichen Schlafzimmer am weitesten entfernt war. Theresa hatte sie nie kennengelernt, und auch Leopolds Eltern sprachen kaum von ihr.

Als kleiner Junge hatte er oft bei den Großeltern übernachtet, wenn die Eltern gesellschaftlichen Verpflichtungen nachkamen, das Kindermädchen steckte ihn abends ins Bett, während die Großeltern unten im Haus Gäste empfingen und zu Cocktails einluden. Manchmal schickte Leopolds Großmutter in ihrer Feierlaune mit einer Handbewegung die Kinderfrau mitten in der Nacht in Leopolds Zimmer, um den winzigen Nachfolger zu wecken, in einen kleinen Anzug zu stecken und vorzuführen, er war der einzige Sohn, schaut her, schaut unseren schönen Leopold an! Köpfe wippten anerkennend auf und nieder, staunende Münder stießen Geräusche der Verzückung aus, während Leopold wie ein Schmuckstück bei einer Auktion in alle Richtungen geschwenkt wurde. Man hielt den kleinen Körper in die Höhe, seine Beinchen strampelten in der Luft, er hatte keinen Boden unter den Füßen, nie, und er war müde.

Inzwischen waren Leopolds Großeltern von Alzheimer und Gicht zerfressen, eine langsame Zersetzung ihrer Macht, aber sie waren so robust und zäh, dass ihre Körper nicht nachließen, sie wollten die Kontrolle behalten und würden dem Tod trotzen, auch wenn die Großmutter mittlerweile die Sprache verloren hatte. Sie übte ihre Kommandos aus, indem sie mit dem Finger auf Gegenstände zeigte, ihre Befehle ließen sich stumm vernehmen, wenn sie ihre Familie mit den Händen dirigierte. Selbst ihre Haare legten sich, auch im höchsten Alter, immer rund geföhnt und vollkommen gleichmäßig über ihre Schultern.

In der Hamburger Gesellschaft wiederum, die Theresa kannte, wurde der Generationenunterschied verleugnet. Töchter bedienten sich am Kleiderschrank ihrer Mütter, Vintagelook der Londoner Flohmärkte, Söhne hörten dieselbe Musik wie ihre Väter, man konnte die iPods oder iPhones tauschen oder die Autos, Kinder gingen gemeinsam zu Konzerten mit ihren Eltern und Onkels. Vielleicht blieben die Kinder ewig jung und verantwortungslos, weil die Eltern ewig 35 blieben. Da war kein Platz, um nachzuwachsen. Selbst der Großvater war inzwischen bei Facebook. Das Alter der Mütter war doppelt so hoch wie ihre Jeansgröße. Diese Frauen bewegten sich gazellengleich, mit Hermès-Gürteln in Krokodilleder, weißen Blusen, die sich straff gebügelt über den fettarmen Oberkörper spannten wie ein Laken über eine Matratze. Bloß keine Schwäche zeigen, schon gar keine optische. Fett, Nahrungsaufnahme, Alkoholgenuss – sie alle suggerierten Maßlosigkeit, und hier ging es doch um Disziplin und Kontrolle. Die Mütter sahen aus wie Reitlehrerinnen mit wippendem Haar bis zu den Schultern, das manchmal von einem Samthaarreifen gekrönt wurde, sie beherrschten ihr Leben ebenso wie jede einzelne Haarsträhne. Es blieb kein Platz für Zufälle. Oder Kletten.

Wuchtige Land Rover und Porsche Cayennes wurden mühsam vor den Tennisclubs geparkt, hinterm Steuer das knochige

Kinn einer Hausfrau mit Tom-Ford-Sonnenbrille, Nannys kamen mit ins Hotel, Listen mit Terminen für die Kinder hingen am amerikanischen Kühlschrank – »15:00 Hockey, 16:30 Tanzkurs, 18:00 Nachhilfe« – in der offenen Küche mit dem Stahldesignherd von Gaggenau in der Mitte, obwohl niemand kochte: Kochen produziert Dreck und Nahrung, die niemand aß, weil Nahrungsaufnahme würdelos und primitiv war, für Neandertaler, für die unkontrollierte Unterschicht, Amerikaner mit Bauchtaschen, höchstens ein Salat im Vapiano, alles musste aseptisch sein und steril, bloß keine Hackfleischreste am teuren Messer oder am Chanel-»Jade 407«-Nagellack, Kalbsbraten oder Schweinekoteletts kannte man nur noch von Kochsendungen aus dem Fernsehen, Parkettfußboden überall – selbst auf dem Klo, die eiserne Hand des Ehrgeizes schubste die Kinder vom Ballett zum Orchester.

Wenn Theresa die heutigen Mütter beobachtete, wie sie ins Handy plappernd einen Bugaboo-Luxuskinderwagen, zur Not auch einen Maclaren, völlig indifferent vor sich herschoben, war sie froh, in den Achtzigerjahren geboren zu sein, als noch »Mensch ärgere dich nicht« gewürfelt und Rollschuh gefahren wurde an der frischen Luft und Mütter noch mit dem Kind sprachen anstatt mit ihrem iPhone oder Blackberry. Überhaupt: Wozu brauchten Mamis, die nicht arbeiteten, einen Blackberry, der ursprünglich als Arbeitsgerät für unablässig erreichbare Banker entwickelt worden war? Inzwischen hörte sie auf den Spielplätzen, an denen sie vorbeilief, kaum noch das Scharren der Buddelschaufel im Sandkasten, sondern überall den knackenden Ton der emsig auf die Tasten des Mobiltelefons hackenden Finger. Die Frauen waren zu Metallspechten geworden, und die Kinder blieben allein gelassen auf ihren Schaukeln sitzen, ohne Schwung und ohne Höhenflug. Das Pendel stand still, die Mutter chattete lieber mit einer Freundin – es ging ständig um die Kinder, aber nie direkt an sie. Sie waren der unsichtbare Dritte im Raum, nur ein Gerücht. »Hat Caspar im Kindergarten auch die Hausaufgabenzettel bekommen? Wir müssen einen Fahrdienst für die Mittwochs-Schwimmgruppe von Louisa einrichten. Kommt Titus am Freitag mit zum Hockey?« Die Schulkinder wurden überall mit dem Auto abgeliefert und abgeholt, es wurden Zeitpläne aufgestellt, in Exceltabellen eingefügt – die Kinder wussten nicht einmal mehr, wo sie wohnten, würden sich verlaufen, sobald sie bloß um die Straßenecke gingen, sie hatten keinerlei Ortskenntnis mehr, nur ein Leben hinter der Glasscheibe eines Jeeps, wie ein Geldkoffer.

Den Kindern wurden auch keine Pausenbrote mehr geschmiert, Brot wurde aus dem Wortschatz und der Ernährungstabelle gestrichen, Weizen, Roggen, Mehl – alles böse, böse! Stattdessen gab es ein Salatblatt als Snack, eine Salatgurke, bei großzügigen Müttern sogar eine Cherrytomate (natürlich bio) oder eine geschälte Karotte (noch besser: vorgeschälte Minikarotten aus der Plastiktüte, convenience food). Die Kinder wurden mit Meerschweinchenfutter abgespeist, bloß keine Kohlenhydrate, die stummen Feinde der Frau über 20. Es gab vermutlich mehr Albträume über Kartoffeln als über das Klima. Wütende, fluchende, aufschwemmende Kartoffeln, die den Frauen hinterherjagten wie ein gieriger Straftäter, die Rache des Kartoffelpuffers mit Apfelmus.

Auch Theresa aß kaum noch Brot oder Reis, manchmal löffelte sie heimlich einen Brotaufstrich ohne Brot oder schmierte Philadelphia auf Käsescheiben, um die Kohlenhydrate zu umgehen. Wenn sie zum Essen bei Freunden war, sortierte sie Tomaten und das Gemüse aus der Pasta heraus und trennte sie voneinander. Dann nahm sie nur die beiseitegelegten Gemüsewürfel in den Mund und ließ die Nudeln liegen, schob sie von links nach rechts, damit es weniger aussah. Besonders schwer war das bei Bolognese, bei der sie versuchte, nur das Hackfleisch zu erwischen.

Alle jungen Frauen schluckten Abführmittel, weil sie unter Verstopfung litten und jegliche Energie, die sie mit dem Verzehr einer Kiwi oder Papaya aufnehmen, mithilfe von Glaubersalz,

Dulcolax, Leinsamen, Rizinusöl, Flohsamenschalen oder Pflaumensaft sofort wieder auszuscheiden hoffen, sie unterziehen sich Darmspiegelungen, trinken bittere Entleerungstees, als könnte man giftige Gefühle auf diese Weise entsorgen. Gefördert wurde die Obstipation auf den Gemeinschaftsklos, aus deren Kabinen man beschämt klettert, und in denen man kaum pinkeln kann, weil die Kabinen nach oben und unten offen stehen und die Scham das Scheißen für immer ausgemerzt hat.

Wenn die Kinder schließlich in die Pubertät kommen und nicht mehr in ihren Buggys herumgeschoben werden können wie kleine präsentierbare Petits Fours in Altrosa, Babyblau oder Cremegelb, werden sie von den Eltern meist allein gelassen, immerzu haben sie sturmfrei, weil Mami auf Ayurvedakur in Indien und Papi in Dubai ist, um Geschäfte zu machen. Die Väter trinken, lungern immerzu auf den Abenden der Jugendlichen herum, ehrfürchtige Zuhörerinnen und Zuhörer um sich versammelt, mit rauer Stimme und kräftigen Händen, »Dein Vater ist soo cool«, würden die anderen sagen, wenn er wieder einmal schmutzige Witze oder Abenteuergeschichten aus der großen weiten Wirtschaftswelt erzählte, die Haare zurückgelegt, als käme er gerade aus der Dusche oder sei einem Swimmingpool entstiegen, der Leithengst unter den Ponys. Die Mütter wollen ewig jung sein und schicken daher ihren pubertierenden Kindern eine SMS: »Hiermit lege ich meinen Titel ›Mutter‹ nieder. Du darfst mich jetzt Betty nennen«, sie verbieten auch ihren Männern, ihre Mütter »Mami« zu nennen (»Das ist doch kindisch, Günther! Ich bitte dich!«), stechen ihn durch ihren drahtigeren Körper, durch mehr Ausdauer beim Marathon aus, vor allem im Beisein von Freunden. »Günther weiß ja noch nicht einmal, wie man diesen Rotwein ausspricht! Günther würde niemals Schnecken bestellen. Er weiß nicht, wie man einen Bohrer bedient!« Günther fragt auch vor jedem Geschäftsessen seine Frau, welche Krawatte er zum Hemd tragen soll, und besitzt Boxershorts mit Elefantenmuster oder Mickey-Mouse-Aufdruck.

Günther wird bei der Weinauswahl und bei falsch verwendeten Fremdwörtern korrigiert.

Neben solchen Eishennen leben die geschmolzenen Schwächlinge als Männer mit unüberbrückbaren Frauenproblemen und hageren Körpern, teilweise von der Gattin verlassen und dadurch zu einem trostlosen ungebürsteten Zottel verkommen, Männer, die ihr gebrochenes Herz auf der Zunge tragen, lieber heiße Milch trinken als Whiskey, im Restaurant aus Sparsamkeit Leitungswasser bestellen, überhaupt ständig umbestellen, und doch ihre chauvinistischen Sprüche auf verunsicherte Teenager loslassen, weil sie dort stark zu sein scheinen: »In der Ehe kann man seine sexuellen Phantasien nicht ausleben, weil es ja die Mutter der eigenen Kinder ist, mit der man schläft!« Oder: »Die große Liebe schrumpft immer zusammen wie die Haut eines Popos in der Badewanne!« Viele von ihnen sind zynisch und einsam, manchmal tanzen sie eckig mit den jungen Mädchen, aber selbst mit ihnen fühlen sie sich hilflos, beinah spastisch. Manche haben wichtige Jobs, aber sind dauernd unterwegs, mit Kleidersack und Bahncard 100, mit in Plastikfolie gewickelten Hemden vom Reinigungsservice des Hotels, mit Molton-Brown-Duschgels in kleinen Größen im Ziehkoffer, mit ausgelaufenem Rasierschaum und verkrusteter Zahncreme, mit 35 unterschiedlichen Badeschlappen verschiedener Hotelketten und leer gefressenen Toblerone-Verpackungen aus den Minibars, mit Erfrischungstüchern aus dem Flugzeug in der Innentasche ihres Anzugs. So sitzen sie in Hotelbars, wo sie mit uninteressanten Kunden oder Mitarbeitern die Zeit totrauchen. »Kommt ihr noch mit auf mein Zimmer?«, sagt der Chef dann am Ende des Abends zu seinen Untergebenen. »Wir können noch die Minibar schlachten!« Er will nicht allein sein, und so sitzen die armen Zöglinge ausharrend in der Suite ihres Vorgesetzten.

Die Reizüberflutung hat ihre Ziele davongeschwemmt. Einer hat mal einen Roman schreiben wollen, und es nie getan, nun ist er über 60 und hat vergessen, was er erzählen wollte, die Zeit hat seine Pläne abgerissen wie Kalenderblätter, die Träume sind wie veraltete Veranstaltungsplakate auf einer Litfaßsäule mit neuen Postern zugekleistert. »Marianne. Dein Mann ruft.« »Ich höre nichts«, sagt Marianne. »Aber er ruft nach dir.« »Früher bin ich immer gelaufen. Ich bin 30 Jahre gelaufen, wenn er rief. Ich Armleuchter!«, sagt Marianne. Ein anderer Vater eines Freundes spricht bürokratisches Deutsch und ruft dauernd hysterisch: »Du heiliger Bimbam« oder »Ach du grüne Neune«, wenn er ein paar Lacher bei den Jugendlichen erhaschen will. Seine Frau betrinkt sich jeden Abend und baggert dann an den Freunden ihres Sohnes herum, weil sie sich für ihren albernen Mann mit seinem schmalen Gesicht schämt, der Ferien auf »Balkonien« macht und seine Argumente mit einem affigen »ergo« einleitet, »mein lieber Herr Gesangsverein!«.

Wer sich nicht betrügt, verachtet sich. Mütter treiben es mit Studenten, Väter mit Freundinnen der Tochter, mit Exfrauen des besten Freundes und im Hotelzimmer mit Sekretärinnen. Der Muttermilchbusen lehnt am Oberarm des Kinderarztes, der Vater tauscht Neckereien mit der Grundschullehrerin, ein heilloses Durcheinander aus Scheidungen und Betrügereien – auf Kosten der Kinder und doch erst ermöglicht durch deren soziale Vernetzungen. Moralisch zu sein nimmt man dieser Elterngeneration nicht mehr ab.

So wollten sie und ihre Freunde nie werden. Die meisten Erwachsenen mit all ihren versäumten Wünschen hatten Theresa schon lange erschreckt, die Wucht aus Verpasstem erschien ihr wie der Würgegriff der Zeit, das Luftschnappen des Erdrosselten, und die darauf folgende Resignation des Alters als endloser Seufzer vor dem Zubettgehen, im schlaffen, gemusterten Tom&Jerry-Pyjama, schief geknöpft, während die Zähne und der Biss in sprudelnder Reinigungsflüssigkeit ruhen. Die Reue der Greise erweckte ihr Mitleid. Wohl wissend, dass auch sie irgendwann einmal das Mitleid der noch Ungeborenen erregen würde.

Und manchmal, wenn sie sich als 20-Jährige in der Oper, auf einer Gala oder einem Fest auf dem Damenklo die Hände vor dem Spiegel wusch, spürte sie den Neid der älteren Frauen, die sich ihre nicht mehr prallen, sondern ausgetrockneten Lippen mit grellen Farben nachzogen, dünne Striche zugekleistert mit Chanel, Altersflecken auf den Händen, rasselnde Armbänder aus Gold an den dürren Handgelenken, die ihre Jugendlichkeit musterten wie ein Stier einen Menschen. Futterneid unter Frauen.

Ja, renn nur nach dem Glück
doch renne nicht zu sehr
denn alle rennen nach dem Glück
das Glück rennt hinterher.

Bertolt Brecht
Die Dreigroschenoper

Wenn Leopold Rotwein trank, bekam er eine purpurfarbene Oberlippe und schwarze Zähne. Meist saß er neben der Flasche in der Mitte seines Zimmers, das voll von Pizzakartons, Cola-Dosen, Bierdeckeln und Papierschnipseln war, und hatte neben sich einen Staubsauger liegen. Mit diesem Staubsauger konnte er, ohne sich von der Stelle zu bewegen, alle Gegenstände an sich heransaugen: Zigarettenschachteln, die Fernbedienung, sogar – mit besonderer Geschicklichkeit, ohne dass der Sauger es verschluckte – ein Feuerzeug. Für die Knöpfe des Fernsehers hatte er eine Gardinenstange neben seinem Sofa stehen, mit der er im Liegen den Sender wechseln konnte wie mit einem verlängerten Arm, falls er die Fernbedienung wieder einmal nicht fand. Er sagte, er sei so faul, dass er sogar beim Sterben einschlafen würde. Bei ihr um die Ecke gab es einen Supermarkt, der ab einem Einkaufswert von 75 Euro den Einkauf in die Wohnung trug. Auch sie war bequem geworden, kaufte Nahrung in Dosen ein, zwölf Packungen Taschentücher, zwei Kisten haltbare Milch, die Familienpackung Cornflakes, drei Kartons à acht Kilo Waschpulver, zehn Tuben Zahnpasta, Vorteilspack Glühbirnen. So stand sie mit zwei beladenen Einkaufswagen, die sie kaum lenken konnte, sodass sie ständig gegeneinanderschepperten, in der Schlange an der Kasse und der wartende Mann hinter ihr, bloß mit einem bescheiden halb vollen Einkaufskörbchen im Arm, musterte ihre gestapelten Konsumberge und fragte dann: »Bereiten Sie sich auf den Krieg vor?« Sie schämte sich, aber nach Passieren der Kasse

– sie hatte die 75-Euro-Grenze überschritten – trug ein scheuer Teenager mit schlechter Haut und fettigem Haar ihr die Einkäufe vom Supermarkt in den vierten Stock.

Leopold und Theresa tranken viel in dieser Zeit. Und sie rauchten schon morgens im Bett. Überall standen Aschenbecher herum, und dort, wo keine standen, zerdrückten sie die Stängel in den Schraubverschlüssen von Limonaden, in Dosen, auf Untertassen. Meist gingen sie erst in den frühen Morgenstunden ins Bett und fanden nur einen unruhigen Schlaf zwischen dem Lärm der erwachenden Stadt, dem luftleeren Bett, das einer welken Aprikose glich, und dem grellen Zustand des Rausches. Sie ertrugen sich fast nur noch betrunken, aber dann sprachen sie die ganze Nacht, er brachte ihr das Pokern bei, und sie spielten um gegenseitige Massagen und Streicheleien. Sie bestellten Essen beim italienischen Lieferservice, er Pizza, sie einen Salat mit Hähnchenbrust. Manchmal tranken sie auch im Bett und verschütteten Wein auf dem Laken, das dann vor Feuchtigkeit klebte. Häufig duschten sie erst gegen fünf oder sechs Uhr abends, bis dahin lag er in Jogginghose neben ihr auf dem Sofa, auf das sie nun von der Matratze umgezogen waren, und schaute sie verliebt an. »Du bist komplett«, sagte er ihr, »ich liebe dich.« Und sie antwortete: »Ich fühle mich sehr geschmeichelt.« Und dann lachte er, weil ihm nichts anderes übrig blieb. Sie fühlte sich seit Monaten ungewaschen, es war Winter, und sie kamen nur mit großem Aufwand aus dem Haus. Aber wenn sie die Wohnung verließen, feierten sie ungehemmt, erzählten amüsante Geschichten bei Einladungen, und die Gesellschaft schmiegte sich an sie wie ein weiches Fell.

Draußen waren sie stets herausgeputzt und poliert, er im eleganten Tweedjackett, sie auf hochhackigen Schuhen und mit roten Lippen. Aber daheim weinte sie viel, sie vertrug den Suff nicht, er schlug ihr aufs Gemüt und hinterließ blaue Flecken und rote Zähne. Sie nahm Termine nicht mehr wahr, weil sie aussah wie eine verprügelte Ehefrau, und ihre Augen waren morgens so geschwollen und ausgetrocknet, dass sie manchmal glaubte, sie seien zugewachsen. Nun würde sie blind bleiben, dachte sie. Ihre Augäpfel würden sich zurückentwickeln wie bei einem Embryo. Er war sehr zärtlich, aber inzwischen hasste sie seine Liebkosungen und wand sich vor Schmerzen über ihr Versagen.

Inzwischen störte sie sich an allem. Es störte sie, dass er nach Schafskäse roch, den er gern aß. Es störte sie, wie er auf Fotos aussah, mit seinen Grimassen und eingefrorenen Gesichtern mit dem schiefen linken Schneidezahn. Es störte sie, dass er sie so geräuschvoll schmatzend verschlang, wenn er sie küsste. Es störte sie, wie sie neben ihm aussah. Es störte sie der Geruch seiner Wohnung. Es störten sie seine bordeauxrote Hose und der waldgrüne Pullover. Es störte sie das Paar Bommel-Schuhe in seinem Flur. »Vielleicht kriegst du mich aus den Bommel-Schuhen raus«, sagte er, »aber du kriegst die Bommel-Schuhe nicht aus mir raus.« Er würde ihr immer zu klein sein und zu verkleidet wie ein alter Mann, nie war er jugendlich oder lässig. Sie empfand ihn wie eine volle Harnblase, die einen auf einer langen Autofahrt drückt, wenn man keine Raststätte in der Nähe sieht – auf einmal kann man den Drang nicht mehr vergessen, sobald man ihn das erste Mal bemerkt hat.

In dieser Nacht schrieb ihr Benjamin: »Ich will dich. Immer. Noch.« Aber es war zu spät oder noch zu früh. Sie fragte sich, was sie getan hatte, um so geliebt zu werden. Vielleicht war es das Weglaufen. Benjamin konnte ihr wenigstens das Wasser reichen, ihm hatte sie nie auf der Nase herumtanzen können wie Leopold, der ihr seine Nase hinhielt und sein Herz zum Tanzen und Toben.

Dauernd trug er nun diese bordeauxrote Hose, und je öfter sie ihn bat, sie auszuziehen, desto lieber zog er sie an. »Du musst mich auch so mögen«, forderte er, und sie gab sich Mühe. Zwischendurch ließ er sich einen Bart wachsen, den sie hasste, er sah damit aus wie Jesus. Im Dezember fuhren sie zum Skifahren, und in der Höhenluft hatte sie endlich wieder das Gefühl, atmen zu können. Sie verbrachten die Tage auf den Pisten und saßen mit geröteten Bäckchen in den Hütten. Abends gingen sie feiern und trafen Freunde oder rodelten durch die Dunkelheit.

Sie hatte Angst auf dem Schlitten, sie konnte weder bremsen noch lenken und atmete hysterisch. Er legte sich vor den Schlitten und rutschte auf dem Arsch die Strecke hinab, um sie zu beruhigen. »Ich reiße mir den Arsch für dich auf«, rief er ihr vom Boden entgegen, während sie auf dem Schlitten über das Eis glitt. Als sie endlich Mut gefasst hatte, gab er dem Schlitten einen Schubs, sprang hinten auf und hielt sie fest umschlungen wie ein Sicherheitsgurt. Sie glitten die Rodelbahn hinunter, und für einen kurzen Moment schien alles ganz leicht und steuerbar. Aber dann bewegten sie sich auf eine scharfe Kurve zu, sie warf sich ab, rollte zur Seite und sah ihm aus dem Schnee hinterher, wie er alleine den Abhang hinunterraste und schließlich mit beiden Füßen bremste, um sie einzusammeln. Er rutschte noch einige Meter über den Schnee, dann hielt er an, stand auf und zog den Schlitten den Berg hinauf, um ihr entgegenzukommen.

Sie saß oben und rührte sich nicht. »Du bist mir einfach abgesprungen!«, sagte er empört und amüsiert. »Verzeih«, sagte sie und wischte sich den Schnee von der Jacke.

Als sie zurück in Frankfurt waren, fiel ihr seine bordeauxrote Hose wieder auf, die er zu jeder Weihnachtsfeier, zum Adventssingen, zum Nikolausumtrunk und zum Punsch trug.

Die Hose fraß sich wie Ungeziefer durch ihre Einladungen, durch Abende, an denen sie neben und zu ihm stehen musste, während er Eggnogg und Glühwein in sich schüttete und Lebkuchen aß. Abends biss er dann betrunken in sie hinein, aber sie war kein Dominostein und wollte nicht umfallen.

Kann man aufhören, jemanden zu lieben wegen einer Hose?

Immerhin hatte er ein Praktikum bei einem Start-up ergattert, sein Patenonkel war mit einem der Gründer befreundet, und Leopold sollte für drei Monate probeweise dort arbeiten, unentgeltlich allerdings. Sie hoffte, dass alles besser würde.

Aber Leopold flog bereits drei Wochen nach Antritt des Praktikums wieder raus, weil er vier Mal verschlafen hatte und an zwei Tagen überhaupt nicht erschienen war. Er hatte abends vorher mit Theresa getrunken, in leeren Bars diskutiert, hatte bei Morgengrauen mit rasenden Gedanken und blubberndem Herzen neben ihr wach gelegen. Er war wie ein eingewachsener Nagel, der in die falsche Richtung wuchs.

Damals hoffte sie noch, dass diese Appetitlosigkeit wieder verschwinden würde, weil sie sich nur zeitweilig überfressen hatte. Sie hoffte, dass sich ihre Beziehung von selbst wieder reparieren würde wie ein Computer, den man nur lang genug ausgeschaltet und unangerührt ließ.

Ein neues Jahr begann.

Er hatte immer noch kein Bett gekauft.

Und ihre Liebe war inzwischen schwer geworden wie alter Rotwein.

Der Mensch kann zwar tun, was er will,
aber er kann nicht wollen, was er will.

Arthur Schopenhauer

Es begann mit einer Wette.

Als der Frühling kam und die Kirschblüten wie Schneeflocken von den Bäumen fielen und die Pollen durch die Stadt auf den Asphalt segelten, begann sie überheblich ein Experiment, das ihr aus den Händen gleiten sollte.

Leopold, der sie nach wie vor anbetete, während er in seinem Haufen von Zetteln, in dem er täglich saß, selbstvergessen versank, hatte sich erkältet. Seine Grippe und das fehlende Geld hatten ihn in eine Art Anästhesie versetzt und hielten die Zeit für sie an. Der Bankrott und das Elend hinderten ihn am Ausgehen, am Einkaufen und unterbanden überhaupt jegliches Verlassen seiner Wohnung. Er lieh sich manchmal kleine Beträge von Freunden, um sich Tabak oder Tortilla-Chips zu kaufen, fürs Kino oder Abendessen mit ihr reichte es nicht mehr, selbst die Schulden bei seinen Freunden konnte er nur mühevoll in Raten abstottern. Seine Eltern zahlten ihm lediglich noch die Miete, stets in dem guten Glauben, dass seine Bewerbungsphase bald ein erfolgreiches Ende nehmen würde (er bewarb sich aber kaum, sondern vertrödelte die Zeit am Laptop mit World of Warcraft oder Heros, anstatt Lebensläufe zu tippen), und seine Mutter hatte ihm inzwischen wenigstens ein Bett gekauft. In diesem lag er umgeben von weißen Inseln aus zerknäulten Taschentüchern und Klopapier und hustete. Eine unschuldige Grippe hatte der Schuldigen Gelegenheit zur Sünde geschenkt.

Leopold trug nur noch bekleckerte T-Shirts und Hemden. Die Flecken hingen immer etwas schief auf der Mitte, als wären sie auf dem Weg irgendwohin aufgehalten worden, so als hätte ein Greis mit Brei getropft oder ein Kleinkind in den Latz gesabbert.

Oder wie Vogelscheiße. Die Flecken trockneten dann über dem Bauch und bildeten eine Kruste. Auch Leopold selbst kam ihr wie ein Fleck vor, der sich ausbreitete. Er verträumte die Tage mit zusammenhanglosen Gedanken, mit Phantasierereien, die sie erst ernst nahm, als sie eines Abends nach Hause kam und ihn auf dem Boden vorfand, inmitten einer Landschaft aus Zeichnungen und Skizzen und Kritzeleien, mit einem Messer in der einen und einer brennenden Kerze in der anderen Hand. Überall klebten Post-its in allen bunten Farben. Zuerst glaubte sie, er würde den Teufel beschwören oder die Toten rufen, aber dann sah sie, dass er die Klinge ins Feuer gehalten und sich ein Totenkreuz in den Arm geritzt hatte. In den linken Arm, direkt neben der Pulsader.

»Was machst du denn da!«, hatte sie gerufen. Und er hatte theatralisch geantwortet: »Ich befinde mich im Krieg.« »Du bist ja vollkommen hirnverbrannt!« Sie war wütend geworden und hatte angewidert von seinem Brandzeichen, das auf seinem Arm saß wie auf einer Kuh, wie ein Kuckuck des Gerichtsvollziehers, die Kerze ausgeblasen. Er war mit einem Pfandrecht belastet.

Zu Anfang hatte sie seinen Wahn genossen, als er noch auf sie bezogen war. Sie hatte es für eine Phase gehalten, sich selbst für seine Muse, für den Auslöser aller Superlative. Aber nun, da sie mit seinen Spinnereien nichts mehr zu tun zu haben schien, kränkte und ekelte sie das alles gleichermaßen. Sie hielt ihn nicht mehr für impulsiv und leidenschaftlich, sondern für bemitleidenswert und geschmacklos. Es war unattraktiv, ihm bei seinem Protest zuzuschauen, seine aufgedonnerten Sätze von Krieg und Kampf und Abgrund, von dem Versagen der Gesellschaft zu hören, seinen Widerstand durch Isolation ernst zu nehmen. Sie verließ die Wohnung, während er am Boden im Schneidersitz verharrte, sich mit irrem Blick die Fingernägel mit dem Messer von der Hand schälte und nicht zu bemerken schien, dass sie ging.

Damals hatte sie ihm diese scheinbare Gleichgültigkeit noch übel genommen. Aber als er später zu klammern begann, nahm sie ihm das Festhalten noch übler. Es würde eine Zeit kommen, da sie sich wieder zu ihm ins Bett legen sollte und er sie nicht einmal nachts aufs Klo gehen lassen würde, nein, er würde sich um sie wickeln mit Armen und Beinen, von hinten wie eine Krake. »Wo willst du hin?«, würde er fragen, wenn sie in der Nacht eine Regung machte. »Ich muss nur aufs Klo«, würde sie gereizt erwidern und sich aus seinen Armen befreien, die sie umschlungen hielten wie ein Kind sein Kuscheltier, wie ein falsch herum angezogenes Kleidungsstück, eine Zwangsjacke, klebrige, schwitzende Hände in dem zerwühlten Bett, das nach Schlaf roch und nach Traurigkeit.

Aber heute klammerte er nicht, sondern sah ihr resigniert beim Gehen zu. An diesem Abend traf sie Moritz.

Moritz war ein Freund ihrer Freunde, insbesondere auch ein Freund von Leopold. Leopold hatte ihr Moritz vorgestellt, als sie nach Frankfurt gezogen war und Leopold gemeinsam mit ein paar Jungs ein Deutschlandspiel der Fußball-WM angeschaut hatte. Moritz war ihr damals nicht mehr oder weniger im Gedächtnis hängen geblieben als die anderen Freunde Leopolds, sie alle trugen Trikots oder Schals oder Fahnen oder hatten die Wangen schwarzrotgold bemalt, und sie war so neu in Frankfurt, dass sie mehr mit ihrem eigenen Auftritt beschäftigt war – ohne jedoch dabei zu erkennen, dass alle gebannt auf die Leinwand starrten und niemand auf ihren üppigen Mund, der sich verdorben unschuldig in ihrem Gesicht wölbte und den sie ständig in kreisenden Bewegungen mit Lipgloss einrieb –, anstatt sich um die Namen und Gesichter einzelner Jungen zu scheren. Er war Teil einer Masse in Einheitstrikots, die sie als Ganzes zu beeindrucken gedachte. Sie erinnerte sich nur, dass sie ihn irgendwann vor den Klos im Keller getroffen hatte und er sie beinahe konspirativ fragte: »Soll ich dir ein Geheimnis verraten?« »Ja«, hatte sie geantwortet. »Ich mag eigentlich gar keinen Fußball.« Das hatte sie beeindruckt. Er war aus der Masse hervorgetreten.

Leopold und Moritz kannten sich, seit sie in Frottee-Strampelanzügen und Kinderwagen von ihren befreundeten Müttern durch den Taunus geschoben worden waren. Irgendwann hatten sie sich aus den Augen verloren, Leopold war zum Studieren nach Freiburg gezogen und Moritz nach London. Moritz hatte gerade sein Studium abgeschlossen und machte nun in Frankfurt ein Praktikum bei einem Energiekonzern, weshalb er kurzerhand wieder bei seinen Eltern eingezogen war, in deren Haus ihm ein Gästezimmer mit Bad zur Verfügung stand. Er wollte ohnehin so schnell wie möglich wieder weg aus Frankfurt. Sie hatte ihn in letzter Zeit seltener gesehen und sich gefragt, ob er vielleicht schon weggezogen wäre und warum er sie nicht genügend wahrnähme, um ihr Lebewohl zu sagen.

Aber er war ja nicht fort, sondern tauchte plötzlich wieder dauernd und überall auf, seit ein paar Wochen. Er saß bei all den Abendessen, lehnte an allen Bars, tanzte, spielte Poker mit ihnen und Scharade. Sie ärgerte sich, ihn übersehen zu haben, und bemerkte, wie sie an Abenden auf sein Erscheinen wartete, wie sie unauffällig nachfragte, ob Soundso und Soundso und Moritz denn auch kämen, was ihr nur mühevoll gelang, ohne rot zu werden oder sich ertappt zu fühlen, denn jeder andere Name sprach sich leichter aus als seiner, nur seiner stach und leuchtete und blinkte wie Reklame im Rotlichtviertel, sein Name kam ihr wie ein Geständnis vor, wie ein Hinweis auf ihre wahren Motive für all die Fragerei. Ihr fiel auf, dass sie seinetwegen länger blieb, dass sie überlegte, welche Kleider ihm an ihr gefallen könnten, welche er noch nicht an ihr gesehen hatte; dass ihr langweilig wurde, sobald er nach Hause ging, dass sie müde wurde, sobald er sich verabschiedete, und wach, sobald er auftauchte, und es wunderte sie, dass niemand anders diese Kausalitäten und Zusammenhänge wahrzunehmen begann.

Leopold, Moritz, sie und ein paar Freunde spielten oft gemeinsam Poker, und wenn sie mit Moritz im Heads Up war, unter den letzten beiden, dann schauten sie sich fordernd und prüfend in die Augen, er traute ihr wenig zu, aber wollte sie nicht kränken, sie traute ihm alles zu. Und sie hatte recht, er würde zu allem fähig sein. Später.

Er mischte flink und geschickt die Karten, die er selbstgefällig verteilte, er hatte das Spiel im Griff, und das legte er den anderen wie ein schlechtes Blatt mit großmäuligen Bemerkungen unter die Nase, wenn er alle zwanzig Minuten mit dem Übermut des Chipleaders, der sich jeden Einsatz leisten konnte, zum »Blind Raise«, zur Erhöhung der Einsätze aufrief, koste es, was es wolle. Poker wurde ihr Lieblingsspiel, und sie hoffte immer, dass er nicht zu hoch reizte, nicht bluffte, damit er nicht zu früh rausflöge und noch bliebe. Für sie hatte sein Blatt eine viel heftigere Bedeutung als für ihn selbst. Sie wünschte ihm Könige und Asse, es packte sie die Panik des bevorstehenden Endes, wenn er gewichtig, beinah majestätisch sein »All In« verkündete. Jetzt ging es um alles oder nichts, doch niemand am Tisch ahnte, dass es auch für sie um alles ging. Hinter ihrem Pokerblatt konnte sie sich fabelhaft verstecken, das Aufreizen war Teil des Spiels, die Provokation war der Köder.

Aber trotz der gefahrimmanenten Spielregeln begann Leopold eines Abends, sich über die augenfällige Genugtuung zu wundern, die er in ihrem und in Moritz' Gesicht zu erblicken glaubte, wenn die beiden als Letzte im Spiel geblieben waren, die hingebungsvolle Ausschließlichkeit, wenn sie sich der Chips entledigten, als würden sie sich Kleidungsstücke vom Leibe streifen und zuwerfen – hier fang, ich erhöhe auf vier Euro, ich gehe mit und erhöhe um eine Bluse, ich gehe mit, eine Boxershorts, sie knöpften einander auf, ohne sich zu berühren, Entkleidung der Gefesselten, das Geld stapelte sich in der Mitte des Tisches wie Gebäck und Kuchen, kleine Muffins, Türme aus schmierigen Törtchen, mächtige Tiramisuklekse, wie auf einem überfüllten Tablett, alles quoll über, sie matschten in ihrer eigenen Völlerei, es klang nach saftigem Käsekuchen und schmatzenden Bissen, das Geräusch von Begierde und Machtkampf, sie warf gleichgültig noch mehr Chips in die Mitte. »Wenn ich mich ergebe, dann ergebe ich mich ganz«, dachte sie. Die Chips flogen im hohen Bogen, vereinigten sich rasselnd mit den anderen. »Zeig her«, sagte sie vermessen, und Leopold konnte nichts tun, als ihr dabei zuzuschauen, wie sie all ihr Geld in Moritz' Rachen warf, der mit einer gierigen Geste seine Arme zum Kreis formte und mit den flachen Händen die scheppernden Chips in seine Richtung zog, beinah wie ein Staubsauger, ein raffgieriges Kind mit Bauklötzen, der mehrarmige Bandit, meins, meins.

Als sie mit Leopold nach Hause lief, sie all ihres Geldes entledigt, Leopold all seiner Beherrschung beraubt, beschimpfte er sie, weil sie am Pokertisch mit Moritz gefüßelt habe und sich auf unverschämte, unangemessene Weise ihre Hände beim Zusammentreffen der Jetons berührt hätten. Er ahnte das Unwetter, obwohl der Himmel noch unverhangen war.

Wenn man vergeben ist und in der Retrospektive die Zeit des Aufreißens und des Jagens glorifiziert, dann denkt man immer nur an den Samstagabend, nie an den Montag oder Dienstag, an dem nichts passierte, nie an den Sonntagnachmittag, an dem man sich auf dem Sofa ungeduscht in seiner Einsamkeit gewälzt hat. Man denkt nur an den einen Samstag im Monat, an das Oktoberfest oder an Karneval, an diese eine besondere Hochzeit, auf der man geknutscht hat und abgeschleppt, auf der wild getanzt wurde und alles möglich war. So denkt man an die Zeit zurück, sobald sie vorbei ist. Sie sah plötzlich lauter attraktive Männer, bloß weil sie in festen Händen war. Jeder noch so mittelmäßige Kerl erschien waghalsig, aufregend, faszinierend.

Ein paar Wochen vorher hatte sie sich auf einem Geburtstag noch mit Leopold gezankt, er hatte ihr vorgeworfen, jedem schöne Augen zu machen, und war schnaubend aus der Tür gerannt. Da hatte sich Moritz zu ihr gesetzt und gesagt: »Du bist mir schon aufgefallen, als du hergezogen bist. Damals habe ich zu Louisa gesagt, dass ich dich hübsch finde. Und sie sagte, ich solle die Finger von dir lassen.« »Hör nicht auf sie«, hatte sie geschmeichelt erwidert.

In dem Moment war Leopold zurück auf die Party gestürmt gekommen und auf sie und Moritz zugestampft. »Das ist genau der Falsche, neben dem du da sitzt!«, hatte er geknurrt und sie am Arm vom Stuhl gezerrt. Als sie die Straße entlang nach Hause liefen, hatte Moritz sie angerufen. »Wo bist du hin?« »Ich musste weg.« »Ist er sehr sauer?« »Wer ist dran?«, fragte Leopold, der bisher ein paar Schritte vor ihr gelaufen war und nun stehen blieb. Sein Kopf wackelte vor Erregung. »Nur Alice«, antwortete Theresa. »Ruf jetzt lieber nicht mehr an!«, sagte sie leise zu Moritz und drehte sich zu Leopold um. »Du hast mir den Abend verdorben. Ich wollte noch dableiben!« Sie konnte es nicht leiden, wenn man über sie bestimmte. Er brach einen Ast von dem Busch ab, der über einen Zaun ragte. »Du willst immer überall bleiben. Außer mit mir!« Er riss dem Ast alle Blätter aus. »Sei nicht so pathetisch. Ich bin ja hier«, sagte sie und fügte sich. Das war das Ende dieser Beziehung, des Abends, all ihrer Erwartungen, die Leopold jetzt zerschlug wie ein Einbrecher eine Fensterscheibe.

Aber sie war es, die Aufregung mit Glück verwechselt hatte.

Ihm schien etwas zu dämmern, aber noch sah er Gespenster.

Ein einziges Mal noch hatte Moritz nachts bei ihr angerufen, sie sah seine Nummer auf dem Display, ein Blitz zog durch ihren Halbschlaf, sie nahm ab und flüsterte ein Hallo, weil der atmende Leopold neben ihr im Bett lag. »Warum rufst du an?«, fragte sie und hoffte auf ein Kompliment. »Weil ich dich sehen will«, antwortete er, und sie war versucht, wieder aufzustehen und sich anzuziehen, aber es war drei Uhr nachts, sie hätte sich schminken müssen und verbot sich, ihm hinterherzulaufen. »Es geht nicht«, hauchte sie und tröstete sich damit, dass er sich bald wieder melden würde. Aber er rief sie nicht wieder an.

Moritz war größer als Leopold, er hatte breite Schultern und große Hände, trug helle Hemden, die ihm aus der Hose heraushingen, als habe er sie hastig übergestreift. Er hatte volle Lippen, kräftiges dunkles Haar und ungetrübte Augen mit der satten Farbe einer Murmel. Und er diskutierte gern, wobei er seine Unsicherheit mithilfe einer selbstverliebten Unnachgiebigkeit aufplusterte. Er war ein attraktiver Eiferer, der gern über Beruf und Karriere und noch lieber über Autos sprach, der homogene Gruppen liebte und gesellschaftliche Einladungen. Er redete oft mehr, als er wusste, hielt Monologe über die deutsche Außenpolitik und machte mittelmäßige Witze auf Kosten anderer. Aber er lächelte viel, war zwanglos und ehrgeizig und strahlte eine gewisse Lässigkeit aus, eine Umgänglichkeit, die sich in seinem federnden Gang und der Geschmeidigkeit seiner Bewegungen widerspiegelte. Er war aufmerksam zu Mädchen, ein dreister Charmeur mit kühner Unbefangenheit und anschmiegsamen Worten. Er hatte die Fähigkeit, einem Mädchen ein gutes Gefühl zu geben. Ein Gefühl, das sie immer und immer wieder haben wollte, Abend für Abend. Die Männer schimpften manchmal über seine kindliche Großspurigkeit und Besserwisserei.

Als sie Moritz an diesem Abend an der Bar eines Nachtclubs traf, neben ihren Freunden, hielt er ihr eine Ginflasche und sein Glas hin. Sie trank aus seinem Glas, es gefiel ihr, sie teilten sich ihren Durst, und sie sprachen miteinander, vor allem über seine Berufsaussichten, eine laufende Bewerbung in Asien und über ihren Umzug nach Frankfurt. »Wir freuen uns alle, dass du hergekommen bist. Du bist das aufregendste Mädchen hier«, schrie er gegen die Musik an. »Du und Leo, ihr seid ein schönes Paar.« Auch sie kreischte ihm Komplimente ins Ohr, weil sie sich stets verpflichtet fühlte, auf ein Kompliment mit einem Kompliment zu erwidern. Ansonsten bereiteten ihr Schmeicheleien Unbehagen wie Gefälligkeiten, von denen man ahnte, dass sie nicht umsonst waren.

Während sie bei ihm stand und mit ihm redete, merkte sie, wie sie das Gespräch mit aller Kraft aufrechtzuerhalten versuchte, also hielt sie ihn mit Nettigkeiten bei sich wie mit Brotkrümeln bei der Entenfütterung, weil sie glaubte, dass ein Mann immer hören wollte, wie erfolgreich und unterhaltsam er war. Sie sprach aus Angst zu viel, redete sich um Kopf und Kragen, um Brust und Mund, köderte ihn mit verlockenden Anspielungen und spreizte die Lippen wie der Pfau das Rad als Blickfang. Wenn das Gespräch abzuebben drohte, stellte sie eine Frage, von der sie glaubte, dass er sie beantworten wollte. Es kränkte sie, als er sich entschuldigte, um aufs Klo zu gehen, und sie fürchtete, er könnte nicht wiederkommen.

Während er fort war, zog sie sich die Lippen nach und betupfte die Handgelenke mit Parfum. Sie wühlte geschäftig in ihrer Tasche, um nicht angesprochen zu werden, so wie sie es früher in der Uni getan hatte, wenn sie eine Frage nicht beantworten konnte und ein Aufrufen durch den Professor vermeiden wollte, Kopf senken und nach etwas suchen.

Er war nach fünf Minuten zurück und stellte sich wieder zu ihr. Sie war noch allein. Alle anderen Menschen störten sie, die Unterbrechungen nervten, sie wollte die Freunde abwimmeln, weil sie ihre Unterhaltung bedrohten, sie sprach schnell und zündete sich Zigaretten an, in ständiger Angst vor dem Abbruch des Gesprächs, mitten in einer Zigarette konnte man nicht aufhören, das wäre unhöflich. So achtete sie darauf, dass sie sich immer dann eine ansteckte, wenn er seine gerade ausdrückte, so rauchte immer einer von ihnen und keiner konnte gehen.

»Hey, Moritz! Wie geht's?« »Hallo Theresa. Wie läuft die Masterarbeit?« Sie antwortete knapp. »Wollen wir uns hinsetzen?«, fragte sie ihn, und er folgte ihr in eine ruhige Ecke. Dort saßen sie und sprachen über Nichtigkeiten, weil das Sprechen nur dem Zusammensein diente. Alle waren inzwischen fort, es war wie beim Poker, sie beide waren im Heads Up, als Letzte im Spiel, im Finale.

Irgendwann, es war schon hell draußen, aber das konnten sie drinnen in dem dunklen Club nicht wissen, nur ahnen, fragte er sie: »Was empfindest du, wenn du mich siehst?«, und sie pustete in sein Ohr, gegen die Musik, gegen alle anderen Stimmen, ungehört, nur an ihn gerichtet: »Ich empfinde Freude.« Und nach einer Pause flüsterte sie: »Und will nicht, dass sie weggeht.« Sie pustete so zaghaft in sein Ohr, dass er zuckte. »Dass ich gehe?«, fragte er. »Dass es geht«, hauchte sie. Und plötzlich schien die Musik stumm zu sein, sie hatte sich verraten und Leopold noch dazu, und wo war er überhaupt und wie spät war es? Sie wollte nicht fort, und wenn, dann nur mit Moritz, aber nun war die Musik aus, und der Besen fegte um sie herum, und die leeren Flaschen klirrten am Boden und forderten sie zur Räumung auf wie eine Schulglocke nach der Pause. Man konnte das Ende nicht mehr leugnen.

Das Licht blendete, und sie spürte, dass sich die Nacht inzwischen wie ein schmutziger Film auf ihre Haut gelegt hatte. Sie verfluchte das unaufhaltsame Fortschreiten der Zeit und sagte etwas, das sie nicht meinte: »Ich will gehen. Ich muss morgen etwas arbeiten.« Obwohl sie gar nicht arbeiten musste, eine Masterarbeit kannte keinen Wecker und keine Arbeitszeiten, und sie hätte jegliche Arbeit, selbst die wichtigste, ohnehin für ihn sausen lassen. Sie wollte sich aufspielen und im Licht des schlechten Gewissens pflichtbewusst aussehen. »Was musst du denn arbeiten?«, fragte er. Und weil sie nicht aufhören wollte, ihm zu gefallen, erwiderte sie: »Ich arbeite an dir. Du bist mein neues Projekt.«

Er brachte sie bis vor die Tür, vor Leopolds Tür (sie hatte mehrmals betont, unbedingt noch zu Leopold gehen zu müssen), die unruhigen Vögel kündigten den Morgen an, und die Menschen streiften an ihnen vorbei, Anzüge trugen gesichtslose Köpfe zur Arbeit. Sie hielten an, aber die Stadt lief weiter. Es war Dienstag. Es war früh. Und spät.

In dieser Nacht träumte sie, dass jemand ihr das Auge aussaugte und es in sich hineinschlürfte als glibberige Masse, wie eine Auster.

Sie erwachte erst mittags neben dem im Schlaf grunzenden Leopold, der sowieso inzwischen hauptsächlich schlief und auch dann nicht aus dem Bett kam, wenn er wach war. Und der, wenn er einmal aufstand, nicht mehr ins Bett gehen wollte wie ein trotziges Kind. Seine Tage verbrachte er in einem Dämmerzustand, meist frühstückte er um die Mittagszeit Chips oder Nachos oder irgendwelches Salzgebäck in Plastikverpackungen, die überall wie aufgepustete Ballons raschelnd durch die Wohnung flatterten, er drehte sich Zigaretten, deren Papierschnipsel, Pappfilter und Tabakkrümel auf dem Boden eine Schicht bildeten. Er aß am liebsten Nahrungsmittel mit Zwiebeln oder Würze oder Schärfe, auf alles schüttete er Tabasco, sodass sie ihn fast gar nicht mehr küsste. »Nur wegen dieses ganzen Zeugs, das du isst«, hatte sie rechtfertigend gesagt, aber sie war sich nicht sicher, ob das »Zeug« tatsächlich Schuld trug, dass sie aufgehört hatten, einander zu küssen.

Manchmal schliefen sie noch miteinander, aber meist ohne Küsse.

Als Anästhesie bezeichnet man den hervorgerufenen Zustand der Empfindungslosigkeit zum Zweck einer operativen oder diagnostischen Maßnahme.

Es kam ihr vor, als habe er sich selbst in eine Narkose versetzt, seine Körperfunktionen ausgeschaltet, nur um ihr alle notwendigen Eingriffe zu ermöglichen. Sie war befremdet von seinem Arm um ihre Taille und hatte vergessen, warum sie in der Nacht noch zu ihm gegangen war. Vermutlich hatte sie Moritz provozieren wollen, Konkurrenz belebt das Geschäft – »sieh her, ich gehöre einem anderen« –, zur Steigerung seines Interesses, aus reiner Berechnung, Punkt für sie. Ein Punkt, den sie nun bezahlen musste.

Sie stand in Leopolds Küche, mit nackten Füßen auf dem schmierigen Boden, die Sohlen klebten an den vertrockneten Flecken verschütteter Nahrung fest, und sie suchte nach etwas zu trinken, aber der Kühlschrank war wie immer leer, nur eine alte schrumpelige Gurke lag neben einer abgelaufenen Butter im Plastikfach. Nirgendwo fand sie ein sauberes Glas für Leitungswasser. Die Teller und Schüsseln stapelten sich im Spülbecken, Salatblätter wellten sich in den Pfützen auf den Tellern, aufgeweichte Teebeutel standen auf dem Abfluss, der Kaffee vorangegangener Tage klebte braun an den Bechern. Wie Leopold an ihr. Sie konnte nicht einmal den Mund unter den Wasserhahn halten, weil die Türme von beschmiertem Geschirr ihr den Weg versperrten. Durstig ging sie ins Bad, ihre Kehle war trocken wie verbrannte Haut und nirgendwo ein Tropfen oder Eiswürfel. In der Badewanne stand das Wasser schon seit Tagen, ohne abzulaufen. Der Ausguss war verstopft. Es half nichts, sie stellte sich in den kalten Dreck der letzten Woche, watete durch die bis über die Knöchel stehende trübbraune Brühe und duschte. Dabei sah sie dem Wasserspiegel beim Steigen zu, Haare trieben in Kringeln an der Oberfläche, und sie fragte sich, ob irgendwann irgendwer ein Rohrfrei kaufen würde, um den Ausguss von der klebrigen Brühe zu befreien.

Sie hatte bereits eine Nachricht von Moritz: »Also wenn ich dein Experiment sein soll, dann muss noch mehr kommen.« »Die Laborassistentin verkündet bald die erstaunlichen Ergebnisse.«

Sie fragte sich im Nachhinein oft, was passiert wäre, wenn sie ihm nicht zurückgeschrieben hätte. Aber jetzt war es zu spät, und es hatte sie in den Klauen und würde sich festbeißen wie ein Krokodil in seine Beute. Das Reptil würde die Beute nicht mehr loslassen, sie durch die Gegend schleudern, zuckend und keuchend.

Am Ende gewinnt immer das Krokodil.

Sie hatte einmal über Jäger gelesen, die ihre Beute durch Erschöpfung zu Tode jagen. Diese noch waffenlose Ausdauerjagd war die älteste Form der menschlichen Jagd. Dabei dauerte die Verfolgung einer großen Kudu-Antilope bis zu deren Niederlage um die vierzig Stunden. Solch eine Hetzjagd nannten sie »Der große Tanz«. Die Jäger werden dabei eins mit der Antilope, versetzen sich in das Tier, ahnen seine Wege voraus und verfolgen es so lange, bis es aufgibt. Aus der Haut des Jägers strömt der Schweiß ohne Unterlass. Nach dem stundenlangen Lauf durch die flimmernde Hitze legt sich das Tier irgendwann auf den schattenlosen Boden. Erwartungsvoll gibt es sich dem Speer hin, und der Jäger, bei dem sich die Rippen unter der ledernen Haut abzeichnen, blickt dem Tier ehrfürchtig in die weit aufgerissenen Augen, schwarz glänzende Kugeln, gespannte Lider, rote Blutgefäße, die Sekunde der Wahrheit – und er sticht zu.

Moritz und sie begannen mit einem leichten Traben.

Bald sollten sie die Koppel verlassen und alle Zäune niederreißen. Aber noch glaubten sie sich mehr im Zirkus als in der wilden Natur, ein kleines Kunststück, eine Inszenierung zur Unterhaltung, alles einstudiert, alles nur Schau. »Mehr ist beinah unmöglich«, schrieb sie. »Nicht genug«, antwortete er. »Ich muss dir an die Kehle. Oder ans Ohrläppchen«, tippte sie. »Jetzt geht's los«, er fragte sie, ob sie Lust habe, sich mit ihm zu treffen. Auch zu diesem Zeitpunkt wähnte sie sich noch als Puppenspielerin, als könnte sie sich und ihn und Leopold kontrollieren, sie schrieb die Dialoge, und er durfte sie sprechen. »Wem schreibst du denn die ganze Zeit?«, fragte Leopold, der ihr von hinten über die Schulter atmete. Theresa wurde ganz heiß. Ihr fiel nichts Besseres ein als: »Ähm, wieso, eh, ja, mir selbst. Was ich noch so machen muss.« Leopold atmete ihr weiter prüfend ins Gesicht, es war der Atem des Aufgeweckten, ein süßlicher Atem nach einem tiefen Schlaf. Sie überlegte, ob sie Moritz unter einem anderen Namen in ihr Handy speichern sollte. Unter Ute oder Gundula. Aber Leopold wusste, dass sie keine Ute oder Gundula kannte. Und es war ihr zu gefährlich, Moritz einen Namen ihrer Freundinnen zu geben. Sie könnte sich verwählen, vertippen, verraten. Für sie hieß er Moritz. Und nur wenn Moritz ihr schrieb, nur wenn sein Name auf dem Display erschien, nur dann gluckste sie.

Es war Nachmittag. Hocherfreut und hochmütig ging sie mit Moritz ein Eis essen. Es war ein altmodisches Treffen zwischen einem Jungen und einem Mädchen. Er holte sie ab, es klingelte unten an der Tür ihrer Wohngemeinschaft, sie ließ sich Zeit, wechselte noch einmal die Sonnenbrille und lief ihm entgegen, sie sah ihn, das war der Moment, dachte sie, eine Vorahnung. Sie wollte ihn genießen, aber es fiel ihr schwer, wie bei einer bezahlten Massage, weil sie sich sorgte, was die Masseurin dachte über das verwöhnte Mädchen, das sich von einer Frau kneten ließ und sich fragte, ob die Masseurin ihr auf den Po schaute und ihn bewertete, und weil sie Angst hatte, dass die Zeit ablief – aber wenigstens wusste man bei der gebuchten Massage vorher, dass sie nach 60 Minuten endete, im Gegensatz zur Liebe, bei der das Ende immer plötzlich kam wie ein Einbrecher.

Es war so sonnig, dass man die Luft treiben sehen konnte. Das Licht webte sich um ihre Körper. Sie aß Malaga und Waldmeister, eine grauenhafte Kombination, und er nahm zwei Kugeln Zitroneneis. »Wie monogam du Eis isst«, neckte sie ihn. »Ich mag Zitroneneis am liebsten. Wozu was anderes probieren?«, sagte er und schaute sie lange und angriffslustig an. Aber sie liebte alle Eissorten. Auch im Supermarkt kaufte sie stets verschiedene Joghurts, am liebsten neu und unbekannt, nur für kurze Zeit, nur jetzt, zum letzten Mal in dieser Saison: Eierlikör-Schokosplit, Apfelkuchen, Marzipan-Mohn, Crispy Balls, Winterzauber, Frühlingserwachen. Sie verbrachte Stunden vor den Kühlregalen, sie fror und zitterte, bis sie beim Aufschnitt angelangt war, schon der Quark in verschiedenen Fettstufen bereitete ihr Kopfzerbrechen, auch hier leuchtete ihr ein Überangebot an Futter mit den buntesten Etiketten entgegen, bio, mehr Zucker, weniger Zucker, Vitamin C, gesund für Zähne, leicht, fit&easy,

laktosefrei, glutenfrei, fettreduziert, jetzt noch mehr Fruchtstücke, verbesserte Rezeptur, intensiver im Geschmack, 20 Prozent mehr Inhalt.

Zu Hause öffnete sie alle Joghurts und löffelte sie an, dann stellte sie die halb vollen Becher wieder zurück in den Kühlschrank, und die Deckel schlugen Wellen. Die Joghurts verdarben, und sie musste alle wegwerfen.

Mit Moritz konnte sie Eis aus Waffeln essen wie in einem Film aus den Fünfzigerjahren, sie konnten sich aufziehen, immer wieder wie die Spieluhren, sich anstacheln und durch die Straßen schubsen. Man hätte sie filmen können, sie waren das Blockbusterpaar. Und dazu regnete es weiße Pollen von den Bäumen wie Federn, als wäre ein Flugzeug mit einem Bettenlager über der Stadt abgestürzt, ein Hühnerstall in die Luft geflogen. Sie standen im Frühlingsschnee, Frau Holle schüttelte die Daunen, und der Daumen schüttelte die Pflaumen, und Moritz schüttelte sie.

Er zeigte ihr die Aussichtsplattform, wo der Wind so stark wehte, dass ihre Haare flatterten wie Flaggen und in sein Gesicht flogen und sie beide nichts mehr sehen konnten, bis er sich ihre Haare aus dem Gesicht strich und dann aus ihrem Gesicht, es war eine winzige Berührung einer Strähne, die sich über ihr linkes Auge und über die Nasenflügel gelegt hatte. Sie fuhren mit dem Aufzug von der Aussichtsplattform hinunter und dann wieder hinauf, auf und ab, mindestens zehn Mal. Er führte sie über die Brücken der Stadt, über den eisernen Steg und an den Fluss, wo sie sich ans Mainufer setzten und die erste Weinschorle tranken, es war erst vier Uhr nachmittags und ein Donnerstag, aber am Anfang jeder Liebesgeschichte trinkt und lebt man wie in den Ferien. Die Ausnüchterung und die Ernüchterung ergriffen immer erst dann Besitz, wenn die Eroberung und das große Versprechen zu Tatsachen und Wirklichkeiten geschrumpft waren, zu einem Alltag, an dem sich das Trinken kaum mehr lohnte, und wenn, dann nur weil daraus ein Betrinken geworden war, um den Abstand zum Früher zu überbrücken.

Sie gingen in ein Einkaufszentrum, und er kaufte sich eine elektrische Zahnbürste, sie standen zwischen den Haushaltskleingeräten und alberten, sie bügelten sich die Kleidung und föhnten sich die Haare, sie drehte ihre Strähnen auf Lockenwickler, und sie kletterten auf Stehleitern und röhrten mit dem Mixer. Der Großmarkt mit seinem kalten Licht und der sauerstoffarmen Luft entpuppte sich als ihre Spielwiese. Sie entwischte ihm bei den Waschmaschinen und versteckte sich in Kühlschränken. Er kaufte noch eine DVD. Sie kaufte sich ein Verlängerungskabel.

Dann gingen sie in ein Sportgeschäft, sie probierte neue Laufschuhe, die sie Probe laufen musste. Sie joggte durch das Einkaufszentrum, und er sah ihr dabei zu und feuerte sie an. »Darf ich dich auch mal Probe laufen?«, fragte sie ihn. Aber das Gewöhnliche erschien ihr derart außerordentlich und ungewöhnlich, dass sie fortan nie wieder ohne einen Anflug von Sentimentalität einen Elektrogroßmarkt betreten konnte.

Es wurde spät, und sie setzten sich in ein Restaurant und tranken Wein und redeten unaufhörlich miteinander. Es war diese uneingeschränkte Neugier der ersten Begegnungen, das Anfangsadrenalin, das üblicherweise mit der Zeit verebbt. Sie liebte Gefühle. Aller Art. Sie beobachtete ängstlich den Pegel seines Glases, bei jedem Schluck drohte sich der Abschied anzubahnen, als würde er die Zeit austrinken, ihren Abend entleeren, gluck, fertig, zahlen bitte. Nicht zahlen, nicht austrinken, sie hoffte, er würde noch mehr bestellen. »Ich nehme noch einen Riesling«, sagte sie. »Wir können auch eine Flasche nehmen«, schlug er vor. Eine Flasche lang Zeit! Aber der Kellner war eifrig und schenkte dauernd nach, was sie nervös beobachtete, ihr Glas war doch beinah noch voll. Nur nippen, nur tröpfchenweise. Sie musste aufs Klo, die Blase bohrte sich ihr bereits in den Magen, aber sie fürchtete das Ende des Gesprächsflusses, das Ende des Weinflusses, man durfte jetzt nicht anhalten, mitten im Fallen. Irgendwann hielt sie es nicht mehr aus, sie saß krumm da und mit verbogenen Beinen, dass ihr alles Blut in den Kopf stieg. Sie entschuldigte sich und packte wie nebenbei ihre Handtasche, die sie mitnehmen wollte, um sich Lippenstift nachzuziehen und Rouge auf die Bäckchen zu tupfen, aber es durfte nicht zu lange dauern, sonst würde er denken, sie leide unter Durchfall oder einer anderen Verdauungsstörung. Das durfte er auf keinen Fall denken. Als sie wiederkam, roch sie, dass er frisches Eau de Cologne aufgetragen hatte, und sie freute sich, denn das bedeutete etwas, es kam ihr beinah lächerlich vor, wie eine erniedrigende Liebeserklärung seinerseits. Er wollte ihr gefallen.

Wer gefallen will und sich anstrengt, der gefällt meist nicht, der verstrickt sich in Prahlereien und aufgesetzten Geschichten, der bemüht sich mit dem Grinsegesicht eines Musical-Darstellers, der lässt schmeichelhafte Details wie unauffällig in das Gespräch purzeln. Das Gefallenwollen war offensichtlich, die Anbiederung erbärmlich. Sie gefiel immer denen, um die sie sich am wenigsten bemühte. Aber hier waren sie es beide, die sich zu parfümierten Affen mit roten Clownsbacken machten.

Die erste Flasche steckte bereits umgestülpt im Kühler. Durfte sie es wagen, noch eine zu bestellen? Alle Regeln sprachen dagegen. Den Mädchen, auch ihr, wurde seit Erlangen der sexuellen Reife abtrainiert, das zu tun und zu sagen, was sie wollten. Sie wurden darauf getrimmt, etwas abzulehnen, wonach sie sich eigentlich sehnten, immer durch mittelalterliche Diktate vom Ort ihres eigenen Verlangens verscheucht in einsame Betten und gezügelte Berechnung. Es war eine bescheuerte Welt, der sie nicht angehörte, nie hatte angehören wollen, vielleicht von Chauvinisten erschaffen, vielleicht auch von Weibsbildern, die aus Misserfolg in der Liebe und aus Missgunst ihre Verbote verkünden, vielleicht von der Kirche, die Abstinenz lehrt, vielleicht von den Eltern, die eine frühzeitige Schwangerschaft zu verhindern suchen. Sie glaubte nicht an Spielregeln, nach denen sich ein Mann gewinnen ließ, hatte sie doch schon oft genug das Gegenteil erlebt und mit Männern nicht geschlafen, die sie trotzdem nicht liebten, oder Männer sofort gewähren lassen, die sie trotzdem verehrt hatten. Sie hatte sich selbst immer alles gestattet, beinah alles, und war damit nicht mehr oder weniger gescheitert als ihre taktierenden Freundinnen. Durch Zieren und Widerstand wurde man auch nicht lebensweiser und man würde nach der Hingabe, dem ersten Nachgeben, der nackten Kapitulation sofort auf Desinteresse stoßen, weil der Gegner das Ziel erreicht hätte, wenn das einzige Ziel Sex wäre. So oder so. Wenn man sich mag, davon war Theresa überzeugt, gibt es keine gesellschaftlichen Gebote mehr. Dann schaffen die Liebenden ihre eigene Verfassung, einen Codex, der sogar Sex am ersten Abend oder zehn SMS am nächsten Tag erlaubt – ohne den prüfenden Blick des Salon-Staatsanwalts.

»Männer wollen immer einen Kamillentee als Freundin«, hatte Carlotta einmal zynisch über all ihre männlichen Freunde geklagt, die Langweilerinnen mit Inneneinrichtungsambitionen und Hutsammlung heirateten. »Das wollen sie nicht. Die meisten wollen überhaupt keinen Tee. Ein Freund meiner Eltern hat sich vor einigen Jahren für ein jüngeres Exemplar von seiner Frau getrennt, weil sie immer zu Hause hockte und Zeitschriften las. Also traf er sich mit einer jüngeren, sehr geselligen Frau, die auch gerne mal ein Glas zu viel trank. Er genoss ihre Unbeherrschtheit und Ungezogenheit, sie war frech und nicht artig. Aber irgendwann begann auch sie, ihm nachts noch Nudeln mit Speck und Eiern zu kochen, wenn er besoffen nach Hause kam, sie legte ihm Hemden aufs Bett und sortierte die Tabletten, die er morgens zu schlucken hatte, sie trug seine Abendessen in den Terminkalender ein. Nun hat er sie verlassen, weil sie ihm zu brav geworden ist. Männer wollen keinen Kamillentee zur Frau«, sagte Theresa. »Das sagst du nur, weil du kein Kamillentee bist.« Carlotta schien nicht vollkommen überzeugt. Heute aber musste Theresa kein Kamillentee sein, sie konnte so ungesund und unruhig sein, wie sie wollte, denn durch Leopold war sie ohnehin davor gefeit, solch antiken Vorgaben zu folgen: Sie lebte in einer Beziehung und war kein Bewohner dieser reglementierten Welt, der Welt des Kalküls und des Humbugs während der Phase der Eroberung. Für Moritz war sie – noch – unerreichbar.

Irgendwann forderte der Kellner sie höflich zum Gehen auf, das Restaurant müsse jetzt schließen. Und so zogen sie weiter auf eine Parkbank, nachdem sie eine Flasche Weißwein aus dem Keller seiner Eltern entwendet hatten und plauderten von ihrer Jugend und ihrer Kindheit. Jede Grundschullehrerin, jedes Abiturfach, die Entjungferung, die Tennisstunden, allem wurde mit ungeteilter Aufmerksamkeit gelauscht, mit dem Interesse, wie es Eltern nach der Geburt ihres Erstgeborenen an den Tag legen. Sie erzählten sich ihr Leben wie einen Sonntagsfilm. Sie waren Personen der Zeitgeschichte im großen Zeitungsinterview. Das Lieblings-Ich konnte vorgeführt werden und durch Reifen hüpfen wie ein Hund in einem Schönheitswettbewerb.

Um sechs Uhr morgens brachte er sie nach Hause, diesmal nicht zu Leopold, diese Neckerei war inzwischen überflüssig, aber sie blieb dennoch ungeküsst in der Tür stehen. »Werden wir uns jemals küssen?«, fragte sie, weil sie sich schon seit Stunden gefragt hatte, vielleicht sogar seit Tagen, und nun musste sie handeln und würde ohne Antwort nicht einschlafen können. »Noch nicht«, sagte er. »Vorher treffen wir uns noch ... mindestens ... fünf Mal.« Und plötzlich klang es, als habe das Experiment die Führung selbst übernommen, und sie sagte: »Ich wette dagegen. Weniger als fünf Mal.« Aber sie sollte verlieren. »Ich muss jetzt aufhören. Bevor ich das Gesicht verliere. Und nachher finde ich ein anderes Gesicht. Eine Fratze. Ich bin entstellt«, sagte sie im Hausflur und stand über ihm auf den Stufen. »Das geht gar nicht«, sagte er, »du hast ein Engelsgesicht.« »Ich habe ein Gesicht wie ein Hamster.« »Ein Hamster im Himmel«, säuselte er. »Ein toter Hamster?« Ein Nachbar kam ihnen von oben entgegen, und sie gluckston wie Kinder. »Gute Nacht, liebe Theresa.« »Ich werde gewinnen«, sagte sie. »Ich will vorspulen. Noch fünf Mal schlafen«, sagte er, als handele es sich um Weihnachten oder die großen Ferien in der Schule. Und sie bemühte sich, würdevoll die Treppen hinaufzuschreiten, während er ihr hinterhersah. Aber es war wieder einmal spät. Und der Wein hatte ihre Knie weich werden lassen.

»Kann ich drei Kugeln Theresa haben?«, schrieb er am nächsten Tag. Sie war jetzt wohl sein Lieblingseis. Und er war ihr Leibgericht.

»Wir haben gestern 16 Stunden am Stück miteinander verbracht«, antwortete sie. »Und ich habe jede einzelne genossen. Du bist der Frühling«, schrieb er, und sie fand es wenig originell, aber freute sich trotzdem. »Und du bist der Spätling! Das Experiment will nun die Macht an sich reißen und das Tempo bestimmen«, antwortete sie. »Jetzt sind wir wieder bei der Frage, wer eigentlich das Projekt ist und wer die Macht hat.«

»Ich habe alles preisgegeben, verprasst, ausgegeben! Inzwischen fühle ich mich verschuldet. Dispo überzogen.«

»Wir nehmen einen Kredit auf. Ich könnte meine Niere für uns verkaufen«, schrieb er.

»Oh ja. Wir verpfänden deine Niere. Da kommt jetzt ein Kuckuck drauf. Meine Organe sind nicht viel wert, vor allem die Leber ist wertlos.«

»Was willst du denn geben?«, fragte er.

»Bis gestern glaubte ich, nur du würdest geben. Ich glaubte, dich fest im Griff zu haben.«

»Und heute? Soll ich dir eine Flasche Wein mitbringen?«, fragte er.

»Ein Tropfen Moritz reicht mir schon«, antwortete sie.

Leopold war immer noch krank, und sie schämte sich, wie sehr sie sich darüber freute und dass sie ihn seit einer Woche nicht besucht hatte in seiner tageslichtlosen Zettelwelt. Sie fiel ihm in den Rücken. Aber man konnte sich eben nicht aussuchen, wohin man fiel, wenn man umfiel, so wie sie.

Von nun an nahmen die Dinge ihren Lauf. Ihr Labor war ihr Leben geworden oder umgekehrt. Das Experiment würde gedeihen, sich ihrer Aufsicht entziehen und wie eine wilde Pflanze die Fensterscheiben des Labors zum Bersten bringen, es würde wachsen, über das angelegte Gewächshaus hinaus, fleischfressend, lianenartig. Sie konnte es beim Klettern hören, das knackende Geräusch der Ausweitung der Kampfzone.

Und tatsächlich trafen sie sich noch fünf Mal. Einmal am Abend bei Freunden zum Spielen. Danach landeten sie wieder in einem Club und in noch einem und in einem dritten, sie zogen um die Häuser an der Leine ihrer Unermüdlichkeit. Alle anderen brachen weg, flogen raus wie bei dem Spiel »Reise nach Jerusalem«, und am Ende stand sie mit ihm allein im Dunst der Nebelmaschine. Es war zehn Uhr morgens, nicht einmal mehr früh. Der eine Tag war fließend in den anderen übergelaufen wie ein Eimer unter einem Wasserhahn, den niemand abdreht, es gab kein Gestern und keine Unterbrechungen mehr.

Draußen empfing sie eine sonnige Weite. »Wir sollten spazieren gehen«, sagte er. »Ja«, erwiderte sie, »ich will meine Wette gewinnen.« Er brachte sie wieder vor die Tür. »Ich gehe nur schnell hoch und dusche mich.« Auch er wollte kurz nach Hause, um sich umzuziehen. »Wir treffen uns gleich wieder.«

David und Franzi waren bereits wach und frühstückten auf dem Balkon. Hastig raste sie die Treppen hinauf, riss sich die Kleider vom Leib und setzte sich kurz auf ihre Bettkante, weil sie das Gleichgewicht nicht halten konnte. Das war das Letzte, was sie erinnerte. Der Körper besiegt immer den Willen.

Als sie vier Stunden später halbnackt und zusammengefaltet erwachte, hatte Moritz schon zweimal angerufen und eine Nachricht geschrieben. Sie war von heute Morgen – wie aus einer anderen Welt. »Ich warte hier unten auf dich. Aber du schläfst wohl schon. Guten Morgen, liebe Theresa!«, stand dort. Und ihr wurde schwindelig vom Lesen seines »Guten Morgen« – er hatte ihr noch nie einen Guten Morgen gewünscht. Und würde er das jemals wieder tun? Sie war hellwach und hellmütig. Aber sie mussten sich verstecken. Es war Sonntag, sie hatte einen Freund, zwei Mitbewohner, und die Straßen waren voller Feinde, den Augenpaaren von Bekannten. »Wir müssen vorsichtig sein«, sagte er. »Dabei tun wir ja gar nichts«, antwortete sie, gleichermaßen empört wie erleichtert über seine Sorge, die andeutete, dass ihr Treffen mehr war als eine Harmlosigkeit. »Wo können wir uns treffen?« »Jedenfalls nicht im Grüneburgpark. Dort, wo keiner langgeht«, schlug sie vor. »Wo geht denn keiner lang?« »An der Autobahn. Im Industriegebiet. Oder wir spazieren durch die U-Bahn-Schächte.« »Dort kann es ja auch schön sein!« »Wir sollten tatsächlich weg von hier.« Nun wurde es planmäßig, der Zufall war ausgeschaltet, keine Fahrlässigkeit mehr, unbedingter Vorsatz, absolute Absicht.

Sie gingen tatsächlich spazieren, doch der Mut des Rausches hatte Theresa verlassen, und sie konnte nicht mehr das sagen, was der Wein aus ihr herausgekitzelt hatte, auch wenn sie es noch fühlte. Sie saßen auf einer Bank in einem Park außerhalb der Stadt, auf den Niddawiesen, er hatte sie abgeholt, die Autotür aufgestoßen, und sie war hineingesprungen, beinah geduckt, und dann hatte er sie weggebracht in seinem Fluchtauto ohne verdunkelte Scheiben, aber mit quietschenden Reifen.

Nun neben ihm in der Nachmittagssonne verschluckte sie sich beinah an ihrer Sehnsucht nach ihm. Er war da, und doch vermisste sie ihn mit der Handlungsunfähigkeit einer Betäubten. »Ich bin später zum Abendessen eingeladen. Es gibt den ersten Spargel«, sagte sie und bereute, dass sie zugesagt hatte, fügte aber rasch und nervös hinzu: »Wollen wir uns danach wiedersehen?«

Sie fürchtete seine Antwort, er könnte müde sein oder ihrer überdrüssig, sie war unangemessen aufdringlich, aber sie konnte es sich leisten, weil sie einen Freund hatte, der sie vor der emotionalen Entlarvung schützte, der ihr Rettung böte, falls Moritz sie abweisen würde. Vergebene konnten sich mehr erlauben als Suchende, weil der Dritte – die Affäre, der Liebhaber – sich immer in Sicherheit wiegen konnte, ihm drohte keine Verbindlichkeit, keine Überrumpelung, keine Ernsthaftigkeit oder Verantwortung; der Dritte war stets nur Zusatz, für die Grundversorgung war der Freund zuständig. Sie hatte Leopolds Deckung, mit der sie sich unbemerkt an Moritz heranpirschen konnte, ohne dass er von ihren Forderungen etwas ahnte. Sie war nicht arbeitssuchend, und damit war er davon befreit, ihr ein Angebot zu unterbreiten, und sie war davon befreit, sich anzupreisen und zu bewerben. Männer haben weniger Angst vor vergebenen Frauen. Sonst sehen sie häufig in jedem zaghaften Annäherungsversuch die Aufforderung zu einem Liebesgeständnis oder Heiratsantrag.

»Wenn du da wieder wegkommst«, antwortete er. »Ich komme überall weg«, sagte sie. »Die Frage ist, ob du dort wegwillst.« »Ich will alles«, sagte sie und meinte es, und beide wussten nicht mehr, wovon sie sprachen, und der heiße Brei, um den sie herumredeten, schlug bereits Hitzebläschen und drohte ihnen bald als wabernde Masse ins Gesicht zu schwappen und zu spritzen. Blubb.

Sie konnte den Spargel kaum anrühren und rauchte, während ihre Freundinnen die Spargelköpfe von den Körpern trennten, gemächlich ein wenig Butter auf die Stangen gossen, dann saugend ein Stück nach dem anderen verzehrten und sich die Köpfe bis zum Schluss aufsparten. Theresas Vorfreude hatte den Siedepunkt erreicht, auch ihr Kopf und Körper waren getrennt voneinander, der Körper rannte wie ein enthauptetes Huhn dem Betrug entgegen, während ihr Kopf wusste, dass es nicht recht war, dass sie Leopold hätte besuchen und wenigstens sein Fieber messen müssen. Er lag noch mit hoher Temperatur im Bett und wollte sie nicht anstecken, obwohl sie vermutlich ohnehin bereits Antikörper gegen ihn entwickelt und sich anderswo infiziert hatte – mit dem Virus des Überdrusses.

Moritz und sie waren zur Spätvorstellung im Kino verabredet. Sie verabschiedete ihre Freundinnen um kurz nach zehn und nahm eine Flasche Wein mit.

Sie schlenderten durch die dunkle Sonntagabendstadt, in der sie sich verborgen wähnten. Aber schon an der ersten Ecke stießen sie auf die Eltern eines Freundes. Ihr Kopf war rot, er hielt die Weinflasche baumelnd in der Hand und versuchte, sie hinter seinem Oberschenkel zu verbergen. Kurze, unangenehme Plauderei, dann eine übereilte Verabschiedung: »Und grüß deine Eltern«, sagte das Ehepaar überschwänglich zu Moritz, und er nickte. »Wie ertappte Teenager!«, lachte sie befreit, als sie um die Ecke waren. »Das ist unser drittes Date an einem Tag. Irgendwann musste so was passieren.«

Mit dem Kuss aber hatte sie fest gerechnet, hatte den Wein ins Kino geschmuggelt, auf das Sinken der Hemmschwelle getrunken, dann aber wie gelähmt neben ihm gesessen. Und wenn sie ihn berührte, musste sie aufhören zu atmen. Der Film war sinnlich und ergreifend, aber brutal. Zweimal war sie vor Schreck zusammengezuckt und hatte sich an ihm festgehalten, halb aus Reflex, halb aus Unbeherrschtheit. Halb zog sie ihn, halb sank er hin! Im Film knallte es, und Blut strömte über die Leinwand. Aber etwas erschütterte sie noch mehr als das, was sie dort sah, etwas, das furchterregender und beängstigender war, etwas, das knallte und durch ihr Blut strömte, wenn sie Moritz berührte.

Sie hatte das Gefühl, er könnte ihr Schlucken hören. Und sie konzentrierte sich darauf, leise zu schlucken, das Schlucken zu unterdrücken, aber es war unmöglich, so wie man einen knurrenden Magen nicht zum Schweigen bringen kann ohne Nahrung. Speichel sammelte sich in ihrem Mund, sie klang wie ein Frosch, wenn sie ihn mühsam hinunterwürgte. Sie bekam Schluckauf und saß den Rest des Films angespannt atemlos neben ihm wie in einem Flugzeugsitz bei Turbolenzen.

Wieder standen sie vor ihrer Tür, wieder begleitete er sie in den Hausflur, und keiner wusste, wie viele Stufen er gehen durfte. Sie wollte nicht zu auffällig hinaufschleichen, er wollte nicht zu eifrig hinterherklettern. Und so nahmen sie jede Stufe wie mit einer Gehhilfe, krallten sich in das Geländer, der Weg nach oben wurde so lange gestreckt, bis nur noch ihre weiße, verschlossene Wohnungstür vor ihnen lag. Dort endeten die Dehnübungen, und sie wagte es nicht, die Stufen wieder zu ihm hinabzusteigen, und er kam nicht weiter hinauf, weil die schmale Brüstung ihm den Weg versperrte. Sie steckten fest. »Gute Nacht.« Rasch schloss sie die Tür auf und atmete aus.

Ihre Mitbewohner schliefen schon, die Wohnung war still und dunkel, aber sie war laut und hell. »Wärst du eben auch gern stehen geblieben?«, schrieb sie ihm zwei Minuten später. »Ja«, antwortete er. Es war beinah aufregender, über den Kuss zu sprechen, als ihn tatsächlich zu spüren. Der Kuss war die Zäsur, das Ende des Spiels, der Schalter am Stromkreis, der das Fragezeichen in einen Punkt verwandelte. Eigentlich ist Glücklichsein langweilig, dachte sie, es ist die Vorstufe zum Glück, die man ewig festhalten will. Sobald aus der Zukunft eine Gegenwart wird, erlöschen die ungewissen Vorstellungen, und die Wirklichkeit schiebt sich vor die Schöpfung, aber es ist der Entwurf, es sind die Überlegungen und Spinnereien, die das Gehirn anregen. Tatplanung ist für den Kopf, Tatausführung bloßes Handwerk.

Glück ohne Angst erschien ihr wertlos.

»Noch zwei Mal sehen«, schrieb er. »Ich möchte ja nur einmal von der verbotenen Frucht kosten«, erwiderte sie. »Und wenn du kostest und die Frucht schmeckt?« »Dann hat die Frucht ja ein Verfallsdatum«, antwortete sie, denn er hatte einen Job in Mumbai angenommen. Er war inzwischen fertig mit seinem Praktikum und den Bewerbungen und hatte viel Zeit für sie und viel Zeit für Dummheiten. »Wenn der Hunger überhandnimmt, sollte man eine leichte Zwischenmahlzeit einnehmen«, schrieb er. »Meine Zwischenmahlzeit ist zu weit weg.«

Immer hatte sie so lange gewartet, bis die geschlossene Tür die Tat verhinderte. Und sie ärgerte sich, dass sie so viele Gelegenheiten gehabt und alle hatte verstreichen lassen, immer in dem guten Glauben, dass sie ja noch Zeit hätten, aber die Zeit war hinterhältig, und nie gab es genug davon. Sie verschob den Moment wie ein Kind, das den Sprung vom Zehn-Meter-Turm nicht wagt und immer wieder hinaufklettert, die feuchten rutschigen Stufen, die Gänsehaut, die triefenden Haare – um dann würdelos wieder, mit dem Hintern zuerst, bibbernd, vom Turm hinabzusteigen, ein Geisterfahrer mit pöbelndem Gegenverkehr. Jedes Treffen mit ihm war unfertig geblieben, der Kuss hing in der Luft wie ein lange nachhallender Ton. Je tiefer der Ton, desto langsamer verklingt er. Grundgesetz der Physik.

Am nächsten Tag musste sie für ein Seminar einen Text vorbereiten. »Arbeite, damit ich dich nachher betrunken machen kann«, schrieb er. »Damit ich dich besser sehen kann. Damit ich dich besser fressen kann.« »Ich verschling dich.« »Du hast dich in mein Leben getrunken.« »Dann schütte mich nicht weg«, bat er.

Sie saß am Schreibtisch und trank alleine Rotwein mit glühender Unruhe, zappeligen Gliedern, anschwellenden Lustwellen, es war eine Form des Wachseins, die jegliche Aufmerksamkeit ausschloss. Ihr Text war miserabel, sie konnte die Buchstaben nicht entziffern, sie verfügte weder über Konzentration noch über Klarheit. Die Lust pochte in ihrem Kopf.

»Ich bin fertig«, schrieb sie um kurz vor Mitternacht. »Ich bin gleich vor deiner Tür«, schrieb Moritz. Er wohnte nicht weit von ihr, im Haus seiner Eltern, bevor er nach Mumbai ziehen würde. Sie taumelte rotweingetränkt aus der Wohnung, genoss jede Stufe, vier Stockwerke Vorglück. Es war das fünfte Treffen, seit sie die Wette abgeschlossen hatten. Sie hatte bereits verloren, und er kam siegessicher an den Strauch vor ihrer Tür geschlendert, hinter dem er sich fortan immer verstecken sollte, wenn er sie abholte. Sie öffnete die Haustür. Sie sprachen nicht. Er nahm einen Schritt auf sie zu und griff sie – »Bevor wir das alles totreden« – und küsste sie. »Endlich«, sagte sie.

Es waren lange Küsse in einer kurzen Nacht. Der Mond warf

Licht in sie hinein, durch sie hindurch, legte Schatten auf ihre Münder. Er war sehr weiß und ungeheuer oben. Und als sie aufsah, war er nimmer da. Moritz rollte die Augen, halb geöffnete Kugeln, wenn er sie küsste, so wie jemand, dem die Pupillen nach hinten kippen, weil er in Ohnmacht fällt. Seine Augen waren weiß wie der Mond.

Das Schönste am ersten Kuss ist seine Unvorhersehbarkeit. Eine Überraschung, die von jeder Bewegung ausgelöst werden kann, die bei jedem Treffen möglich ist, die in Sekunden wach werden, sich aber auch verpacken kann. Der Zeitpunkt ist ungewiss, Erwartung, Hoffnung, Hingabe, Frage. Der Kuss lauert auf seinen Moment.

Am nächsten Tag schrieb er ihr: »Ich habe die Wette gewonnen! Wie geht's dir? Was machst du? Seh ich dich heute? So viele Fragen. Theresa!« »Dieses war der erste Streich, doch der zweite folgt sogleich«, antwortete sie.

Sie gingen gemeinsam auf die Dippemess, einen Rummel außerhalb der Stadt. Er schoss ihr zwei Plastikrosen, sie konnte nicht einmal das Gewehr halten, sie konnte kaum sich selbst halten, sie war wie angeschossen, seine Kugel steckte tief in ihrer Brust, sie hatten sich zur Begrüßung nicht geküsst, und sie wartete auf den Zusammenstoß angespannt wie ein Fußballfan auf ein Tor. Sie gingen nebeneinander her, aus den Buden kamen Lustmelodien, und aus den Lautsprechern dröhnte: »Wollt ihr noch mehr? Extra Runde! Jetzt geht's ab. Ab. Ab.« Sie zupfte an einer rosafarbenen Zuckerwatte, die sie gemeinsam aßen. »Willst du ins Riesenrad oder in die Wildwasserbahn?«, fragte er. »Ich weiß nicht. Was willst du?« »Ich weiß auch nicht.« »Riesenrad ist vielleicht etwas kitschig«, sagte sie in der Hoffnung, dass er widersprach. »Wir lassen das Schicksal entscheiden. Ich tue in eine Hand die Plastikrose und in die andere nichts. Die Rose heißt Riesenrad.« Er versteckte die Hände hinter dem Rücken. »Links«, sagte sie entschlossen. Er holte die Rose hervor. »Riesenrad. Tja«, sagte er, als könne er nichts dafür. Als sie im Riesenrad saßen und Frankfurt sich ihnen zu Füßen legte, die Gondel vor und zurück schaukelte und plötzlich stehen blieb, ganz oben, am äußersten Punkt des Rades, da konnte sie nicht mehr an sich halten, beugte sich zu ihm vor und küsste ihn. Ihre Finger und ihre Münder klebten von der Zuckerwatte. Und aus der Ferne vibrierte es »Eeeendspurt!«, wo sich die Kabinen im allerkleinsten Kreise drehten und aus Punkten langsame Lichtspiralen wurden, bis die Kreisel zum Stillstand ausliefen.

Sie trafen sich nun mehrmals am Tag. Es war eine endlose Aneinanderreihung von Küssen. Manchmal gruselte sie sich beim Anblick seiner farblosen Augen, wenn er sie küsste.

Sie küssten sich im Auto vorne, im Auto hinten (wenn sie auf Parkplätzen hielten und auf die Rückbank kletterten), beim Minigolf (er besiegte sie haushoch, sie schoss die Bälle über das ganze Feld, aber erwischte nie den Looping oder die Wippe, während er präzise ansetzte und den Ball mit wenigen Schlägen in die grünen und gelben Löcher manövrierte, dann trug er liebevoll all ihre Versuche in eine Liste ein, und sie rief: »Das sind ja mehr Versuche als bis zu unserem ersten Kuss!«), auf dem Tretboot über den Main (er strampelte, und sie hielt dabei eine Proseccoflasche, die Scharniere der Pedale quietschten ungeölt, und der Widerstand des Wassers beugte sich der Muskelkraft seiner Beine), im Riesenrad (es war einfallslos, aber wundervoll), beim Versteckspielen zwischen den Straßenecken, bei Flüstereien im Hausflur, auf Fahrten über die Autobahn zu einer entfernten Wiese, das Gras noch feucht, Einbruch der Dunkelheit, es wurde kühl, es war April, aber sie hatten kein Zuhause und viel Zeit. Es waren heimatlose Küsse, nur er und sie, du und ich. Sie flüchteten vor den Augen der Welt und vor den Augen der Ernüchterung. Ihr Versteck erschien ihnen sicher. Aber sie irrten sich: Vor dem Ende der Verliebtheit war niemand sicher.

Ihr fiel das Gedicht von Bertolt Brecht ein:

Sieh jene Kraniche in großem Bogen!
Die Wolken, welche ihnen beigegeben
Zogen mit ihnen schon, als sie entflogen

Aus einem Leben in ein andres Leben.
In gleicher Höhe und mit gleicher Eile
Scheinen sie alle beide nur daneben.

Daß also keines länger hier verweile
Daß so der Kranich mit der Wolke teile
Den schönen Himmel, den sie kurz befliegen

Und keines andres sehe als das Wiegen
Des andern in dem Wind, den beide spüren
Die jetzt im Fluge beieinander liegen.

So mag der Wind sie in das Nichts entführen;
Wenn sie nur nicht vergehen und sich bleiben
So lange kann sie beide nichts berühren

So lange kann man sie von jedem Ort vertreiben
Wo Regen drohen oder Schüsse schallen.
So unter Sonn und Monds wenig verschiedenen Scheiben

Fliegen sie hin, einander ganz verfallen.

Wohin, ihr?
    Nirgendhin.

Von wem entfernt?
    Von allen.

Ihr fragt, wie lange sind sie schon beisammen?
Seit kurzem.
    Und wann werden sie sich trennen?
                                        Bald.
So scheint die Liebe Liebenden ein Halt.

Ihnen war eine kurze Weile geschenkt, ihre Masterarbeit und sein bevorstehender Berufseinstieg überließen ihnen die Tage, Frankfurt arbeitete emsig um sie herum, während sie die einzigen zu sein schienen, die sich an Wochentagen küssten, sie brauchten keine Feierabende, man hatte ihnen Freizeit gegeben, und Leopold hatte ihnen Freiheit gewährt, mit freundlicher Unterstützung eines Grippevirus. Die Heimlichkeit ernährte sie, doch irgendwann würden sie in ihren Verstecken verhungern und die Wucht der Verbannung zu spüren bekommen. Dann gesundete Leopold und begann, Theresa aufzulauern. »Er wird mir nicht auf die Schliche kommen«, beruhigte sie sich. »Ich muss an dem Master arbeiten«, versuchte sie ihn zu beruhigen. Aber sie ließ die Masterarbeit ebenso liegen wie ihn und widmete sich ihren täglichen Frühlingsausflügen mit Moritz.

Doch Leopold dachte, es gibt nichts Beunruhigenderes als Ruhe, und tauchte überall uneingeladen auf. »Welch eine Frechheit!«, dachte sie, »dass mein eigener Freund mich anruft«, und ließ es klingeln. Eigentlich klingelte das Telefon dauernd. Sie konnte nicht mit Moritz sein, weil es immerzu bimmelte und abends und an den Wochenenden ihre Mitbewohner zu Hause waren. Diese verdammten Mitbewohner! Sie mochten Leopold.

Einmal, als sie spät von einem Abend auf der Wiese kamen, auf der sie umschlungen herumgerollt waren, stiegen sie auf die Rückbank seines Autos und rissen sich raufend die Kleider vom Leib. Das Gras hing ihnen noch in den Haaren, und sie rochen nach Erde. Sie hatte sich schon durstig geküsst, aber aller Wein war leer getrunken, und sie wollte nicht gehen, nicht aufhören, niemals. Er parkte vor ihrer Tür. Er hatte eine Jeans an, nur sein Oberkörper war nackt, und sie spürte ihn ganz deutlich. Diese Gefräßigkeit, dieses verbotene Verlangen, das bisher Unberührte zu berühren, packte sie mit solch einer Wucht, dass er nicht einmal mehr dazu kam, die Jeans überhaupt auszuziehen. Sie hatte alles erreicht, absolut alles. Sie ließ von ihm ab. »Ich bin so durstig«, hauchte sie, »ich muss hoch.«

Sie ließ ihn auf der Rückbank zurück. Seit Langem hatte sie nicht mehr so erhaben geglüht. Sie konnte die Treppen hinaufhüpfen, springen, das Geländer umarmen, heißherzig, hurra.

Es war Freitagabend, nicht lange nachdem sie sich das erste Mal geküsst hatten, und sie saß mit Moritz und ein paar Freunden auf ihrem Balkon (sie waren ja alle irgendwie Freunde, und noch konnten sie für eine Weile verdeckt unter Menschen sein), ihre Mitbewohner waren übers Wochenende irgendwohin gefahren. Sie konnte sich nicht einmal erinnern, wohin. Alles, was sie gehört hatte, war, dass sie fort waren. Welch ein Segen! Heute würde er bei ihr übernachten können, zum allerersten Mal, und sie würde ihn endlich »Guten Morgen« sagen hören.

Aber auch Leopold wollte etwas sagen. So stand er abends vor ihrer Tür und klingelte. Unglücklicherweise war einer ihrer Gäste, Philipp, gerade in der Küche, um einen Wein zu holen, als Leopold draußen stand, und Philipp ließ ihn herein. Er konnte ja nicht wissen, dass sie ihre Nacht anderweitig verplant hatte.

»Dein Freund ist gerade gekommen«, sagte Philipp, als er mit einer Flasche in der Hand wieder den Balkon betrat. Entsetzen weckte ihr Herz, und es galoppierte aufgescheucht davon, weil die Angst ihm dicht auf den Fersen war. Mein Herz muss ins Fitnessstudio, dachte sie, es gerät zu schnell aus der Puste. Sie fürchtete sich nicht vor Leopold, sondern davor, dass er ihr die Nacht stehlen würde, falls Moritz sich zurückzöge.

Und schon stand Leopold im Türrahmen, er sah verlegen aus. So wie jemand, der in der Schule beim Schummeln erwischt wird. »Hallo«, sagte er verdutzt, als habe er so eine große Runde nicht erwartet. Aber alle schienen sich zu freuen. Sie saßen da, als ob nichts wäre, und tranken Wein und Wodka, und irgendwann gingen sie alle gemeinsam aus dem Haus, zum Tanzen. Auch Moritz und sie mussten wohl oder übel zur Tarnung mit, sie konnten ja schlecht allein in ihrer Wohnung bleiben. Schon auf dem Weg zur Party wich Leopold nicht von ihrer Seite und redete auf sie ein, er wollte sie küssen, aber sie zog den Kopf weg, heute Nachmittag noch hatte sie Moritz geküsst, und sie hatte Angst, dass er es riechen würde wie die Fahne eines Alkoholikers.

Leopold ließ sie den ganzen Abend nicht aus den Augen. »Lass mich«, bat sie ihn, aber er wühlte sich durch ihre Begegnungen, lauschte ihren Gesprächen, presste sie an sich, suchte ihre Küsse, schmatzte ihr feucht auf die Wange, stand an der Tanzfläche wie ein Bodyguard, zog und zerrte und rumpelte und pöbelte und trank. »Diese Beziehung ist vernarbt. Ich möchte das nicht jetzt regeln und auch nicht betrunken.« Aber Leopold war besessen. Sie konnte kaum bei Moritz stehen. »Er schaut rüber«, sagte der gewissenhaft und deutete mit einer Kopfbewegung auf Leopold, »du musst weiter.« Aber sie wollte nicht, war übermütig und trotzig und wehrte sich gegen das vorsichtige Weiterschieben von Moritz, wie bei einer Evakuierung. »Du Dynamitfischerin«, sagte er. Im Treiben nahm sie seine Hand und sagte: »Geh nicht ohne mich.« »Ich bleibe«, er drückte ihre Hand, »ich bleibe, solange du willst.«

Er hatte es versprochen, und das beruhigte sie. Manchmal streifte sie ihn, an der Bar, auf dem Weg zum Klo, und immer wieder nickte er ihr zu. »Ich sitze das aus«, sagte er mit dem schweren Ton eines zu einer langen Freiheitsstrafe Verurteilten. Aber Leopold war robust und zäh und hatte Zeit. Es wurde früh, es war hell, es gelang ihr nicht, ihn abzuwimmeln. Also ließ sie schweren Herzens Moritz vorerst stehen, verabredete sich aber mit ihm für später, sobald sie Leopold abgeschüttelt haben sollte. Sie würde Moritz mit dem Handy ein Zeichen geben.

Leopold folgte ihr nach Hause und stand vor der Tür, die eigentlich Moritz und sie hinter sich verschwinden lassen sollte, die Tür sollte sie verschlucken wie ein Schlund. »Ich muss heute Nacht alleine sein«, erklärte sie. Und nach einer kreisenden Diskussion (Wie kannst du mir das antun? – Das bringt jetzt nichts, Leo! – Bitte stoß mich nicht weg! – Ich flehe dich an: Geh!) ließ er von ihr ab. Sie war kaum im Hausflur, da schrieb sie Moritz: Komm! Moritz klingelte wenig später, nachdem er um das Haus herumgegeistert und auf ihr Zeichen gewartet hatte. Er war Leopold sogar in einer ihrer Nebenstraßen begegnet, am Kiosk. Der hatte sich ein paar Bierflaschen gekauft und Moritz sich ein Wasser. Die beiden hatten sich gegrüßt, und Moritz war verschreckt zu ihr geschlichen.

Sie verschlangen sich schon im Treppenhaus, sie fielen übereinander her wie zwei zum Tode Verurteilte in der letzten Stunde, sie waren so froh, sich endlich zu halten, so erleichtert, aber zu betäubt und erschöpft, um sich noch wahrhaftig zu spüren. Sie lagen nackt aufeinander, vor Erschöpfung kam ihnen das Verlangen wie etwas Unwirkliches vor, aber ihre Haut war weich und ihre Arme und Beine schwer, der Schädel pochte. Ein letzter Kraftakt vor dem Zusammenbruch, ein Zucken in den letzten Minuten der langen Reise einer Nacht. Es war – wie immer – spät.

Als sie sich stumm auf seiner beinah haarlosen Brust ablegte, klingelte ihr Telefon. Es klingelte von nun an immerfort, 27 Anrufe in Abwesenheit. 28. 29. Es klingelte auch an der Tür, erst unten an der Haustür, dann irgendwann oben an der Wohnungstür. Leopold hämmerte gegen das Holz, und Moritz streichelte ihr über den Arm: »Hab keine Angst. Er kann hier niemals reinkommen.« Sie schlich an die Tür, völlig tonlos, um durch den Türspion zu linsen, doch Leopold hatte ein Kaugummi an den Spion geklebt.

Irgendwann wurde es still, und sie begann zu dösen. In der fahlen Ruhe hörte sie plötzlich ein Klopfen an eine Glasscheibe, das nicht fern war. Sie schreckte hoch, spürte Raserei in ihrem Kopf, in ihrem Körper, die Grellheit des Tages durch die lichtdurchlässigen Vorhänge. »Was ist das?«, fragte sie wirr. Sie wusste nicht, ob sie träumte oder wach war. Es hätte auch Fieber sein können oder eine Halluzination. Wieder pochte es an eine

Scheibe. »Da ist wirklich was«, sagte sie und rollte sich von Moritz herunter. Er stöhnte und wachte endlich auf. »Mh?« Sie stand auf und schwankte ins Wohnzimmer. Und dort erstarrte sie, denn vor ihr stand Leopold.

Er war von ihr nur durch die transparente Scheibe der Balkontür getrennt, wie ein vom Teufel Verfolgter. Nun musste sie handeln, und plötzlich wurde ihr übermüdeter und weingetränkter Kopf ganz klar. Geistesgegenwärtig rannte sie zurück in ihr Zimmer. »Steh auf, los. Geh in Davids Zimmer«, hechelte sie Moritz entgegen, warf seinen Pullover hinter das Bett und stopfte seine Turnschuhe in den Mülleimer. »Er hat dich gesehen heute. Er hat gesehen, was du anhattest.« Moritz sprang auf und huschte in Davids Zimmer.

Sie ging zurück ins Wohnzimmer, war diesmal vorbereitet auf die Fratze, die ihr stumm durch die Scheibe entgegenschrie. Leopolds Mund zuckte, die Lippen vibrierten, es sah beinah aus, als fletschte er die Zähne. Sie öffnete die Tür und ließ ihn herein. Was hätte sie auch tun sollen? Er könnte unmöglich wieder vom Balkon herunterkommen, jedenfalls nicht lebendig. Er fiel ins Wohnzimmer, die bordeauxrote Hose war beim Klettern hinten gerissen, und die Naht klaffte auseinander.

»Wie bist du da raufgekommen?«, fragte sie ganz sachlich, wie bei einer polizeilichen Vernehmung. »Bin hochgeklettert.« »Du bist in den vierten Stock geklettert?«, fragte sie aufgebracht. »Es war ganz einfach«, sagte er eisern. »Du hättest herunterfallen und tot sein können! Oder gelähmt! Für immer. Lebenslang. Wie bitte hätte ich deinen Eltern morgen erklären sollen, dass ihr Sohn im Rollstuhl sitzt, weil er an der Außenwand meines Hauses hochgeklettert ist und sich im Vollsuff übermütig für eine Eidechse gehalten hat!« Seine Unerschrockenheit überwältigte sie. »Du hättest ihnen sagen können, dass du eine miese Freundin bist, die nicht ans Telefon geht«, keuchte er spuckend, rempelte sie zur Seite und stürzte in ihr Zimmer. »Was willst du denn?«, fragte sie und lief ihm hinterher. Dort lag die Uhr von Moritz auf ihrem Schreibtisch, die sie zügig mit einer Handbewegung in den Papierkorb wischte, wo sie unter ein paar Zetteln verschwand.

»Ich wollte nur etwas überprüfen«, sagte er geheimnisvoll, verschränkte detektivisch die Arme und schien beinah enttäuscht darüber, ein leeres Bett vorzufinden. »Du hast mich zu Tode erschreckt, Leopold«, sagte sie sanft und zog ihn zu sich auf die Bettkante. »Das tut mir leid. Das habe ich nicht gewollt. Ich wollte nur. Ich wollte. Ich musste was nachsehen«, stammelte er. Er war sehr betrunken. »Ist schon gut. Bitte geh jetzt. Du machst mir ein wenig Angst.« Dabei streichelte sie seine Hand und dachte: Jetzt bloß nichts falsch machen. Jetzt bloß nicht leichtfertig sein oder übermütig. Nur raus hier. Er muss raus. So schnell wie möglich.

Sie fürchtete, er könnte ihre Panik bemerken. Aber er war zu berauscht, zu sehr mit sich und seiner fixen Idee beschäftigt, um sie überhaupt wahrzunehmen. Er machte eckige, unkontrollierte Bewegungen mit seinem Kopf und schien sich etwas zu überlegen. Sie schob ihn vorsichtig Richtung Tür, über den nicht enden wollenden Flur, beide Arme um ihn gewickelt, aber sie wusste, dass er stärker war. Und wenn er wollte, könnte er sich einfach losreißen und alles finden, was es zu finden gab, sie einfach über den Haufen rennen, in Davids Zimmer stolpern, und da würde Moritz stehen, halbnackt und verlegen, und Leopold würde sich auf ihn stürzen, blutrünstig und brutal, vielleicht würde es Leichen geben oder Schwerverletzte, vielleicht würde sie zum Messer greifen, um sich zu schützen, sie wusste, wo die Messer im Pflock in der Küche steckten, sie waren nicht geschliffen, aber David hatte ein großes, spitzes Fleischmesser. Die Situation konnte eskalieren wie in einem grausamen Eifersuchtsdrama aus der BILD-Zeitung, sie sah bereits hinter ihrem Namen ein Kreuz stehen, und die Öffentlichkeit würde womöglich ihm recht geben, ja, sie hatte es nicht anders verdient, die entmenschte Betrügerin.

Sie musste jetzt ganz vorsichtig sein. Sie kannte Leopold, sie wusste, dass er gut und lieb war, aber der Wahn hatte von ihm Besitz ergriffen und sich eingenistet, peitschte fremde Gesichter aus ihm heraus wie ein Zauberer Hasen aus einem Hut. Sie führte ihn, geleitete ihn zum Ausgang, es war ein Drahtseilakt, beinah ein Kunststück, sie musste behutsam sein, jetzt bloß keine falsche Bewegung. »Du hättest stürzen können«, sagte sie noch einmal nachdrücklich. Es wäre ein Absturz in den Tod gewesen, jedenfalls aber in den Skandal, so etwas könnte zu einer großen Lähmung führen, bei allen Beteiligten. Und dann fiel ihr ein, dass er Jäger war und ein Gewehr besaß und sie abknallen könnte. Wie lange würde es noch dauern, bis er mit geladener Waffe an ihrem Fenster hinge! Er hatte nichts mehr zu verlieren, die BILD-Zeitung war voller solcher Eifersuchtsdramen – und warum sollte es immer nur die anderen treffen? Und wieder dachte sie an das Gedicht von Brecht: Wo Regen drohen oder Schüsse schallen! »Es tut mir wirklich leid. Theresa. Ich wollte dich doch nicht … hattest du wirklich Angst? Das habe ich nicht gewollt. Ich hab nur … ich dachte. Ich wollte. Ach!« »Versprich mir, dass du jetzt nach Hause gehst, ja? Leg dich hin. Schlaf deinen Rausch aus. Wir reden morgen. So hat das alles keinen Sinn. Bitte.« »Ich wollte nur etwas nachsehen.«

Er schaute auf Davids verschlossene Zimmertür und schwenkte dann den Blick zu Franzis Zimmertür, als würde er etwas aushecken, als stünde er vor zwei Toren und hinter einem wäre der Abgrund und hinter dem anderen das Paradies. Und sie schob ihn sacht aus der Wohnung, hinaus auf den Flur, und da stand er noch lange, aber sie schloss behutsam die Tür und musste sich übergeben.

An diesem Morgen träumte sie, dass ein maskierter Mann in ihre Wohnung kommt und ihr im Flur in den Kopf schießt, sie lehnt sitzend an der Wand, sieht ihr eigenes Blut aus dem Gehirn laufen und denkt: »Scheiße, jetzt ist es passiert – und dies ist kein Traum.« Als sie aufwachte, fasste sie sich erschrocken an den

Kopf und war erleichtert, als sie kein Schussloch fühlte, kein Blut am Finger, nur ein wenig Schmerz drückte gegen ihre Stirn, und dann sah sie Moritz bleich in ihrem Bett liegen, mit im Schlaf bebenden Nasenflügeln, und sie glaubte, nun sei Frieden.

Leopold aber dachte: »Nein, das muss draußen herrlich sein!«, und weigerte sich, ihre Haustür aus den Augen zu lassen. Er setzte sich mit einem Stuhl vor ihren Hauseingang und trank sein Bier aus. Und er hatte viel Bier. Er campte dort wie ein fanatischer Anhänger eines Filmstars, und sie hatte sich drinnen verschanzt und wagte nicht, ans Fenster zu gehen. Er schrieb ihr von unten Nachrichten, bedrohte und beschimpfte sie: »Du gehörst gekreuzigt!« »Ich schlitze dir dein verlogenes Gesicht auf!« Dann wieder wechselte er die Taktik und bettelte verzweifelt: »Warum tust du mir das an?« Moritz und sie konnten das Haus den ganzen Tag nicht verlassen, sie hielten sich verborgen wie in einer Festung und bestellten Sushi zum Frühstück um fünf Uhr nachmittags. Sie hatte den Kopf auf seinen Schoß gelegt, er kraulte ihr durch die Haare. »Ich muss dir was beichten. Weißt du, als wir auf dem Rummel waren«, sagte er, »da hättest du links oder rechts sagen können, es wäre so oder so das Riesenrad rausgekommen. Ich hatte die Plastikrose zwischen beiden Händen.«

»Ich weiß.« Sie schlief auf seinem Schoß ein. Dies war einer der wenigen Momente, an denen sie ganz für sich und ganz glücklich waren.

Theresa schob das Gespräch mit Leopold vor sich her, feige, zaudernd. Moritz befahl ihr nichts, und für den Moment schien alles so am besten, in der vagen Vielfalt, die alles noch bereithielt, zurückgelegte Ware, reservierte Liegen, Segen und Fluch der Unentschlossenheit.

Ein paar Tage später sollte Moritz abends zu ihr kommen, und sie schrieb ihm freudig, dass ihr Mitbewohner David bereits im Bett sei und schlafe und ihre Mitbewohnerin Franzi ein Abendessen mit Kollegen habe. »Komm schnell. Ich schmuggle dich herein«, sagte sie.

Er war gerade auf dem Weg, hatte natürlich nicht unten geklingelt, um David nicht zu wecken, sondern auf dem Handy angerufen, als er da war. Sie hatte ihm eilig die Haustür aufgemacht über die Fernsprechanlage und hörte bereits seine Schritte im Treppenhaus, da öffnete sich Davids Zimmertür, und er tapste gähnend ins Bad, um sich die Zähne zu putzen. Während er schrubbte, stand er mit offener Badezimmertür neben ihr auf dem Flur und scherzte freundschaftlich. Aber David war auch mit Leopold befreundet.

»Du kannst nicht rein«, tippte sie hektisch in ihr Handy, »David steht vor der Tür.« Und Moritz wartete im Hausflur vor ihrer Wohnung im obersten Stock, als er plötzlich unten die Haustür aufgehen hörte. Franzi kam die Treppen hoch, also entschloss er sich, die Treppen hinunterzugehen, als wäre er auf dem Heimweg. Sie trafen sich im zweiten Stock, grüßten sich, sprachen kurz, und er sagte scheinheilig: »Gute Nacht.« Franzi schloss die Tür auf. David und sie kicherten im Flur. »Was lacht ihr so?«, fragte Franzi. »Ich hab grad noch euren Besuch getroffen.« Theresa erstarrte. »Welchen Besuch?«, fragte David grinsend mit weißem Zahnpastaschaum um den Mund. »Na den, der grad hier war«, sagte Franzi verständnislos und legte die Tasche auf der Kommode im Eingang ab. »Hier war keiner«, sagte David. Theresa errötete und bedeutete Franzi, dass sie nicht weitersprechen solle. Franzi schaute verdutzt: »Verarscht ihr mich?«, und Theresa lenkte ab: »Und wie! Wir haben doch keine Freunde! Nur imaginäre!« David gurgelte und spuckte das Zahnputzwasser ins Waschbecken. »Gute Nacht«, sagte er. Bald ging auch Franzi ins Bett, und Theresa wartete, bis es ganz ruhig war. »Jetzt kannst du kommen«, flüsterte sie ins Telefon, und Moritz schlich durch die Wohnung wie ein Einbrecher. »Ich kann ja nicht einmal nachts aufs Klo gehen«, sagte er.

Es ist unmöglich – sagt die Erfahrung. Als sie ein paar Tage darauf spät abends vom Tretbootfahren nach Hause kamen, ging sie in die Wohnung vor, um zu prüfen, ob die Luft rein wäre. Moritz wartete unten. Franzi war übers Wochenende bei ihrem Freund in Wien, aber David stellte ein Hindernis dar. Er saß weintrinkend mit einem Freund im Wohnzimmer, als sie hereinschlich und sich umschaute, als sei die Wohnung nicht ihr Zuhause. »Hallo?«, fragte sie vorsichtig. »Theresiiii!«, rief David ihr entgegen. »Komm her. Es gibt guten Rotwein.« Auf dem Tisch standen schon zwei leere Flaschen, und die dritte war bereits angebrochen. »Leo war eben hier«, sagte David, während er einschenkte. »Hat ein Glas mit uns getrunken. Und dich gesucht.« »Und wo ist er jetzt?«, fragte sie ängstlich. »Keine Ahnung, der wollte noch mal wiederkommen, später. Aber er war ziemlich angetrunken.« David hielt ihr den Rotwein hin. »Er wirkte ziemlich verdreht. Was machst du nur mit den Männern, Resiresi?« Sie sagte hastig, sie müsse los, und ließ den Wein unangerührt stehen.

Moritz hatte sich in der Einfahrt einer Tiefgarage um die Ecke versteckt und wartete. »Wir können heut nicht zu mir«, sagte sie. »Und leider auch nicht zu meinen Eltern. Meine Mutter kommt manchmal morgens hoch«, sagte er. Seine Eltern kannten sie als Leopolds Freundin. Beschissene Wohnungslosigkeit, Auslandsjob, Mumbai, Leopold, Freundschaft, Mitbewohner, Misstrauen, dachte sie. Alles spricht gegen uns. Sie verbrachten ihre erste Nacht im Hotel.

Manchmal küsste sie ihn auf der Straße überfallartig oder schlang die Arme um ihn, und dann wies er sie zurecht wie ein Polizeibeamter einen Demonstranten: »Das ist zu gefährlich, Theresa.« Aber sie war ein unartiges kleines Mädchen und zupfte an seiner Hand wie an der bockigen Saite einer Gitarre, die keinen Ton hervorbringen wollte.

Einmal hatte er sie mit dem Auto von der Bibliothek abgeholt, sie waren ausgestiegen und zum Kiosk gelaufen, um sich ein Eis am Stiel zu kaufen. Als sie die Straße nebeneinander herschlenderten, entdeckte sie plötzlich David, der um die Ecke getrottet kam. »Achtung. Da ist David!«, rief sie erschrocken und schubste Moritz kurzerhand mit beiden Armen vom Bürgersteig ins Gebüsch. Moritz strampelte in dem an der Straßenseite wachsenden Buchsbaum wie ein auf den Rücken gefallener Käfer, aber David kam auf sie zu und hatte ihn längst gesehen.

David war besitzergreifend und hielt Moritz für einen Scharlatan.

Abends traf sie David auf einer Party wieder, sie hatte bereits mit Moritz Küsse auf dem Klo getauscht, und nun taten sie wieder so, als wären sie Bekannte, deren Wege sich zufällig kreuzten, sie sahen sich allwissend an wie zwei Komplizen. David setzte sich zu ihr und fuchtelte mit seinem schwappenden Gin Tonic vor ihrem Gesicht herum, dann schaute er ihr tief in die Augen und verkündete, mit einem Gewitter in der Stimme, während er mit dem Finger auf den an der Bar lehnenden Moritz zeigte: »Wenn der dich bumst, bring ich ihn um.«

Damals begann sie zu ahnen, dass auf dieser Verbindung kein Segen lag. Aber sie konnte nicht aufhören mit der Sünde, die ihr wie eine Idylle vorkam.

Wohin, ihr? Nirgendhin. Sie wusste sowieso, dass der Ausflug bald ein Ende nehmen sollte, denn Moritz hatte den Vertrag mit Mumbai nun tatsächlich unterzeichnet, auch wenn sie noch glaubte, er könnte durch irgendeinen Zufall, einen Zufall namens Theresa, hierbleiben. Aber in Wahrheit konnte man ihn jede Minute abkommandieren und verfrachten, er stand Gewehr bei Fuß. Das hatte sie von Anfang an gewusst. Vielleicht war sie deshalb so verrückt nach ihm, die Unmöglichkeit, ihn zu behalten, machte ihn so unendlich attraktiv. Und sie hatte ja auch nur kosten wollen von der verbotenen Frucht, er sollte ihr Amuse-Bouche sein, ein Gruß aus der Küche.

Und dann Lebewohl, Adieu nach Mumbai, aber wo blieb der Kellner, der den Teller abräumte? Der Kellner brachte mehr und mehr Platten, die Früchte türmten sich auf ihrem Tisch und purzelten zu Boden.

Und wenn er fort wäre, so war ihr Plan, würde sie zurückkehren zu Leopold, um Gnade bitten, denn sie wusste, dass er sie liebte. Und sie glaubte, dass es ein Zurück gab.

Aber vorerst musste sie Leopold verlassen. Und das tat sie. Sie traf sich mit ihm zu einem Spaziergang, gleich in der nächsten Woche, man musste ja fair sein. Aber es war nicht das Gewissen, das sie gerufen hatte, sondern der Teufel mit der schrillen Stimme eines alten Weibes: Sie wollte mit Moritz ungestört sein, und dafür musste sie Leopold abwerfen wie Müll aus dem Autofenster, mitten in der Fahrt auf der Autobahn, nur, um ihn dann später zu recyceln. Leopold versperrte den Weg wie ein Bauzaun, er war das aufgerissene Loch in der Erde über dem Wasserrohr, das sie von Moritz trennte. Später, wenn ein Gulli über den Schutt gelegt werden sollte, würde sie die Beziehung wiederverwerten, weil sie nicht loslassen konnte von seinen schützenden Armen, von dem Ausmaß seiner Liebe zu ihr, weil sie befürchtete, nie wieder so geliebt zu werden, weil ihr seine Zuneigung unheimlich und unerklärlich war, weil sie ihren gemeinsamen Anfang nicht für immer entsorgen konnte, verraten wie einen enthüllten Zaubertrick, sein »Verlieb dich in mich« und seine Heldentaten, weil Moritz sowieso fortging und sie das Alleinsein kaum ertragen konnte. Weil sie nicht werden wollte wie ihre Single-Freundinnen, die darauf lauerten, eine weitere ihresgleichen zurückzugewinnen, die bei keiner Trennung empathisch mittrauerten, sondern in Wahrheit erleichtert waren, dass sich ihre Kummergruppe vermehrte, die auf Hochzeiten zynische Bemerkungen fallen ließen und sich in jeden Blickkontakt mit einem Kellner oder einem Kerl in der Sauna des Fitnessstudios hineinsteigerten, die ratlos auf Nachrichten warteten, in Bars wie angepriesene Ware posierten, die einen Kloß im Hals trugen, wenn der Schwarm wieder einmal vor ihnen nach Hause ging, die Sätze sagten wie: »Ich kann mich einfach nicht verlieben«, oder »Ich habe soo viel zu tun – ich hätte gar keine Zeit für eine Beziehung«, nur um die Unfreiwilligkeit als Willensentschluss zu verkaufen. Bloß nicht verzweifelt wirken, hieß die Parole, auf Hochzeiten authentisch lächeln, irgendwo einen Freund auftreiben, damit die Männer keine Angst bekamen, bloß als Alibi, bis ein Besserer daherkäme, meinetwegen auch weit weg, im Ausland irgendwo, ohne Einreisegenehmigung, aber zum Schmücken des Egos, als Aufwertung des Lebenslaufs, des Liebeslaufs.

Ebensowenig wollte sie eines von diesen Paarmädchen sein, die ihre Individualität für einen Mann in den Kochtopf warfen wie einen toten Hummer, die nur dann Zeit für ihre Freundinnen aufbringen konnten, wenn sowieso Champions League im Fernsehen lief, die sich ein sanftmütiges und genormtes Leben erträumten, DIN A5, hübsch anzuschauen wie ein Laura-Ashley-Kissenbezug, dank der Gesellschaftsgehirnwäsche. Sie, Theresa, wollte eigentlich nichts davon, aber auch nichts anderes, sie wollte nur mehr, mehr als das.

Leopold trug ein vergilbtweißes T-Shirt, das nach altem Handtuch roch und unterhalb der Brust bekleckert war. Es war ein milder, geräuschloser Sonntag, keine Autos auf den Straßen, sie saßen auf einer Mauer, Kinderwagen wurden an ihnen vorbeigeschoben, und kleine pinkfarbene Fahrräder klingelten über die Bürgersteige. Plötzlich schlenderte Moritz an ihnen vorbei, die Hände in der Jeans, nickte ihnen einen Gruß zu und verschwand in den Park. Die beiden lebten inzwischen in einer Art Koexistenz, und sie fragte sich besorgt, ob Moritz überhaupt bei ihr bleiben würde, wenn Leopold wegbräche. Moritz hatte sie nicht gebeten, Leopold zu verlassen, vielleicht hätte sie bei Leopold bleiben sollen, um Moritz zu halten, vielleicht liebte er es, die Art Mann zu sein, mit dem ein Mädchen einen anderen Mann betrügt? Sie hatten einander stets nur in Bezug auf Leopold definiert, sie waren die Affäre und das Geheimnis, nur ein Wetterleuchten, der Widerschein von Blitzen, die niemand sah. Vielleicht bloß heiße Luft. Heiße Luft, die sich explosionsartig ausdehnt, wodurch der Knall des Donners hervorgerufen wird. Aber der Schall war langsamer als das Licht und würde sie erst später einholen – noch war das Gewitter weit genug entfernt.

»Es ist vorbei, oder?«, fragte Leopold. »Ja«, sagte sie, und ihre Beine baumelten von der Mauer, sein Fleck auf dem Shirt tanzte vor ihr auf und ab, der Farbe nach musste es sich um Kaffee handeln. »Ich bin auch selbst schuld.« Leopold klang das erste Mal seit Langem einsichtig. »Wir sind nicht mehr gut füreinander«, sagte sie tröstend. »Ich bin für niemanden mehr gut«, sagte er beinah zu sich selbst und fuhr fort: »Ich bin unbrauchbar.« »Vielleicht sollten wir mal eine Weile Abstand voneinander nehmen«, schlug Theresa vor. Er ballte die Faust wie ein Krieger und verkündete gewichtig: »Leb wohl.«

Sie sah, wie er und sein fleckiges Hemd sich von ihr abwandten, und schüttelte verständnislos den Kopf. Wie konnte es ihm so gleichgültig sein, dass er ihr bekleckert zum letzten Mal gegenübertrat, wie konnte er glauben, dass sie ihn zurückhalten würde, wenn er aussah wie eine benutzte Tischdecke nach einem Kindergeburtstag, war er so selbstsicher, dass er annahm, er könne sie so halten, oder war er inzwischen so verblendet, dass er die Verwahrlosung dieser Beziehung und seiner selbst nicht einmal mehr bemerkte? Sie blieb auf der Mauer sitzen und schaute ihm nach. Sie fühlte sich, als habe man ihr fünf Kilogramm Fett abgesaugt, als habe sie sich nach Wochen der Übelkeit endlich übergeben können. Als sie von der Mauer absprang wie von einem Pferd, rief sie Moritz an. »Bist du noch im Park?«, fragte sie. »Ich bin gleich bei dir«, sagte er und holte sie dort ab, wo sie eben noch gesessen hatte – mit einem anderen. Doch inzwischen stand sie und war überglücklich, ihn zu sehen. Sein volles Haar duftete nach schaumigem Shampoo. Sein Hals roch wie ein Fass Marmelade. Man hätte Pudding aus seinem Duft machen können, sie hätte ihn ausgelöffelt. »Hallo«, sagte sie. »Hallo«, sagte er. »Ich hab's getan«, sagte sie. »Gut«, sagte er. Aber sie konnten sich nicht küssen. »Lass uns irgendwo hinfahren.« Sie fuhren mit dem Wagen nach Höchst, auf der Autofahrt kraulte sie seinen Hals, als das Auto auf einem Parkplatz hinter dem Mainufer zum Stehen kam, küssten sie sich.

In dieser Nacht irrte Leopold durch die Straßen und schlief auf einer Bank im Hauptbahnhof, er wurde von der Polizei eingesammelt und nach Hause gebracht.

Am nächsten Tag fuhr Moritz mit ihr ins Senckenbergmuseum, sie standen vor den Dinosaurierskeletten, küssten sich beim Sonnensystem, die kleinen bunten Planeten drehten leuchtend ihre Kreise um ihre Köpfe, sie waren das Zentrum dieser Galaxie, hielten Händchen auf dem Weg der Evolution neben ausgestopften ostasiatischen Menschenaffen. »Amerikanische Astronomen haben die möglicherweise größte Ansammlung von Sternen und anderen Objekten im Universum entdeckt. 6,5 Milliarden Jahre hat das Licht eines solchen Superclusters gebraucht, um die Erde zu erreichen. Als Superhaufen bezeichnet man eine der größten für uns erkennbaren Ansammlungen von Sternen im Universum, die sich aus mehreren Galaxienhaufen zusammensetzt. Unsere Milchstraße liegt im Virgo-Superhaufen«, las sie auf einer Tafel, und ihr wurde unheimlich. »Du bist mein Superhaufen.« Sie nahm seine Hand. »Und du meine Milchstraße«, lächelte er. Ihr gemeinsamer Übermut war so groß, dass er aus dem All sichtbar war, eine Fläche wie Grönland. Es hieß auch, man könne die chinesische Mauer vom Mond aus sehen, aber die Mauer war viel zu schmal, und dieser verbreitete Mythos entsprach nicht der Wahrheit, kein Astronaut hatte je behauptet, sie erspäht zu haben – ihre Liebe würde mit der Entfernung ebenso unsichtbar werden.

Sie trafen sich jeden Tag, mit kurzen Unterbrechungen für die lästigen Pflichten des nebensächlichen Lebens, die sie zwischendurch zu erfüllen hatten. »Warum vergeht die Zeit nicht?«, schrieb ihr Moritz, wenn sie in der Uni war und ihre Aufgaben sie nur wenige Minuten voneinander trennten. Er nannte sie »Tausendschön« und flüsterte ihr zu: »Ich gehöre dir. Nimm dir, was du willst. Nimm dir alles.« Und sie nahm. Und sah. Und siegte nicht.

Ihr bereitete die Situation Herzklopfen, ihm bereitete sie Kopfschmerzen. Die Dinge werden kompliziert, wenn man ein Geheimnis hat und Mitbewohner und einen Freundeskreis und einen Exfreund und wenn man die Tage in Isolationshaft nicht aushält, weil man zum Essen vor die Tür muss und zum Leben auch. Sie fingen an, um die Wahrheit herumzutänzeln, wie unter einer Stange beim Limbo verbogen sie sich, beugten ihre Wirbelsäule (das sollte ihnen nicht schwerfallen, ihnen fehlte ohnehin das Rückgrat), ließen Verabredungen mit anderen platzen oder missbrauchten sie als Alibi, sie flohen in Kleinstädte, in die hessische Umgebung und in gesichtslose Drei-Sterne-Hotels.

Theresa war stolz, dass sie bereits in ihrem Alter einen Mann im Hotel traf, wie in einem französischen Film, ein Ehebruch ohne Ehe. Das alles war so fernab von Gemütlichkeit und Selbstverständlichkeit, dass es ihr einzigartig vorkam. In diesen Momenten vergaß sie, dass die Menschheit ständig zum Beischlaf in Hotelzimmern Zuflucht gesucht hatte und dass es hundertfach, tausendfach geschah, jede Stunde, jeden Tag.

Alles, was erlebt wird, wurde schon einmal erlebt. Malen nach Zahlen. Letztlich war ihr Leben, wie das Leben aller, lediglich ein Plagiat. Mein Name sei Dublette!

Sie stieg aus dem Fahrstuhl und glaubte, der Rezeptionist habe sie für eine Prostituierte gehalten und gemustert, worüber sie eine spitzbübische Freude empfand. Sie hatte eine andere Rolle angenommen fernab von ihrem Leben, dem banalen Leben außerhalb von Moritz, das aus Professoren und Drogeriemärkten, aus Wäschewaschen und Überweisungsträgern bestand. Moritz hatte bereits vor Stunden gezahlt und das Hotel verlassen, weil er Termine wegen Mumbai wahrzunehmen hatte, Vorbesprechungen im Frankfurter Büro. Sie war im zerfledderten Bett liegen geblieben, eingewickelt wie in ein Leichentuch, hatte die graue Luft am Fenster vorbeiziehen sehen, ein paar Erdnüsse aus der Minibar gefrühstückt und dann bemerkt, dass sie ihre Zahnbürste vergessen hatte. So klebte der Belag der Nacht ihr auf den Zähnen und mischte sich mit Nussstückchen. Ihr tat der Backenzahn weh.

In dieser Nacht hatte Leopold ihr geschrieben: »Ich will meine Theresa zurück!« Und er würde nicht aufhören, sie an ihn und ihr Vergehen zu erinnern, so wie eine liegen gebliebene Packung eines Schokoladenriegels uns an ein Laster erinnert.

Ein paar Tage darauf, als sie morgens für ein Seminar in der Uni das Haus verließ, entdeckte sie Leopolds Auto, einen silberfarbenen Ford Fiesta, der wenige Schritte vor ihrer Haustür entfernt parkte. Sie sah Leopold darin liegen, auf der Rückbank in eine Decke gewickelt, auf dem Beifahrersitz stapelten sich Plastikverpackungen in dreieckiger Form, auf denen »Sandwich Ei« oder »Sandwich Thunfisch« stand. Sie klopfte gegen die Fensterscheibe, Leopold schrak hoch und sah sie verdutzt an. Hinten konnte man die Fenster nicht öffnen, es gab auch keine Türen, sodass Leopold umständlich nach vorne klettern musste, er hangelte sich zwischen Fahrer- und Beifahrersitz hindurch, sein Kopf stieß gegen den Rückspiegel, die Hose rutschte ihm beim Klettern so weit hinab, dass sie seine Pofalte sehen konnte, den Anfang vom Ende. Er robbte sich über die Handbremse und fand schließlich auf dem Vordersitz Platz. In hastigen Drehbewegungen kurbelte er die Fensterscheibe hinunter, es gab keine elektrischen Fensterhebel, es sah aus, als drehe er an einem Leierkasten.

»Ja?«, fragte er von unten durch das halb geöffnete Fenster, als habe sie eine Bestellung aufzugeben. Sie schaute von oben in das verwüstete Auto, die Decke auf dem Hintersitz war mit Fußballbettwäsche bezogen. »Was machst du denn hier?«, fragte sie. »Ich campe.« »Vor meiner Tür?« »Das ist eine öffentliche Straße.«

»Das Auto ist doch viel zu eng.« »Nicht enger als alles andere in meinem Leben«, antwortete er mit melodramatischer Stimme. »Wie lange wohnst du da schon drin?« »Seit sechs Tagen.« Ihm war ein unregelmäßiger Bart gewachsen. »Könntest du mir bitte aus der Sonne gehen?«, fragte er und reckte den Kopf zur Hälfte aus dem Fenster mit einer genießerischen Geste, als würde er sich bräunen. »Fahr nach Hause, Leo. Du kannst doch nicht in deinem Auto wohnen.« »Die Sprechstunde ist vorbei«, konstatierte er und kurbelte kraftvoll das Fenster wieder hinauf. Die Scheibe stieg ächzend nach oben, stockte auf halbem Weg und kroch dann unter einem quietschenden Widerstand in die Plastikhalterung. Die Luft war abgeschnitten. Sie klopfte. »Fahr nach Hause«, rief sie gegen die Scheibe, aber er öffnete nicht mehr und drehte das Radio, so laut es ging. Das Auto vibrierte unter den Schallwellen, Passanten kamen vorbei und schauten Theresa neugierig an, die mit den Armen vor dem Fenster herumfuchtelte. »Ich gebe auf«, sagte sie lautlos und hoffte, Leopold würde ihr von den Lippen lesen. »Ich nicht«, sagte er, und sie verstand seine Mundbewegung durch die Scheibe.

Leopold wohnte noch einige Tage vor ihrer Tür, er wartete auf sie, unternahm aber nichts, wenn sie vorbeigelaufen kam. Sie hatte Angst vor ihm; Angst, dass er sich etwas antun könnte oder mit dem Auto ihre Haustür einrammte oder sie überführe. Aber es schien, als wollte er sie nur sehen, er war hinter seinem Glas wie ein Käse unter einer Glocke.

Wenn sie Moritz traf, bog sie in eine andere Richtung ab, um sein Wachauto zu umgehen, das wie ein Hund auf der Lauer lag, mitten auf all ihren Strecken in die Freiheit.

Irgendwann war das Auto weg, und sie glaubte nun, vor ihm sicher zu sein. Aber eines Abends klingelte ein Pizzaservice bei ihr, weil sie angeblich eine XXL Hawaii mit Käsekruste bestellt hatte und extra Zwiebeln. »Ich habe nichts bestellt«, sagte sie. »Doch, doch.« Der Pizzamann nannte ihre Adresse. »Da hat allerdings ein junger Mann angerufen.« David war aber nicht zu

Hause. »Wer mag das gewesen sein?«, fragte sie. »Ich komme mal mit runter.« Sie stiegen die Treppe gemeinsam hinab, und sie überlegte, ob es unhöflich wäre, nicht zu reden. Sie lief einfach schneller.

Unten angekommen, entdeckte sie vor ihrer Tür hinter einem Baum die Umrisse eines Menschen in einem parkenden Auto. Es war Leopold.

»Was machst du denn hier?«, sie klopfte ans Fenster. Der Pizzamann dackelte ihr mit dem Karton in der Hand hinterher. »Ah, meine Pizza«, sagte Leopold gespielt gleichgültig und nahm den Karton durch die Scheibe entgegen. »Mein Haus ist doch kein McDrive!«, schrie Theresa. »Guten Appetit«, sagte der Pizzamann. »Wenn ich noch kurz erwähnen dürfte, wir haben zur Zeit Mexikowochen. Im Sonderangebot: die Pizza Fiesta mit Bohnen und Guacamole …« »Ich hatte Ihnen doch am Telefon extra gesagt, Sie sollten die Pizza vor das Haus liefern und nicht ins Haus!«, sagte Leopold, offenbar ohne sich zu schämen. »Das tut mir leid. Ich geh dann mal wieder.« Der Pizzamann schien sich unwohl zu fühlen und winkte mit einer eckigen Handbewegung, bevor er sich in Richtung Mofa bewegte.

»Du bist immer noch hier und bestellst dir Pizza, während du meine Tür bewachst?« Theresa war außer sich. »Ist das dein Fernsehprogramm? Hast du vielleicht auch noch Popcorn bestellt?« »Ich war grad in der Nähe und hatte Hunger«, sagte Leopold unbeeindruckt. »Entschuldigen Sie«, der Pizzamann hängte sein schmächtiges Gesicht erneut in ihr Gespräch. »Ich bekomme dann noch 7 Euro 95 von Ihnen.« »Oh ja«, Leopold kramte in seiner Hose. »Halt mal.« Er hielt Theresa eine angebissene Pizzaecke hin. »Ich gehe jetzt wieder hoch. Mir ist kalt. Bitte, bitte fahr heim, Leo«, sagte sie und wusste nicht mehr, was sie noch sagen sollte. »Kannst du mir Geld leihen?«, fragte Leopold, der umständlich in seiner Hosentasche kramte und dabei gegen das Lenkrad stieß. »Ich kann bald gar nichts mehr«, sagte sie und drückte ihm einen Zehn-Euro-Schein in die Hand. »Unter der Bedingung, dass du nach Hause fährst.« Moritz wollte sie bald abholen. »Was tun wir nur?«, schrieb sie Moritz. »Vielleicht sollten wir aufhören?«, fragte er. »Zu spät«, sagte sie.

Leopold durfte die Wahrheit nicht erfahren, wer weiß, wozu er fähig wäre. Jede Nacht rief er nun unablässig mit der Stimme eines Löwen bei ihr an, Moritz und sie schreckten hoch, von der schrillen Endlosschleife des Mobiltelefons wach geklingelt, das Läuten baute sich in ihre Träume ein und verformte sich zu Kirchturmglocken und Alarmsirenen, Bombenheulen im Luftschutzbunker. Es rumorte an ihrem Ohr, sie zitterte, als sie erwachte, und glaubte, er stehe im Türrahmen mit seinem Gewehr oder einem langen Messer, er trug stets ein Messer bei sich, um ihnen ein Kreuz in die Brust oder ins Gesicht zu ritzen, er wollte sie verunstalten und brandmarken, wie er es bei sich selbst schon getan hatte. »Wo bist du?«, fragte sie, sie wollte ihn in sicherer Distanz wissen. »Ich suche dich.« »Leo, geh nach Hause, bitte.« »Verflucht seist du!«, brüllte er. »Hör auf, du machst mir Angst.«

Später, wenn er nüchtern war, entschuldigte er sich. »Hast du wirklich geglaubt, ich könne dir etwas tun?« »Irgendwie schon«, sagte sie. »Mach doch dein Handy aus«, forderte Moritz. »Das kann ich nicht machen. Dann wird er wieder hochklettern. Oder sich etwas antun. Das bin ich ihm schuldig.«

Leopold war immer sehr betrunken, manchmal auch vollkommen zugedröhnt, wenn er anrief, er nahm alles zu sich, was er auf den Tresen und Toiletten und Fußböden der Nacht finden konnte. »Darf ich hochkommen, bitte lass mich hochkommen?« Er klang manisch. »Es geht jetzt nicht, Leopold.« »Warum denn nicht? Wer ist bei dir? Ich brauche dich!« Er war übergeschnappt, und sie konnte nichts tun, als ihn im Stich zu lassen. »Es geht nicht, beruhige dich.«

Moritz saß mucksmäuschenstill neben ihr, sie schaute nervös aus dem Fenster.

Einmal sah sie vor der Tür ein Auto brennen, ein anderes Mal hörte sie die Alarmanlage eines Wagens durch die Nacht heulen. Am nächsten Morgen sah sie eine eingeschlagene Scheibe. Sie befürchtete das Schlimmste, aber es konnte auch ein dummer Zufall sein.

Einmal fand sie einen ganzen Schinken in ihrem Briefkasten, wie ein unüberlegtes Geschenk, ein rosafarbenes Stück Fleisch, an dem Tiere nagten, es war Hochsommer. »Du hast mich aufgeschnitten«, stand darauf mit schwarzem Filzstift.

Immerhin war sie mit Leopold einmal glücklich gewesen, und er hatte sie mit erstaunlicher Arglosigkeit und Vollkommenheit geliebt. Es war gut, ihn nicht gegen sich aufzubringen, ihn zu schützen, sich zu schützen vor den Freunden, dem Urteil, den Mutmaßungen und den Schuldzuweisungen. Alle würden sich gegen sie stellen, denn sie waren die Schurken. Und Moritz würde sie verlassen. Er war konfliktscheu und wollte seine Freundschaft zu Leopold und seinen Ruf im Freundeskreis nicht aufs Spiel setzen. »Du musst mit ihm reden, wenn überhaupt!«, sagte er immer wieder. »Was soll *ich* ihm denn sagen? Dass wir jetzt zusammen sind, miteinander schlafen, uns täglich sehen – und ich bald nach Indien gehen werde?« »Du hast recht, vermutlich bringt es nichts.« Weder Theresa noch Moritz hatten eine Ahnung, was sie überhaupt wollten, sie konnten ihr Delikt nicht definieren.

Theresa weihte Clara ein. Clara war weit weg in Berlin und würde sie nicht verurteilen oder verraten. Das Glück teilt sich gern mit. »Ich habe jemanden kennengelernt. Einen Freund von Leopold«, sagte sie erwartungsvoll. Aber selbst Clara, von der sie sich Zuspruch erhoffte, riet von einem Geständnis ab. »Ich verstehe dich ja, deine Gründe, deine Ausweglosigkeit. Aber für andere – vor allem für Leopold – sieht das nicht gut aus, Theresa. Das stinkt nach Verrat und fieser Austrickserei. Lass das lieber erst mal auf sich beruhen, bis das mit Leo und dir ein Weilchen vergangen ist. Du kannst das jetzt nicht sagen, bloß um dein Gewissen zu erleichtern.«

»Aber wir sind doch nicht mehr zusammen. Findest du das so verwerflich?«

»Wie würdest du es denn finden, Theresa?«

»Es würde mir wehtun«, druckste sie. »Aber manchmal ist mein Bedürfnis so groß, das alles loszuwerden.«

»Das verstehe ich! Aber denk an Leopold, der momentan so schwach ist, er hat keinen Job und trinkt. Du warst sein Halt, er verkraftet so eine Nachricht im Moment nicht. Ich würde erst einmal abwarten, ob der Aufwand sich lohnt.«

»Aber er lohnt sich!«

»Ich dachte, er geht sowieso nach Mumbai, dieser Moritz.«

»Ja, deswegen ja!«

»Deswegen willst du jetzt alles auspacken, damit du später unnötig Chaos angerichtet hast? Lass es lieber sein. Was soll denn aus so was werden!«

»Aber ich mag ihn so sehr!«

»Ach, Theresa. Erst mochtest du Benjamin, den hast du für Leo verlassen, und nun wiederholt sich dieser ganze Wahnsinn! In drei Wochen magst du vielleicht schon wieder einen anderen. Du brauchst so viel Bestätigung, immer Bestätigung von Männern. Warum eigentlich?«

»Weil ich mich nicht bestätigen kann! Weil es aufregend ist.«

»Aber wieso brauchst du ständig so viel Ablenkung?«

»Es geht doch immer ums Habenwollen. Man kauft sich iPads und iPhones und Computer und den neuesten Technikkram, ohne sich zu fragen, ob man es überhaupt wirklich will. Vielleicht nur, um möglichst viel zu haben, viel von allem, das tollste Leben.«

»Aber das macht gar nicht glücklich. Es macht nur unglücklich, weil man immer mehr Dinge sieht, die man noch haben will. Und wir überlagern mit den Dingen unsere Langeweile. Wir müssen ja gar nichts mehr aushalten, weil wir ständig von Applications und iPhones abgelenkt werden, da wird kein Gedanke zu Ende gedacht, kein Gefühl weitergespürt, es wird schnell zum Gerät gegriffen und weggeschoben.« »Sobald Leere entsteht, wird sie mit Elektronik gefüllt.« Theresa saß während des Telefonats am Computer und rief ihre E-Mails ab. »Und dadurch entsteht dann noch mehr Leere, das Klicken durch Fotos auf Facebook ist wie Gala lesen, voyeuristisches Verstreichen der Zeit. Und du greifst zu einem neuen Mann, sobald es dir mit dem alten zu fad oder mühsam ist! Du ersetzt ihn wie einen iPod.« »Aber weißt du, was so toll daran ist: Wenn man verliebt ist, so wie ich jetzt, dann ist man immer aufgeregt und glücklich und zufrieden, weil jeder Abend voller Adrenalin ist und man ganz vergisst, seine E-Mails zu checken oder sein Handy einzustecken, man ist sich absolut genug, man braucht keine Nahrung und keine Technik, keine Ablenkung, nur sich und vielleicht einen Wein.« »Aber man kann nicht alle paar Monate den Typen wechseln, nur um immer wieder neu verliebt zu sein. Du bist einfach zu gefühlsgeil!« »Warum nicht?« »Weil so nicht das Leben ist! Weil es aufreibend ist und anstrengend und man so keinen Job machen kann und auch keinen Master! Außerdem hat die spätere Phase mit einem Mann auch Vorteile: Ruhe und Vertrauen und Gelassenheit. Man kann sich doch gar nicht so oft verlieben. Keiner kennt dich dann wirklich, und am Ende bleibst du allein übrig.« »Aber irgendwann sind wir alt, gebunden und hässlich, und dann geht das alles sowieso nicht mehr. Dann will mich keiner mehr.« »So ein Unsinn! Du musst dich nicht jetzt überfressen aus Angst vor dem Verlust der Anziehungskraft. Es ist doch so anstrengend, sich immer herauszuputzen, immer zu jagen, auf einen Rückruf zu warten, auf eine SMS. Immerzu trinken und feiern, das ist doch substanzlos.« »Für mich ist es gehaltvoll.« »Männer zum Lebensinhalt zu machen? So toll sind diese Männer nun auch wieder nicht!« »Bei dir läuft ja auch nicht alles immer gut! Du reißt dich nur zusammen, obwohl du deinen Job hasst und du viel zu schlecht bezahlt wirst. Mir fehlt diese Selbstbeherrschung. Ich habe keine Disziplin.«

»Reiß dich doch mal zusammen. Alles hat eben seinen Preis, Theresa. Und eine Beziehung ist auch nichts wert, wenn sie keinen Preis hat, keinen Verzicht mit sich bringt und man immer fremdgeht.«

»Und du, du bist unglücklich, aber änderst nichts daran.«

»Ich suche ja schon einen neuen Job und bewerbe mich pausenlos, aber es ist nicht so leicht. Manchmal warte ich Monate – nur um dann mit einer Standardabsage abserviert zu werden. Es erleichtert so vieles, wenn man sich nicht immer Gedanken um Geld machen muss. Ich weiß manchmal gar nicht, wie ich jemals ein Kind ernähren soll. Und ich wollte doch drei!« »Du darfst dich eben bei deiner Werbeagentur nicht so ausbeuten lassen. Für einen Hungerlohn stehst du in der Kälte bei irgendwelchen Shootings und bringst neurotischen Künstlern zuckerfreie Limonade.« »Ich weiß! Aber es ist nicht so leicht, etwas Neues zu finden. Es gibt entweder Geld oder macht Spaß, beides geht irgendwie kaum.« »Dein Job erfüllt aber weder noch.«

Clara lachte. »Du hast das Privileg einer Masterarbeit.«

»Privileg, vielleicht, aber diese Selbstbestimmtheit ist auch ein Fluch. Ich tue nichts, und dann rückt die Existenzangst mir auf die Pelle. Ich werde eine studierende Rentnerin sein. Und wozu? Man muss inzwischen immer mithalten und funktionieren. Mit 22 war es noch niedlich, dauernd pleite zu sein oder das Geld der Eltern zu verfeiern, mit 30 ist es nur armselig.«

»Dauernd dieser Druck, gut sein zu müssen, weil man sonst kein lebenswertes Dasein hat, wenn man nicht erfolgreich und vernünftig ist und heiratet und gut arbeitet.«

»Mich hat neulich die Mutter eines Freundes hier in Frankfurt gefragt: ›Warum seid ihr eigentlich nicht glücklich?‹, und ich wusste gar nicht so genau, was ich antworten sollte. Angeblich haben wir doch alles, keinen Krieg, keinen Hunger, keine Revolution, wir könnten heiraten, wen wir wollen, und arbeiten, wo wir wollen. Es scheint verheißungsvoll. Und trotzdem sind wir irgendwie nicht glücklich.«

»Fast alles haben und doch unzufrieden sein! Vielleicht stehen wir unter solch einem Zwang, glücklich zu sein, dass uns das Glücklichsein entkommt.« »Vielleicht. Wir haben Angst vor Mittelmäßigkeit.«

»Es nicht zu schaffen, sich ein Leben leisten zu können, das seinen Ansprüchen gerecht wird«, seufzte Clara. »Deswegen sollte man sich amüsieren, solange man kann. Bald rauscht ohnehin alles das Klo runter«, sagte Theresa schnell. »Verliebtheit zählt nicht. Das ist Ausnahmezustand.«

»Clara, ich habe so Angst, dass es vorbeigeht«, sagte sie.

»Liebes, genieß es, aber pass auf dich auf. Irgendwann gehen solche Spiele immer schief.«

»Ich weiß«, sagte Theresa, aber sie glaubte noch, dass sie Adrenalin und Glück richtig dosieren konnte.

Moritz und Theresa waren beide zu einem Geburtstag eingeladen und teilten sich ein Taxi, er stieg hundert Meter vor ihr aus und lief den Rest, während sie vorgefahren wurde und schon mal das Haus betrat. »Bist du ganz alleine gekommen?«, fragte die Gastgeberin und nahm ihr den Mantel ab. Das Haus war groß, und dauernd verlief sie sich, während sie unauffällig nach Moritz suchte, der inzwischen ebenfalls eingetroffen war. Er schien sich zu amüsieren, ohne nach ihr Ausschau zu halten. Sie sah ihn im Wohnzimmer plaudern, auf dem Balkon rauchen, auf den Treppen diskutieren. Es stellte sich als äußerst delikat heraus, jemanden inmitten von hundert Augenpaaren zu verfolgen, ohne dabei bemerkt zu werden. Sie lief in Freunde hinein wie in eine Pfütze, eine verärgerte Ertappte, die am liebsten erklärt hätte, sie habe jetzt keine Zeit, weil sie weitermüsse auf ihrer Nachstellung. Platz da, hier komme ich! Sie war eine Getriebene, der eine Gruppe von laufenden Senioren in Thermopullovern entgegenjoggte, denen sie nicht ausweichen konnte. Ihre Augen tasteten jeden Raum nach ihm ab, wie im Spiegelkabinett, sie konnte die Scheiben nicht sehen, gegen die sie ungeschickt lief und sich mit dumpfem Knall den Kopf stieß. Ihr war, als habe sie in der Menschenmasse ein Schlüsselbund verloren, aber niemand half ihr suchen, und sie konnte auch niemandem sagen, wonach sie fahndete, da sonst möglicherweise jemand das Schlüsselbund finden und mit ihm die Tür zu all ihren Geheimnissen aufschließen würde, ein randvoll gestopfter Schrank, und die Lügen würden denjenigen unter sich begraben wie eine Lawine. Aber der Vulkan spuckte schon. Sie robbte auf dem Boden herum, es war ein Slalom wie beim Topfschlagen, warm, kalt, ganz kalt, aber sie durfte nicht zu nah an den Topf heran, denn sie war der Deckel, aber das wusste ja niemand. Und sie erblickte den Topf aus der Ferne, wie er da stand mit einem Mädchen, das an eine Suppenkelle erinnerte. »Wer mit dem Teufel speist, sollte einen langen Löffel haben«, dachte sie.

Die Gruppe, in der sie stand, wollte noch in einen Club, und sie musste mit dem Fischschwarm weiterziehen, aber sie konnte Moritz nicht einmal fragen, ob er auch mitkommen wollte, denn er unterhielt sich, und sie konnte weder an ihn heran noch von ihm weg, sie war der Krüppel, die heimliche Geliebte, zur Passivität verdammt. Sie stand vor ihm wie vor einem Gemälde, die Alarmanlage würde jederzeit losheulen, sobald sie den Sicherheitsabstand überschritt.

Also fuhr sie ohne ihn, saß, ohne zu reden, im Taxi, und aus ihrer Heiterkeit wurde Unrast. »Obacht, betrunkener Exfreund, nicht ans Telefon gehen«, schrieb Leopold ihr in diesem Moment. Aber sie las die Nachricht wie einen beiläufigen Geburtstagsgruß und löschte sie. Leopolds Qualen reihten sich zu ihren. Jeder litt unter einem andern. Dann stand sie gereizt im Club, beteiligte sich an keinem Gespräch und schüttete sich brennenden Wodka in den Rachen, während sie beharrlich auf den Eingang stierte. Sie scharrte unbemerkt mit den Hufen. Über eine Stunde später kam er mit einer Gruppe von Freunden zur Tür herein, fröhlich und unbeschwert, mit lässigem Gang und strahlendem Gesicht. »Ich habe ein Monster kreiert«, dachte sie. »Grausam quält mich das Wesen, das ich schuf.« Aber sie täuschte sich: Er war nicht von ihr geschaffen.

Als sie aufwachte, war er bereits dabei, sich angespannt das nikotinschwere Hemd des letzten Abends überzustreifen. »Wo willst du hin?«, fragte sie. »Es ist kurz vor neun ...«, er wühlte in einem Kleiderhaufen auf dem Stuhl. »Ich muss los.« »Musst du doch noch gar nicht«, sagte sie und fügte eifersüchtig hinzu: »Wem glaubst du, mir oder der Uhr?« Und er lächelte gequält, stieg mit nur einem Socken am linken Fuß in die Schuhe. »Bevor David aufwacht«, hechelte er und riss sich los, ohne sie zu küssen. »Er ist lieber barfuß in Turnschuhen als bei mir«, dachte sie. »Du rechtfertigst die Tatsache, dass du mich nicht küssen willst, mit vorgetäuschter Vorsicht.« »Unsinn, Theresa.« Aber sie wurde den Verdacht nicht los, dass die Geheimnistuerei ein Vorwand war.

Und Leopold schrieb wenige Minuten später: »Warum verdammt noch mal ist kein Mädchen so wundervoll wie du?« Sie weinte. Sie weinte sich durch ihre Schuld, durch ihren womöglich schlechten Tausch, durch Leopolds Liebe und durch Benjamins Liebe und durch die Masterarbeit und durch ihre Kindheit und durch alles, was sie hätte haben können und nicht genommen hatte, und durch das, was sie nicht hatte haben können, wie eine Raupe durch ein Salatblatt, sie zerweinte die ungesagten Sätze von Moritz und die Liebe zu den Eltern und das schlechte Gewissen und ihre vernachlässigten Freundschaften, und sie genoss die Erregung, die Leopold und Moritz in ihr hervorriefen. »Wir waren mal glücklich. Heute wären wir es nicht mehr«, antwortete sie Leopold. »Ich hätte die Nachricht ebenso gut an Moritz schicken können«, dachte sie.

»Warum nur? Warum du?«, schrieb Leopold. »Er schreibt mir immer wieder. Was soll ich tun? Vielleicht ist er sauer«, tippte Theresa in eine SMS, die sie an Moritz senden wollte, aber sie rutschte von M nach L, dachte an Leopold – immerhin ging es um ihn – und schickte die Nachricht versehentlich an ihn. Im Moment des Sendens fiel ihr der Fehlgriff auf. Nun drohte alles aufzufliegen, das wäre vielleicht gut. »Wer ist ER???«, fragte Leopold gleich in seiner Antwort-Mail. »Du bist ER. Ist ER, bist du, noch sauer?«, antwortete sie und hoffte, er würde ihr glauben, dass sie absichtlich die dritte Person Singular verwendet hatte, als Kunstgriff sozusagen. »Ich bin ich«, schrieb er zurück. »Und ich bin traurig. Ich wollte dir nicht wehtun.«

Vielleicht hatte sie die Situation gerettet, aber das Lügen und Verheddern, die Ungeschicklichkeiten und Alibis waren inzwischen zum festen Bestandteil ihres Tagesablaufs geworden, ihn galt es auszutricksen, zu überlisten, mit Scharade, Fangen, Verstecken, der Plumpsack geht rum. »Man habe ihn nicht verletzen wollen«, würden beide, Moritz und sie, später aussagen, die übliche Rechtfertigung aller Lügner: Altruismus. Aber ihr Geheimnis war nicht selbstlos, es war eigennützig.

»Was machst du denn in Frankfurt den ganzen Tag?« Ihre Mutter war am Telefon und wunderte sich, dass sie Theresa seit Tagen nicht erreichte. »Ich bin unterwegs«, erwiderte Theresa. »Konzentrier dich lieber auf deinen Master. Da hast du länger was von, meinst du nicht.« »Ich gehe nun einmal gern aus, spiele Poker, trinke Wein und genieße das Leben!« »Willst du nicht wenigstens mal wieder ins Theater gehen? Du wolltest doch mal am Theater arbeiten. Wie soll das denn was werden, wenn du dich gar nicht kümmerst! Und nur Männer wechseln und ausgehen ... Ich war in deinem Alter schon schwanger mit dir!« »Ich will ja Kinder! Aber nicht jetzt. Und wenn ich am Theater eine Hospitanz mache oder so was, dann schaffe ich den Master nicht.« »Das muss doch auch nebeneinander zu schaffen sein! Man kann doch nicht nur feiern und ein bisschen Abschlussarbeit tippen. Such dir lieber einen Freund, der auch etwas erreichen will. Ich finde diese Uraltmütter schrecklich, die mit 42 ihr erstes Kind bekommen. Wozu? Und du wohnst in einer WG mit

Ende 20, trinkst, rauchst. Was für ein hohles Leben!«, entgegnete ihre Mutter. »Aber es ist mein Leben. Und es ist nicht leer!« »Also ich möchte solch ein Leben jedenfalls nicht führen«, konstatierte ihre Mutter zum Abschied und stöhnte appellierend in den Hörer, um die Armseligkeit und Bedeutungslosigkeit dieses, ihres, Theresas Lebens zu unterstreichen. Es war ein Zappelleben und sie ein wippendes Kind im kippenden Stuhl.

Moritz und sie fuhren oft mit seinem Auto in Vororte und hielten an Parkplätzen, auf denen sie sich küssten und auszogen, während der Regen auf das Autodach einprügelte und herübertrampelte wie eine Herde aufgescheuchter Ochsen. Wenn sie sich darauf konzentrierte, dass es schön sein sollte, sich schön anfühlen musste, empfand sie nichts. Wer auf ein Gefühl wartet, verpasst es.

»Ich geb dir mich. Meine Hände, meine Lippen, alles alles. Es gehört dir«, sagte er. Sie wünschte, dass es stimmte. »Heute Nacht ist Vollmund«, antwortete sie ihm. »Ich bin mundsüchtig.«

Wenn sie sich auszogen, spürte sie die Innigkeit, die sie beide für einen Augenblick verband. Und wenn sie ihm dabei in die großen Augen sah wie in Zauberkugeln, dann erkannte sie ihn, den einen innigsten Moment, in dem er ihren Blick erwiderte. Dabei war sein Gesicht offen und klar, nicht wie beim Höhepunkt zusammengezogen und gepresst, nicht in unkontrollierter Mimik dümmlich, abwesend entstellt, keine Fratze mit herabhängenden Mundwinkeln, sondern wach und wahrhaftig. Sie blickte in die Tiefe, den körperlichen und seelischen Abgrund, den seine Augen widerspiegelten, in seinen letzten Winkel. Näher ging es nicht. Sag es! Sag es!, befahl sie, atmete sie, schrie sie, flüsterte sie, hauchte sie. »Ich liebe dich.«

Es war der Satz, den sie von nun an immerfort unter dem Arm mit sich herumtrug. Sie schleppte ihn überall mit hin wie einen schweren Sack Kartoffeln. Er würde sie bucklig machen.

Der Frühling war geräuschlos in einen schläfrigen Sommer übergegangen, und man hatte Moritz nach Mumbai entsandt. Jetzt sollte er noch 14 Tage lang in Deutschland auf den Job vorbereitet und eingearbeitet werden. Die Zeit lief ihnen davon und sie dachte an die zerfließenden Uhren von Dalí.

Sie konnten sich jetzt nur noch abends sehen. Die Tage verbrachte er im Büro oder beim Impfen oder im Amt und die Samstage mit Packen und Organisieren, in der Apotheke und beim Friseur.

Sie wollte jetzt alles an einem Tag, hier und jetzt: ausschlafen, Fallschirm springen, seine Freunde sehen und ihre, den Spaziergang, die Rast, das Picknick, Zweisamkeit und den Auftritt mit ihm in der Öffentlichkeit. Die Zeit, die kurze Weile, die ihr mit ihm blieb, die ließ sie schnauben und wiehern wie ein wild gewordenes Pferd. Sie trieb ihn in Verpflichtungen, scheuchte ihn auf für den Schnelldurchlauf ihrer Träumereien. Dabei übersah sie, dass wie im Zeitraffer aus ihrem Experiment, ihrer Pflanze, ein Gewächs aus Verdruss und Widerwillen geworden war. Er verweigerte die Aufmerksamkeit, entzog sich all ihren Ideen und schmetterte ihre Vorschläge ab wie mit einem Baseballschläger. Und sie rannte und rannte wie ein dummer Balljunge, wie ein Hund, dem Ball hinterher.

Theresas Eltern kamen an einem Samstag nach Frankfurt, sie waren auf der Durchreise, von hier aus flogen sie nach Südafrika, und sie hatten sich für 13 Uhr zum Mittagessen bei einem Italiener verabredet, in der Nähe des Opernplatzes. Als um 12:28 Uhr Moritz anrief und fragte, ob sie nicht mit ihm ein paar Besorgungen machen wolle in der Innenstadt, man könne sich ein Eis holen, es sei warm draußen, wollte sie so sehr mit ihm zusammen sein, dass sie zusagte und den Aufenthalt ihrer Eltern vergaß. Erst um Viertel nach eins fiel ihr die Verabredung wieder ein.

»Es tut mir leid«, hustete sie in ihr Telefon. »Was ist denn los, Theresa? Wir sitzen hier und warten!«, schimpfte ihre Mutter ungeduldig. »Ich schaffe es heute doch nicht, leider«, druckste Theresa kleinlaut. »Ich bin vergrippt. Aber wir sehen uns ja auf eurer Rückreise«, bemühte sie sich, ihre Mutter zu trösten. »Wir hatten uns auf dich gefreut«, sagte ihre Mutter enttäuscht, und sie hörte ihren Vater im Hintergrund traurig fragen, kommt sie nicht, warum denn nicht, ist alles in Ordnung, müssen wir uns Sorgen machen, plapperte er und klang dabei so rührend besorgt, dass sie ihm am liebsten alles gebeichtet und sich entschuldigt hätte: Vergebt eurem egoistischen Kind. »Macht euch keine Sorgen«, bat sie reumütig. Sie fühlte sich elend, wie ein jämmerlicher Verräter, ein trauriger Vogel, der sein eigenes Netz beschmutzt. Ihr schlechtes Gewissen florierte im Irrgarten der Fehlentscheidungen und Makel. Aber sie war so froh, wenn Moritz überhaupt noch Zeit für sie hatte, dass sie dankbar in nächtliche, kurzlebige Treffen einwilligte, an Straßenecken, mit durstigem Mund, ohne Wein und Fallschirm, ohne Musik, ohne Ruhe. Er notnagelte sie.

Sie waren beide zu einem 30. Geburtstag in Hamburg eingeladen, aber Moritz wollte nicht hingehen. »Lass uns hierbleiben«, sagte er. »Dort müssen wir nur wieder unseren Eiertanz aufführen.« »Aber ich will hin!«, quengelte sie. »Hamburg ist doch nicht weit. Nur vier Stunden.« Und sie fügte argumentierend hinzu: »Außerdem ist die Party auf einem Boot.« Und sie streckte das Wort Boot in tausend Oooos wie Seifenblasen, um ihn zu betören. »Aber hier ist es schön und wir haben unsere Ruhe. Lass uns über was anderes reden«, bat er.

Den ganzen sonnigen Vormittag verbrachten sie schlendernd im Kurgarten von Bad Homburg, aber über ihrem Spaziergang hingen ein Fragezeichen und ein Argument wie eine Regenwolke in einem Comic, die den Unglücksraben verfolgt. Immer wieder fing sie mit dem Boot an, mit den Freunden, mit dem Verpassen und Versäumen. »Ich will einfach mal wieder richtig mit dir feiern.« Die Wahrheit war, sie wollte raus aus dem Versteck, aus dem Verlies, dem Keller, sie lebte im Exil und hatte für ihre

Heimat die Aufenthaltsgenehmigung verloren – aber sie wollte heim um sich und ihr Glück zu zeigen. Sie ahnte nicht, dass sie für die Höhle des Löwen zu wenig dressiert war und der Auftritt in der Manege ein Flop werden würde. Noch hörte sie nichts von den Buhrufen, sie sah nur ihr Publikum unruhig mit den Füßen scharren, mit Bonbonpapier rascheln und sich räuspern. Sie wollte einfach nur raus da! »So wie früher«, sagte sie. »Damals konnten wir uns doch auch stundenlang auf der Tanzfläche unterhalten. Und an der Bar nebeneinander stehen.« »Aber das geht jetzt nicht mehr, Theresa«, sagte er mit Nachdruck, und seine Nasenflügel wackelten dabei. »Du kannst gern alleine auf das Boot. Ich fahr dich zum Bahnhof«, fuhr er fort. »Ja, fahr mich.« Der halbe Tag war bereits mit lästigem Tauziehen versalzen worden. Und auf der Fahrt zum Bahnhof schwieg er, während sie immer wieder mit »Boot« und »Geburtstag« und »mach es doch wenigstens mir zuliebe« in sein Schweigen plumpste. Und selbst als er ausstieg und ihr die Tür öffnete, war sie noch sicher, dass er mitkommen würde nach Hamburg. Er würde sie schon nicht allein lassen im Gewimmel des Zuges. Er trug ihren Koffer zum Gleis 8. »Wenn er jetzt nicht mitkommt, ist es aus«, dachte sie, traute sich aber nicht, die Drohung auszusprechen. Sie standen am Gleis, und der ICE 539 nach Hamburg fuhr in den Frankfurter Kopfbahnhof ein. Hier würde er wenden. »Bist du sicher, dass du nicht mitkommen willst?«, fragte sie noch einmal verzweifelt. »Ganz sicher«, sagte er bestimmt. Die Türen öffneten sich, und sie stieg auf die ausgefahrenen Stufen. »Hier endet unsere Reise«, sagte sie, mehr drohen ging nicht. Und er reichte ihr die Tasche. »Bist du denn sicher?«, fragte er. Sie stand in der Tür und überlegte noch, was der nächste Halt wäre, wo sie wieder aussteigen und ihm entgegenfahren könnte, ob der Zug vielleicht nicht drehen würde auf diesem Frankfurter Kopfbahnhof, ob sie genug Bargeld dabei hatte, um sich im Speisewagen zu betrinken, warum er sie fahren ließ, der nächste Halt war Kassel, Kassel war weit, Kassel war in Nordhessen, und sie waren in Südhessen, und Hessen war groß, ihr war ganz schlecht, das Blut floss zu schnell von oben nach unten und wieder nach oben, ein Adrenalinorkan wütete in ihrer Brust. »Zurückbleiben bitte«, pfiff es aus den Lautsprechern, drei, zwei, eins – sie war mit einem Satz aus dem Zug, und in dem Moment sagte er: »Was soll's! Ich fahre dich mit dem Auto nach Hamburg.« Und nach einer Weile: »Aber ich werde auf keinen Fall mitkommen auf dieses Boot.« Ihr Herz raste, geh aufs Ganze, dachte sie, All In, Pistole auf die Brust – und wenige Stunden später stand sie an Deck, der Regen hatte eben aufgehört, die Luft war noch nass und windig, und das Boot blies der Elbe entgegen. Die Sonne kämpfte sich mit Speeren durch den gespenstisch zerrissenen Himmel. Sie sah ihn, er stand am anderen Ende des Decks, und seine dunklen Haaren tanzten in der Luftströmung. Moritz war schöner denn je.

Es war ihr letzter Sieg.

Moritz ließ sie körperlich wunschlos, seine Berührung, sein Kuss, alles elektrisierte sie, absolut, aber trotzdem fehlte ihr etwas, ein anderer Höhepunkt. Die Sättigung ihres Herzhungers. Immer wollte sie noch weiter. Sie konnte nicht genau erklären, was es war, Sehnsucht, Gefühlssucht, Wollust und Trieb, aber sie war die Getriebene und hechelte seinen Worten und Händen hinterher. Sie war besessen. Er hinterließ einen Rest in der Luft, wie ein Duft, der den Raum gestreift hat. Jedes Mal, wenn er ging, ging er zu früh. Jedes Mal, wenn er auflegte, war sie mitten im Satz. Jedes Mal, wenn er etwas sagte, sagte er nicht genug.

Manchmal kam er ihr stumpf vor, nicht gerade bescheiden, und die Wichtigkeit, die er seinen gesellschaftlichen Einladungen beimaß, empfand sie als lächerlich, ein gestottertes Anbiedern, herausgeputzt zur Prahlerei. Aber ihr Verlangen scherte sich nicht um den Charakter, die Lust ist anspruchslos, leicht zu täuschen, sie fällt herein auf Geruch und Tanz, auf Boshaftigkeit und Berechnung. Nur der Verstand weiß es besser.

Sie wusste nicht, was zuerst gekommen war. Schlief sie mit ihm, weil sie ihn so mochte, oder mochte sie ihn so, weil sie mit ihm schlief? »Ich habe deine Show gemocht, bevor ich dich kannte«, sagte sie zu ihm, »aber inzwischen darf ich backstage.« »Ja«, sagte er, »du hast jetzt die All-Access-Karte.« »Ich will zum Gehirn. Und zum Herzen. Und ganz viel zum Mund.« Er lächelte sein knautschiges Lächeln. »Zum Schlafen gehe ich jedenfalls in den Herz-Bereich.« »Aber nur wenn du da nicht zum Randalieren kommst«, sagte er bittend. Aber sie liebte den Vandalismus, Graffiti überall, sie wollte Tonnen umschubsen und Autos anzünden. »Niemand weiß mehr, ob es Spiel oder Wirklichkeit ist«, sagte sie. »Ja, so ist das, wenn Experimente außer Kontrolle geraten.«

Sie flohen für ein Wochenende nach Düsseldorf, seine Schwester überließ ihm ihre Wohnung, weil sie auf einer Hochzeit in Bayern war. »Hast du deiner Schwester von uns erzählt?«, fragte sie. »Nein, lieber nicht«, sagte Moritz. »Ich habe gesagt, ich komme mit einer Kunstgeschichtsstudentin aus Tübingen.« »Haha, ist das meine erfundene Alibi-Figur?« »Nicht schlecht, oder? Ich dachte, so würden wir ungestörter sein.« »Aber sie ist deine Schwester! Die kannst du doch einweihen«, rief sie beinah enttäuscht. »Je weniger Menschen es wissen, desto sicherer sind wir.« »Aber wir brauchen Verbündete!« »Meine Schwester würde es verurteilen«, sagte er und fuhr fort: »Sie kennt Leopold noch von der Schule aus Frankfurt und steht nicht auf Lügen und so was.« »Ich steh auch nicht auf Lügen!«, entgegnete sie. »Aber wir müssen noch abwarten, Theresa. Wir können jetzt nicht damit raus, lass es uns doch einfach genießen, bis ich weg bin, und dann sehen wir weiter.« »Ich will es aber nicht nur verlogen genießen! Ich will es unbefleckt«, forderte sie. »Wie du meinst«, sagte er. »Dann spreche ich mit meiner Schwester, aber ich sage dir, da wird nichts Gutes bei rauskommen.« »Ach, das geht schon«, sie sah ihn ungläubig an. »Lass uns einfach ein schönes Wochenende haben«, beendete er das Thema.

Am Abend saßen sie in einem Biergarten und hielten sich die Hände, sogar als das Hähnchen auf dem Tisch stand. Sie aßen einhändig. Es war warm, und der Sommer rauschte durch die Bäume, und er berauschte sie. »Wenn ich dir in die Augen sehe, wird mir schwindelig«, sagte sie. »Wirklich?«, fragte er und drückte ihre Hand so sehr, dass ihr Ring sich in ihren Finger bohrte.

Neben ihnen spielte ein kleines blondes Mädchen, es kam an ihren Tisch und schaute Moritz verschmitzt an. »Wer bist du?«, fragte sie ihn und nuckelte an ihrem Finger. »Ich bin Moritz«, antwortete er zärtlich, »und du?« »Pheline«, grinste das Mädchen und schenkte ihm eine Gänseblume, die sie vom Boden gepflückt hatte. »Für dich«, sagte sie und lief weiter. »Danke, Pheline«, rief er ihr hinterher und wandte sich an Theresa: »Du warst sicher genauso ein freches blondes Mädchen.« »Ich war sehr lebhaft«, sagte sie. »Was meinst du, hätten wir auch blonde Kinder?«, fragte er. »Wir hätten auf jeden Fall hinreißende Kinder!«, sagte sie, und ihr Herz zuckte wie ein elektrischer Aal, ihr Gehirn kribbelte, direkt unter der Kopfhaut, ihre zehn Fingerspitzen lagen auf dem Flaum seines Armes, der sie kitzelte, als wäre sie noch nie an den Fingerspitzen berührt worden. Er fuhr ihr mit den Blüten des Gänseblümchens über den Arm, rieb mit dem Stiel auf und ab und sagte: »Weihnachten sagen wir es allen.«

Sie schüttelte sich bei seinen Worten, bei der Berührung seines Gänseblümchens und bei dem Gedanken an ein Kind. Das ist es, jetzt ist es da. Und sie konnte das Hähnchen nicht anrühren, das auf dem Tisch stand, sie hatte keinen Hunger, sie hatte genug, für eine kräftige Sekunde. »Bis dahin müssen wir warten«, sagte Moritz, »sonst flippt Leo aus.« »Ich warte«, sagte sie. »Und ich komme wieder«, sagte er. Da war es, da war es, halt, es war fort, die Zeit nahm es wieder weg, huschendes Glücksgefühl im Gehölz. »Ich bestelle mir noch einen weißen Spritzer«, sagte sie und trank sich in ein glucksendes Glück. »Aber betrunken spürt man weniger«, dachte sie am nächsten Tag.

Sie spazierten am Rhein entlang, die Sonne schien kräftig, er sprach von seinem neuen Chef, den er kennengelernt hatte, und von dem Geld, das er verdienen würde, und von dem Auto, das er sich davon kaufen wollte. Es war langweilig, aber selbst der Gang zur Post, wo sie nur ein Päckchen abgaben, kam ihr vor wie ein Ausflug zu Delphinen. Sie kauften sich Milchshakes, als ihnen zwei Freunde entgegengelaufen kamen, der eine mit einem Korb und die andere mit einer Decke unter dem Arm. »Was macht ihr denn hier?«, fragte der Junge. »Wir haben uns gerade zum Frühstück getroffen«, antwortete Moritz. »Das stimmt«, fügte Theresa hinzu, um die Zeugenaussage zu bestätigen. »Ich war bei meiner Schwester in Düsseldorf«, ergänzte Moritz. »Und ich bei einer Freundin«, fügte Theresa hinzu. »Wollt ihr mit uns picknicken?«, fragte das Mädchen mit der Decke in der Hand. »Ich muss leider gleich zurück nach Frankfurt«, behauptete Theresa. »Schade«, rief der Junge. »Beim nächsten Mal!«, sagte Moritz. »Meldet euch, wenn ihr wieder in Düsseldorf seid.«

Sie verabschiedeten sich verlegen, das Mädchen war eine Freundin von Leopold. »Scheiße«, fluchte Moritz, als sie um die Ecke gebogen waren. »Bald explodiert diese Geschichte und ergießt sich über uns.« »Noch nicht«, sagte Theresa. »Noch nicht.«

»Du trinkst zu viel«, sagte er abends, als sie noch einmal alle gemeinsam Poker in Frankfurt spielten, scheinheilig in einer Gruppe alter Freunde, bloß Leo fehlte. Sie verlor am Ende sogar absichtlich, obwohl sie unter den letzten beiden war, im Heads Up. Moritz war bereits rausgeflogen und deutete an, nach Hause gehen zu wollen. Sie saßen auf ihrem Balkon, und er streifte sich auffällig die Jacke über. Ihr wurde ganz übel, sie sah auf den Karten nur sinnlose Figuren und Zeichen, aber sie konnte nicht hinwerfen. »Geh nicht«, tippte sie hektisch eine Nachricht in ihr Handy, weil sie nicht mit ihm sprechen konnte. »Ich bin dir näher, als du denkst«, antwortete er. Als die Gäste gegangen waren und sie all ihr Geld für ihn in den Sand, in die Klauen eines

Freundes geworfen hatte, nur um schneller allein zu sein, zu telefonieren, zu erahnen, was er vorhatte, wo er war, fand sie ihn bereits ausgezogen in ihrem Bett liegen. »Hier bist du!«, seufzte sie und konnte kaum schlafen, als sie sich zu ihm legte, ihr Herz raste, wie so häufig in letzter Zeit, von all den Mitteln, die sie schluckte. »Trink nicht so viel«, sagte er. »Schluck nicht diese Muntermacher und dann diese Beruhigungsdinger. Das steht dir nicht.« Er hatte recht. Sie war übel dran. Bevor er da war, hatte ihr alles gestanden, jedenfalls hatte er das gesagt, als sie sich kennenlernten. Und er schlief, während ihr Herz über seine Brust trabte. Vielleicht ein aufgescheuchtes Reh, verkleidet als Hornochse.

Als die Beweislage erdrückend wurde und Moritz' Abreise kurz bevorstand, blieb ihr nichts anderes übrig, als Leopold von ihnen zu erzählen, weil sie erpresst wurde. Eine Freundin Leopolds, Alice, hatte sie ja bereits mit Moritz an einem Sonntagmorgen beim Spaziergang in Düsseldorf gesehen. Ein Bundeswehrfreund von Leopold saß unglücklicherweise an der Hotelbar, an der sie kichernd mit Moritz vorbeistolperte, um den Fahrstuhl zu finden. Sie hatte diesen Mann nicht bemerkt, aber er hatte die beiden gesehen, mit eigenen Augen. Ausgerechnet im Hotel in Bad Homburg! Wo sie sich am sichersten wähnten! Am nächsten Tag fand sie bei Facebook eine freundliche, aber deutliche Botschaft. »Theresa. Ich werde Leo nichts sagen, deshalb bitte ich dich, es selbst zu tun. Du warst gestern um 23:48 Uhr im Hotel ›Zum Fasan‹ und das nicht allein. Gruß.« Sogar David machte ihr die Hölle heiß (»So kann man sich nicht benehmen! Gefühle sind auch keine Rechtfertigung für alles.« »Ich hab keinen Bock, für dich herumzulügen, wenn Leo dauernd hier klingelt!« »Wo bist du denn immer abends?« »Du hast jetzt die Gelegenheit, mir die Wahrheit zu sagen.«), und auch andere Freunde wollten gesehen haben, wie sie zu Moritz ins Auto gestiegen wäre, wie sie seine Hand genommen hätte, es gäbe Fingerabdrücke, Fußstapfen quer durch Düsseldorf, viele Augenzeugen. Sie bekam böse Nachrichten: »Du hast eine Männerfreundschaft zerstört.« Oder: »Die Wahrheit ist am Licht. Hört endlich auf, uns für dumm zu verkaufen.« Von allen Seiten feuerte man Vermutungen und Unterstellungen auf sie, wie Tomaten oder Eier auf unliebsame Politiker, per SMS, per E-Mail, per Anruf. Und Theresa fiel als Erste auf die Knie. Es waren die modernen Foltermethoden, um ein Geständnis zu erzwingen wie die mittelalterliche dornige Halskette, die Knieschraube, die Streckbank, die Schandmaske. Eine Freundin von Leopold und ihr, Anna, nahm sie so lange ins Kreuzverhör, bis sie einen Kuss zugab und noch einen. »Jetzt hast du mich da mit reingezogen. Wann ging das denn los? Der arme Leo, dem geht's doch eh so schlecht! Wir sind alle so enttäuscht von dir!«, schleuderte ihr Anna nach der Überführung entgegen. Und als Theresa schluchzte, weil ihre schäbige Hütte über ihr zusammenkrachte, sagte Anna erbarmungslos: »Wenn es dir hier nicht gefällt, dann geh doch dahin zurück, wo du hergekommen bist.« Aber sie wollte nicht zurück.

»Du musst es ihm sagen«, sagten die Leute. »Sag es ihm nicht«, sagte Moritz. Aber sie hörte, wie so oft, nicht auf ihn. Theresa hoffte, durch ihre Beichte Moritz und sich retten zu können – im Lichte der Öffentlichkeit trennt es sich schwerer. Sie wollte raus aus dem engen dunklen Loch unter der Erde. »Ich sage es ihm heute.« »Das kannst du nicht. Dann dreht er durch. Du bist sein einziger Halt. Er hat doch nichts außer dir, nicht mal einen Job!« »Sprich nicht so von ihm.« Obwohl sie die Exfreundin gewesen war, war sie es, die reinen Tisch machen wollte und Moritz zur Zustimmung drängte.

Noch am selben Abend traf sie Leopold. Und ja, wir haben uns geküsst. Und ja, mehrmals. Und nein, es war nicht, während wir zusammen waren. – Lüge! Und nein, wir haben nicht miteinander geschlafen. – Lüge! Ob sie verliebt war, wollte er wissen. Und nein, sie war nicht … Lüge!

Es war ein warmer Abend im Juni, und er schmiss ihr ein Weinglas hinterher, das am Boden zerschellte, während er sie aus der Wohnung schubste. »Ausgerechnet Moritz! Der war schon immer scharf auf dich, dieser Schwätzer! Dieser Windbeutel! Ich habs ja gewusst. Ich habs doch gesehen, als ihr unterm Tisch gefüßelt habt beim Pokern. Wie der dich immer angegafft hat, dieser Angeber. Seit wann geht denn das schon! Dieser falsche Freund. Du falsche Freundin.« »Leopold …« Aber er hatte sie vor die Tür gedrückt, die ihr in den Rücken knallte. Es war noch hell draußen. Eine Minute später hatte sie eine Nachricht von ihm auf ihrem Handy: »Du gehörst an den Galgen.« Und wieder eine Minute später: »Du bleibst, was du immer warst: Schlampe, Schlampe, Schlampe – nicht weniger, aber niemals mehr.« Und dann, wieder eine Minute drauf: »Wärst du ein Typ, würde ich dir jetzt die Fresse polieren!« Danach folgte: »Ruckedigu, Blut ist im Schuh! Du bist die Falsche. Du bist es einfach nicht!« Und so ging es weiter, im Minutentakt.

Moritz war wieder einmal für seinen neuen Arbeitgeber in Stuttgart zu einer Schulung. Und sie konnte ihn telefonisch nicht erreichen. »Bitte versuchen Sie es zu einem späteren Zeitpunkt noch einmal …« Aber dann würde es zu spät sein. Sie steckte in der Telekomwarteschleife fest. »Wenn Sie mit einem Mitarbeiter sprechen möchten, so sagen Sie jetzt: ja.« JAAA. »Ich habe Sie nicht verstanden«, dröhnte es blechern aus dem Telefon. »Bitte sagen Sie jetzt: ja.« Ja. »Ich habe Sie nicht verstanden. Drücken Sie die Eins, wenn Sie zurück ins Hauptmenü gelangen möchten, und die Zwei bei Fragen oder Problemen.« Sie wollte zurück ins Hauptmenü. Sie hatte die falsche Wahl getroffen, sich vergriffen, vertippt. 2! drückte sie. Und 1! Und die Raute- und die Sterntaste.

Im Halbschlaf sah sie eine fliegende Hexe, die sie auslachte, sie war aus weißen Spinnweben oder Zuckerwatte und flog mit borstigem Haar durch ihr kleines Zimmer. Sie konnte das Gesicht kaum erkennen, so schnell war sie, aber Theresa hatte den Eindruck, sie sähe ihr ähnlich.

Sie erwachte von ihrem blinkenden, vibrierenden Telefon, das auf ihrem Nachttisch hin- und herrutschte. Moritz!, dachte sie. Aber es war Leopold. »Theresa?«, sagte er mit zuckender Stimme. »Ja?« »Kannst du kurz runterkommen? Ich stehe vor deiner Tür.« »Was ist denn los?« »Ich muss dich einfach sehen.« »Ich rieche deine Fahne sogar durchs Telefon!«, sagte sie. »Bitte komm runter.« »Ich bin gleich unten.«

Sie streifte sich eine Strickjacke über, nahm ihre Schachtel Zigaretten und eine Apfelschorle in die Hand und rannte die Treppen hinab. Bevor sie die schwere Haustür öffnete, zögerte sie kurz. Er könnte dort stehen mit geladenem Gewehr, er könnte sie im Flur einfach abknallen, so wie sie es mal geträumt hatte, und sie würde mit einem Loch im Kopf verbluten, die Nachbarn würden kommen, aber es wäre zu spät. »Er war doch stets ein freundlicher Junge, immer höflich, gut erzogen, keiner hätte das gedacht!« Die Bekannten schlugen die Hände über den Köpfen zusammen. »Aber sie hat ihn ja auch zugrunde gerichtet, diese Bestie!« Sie sah ihr Foto in der Zeitung, mit einem Pfeil, »SIE (ihr Bild mit rotem Pfeil) hat IHN (auch mit einem Pfeil) hintergangen – und mit dem Leben bezahlt.« Oder: »Eifersuchtsdrama im Frankfurter Westend. Exfreund zerschneidet Mädchen das Gesicht.« Dann sagte sie sich: »Wenn es so ist, dann ist es jetzt so, sei nicht albern«, und machte die Tür auf. Dort stand Leo mit vibrierendem Körper, den er kaum beherrschen konnte. Es sah aus, als habe er Schluckauf und Durchfall auf einmal, seine Füße traten auf der Stelle, seine Lippe schob sich von links nach rechts, er nahm tiefe, lange Züge aus seiner Zigarette, die Asche fraß sich durch das Papier.

»Hallo«, sagte er beinah schüchtern. Er hatte offensichtlich seine Jagdausrüstung zu Hause gelassen. Sie atmete auf.

»Was ist denn los?«

»Ich wollte dich sehen. Ich musste dich einfach sehen, verstehst du?« Über seine Nase lief eine Träne, seine Jacke roch nach ungelüfteter Wohnung, nach Atemnot, seine Schuhe waren winzig, wie konnte sie einem Mann mit so kleinen Füßen auf dem Herzen herumtrampeln. »Leo, so kann es doch nicht weitergehen.«

»Du bist nicht meine Therapeutin!«

»Also, wenn du mich jetzt anschnauzt, geh ich wieder hoch.« sagte sie. »Nein!« Er packte sie am Arm. »Geh nicht.« Dabei fiel ihm ein Messer in einem Lederetui aus der Jackentasche.

»Das ist ein Scherz, oder?« Sie hob das Messer auf.

»Das ist jetzt nicht so, wie es aussieht. Ich hatte diese Jacke ewig nicht mehr an. Und das Messer ... das muss da drin gewesen sein. Ich wusste gar nicht, dass es da ist. Ehrlich.«

»Du willst mich verarschen!« Sie hielt den Griff ganz fest, es war ein dickes Messer, und jetzt waren auch noch ihre Fingerabdrücke drauf. Wie dumm! Sie traute ihm alles zu.

»Gib mir mein Messer zurück«, sagte er und streckte die Hand aus. »Nein«, antwortete sie bestimmt.

»Gib es her.«

»Nein.«

»Dann steck es in meine Innentasche. Ich mache dann die Jacke wieder zu. Hier, steck es hier hinein.« Er hielt ihr das Innenfutter seiner Jacke hin. Sie schob das Etui vorsichtig hinein. Er zog den Reißverschluss der Jacke zu. »Ich bin wie der Ehemann, dem der rote Schlüpfer seiner Geliebten aus der Jackentasche fällt.« Sie musste lachen.

»Geh nach Hause, Leopold. Schlaf dich aus, such dir irgendeinen Job oder etwas, das dir Spaß macht. Mach Sport, geh joggen, du musst mal raus hier, raus aus deiner miefigen Wohnung, in der das Wasser nicht abläuft und die Teller schimmeln!«

»Das ist vielleicht dein Weg! Aber nicht meiner«, sagte er und spielte am Reißverschluss seiner Jacke. Sie zog ihn wieder hoch.

»So ist es mir lieber«, sagte sie. Er zog den Reißverschluss wieder ein bisschen hinunter.

»Ich habe Angst vor dir!«, sagte sie.

Er warf die Zigarette in einen Busch vor dem Haus.

»Willst du mein Haus abfackeln?«, fragte sie.

»Vielleicht«, sagte er mit dunklem Blick. »Hattest du wirklich Angst vor mir? Ich kann's nicht glauben, dass du Angst vor mir hast. Ich würde dir nie etwas tun.«

»Ich weiß nicht«, sagte sie.

»Ich wollte dich einfach nur sehen. Ich musste jemanden sehen. Und ich wollte nur dich sehen!« Seine Lippe war ganz schief, als habe ihn jemand schlecht gemalt. »Gibst du mir noch eine Kippe?«, fragte er. Sie hielt ihm die Schachtel hin, er riss sich drei Zigaretten heraus und sagte »Leb wohl.«

»Pass auf dich auf.«

»Hoffentlich tut er sich nichts«, dachte sie, als sie ihm nachsah, er streifte mit der Hand über einen Buchsbaum. Sie rauchte noch eine Zigarette, die ihr den Magen umdrehte, und stieg die Treppen hoch, zurück in die schwarze Wohnung. Hatte sie ihn so weit gebracht, oder war er schon immer so gewesen? »Wer ist also schuld«, dachte sie, »derjenige, der den anderen verschlingt, oder derjenige, der sich verschlingen lässt?« Das hatte sie mal gelesen. In der Nacht schrieb Leopold ihr eine SMS: »Ich würde für dich ins Gefängnis gehen.« Von Moritz hörte sie nichts.

Ohne Zeit ist es unmöglich, jemanden zu bezwingen.

Moritz war inzwischen nach Mumbai geflogen und würde erst in sechs Wochen wiederkommen für irgendwelchen Papierkram. Visum, Larum! Sein Wetter war nun anders, seine Uhrzeiten, sein Licht, ihr Sonnenaufgang war sein Sonnenuntergang, die Luft, der Geruch, vielleicht regnete es, sie sahen nicht mehr dieselben Dinge, sie schliefen nicht parallel, sie lebten im wahrsten Sinne des Wortes aneinander vorbei.

Sie hatte nicht einmal seinen letzten Abend mit ihm verbringen können, weil seine Eltern ihn in einem französischen Restaurant verabschieden wollten und von ihrem Dasein keine Kenntnis hatten, ihr Name war nie gefallen, hatte nie fallen dürfen in seiner Familie, die doch eng mit Leopolds Familie verbandelt war. Sie, Theresa, T., das Mädchen, die Freundin, die Affäre, existierte in seinem Hause nicht, weder an seiner Seite noch in irgendeiner Verbindung zu ihm, sie war unsichtbar für alle anderen, vielleicht sogar inzwischen für ihn selbst. Er war erst nachts um halb eins zu ihr geschlichen, nachdem seine Eltern ins Bett gegangen waren.

Am nächsten Morgen hatte es einen Flughafenabschied gegeben, nach dem sie zwei Tage nicht das Haus verlassen konnte, weil ihre Augen sich weder öffnen ließen noch abschwellen wollten, es war ihre allergische Reaktion auf Abschied, ein endloses Niesen und Jucken mit wund geriebenen Augen, am Flughafen flogen Pollen, die kneifender brannten als die Natur; sie hatte sich an ihn gehängt wie ein Schal an einen Kleiderhaken, dort baumelte sie, keinen Muskel angespannt, schlaff und schluchzend, japsender Atem, Hunderte andere Passagiere am Gate waren ihr gleichgültig. Und Moritz schämte sich für das Aufsehen, das sie durch ihr öffentliches Jaulen erregte. Einige Passagiere drehten sich nach ihnen um.

»Sei nicht traurig«, sagte er mit der zärtlichsten aller Stimmen, wie flüssiges Nougat. »Ich buche dir einen Flug nach Mumbai, dann sehen wir uns schon ganz bald wieder.« Aber das konnte ihre luftschnappenden Hickse nicht besänftigen.

Dann war er weggeflogen.

Sie war wehrlos gewesen in den letzten Wochen. Von ihm kam wenig, ab und zu eine launige Nachricht, kurze, vorbeihuschende Schatten von Sehnsucht, dann wieder Rückzug. Jeden Tag fragte sie, wann er zurückkommen würde, ob er schon einen Flug gebucht habe, und weil sie sich dabei so klein und schäbig vorkam, so unterwürfig und preisgegeben, berichtete sie ihm von anderen Männern, die ihr zuzwinkerten in Bars oder ihr beim Joggen hinterherpfiffen. Sie sprach auf einmal wieder von Leo, nicht mehr Leopold, überhaupt fiel sein Name oft. Und sogar von Benjamin. Das war ihre einzige Waffe. Doch, wie beabsichtigt, Eifersucht zu erzielen gelang nicht. Eifersucht kommt ohne Aufforderung. Man muss sie nicht sichtbar machen, nicht unterstreichen mit einem neongrellen Textmarker.

Moritz sprach von seinem Chef, von seinen neuen Aufgaben, schickte Fotos von seinem Hotelzimmer, verabredete sich mit Kollegen zum Squash oder zum Abendessen, aß Chicken Cup Noodles vor dem Computer, aber nie sprach er von ihr. Oder von ihnen. Deshalb fiel es ihr schwer, ihm überhaupt zu folgen, in Wahrheit interessierte sie nur das eine, und bis das Zauberwort nicht gefallen wäre, würde sie an ihm vorbeihören und durch ihn hindurch.

Von Leopold kamen zwischendurch Beschimpfungen. »Ich hoffe, du weißt, was für ein schreckliches Mädchen du bist, das nur sich selbst betrachtet, nur für sich sorgt und das ich immer noch liebe.«

Davon erzählte sie Moritz stolz und voller Erwartung in Anbetracht des Wortes Liebe. »Der arme Leo!«, sagte Moritz dann nur. »Der hängt so sehr an dir!« Zu sich sagte er nichts.

Sie berichtete auch von David, der manchmal abends mit ihr auf dem Sofa saß und Wein trank und sie dann fragte, ob sie nicht einfach mal mit ihm in sein Zimmer gehen wolle, Beischlaf unter Mitbewohnern sei immer erlaubt. Sie gab jedes Kompliment wieder und tarnte es als Zweifel. »Ich habe ein kleines Ego, das gegossen werden muss wie eine Blume. Und du bist die Wüste«, verteidigte sie ihre Methoden, wenn er sich wieder einmal von ihren Zweifeln überrumpeln ließ, anstatt um sie zu werben. Sie redeten jetzt nur noch aneinander vorbei. Er sprach von der Ferne und von der Karriere, sie von der Heimat und der Liebe. Wenn sie gar nicht mehr weiterwusste, lockte sie ihn mit seiner Lust, schickte ihm sinnliche Fotos, flirtete mit ihm am Skype-Bildschirm oder verführte ihn am Telefon.

»Ich denke viel an dich. Jeden Tag. Auch wenn du es mir vielleicht nicht glaubst«, sagte er in den Skype-Bildschirm. »Aber mein Chef lässt mich erst mal nicht hier weg. Vielleicht komme ich erst in drei Monaten wieder für ein paar Tage nach Frankfurt.«

Sie versuchte, Haltung zu bewahren. »Drei Monate? Bleibst du so lange? Oh je. Wir sollten Freunde bleiben.« Sie lachte gequält.

»Willst du mich abstoßen?«, fragte er.

»Ich wollte doch warten. Auf dich. Und treu sein. Dir treu sein.«

»Und schaffst du das?«

»Ich habe immer alles geschafft, was ich wirklich wollte.«

»Dann hoffe ich, dass du das wirklich willst. Wenn es für dich nicht allzu schwer ist.«

»Aber du verlangst es nicht?«

»Verlangen? Was kann ich schon von dir verlangen! Ich hoffe es.«

»Würde es etwas kaputt machen, wenn ich jemand anderen küssen würde?« Sie wartete auf eine Regung, bekam aber nicht mehr als ein seufzendes »Leider ja«.

»Dann mache ich es nicht«, sagte sie schnell.

»Ich wäre dir wahrscheinlich nicht böse, aber es wäre vorbei.«

»Du wärst nicht böse?«, fragte sie gequält.

»Ich geh ins Ausland. Lass dich allein. Ich wäre mehr traurig als böse.«

»Ich will nicht, dass du traurig bist. Und ich will nicht traurig sein.«

»Ich hab nicht vor, dir wehzutun. Lass uns nach Dubai fahren! Dort können wir uns sozusagen auf halbem Weg treffen.«

»Wirklich?«, fragte sie ungläubig, aber hocherfreut.

»Ja. Warum nicht!« Er lächelte, aber sein Handy klingelte im Hintergrund. »Oh, mein Chef. Ich muss los. Wir reden später, ja?« Der Bildschirm wurde schwarz, er verschwand im Rauschen der Pixel, und sie wartete einige Stunden vor dem Computer, tippte nicht einmal drei Buchstaben in ihre Masterarbeit, doch er kam nicht mehr. Sie hatte einfach zu wenig zu tun. Er arbeitete, während sie wartete. Sie kam sich abhängig vor.

»Es hat gestern mit meinem Chef etwas länger gedauert«, schrieb er am nächsten Morgen. Über Dubai jedoch hatte er nie wieder ein Wort verloren, während sie sich schon heimlich Flüge herausgesucht und einen neuen Bikini gekauft hatte. An dem Bikini haftete das Preisschild bis zum nächsten Sommer.

Wenn sie joggen ging, nahm sie inzwischen ihr Handy mit. Sie trug Kapuzenpullover, damit das iPhone beim Laufen in den kleinen Beutel passte. Die anderen Jogger im Park schauten sie verständnislos an, wenn mitten in der schönen Ruhe, der Abgeschiedenheit beim Sport, zwischen Gräsern und Pappeln ihr Handy klingelte, unangemessen, als säße man in der Oper. Sie hoffte, man würde sie für eine außerordentlich wichtige Geschäftsfrau halten und glauben, sie sei mitten in Verhandlungen und unabkömmlich, selbst beim Sport. Aber es war kein Vorstand aus New York mit fünf Millionen Dollar im Gepäck, es war bloß ein Mann aus Mumbai, auf dessen telefonisches Angebot sie Tag für Tag wartete. Sie nahm das Handy sogar mit ins Bad, wenn sie duschte, und legte es so neben die Badewanne, dass sie abheben könnte, während das Wasser lief. Vielleicht, dachte sie, findet er es sexy, mich unter der Dusche zu erreichen, nackt und nass und schaumig. Wenn er nur das Wenigste gab, bloß eine launige SMS wie einen Tropfen Blut für einen Piranha, schnellte sie hoch und schnappte gelockt und hungrig ins leere Wasser. Und sie wusste, dass es Aktionen einer Verzweifelten waren, die alles nimmt, was sie noch irgendwie kriegen kann.

Als sie wie immer nach dem Sport ihren Kapuzenpullover abstreifte, fiel ihr das Handy heraus, ins Klo. Platsch! Da trieben ihre Buchstaben, und für einen kurzen Moment war sie erleichtert und so befreit, dass sie das Ding beinahe hinuntergespült hätte. Dann aber fischte sie hastig danach, das Klowasser spritzte, sie saß auf dem Badevorleger im Sport-BH und schwitzte und fluchte. Aber das Handy war ertrunken.

Moritz war seit drei Wochen fort, und sie wartete auf ihn und auf ihre Regel, die seit zwei Wochen überfällig war. Dadurch eröffneten sich neue Möglichkeiten, denen sie mit appetitloser Gespanntheit entgegenfieberte, als schaute sie bei einem aufregenden Naturspektakel zu, mit iPod auf den Ohren, dem Soundtrack zu der unwiderstehlichen, höchstdramatischen Wende der Geschichte. Sie würde die Mutter eines Betrugs werden, und alle würden es sehen. Hatte sie die Pille vielleicht irgendwann zwischendurch vergessen? Absichtslos ihren verborgenen Wünschen nachgegeben? Sie rief Moritz an und teilte ihm feierlich mit, dass sie einen Schwangerschaftstest kaufen werde. Als er fragte, ob es denn möglich sei und wie es denn dazu kommen könne, antwortete sie lässig, sie wolle nur sichergehen, er solle sich nicht sorgen, es sei vermutlich gar nichts, so leicht werde man ja nicht schwanger, schon gar nicht sie, die ganzen Weinschorlen und Zigaretten, keine gebärfreudigen Voraussetzungen, aber sie wolle Gewissheit. Vielleicht wollte sie auch etwas anderes, Adrenalin oder eine Regung von ihm, aber eigentlich kein Kind, nein, nur die Idee von einem Kind, nur einen Moment der Zugehörigkeit und Verbundenheit, wie früher, als sie sich in den Büschen mit Moritz versteckt und er ihre Hand gehalten hatte, an der die Blätter klebten und die Erde, die ganze Erde.

»Ruf mich an, sobald du etwas weißt«, bat Moritz, die Leitung knackte. »Ich fahre gleich zu meinem Professor für die Masterarbeit. Ich kaufe einen Test am Bahnhof.« Theresa stand in der Schlange der Frankfurter Bahnhofsapotheke, auf einmal konnte sie keine Sekunde mehr warten, vor ihr schilderte ein alter Mann seine Rückenbeschwerden, ein junger Mann verlangte etwas gegen Hautausschlag und Hühneraugen. Sie zappelte von einem Bein aufs andere, ihr Anliegen war wirklich wichtig, es ging um ein Leben, um mehrere Leben, die sich radikal umstülpen würden, wenn das, was sie jetzt kaufte, das anzeigte, was sie sich insgeheim wünschte, aber nicht wirklich, nur um der Dramatik willen vielleicht, aber ohne die Konsequenzen, ohne überlaufende Milch und vollgeschissene Windeln, nur als Variante, Variation in D-Dur. Die Männer klagten weiterhin ihr Leid, wie wichtig konnten Rückenschmerzen und Hühneraugen schon sein, sie brauchte doch nur eine Minute, sie wusste doch, was sie wollte, jetzt machen Sie schon! Was war eine Fußwarze gegen ein Kind! Jetzt nehmen Sie Ihr Wehwehchen doch nicht so wichtig.

Als die Herren mit Salbentuben und Packungsstapeln versorgt waren, machte sie einen Schritt nach vorn und verkündete: »Einen Schwangerschaftstest, bitte.« Der Satz erschien ihr stattlich und schwächlich zugleich, sie hatte ungeschützten Geschlechtsverkehr, und ihr Leben könnte die größtmögliche Wende nehmen, es war wesentlich und banal. Der Apotheker schien sich über diesen gewichtigen Satz und ihre Situation weniger Gedanken zu machen, er legte unbeeindruckt eine Pappverpackung auf den Tresen, nannte einen Preis und ließ die Kasse scheppern.

Sie stieg in den ICE, wartete, bis die Türen sich unter einem Pfeifen schlossen, und schritt ehrfürchtig auf das Klo des Wagens 7. Das Waschbecken war übergelaufen, und der besprenkelte Boden stank nach Urin, das Klopapier haftete wellig in den Pfützen, aufgeweichtes braunes Papier, umweltfreundlich, aber menschenfeindlich. »Ich mache es jetzt trotzdem hier«, bestärkte sie sich und pinkelte, halb im Stehen, um die betropfte Klobrille nicht zu berühren, auf den Streifen, die angespannten Muskeln der Oberschenkel zitterten in der Beugung des Pinkelwinkels, der Zug wackelte, der Schaffner sagte die Anschlusszüge durch. Alles war verspätet. Sie hielt den Plastikstreifen und wartete auf eine Verfärbung oder ein Symbol, ihr schlug das Herz durch den Kopf, vielleicht das Herz ihres Kindes, eines gemeinsamen Kindes, er war ein anständiger Mann aus einer konservativen Familie, sie würden heiraten, und womöglich wären sie für immer aneinander gefesselt, nur durch das Kind wiedervereint, Moritz wird das Kind hassen, er wird denken, ich hätte ihn ausgetrickst, er wird denken, ich sei verrückt, aber ich habe nichts getan, ich wollte das alles nicht, nicht so, vielleicht irgendwann, ratterte es durch ihren Kopf, quietschende Gleise. Der schwankende Zug schubste sie von links nach rechts, ein Körper ohne Willen, jetzt bloß nichts fallen lassen, hatte sie überhaupt getroffen, da war nichts zu sehen, nur ein einzelner trostlos dünner und schwindender Streifen, blass wie ein altes Polaroid. Wieder eine Niete. Nichts gewonnen, nichts gefunden, keine Veränderung, keine Mitteilung an alle Freunde und Verwandten, kein Aufsehen, nicht mal eine Botschaft wert. Sie brachte es nicht übers Herz, Moritz sofort anzurufen. Um ihm dann was zu sagen? Dass es nichts zu sagen gab.

Während der Fahrt packte sie ein Überraschungsei aus, das sie sich am Kiosk zum Trost gekauft hatte. Sie saß im rumorenden Großraumwagen und schämte sich, während sie die Plastikfigur zusammenbaute, die sich in dem Ei verbarg. Kinder schauten über die Sitzlehnen neidisch auf ihr Spielzeug, Erwachsene hielten sie womöglich für geisteskrank. Sie leckte die Alufolie ab. Es war ein kleiner roter Propeller, der ihr versehentlich beim Basteln durch den Großraum flog und bei einer älteren Dame auf dem Schoß landete.

Es war nicht er, es war das Ungewisse, das sie liebte. Es waren die hundert Fragen, die sie ihm noch stellen wollte. Es war das Warten, auf eine Antwort, ein Wiedersehen, auf das noch Ungesagte, das viele Ungelebte, den Zukunftsglauben, die Schöpferkraft, die sie als stärker empfand als jede gelebte Erinnerung. Alles, was sie sich ausmalte, schuf in ihr eine Sehnsucht wie ein zusätzliches Organ, wie ein Auswuchs. Das, was sie so schmerzte, war das lautstarke Bohren einer Zeit, in der sie noch geglaubt hatte, alles würde gut gehen. Mit ihm, kurz vor ihm, war sie auf einem Zenit gewesen, auf ihrem Lebenshöhepunkt, hatte Freiheit, Übermut und Euphorie gespürt.

Eigentlich konnte sie ihn gar nicht besonders gut leiden, sie wusste, dass er ein Angeber war, ein verunsicherter Junge, der sich ständig durch berufliche Bemerkungen aufspielte, der es genoss, einen Dienstwagen zu haben und darin gesehen zu werden. Und sich wiederholte. Und der Dinge betonte, die ihr gleichgültig waren. Seine Themen waren nicht ihre. Er liebte es, dass er nun drei Handys besaß, zwei für die Arbeit, ein deutsches, ein internationales und ein privates, »In meiner Hose ist doch so schon kein Platz mehr!«, scherzte er – was für ein Idiot. Er sah gut aus, sicher, aber nicht besser als andere, nicht schöner als viele ihrer Liebschaften. Er war gescheit, bestimmt, aber nicht klüger als andere Männer, denen sie begegnet war. Er war erfolgreich, gewiss, aber nicht mehr als die meisten ihrer zielstrebigen Freunde. Und doch fand sie etwas Einzigartiges in ihm, von dem sie nicht genau wusste, was es war. Er war die Sorte Mann, nach dem man Sehnsucht hat, obwohl er neben einem liegt. Sie ging in ihm verloren wie in einem Wald, einem Urwald mit giftigen Blättern und beißenden Ameisen, mit wuchernden Bäumen und heilenden Kräutern, aber sie stolperte über die Wurzeln, und ihr wurde schwindelig von dem süßlichen Geruch der Gärung und den krabbelnden Insekten auf ihrem Rücken. Er hatte ihr immer noch keinen Flug nach Mumbai gebucht.

Sie hatte Moritz verschleppt wie eine Erkältung, die chronisch wurde, aus einer einfachen Grippe war eine Lungenentzündung geworden.

»Ich überfordere dich. Ich weiß, dass ich nerve. Aber nur jetzt. Nur weil in mir eine Kuhherde auf meiner Utopie herumtrampelt. Ich neige eigentlich nicht zum Nervensägertum.« Sie konnte nicht aufhören, sich zu rechtfertigen und zu entschuldigen, um dann kurz darauf erneut auf ihn einzuhämmern: »Leo liebt mich noch.« »Philipp will mich.« »Du bist ja nie da!« »Ich brauche einen Körper neben mir.« »Ich weiß nicht, ob ich für die Monogamie gemacht bin!« »Ich glaube nicht an Treue!« Aber er war längst immun gegen all ihre Tiraden, er hatte Antikörper entwickelt und sagte nur immer wieder monoton: »Ich kann dir vielleicht nicht das geben, was du brauchst«, als sagte er es zu sich selbst. Vielleicht war das wünschenswerte Ereignis gerade dasjenige, an dem sie sich nur freute, solange es einzig im Traum eintrat: dass er zurückkäme. So hatte sie es bei Marcel Proust gelesen.

Am nächsten Tag begegneten sie sich im Chat bei Skype.

Moritz: Warum hast du gestern so gezweifelt?

Theresa: Weil ich nicht alleine sein kann. Körperlich. Ich kann es nicht.

Moritz: Wenn du dich alleine fühlst – frag mal, wie ich mich fühle.

Moritz: Vielleicht komm ich ja im August wieder.

Moritz: Fest.

Moritz: Aber wenn man so jung ist, muss man offen bleiben für alles.

Theresa: Aber hier ist es doch auch schön. Hier bei mir.

Moritz: Ich bin auch gern in Frankfurt – und glaub mir, manchmal hätte ich auch gern mal einen festen Platz mit einer eigenen Wohnung. Und einem richtigen Leben. Aber wenn man hier solche Gedanken hat, dann hält man das nicht aus.

Moritz: Auf jeden Fall brauchst du wohl zur Zeit eher jemanden, der abends an deiner Seite sein kann.

Theresa: Ich will nur nicht ständig allein sein. Du machst mich allein.

Moritz: Niemand will allein sein.

Theresa: Manche lieben Einsamkeit und Askese.

Moritz: Ich liebe es nicht. Ich wäre so viel lieber bei dir.

Theresa: Ich spüre es nicht. Ich spüre dich nicht.

Moritz: Lies zwischen den Zeilen, Theresa! Warum kommt bei dir nie etwas an! Ich füttere einen Nimmersatt.

Theresa: Du weißt doch, dass ich eine Raupe bin. Ich habe Hunger. Ich werde mit einer Olive nicht glücklich.

Moritz: Theresa. Dein Ballett ist eben nicht so auf zu zweit tanzen angelegt. Ich bin ja nicht dein einziges Spieglein an der Wand. Hol dir deine Egokur doch woanders. Es wird nie genug sein.

Theresa: Gestern war ich lange spazieren und habe mich gefragt, was mir fehlt, was uns fehlt. Ich glaube, ich habe ein falsch programmiertes Entliebungsradargerät. Das ist zu sensitiv eingestellt, und dauernd sehe ich nur deinen blinkenden Punkt aus meinem Blickfeld verschwinden.

Moritz: Wir werden ja beide einander nicht habhaft. Aber ich zieh das hier durch.

Theresa: Das finde ich auch gut. Ich wollte dich doch nicht davon abhalten.

Moritz: Nein, aber wenn ich Sachen anfange, dann bringe ich sie zu Ende.

Theresa: Ich mache Sachen auch zu Ende.

Moritz: Oh Mann!

Moritz: Ich weiß.

Theresa: Ich würde niemals meine Masterarbeit aufgeben.

Moritz: Ich vergleiche hier nicht dich und mich.

Immer fühlte sie sich angegriffen, wenn er von seinem Job sprach. Ihre Masterarbeit kam nicht voran – sie war ein Nichtsnutz. Sie dachte an Leopold.

Theresa: Warum meintest du, du kommst im August vielleicht wieder? Was sind denn das für neue Tatsachen? Und dann für immer?

Moritz: Nein.

Theresa: Oder nur für drei Tage?

Moritz: Das wäre zu einfach.

Theresa: Ich mag einfach.

Moritz: Ich komme bald wieder, aber nur für ein paar Tage.

Theresa: Wie machen andere das nur? Komm jetzt her! Nur auf einen Kuss.

Moritz: Andere leiden auch.

Theresa: Was glaubst du, wie heftig meine Freude wäre. Allein die Vorstellung, dass du hier wärst, die hypothetische, die absolut unmögliche, sie macht mich glücklich. Auch wenn es nicht passiert. Einfach nur diese unwirkliche Idee davon, dich anzufassen. Und dich hier zu haben …

Moritz: Jetzt wird mir ganz anders.

Theresa: Diese Idee macht mich wahnsinnig.

Moritz: Wie soll ich denn heute Abend schlafen?

Theresa: Ich nehme jeden Abend Baldrian. Oder betrinke mich, damit ich nichts mehr spüre.

Sie trank wirklich jeden Abend, und es war ihr völlig gleichgültig, mit wem sie das tat. Sie trank, weil sie nichts aß, damit sie nichts aß, weil der Alkohol ihr den Hunger nahm, wenn er sich wie heißer Essig in den Magen legte, die Suchtsuppe, die sie mit Nikotin salzte. Wenn sie weniger aß, wurde sie schneller betrunken, und wenn sie betrunken war, vergaß sie das Essen ganz und gar. Im Restaurant mit Freunden schob sie die Scheiben ihres Hähnchens von links nach rechts, damit es angerührt aussah, obwohl sie keinen Bissen genommen hatte, sie dekorierte ihren Teller um und baute Haufen aus Fleisch oder Fisch lieber in die Höhe als in die Breite, damit der Kellner nichts merkte, damit die Kommentare der Freunde ausblieben, die mit Sorge und Neid ihren Verzicht beäugten. In Amerika gab es sogar inzwischen einen Begriff für dieses Verhalten, Drunkorexia, eine Mischung aus Betrunkenheit und Magersucht, bei der man alle Kalorien in Form von Hochprozentigem zu sich nimmt.

Wenn sie nicht betrunken war, aß sie packungsweise Kaugummis, damit sie nicht zum Kühlschrank ginge, sie stopfte sich mit Kaugummis voll, als wären es Nüsse oder Gummibären, alle drei Minuten schob sie sich ein frisches in den Mund, die alten klebte sie in die Papiere, auf Teller, in Aschenbecher, in Verpackungen, die über den Tisch rollten oder sich an die Gläser klebten, weil sich die durchgekaute Masse wieder auswickelte. Sie schmatzte und kaute und spuckte aus, nur um sich ein neues

Kaugummi in den Mund zu schieben. Oder sie wusch sich den Mund mit starkem Mundwasser, damit ihr Verlangen nach Süßigkeiten von dem Pfefferminzgeschmack überlagert würde. Sie lutschte Eiswürfel statt Bonbons, und sie pickte jeden einzelnen Brotkrümel aus dem Caesar's Salad. Sie lutschte den Mozzarella ohne den Teig von der Pizza, die David stehen gelassen hatte und die sie auf ihren nächtlichen Streifzügen durch die Küche im Mülleimer fand, kalte Pizza aus einem verbogenen Pappkarton, die sie herauswühlte und ableckte, den Käse einschlürfte, nur um nicht mit dem Weizenmehl in Berührung zu kommen. »Hoffentlich filmt mich keiner«, dachte sie.

In den Nächten rief sie bei Moritz an, zuerst, weil er es sich wünschte, weil sie sich immer Gute Nacht sagten, dann irgendwann nur noch aus Verzweiflung und Einsamkeit und Trunkenheit und Sucht. Sie weckte ihn, und er war erschöpft und musste früh arbeiten und bat sie, nicht so viel zu trinken, aber das spornte sie nur noch mehr an. Hatte sie je auf ihn gehört? Sie war zum Quälgeist geworden, zu einer Plage, einem Hautausschlag, das wusste sie. »Nur einer kann gewinnen«, dachte sie. Sie wollte die Worte aus ihm herausprügeln wie den Dreck aus einer Fußmatte, aber es kam nur stumpfer Staub heraus. Ich brauche einen Anspitzer, dachte sie. Ich muss ihn wieder spitzen. Die Distanzgespräche über Skype wurden zu einem endlosen Gezerre, als würden sich zwei Menschen um einen Gegenstand streiten und erst im Nachhinein bemerken, dass sie nicht denselben meinten. Sie verleugnete die Kapazität ihres Herzens.

Sie schluckte nun abends vor dem Schlafengehen viel Baldrian, Johanniskraut, Melatonin, Benocten, Hopfentropfen, weil sie sonst wach lag, ihr Herz war ein Rave, aber keine Love Parade. »Ich bin ein Idiot!«, dachte sie. »Warum provoziere ich ihn so, ich bin doch sonst nicht so. Will ich sehen, wie weit ich gehen kann? Wann der Zeitpunkt gekommen ist, an dem er mir wegläuft?« Sie fiel meist in einen zweigeteilten Schlaf, bei dem der

Körper ruht, aber der Kopf wach bleibt und achtsam registriert, was im Raum geschieht, wie ein Wachhund in Alarmbereitschaft, wie in einem Zelt in der Wildnis: Es könnte ein Angriff gestartet werden, das Telefon könnte klingeln. Wenn sie erwachte, hatte sie den Eindruck, drei Nasenlöcher zu haben oder dass ein Auge verrutscht und auf ihre Wange gewandert war.

Sie hatte immer geglaubt, unverwundbar zu sein. Aber jeder ihrer Freunde trug nun schon seine ersten Verfehlungen wie einen unsichtbaren Rucksack mit sich herum, Niederlagen im Job, chronische Krankheiten und Allergien, physiologische Defekte, Rückenschmerzen und Krähenfüße, Geheimratsecken und schütteres Haar, nicht bestandene Klausuren, unerwiderte Liebschaften, die falsche Stadt, die schäbige Wohnung, die ausgebliebene Beförderung, die ausufernde Figur, die kinderlose Ehe, die degradierende Entlobung – und niemand hatte ihnen einen Sturzhelm gegeben, wenn sie wie Kinder die Straße überquerten, ohne nach rechts und links zu schauen, ohne Stützräder oder Zebrastreifen. Ihnen allen waren mehr Falten in die Seele gegraben als ins Gesicht, da half kein Botox.

Lange hatten all ihre Freundinnen, auch sie selbst, geglaubt, sie blieben vom Älterwerden verschont; wie man als gesunder Mensch glaubt, von Krebs oder Aids verschont zu bleiben. Geburtstage waren bis zum 30. heitere Ereignisse gewesen. Aber nun kamen die Einschläge näher, und sie rannten um ihr Leben, fort vom Scheitern, sie flohen vor Scheidungen und Arbeitslosigkeit, vorm Sterben der Eltern und der Desillusionierung hinein in Entzugskliniken und Therapien, hinein in mittelmäßige Beziehungen und durchschnittliche Jobs, Extreme jagten den meisten einen Schrecken ein.

Früher, mit 17, waren ihr die 30-Jährigen wie Andersartige vorgekommen, Menschen mitten im Leben, mit Eigentumswohnung und Babysitter, mit Audischlüssel und Buggy, mit Versicherungsordner und Standfestigkeit, Lebewesen, die vor der Arbeit schon im Park laufen gingen und nach der Arbeit noch schnell einkauften, um ein Drei-Gänge-Menü für ein paar Freunde zuzubereiten: Gefüllte Zucchiniblüten mit Ricotta, Risotto mit Garnelen, Tiramisu – inzwischen kamen ihr 30-Jährige flegelhaft und unbeholfen vor. Sie war 29 und konnte nicht einmal eine Zwiebel schneiden. Sie besaß weder eine Bratpfanne noch einen Bausparvertrag. Sie fühlte sich hilflos und unfähig. Falls sie irgendwann einmal Kinder bekäme, würde sie diesen vermutlich Fischstäbchen in die Mikrowelle stellen und einen Post-it-Zettel an den Kühlschrank kleben: »Abendessen in der Mikrowelle. Mami ist feiern.« Vielleicht würde sie irgendwann auch die Söhne ihrer Freundinnen bezirzen: »Na Kinder, wer ist die schönste Mami?«, und dabei die Lippen aufplustern und die Wangenhaut einsaugen. Im Grunde fiel es ihr schwer, sich zu mögen.

Eine ihrer Freundinnen hatte vor Kurzem versucht, Spargel zu kochen, und die weißen Stangen ungeschält in einen Topf mit Wasser gestellt, schief lehnten sie dort, das Wasser kochte noch nicht, aber irgendwann blubberte es lustlos vor sich hin, die Stangen wackelten, es spritzte auf das Kleid, die Fertig-Hollandaise-Sauce wurde ins Spargelwasser geschüttet, und als sie das holzige Gemüse servierte, fielen den Stangen die Schalen wie Sägespäne vom Leibe.

So zeigte sich die Unfähigkeit der ewigen Kinder, der Verwöhnten, die lieber einen Salat to go mitnahmen mit Fertigdressing, anstatt stundenlang in der Küche Gemüse kleinzuschnippeln oder Zutaten vom Markt zu holen. Vielleicht lag es auch an falsch verstandener Emanzipation, weil einer Frau am Herd immer noch der Makel anhaftete, unterdrückt zu sein. Aber Vernunft und Sesshaftigkeit kamen nicht wie die Zahnfee über Nacht, Unverbindlichkeiten und Unfähigkeiten ließen sich nicht abreißen wie ein Pflaster, höchstens wie ein Preisschild, von dem der weiße Plastikrest eine schmierige Klebspur auf dem Geschenk hinterlässt, eine Spur, die nicht abzurubbeln ist und deren Reste unter dem Fingernagel kleben bleiben.

Als Kind hatte man es leicht unter Erwachsenen, so auch sie: Niemand hatte sie damals ernst oder als Frau wahrgenommen, sie war keine Eroberung und keine Konkurrenz, es gab keine potenziellen Kniffe in den Popo, noch keine Scham über eine abgebrochene Ausbildung, man hatte all die Entschuldigungen der Kinderwelt für sie parat: »Das muss man noch nicht wissen. Das muss man noch nicht können. Das muss man noch nicht haben! Sie ist doch noch ein Kind!«

Inzwischen war Hab und Gut erforderlich, man musste Ministerpräsidenten beim Namen nennen und einen Autoreifen wechseln können. Man musste im Oktober wissen, wo man Silvester feiert. Doch selbst mit Ende 20 konnte sie sich noch keinen Flug buchen, so sehr liebte sie ihre scheinbare Freiheit. Sie nahm lieber die Bahn, da war man flexibel, ohne Zugbindung, da konnte man verlängern, verkürzen, absagen – und das, ohne zu bezahlen.

Aber auch die Unverbindlichkeit hat ihren Preis. Eine Scheinfreiheit ersetzt die Beinfreiheit. Wer keinen Platz reserviert, muss auf dem Boden sitzen.

Sie nahm es Moritz übel, dass er arbeitete. So wie sie Leopold vorgeworfen hatte, dass er es nicht tat. Sie verachtete seine Disziplin und seine Beherrschung, weil sie immer Zeit für ihn hatte, während er sie wegdrückte, wenn sie anrief, weil er in Besprechungen saß, jedenfalls behauptete er das. Sie hatte keine Besprechungen, sie hatte keine Arbeit, sie verdiente kein Geld, sie hatte keine Kollegen, sie konnte mit niemandem über ihre Arbeit reden, sie hatte nur ihn.

Wenn sie ihn über das Skype-Video sah, fiel ihr auf, dass er eigentlich zu große Nasenlöcher hatte, die sich aufplusterten wie dicke Fleischflügel, wenn er atmete. Und doch konnte sie nicht von ihm lassen. Sie konnte nicht aufhören, sich zu fragen, warum er sie nicht liebte. Nicht genug liebte. Wann es aufgehört hatte, wann er aufgehört hatte, sie so anzusehen wie am Anfang, wann hatten die Anrufe, die nächtlichen Nachrichten, die Versprechen aufgehört? Hatte es sie jemals gegeben?

Ihre Einbildungskraft überspannte die Wirklichkeit und verdeckte sie.

Aber meist verändert man sich nur selbst, der andere bleibt gleich, er sagt das Gleiche und tut nicht mehr oder weniger als vorher, aber man selbst redet sich ein, seine Zuneigung habe abgenommen. »Ich suche nach den Zeichen des Verfalls«, dachte sie. Sie klammerte, weil sie glaubte, dass er losließ, und deshalb zog er sich zurück. Sie hatte inzwischen einen Aberglauben entwickelt, ein Schema, eine rechnerische Struktur, nach der sie seine Nachrichten antizipierte, er antwortete ihr häufig zu Schnapszahluhrzeiten, und sie redete sich ein, dass er eher zurückschrieb, wenn sie ihre Nachrichten auch zu Schnapszahluhrzeiten, wie 12:12 Uhr, losschickte. Sie kam sich vor wie ein kaputter Kaugummiautomat, in den er immer wieder Münzen hineinwarf, aber stets rutschte das Geld durch sie hindurch, und es kam nichts bei ihr an. Sie war das Sieb, das sein sprudelndes Wasser nicht einzufangen vermochte.

Sie sprachen meist übers Internet, und oft sah sie auf ihrem Bildschirm, dass Moritz ganz lange etwas tippte, das Schreibzeichen, der Buntstift, erschien auf ihrem Monitor. Sie wartete. Er schrieb lange, und sie freute sich auf seine Buchstabenmenge, auf etwas Bedeutsames, vielleicht. »Moritz is typing a message«, behauptete der Computer. Aber bevor er es absendete, erblickte sie den Radiergummi von Skype, er löschte seine Zeilen, und es kam nur ein knappes, belangloses »Gut« oder »Ja«. Darauf hatte sie nun sechs Minuten und achtunddreißig Sekunden gewartet.

Manchmal aber fand er die richtigen Worte im Chat. So wie an diesem Tag, drei Tage bevor er zu Besuch nach Hause kommen sollte. Er schrieb ihr im Chat aus dem Büro.

Moritz: Ich hab heute wieder Tage gezählt. Langsam kann man schon Stunden zählen.

Theresa: Da hast du aber gut gezählt. Eins. Zwei. Drei. Feeertig.

Moritz: Ja und dann freu ich mich. So sehr so unglaublich wahnsinnig mehralsdu.

Theresa: Das geht gar nicht. Ich bin die Freude. Ich bin die Freundin.

Moritz: Hast du eine Ahnung, wie ich mich freuen kann!

Theresa: Oder ich bin die Freudin. Du bist nur der Freud. Sieg, Mund!

Theresa: Würdest du sagen, du hast eine Freundin, wenn jemand dich fragt?

Moritz: Mein Chef hat mich gefragt.

Theresa: Oder würdest du antworten: Ich schlafe mit jemandem, exklusiv?

Moritz: Und ich hab Ja gesagt.

Theresa: Ja, aber du hast nur so Ja gesagt.

Nur damit du wegkommst, mal nach Deutschland kannst zu deiner Alibi-Freundin. Nicht meinetwegen.

Moritz: Mich fragen nicht viele.

Theresa: Das hast du doch nicht geantwortet, weil ich deine Freundin bin.

Moritz: Für mich bist du meine Freundin. Mir doch egal, ob die anderen das wissen. Hauptsache, wir wissen es.

Es verging eine Weile, bis sie antworten konnte. Sie wollte etwas Nettes sagen, weil er sie seine Freundin genannt hatte, aber sie war es nur in seinen Augen. »Für mich bist du meine Freundin«, hatte er geschrieben – für mich! Für alle anderen war sie ein Niemand, bloß ihm sollte sie gehören, ohne davon erzählen zu dürfen. Dass sie seine Freundin war, war für ihn keine Tatsache, es war lediglich seine persönliche Meinung, so wie ein: »Für mich bist du schön.« Nur für das Auge des Betrachters – aber nicht für die Welt. Sie wollte für alle seine Freundin sein. Wieder war das, was er sagte, nicht genug, vielleicht war sie verdorben von der Intensität der Gefühlskraft Leopolds, der ihr die Welt und sich zu Füßen gelegt hatte, wie einen Abtreter, eine Fußmatte vor der Wohnungstür, vielleicht war das, was Moritz ihr gab, gar nicht so wenig, wie es ihr erschien, vielleicht hätte es genügt, wenn er in Frankfurt geblieben wäre, denn aus der Nähe leuchtete auch ein schwaches Licht, war selbst der leistete Ton zu hören, aber aus Mumbai musste er schon eine ganze Blaskapelle bestellen, damit der Klang sie erreichte. Er wunderte sich, warum sie nicht antwortete.

Moritz: Hallo? Du bist abwesend. Oder das Internet spinnt.

Theresa: Ich bin so was von anwesend. Komm auf mein Anwesen.

Sei mein An-wesen. Nicht mein Aus-wesen.

Vermisst du meine Wortspiele denn gar nicht?

Moritz: Doch, ich vermisse alles.

Theresa: Hast du mich lieber ernst? Ich drehe am Glücksrad und kaufe das ERNSTL. Ich kaufe ein M. Und möchte lösen.

Moritz: Du hast das M schon

Moritz: O auch

Moritz: R auch

Moritz: I auch.

Theresa: T?

Moritz: T.

Theresa: Was fehlt mir noch? Hab ich sogar das Z? Das Ende des Alphabets?

Moritz: Brauchst nur noch das …

Theresa: Wie lange brauche ich denn noch?

Moritz: Drei Tage. Dann ganz und gar.

Theresa: Dann all you can kiss.

Sie war kurz vor dem Ziel. An diesem Abend trank sie viel Wein, sie war überschwänglich, überheblich, übermütig und übrig. Am Ende des Abends lag sie mit David gekringelt auf dem Sofa und hickste vor Glück, als David sie fragte: »Warum ist aus uns beiden eigentlich nie was geworden?« »Don't shit where you eat.

Wir wohnen zusammen«, sagte Theresa. »Ich kann ja ausziehen. Oder dich ausziehen.« David kam auf sie zu, sie sah ihn an. »Irgendwann passiert's. Aber nicht heut.« »Du hast diese Wirkung auf Männer, Theresa.« »Welche Wirkung?«, fragte sie. »Die wirksamste.« Sie schubste David vom Sofa, zappelte mit den Beinen und entschloss sich, Moritz noch einmal anzurufen. »MMhh«, stöhnte es am anderen Ende der Leitung. Sie hatte ihn geweckt.

»Huhu!«, fiepte sie.

»Theresa«, murmelte er. »Ich muss in zwei Stunden aufstehen und arbeiten. Wir haben ein wichtiges Meeting morgen. Heute.«

»Du freust dich ja gar nicht«, gluckste sie.

»Ach, Theresa!«, seufzte er in sein Kissen. »Willst du, dass ich meinen Job verliere?«

Warum liebte er diesen Scheiß-Job nur so sehr? Und warum liebte er ihn mehr als sie?, dachte sie.

»Lass mich bitte weiterschlafen. Wir sprechen morgen, ja?«, murmelte er.

»Dann amüsiere ich mich jetzt eben mit David!«

»Mach, was du willst.« Er legte auf. Das saß. »Warum tut es so weh?«, fragte sie in den bereits tutenden Hörer. Keiner hörte sie. Und sie schlief wenig später benebelt auf dem Sofa ein, ihre Wimperntusche hinterließ dunkle Streifen in dem weißen Kissen. Als sie am nächsten Morgen mit frierenden Füßen, schwerem Schädel und bleiernem Herzen erwachte, fand sie eine Nachricht von Moritz auf ihrem Telefon: »Du hattest mich so weit. Dass ich alles wollte.« Ihr stieg das Blut in den Kopf vor Angst. »Und jetzt? Jetzt ist es weg?«, hackte sie panisch in die Tasten. Aber an diesem Tag antwortete er nicht mehr. »Die haben dich mir weggenommen«, fluchte sie.

»Hohes Gericht!«, jammerte sie. »Ich habe das nur getan, weil ich geliebt werden wollte.« So lautete die Verteidigung der Angeklagten. »Heimtücke. Niedere Beweggründe. Habgier«, rief die Staatsanwaltschaft. Sie war der schlagende Ehemann, der Schurke, die sich ergebende Kudu-Antilope, die wiederkäuende

Kuh – wieder einmal hatte die Gier eine Beziehung gefressen. »Du empfindest ja sogar ein Gähnen als Zurückweisung. Jedes Mal, wenn ich nur sage, dass ich müde bin, bist du gekränkt. Oder wenn ich erzähle, dass der Tag ganz in Ordnung war, leidest du, weil er ohne dich in Ordnung war.« »Ich will ja nur, dass du ein ganz kleines bisschen unglücklich bist. Und ich dein Sorgentelefon«, sagte Theresa.

Am liebsten hätte sie ihm gesagt, dass seine Leichtigkeit ihr das Leben schwer mache.

»Du bist vollkommen«, hatte Moritz früher einmal zu ihr gesagt. Damals war es April, und sie genügte ihm radikal und vollends. Es schien, als wären die Worte weggeweht. Er musste sich wohl versprochen haben. Mitte Juni sagte er am Telefon noch: »Ich will dich. Ich will mit dir sein, sehr sogar! Aber mittlerweile hab sogar ich Angst.« Windspiele in ihren Ohren. »Ich bin so unsicher und gehe dann zwei Schritte zu weit, in jede Richtung. Ich laufe im Viereck«, erwiderte sie, aber er konnte ihr nicht helfen. Ihr gemeinsames Viereck war kein Quadrat, die Asymmetrie ihrer Liebe wurde immer sichtbarer. Seine Seite war kurz und gerade, ihre war schief und lang. Dadurch hatten sich die Winkel in ihre Richtung zugespitzt, sie balancierte auf einem Trapez. »Wohin soll ich denn gehen?«, fragte sie und hoffte, dass er sagen würde, zu mir, nur zu mir. Doch die Worte gehorchten ihr nicht. »Zurück macht mich traurig, nach vorn weiß ich nicht, ob du mir folgen kannst«, sagte er Ende Juni. Sie wollte ihm folgen, aber sie hatte sich mit offenen Augen verlaufen, und er hatte ihr keine Brotkrumen gelassen wie Hänsel oder Gretel, sie hatte keine Spur, nur seine unklaren Ortsangaben, kein Navigationsgerät, nicht einmal seine Landkarte für die genaue Beschlagnahme. Im Gestrüpp der lauwarmen Gefühle fand sie sich nicht zurecht, und er blieb im Ungefähren stehen, zögerte – nur leider fehlte ihnen fürs Zögern und Zaudern die Zeit. Er kam nur für fünf Tage. Das reichte nicht für eine Schnitzeljagd mit Rätseln und Aufgaben und Vielleichts, für keine Kolonialisierung und Annexion. Er kam ihr abhanden wie ein Zettel im Sturm. Ihr Entliebungsradar fiepte und blinkte, weil Moritz sich von ihr entfernte. Er verschwand einfach, da half keine elektronische Fußfessel. Nur was sollte sie tun? Die einmal eingesetzte Entliebung war nicht aufzuhalten. Das wusste sie. Sie dachte an Leopolds rote Hose. »Der Tag rückt näher«, schrieb er ihr. »Nein, der Tag schlurft näher. Der Tag schleicht und trödelt«, antwortete sie resigniert.

Er überraschte sie an einem Donnerstag. Ihr Telefon klingelte, als sie gerade mit ihrer Freundin Sophie einen Eiskaffee auf dem Balkon trank. »Wo bist du?«, fragte er. »Ich bin zu Hause«, sagte sie. Aber sie war nicht allein. Und niemand durfte wissen, dass er kam. »Ich lande morgen Mittag!« »Gut«, sagte sie. »Sehr, sehr gut.« Sophie schaute sie fragend an. »Das war Felix aus Hamburg«, log sie. Doch warum sie das tat, konnte sie wenige Zeit später nicht mehr verstehen. Sie hätten gleich alles beichten sollen. Hätte sie sich damals bloß nicht auf seine Betrugsregeln eingelassen. Hätte sie damals bloß die Wahrheit gesagt! Auf dem Boot, bei den Spaziergängen, im Park, am Strauch, bei den Abendessen, auf alle Fragen hin, zu Leopold, zu Anna und Franzi und David und all den anderen. Sie hätten sich retten können. Anfangs hatte Moritz ihr noch auf den Klos, in denen er sie umschlang, während die gemeinsamen Freunde draußen tanzten, gesagt: »Ich will mich nicht verstecken müssen, um dich zu küssen.« Und dann, wenig später, in einem anderen Versteck: »Wir können es Leopold noch nicht sagen. Wenn die Bombe jetzt platzt und ich bin bald in Mumbai – dann bist du hier ganz allein in den Trümmern.« Und als er bereits weg war, sagte er plötzlich, man müsse »noch mindestens vier Monate warten, bis wir zusammen sein können. Dann bin ich wahrscheinlich sowieso wieder zurück.« Die Distanz hatte ihn entmutigt. Er schob sie auf wie eine Ratenzahlung, ihre Liebschaft war gestundet. Er hatte damals nicht vor, allzu lange in Asien zu arbeiten. Aber aus den vier Monaten wurden zwei Jahre.

Der Konjunktiv quälte sie. Sie hätte auf der Wahrheit bestehen sollen. Sie hätte. Vielleicht hatte sie anfangs das Geheimnis ihrer Verschwörung zu sehr verführt, die Dramatik von Hotelzimmern und das Anpirschen durch die Irrgärten der Nacht, doch inzwischen war ihr fad in der Verbannung. Sie hatte angenommen, im Moment von Moritz' Verschwinden Leopold wiederbeleben zu können. Aber niemand liebte die zweite Wahl. Die zweite Wahl war unerträglicher als irgendwer, der gar nicht auf der Rangliste war. Das war dann wenigstens bloßes Freundschaftsspiel. Aber von der zweiten Wahl erwartet man die Rückkehr auf den ersten Platz vergebens. Theresa war verblüfft, wie viele ihrer Freundinnen letztendlich die zweite Wahl heirateten. Eine Freundin, Marie, hatte ihr wochenlang mit ihrem Liebeskummer in den Ohren gelegen, weil ein Kerl sie verlassen hatte, einfach so, ohne Ankündigung, sie hatte geschluchzt und gedichtet. Acht Monate später war sie verlobt. Mit einem anderen.

Es klingelte an ihrer Tür. Sophie stellte den Eiskaffee ab. »Wer ist denn das jetzt?«, fragte sie. »Keine Ahnung«, erwiderte Theresa und kletterte vom Stuhl, um die Wohnungstür zu öffnen. »Hallo?«, sagte sie in die Fernsprechanlage. »Freust du dich?«, hörte sie Moritz' Stimme. Und wie sie sich freute! Er war einen Tag zu früh gekommen. Er hatte ihr 24 Stunden geschenkt, aber sie war weder gepudert noch rasiert. Sie zog lieber vorbereitet und ausgerüstet in den Kampf. Und was zum Teufel sollte sie mit Sophie machen, die auf dem Balkon saß wie eine befestigte Überwachungskamera und genüsslich an ihrem Eiskaffee nippte, der noch nicht einmal zur Hälfte ausgetrunken war? »Ich wollte dich überraschen«, verkündete er stolz, so als wäre damit alles wieder gut, als habe all das Gezerre und Gezeter am Telefon hierdurch eine Reinigung erfahren, als seien die 24 Stunden Zeit ein Geschenk nur für sie, die Waschmaschine für all die dreckigen

Quälereien und die Mühsal des Ausharrens, ein Weichspüler für ihre Beschwerden.

»Sophie ist hier oben«, sagte sie entschuldigend. »Ich versuche, sie loszuwerden, und rufe dich dann an.« Aber Sophie wollte nicht gehen, nicht so bald, der Eiskaffee schmeckte ihr, sie arbeitete als Lehrerin und hatte den ganzen Nachmittag Zeit. »Wo waren die Hausaufgaben und das zu korrigierende Diktat?«, dachte Theresa. Und als Sophie endlich ausgetrunken hatte und sich verabschiedete, blieb kaum noch Zeit.

»Ich muss mit meinen Eltern abendessen«, sagte Moritz am Telefon. »Dann komm jetzt wenigstens für eine Stunde«, verlangte sie.

»Okay. Ich komme gleich rüber«, sagte er, und sie hatte nicht einmal Zeit, sich in Ruhe die Beine zu rasieren, und in der Hast schnitt sie sich ins linke Bein, das Blut vermengte sich mit dem lauwarmen Wasser, kreiste als verdünnte Flüssigkeit spiralförmig den Ausfluss hinunter, sie hatte keinen Stöpsel, es tropfte rote Punkte auf den Badezimmerboden, sie wühlte im Badezimmerschrank nach einem Pflaster, da klingelte es an ihrer Tür. Und sie hatte ganz vergessen, sich die Haare zu kämmen. Und sich zu freuen.

Wieder einmal hatte das Geheimnis das Glück dahingerafft. Sie hatten 64 Minuten Zeit und schliefen schnell miteinander. Aber die Erlösung war kaum zu genießen.

Lügen erfordern Planung und Terminkalender. Es war nicht möglich, sich zu überraschen.

Nach dem Abendessen mit seinen Eltern rief er sie an, aber sie war noch bei Freunden zum Wein und betrank sich Hals über Kopf, Leber über Herz, Rausch über Rast. »Wenn du da noch bleiben willst«, atmete er ins Telefon, »dann bleib. Wir sehen uns sonst morgen.« »Morgen?«, dachte sie, ein Morgen gab es für sie gar nicht. Wie konnte er sie vertrösten! Vor wenigen Tagen noch hatte er die Stunden bis zu ihrem Wiedersehen gezählt, Stunden, die ihm nun gleichgültig zu sein schienen. Ihnen gehörten nur fünf Nächte, und er wollte davon bloß vier, nur vier Fünftel von ihr, das andere Fünftel ließe er links liegen. Das war es, was sie nicht ertrug, seine Halbherzigkeit, Drittelherzigkeit, die Bruchzahl seiner Gefühle, sein Zähler war kleiner als ihr Nenner.

»Ich will dich aber heute sehen«, quakte sie in den Hörer.

»Ich bin nur sehr müde, Theresa.« Er sagte das ohne Erpressung und ohne Pistole in der Hand, aber sie fühlte sich trotzdem bedroht, ihr wurde ganz schlecht bei dem Gedanken, heute ohne ihn sein zu müssen. Und er war nur 400 Meter entfernt. Sie konnte vor Angst die Sprache nicht finden, sie war zu ohnmächtig, sie brauchte mehr Mut und legte fassungslos auf. Bestürzt trank sie das Weinglas leer. Und noch drei. Das Gespräch ihrer Freunde zog an ihr vorbei, sie wollte es allen recht machen und konnte doch kaum noch ruhig sitzen, was sollte sie sagen, wie käme sie hier raus, wie käme sie zu ihm. Ihr Gesicht glühte, sie musste Haltung bewahren.

Es war ein Angriff, und ihr fehlten die Zeit und die Ruhe für einen Gegenangriff. Sie konnte ihn nicht gewinnen lassen. Besonnenheit lohnt sich nicht, wenn man nur fünf Nächte hat, ihr ging das Spielgeld aus, der nötige Einsatz, um im Rennen zu bleiben. Die akute Bedrohung kennt keine Geduld. Sie musste in Notwehr handeln. Und so schlich sie ins Badezimmer und rief ihn wieder an und bettelte: »Triff mich jetzt.«

»Ich war heute Morgen um vier am Flughafen«, argumentierte er, »ich bin wirklich fertig.«

»Ich bitte dich.« Der Wein boxte ihr Herz, und das ertrug die Schläge und fiel nach hinten und rappelte sich wieder hoch.

»Okay«, sagte er gnädig. »Aber ich muss bald schlafen.«

Sie trafen sich vor ihrer Tür, sie weinmutig, er missmutig. Oben in der Wohnung legte er sich sofort in ihr Bett, während sie auf der Kante sitzen blieb, voller Liebeswallungen und Raserei. »Lass uns doch einfach schlafen«, bat er niedergeschlagen.

»Will nicht schlafen«, maulte sie.

»Hast du wieder getrunken?«, fragte er besorgt.

»Du langweilst mich!«, zischte sie. »Du langweilst mich zu Tode!«

»Was ist denn los mit dir?«, fragte er unglücklich.

»Nur weil du heute Nachmittag schon deinen Sex bekommen hast!«, tobte sie. »Ich bin auch nur so ein Gebrauchsgegenstand für dich. Nur ein Hohlkörper! Nur ein guter Fick.« Sie atmete schnell. »Vielleicht sollten wir es einfach gleich lassen!« Die Worte platzten in ihr auf wie ein Ei in heißem Wasser, das man zu stechen vergessen hatte, weiße Geschwüre wuchsen hervor, Risse in der Schale, durch die ihr ungeborenes Küken quoll. Bereits als sie es aussprach, bereute sie es, sie wollte sich stoppen, aber der Wein und der Schmerz der Kränkung ließen die Worte sprießen wie Unkraut. Und das Gesagte kann man nicht mehr einsaugen, das Gesagte liegt in der Welt herum wie Sperrmüll. Und dann muss man warten, bis die Zeit es an der Straßenecke abholt oder das Gedächtnis die Worte auflöst, so wie Regen Papier zersetzt.

Sie hielt inne, sie wartete, ob er sie vielleicht überhört hatte, vielleicht schlief er schon, vielleicht nahm er sie nicht ernst, vielleicht hielt er sie endlich fest, weil sie ihm vorspielte, ihn wegstoßen zu wollen, aber er tappte ihr nicht in die Falle, sondern richtete sich langsam im Bett auf und sagte: »Du hast recht. Vielleicht sollten wir uns besser nicht mehr sehen!«

»So war das nicht gemeint.« Sie ruderte nun hastig gegen den gewaltigen Ozean an, aber ihre Ärmchen waren kurz und die Paddel schwer. Auf einmal war sie allein auf hoher See, das unruhige Wasser schlug gegen das Boot mit schaumigen Wellen, mit tosender Gischt, und sie schaukelte hin und her, das Holz knackte, und sie sah ihn als Punkt im Wind an der Küste stehen. Der Punkt wurde weggeweht.

»Theresa«, sagte er in die finstere Nacht hinein, »ich kann nicht mehr.« Sie war kaum imstande, ihn zu erkennen, seine Umrisse wirkten ganz fremd. Vielleicht war er eine Plastikfigur, nur Playmobil ohne Innenleben. Er war ein schwarzes Loch, zu dicht, zu massig, um ihn mit dem bloßen Auge zu erkennen. Sie konnte es nicht fassen. Sie hatte nun sechs Wochen heruntergezählt, die Uhren verflucht, die leere Zeit mit Weiß- und Rotwein gefüllt, fässerweise, die Tage mit Haken versehen, Minutenstriche an die Wand gepinselt, ihr Leben auf Pause gedrückt gehalten, es war alles nicht so wichtig gewesen, bis er wiederkäme – und nun war er da und schon wieder weg.

Sie streichelte seinen Rücken, und seine Haut zuckte wie die eines Pferdes, das eine Fliege vertreibt. Morgen, wenn wir aufwachen, dachte sie, wird das alles nur ein mieser Traum gewesen sein. Ein weinverhexter Hokuspokus.

Sie erwachte früh am nächsten Morgen, vom schrillen Wecker der Angst hochgeschreckt. Es war 6:54 Uhr. »Warum wacht man immer früh auf, wenn man traurig ist«, dachte sie, »gerade dann, wenn man die Ablenkung durch den Schlaf am dringendsten bräuchte?«

Die Trostlosigkeit des frühen Morgens gähnte ihr entgegen. Seine wulstigen Nasenflügel wippten auf und ab, sein kräftiges Haar lag gespreizt auf dem Kissen, sein praller Mund war leicht geöffnet, sie wollte ihn küssen, so sehr, dass ihr die Tränen in die Augen stiegen. Sie wartete lang, enervierend lang, bis er die Augen öffnete. Sie küssten sich verfressen und atemlos, sie rangelten und rangen miteinander, jeder wollte den anderen überwältigen, sie kletterte auf ihn, beide waren sie seelenwund und ausgezehrt, die durstigen Spieler begossen sich mit Wasser, schütteten literweise Flaschen über sich aus, alles war nass, die Haare, der Kopf, die Bettdecke, das Laken, tropisch klamm. »Sag es!«, flüsterte sie. Aber er hauchte nur Unverständliches in einer Phantasiesprache, die sie nie verstanden hatte. Danach sackte er erschöpft zusammen.

»Ich fahre übers Wochenende weg. Heut Abend bin ich in der Nähe von München eingeladen«, sagte er bestimmt. Sonntag würde er wiederkommen, Dienstag früh ging schon sein Rückflug.

»Aber wir waren doch fürs Wochenende verabredet!«, klagte sie empört, diskutierte wie ein Kind, widerspenstig und borstig, stampfte mit ihren Gummistiefeln auf dem Boden, Protest! »Warum den Abschied noch schwerer machen? Es ist so schon schwer genug«, sagte er vernünftig.

»Bitte bleib«, sagte sie.

»Du willst es nur, weil du es nicht mehr länger haben kannst«, sagte er.

Mit der Wucht der Ungeliebten wollte sie auf ihn einprügeln. Mit einer derartigen Unerbittlichkeit können nur die zuschlagen, die bereits schwer verwundet sind.

Der Giftstachel der Bienen ist ein Wehrstachel. Nur die Weibchen, also Königinnen und Arbeiterinnen, haben so einen Stachel. Da der Stachel der Honigbienen mit Widerhaken versehen ist, bleibt er beim Stich in die elastische Haut von Warmblütern, so auch uns Menschen, stecken, und die Biene stirbt. »Wenn ich ihn steche«, dachte sie, »sterbe ich nicht. Er ist kein dünnhäutiger Warmblüter. Sein Blut ist kalt.«

Ihr fiel ein, dass sie miteinander nicht länger glücklich gewesen waren als eine Woche, vielleicht nur einen Tag, den Tag, als Leopold unten wie ein Gespenst gegen ihre Festung getrommelt hatte, das einzige Glück auf Kosten seiner Unzurechnungsfähigkeit. Und ewig würde Leopold glauben, er sei einem Wahnsinn verfallen gewesen, einem Irrtum erlegen, er sei der Halluzinierende gewesen, und Moritz und sie badeten in seiner fiebrigen Oase.

Dabei hatte er recht mit dem, was er gesehen und geahnt hatte, mit seiner Furcht, die sie ihm als Schwachsinn ausgelegt hatte. Sie, Theresa, gehörte in das Gefängnis, in dem Leopold jetzt protestierend gegen die Mauern hämmerte, sie, mit anschließender Sicherungsverwahrung.

Alles war rechtswidrig. Sie trug die besondere Schwere der

Schuld. Und am Horizont erblickte sie etwas, das sie zunächst nicht bemerkt hatte, aber als sie es erkannte, erfasste sie grenzenlose Traurigkeit: Dort kam das Ende unhörbar über das Meer gekrochen.

Man ist nie so glücklich noch so unglücklich,
wie man denkt.

La Rochefoucauld

Manche ihrer Freundinnen warteten schon auf Heiratsanträge, die Singles unter ihnen spielten ihre Verzweiflung herunter oder saßen betrübt auf ihrem Sofa. »Ich dachte, ich wäre mit 30 ganz woanders!« Ja, das dachten wir alle. Es gab Carlotta, die seit neun Jahren mit Nico zusammen war, der sie liebte, aber der sich betrunken liebend gern auszog, seinen Po in die Menge hielt und Karnevalslieder zum Besten gab. Er hatte noch nicht gefragt, nicht einmal angedeutet, und Carlotta war gekränkt und gereizt.

»Meinst du«, fragte sie Theresa, »ich kann das irgendwie mal ansprechen?«

»Bist du dir denn sicher, dass du das willst? Oder ist es vielleicht nur die Gesellschaft, das Alter, all die Fragerei, die Eltern?«

Aber Carlotta wollte tatsächlich für immer vom Markt: gemeinsames Heim, gemeinsames Herausziehen der stets im Eimer festgeklemmten Mülltüte (»Halt du fest, ich ziehe!«, das aber abwechselnd, »Du ziehst, ich halte fest!«), gemeinsame Einkäufe im Supermarkt: »Mein Schatz, wir haben noch genug Schinken!«, sie würde Nico auf die Finger hauen: »Pack das wieder zurück«, und Nico würde den Schinken ins Kühlregal zurücklegen mit der Schnute eines Kindes, dem man sein Überraschungsei wegnimmt, gemeinsame Besuche in Möbelhäusern: »Holst du noch zwei Meretes!«, würde sie durch die Regale brüllen und: »Wollen wir Ingolf oder Norbert, in Buche oder Eiche, gebeizt oder lackiert, mit oder ohne Bezug?« Nico würde mit den Achseln zucken. »Das Laken ist nicht weich, das lassen wir hier«, würde sie befehlen, und Nico würde erwidern: »Fühl doch mal, Oxel ist viel weicher als Ratvik!«, ihre Hand nehmen und sie über das Laken rubbeln, als sollte ein Gewinn herauskommen, und dann würde sich ein 30-minütiger Stoffvergleich vor dem Bettlaken-Regal anschließen, eine Untersuchung der Dichte der Fasern, sie würde ja doch gewinnen, irgendwann würden die gemütlichen Pyjamahosen rausgekramt, weg mit den Negligés und der Reizwäsche, man ging gemeinsam Joggen und brachte das Altpapier zum Container, man putzte sich nebeneinander die Zähne, jeden Abend, anfangs noch mit Tanzeinlagen im Bad, die elektrische Zahnbürste als Mikrofon, später nur noch Debatten über die leere Zahnpasta, Küsse wie durch eine Glasscheibe, keine heimlichen Fressorgien mehr, Nacken auf Gesundheitskissen, Beine in Kamelhaardecken, auf dem Bauch eine Wärmflasche, herumliegende Socken, Berge von Socken, irgendwann nur noch Sockenhaufen, aus denen ihre Köpfe wie eingebuddelte Kinder herausragten. Carlotta wusste, wie man den Mann in die richtige Richtung manövriert. Ein Jahr später feierten sie und Nico eine wunderschöne Hochzeit am Chiemsee.

Es gab aber auch Philippa, die es mit Humor nahm, dass sie 30 und immer noch ohne Freund war: »Bei mir wächst da alles schon wieder zu!«, prustete sie. Sie konnte ihren Fernseher selbst reparieren und eine Glühbirne wechseln, es war doch alles nicht so schlimm.

Louise wiederum litt, litt so schrecklich, dass sie jeden Interessenten mit ihrer Euphorie erdrückte: »Hier hast du meinen Wohnungsschlüssel«, sagte sie nach zwei Wochen zu ihrer Affäre Felix. Aber Felix wollte keinen Wohnungsschlüssel, Felix wollte nicht einmal Frühstück. »Wenn ich auf einer Hochzeit noch einmal mit mitleidigem Blick gefragt werde, warum so ein süßes Mädchen wie ich eigentlich keinen Freund hat, dann antworte ich einfach: Ich bin halt schlecht im Bett!«, schimpfte Louise. »Oder du sagst, du hast Verdauungsprobleme«, ergänzte Philippa.

Antonia hingegen wollte mehr als ein Frühstück, sie wollte ein Kind mit Clemens, mit dem sie nun schon seit über sechs Jahren in einer beständigen Beziehung verweilte, inzwischen sogar verharrte, denn Clemens sehnte sich weder nach gemeinschaftlichen Ikea-Besuchen noch nach einem gemeinsamen Klingelschild. Antonia bewahrte lange Zeit Haltung, betrachtete würdevoll all die Verlobungen um sich herum, hängte sich liebevoll anderer Leute Geburtsanzeigen und Hochzeitseinladungen an die Wand, die Galerie der gemeinen Gegenwart. Doch irgendwann krähten die Säuglinge so laut von den Fotos ihrer Wand herunter, die Ehepaare winkten mit solch schallendem Gelächter, dass sie sich über keine weitere Trauung mehr freuen konnte, die Babygesichter schnitten kränkende Fratzen. Das abscheuliche, aber kraftvolle Gefühl des Neides hatte sie erwischt, und sie begann, auf Hochzeiten schnippische Bemerkungen über das wilde Liebesleben der Braut oder die miserablen Finanzen des Bräutigams fallen zu lassen. Sie schimpfte über ordinäre Familienmitglieder der Braut und die schlechten Manieren der Gäste, die während des Essens rauchten oder mickrige Geschenke brachten. Clemens konnte ihre Verbitterung und ihr Drängen, ihre Sehnsucht nach einem Bekenntnis, einer Perspektive, nicht ertragen und verließ sie nach sieben Jahren, an einem Dienstag im Juli, drei Wochen vor ihrem 30. Geburtstag. »Du hast mir die besten Jahre gestohlen!«, zischte sie und stieg erhobenen Hauptes in ihren kleinen Mini, »Wer hätte gedacht«, murmelte Antonia, die feingliedrigen Hände in das Steuer gekrallt, »dass ich mit 30 allein bin.« Sie trat aufs Pedal. »Und noch nicht mal ein eigenes Auto habe!«, fluchte sie weiter. Der Mini war nur geleast. Aber sie war zu stolz, um die Würdelosigkeit einer Verlassenen lange zu ertragen, und so erschien sie schon wenige Monate später mit Alexander auf der Hochzeit ihrer besten Freundin. Alexander war bereits seit über zwölf Jahren ein guter Freund von Antonia, sie kannten sich aus Schultagen, er war sogar drei Jahre mit einer ihrer engsten Freundinnen liiert gewesen, es war wie Inzest, die beiden waren vertraut genug, um nicht einmal die Klotür zu schließen, wenn sie pinkelten. Es gab keine Geheimnisse, keine

Entdeckungen oder Rendezvous, man kannte alle Freunde bereits, sogar die Familie, man musste sich nicht mehr anpassen, man schlüpfte abends in die Jogginghose vor der Glotze und bestellte fettige Chinanudeln: Antonia war nun über 30 und peitschte die Beziehung Richtung Zielgerade. Und immerhin besaß Alexander ein eigenes Auto, einen scheppernden Ford Fiesta. Wie konnte man zurückfallen in die Arme eines Mannes, den man bereits in zahlreichen Umarmungen mit anderen Frauen erlebt hatte, Liebesrecycling aus Angst und Bequemlichkeit, eine Ehe im Altflaschencontainer, der grüne Punkt statt des schwarzen Schandflecks der Ledigkeit.

Noch schlimmer hatte es Sarah getroffen, die seit ihrem 19. Lebensjahr mit Philipp ihr Bett geteilt hatte, Philipp war ein wohlhabender Junge mit rebellischen Zügen, der Fotograf werden wollte. Als Sarah nach sechs gemeinsamen Jahren schwanger wurde – vielleicht weil sie vergessen hatte, aufzupassen, vielleicht weil sie vergessen wollte –, sagte Philipp, er sei nicht bereit für ein Kind. Er war auf dem Weg nach New York, machte aufregend bunte und dekadente Fotos von ausgehungerten Models und aufkommenden Musikern vor prachtvollen Gemälden und Schlössern, sprühte Graffiti auf Wände von Burgen und wollte sich keinesfalls von einem braven Mädchen und ihren altmodischen Träumen aufhalten und erden lassen. Sarah trieb ab, aus Angst, ihn zu verlieren. Philipp zog nach New York, lernte dort eine amerikanische Kamerafrau kennen, die Musikvideoclips und dialogarme Kurzfilme drehte, und bekam mit dieser zwei Jahre später einen Sohn. Sarah hingegen traf sich inzwischen mit fremden Männern aus Chatrooms.

Sie alle hörten die Schreie ihrer ungeborenen Kinder.

Aber auch die jungen Mütter unter ihren Freundinnen waren nicht besser dran. Louisa hatte aus Liebeskummer vor zwei Jahren eine belanglose Affäre mit ihrem Kollegen Gerd angefangen. Er hatte ihr äußerlich und auch innerlich nicht besonders gefallen, aber sie wusste, dass er schon seit Monaten versucht hatte, sie zum Essen einzuladen. Also nahm sie sich eines Tages ein Herz, nachdem ihre große Liebe Adrian sie verlassen hatte, und fragte Gerd, ob er mit ihr zum Italiener gehen wolle. Es war ein Mittwochabend, und sie trank viel, um an ihm Gefallen zu finden. Sie hatte sich die Beine nicht rasiert, damit sie nachher nicht aus Mitleid mit Gerd schliefe. Aber sie war so traurig und er so rührend hilflos, dass sie ihn nach Hause begleitete und sich auszog. Während er sie unbeholfen streichelte, dachte sie an Adrian. Neun Monate später bekam sie mit Gerd einen Sohn. Er war ein anständiger Mann, der noch vor der Geburt um ihre Hand angehalten und sie geheiratet hatte. »Ich musste erst lernen, Gerd zu lieben. So wie man es lernt, eine Mutter zu sein«, sagte Louisa. Manchmal weinte sie heimlich wegen Adrian. Aber sie fügte sich ihrem Körper, der ihr dieses Kind geschenkt hatte und tröstete sich mit dem Gedanken, dass viele Ehen nicht aus Liebe geschlossen wurden, dass sie wenigstens ein gesundes Kind habe und einen Mann mit einem sicheren Arbeitsplatz. Sie war sehr bemüht, ihn zu lieben. Aber es mochte ihr nicht recht gelingen. »Ich beneide dich so, Theresa«, sagte sie manchmal, wenn es spät und dunkel war und Gerd schon schlief. »Du bist frei und voller Leidenschaft. Du kannst dich noch entscheiden. Ich kann höchstens hoffen, dass irgendwann das Gefühl kommt, auf das ich schon so lange warte. Aber ich schaue jeden Tag nach. Und überprüfe. Aber es kommt nicht, nie.«

Ähnlich war es Theresas Freund Gabriel ergangen. Der hatte jahrelang mit überschwänglichem Eifer eine Frau gesucht, weil seine Eltern ihm ein kleines Gut in Nordrhein-Westfalen vermacht hatten, das er nicht allein bewohnen wollte. Doch stets waren seine Liebschaften gescheitert, er war an Mädchen geraten, die zu eigenwillig waren, sich nicht binden wollten und die sich aufgrund ihrer Lebensentwürfe weigerten, ihn in die Provinz zu begleiten. Bei seiner Suche war er eines Tages auf die blutjunge Bianca gestoßen, ein 20-jähriges Mädchen mit einem leichten Damenbart und großen Füßen. Sie war lieb und zurückhaltend und nach nur wenigen Wochen Affäre mit Gabriel schwanger. Sie begleitete ihn aufs Land und gab ihre Bäckereilehre auf. »Meinetwegen magst du ein Kind mit ihr haben«, sagte seine Mutter streng und fuhr fort, »aber heiraten wirst du diese Person nie.«

Es war Montagabend, und Theresa schlug das Herz bis zum Hals, weil sie wusste, dass Moritz wieder in ihrer Nähe war, nur wenige Meter entfernt, und dieses Wissen stieg ihr zu Kopf wie ein scharfer Schnaps. Ich muss ihn noch einmal sehen, dachte sie besessen. Sie hatte seit Freitag nicht wirklich etwas essen können, nur Milch und Wein getrunken, hatte gehofft, dass er zur Einsicht kommen würde, war in den Elektro-Großmarkt gepilgert und hatte vor den Bügeleisen angefangen zu weinen. Aus jeder Ecke Frankfurts schien es seinen Namen zu schreien, er war wie ein McDonald's, ein Starbucks, überall tauchte sein Logo auf, maskierte Menschen mit seinem Markenzeichen auf der Brust standen wie ein Chor in den Hauseingängen und sangen ihr zu: »Moritz. Moritz. Moritz.« Jeder dieser Hauseingänge erschien ihr als Chronik eines Verfalls, und er war zu einem Denkmal, zu einem Steinmenschen geworden, dem sie kein Leben mehr einhauchen konnte. Sie war unfähig, sich zu beherrschen, und schrieb ihm, nachdem sie zwei Tage lang die Hände wie in Topfäustlinge gesteckt hatte: »Willst du nie wieder mit mir schlafen?« Und er antwortete: »Ich werde nie aufhören, mit dir schlafen zu wollen.« Immerhin. »Dann hör nicht auf«, schrieb sie. In ihrer Brust musizierten Pauken und Trompeten, auf ihrem Magen tanzten die Mäuse, sie tanzten Salsa und Flamenco, Kastagnetten schnallten.

Kastagnetten sind paarweise zu spielende Klappern. Die beiden Kastagnettenblätter sind durch ein Band miteinander verbunden, und man lässt die Muscheln mithilfe der Finger gegeneinanderschnellen. Kastagnettenpaare bestehen aus einer tieferen Klapper, dem Macho (Männchen), und einer höheren Klapper, der Hembra (Weibchen). Durch eine geschickte Spieltechnik können die unterschiedlichsten Klangfarben erzeugt werden. Moritz erzeugte alle Klangfarben, er war hell, dunkel, klar, trüb, weich, hart, schwarz, weiß, grün, dissonant, Dur und Moll. Und er verklang nicht.

»Es geht nicht«, schrieb er. »Bitte«, drängte sie. »Es ist Unsinn«, winkte er ab. »Es ist sinn-lich!«, beharrte sie. Sie konnte sich kaum bändigen. »Ich komme jetzt zu dir«, schrieb sie unbeirrbar, getrieben, versteift.

Sie warf sich eine Jacke über und marschierte unaufgefordert los mit geradem Blick und unnachgiebigem Schritt, sie war ein Soldat, Untertan ihrer Lust, fanatische Anhängerin eines Scheintoten, die Hartnäckigkeit im Genick, nur noch hundert Meter, sie sah sein Haus wie einen Schandpfahl in den Himmel ragen. Fünfzig Meter. Der Hals wurde ihr starr, den freien Willen warf sie ab wie eine Schlange ihre Haut. Es heißt, die unbedingte Freiheit sei eine Fata Morgana. Was tue ich, wenn er die Tür nicht öffnet, was, was, was, hämmerte es in ihrem Kopf. Wie ferngesteuert nahm sie das Telefon zur Hand und rief ihn an, sie stieß auf seine Mailbox. Das Handy war aus. Ihr drehte sich der Magen um. Er hatte sie ausgeschaltet.

Sie erreichte seine Tür mit Müh und Not, vorwärts gestoßen von der Schnauze eines Monsters. Sie rief ihn wieder an. Das Handy war aus. »Das kann nicht wahr sein, das darf nicht passieren«, dachte sie. Sie stand klein vor der hohen Messingtür, außer Atem und zitternd. Sie hechelte, und ihr Oberkörper bäumte sich unter der Jacke, die Brust wippte auf und nieder, komm, komm, komm. Bitte! Sie faltete die Hände zum Gebet. Was nun? Plötzlich hörte sie im Innern des Hauses den Fahrstuhl rattern. Im Fahrstuhl hat man keinen Empfang, dachte sie noch, da stand er vor ihr. Und packte zu.

Sie musste an das Zicklein denken, das im Mittelalter zur Folter verwendet wurde, dabei band man das Opfer fest und rieb seine Fußsohlen mit Salz ein. Dann holte man eine Ziege, die unaufhörlich an den salzigen Sohlen leckte, bis das Opfer geständig war. Weil die Ziege eine raue Zunge hatte, wurde aus dem anfänglichen Kitzeln ein heftiges Brennen. Bald löste sich die Haut von den Füßen, und die Sohlen lagen offen.

Sie rauften und verschlangen sich im Hausflur, direkt vor dem Fahrstuhl im Erdgeschoss. Es konnte jederzeit jemand kommen, seine Eltern und Nachbarn wohnten in dem vierstöckigen Mehrfamilienhaus. Sie klebten an der Wand, sie warfen sich auf den Marmorboden, dessen Kälte sich wie ein Filter auf ihre Haut legte. Zum Schluss sagte er: »Gute Nacht, Theresa.« Der Aufzug ratterte mit ihm nach oben. Und es fiel ihr leicht, zu gehen.

Aber er schien ihr zerplatzt wie Popcorn, explodiert in der Mikrowelle, und sie musste die Maiskörner einsammeln und aufpicken. Verstreute Reste einer zu heiß gekochten Nascherei.

Die kommenden Wochen würden aussichtslos und dürr werden. Es begann eine Trockenzeit.

»Ich kann nicht fassen, dass du weg bist«, sagte sie manchmal zu sich selbst und meinte ihn. Die Tage vergingen, die Sonne brannte auf ihrem Rücken, in der Nacht konnte sie vor Hitze nicht schlafen, das Zimmer war aufgeladen, vollgetankt mit bleierner Luft, und sie wälzte sich im leeren Bett. Sie hörte die Mücken surren und schlug sie manchmal an der Wand zu Mus. Rote Flecken sprenkelten die weiße Tapete, einzelne Beine, die ohne den Körper weiterzuckten. Auch sie kam sich vor wie ein körperlos zuckendes Bein. Am liebsten hätte sie David gerufen, um die Insekten zu töten. Sie ekelte sich. Eines Tages war die gewitterschwere Luft so drückend, dass die Tiere wie ein dunkler Teppich an der Zimmerdecke klebten. Darunter konnte sie unmöglich schlafen, die Haare standen ihr zu Berge, also raffte sie sich auf und saugte die Tiere mit dem pfeifenden Staubsauger aus den Ecken. »Ich bin ein Mörder«, dachte sie angewidert, aber sie konnte nicht anders. Sie sah die Lebewesen in dem Sog des Schlauches verschwinden.

Am nächsten Morgen klebte ihr eine tote Mücke auf dem weißen Vorderzahn, die sich im Schlaf in ihren Mund verirrt hatte. Sie schrie entsetzt auf, als sie das tote Tier wie Karies im Spiegel entdeckte, und wusch sich hustend und spuckend den Mund aus.

Die Gedanken in den Nächten erschienen ihr als Fieberträume einer im Dschungel Gestrandeten, und ihr wucherten Erinnerungen durch den Kopf wie wilde Pflanzen. Morgens – nein mittags – schleppte sie sich teilnahmslos in die Uni, musste Referate halten, bei denen sie auf einmal vor Unsicherheit rot anlief, sie vergaß die Vorbereitung auf Nachfragen, sah beschämt zu Boden, wenn man sie aufrief, sie wusste die Antwort nicht, es begann eine Inquisition, ihr Magen hing in der Luft, wie außerhalb ihres Körpers, und ihr steckte etwas im Hals, etwas Großes, das sich anfühlte wie zwei hart gekochte Eier, auf denen eine rohe ungeschälte Kartoffel lag. Sie drückten ihr auf die Brust, wochenlang. Sie hatte tausend Fragen im Kopf, die sie Moritz stellen wollte: Ob er wusste, dass er ihr wehgetan hatte, warum es vorbei war, wann es aufgehört hatte. Sich zurückzuhalten war ein Kraftakt, der so zehrend war, dass ihr dann und wann der Kreislauf zu kollabieren drohte und sie vor Schwindel bunte Punkte vor Augen hatte. Zuweilen scheiterten all ihre Bemühungen, und das Verlangen platzte aus ihr heraus: »Weißt du noch, wie es war, als es gut war?«, schrieb sie ihm.

Sie dachte, sie müsse Buße tun, drei Rosenkränze beten, Sühne zeigen, um Barmherzigkeit und Vergebung bitten; also tat sie alles, was sie in den letzten Monaten unterlassen und vernachlässigt hatte. Sie besuchte alte Freunde in Berlin und ihre Eltern in Hamburg, sie nahm sogar den Zug nach Kiel und reiste zu ihrer Großmutter. Sie brachte ihr Blumen mit und aß die gesamte Schüssel mit mächtigem Kartoffelbrei leer, nur um ihr eine Freude zu machen. Sie rief Leopold an und erkundigte sich nach seinem Befinden. Sie traf sich sogar wieder mit ihm, lud ihn zum Essen ein und half ihm bei seinen Bewerbungsschreiben, die er allerdings – wie sie später herausfand – nie abschickte. Er hatte immer noch keinen Job, nicht einmal eine Perspektive, er weigerte sich, den gesellschaftlichen Erwartungen zu entsprechen. »Lass mich«, fauchte er, wenn sie sagte, er solle sich kümmern. Seine Hemden waren zerknittert und sahen aus, als habe er sie aus der Dreckwäsche gekramt. Später, viel später, würde er einen Taxischein machen und die nächsten Jahre am Steuer einer alten Mercedes E-Klasse verbringen.

Sie fuhr für eine Woche mit ihrer Freundin Clara nach Kreta und erhoffte sich Abstand und Erholung, aber in der Ferne wurde ihre Sehnsucht nach Moritz so stark, dass sie manchmal nachts weinend erwachte und ihm schrieb: »Ich habe solches Heimweh nach dir.« Das fremde Land mit seinen unbekannten Ecken und Winkeln, mit den fremden Geräuschen, exotisch heulenden Sirenen, fremdländischen Uniformen, ihre Sprachlosigkeit im Kiosk, wo sie nur auf Dinge zeigen und griechisch-englisch stottern konnte, ängstigte sie. Sie aß weiße, tropfende Pfirsiche, und die Süße ließ ihr das Herz schwer werden. Clara hörte ihr lange zu, auf den Busfahrten entlang der Küste über die Serpentinen, beim Frühstück auf der Terrasse, beim Baden im salzigen Meer, aber irgendwann war alles erzählt, und Theresa fühlte sich trotzdem nicht besser, nur schlechter, weil sie glaubte, Clara zu langweilen und zu nerven.

»Moritz hatte sicher nur Angst vor dir!«, sagte Clara. »Du wirkst so einschüchternd und stark. Der war verunsichert. Er wollte sich nur schützen!«

Wie dumm von ihr, dachte Theresa. Eine Ausrede, die sich alle Mädchen untereinander immer wieder fröhlich als hochgewürgte Lüge zum aufgespießten Herz servierten. Es hatte etwas Uneingestandenes, diese weibliche Analyse beziehungsunfähiger Männer, die alle aus Angst vor ihren eigenen Gefühlen, aus

Selbstschutz und aus Ehrfurcht vor all den starken, mächtigen Mädchen weglaufen, fliehen und sich in ein Leben in Askese und Einsamkeit stürzen.

»Wir Frauen sind zu erfolgreich. Da kommen die Männer nicht mit. Solche Karrierefrauen wie wir verschrecken doch die Kerle.« Diese Sätze wurden zwischen den Freundinnen hin- und hergereicht, stets anwendbar für jede Verlassene, wie ein Horoskop. »Der war ohnehin nicht gut genug für dich. Der konnte doch gar nicht mit dir mithalten.«

Theresa wusste, dass diese Trivialpsychologie Unsinn war, dass auch Moritz nicht etwa aus Angst oder Selbstschutz ans andere Ende der Welt gezogen war – er liebte sie schlicht nicht genug. Vielleicht gar nicht. Aber, dachte sie dann, vielleicht, vielleicht ist es bei mir anders. Vielleicht hat er tatsächlich einfach Angst vor Leopold, vor den Freunden, vor seiner Familie, seinem neuen Beruf, vor ihren Spielchen und Betrügereien, vor ihren Sperenzchen – und zog sich deshalb zurück und dressierte sein Herz. Sein Herz blieb stehen wie ein wohlerzogenes Kind an einem Zebrastreifen, während ihr Herz außer Rand und Band war und einen Spielkameraden suchte, der mit ihm Streiche machte und Mätzchen. Die ganze Welt hatte sich gegen ihre Liebe verbündet, dachte sie, und auch er, er hatte nachgegeben.

Sie fragte sich oft, was mit ihr nicht stimmte, ob sie vielleicht nicht hübsch genug war oder nicht liebenswert, denn sonst wäre er doch bei ihr geblieben. Vielleicht stimmte einfach die Dosierung nicht. Vielleicht war sie richtig für ihn, aber er wollte nicht so viel von ihr, vielleicht hatten ihre Anrufe und Drohungen ihm den goldenen Schuss gesetzt. Vielleicht hatte sie in einem anderen Takt geliebt und war ihm stets einfach zwei Strophen voraus gewesen, vielleicht hätte sie mit dem Refrain warten sollen, bis er sie eingeholt hätte. Aber, dachte sie, wenn es passt und stimmt zwischen zwei Menschen, dann gibt es kein Zuviel und kein Zuwenig.

»Meinst du wirklich?«, fragte sie.

»Ganz bestimmt, Theresa. Überleg doch mal.« Und dann listete Clara all die guten Gründe auf, warum sie besser, stärker und toller wäre als er und warum er deshalb verschreckt und vorsichtig reagiert und sich in Sicherheit gebracht hätte aus lauter Angst, von ihr verletzt oder gedemütigt zu werden.

»Das sagst du nur, um mich zu trösten. Das sagen Frauen immer, auch wenn es nicht wahr ist«, winkte Theresa mutlos ab.

»Aber diesmal stimmt es!«, redete Clara auf sie ein.

Diesmal stimmt es, dachte Theresa. »Das glaube ich nicht«, sagte sie. Aber sie glaubte es. Das war das Schlimme.

»Ich finde, du begehrst zu sehr auf gegen Dinge, die du nicht ändern kannst«, sagte Clara beim Abendessen in einem Fischrestaurant zu ihr.

»Ich kann nicht anders. Irgendwie verstehe ich kein Nein.«

»Lass doch einfach mal gut sein, gib Ruh. Das macht total stolz. Wenn man sich nicht dauernd gehen lässt.«

»Ich bin nicht wie du! Du willst dich immer im Griff haben, du hast dich immer im Griff, machst Yoga am Abend und trinkst jeden Morgen gekochtes Wasser für deinen Magen. Du liebst deine Rituale und Gewohnheiten. Und du verzichtest auf Weizen und Zigaretten. Mir fällt es so schwer, zu verzichten. Ich bin zu undiszipliniert. Wie lernt man Disziplin? Du kannst das so gut. Ich beneide dich. Wie machst du das?«

Der Kellner stellte einen Brotkorb hin, den keine von ihnen anrührte.

»Das ist das Einzige, was ich kann. Daran halte ich mich manchmal fest. Es gibt mir Halt, wenn ich Angst habe, etwas nicht richtig zu machen. Ich glaube, die Schwierigkeit ist, weniger darüber nachzudenken, es mehr als eine Pflicht, nicht als eine Option zu sehen. Versuch doch mal, von diesem ganzen Männerzeug Abstand zu nehmen. Und sei selbst lieb zu dir.«

»Aber im Moment kann ich mich nicht leiden. Da brauche ich wenigstens einen anderen Menschen, der das tut.«

»Ich finde dich großartig, schlau, süß.«

»Da bist du aber die Einzige!«

»So ein Unsinn. Deine Freunde lieben dich alle. Deine Eltern sowieso.«

»Ich habe so viel gepatzt in letzter Zeit. Die sind sicher alle sauer auf mich und enttäuscht von mir. Ich fühle mich einfach wertlos.«

»Du bist trotzdem eine gute Freundin. Sonst mach mal eine Therapie – mir hat das sehr geholfen.«

»Ich weiß nicht.«

»Du bist nur zu faul. Und bemitleidest dich lieber selbst. Sprich mal mit jemandem, jemandem, der dich nicht kennt.«

»Aber manchmal steckt man doch auch fest in so einer Therapie. Oder man glaubt nicht daran, was die da vorne einem unterstellt.«

»Klar kommt man nicht immer so schnell voran, wie man gern würde. Meine Therapeutin hat oft keine Fragen gestellt, und ich konnte es nicht aushalten zu schweigen, dann habe ich irgendwas geredet und danach gedacht, wie sinnlos es war und dass man die Therapie doch nutzen muss.«

»Ich glaube, ich würde zu viel erwarten. Simsalabim, machen Sie mich gesund!«

»Versuch es doch trotzdem mal. Ich kann meine auch fragen, ob sie in Frankfurt jemand empfehlen kann.«

»Ich denk mal drüber nach.« Theresa wusste, dass sie es versuchen sollte, genauso wie man weiß, dass die Zahnprophylaxe fällig ist oder ein Rückruf bei ihrem Professor, aber sie wollte ihren letzten Hoffnungsanker, den Therapeuten, noch nicht ins Wasser werfen, vielleicht würde sie sich von selbst wieder zurechtrücken.

Sie war froh, in Frankfurt zurück zu sein. Aber Clara fehlte ihr. Und ihre Mutter. Ihre anderen Freundinnen hatten den Namen Moritz noch nie zuvor gehört. Das Heimliche trennte sie von allen Vertrauten. Nur Eingeweihte hätten es verstanden.

Manchmal nahm keine ihrer Freundinnen den Hörer ab, wenn Theresa sie zu erreichen versuchte, zahllose Nummern wählte sie, eine nach der anderen, aber ohne irgendwo eine Antwort oder Trost zu finden, alle waren beschäftigt, unterwegs, verreist. Es tutete ihr monoton entgegen. Sie schickte fünf SMS an sechs verschiedene Freunde, aber keiner antwortete. Die Moderne war eine Plage, dachte sie. Früher war die Kränkung wenigstens nicht so deutlich gewesen, wenn der Brief verloren gegangen war. Heute, in Zeiten uneingeschränkter Erreichbarkeit, musste alles sofort passieren, innerhalb einer würdevollen halben Stunde. Als keiner antwortete, niemand ihre Rufe erhörte, begann sie wild zu schluchzen und kam sich unendlich allein vor, was sie auch war. Wie alle es sind. Je älter sie alle wurden, desto weniger Zeit blieb für Nähe und Loyalität. Die Menschen hatten inzwischen einen Beruf. Oder ein Kind. Man konnte ja zurückrufen. Oder eine E-Mail schreiben. Das Grauen war Freiheitsdrang, getarnt als Unentschlossenheit.

Der Einzige, der neben Clara wirklich Anteil nahm, war Leopold. Sie übernachtete inzwischen wieder bei ihm, schließlich hatte er ein neues Bett und warme Hände. Sie lagen nur da und hielten sich fest, wie zwei vom Leben geschlagene, zwei ächzende Kranke, die zu matt waren, um miteinander zu schlafen, um einander auch nur zu küssen oder loszulassen. Doch Leopolds Klammern fing jetzt wieder an, wie ein klagendes Seehundbaby röchelte er, wenn sie sich aus seiner Umarmung befreite, weil ihr warm war oder weil ihre Blase drückte. Er hielt ihren Arm fest oder ihren Bauch, überall waren seine patschigen Hände. »Lass mich los. Ich muss aufs Klo.«

Manchmal wachte sie nachts auf und wusste nicht mehr, neben wem sie da lag, ob es Moritz oder Leopold war, und immer wieder drehte sie hoffnungsfroh den Kopf in seine Richtung – nur um enttäuscht festzustellen, dass es immer Leopold war.

Manchmal war sie so traurig, dass sie ihre Eltern anrufen, ihnen alles erzählen und sie bitten wollte, sie aus Frankfurt herauszuholen, am besten mit einem Kleintransporter, und sie nach Hause zurückzubringen. Aber ihr Leben hier war kein Film, und sie saß auch nicht in einem Irrenhaus, in der geschlossenen Anstalt oder in einer Entzugsklinik, woraus man sie hätte befreien können. Sie musste ihr Leben weiterführen. Sie kam hier nicht weg, und ihr fehlte der Mut, ihre Eltern um Hilfe zu bitten und Beichte abzulegen: »Ich trinke und rauche jeden Tag. Ich fresse Beruhigungspillen wie Smarties.« Niemand würde sie retten. Da kam keiner um die Ecke gerannt mit einer Windel für all die Scheiße, die sie produziert hatte. Und ihr fehlte das »Alles wird gut« ihrer Kindheit. »Warum bin ich bloß so geworden?«, dachte sie. Ich war doch ein glückliches Kind.

Sie träumte von einem weißen quadratischen Raum, in dem sie mit vielen anderen Menschen gefangen war, sie alle liefen summend um einen Stuhl herum, alle waren weiß gekleidet, mit Laken behängt, und wer sich auf den Stuhl setzte, starb. Sie alle mussten sterben, es ging nur noch um die Reihenfolge. Und so kreisten sie um den Stuhl, der in der Mitte des Raumes stand, und warteten, wer sich zuerst hinsetzte. Der Tod gab keine Ruh.

Eines Tages war ihr Laptop abgestürzt, der Computer schwieg, und sie sah ihm resigniert dabei zu. Er ließ sich nicht mehr anschalten, so sehr und so fest sie auch den Knopf drückte, mit ihm sprach, ihn schlug, ihn beschimpfte, mit einem Messer in ihn hineinbohrte – sie gab auf. Nun war sie erlöst, daran gehindert, weiter untätig vor der Masterarbeit zu sitzen, ihr kaputtes Arbeitsgerät gönnte ihr eine Verschnaufpause, der innere Schweinehund konnte sich schlafen legen. Aber die Tage werden lang, wenn man nichts zu tun hat.

Franzi bot ihr ihren Laptop an. »Du kannst ihn gerne mit in die Uni nehmen«, sagte sie während des Abendessens vor dem Fernseher. Sie hatten Salat bei einem italienischen Lieferservice bestellt. Theresa bedankte sich. Sie war bewegt von der Großzügigkeit ihrer Mitbewohnerin, die immer so still und friedlich neben ihr auf dem Sofa saß, ohne so einen Terz zu machen.

Es brauchte einige Tage, bis Theresa früh genug aus dem Bett kam, aber eines Mittwochsvormittags packte sie widerwillig Franzis Laptop ein und trat den Weg zur Bibliothek an. Sie baute den Laptop aufwendig auf, klappte das Display hoch, robbte auf dem Boden zwischen Studentenfüßen, nach einer Steckdose suchend, herum und setzte sich dann vor den Bildschirm. Der Laptop war in gutem Zustand, sie versuchte, ins Internet zu gelangen, aber der Zugang war gesperrt. Sie war tatsächlich gezwungen, zu arbeiten.

»Theresa?«, hörte sie eine Stimme flüstern. »Helena!«, rief sie freudig in die Lernstille. Etliche Köpfe wandten sich ihr zu. »Lass uns rausgehen«, schlug Helena vor, »da können wir besser quatschen.« »Gern«, erwiderte Theresa und folgte Helena Richtung Cafeteria. »Du warst ja ewig nicht in der Bib«, sagte Helena. »Ja. Ich war irgendwie nicht in der Stimmung.« »Verstehe ich. Ich kämpfe auch jeden Morgen mit mir.« Sie holten sich einen großen Milchkaffee und rauchten vor der Tür, obwohl Theresa um diese Uhrzeit immer etwas schwindelig wurde, wenn sie an einer Zigarette zog. Aber das geht vorbei, dachte sie, bei der dritten ist's schon nicht mehr so schlimm.

»Können wir uns vielleicht immer hier verabreden?«, fragte Theresa. »Das würde mir helfen. Ich brauche jemanden, der mich kontrolliert.« »Können wir gerne machen. Ich bin allerdings nur noch zwei Wochen hier. Dann habe ich Klausuren.« Helena zog entschuldigend die Schultern hoch.

Nachdem sie sich zwei Stunden vor der Arbeit gedrückt hatten, sagte Helena, sie müsse nun wirklich weiterlernen. »Das Wiederanfangen nach der Pause ist am schwersten.« »Ich habe noch nicht einmal angefangen«, sagte Theresa und hatte einen Kloß im Hals, als sie die warme Bibliothek betraten, in der einzig ein Seitenblättern und ein entferntes Räuspern zu vernehmen war, man hörte jeden ihrer Schritte. »Scheiße!« Ihr Ruf zerschnitt die Stille. Sie stand vor ihrem Platz, aber der Laptop stand nicht mehr auf ihrem Tisch. Ihr wurde so heiß, dass ihr sofort der Schweiß über den Rücken lief und das Blut in den Kopf strömte. Sie krabbelte unter den Tischen entlang, als habe sich der Computer hier unten irgendwo vor ihr versteckt. Diese Ratte! Ihr Po war zwischen Köpfen der über Bücher gebeugten Lesenden, ihr stiegen die Tränen in die Augen. »Verdammt!«, zischte sie. »Scchhh!«, raunte ein genervter Student. Alles war verloren. Franzis Fotos und Daten, ihre Musik und ihre Dateien, ihr höchstpersönlicher Laptop, aus Nettigkeit einer Freundin, einer schlechten Freundin, ihr!, zur Verfügung gestellt, befand sich inzwischen längst in den Händen eines fiesen Verbrechers. Wie soll ich ihr das nur erklären?

Theresa traute sich kaum nach Hause, dort lag sie, mit Bauchschmerzen und dem elenden Gefühl, das man als Überbringer und Verursacher schlechter Botschaften hat, und wartete auf Franzis Heimkehr, auch wenn sie hoffte, die Freundin würde heute, morgen, übermorgen und noch eine ganze Weile nicht nach Hause kommen. Aber sie hörte den Schlüssel im Schloss und vernahm ein freundliches »Hallo«. Jetzt musste sie aufstehen und die Wahrheit verkünden. Die Wahrheit, vor der sie sich selbst seit einigen Wochen gedrückt hatte, ich bin ein Versager, ich habe alles verloren, man sollte mir nichts anvertrauen, ich kann nicht aufpassen, ich bin unachtsam und lieblos, bitte verzeih mir!

»Ist nicht so schlimm«, sagte Franzi, aber sie klang gereizt. »Das meiste habe ich irgendwo gesichert auf einer externen Festplatte. Leider nicht alles.« »Es tut mir furchtbar leid«, sagte Theresa aufrichtig. »Du bist wohl etwas durch den Wind, hm?«

»Ich bin vielleicht schon weggeweht«, scherzte Theresa.

»Ich hol uns mal ne Flasche Wein.«

Am nächsten Tag fuhr Theresa in den Elektro-Großmarkt, der ihr mit seinen fiependen Geräten das vergangene Glück noch einmal vorpfiff, vorführte. Wiederentdeckte Zeit. Dort, vor dem Wasserkocher, hatte sie mit ihm gestanden. Hier sah alles noch genauso aus. Alles war wie immer. Der Laden brummte, die Kaffeevollautomaten rumorten, Frauenstimmen priesen Sonderangebote durch den Lautsprecher an. Sie stand einen Moment wie versteinert vor den Toastern. Dann kaufte sie schließlich einen neuen Laptop für Franzi und einen für sich. Von dem Konto ihrer Eltern. Eigenes Geld hatte sie nicht.

Eines Morgens fand sie den Ring, den Leopold ihr damals, als sie sich kennengelernt hatten, abgenommen und von da an immer bei sich getragen hatte, in ihrem Briefkasten, ohne Nachricht. Sie nahm ihn mit hinauf, und sein Anblick machte sie so trübselig, dass sie sich hinlegen musste. Die Zeit, aus der dieser Ring stammte, erschien ihr wie ihre begrabene Jugend, sie hatte damals in Berlin gelebt und Benjamin an ihrer Seite gehabt, der so stolz auf ihre anstehende Masterprüfung gewesen war. Benjamin gab es inzwischen nicht mehr, und auch der hoffnungsvolle Master schien wie ein abgehauener Liebhaber. Sie erinnerte sich, wie sie in dem kleinen Schmuckladen in der Linienstraße gestanden und den reduzierten Ring mit seinen Schnörkeln an den Ringfinger gestülpt und nach vierzigminütigem An- und Abziehen erworben hatte. Dann war sie auf die Straße getreten, sie erinnerte sich sogar an das sanfte Wetter, und hatte sich und den Ring im Schaufensterbild betrachtet, ein faltenfreies Mädchen, ahnungslos und mit langem fahlblondem Haar, das auf ihren Brüsten ruhte. Ein wenig später hatte die Verböserung eingesetzt. So konnte es nicht weitergehen.

I have been one acquainted with the night.
I have walked out in rain – and back in rain.
I have outwalked the furthest city light.

I have looked down the saddest city lane.
I have passed by the watchman on his beat
And dropped my eyes, unwilling to explain.

I have stood still and stopped the sound of feet
When far away an interrupted cry
Came over houses from another street,

But not to call me back or say good-bye;
And further still at an unearthly height
One luminary clock against the sky

Proclaimed the time was neither wrong nor right.
I have been one acquainted with the night.

Robert Frost

»Theresa, wie weit bist du denn mit der Masterarbeit?«, fragte ihre Mutter am Telefon.

»Geht so«, maulte Theresa zerknirscht.

»Aber du sitzt doch schon ganz schön lange dran!«

»Ist denn dieser doofe Master so wichtig?«

»Ich dachte, du hattest dich dafür entschieden!«

»Ich hab mich nur gegen Hongkong entschieden«, fauchte Theresa, als wäre ihre Mutter schuld daran, dass die Masterarbeit unter ihrem unordentlichen Liebesleben begraben lag.

»Wir haben jedenfalls keine Lust, dich weiterhin fürs Nichtstun zu finanzieren.«

»Müsst ihr ja gar nicht! Ich will ja was tun. Aber nicht mehr das. Ich will inszenieren, schreiben, singen.«

»Du willst doch nicht etwa aufgeben?«, Theresa sah den

entsetzten Blick ihrer Mutter durchs Telefon, ein hörbarer Blick.

»Ich habe noch nie aufgegeben«, sagte Theresa. »Aber vielleicht ist es das nicht wert. Das Leben zieht an mir vorbei – für einen Abschluss.«

»Überleg dir das gut, Theresa. So was bereut man ein Leben lang.«

»Gib mir mal Papi.«

Ihre Mutter rief ihren Vater, und es knackte am Telefon.

»Hallo?«

»Hallo Papi«, sagte Theresa so herzzerreißend wie möglich.

»Wie geht's dir?«, fragte ihr Vater.

»Nicht gut. Ich komme nicht voran mit der Arbeit, mein Leben macht mir zu schaffen. Ich weiß nicht weiter.«

»Rosinchen, du musst keinen Master machen, das weißt du.«

»Ich weiß. Aber ich will nicht versagen.«

»Du versagst nicht, nur weil du den Master nicht fertig machst. Ich glaube nur, dass du dich wohler fühlst, wenn du die Arbeit zu Ende bringst. Aber mach das nur für dich, nicht für uns, nicht für irgendwen.«

»Ja, Papi.« Sie kämpfte mit den Tränen und hoffte, dass er ihren Kloß nicht hörte, es war peinlich und unangebracht, und sie wollte ihren Eltern keinen Kummer bereiten, sie schluckte.

»Es tut mir so leid, dass ich nicht schneller bin.« Ihr rollte schon ein Tropfen über die Wange, aber sie wusste nicht, ob sie wegen der Stimme ihres Vaters weinte oder wegen all der Schuldgefühle oder wegen Moritz, der einfach nicht mehr da war. »Ich habe euch alle enttäuscht.« Sie dachte an ihre Familie, an Leopold und Benjamin, an ihre Freundinnen und ihren Professor, die sie verraten hatte, allesamt.

»Du machst das schon alles sehr gut so.« Und nach einer Pause: »Willst du nicht nach Hamburg kommen?«

»Vielleicht«, antwortete sie mit ihrer winzigsten Stimme.

»Wir freuen uns immer über dich.«

»Danke, Papi.« Sie musste auflegen, weil sie sonst keinen Ton mehr herausbringen würde, ohne in Tränen auszubrechen.

Sie fuhr nicht nach Hamburg, sie war unfähig, Frankfurt zu verlassen, es war der Ort des Glücks und Unglücks, an dem sie haftete, eine Fliege in einer Klebefalle.

In der Nacht war sie so hoffnungslos, dass sie eine dramatische SMS an ihre Eltern schickte: »Mami, Papi. Ich bin dankbar, dass ihr meine Eltern seid. Euer Kind.« Ihr Vater war immer gerührt von dem Kosenamen, dem »Papi« seines erwachsenen Kindes, er nannte seine Mutter stets beim Vornamen. Theresa wachte müde auf, neben ihr lag das Handy wie eine leer gesoffene Flasche aus der vergangenen Nacht. Sie schämte sich für ihren Gefühlsausbruch.

Ihr Auto stand vollgeschissen mit Vogelexkrementen auf der Straße, mit einer Kruste von den tropfenden Bäumen, und die Natur fraß sich durch den Lack, bis das Auto farblos dastehen würde, ein nackter Wagen, und alles nur, weil sie es nicht in die Waschanlage geschafft hatte. Die Windschutzscheibe war mit toten Insekten und Harz beschmiert, im Innenraum war das Auto ebenso vermüllt, es lagen Kaffeebecher herum und leere Wasserflaschen, Cola-Dosen und ausgedruckte Google-Routenplaner klebten an den Fußmatten, Kaugummischnipsel und Zigarettenstummel rollten bei jeder Kurve über den Boden. Das schöne Auto, ein Geschenk ihrer Eltern, war vollkommen verkommen und trug den Geruch von Ramsch und Gleichgültigkeit. Irgendwann raffte sie sich auf und rief den ADAC, weil der Wagen vor einiger Zeit nicht mehr angesprungen war, aber als der ADAC endlich kam, stand ihr Auto nicht mehr vor der Tür. »Wo ist denn Ihr Wagen?«, fragte der Mann vom ADAC. »Oh«, sagte Theresa. »Eigentlich hier.« Und sie zeigte auf die aufgerissene Straße und den Bauzaun. Dort, wo ihr Auto gestanden hatte, war seit Tagen ein Halteverbotsschild und eine kleine Baugrube. »Ihr Wagen ist wohl abgeschleppt«, sagte der Mann. »Wie lange stand der denn da?« »Zwei Wochen oder so«, antwortete sie. »Waren Sie verreist?«, fragte der Mann. »Nein«, erwiderte Theresa. »Aber die Halteverbotszone ist schon seit 14 Tagen eingerichtet«, sagte der Mann, nachdem er das Datum auf dem Schild abgelesen hatte. »Hubsi«, sagte Theresa. »Und Sie haben nicht bemerkt, dass hier direkt vor Ihrer Tür ein neues Rohr verlegt wird?«, fragte er. »Nein«, sagte sie. »Ich habe gar nichts bemerkt.«

Es waren dreieinhalb ausgeleierte Wochen vergangen, und Moritz war für eine Woche aus Mumbai zurück, weil sein Vater zu seinem 60. Geburtstag ein Fest feierte. Sie wusste davon, weil sie ihm ab und zu Nachrichten geschrieben und er selten, aber hin und wieder geantwortet hatte. Sie hatte inbrünstig auf einem Treffen bestanden, und er hatte zögerlich eingewilligt. »Aber nur tagsüber und nüchtern!«, lautete seine Bedingung. Am Abend vor dem Treffen legte sie sich eine Kühlbrille aus dem Kühlschrank auf die Lider und verteilte eine pflegende Schlammmaske in ihrem Gesicht. Sie wollte gerüstet sein, obwohl sie wusste, dass es nichts ändern würde. Wenn jemand dich nicht mehr liebt, nützt dir kein Lippenstift, keine Creme, kein kurzes Kleid der Welt mehr was.

Sie trafen sich mittags auf eine Limonade im Haus seiner Eltern, die vor dem großen Geburtstag noch in Südfrankreich zum Segeln waren. Beim Trinken konnte sie mit den Händen kaum den Mund treffen vor Taumel und ließ das Glas stehen. Moritz zeigte ihr Fotos auf dem Laptop, sie sprachen mit aller Vorsicht, von seinem Job und ihrer Masterarbeit, von Mumbai und Frankfurt, vom Sommer und von den Freunden. Sie musste sich anstrengen, nicht zu platzen vor Hitze, vor Atemnot und vor Sätzen. Die Buchstaben grummelten in ihrem Magen wie verdorbenes Fleisch, Sodbrennen stieg in ihr hoch. Warum liebte sie diese Übelkeit so sehr?

Und dann ging sie rechtzeitig. Als sie sein Haus verließ, als er sie noch einmal fest an sich drückte, beinahe sehnsüchtig fest oder weil er der Umarmung eine gewisse Endgültigkeit beimaß, löste sie sich aus seinen Armen und schritt – ja schritt! – erhaben hinaus in die Nachmittagssonne. Sie hatte nichts getrunken, jedenfalls nur Fruchtsaft, sie hatte gut ausgesehen, die Haare waren gewaschen und die Beine rasiert, und sie war wieder gefasst, als sie ihn, der beinah enttäuscht aussah, vor seiner Tür stehen ließ. Er wurde immer kleiner. Und sie hatte das Gefühl, der Sonne entgegenzuschreiten wie einer sich öffnenden Flügeltür. Es fehlte nur der Disconebel. Und obwohl sie sich nicht umdrehte, spürte sie, wie er ihren Schritten folgte. Sie ging weiter. Sie musste sich nicht einmal überwinden. Sie setzte einfach einen Fuß vor den anderen und fühlte sich groß. Und feierlich. Wie sich Neinsager eben fühlen, Standhafte, Tapfere. Nur dass sie gar nicht Nein gesagt hatte, weil sie gar nicht gefragt worden war. Aber ihr schien es so. Jedenfalls hätte sie die Option gehabt, stehen zu bleiben. Nach etwa fünf Minuten und 600 Metern begann der Ärger, sie von hinten einzuholen. Sie versuchte, ihn mit einem »Es ist besser so« abzuschütteln, und ging hastig weiter, erhobenen Hauptes.

Als ihre Selbstzufriedenheit auf dem Höhepunkt und sie vor ihrer Haustür angelangt war, bekam sie eine Nachricht von ihm. Er schrieb: »Ich hätte dich eben gern geküsst.« Und sie tippte sofort zurück: »Dann tu's doch! Komm vor meine Tür!« Zehn Minuten Triumph. Weggeworfen mithilfe eines Mobiltelefons. In sieben Sekunden verspielt.

Sie war bereits oben in ihrer Wohnung angelangt, die Putzfrau saugte gerade das Wohnzimmer, es war 17:28 Uhr, die Sonne schien noch, da klingelte es an ihrer Tür. Moritz stand unten, um sich das Versprochene abzuholen, seinen Preis einzufordern, dingdong, und sie kam gelaufen, pronto. Sie setzte den iPod auf und hob ihre Beine wie zum Flug, Hochsprung war nie ihr Ding gewesen, Kugelstoßen auch nicht, Bundesjugendspiele hatten ihr Bauchschmerzen und Krämpfe bereitet, so wie er jetzt ihr, sie beschleunigte und war im Erdgeschoss angelangt, vier Stockwerke tief, bevor er auch nur auf der ersten Stufe stand. Sie hatte Musik auf den Ohren. Und offensichtlich Tomaten auf den Augen. Und eine faulige Birne im Herzen. Sie küssten sich. Sie küssten sich so sehr, dass sie all das Unglück der letzten Wochen vergaß, ein Kuss, der jeden Schmerz aus ihrem Körper entfernte, aussaugte, der alles Schlechte vertrieb. Sie stürmten nach oben, noch im Kuss verknotet die Treppen hinauf und verbrachten wundervolle 80 Minuten miteinander, während die Putzfrau in der Wohnung herumschrubbte und so tat, als könnte sie die beiden nicht hören. Moritz bediente sich an ihr. Er war ein Vagabund, ein streunender Strolch mit hungrigem Maul. Er packte sie wie ein Brathähnchen und riss ihr die Keule heraus, die unter saftigem Spritzen nachgab, während die Haut sich dehnte und die Knochen brachen. Er schleckte an ihr wie ein Hund an seinem Napf. Immer wieder, bis nichts mehr übrig war und der Teller glänzte. Stolz sah er sie an. Sie regte sich nicht. Die Putzfrau saugte und stieß mit der Staubsaugerstange immer wieder gegen die Tür. Aber die Zimmertür war abgeschlossen, und am liebsten hätte sie den Schlüssel verschluckt, als sie neben ihm lag, in völliger Gleichheit und in vollkommenem Frieden.

Während Moritz sich anzog, packte sie hektisch ihren Koffer. Sie hatte ihrer Großmutter einen Besuch in Kiel versprochen. Dort war das Gästebett bereits frisch bezogen, die Handtücher lagen gefaltet im Bad, die Rouladen standen auf dem gedeckten Tisch, und die Marmelade war eingekocht. Es hatte eine gewisse Tragik, dass sie genau an diesem Wochenende nach Kiel fahren musste. Hätte sie vor dem Versprechen an ihre Großmutter gewusst, dass Moritz in Deutschland sein würde – sie hätte die Reise niemals gebucht. Aber es war zu spät, auch wenn sie mehr als einmal mit dem Gedanken spielte, die Verabredung mit einer fadenscheinigen Begründung abzusagen. »Ich bin so schrecklich erkältet, Omi«, hörte sie sich schon ins Telefon husten, doch ihr fehlte der Mut.

Die Sorge vor einem Wochenende voller hagelnder Körbe von Moritz, vor Entbehrungen ohne Lohn, und ihr Anstand brachten sie heil, aber mit 25 Minuten Verspätung nach Kiel. »Die Kartoffeln werden jetzt etwas zerkocht sein!«, ihre Großmutter schlug die Hände über dem Kopf zusammen. »Wo warst du nur, Kind!« Ihr fehlte die Antwort.

Das ganze Wochenende über kam sie sich vor wie in einem Kloster, sie genoss die Ruhe, lange Spaziergänge mit ihrer Großmutter am windigen Strand, den Besuch in der Oper – aber selbst während der Vorstellung wagte sie es nicht, ihr Handy auszuschalten. Vielleicht würde er ihr nach Kiel hinterherreisen, vielleicht würde er zur Einsicht kommen, vielleicht machte er einen Vorschlag. Aber er amüsierte sich auf dem Geburtstag seines Vaters und dachte überhaupt nicht daran! Sie war froh, nach Kiel gefahren zu sein. Zu Hause hätte sie vergebens gewartet. Verzicht lohnte sich nur, wenn eine Belohnung winkte. Aber hier war inzwischen alles ungewiss. Früher hatten sie sich einfach verabredet, ein Anruf hatte keine Unterwerfung bedeutet, eine Nachricht keine Demütigung offenbart, heute musste sie planen und zwischen Kalkül und Erniedrigung Slalom fahren. Nie hatte sie die richtige Mischung aus Zuwendung und Distanz gefunden. Sie war entweder zu abhängig – oder zu frei.

Sonntagnachmittag, als sie endlich auf dem Rückweg nach Frankfurt war, schrieb sie ihm: »Wie konnte das nur passieren?« Er antwortete ihr Stunden später, als sie schon lange angekommen war und in regelmäßigen Abständen mal wütend, mal bang, aber sicher 500 Mal auf ihr Handy geschaut hatte. »Es ist auch für mich nicht leicht.« Sie glaubte ihm kein Wort. »Ich will dich sehen«, schrieb sie. »Ich bin noch in Nizza«, der Satz fiel zu Boden wie Beton. »Wann kommst du wieder?«, fragte sie mit einem

Kloß im Hals, der sich auf die Rouladen legte und übel schmeckte. »Donnerstagabend«, antwortete er. »Und Freitag fliege ich zurück nach Mumbai.«

Sie hatte einmal über Palmenherzen, die in Amerika als Delikatesse gelten, gelesen, dass der Baum zehn bis zwölf Jahre wachsen muss, um nur ein einziges Kilogramm Herzen hervorzubringen, das war viel Aufwand, vielleicht muss auch Moritz zehn bis zwölf Jahre gedeihen, bis ihm ein Herz wächst oder irgendetwas Nährstoffreiches, Essbares, dachte sie. Vielleicht war er aber auch diese Sorte schlafender Hibiskus, bei der sich die Blüten niemals öffnen.

Es war August, und in der Bibliothek stand die Luft, die Masterarbeit robbte sich durch die Wüste. Sie konnte ihren eigenen Flunsch kaum noch sehen, also mied sie alle Spiegel.

Es war Donnerstag. Sie musste ihn sehen, ein letztes Mal. Nur ein Mal noch! Die letzte Zigarette! Nur noch ein Wein. Eine Schokolade. Verriegelte Klotüren. Prügel um die letzten Krümel. Lass los, dachte sie, aber das konnte sie nicht bestimmen. Man kann sich seine Sucht nicht aussuchen. Nicht wollen, was man will.

Wie ein Junkie saß sie den ganzen Tag rauchend und zitternd unter dem Sonnenschirm auf dem Balkon, auf den es prasselnd herabregnete. Sie hatte Schutz gesucht wie ein Tier in einer Höhle, und sie atmete die naturgetränkte Luft ein. Die Zigaretten brachen ihr durch, weil sich das Papier in der feuchten Luft auflöste. Der Schirm wankte unter der Last des Wassers.

»Holst du mich ab?«, fragte sie ihn am Telefon.

»Wozu?«, fragte er.

»Ich will mich verabschieden.«

»Aber wir können nicht bei dir bleiben.«

»Nein. David und Franzi kommen bald nach Hause.«

»Ich bin in 40 Minuten da«, sagte er. Er hatte aufgehört, sich zu wehren, und gab der Bettlerin sein letztes Kleingeld. Sie stand unten auf der Straße, und die Autos schlugen Fontänen in den Pfützen, wenn sie an ihr vorbeizogen, als wollten sie das Wesen da beschmutzen und bespritzen. Sie wurde immer nasser am Straßenrand, eine Hure, die auf ihren Freier wartet, aufgeweicht im Dreck der Bordsteine.

Als er sie einsammelte, fühlte sie sich bereits aufgelöst, an ihren Waden klebte Schlamm . »Darf ich deinen Schal haben?«, bat sie ihn. »Der wird ja dann ganz nass.« »Das ist jetzt nicht dein Ernst!« Sie wollte lachen und die Stimmung auflockern, aber er verzog keine Miene, als er ihr zögerlich seinen Schal reichte. Sie war ihm nicht einmal mehr ein Stück Stoff wert.

Dann saßen sie auf dem überdachten Balkon seiner Eltern, es regnete an ihnen vorbei, er sah müde aus, und sie schenkte sich Wein ein. »So wie es aussieht«, sagte er, »werde ich wohl noch ein paar Monate länger in Mumbai bleiben.« Sie nahm einen großen Schluck Wein, er trank Apfelschorle aus der Flasche. Warum kündigst du nicht, wollte sie fragen. Warum kommst du nicht nach Hause, zu mir? Im Mai hatte er ihr gesagt: »Wenn dein Bett in Australien stünde, wäre dort mein Zuhause.« Damals hatte er aber auch behauptet: »Ich mach den Job in Mumbai höchstens drei Monate!« Es schien alles überholt zu sein. Wie eine Videokassette. Inzwischen gab es DVDs. Blu-rays. Der Satz war so alt wie die Zeitung von gestern. Irgendwann gähnte er und sagte, er wolle ins Bett. »Du kannst hierbleiben, wenn du möchtest. Oder willst du noch ausgehen?« »Nein«, sagte sie. »Ich will nirgendwo hin.« Und wann werden sie sich trennen? Bald!

Er hatte sein Weinglas nicht angerührt.

Er hatte sie nicht angerührt. Erst im Bett passierte alles ganz schnell. Sie lag in seinen Armen, sie spürte die Luft seiner Nasenflügel in ihrem Nacken, es war ein warmer Atem auf ihrem blonden Flaum.

»So haben wir lange nicht mehr beieinander gelegen«, sagte er, und sie schliefen ein.

Vielleicht hing sie so an ihm, weil ihrer Verliebtheit niemand zugesehen hatte, weil niemand wusste, dass sie einmal glücklich gewesen waren, es gab keinerlei Zeugen, Spiegelungen, nur ihre verklärte Erinnerung an eine Erfindung, einen Vampir auf ihren Fotos – unsichtbar. Manchmal kam es ihr vor, als habe sie sich ihn nur ausgedacht. Dann fürchtete sie, den Verstand zu verlieren, weil sie an ihn glaubte wie an eine Sekte, an einen Außerirdischen, an etwas, das es nicht gibt. Die Leute würden sie für verrückt erklären, wenn sie von ihrer Liebe erzählte wie von einem Ufo. Warum hatten sie nichts gesagt! Sie verstand plötzlich alle Geliebten der verheirateten Männer, die hinauswollten aus ihren Erdlöchern und aus dem Exil, hinein in die Gesellschaft und in die Sommerferien, nur ein Weihnachtsfeiertag, nur ein Karfreitag. Aber sie war nicht einmal eine Geliebte, es gab keine Ehefrau, vielleicht wäre es besser gewesen, wenn Moritz auch aus einer Beziehung geflohen wäre, auch etwas aufs Spiel gesetzt hätte, dann wären sie gleichauf, Kopf an Kopf, so aber steckte sie ihren Kopf ständig an seine Fußsohlen. Manchmal ließ er sie an die Hand, aber er bekam sie für umsonst, als Schmankerl auf dem Weg in ein neues Leben in Asien, Abschiedsgeschenk, Betthupferl und dann Gute Nacht, Lebewohl. Sie war sein Schnäppchen.

Am nächsten Morgen brachte sie ihn zum Flughafen, sie trug ein weißes Kleid, der Regen hatte nachgelassen, der Abschied steckte ihr in den Knochen wie eine Grippe, sie hatte schwere Glieder, und sie küssten sich an der Boarding-Pass-Kontrolle. Sie durfte nicht mit. Sie hatte keine Boardkarte. Und als sie ihn zum Abschied fragte, wann er wiederkäme, sagte er: »Theresa, ich liebe dich nicht!«

Ihr war, als hätte er ihr ein Ei auf dem Kopf zerschlagen und einen Pudding ins Gesicht geklatscht. Die rote Götterspeise zerrann triefend über ihrem weißen Kleid, ein Kleid, in dem sie sich nun wie eine als Braut verkleidete Jungfrau vorkam. Aber nur das Kleid hatte die Wahrheit gehört, und sie selbst würde versuchen, seine Worte schnell wieder zu vergessen und den einzigen Zeugen zum Schweigen zu bringen. Doch das weiße Kleid, das fortan vorwurfsvoll in ihrem Schrank hängen blieb, sollte sie stets an diesen Satz erinnern, wie ein Mahnmal.

»Verpiss dich!«, erwiderte sie, und er ging, ging durch die Kontrolle, zeigte sein Ticket vor, die attraktive Flugbegleiterin lächelte ihm entgegen.

Theresa stellte sich auf die Aussichtsplattform, es roch nach Kerosin, die Luft war regenkalt, der Sog war ohrenbetäubend, Menschen waren kaum zu erkennen hinter den kleinen ovalen Fenstern der bereitstehenden Maschinen, irgendwo sein Kopf, die Maschinen rollten durch ihr Blickfeld, und alle flogen davon.

Crossroads

Now, George was a good straight boy to begin with,
but there was bad blood in him someway
he got into the magic bullets and
that leads straight to Devil's work
just like marywanna leads to heroin
You think you can take them bullets and leave 'em, do you?
Just save a few for your bad days.
well …

Well, now we all have those bad days when we can't hit for shit.

The more of them magics you use,
the more bad days you have without them
So it comes down to finally
all your days being bad without the bullets
It's magics or nothing.
Time to stop chippying around and kidding yourself,
kid, you're hooked, heavy as lead

And that's where old George found himself.
Out there at the crossroads.
molding the Devil's bullets.
Now a man figures it's his bullets,
so it'll hit what he wants to hit.
But it don't always work out that way

You see, some bullets is special for a single aim.
A certain stag, or a certain person
And no matter where you aim, that's where the bullet will end up.
And in the moment of aiming, the gun turns into a dowser's wand,
and point where the bullet wants to go

(George Schmid was moving in a series of convulsive spasms
like someone in an epileptic fit
with his face distorted, and his eyes wild, like a lassoed horse

bracing his legs but something kept pulling him on.
And now he is picking up the skulls and making the circle.)

I guess old George didn't rightly know what he was getting himself into,
the fit was on him and it carried him right to the crossroads.

The Black Rider, written by William S. Burroughs,
composed and sung by Tom Waits

Damals im September, als die Sonne schon tiefer stand, wusste sie noch nicht, dass sie Moritz für lange Zeit das letzte Mal sehen würde.

Sie bog und bäumte sich wie ein Schirm im Sturm und wollte nicht einsehen, dass sie bereits samt Schirm weggeflogen und ihre Stimme gegen den Wind nicht zu hören war. Sie ging in den Sturm hinaus, allen Warnungen zum Trotz, auf Gedeih und Verderb. Sie wollte aufbegehren, die Natur überlisten, aber es fraß sie auf mit Haut und Haar.

Allein die Aussicht auf die Rückkehr von Moritz verdarb ihr den Appetit, brachte sie zum Schwitzen, zum Schwindel, bei dem sie manchmal mitten im Gespräch, beim Abendessen, aufstehen und aufs Klo stürzen musste, weil ihr schlecht wurde, weil sie Angst hatte, rot zu werden, nicht vor Scham, sondern vor Anstrengung, jede Erinnerung an ihre körperliche Hingabe war wie Sport treiben – obwohl sie nicht mit ihm schlief, etwas, das ihr ein derartiges Unwohlsein bescherte, dass sie oft, allzu oft überlegte, ihn nicht mehr zu treffen.

Sie wusste von einem gemeinsamen Freund, dass Moritz vorhatte, auf eine Party in Köln zu gehen. Zwei Freunde von ihr fuhren von Frankfurt aus dorthin, und sie konnte unauffällig mitfahren, als ob nichts wäre, als ob sie nicht einmal von seiner Anwesenheit wüsste. Sie genoss die Fahrt mit den beiden Jungs, sie kauften an der Tankstelle scheußlich süßen Wein in einer bauchigen Karaffe und qualmten das Auto voll, bis der Nebel ihnen in den Augen brannte.

Sie trug ein rotes Kleid und sah ihn bereits, als sie durch die Tür kam. Sie begrüßten sich erst nach zwei Stunden. »Können wir uns nicht einmal mehr Hallo sagen?«, fragte er, bevor er ihr ein Küsschen rechts und eins links gab. Es war lange her, dass sie sich Bussis gegeben hatten. Sie waren endgültig entzweit. Sie standen voreinander und konnten nicht sprechen, Theresas Mund fühlte sich taub an, ihre Zunge war krank und lahm, ihr war die Sprache abhandengekommen, ihre Worte waren fortgelaufen wie ein Hund ohne Halsband. Ihre Hände wurden eiskalt, und sie überkam ein Schüttelfrost, es war so anstrengend, zu gefallen. Sie riss sich zusammen, bestellte zwei Tequila und hielt ihm einen hin. Sie tranken, und er sagte, er müsse aufs Klo. Sie glaubte ihm kein Wort. Die billigste Ausrede jedes Flüchtlings, so ließ man ungebetene Gesprächspartner stehen. Klo oder Bar als Rettung vor dem nächsten Tanz mit der hässlichen Cousine. Weitere zwei Stunden, sieben Tequila und fünf ausgetauschte Blicke später nahm sie sich ein Herz, ihr Herz, das ihr nicht nur bis zum Hals, sondern bis in die Haarwurzeln schlug, und ging auf ihn zu. Das Gespräch war zäh, sie sah sich dabei zu, wie sie kroch und biss, wie sie in Panik ausbrach und krallte, ein tollwütig verirrtes Tier, gefangen in einer kleinen Kiste, in der es vergebens zappelte. Aber Moritz blieb stets gleich, unbeirrbar in seiner Ausdauer. Er würde standhalten, all ihren Beleidigungen zum Trotz, vor keinem ihrer Schüsse kapitulieren, weiterlaufen, fort. Es kam ihr vor, als würde sie humpeln.

»Weißt du eigentlich, dass du mir wehgetan hast?« Diese Frage lag ihr schon so lange auf dem Herzen, und nun war es Zeit, sie zu stellen. »Theresa. Es war der falscheste aller Zeitpunkte«, antwortete er. »Ja«, sie senkte den Blick und schwieg. Dann sagte sie beinah zu sich selbst: »Der Zeitpunkt hätte wirklich nicht schlechter sein können.«

Der Alkohol breitete sich in ihr aus, die Erde schien von einer Herde Alkohol und Ärger zertrampelt. Da wuchs keine Blume mehr, nicht einmal ein Kaktus. »Theresa«, sagte er immer wieder mit der Ernsthaftigkeit eines Priesters. »Es war einfach nicht unsere Zeit.« Er habe entspannen wollen, wenn er nach Hause gefahren sei, und das habe er mit ihr nicht können, mit Leopold, mit den Hauseingängen, den Mitbewohnern und ihren wiederkehrenden Zweifeln und all den Lügen und keinem Ende in Sicht! Er habe seinen neuen Job gut machen wollen, aber sie habe ständig nachts angerufen, ihn geweckt und abgelenkt. Er habe von Zuhause loslassen wollen, aber sie habe ihn immer wieder an die Heimat erinnert, ihm den Abschied erschwert. Er lebe jetzt in einer anderen Welt und habe inzwischen einen Vertrag unterschrieben, der ihn für mindestens 18 Monate in Mumbai verpflichte. Er fügte sich wie ein zum Krieg Einberufener. Er verdiene auch gut, mehr sogar als seine Freunde bei Investmentbanken, er habe danach tolle Chancen überall, er müsse diese Erfahrung jetzt machen, er wolle es sich beweisen, auch sein Vater verlange es von ihm. Sie erkannte, dass er einen ganz eigenen Kampf führte. »Auch wenn der Sex mit dir irre war – würde ich jetzt mit dir schlafen, würde ich wahrscheinlich nichts mehr empfinden.« Sie hatte all seine Stiche duldsam ertragen, aber nun war es genug. Sie stand wortlos auf und ging, verließ die Party ohne Abschiedsküsse, sie lief um den Block, sie drehte sich um, wo war er, wo nur, um ihr hinterherzulaufen, um sich zu entschuldigen, sie lief noch einmal um den Block, aber da kam nur ein torkelnder Mann aus einer Kneipe gefallen wie Transportgut aus einem Laster. Sie blieb an der Straßenecke stehen, warum kam er nicht. Sie winkte sich ein Taxi und fuhr zu der Freundin, bei der sie übernachtete. Die Wohnung war leer, ihre Freundin war mit ihrem Freund eine Woche auf Korsika. Sie griff zum Handy, um ihn anzurufen, und fragte, wo er sei. »Hier«, sagte er. »Willst du noch zu mir kommen?«, fragte sie. »Mein Akku ist gleich leer«, rief er gegen die Musik. Sie war sich nicht sicher, ob er sie hörte, ob er sie jemals hörte. »Kommst du?«, schrie sie, »ich bin in der ... wie heißt denn das hier? In der Martinstraße.« Sie wusste die Hausnummer nicht. »So ein weißes Gebäude«, erläuterte sie noch, aber am anderen Ende war nichts mehr, kein Geräusch, kein Hintergrund, kein Vordergrund, und nachdem sie noch fünf Mal seine Nummer gewählt und stets von der Ansage »The person you are calling is temporarily unavailable« abgeschmettert worden war, setzte sie sich auf die Fensterbank und starrte zwei Stunden lang rauchend hinab auf die Kreuzung vor der Tür. Wenige Autos fuhren vorbei, die Straße war stumm, ab und an hörte man Gelächter aus Fenstern oder grölende Rufe Betrunkener. Bei jedem Taxi, das anhielt, blieb ihr das Herz stehen. Vielleicht hatte er die Adresse noch gehört. Vielleicht stieg er jetzt aus. Aber es stieg niemand aus. Und die Taxis bremsten nicht seinetwegen und erst recht nicht ihretwegen, sondern wegen der Ampel an der Kreuzung. Noch eine Zigarette. Ihr Atem und ihr Mund hinterließen einen Abdruck am beschlagenen Fenster.

Sie sah den Aschenbecher auf dem Fenstersims stehen, lauter zerdrückte Stummel inhalierten Giftes, die abgerauchten Filter wie ein Rumpf, wie ein fleischentkleideter Knochen von Asche bedeckt. Sie zog an einer weiteren Zigarette und bemerkte zunächst nicht, wie der Vorhang der Wohnung ihrer Freundin anfing zu brennen, es roch plötzlich so rußig und schwer, biss in ihrer Kehle, aber die Glut wärmte ihre vor Erschöpfung zitternden Beine. »Oh mein Gott!«, rief sie, aber keiner war da, der ihr beim Löschen half, der Vorhang fauchte im Wind der Flammen, sie wedelte mit der Hand, mit beiden Händen, der weiße Vorhang bog sich und spuckte Gesichter aus. Sie regte sich nicht und lauschte dem Sturm. Dann holte sie einen Eimer mit Wasser und löschte den Brand. Der verkohlte Vorhang hing an der Stange wie ein zerfetzter Körper. Beinah hätte sie das Zuhause ihrer Freundin mit ihrer Zigarette und ihren albernen Hoffnungen niedergefackelt.

Es ist lächerlich – sagt der Stolz. Der Stempel ihres Mundes blieb noch wochenlang auf der Fensterscheibe haften. Immer wenn die Luft feucht wurde, war er zu sehen.

Am nächsten Tag ging das Fest in Köln weiter, sie war für drei Stunden in einen traumlosen Schlaf gefallen und dann wie von der Tarantel gestochen aufgeschreckt und hatte sich das verquollene Gesicht überschminkt, aber der Krieg war nicht mehr zu vertuschen. Sie malte sich einen schrillen roten Mund, wie zum Schrei aufgerissen, ohne dass sie ihn öffnete. Die Kriegsbemalung ist eine sehr alte Form der psychologischen Kriegführung, dachte sie. Der Sinn der Kriegsbemalung besteht darin, sich ein furchterregendes Äußeres zu geben und so dem Gegner Angst einzuflößen und ihn zu verwirren.

Aber die verlorenen Schlachten hatten sie entstellt, die Augen waren verbeult und saßen schief in ihrem leeren Gesicht, die Haut war dünn, transparent wie Esspapier, der Körper war schlaff und zart, er hatte die Farbe von Glasnudeln.

Das Fest fand in einer alten Lagerhalle riesigen Ausmaßes statt, in der alles blechern klang. Jeder Ton verlor sich zwischen den entlegenen Winkeln. Es dauerte lang, bis sie ihn sah. Er stand vornehm und aufgerichtet wie ein Torero an der Wellblechwand, und als sie erhobenen Hauptes und grußlos sein Blickfeld durchquerte, rief er nur ihren Namen. »Theresa!«, als wollte er sie an den Buchstaben festhalten. Aber sie durfte jetzt nicht stehen bleiben. Sie musste die letzte Schlacht gewinnen.

Sie stürzte sich auf die Tanzfläche, Männerhände überall, rücksichtslose Selbstherrlichkeit, ihr linkes Augenlid zuckte, und beim Einatmen rasselten ihre Lungen. Beim Tanzen traf sie eine alte Freundin aus Berlin, die fragte, ob Theresa ihr Geld leihen könne. Theresa schrie unvermittelt auf das Mädchen ein, sie sei eine Opportunistin, immer nur wolle sie etwas haben, alle wollten immer etwas haben, diese Lieblosigkeit, sie habe es jetzt satt, sie finde die Welt unverschämt! »Entschuldige«, sagte ihre Freundin, »ich hab nur vorhin vergessen, zum Geldautomaten zu gehen, und wollte mir einen Wodka bestellen. Ich hätte es dir morgen überwiesen.« Aber Theresa kannte keine Gnade, ihr Körper war von Müdigkeit und Alkohol zerfressen, ihre Kriegsbemalung blätterte ab, und unter ihr kam ein noch fürchterlicheres Monster zum Vorschein, das Monster Unglück. Gewaltbereitschaft aus Erschöpfung hatte sie übermannt. Jetzt aber schämte sie sich und suchte nach der Freundin, um sich zu entschuldigen und ihr einen Wodka zu kaufen. Das Gewusel war zu groß, sie hatte das Mädchen in der Masse ebenso verloren wie sich selbst. Sie presste sich ihren Weg an die Bar und fütterte ihren leeren Magen mit sauren Schnäpsen. Sie war so allein, dass sie mehrmals den Weg zur Toilette und wieder zurück lief, nur um beschäftigt auszusehen, aber stets in der Hoffnung, jemanden zu treffen, den sie kannte. Es war besser, fünf Mal aufs Klo zu gehen, anstatt verlassen an der Bar zu stehen.

Wenig später stieß sie im Gedränge auf Isabelle, Tochter eines Großunternehmers mit Sommerresidenzen in South Hampton, auf St. Barths und Marbella, die in einer Welt von Polo und Überdruss verwahrloste, in der Drogenkonsum der einzige Ausweg aus der Belanglosigkeit schien. Sie hatte vor ein paar Jahren eine Woche mit ihr und ein paar gemeinsamen Freunden in ihrem Haus in Marbella verbracht.

Isabelle hatte dort schon mittags angefangen, sich am Pool mit Campari vollzuschütten, oder heimlich, wenn die anderen Mädchen an den Strand gegangen waren, in deren Schubladen gewühlt, deren Jeans anprobiert oder über die hässliche Unterwäsche gelacht. »Schau mal«, hatte sie zu Theresa gesagt, die an einem Nachmittag mit ihr im Haus geblieben war, »so pfui!« Sie hielt mit einem abgespreizten Finger die blau geblümte Unterhose einer Freundin hoch, die etwas groß und großmütterlich aussah. Sie probierte den Nagellack und die Wimperntusche ihrer Freundinnen, ohne zu fragen, und sah abends immer aus wie aus dem Ei gepellt, obwohl Theresa beobachtete, dass sie tagsüber ungeduscht und schmuddelig war, sie hatte was von klebriger Glutamatsoße beim billigen Chinesen. Isabelle ging zugrunde an der mangelnden Notwendigkeit, Erfolg zu haben, sie konnte tun oder nichts tun, es würde an ihrem Leben und ihrem Reichtum nichts ändern, alles war gefahrlos gleichgültig. Sie war so besessen vom Dünnsein, dass sie morgens, mittags und abends nur kalorienarmen Wirsing oder wässriges Sauerkraut aß. Manchmal gab es dazu Hüttenkäse. Vor großen Festen aß sie tagelang überhaupt nichts, und bei Heißhunger lutschte sie auf einer gefrorenen Weintraube herum.

Die Feste und Partys, auf denen sie sich herumtrieb, stellten das exquisiteste Statussymbol einer gelangweilten Jugend dar, jeder übertraf den anderen. Manche ließen Livebands aus London kommen, DJs aus New York, die von Geigen oder Saxophonen begleitet wurden, dazu flog man Tänzerinnen, Masseusen und Yogalehrerinnen ein, es wurden Schießbuden aufgestellt oder Fotofixautomaten, es gab Pools und Jetskis, Artisten oder Lasershows, Trampoline, angestrahlte Schlösser, Videoinstallationen, Feuerwerk, verborgene Zimmer, Fotografen auf Stelzen, Opernsänger, Streichquartette. Alle wollten Besitzer ihres eigenen Studio 54 sein, ließen Molekularköche Konsummengen heranschaffen für eine auserwählte Menschenmenge, die das Essen längst vergessen und verlernt hatte, dazu Spielzeug und Hüpfburgen für die großen gelangweilten Kinder.

Isabelle gehörte zu den Mädchen, die sich am liebsten selbst fotografierten, am Pool und in tiefster Nacht, in London oder Paris, nie im selben Outfit, wie Paparazzibilder oder Schnappschüsse vom roten Teppich – nur um all diese Fotos dann bei Facebook einzustellen, ein kleines bisschen Berühmtheit. »Mein Vater hatte ständig Angst vor Samenklau. Der hat uns Kindern immer eingeredet, dass andere nur mit uns schlafen, um uns unser Geld wegzunehmen«, sagte sie. »Ich schlafe trotzdem mit denen. Allein aus Trotz. Ich ficke die alle.« Sie hatte eine gewisse Indifferenz gegenüber der Welt, auch gegenüber ihrer Familie, die für sie nur Erzeuger und Unterhaltszahler waren. »Meine Mutter hat mich nie gelobt, nie. Ich habe ihr früher vorm Ausgehen immer meine Outfits vorgeführt, als ich noch zu Hause wohnte. Mein Kindermädchen und ich haben die Sachen ausgesucht, und ich habe mich in Kleider geworfen und mich dann präsentiert, meine Mutter hat immer nur mit dem Kopf geschüttelt und mich zurück in mein Zimmer geschickt, mit einer kleinen Geste, so einem Winken oder Scheuchen, damit ich etwas Neues anziehe. Aber nichts hat ihr gefallen, immer wieder habe ich mich vor ihr gedreht – auf hohen Absätzen, als würde ich ihr eine Kollektion zeigen – und nie war ich ihr gut genug, nie hat sie gesagt, dass ich hübsch aussehe. Aber heute wedele ich mit der Hand, wenn sie mich nervt, heute schüttele ich sie ab. Sie ist alt und eifersüchtig, weil ich alle Männer ficken kann. Und sie keinen mehr, weil sie so runzlig ist und alle anwidert.«

Theresa wusste nicht, ob sie das kleine Mädchen bemitleiden oder das große Mädchen beschimpfen sollte, aber sie würde ohnehin keine Reaktion hervorrufen, also schwieg sie. Das Nichtstun, das Nichtsfühlen, das Nichtsessen hatten Isabelle beinah apathisch werden lassen, was gleichermaßen anziehend wie abstoßend wirkte. Sie schlief mit Männern, die sie würgten, und sie klaute teure Röcke in Modegeschäften, weil das Einkaufen sie langweilte. Theresa überkam ein tiefes Verlorenheitsgefühl. Auf solchen Feiern nahm niemand mehr Rücksicht, jeder vergaß den anderen und hechelte dem Vergnügen hinterher.

Als es spät war, begleitete Theresa einen Freund, Julian, vor die Tür, der mit ihr frische Luft schnappen wollte. Draußen legte sich Julian auf den Rasen und übergab sich. Sie stand kraftlos bei ihm, hielt seinen Kopf, es roch nach Erbrochenem, und sie brauchte Hilfe. Sie schaute sich suchend um und blickte in lauter fremde Gesichter, unfreundliche Gesichter, keiner schien helfen zu wollen, alle waren mit sich selbst beschäftigt, er war ja selbst schuld, wenn er so viel konsumierte, dass er ohnmächtig wurde, und sie, sie war ohnehin an allem selbst schuld! Vielleicht, dachte sie, ist das der Preis der Sünde. Julian lag im Gras, in das er tatsächlich beinah hineinbiss, und sie saß daneben und konnte nichts tun. Sie rief Julians Bruder an, der nach einer Endlosigkeit aus der Lagerhalle herausgestolpert kam und ihr mitteilte, Julian sei gestern auf den Kopf gefallen und habe vermutlich eine Gehirnerschütterung. Sie hoben ihn gemeinsam hoch, er zuckte in ihren Armen, und sein Bruder brachte ihn mit dem Taxi in ein Krankenhaus.

Als sie ihr Portemonnaie herauskramte, weil sie Geld für ein Taxi herausholen wollte, bemerkte sie, dass man ihr die EC- und die Kreditkarte und das ganze Bargeld gestohlen hatte. Der Schrecken nahm kein Ende. Verzweifelt rief sie die Kartensperrungshotline an, wartete in der Telefonschleife und stand dabei regungslos vor dem Eingang der Lagerhalle, aus dem ein hämmernder Bass den Boden vibrieren ließ, während sie all ihren Karten unwiderruflich die Funktion nahm. »Sind Sie sicher, dass Sie diese Karte sperren möchten?« »Ja«, sie war sicher, für immer. Sie war sehr müde, sie hatte Druck auf den Ohren wie im Flugzeug, kalter Schweiß der Erschöpfung klebte ihr auf der Stirn. Julians Bruder rief an und stotterte mit zitternder Stimme, Julian habe eine schwere Gehirnerschütterung und würde in ein künstliches Koma versetzt, weil sein Gehirn angeschwollen sei. Theresa fragte, ob sie helfen könne. »Sag einfach Louis Bescheid, der ist noch auf der Party«, bat der Bruder aufgewühlt. »Natürlich«, antwortete sie betroffen.

Ein kahlköpfiger Typ quatschte sie an, ob sie Lust auf MDMA hätte. Nein, das wäre jetzt nicht gut. »Komm schon. Sei easy. Das Zeug ist geil.« »Nein danke«, wehrte sie ihn zaghaft ab. »Boah, bist du unentspannt«, sagte der Typ. »Ich will jetzt grad nicht.« Es war verlockend, aber der Abend wäre verloren, dachte sie. »Ich schenk's dir.« Er drückte ihr das Tütchen in die Hand. Sie hielt das Plastikpäckchen unentschlossen in der Faust. »Los, wir machen's zusammen«, sagte der Typ mit beißender Stimme. »Was habt ihr denn da?«, fragte plötzlich ein Security-Mann, der mit einer Taschenlampe neben ihnen stand. Sie erschrak so sehr, dass sie das Plastikknäuel mit dem MDMA fallen ließ. »Nichts«, sagte der Kahlkopf. Theresa wurde ganz schlecht. »Das ist nicht meins«, stammelte sie. »Fotze!«, fluchte der Typ. »Wollt ihr zwei von der Polizei abgeholt werden?«, fragte der Security-Kerl und leuchtete ihr mit dem kaltblauen Licht der Taschenlampe direkt in das kranke Auge. »Nein«, sagte Theresa kleinlaut. »Dann macht, dass ihr verschwindet!« »Aber ich muss da noch rein. Ich hab was vergessen«, versuchte Theresa ihn zu besänftigen. »Du kommst da sicher nicht mehr rein!« Er verschränkte die Arme vor ihr, und irgendwelche Partygäste schubsten sich an ihrer linken Schulter vorbei in die Halle. »Bitte!«, flehte sie. »Du warst böse«, brummte er und fuhr fort: »Geh nach Hause.« Ein Typ aus der Menge hinter ihr kniff ihr in den Po und grölte Obszönitäten, zwei andere rülpsten im Hintergrund, einer pinkelte in die Hecke. Sie wehrte sich nicht, schaute noch ein letztes Mal durch die Pforten der Halle und sah Moritz, der mit einem Mädchen tanzte. Er sah glücklich aus, aber vielleicht war es auch nur das rote Licht des Scheinwerfers, das ihn anstrahlte mit der Farbe des Teufels, der Liebe und des Stiers.

Sie betrachtete seine Schönheit, wie jemand hinter dem Zaun eines Gartentores seinen Blick auf eine Pflanze oder einen Springbrunnen geheftet hält. Das Mädchen nahm seine Hand, und sie sah, wie es ihn an sich heranzog, ihm etwas ins Ohr flüsterte und er daraufhin seine Jacke schnappte und mit ihm Richtung Ausgang gelaufen kam. Sie glaubte, zu sehen, wie er ihre Brüste anfasste, sie sah schon seine Zunge, die sich in ihren Mund stülpte, diese verlogene Zunge, die sie ihm am liebsten abgeschnitten hätte. Sie schaute den beiden dabei zu, wie sie die Lagerhalle verließen, ohne nach links oder rechts zu schauen, und ein Taxi herbeiwinkten, das beide verschluckte, die Autotür knallte wie eine Peitsche. Er hatte sie nicht gesehen, aber sie erkannte seine Konturen durch das Fensterglas des vorbeifahrenden Autos. Den Scherenschnitt seines Gesichts, das alles zerschnitt. Und dann sah sie auf der öden Erde etwas liegen, das sie mit Rührung erfasste: Dort lag die Kudu-Antilope mit weit geöffneten Augen und ergab sich.

Ein Bekannter aus Berlin kam aus der Lagerhalle gestolpert, und sie fragte ihn, ob er sie auf ein Taxi einladen könne, weil sie soeben bestohlen worden sei. »Selbstverständlich, Karolina!«, posaunte er und kramte zahlreiche zerknüllte Geldscheine aus seiner Hose, die er befremdet anschaute. »Theresa«, korrigierte sie. »Oh. Ja. Sorry. Hier!« Er hielt ihr einen Knäuel aus Geld hin. »Constantin?«, fragte sie. »Ja.« Er schien gar nicht erfreut darüber, dass sie seinen Namen behalten hatte. »Ich danke dir. Du hast mich gerettet«, seufzte sie und hatte beinah Tränen in den Augen. Endlich konnte sie nach Hause fahren, sie wollte nur nach Hause, Hause, Hause. »Weißt du was? Ich komme mit!« Er stieg hinter ihr ins Taxi und rutschte neben sie auf die Rückbank. »Bist du noch in Berlin?«, fragte er anstandshalber. »Nein. Du?« »Ja.« Das Taxi rollte durch die tote Stadt, und er schaukelte mit dessen Bewegungen von links nach rechts, wobei ihre Schultern sich berührten. »Darf ich noch auf eine Ohrfeige mit hochkommen?«, fragte er, als sie vor der Wohnung ihrer Freundin hielten. »Warum nicht.« Schon als sie den Hausschlüssel herauskramte, umschlang er ihre Hüften. Es passierte alles ganz von allein. Sie war rasend vor Wut. Nicht einmal eine Taxifahrt gab es mehr umsonst. »Constantin!«, stöhnte sie und meinte Moritz. Den Rest bekam sie kaum noch mit.

Danach schickte sie Moritz eine Nachricht: »Was du heute getan hast, war geschmacklos. Ich hatte gerade Sex.« Das Licht des Displays blendete sie. Sie hatte Angst, dass ihr Auge wieder zu schmerzen anfinge, legte das Telefon weg und drückte sich mit dem Zeigefinger wie zur Linderung auf das geschlossene Lid. Sie lag ruhig und dachte, dass sie nur mit Constantin geschlafen hatte, um Moritz diese Nachricht zu schicken. Sie sollte wenigstens wahr sein. Es war beinah noch dunkel draußen. »Was riecht hier eigentlich so verbrannt?«, fragte Constantin. »Vielleicht sind wir schon in der Hölle.« Sie schloss die Augen und strampelte sich von der Bettdecke frei, die sie eingewickelt hatte wie Garn eine Roulade. »War's so schlimm?«, fragte er. »Nein, überhaupt nicht. Ich hab gestern den Vorhang angeschmort. Aus Versehen. Deswegen riecht's so nach Grillparty.« »Armes Mädchen.« »Ja, armes Mädchen.« Er zog sie zu sich heran, und sie schliefen aufeinander ein, verknotet und verwickelt, schief und krumm, immerhin war sie nicht allein. Am nächsten Morgen küssten sie sich nicht mehr. Er hatte ein Vogelgesicht.

»Es war schön gestern«, begrüßte er sie. »Aber ich muss dir was sagen, Theresa. Ich habe eine Freundin.« Unter der Decke hatte sich Schlafwärme gesammelt, und sie rang nach Luft in dem stickigen Zimmer, wollte aber ihren Kopf nicht aufrichten, um sich ihm und dem Tag nicht zu zeigen. Noch musste sie sich nichts und niemandem stellen, so lange ließ sich alles leugnen, die ganze Wirklichkeit. Seine Haut roch nach Sex, nach Körperflüssigkeiten, nach Alkoholresten, nach Nikotin. »Das macht doch nichts«, sagte Theresa ins Kissen, »von mir erfährt sie nichts.« Sie tastete liegend zu ihrem Handy und fühlte sich wie ein Maulwurf. Keine Nachricht. »Kann ich deine Nummer haben?«, fragte er. Sie diktierte ihm ihre Nummer und verbarg Nase und Mund hinter ihrem angewinkelten Ellenbogen, in dessen Höhle sie sich schmiegte. »Ich muss jetzt nach Frankfurt«, sagte sie und presste ihr Gesicht in das Kissen, damit er sie nicht sähe. Obwohl er ihr nicht gefiel, wollte sie so nicht gesehen werden, als Ruinenmädchen. »Kannst du mir noch etwas Geld für den Zug dalassen?«, fragte sie. »Natürlich. Was brauchst du?« »Ich zahle alles zurück. Gib mir deine Bankdaten.« »Ach, Unsinn. Hier!« Er gab ihr einen faltigen Fünfziger. »Danke«, sagte sie. »Ohne dich würde ich nicht nach Hause kommen.« Sie hasste es, Männern etwas schuldig zu sein, und sie hasste Schnorrer. »Ich melde mich mal, wenn ich in Frankfurt bin«, sagte er. Es war wohl in Ordnung, wenn sie ihn nicht zur Tür brachte, die Haare drehten sich zu Knoten unter dem Kissen. »Machs gut!«, rief sie ihm hinterher. Vielleicht hätte sie ihn fragen können, ob er sie zum Bahnhof führe. Aber sie wollte ihn nicht länger sehen, bloß um nicht allein zu sein. Sie blieb noch eine lange Weile auf dem Bett liegen, aber es half ja nichts: Sie musste aufstehen.

Sie hinterließ einen Zettel auf der Kommode ihrer Freundin, bedankte sich und entschuldigte den verbrannten Vorhang, sie werde für alles aufkommen, ihre Versicherung oder sie persönlich. Dann reiste sie ab. Der Koffer war schwer, und niemand stand in Frankfurt am Bahnhof, um sie abzuholen.

Constantin schrieb ihr tatsächlich ein paar Mal SMS, wenn er betrunken und die Freundin anscheinend außer Haus war: »Du gehst mir nicht aus dem Kopf. Ich kann dich nicht vergessen. Ich muss dich sehen. Lass uns wieder böse sein.« Aber sie wollte nicht mehr böse sein, gar nicht mehr.

Am nächsten Morgen stellte sie erschrocken fest, dass ihr Urin mit Blut durchtränkt war und ihr der Unterleib schmerzte. Sie weigerte sich drei Tage lang, zum Arzt zu gehen, weil sie hoffte, dass sich alles von selbst regeln würde. »Ich höre bald auf zu bluten, niemand blutet ewig«, sagte sie sich laut, aber es schmerzte bis hoch in die Nieren, und sie konnte sich kaum noch gerade hinsetzen.

»Sie haben eine verschleppte Blasenentzündung, die eine Nierenbeckenentzündung hervorgerufen hat. Außerdem, aber das wissen sie sicher schon, eine Zellveränderung in der Gebärmutter durch humane Papillomviren. Wir müssen da was rausschneiden«, erklärte ihr der Frauenarzt nach der Untersuchung. »Was müssen Sie machen?« Sie war zunächst irritiert von seiner Diagnose, sodass sie nichts richtig wahrnahm, aber als der Arzt das Zimmer verließ, um mit einem Krankenhaus zu telefonieren, das sie alsbald operieren könnte, schossen ihr Tränen in die Augen.

»Mein Körper verfällt, und ich bin noch nicht mal 30«, dachte sie.

Der Arzt kam wieder herein, sie wischte sich beschämt die laufende Nase, hier wurden viel grausamere Nachrichten verkündet, ihr Leid war vergleichsweise klein und kümmerlich, kein Krebs, kein Aids, bloß eine Ausschabung oder Entfernung eines Teils ihrer Weiblichkeit.

»Werde ich Kinder bekommen können?«, fragte sie. »Planen Sie derzeit eine Schwangerschaft?«, fragte der Arzt schroff, ohne ihre Frage zu beantworten. »Nein«, erwiderte Theresa, »derzeit nicht.« Die Aussage erschien ihr so kümmerlich und erbärmlich, dass ihre Nase wieder zu kribbeln begann. »Sie werden kaum eingeschränkt sein«, sagte der Arzt. »Wir nehmen Ihnen ja nicht die Gebärmutter raus.« Wie beruhigend, dachte Theresa. »Ich weiß! Aber immerhin einen Teil davon.« »Jetzt machen Sie sich doch nicht solche Sorgen«, spielte der Arzt ihre unruhigen Fragen herunter, als wäre sie aufgrund eines harmlosen Schnupfens in eine Hysterie verfallen. Er schüttelte verständnislos den Kopf und seufzte. Dabei war die Lage ernst, nur sie nahm keiner ernst.

Sie hatte noch hundert Fragen zu dem Eingriff, den Risiken, der Bedeutung und den Folgen, aber der Arzt kritzelte ihr nur eine Nummer auf einen Zettel und sagte: »Melden Sie sich bei diesem Krankenhaus. Da können Sie morgen operiert werden. Ich gebe Ihnen ein Antibiotikum mit.« Dann schüttelte er ihre Hand. Als sie aus der Praxis trat und auf die Straße schritt, schluchzte sie befreit, die Ruppigkeit des Arztes hatte sie furchtbar erschreckt, ebenso wie seine Hiobsbotschaft, und dann hatte sie sich zusammenreißen müssen, um nicht an den Tränen zu ersticken, man weint nicht vor anderen Leuten, das hatte die Gesellschaft so festgelegt.

Jeder Tropfen Urin kratzte und schabte wie ein Nagel durch ihren Unterleib, wenn sie pinkelte. Es brannte in ihr, und sie wollte nichts trinken, um das Feuer zu löschen. In der Nacht schlief sie schlecht, sie träumte, sie würde einen Sohn gebären und eine Tochter, Zwillinge, von denen der Sohn allerdings nur aus einem Rumpf bestand, ohne Arme und Beine, nur ein winziger Bauch und eine Babybrust und ein Kopf, man wollte ihr den Sohn wegnehmen, aber sie hielt den Rumpf fest und lief weinend mit ihm in den Wald, sie liebte dieses Kind in ihren Armen, diesen Rumpf, den sie wie einen Laib Brot vor ihrer Brust trug. Sie erwachte tränenüberströmt. Man spürt die inneren Organe erst, wenn sie wehtun. Immerhin wusste sie nun, wo ihre Nieren waren.

Am nächsten Tag zog sie mit ihrem Ziehkoffer in das Krankenhaus, die Räder klemmten immer noch und ließen sich kaum rollen, wie damals, zu Zeiten des Oktoberfestes, als sie so auf ihrer Gesundheit herumgestampft hatte, ebenso wie auf den Holzbänken im Schützenzelt, Gepolter, rätätä rätätä, morgen ham wir Schädelwäh, rätätä rätätä Schädelweh is schee! Sie hatte Weh. Und dies war das Morgen, an das sie damals nicht gedacht hatte.

»Guten Morgen«, begrüßte sie eine Krankenschwester. »Sie werden dann ja heute operiert, die Anästhesistin ist gleich bei Ihnen.« Theresa wartete auf der Bettkante, die Beine baumelten herab, bleischwere Gliedmaßen, deren Gewicht sie in die Tiefe zu zerren drohte. Nachdem über eine Stunde nichts geschehen war – sie war schließlich nicht privat versichert –, stand sie auf und wandelte in Kreisen durch das Zimmer, ovale und runde Slaloms. Sie blieb vor dem Waschbecken mit dem Spiegel stehen und sah sich entgegen. Sie sah traurig aus, aufgedunsen und entmutigt. Dieser Anblick legte sich ihr schwer auf die Schultern, Selbsthass, Verachtung, der Preis des Größenwahns. »Was ist nur aus mir geworden, was ist passiert? Das Leben ist passiert«, dachte sie, und dann erblickte sie ihre erste Falte auf der Stirn, ein winziger Strich, eine Einbuchtung, wie geritztes Holz, ein Riss in der Haut, den sie mit den Händen glatt zu streichen suchte. Sie zog von oben und unten mit den Zeigefingern an der

Stirnhaut, sie dehnte und streckte sie, aber das Leben ließ sich nicht rückgängig machen.

Nach vier Stunden Wartezeit erklärte ihr ein junger attraktiver Arzt, dass sie noch ein wenig warten müsse, da sich ein durchgebrochener Blinddarm vor ihre Operation geschoben hatte. »Ist gut«, sagte sie, »ich warte.« »Es tut uns leid.« Er war der erste Mensch seit Tagen, der freundlich zu ihr war.

Neunzig Minuten später kam die Anästhesistin und fragte nach Allergien und Trinkgewohnheiten. »Wie oft trinken Sie pro Woche? Wie viele Gläser? Rauchen Sie? Nehmen Sie Drogen? Beruhigungsmittel? Bitte machen Sie keine falschen Angaben, da sich alles auf die Effizienz Ihrer Betäubung auswirken kann.« Theresa durfte nicht lügen, und sie gab die wahren Antworten preis. »Ich trinke viel, also keinen Fusel oder Hartalkohol oder so. Eher viel Wein. Und Longdrinks, jedes Wochenende. Manchmal auch unter der Woche. Oft.« »Wie viele Gläser denn am Abend, ein bis drei, drei bis fünf, sechs oder mehr?« »Eher Letzteres.« »Sechs oder mehr!« Die Ärztin machte ein Kreuz am äußersten Rand ihres Zettels. Theresa fühlte sich bewertet. »Und Sie rauchen?« »Ja. Leider.« »Wie viele Zigaretten am Tag, ein bis drei, drei bis fünf …« »Mehr«, unterbrach Theresa die demütigende Auflistung. »Und nehmen Sie Tabletten?« »Sechs oder mehr!«, schoss es Theresa aus dem Mund. »Wow«, die Ärztin kreuzte immer am äußersten Rand an und schien nun noch einen längeren Vermerk zu schreiben. Der attraktive Arzt kam ins Zimmer und grüßte freundlich. »Wir sind bald so weit«, sagte er. »Verhüten Sie?«, fragte die Anästhesistin ungehemmt weiter. Theresa schaute den jungen Arzt an, sie zögerte, er war kaum älter als sie, und doch saß sie hier und benötigte seine Hilfe. »Ja, meistens. Ja, aber mit der Pille.« »Haben Sie einen festen Freund?« »Nein, also – ich hatte … Nein.« Theresa stockte. »Und Sie benutzen keine Kondome?« »Nein – manchmal.« »Haben Sie regelmäßig Geschlechtsverkehr?« »Ja, eigentlich schon, ja.« »Ein bis drei, drei bis fünf, sechs oder mehr Sexualpartner?« »Wieder Letzteres!« »Wie viele denn ungefähr?« »Ach, so um die …« Theresa zählte mit ihren Fingern. »Es sind unter dreißig, unter fünfundzwanzig sogar!«, rief sie stolz. »Sie wissen aber, dass Sie sich beim ungeschützten Verkehr einem hohen Risiko aussetzen. Ich meine, kein Wunder, dass in Ihrer Blase Bakterienauflauf gekocht wird.« »Mmmh, ja.« »Und haben Sie regelmäßig Stuhlgang?« Die Erniedrigung nahm kein Ende. Der Arzt lugte der Anästhesistin über die Schultern auf den Zettel, der ihre Existenz bewertete. »Sie sollten besser auf sich achtgeben«, sagte die Anästhesistin. Theresa dachte nach. Vielleicht fehlte ihr die Demut, vielleicht hatte sie zu lange geglaubt, alles sei regenerierbar, reversibel, reproduzierbar. »Ziehen Sie das bitte an. Und tragen Sie keine Unterwäsche.« Sie reichte ihr ein blaues Nachthemd, das hinten am Hals zugebunden wurde. Man konnte ihren nackten Po sehen, der Operationskittel klaffte hinten auf und flatterte bei jedem Schritt.

»Was ist denn das genau, was ich da habe?«, fragte sie den Arzt.

»Sie haben sich Viren eingefangen. Die Infektion erfolgt hauptsächlich durch ungeschützten Sexualverkehr. Die HPV-Infektion ist daher eine der häufigsten durch Geschlechtsverkehr übertragenen Infektionen, oft jedoch bleibt die Ansteckung unbemerkt. Die Viren infizieren Zellen der Haut und verschiedener Schleimhäute. Einige HPV-Typen können bösartige Veränderungen hervorrufen, insbesondere Gebärmutterhalskrebs. Deswegen entfernen wir Ihnen lieber einen Teil, bevor es gefährlich wird.«

»Verstehe.« Theresa nickte betroffen. Die Sünde hat ihren Preis. Vielleicht ist mein Körper mein Gewissen, dachte sie. Aber sobald er wieder schweigt, randaliere ich weiter, als ob nichts gewesen wäre.

»Jetzt verliere ich einen Teil meiner Gebärmutter, einen Teil Weiblichkeit und Hoffnung, einen Teil meiner Zukunft und meiner Kindheit, Mutter, Mutter!«, dachte sie, bevor die Anästhesistin sie in einen tiefen Schlaf versetzte, gute Nacht.

Als sie erwachte, war sie heiter, das Betäubungsmittel hatte sie in Hochstimmung versetzt, wie angeschwipst plauderte sie mit dem jungen Arzt. »Sie sind mein Retter! Wollen wir eine rauchen?«, sagte sie als Erstes. Der Arzt lächelte und schüttelte den Kopf. »Kommen Sie, Sie rauchen doch sicher auch mal ab und zu. Oder tun irgendwas Böses, Verbotenes!« Sie hätte ihn beinah kumpelhaft mit dem Zeigefinger angestupst. »Ich muss Sie enttäuschen«, sagte der Arzt. »Ich rauche wirklich nicht.« »Dann sollten wir jetzt wenigstens anstoßen auf meine überstandene Operation! Oder wir inhalieren Helium aus Luftballons!« »Ruhen Sie sich erst mal aus«, sagte der Arzt freundlich. »Sie Vernunftsmensch«, gackerte Theresa. »So eine Blasen- oder Nierenbeckenentzündung kann chronisch werden«, sagte der Arzt. »Setzen Sie mich auf Sexdiät? Geben Sie mir lieber ein Kondom für mein Herz. Das muss verhütet werden«, sagte Theresa.

Ein Krankenpfleger kam, der sie samt Bett zurück in ihr Zimmer schob. Sie plapperte im Fahrstuhl mit ihm, sabbelte ausgelassen über die Flure, schnatterte in ihrem Zimmer vergnügt weiter, heißa hopsasa, bis die Wirkung der Anästhesie nachließ und sie wieder traurig wurde. Der Unterleib schien ihr wie aufgeschlitzt, eine pochende Wunde, deren Puls durch den ganzen Körper hämmerte, penetrant und lästig wie eine Baustelle vor dem Haus. Man hatte ihr etwas weggenommen, das sie erst jetzt zu spüren begann, eine Abtreibung ohne Schwangerschaft, eine risikobehaftete Zellveränderung, auch sie hatte sich verändert wie ihre Zellen, zum negativen, zum bösartigen, zum tumorartigen Auswuchs. Entfernt mich!

»Ich bin am Ende.« Sie warf sich hingebungsvoll auf ihr Bett, aber nicht einmal David, der sie aus dem Nebenzimmer schluchzen hörte, hatte mehr Mitleid mit ihr. »Tut mir leid, Resi«, erklärte er ihr stur wie ein Lehrer, der einem sagt, man sei durchgefallen, Jahr wiederholen, nachsitzen, tja, da kann man nichts machen. »Aber ich kann dich einfach nicht mehr ernst nehmen«, fuhr David fort, unnachgiebig und unbeeindruckt von ihren Tränen wie eine Behörde, wenn man sein Lichtbild vergessen hat, versuchen Sie es doch nächste Woche noch einmal, Gnadengesuch abgeschmettert. »Was habe ich nur getan?«, fragte sie verzweifelt, sie sprach laut mit sich selbst, mit ihrem imaginären Freund, der ihr dauernd beweisen wollte, dass sie nicht existierte.

Nachts schlurfte sie durch die Wohnung, ohne die Füße zu heben, und riss immer wieder den Kühlschrank auf, als habe sie darin etwas vergessen, aber der Kühlschrank war leer, und das Eisfach rumorte. Es musste mehr Eis nachproduziert werden.

Sie schrieb Moritz zahllose Briefe, von denen sie nur die Hälfte abschickte, in denen sie nur die Hälfte sagte, aber er antwortete ihr nicht mehr. Nur einmal schrieb er eine SMS, »Danke für deinen Brief«, mehr nicht, keine ihrer pathetischen Fragen wurde beantwortet, nicht ihr Stil gelobt, nicht ihre Offenbarung gewürdigt, keines ihrer Worte erwidert. Sie hatte die Luft rausgelassen, das Ventil der Fahrradreifen geöffnet, und nun kam sie nicht vorwärts mit ihrem patschigen Platten.

Sie tippte all seine Nachrichten in ihren Computer. Sie zählte und rechnete ihre Geburtstage gegeneinander, bis eine ihr schicksalhaft erscheinende Zahl herauskam. Bei jedem vorbeifahrenden Auto mit seinen Initialen als Kennzeichen spürte sie ihn schon beinah um die Ecke kommen. Ihr Einfallsreichtum war schuld, dass sie ihn vertrieb. Denn wie hätte sie ihn auch halten können, wenn er nicht dort stand, wo sie niemals verabredet gewesen waren. Sie konnte es ihm nicht verzeihen, dass sie sich verachtete. »Er darf nur nicht sterben«, dachte sie. »Er muss am Leben bleiben. Es muss noch was kommen.«

Sie konnte kaum atmen, die Luft föhnte ihr entgegen, sauerstoffarm wie in den Zwischenräumen der Eingänge eines Kaufhauses, warme Karstadtluft, Privatinsolvenz. Sie rief eine Therapeutin an, Diplompsychologin im Frankfurter Westend, deren Nummer sie mithilfe des Internets gefunden hatte. Eine Freundin hatte ihr eine Psychologin empfohlen, aber die lebte und arbeitete in Wiesbaden, und das war Theresa zu weit. Sie kannte sich: Regelmäßige Termine waren beschwerlich genug, auch ohne lange Autofahrten. Sie würde sich höchstens drei Mal aufraffen und dann die Therapie abbrechen, wenn sie dafür nach Wiesbaden müsste. Es würde ihr leichter fallen, wenn die Sprechstunde zu Fuß zu erreichen wäre. Also hatte sie mehrere Praxen im Westend abtelefoniert, von denen viele ihr aufgrund von Platzmangel einen regelmäßigen Termin verwehrten. Erst der achte Anruf schien erfolgversprechend. Sie hatte einer sympathischen Frauenstimme auf den Anrufbeantworter gesprochen, was ihr nur recht war, denn so hatte sie alles einer Maschine erklären können, ohne Unterbrechungen und Nachfragen und Peinlichkeiten, einfach ein knapper, flüssiger Text: »Guten Tag, hier spricht Theresa. Ich brauche Hilfe, weil ich glaube, dass ich womöglich depressiv bin. Und ich habe eine Augenkrankheit, die mich vielleicht erblinden lässt. Also irgendwann. Und ich habe Angst. Mich schlägt aber keiner. Ich habe auch keinen Hunger und keine großen Geldsorgen. Bitte nehmen Sie mich trotzdem. Bitte rufen Sie mich zurück!« Zwei Stunden später rief eine freundliche Stimme bei ihr an und fragte, wann sie kommen wolle. »Ich hätte einen Platz für Sie, dienstagvormittags um zehn Uhr. Falls wir miteinander auskommen.«

Theresa freute sich, sie würde sich in die Hände einer Therapeutin begeben, behütet und bewacht durch ständige professionelle Aufsicht, eine wöchentliche Beichte, Rehabilitation. »Gern. Ich werde da sein.«

Dienstag früh erwachte sie um 9:39 Uhr, sie hatte den Wecker mehrmals ausgeschaltet und schrak hoch, als ihr die Uhrzeit ins Auge stach. Sie zog sich schweißgebadet an und erreichte die Praxis ihrer Therapeutin um 10:09 Uhr, sie war gestresst, weil sie zu spät war, weil die Therapeutin sie stresste mit ihrem Vormittagstermin, sie war jetzt schon wütend, und ihre Verspätung war ihr derart unangenehm, dass sie kurz überlegt hatte, das ganze

Vorhaben abzublasen, vermutlich brauchte sie überhaupt keine Therapie.

»Guten Morgen«, sagte sie schuldbewusst, nun musste sie besonders freundlich und charmant sein, um ihren ersten Patzer wiedergutzumachen. »Guten Morgen. Haben Sie sich verlaufen?« »Ja«, log sie. Es war nicht gut, seine Therapeutin gleich zu Beginn anzulügen, aber ihr blieb nichts anderes übrig. Es beginnt mit einer Lüge, dachte sie, wie bei Moritz. Das kann nicht gut gehen. Sie wird mich entlarven. »Sagen Sie mir doch, was ich tun soll. Um besser zu sein!«, bat Theresa. »Sie glauben, dass Sie einmal kommen und ich Ihnen all Ihre Wünsche erfüllen kann?« »Ja, das hoffte ich.« Theresa riss erwartungsfroh die Augen auf. »Leider kann ich das nicht. Das Leben ist viel Arbeit!« »Das merke ich auch gerade.« »Sie arbeiten ja schon an sich«, erwiderte die Ärztin. »Sie sind bereit, etwas zu tun. Erwarten Sie nicht so viel vom Leben. Und auch nicht von sich.«

In der nächsten Woche war sie wieder zu spät, acht Minuten. »Sie sind zu spät«, sagte die Psychologin. »Sie nehmen andere Menschen nicht ernst. Sie nehmen meine Termine nicht ernst. Sie nehmen überhaupt nichts ernst.« »Ich gebe mir Mühe«, sagte Theresa. »Ja, ich weiß. Es ist ja schon toll, dass Sie überhaupt jede Woche kommen. Und so früh. Das ist mühsam genug für Sie.« »Ja«, antwortete Theresa. »Für mich ist ein Termin sehr stressig, vor allem morgens. Ich schlafe schlecht. Jede Nacht ist ein Horror. Ich hab schon vorher Angst, ins Bett zu gehen. Das zögere ich dann so lange hin, bis ich nicht mehr kann. Oder bis es hell wird.«

Es war seltsam, dass sie sich immer erst hinsetzte und kaum zur Ruhe kam, gehetzt und verschwitzt war, das Leben von da draußen noch an ihr haftete und sie schnell atmete. »Kommen Sie erst mal an.« Aber Theresa konnte kaum ankommen, sie wollte sich nicht in Ruhe ausbreiten, während die Therapeutin ihr dabei zusah. Sie fühlte sich unwohl und beobachtet auf ihrem Stuhl gegenüber dieser beinahe fremden Frau, der sie so viel erzählte, und dabei stets bemüht war, etwas Kluges zu sagen, das

Erzählte in gewählte Worte zu hüllen, damit die Therapeutin sie nicht für dumm und gewöhnlich hielte oder für verwöhnt. Sie wollte nicht undankbar erscheinen, eine überforderte Hysterikerin in einer Welt von wohlsituierten Akademikern. Sie saß am Rande des Stuhls. »Sie sitzen da immer wie zum Absprung bereit«, bemerkte die Therapeutin, und Theresa hielt den Rücken gestreckt und konnte sich nicht zurücklehnen.

Beim nächsten Mal war sie fast pünktlich.

Kurz darauf hatte sie am Montagabend so viel getrunken, dass sie Dienstag um neun mit gebrochener Stimme bei ihrer Therapeutin anrief, um abzusagen. Sie fühlte sich, als würde sie schwänzen, denn sie hätte es mit ein wenig Aufwand zur Therapie geschafft, bloß fehlte ihr die Kraft, sich anzuziehen, und die Lust, sich auf den Weg zu machen, auf den Weg in eine Stunde voller Arbeit, Arbeit an sich selbst, heute nicht, heute wollte sie sich nicht zusammenreißen, heute wollte sie nicht durchschaut werden und berichten. »Ich bin erkältet«, log sie am Telefon und fühlte sich schlecht, so wie sich Lügner und Faulpelze und Schwänzer und Drückeberger fühlen: schlecht.

In der folgenden Woche begrüßte die Therapeutin Theresa mit den skeptischen Worten: »Sind Sie wieder gesund?« Theresa erinnerte sich an ihre Lüge und errötete. »Ja, ich bin wieder fit.« Sie hustete, um ihre Ausrede mit einem Symptom zu untermauern. »Sie lagen doch in Wirklichkeit verkatert im Bett, vielleicht bei einem Kerl. Sie hatten keine Lust zu kommen und haben sich nach dem Feiern krankgemeldet, oder?« Bisher hatte noch niemand Theresa so direkt auf ihre Lügen aufmerksam gemacht. »Ja, Sie haben recht. Ich lag mit schwerem Schädel im Bett. So etwas sagt aber keiner. Selbst wenn es bemerkt würde, würde man die Wahrheit höflich umgehen, um die Enttarnung zu vermeiden. Aber es tut gut, nicht angelogen zu werden, nicht aus Scham lügen zu müssen.« »Warum lügen Sie denn?« »Um zu gefallen. Um niemanden vor den Kopf zu stoßen.« »Warum ist Ihnen das wichtig?« »Ich will gefallen. Ich will übrigens auch, dass Sie mich mögen. Ich will Sie nicht langweilen«, sagte Theresa zu ihrer Therapeutin. »Hören Sie auf, sich dauernd zu bemühen. Das ist so anstrengend für Sie.« »Ja, es ist sehr anstrengend.«

Theresa lag mit geschlossenen Augen auf der Chaiselongue. Vor Kurzem hatte sie damit begonnen, sich in der Therapie hinzulegen, sie wollte nicht angeschaut werden und niemanden ansehen müssen, sie fühlte sich bewertet, schon wenn die Therapeutin bemerkte, dass sie mit verschränkten Beinen saß oder mit gefalteten Armen, Abwehrhaltung, alles wurde bewertet und beobachtet, sie wollte sich keine Gedanken darüber machen, wie sie aussah, wie sie wirkte, wie sie schaute, wie sie sich um Kopf und Kragen redete, nur um etwas zu sagen, die Stille war peinlich und zehrend. War sie so feige, dass ihr nichts durch den Kopf ging, kein mitteilungswürdiger Gedanke, nicht mal hier, vor dieser Frau, die es doch gut mit ihr meinte, wenn sie sagte, sie solle aufhören, sich ständig anzustrengen, ihr fiel ein, wie ermüdend das alles war, das gute Leben, der Freundeskreis, das Aussehen, Kleidung, Sport, Wohnungseinrichtung, Geld verdienen, Reparaturen von Auto, Handy, ein toller Mann, ein toller Job, die Masterarbeit, Zeitung lesen, eine Kurzgeschichte schreiben, Gesichtsmasken, Nägel schneiden, Beine rasieren, die Putzfrau anrufen, um das Bett frisch beziehen zu lassen, Haare kämmen, kein Brot essen, keine Nudeln, Neinsagen lernen, absagen, zurückrufen, zum Arzt gehen, ein Blutbild machen lassen, abschminken, schminken, Rückengymnastik, Sauna, die Welt sehen, einen Sonnenschirm kaufen, die Sofakissen waschen, den Hausmeister anrufen wegen des Warmwassers, weniger rauchen, sich um sich selbst sorgen, für die Eltern sorgen, die Freundschaften pflegen, Theaterkarten kaufen, ein Buch lesen, das Französisch aufpolieren, tanzen, trinken, nicht vergessen zu lachen, fotografieren, festhalten, Männern gefallen, sich selbst gefallen, geliebt werden, glücklich sein.

»Ich bin oft unzufrieden mit mir«, sagte Theresa. »Sie haben einen starken Richter in sich, eine enorm kritische Instanz, und ein kleines Kindchen, das sich durchschummeln will.« »Das Kind will Unsinn machen und macht alles kaputt, und dann kommt die böse Hexe, das Gericht, und schimpft mit dem Kind.« »Seien Sie gut zu sich, loben Sie sich. Beruhigen Sie sich, indem Sie sich trösten.« Aber Theresa wusste sich nicht zu trösten. »Ich denke dauernd, ich könnte besser sein und mehr machen. Wenn ich fernsehe, fühle ich mich elend, weil ich faulenze. Und wenn ich rauche, habe ich Angst um meinen Körper, um mein Augenlicht. Dauernd bin ich krank. Ich mache alles falsch.« »Sie sind schon in Ordnung«, sagte die Ärztin mit milder Stimme. Ich bin nicht in Ordnung!, wollte Theresa rufen, aber sie war zu gerührt, dass jemand sie okay fand, in Ordnung, sogar ihre Therapeutin, die doch wusste, was sie alles Schlimmes und Böses getan hatte bisher, fast alles, denn alles hatte sie ihr nicht verraten, weil sie sich zu sehr schämte. Sie weinte geräuschlos.

»Jetzt sind wir am Ende«, sagte die Therapeutin und meinte die Uhrzeit. »Wir sehen uns nächste Woche wieder.« »Ich sehe niemanden so regelmäßig wie Sie«, sagte Theresa. »Das ist gut. Ich weiß, dass es Sie viel Kraft kostet.« »Ich bemühe mich, diesen wöchentlichen Termin einzuhalten.« »Das heißt, Sie nehmen meine Bedürfnisse ernst. Nehmen Sie auch sich selbst ernst.« »Ich habe bisher noch niemanden ernst genommen«, sagte Theresa, die bei Schreckensmeldungen häufig lachen musste. »Lachen hat nichts mit Freude zu tun«, erklärte ihr die Therapeutin, »es ist lediglich die Reaktion auf etwas, auf das man nicht vorbereitet ist.« »Wir sind aufs Leben nicht vorbereitet.« »Lassen Sie die Angst zu, begrüßen Sie sie. Ach, da kommt die Angst, guten Tag. Sie sollten das nicht so wegschieben.« »Aber die Angst fühlt sich schlimmer an, als sie klingt«, sagte Theresa. »Es gibt etwas, das Sie beschützt«, sagte die Therapeutin mit ihrer milden, streichelnden Stimme.

Manchmal glaubte Theresa immer noch heimlich, dass alles, die Welt, die Kulisse, die Freundschaften, für sie erschaffen worden seien, gecastete Schauspieler stellten ihre Eltern dar, und wenn sie Fanta trank, machte sie in Wahrheit Werbung, ihr Auto vor der Tür war ein Product-Placement. Das große Finale einer Staffel war dann der »Geburtstag« eines Freundes, auf dem sich alle wiederfanden, Darsteller und Komparsen, und wo es zwischen ihr und einem Mann zu einer dramatische Szene kam. Vielleicht hatte man Moritz aus ihrem Drehbuch gestrichen, weil der Schauspieler zu viel Gage forderte oder bei den Zuschauern abgewählt worden war, und nun musste sie wieder Vorlieb nehmen mit Leopold oder einem anderen Publikumsliebling, für den man während der Werbepausen, wenn sie auf dem Klo war oder duschte oder schlief, anrufen konnte, Endziffer 1 für Benjamin, Endziffer 2 für Leopold. Vielleicht konnte man sie nicht mehr ausstehen, und ihr Sendeplatz würde an die Fußball-WM abgegeben oder mit einem hübscheren, jüngeren Mädchen ersetzt, ihre Geschichte endete hier: »Theresa« wird abgesetzt!

Sie fuhr zu ihren Eltern nach Hamburg. Es war der Tag der deutschen Einheit, die Schulkinder hatten Herbstferien, die Züge waren voll, und sie wollte den Feiertag nutzen, um Ruhe zu finden. Sie brauchte dringend eine Gefechtspause, Zeit zur Genesung im Kinderbett, eine Linderung all der schmerzenden Stellen in ihrem Körper, den ziependen Haaren, dem unentwegt arbeitenden Kopf, den Schluckbeschwerden, dem übersäuerten Magen, dessen Wände vom Weißweintrinken zerfressen waren, dem verstopften Darm, dem kein Abführmittel Trost verschaffte.

Ihre Eltern verwöhnten sie, es gab herrlichen Kalbsbraten, kleine Schnitzel in Zitronensauce, salzige Hühnerbrühe, bunten Obstsalat und jeden Morgen einen frisch gepressten Orangensaft. Sie lag auf dem Sofa und las stundenlang in den Gedichtbänden aus der Bibliothek ihres Vaters, im Hintergrund lief Mozarts Klarinettenkonzert, ihre Mutter hatte Kerzen angezündet, es wurde Tee aufgegossen, dazu gab es Haselnüsse, um acht wurde die Tagesschau angeschaltet, danach »Wer wird Millionär?«, ihre Wäsche wurde gebügelt, man ließ sie ausschlafen. Sie traf ihre alten Schulfreundinnen im Café, wo sie einen Chai- oder Roibuschtee tranken, ging an der Alster spazieren und joggen, brachte ihre Schuhe zum Schuster, atmete ein, atmete aus. Sie blieb zehn Tage in Hamburg, es war eine geruhsame Zeit, der Wind blies die toten Blätter von den Bäumen und trug sie zu den Haufen auf dem Bürgersteig. »Herr, es ist Zeit!«, dachte sie.

An einem Nachmittag ging sie zum Fleischer, um etwas Mortadella und Parmaschinken fürs Abendessen zu holen, und da, vor dem Geschäft, wie ein Hund, wartete Leopold und rauchte eine Zigarette. »Was machst du denn hier?«, fragte sie. »Ich besuche meine Tante übers Wochenende«, sagte er und gab ihr einen Kuss auf die Stirn. »Schön, dich zu sehen!« Sie hatten sich nicht gesehen, seit er ihr den Ring wie Lösegeld in den Briefkasten gelegt hatte. Er roch nach Schlaf und Hundefutter. »Du siehst gut aus.« »Lüg mich nicht an!«, erwiderte er. »Ich weiß genau, wie ich aussehe. Eben habe ich mir im Supermarkt eine Cola gekauft und mich ganz gemütlich vor den Supermarkt auf die Stufen gesetzt, um die Cola auszutrinken. Da warf mir jemand im Vorbeigehen einen Euro vor die Füße. Als wäre ich ein Bettler.« Leopold lachte, zwischen seinen Vorderzähnen klebte ein grüner Krümel, ein Stück Petersilie oder Schnittlauch. »Wollen wir uns später auf einen Spaziergang treffen?«, fragte sie, weil er ihr leid tat und weil sie ihrer Schonkost entkommen wollte. »Gern«, lächelte er und blieb tapfer vor dem Metzger stehen. Wuff. Drinnen wurden Fleischreste zu Wurst verarbeitet. Sie kaufte 200 Gramm.

»Ich treffe mich kurz mit einer Freundin«, entschuldigte sie sich nach dem Abendessen bei ihren Eltern und schob den Stuhl beiseite. »Ich komme nicht so spät!«

Leopold stand bereits vor ihrer Tür. »Na«, begrüßte er sie. Sie schlenderten an der dunklen Alster entlang, die Lichter der gegenüberliegenden Innenstadt spiegelten sich in Fetzen und Streifen im schwingenden Wasser. »Wie geht's dir denn?«, fragte er. »Ach, geht so. Und dir?« »Mir geht's doch immer gut. Das weißt du.« »Außer wenn du betrunken bist und Häuserwände hochkletterst.« »Hast du Kontakt zu Moritz?«, fragte er. »Nein. Ich habe keinen Kontakt, gar keinen.« Sie gingen eine Weile stumm nebeneinander her, sein starrer Gesichtsausdruck bedrängte sie, und als sie an einer versinkenden Trauerweide vorbeikamen, fragte sie: »Bist du mir noch böse?« »Nein.« Er schüttelte den Kopf. »Wollen wir einen Wein trinken?«, fragte er, als sie an einer Bar mit Steg vorbeiliefen. »Ich mache grad so eine Art Entgiftung. Ich habe seit zwölf Tagen nichts getrunken. Eigentlich wollte ich einen Monat durchhalten«, sagte sie. »Dann trinken wir eine Cola!«, sagte Leopold rasch. Aber als sie in der Bar saßen und er sich eine Zigarette anzündete, winkte sie nur ab, »ach, was soll's!«, und bestellte einen Wein, aus reiner Gewohnheit. Und dann noch einen. Und dann eine Karaffe. Und eine Flasche.

»Hast du einen Job?«, fragte sie nach dem ersten gemeinsamen Liter. »Geh mir nicht auf die Nerven, Krisenmädchen«, sagte er. »Ich interessiere mich für dich.« »Aber ich interessiere mich nicht für mich!« »Tu doch einfach irgendwas. Ist doch völlig egal. Ob angepasst oder klein beigegeben. Wie kann man nur so selbstvernarrt sein. Du interessierst dich sehr wohl für dich, so sehr, dass du dich aus lauter Eitelkeit verkommen lässt. Demonstrativ. Und alle sollen zusehen.« »Ach, lass das doch. Ich bin nicht so aufmerksamkeitsdurstig wie du. Vielleicht leide ich wie Mariah. Aber du, du singst da oben wie ein Duett aus Mariah und Whitney. Und dabei steppst du noch mit einer Horde Einhörnern.« Sie musste lachen. »Die Wahrheit ist, Theresa, mir ist das alles vollkommen gleichgültig. Meine Unbrauchbarkeit geht nur mich etwas an.« »Nicht, wenn du deinen Eltern Kummer machst. Nicht, wenn du dir überall Geld leihst.« »Ich werde jetzt arbeiten. Vielleicht in einem Callcenter!« »Das glaube ich erst, wenn ich es sehe.« »Glaub mir, ich muss. Letzte Woche habe ich von einem Anwalt eine Abmahnung bekommen, weil ich illegal Filme und Videospiele runtergeladen habe. Ich soll eine Unterlassungserklärung unterschreiben und ein paar tausend Euro zahlen.« »Du hast Filme heruntergeladen?« »Meistens Pornos! Aber es ist immer noch besser, ein Dieb zu sein als ein Mitläufer.« »Oh Mann, Leopold, wach auf, du Unglücksrabe!« »Ich hab mir halt ein paar Filme auf den Computer gezogen, so gewalttätigen Kram und Pornografie. Mit so was verdient man mehr als mit ehrlicher Arbeit.« »Willst du jetzt etwa in den Knast gehen?« »Nein, ich werde mir irgendeinen Job suchen müssen, um das abzubezahlen. Streifen stehen mir nicht.« »Der Alkohol steht uns auch nicht. Leo, wir müssen aufhören, uns zu wehren. Arbeit finden. Das hält dich von solchen Dummheiten ab.« »Und was hält dich davon ab?« »Meine Angst«, sagte sie. »Du denkst jetzt wohl, du hast für mich die Anleitung parat! Aber ich bin nicht wie du! Ich bin noch derselbe wie früher! Du bist die, die anders geworden ist!«, sagte er. »Vielleicht. Aber früher war ich unglücklich und genau so selbstzerstörerisch wie du.« »Nein. Du warst der Hit!«, sagte er. »Ich war der Hit?« Sie musste lachen. »Und du hast getanzt.«

Sie tranken sich durch einen weiteren Liter Riesling, und Leopold sah sie zwischendurch wie wild geworden an. »Warum hast du das getan, das mit diesem Moritzwürstchen?« »Stell dir eine chinesische Feuerwerkskörperfabrik vor und ein kleines tollpatschiges Mädchen wie mich, die neben dieser Fabrik eine Zigarette raucht, und die fällt ihr dann, wegen kurzfristiger Notgeilheit, auf den Boden, und sie sieht sie noch der Fabrik entgegenrollen, weiß, was passieren wird, aber kann sie nicht mehr aufhalten.« »Jetzt ist der Brand ja gelöscht. Du bist immer noch mein Mädchen. Meine Pampel-Muse.« »Eine verkohlte Pampel. Ohne Muse«, sagte sie.

»Kannst du mir etwas Geld leihen?«, fragte er, als der Kellner die Rechnung mit den Worten »Wir schließen jetzt«, ungefragt auf den Tisch legte. »Ich hab nur 15 Euro«, druckste er. Sie zahlte den Rest. Sie wankten nebeneinander aus der Bar, es war vier Uhr morgens, sie hatten gemeinsam drei Schachteln Zigaretten leer geraucht, waren von ihrer Maßlosigkeit erwischt worden wie von einer Magen-Darm-Grippe, und nun standen sie taumelnd vor ihrer Haustür und wussten nicht, wie sie sich verabschieden sollten. Und ehe sie sich's versah, knutschten sie wild herum, er machte Geräusche. »Komm doch mit zu meiner Tante«, sabberte er und saugte an ihrem Hals wie ein gefühlsdurstiger Vampir. Gesagt, getan. Er schmeckte nach Essig und Silberzwiebeln, und ihr Ekel erregte sie. Sie schmissen sich zerzaust in ein Taxi und fuhren lange herum. Die Straßen legten sich unter den Mond, und die Laternen beugten sich unter dem Himmel wie welke Blumen, wie Untertanen vor ihrem König, wie sie selbst, eine gebückte, gekrümmte matte Lichtquelle, die sich vor dem Abend und der Bezwingung verneigt. Schon während der Fahrt überkamen Theresa Schübe aus Reue und Ekel. Aber dann wieder siegte die Verschwommenheit des Rausches, und sie ergab sich ihm.

»Lass uns einen Vibrator kaufen«, sabberte er ihr im Bett seiner Tante ins Ohr. »Ich will dir einen Vibrator kaufen. Lass uns auf die Reeperbahn in so einen Shop, und dann kaufen wir einen.« Sein Gesicht zuckte, und die Stimme brach ihm zwischen den hektischen Atemzügen. »Das ist doch jetzt viel zu umständlich.« Sie wollte nur, dass es schnell vorbeiginge, schnell, mach schon, dachte sie, während er sich genüsslich Zeit ließ, aber seine Bewegungen waren vor Aufregung ganz eckig, nicht geschmeidig, sondern ruppig, er wollte sich nicht beeilen, er wollte spielen und kitzeln und anfassen, und überall war sein Atem, und sie konnte die Berührungen kaum ertragen, wie vor Kälte oder Hitze riss sie manchmal den Arm oder den Kopf zur Seite, sie wollte ihn nicht küssen, es sollte nur schnell gehen. »Das geht nicht, Leo. Ich habe meine Tage«, sagte sie, als er mit seinem Mund unter ihr herumkroch. »Okay, okay, okay.« Er war vollkommen wild geworden und zog sich die Hose herunter. Es passierte einfach so, er schob sich hinein und japste. Alles war blutverschmiert, der Bettvorleger, das Laken, ihre Unterwäsche, seine Unterwäsche, das Kissen. »Hol was, hol doch Taschentücher!« Er lief los, und es lief aus ihr heraus.

»Was wird deine Tante sagen, wenn es hier so aussieht?« Sie tupften die Spuren von den Möbeln. »Die Unterhose kann ich wegwerfen«, sagte sie. Sie rissen die Bettwäsche von den Daunen.

»Hier können wir das Zeug nicht lassen. Wir müssen das alles in den Müll werfen. Aber nicht in der Wohnung.«

»Wo sollen wir denn hin?«

»Zu irgendwelchen Mülltonnen. Komm!« Er nahm die Wäschehaufen in beide Arme, sie hob mit abgespreizten Fingern die beiden Unterhosen auf. »Es sieht aus, als hätten wir jemanden umgebracht. Wie nach einem Massaker. Vor allem, wenn wir das jetzt mitten in der Nacht alles in irgendeine Mülltonne stopfen.«

»Sollen wir es vorher verbrennen?«

»Nein, dann sieht es ja noch mehr aus, als hätten wir etwas zu verbergen. Bloß weg damit.«

Die blutige Bettwäsche wippte in seinen Armen, sie stapften durch die kalte Nacht. Sie trug ihre Jeans ohne Unterhose, die Nähte scheuerten auf ihrer Haut, irgendwo tief in ihrem Innern befand sich noch ein Tampon, ein Wattebausch, der ihr Blut hatte aufsaugen sollen und den er, Leopold, so tief in sie hineingeschoben hatte, dass er sich wie Moos um ihren Eierstock legen würde, vielleicht könnte sie niemals Kinder bekommen, wenn sie das Ding nicht bald entfernte, den Fremdkörper in ihr. »Was Mädchen alles durchmachen müssen!«, dachte sie.

Sie ekelte sich vor ihm wie vor der Haut von gekochter Milch. »Ich muss nach Hause«, sagte sie, nachdem sie die schmutzigen Laken und Unterhosen in eine Mülltonne neben einer Garageneinfahrt gestopft hatten. »Komm doch mit zurück. Es war so schön.« »Leo, an der Situation war nichts schön, es war alles falsch und schief. Es ist schon schlimm genug, dass wir miteinander geschlafen haben. Und dann noch unter diesen Umständen!« »Ich will dich nur halten«, bat er. »Es ist zu trostlos«, sagte sie. »Lass mich gehen.« Sie standen noch ein Weilchen schweigend vor den Mülltonen, die nach siechenden Lebensmitteln stanken. »Gute Nacht.« Sie lief nach Hause, unterhosenlos, fassungslos, blutleer.

Am nächsten Morgen fühlte sie sich wie ein gemästetes Schwein, fett und grunzend, gewälzt in Aas und Dünger und den eigenen Exkrementen, ein Schnitzel in Panade. Alles roch nach Verwesung oder nach einem sauerstoffarmen, überbuchten Langstreckenflug. Ihr war nicht zum Lachen zumute.

»Wo warst du denn gestern so lange?«, fragte ihre Mutter, als sie Theresa weckte. »Ich bin bei einer Freundin eingeschlafen«, druckste Theresa schuldbewusst, aber sie war sich sicher, dass ihre Mutter es riechen, ihr den Verrat ansehen könnte. Mütter können so was.

Sie schloss sich im Badezimmer ein, die Asche von gestern lag ihr wie Glut unter der Haut, der Alkohol und der Tampon, der ganze Dreck des vergangenen Abends, steckten ihr noch im Körper und hetzten ihr Herz, ihre Ohren pochten, ihr linkes Auge zuckte. Sie setzte sich auf die Klobrille und versuchte, den Tampon mit der Hand herauszuziehen, ohne Erfolg. Ihr gelang es nicht, sie konnte die Watte nur mit der Fingerspitze anstupsen und hatte das Gefühl, ihn mit jeder Bewegung noch tiefer in sich hineinzuschieben. Sie wurde panisch, es bohrte und pochte nun überall in ihrem Körper. Sie atmete kurz, wie sie es bei Geburten im Fernsehen beobachtet hatte. Es half nichts. »Dann bleibt er eben drinnen«, dachte sie, »irgendwann fällt er schon von selbst wieder heraus.« Beim Essen mit ihren Eltern war ihr unbehaglich, sie befürchtete, der Tampon könnte jederzeit aus ihr herausplatzen oder womöglich in ihr platzen – eine Detonation – und sie würde implodieren. Sie zog sich in ihr Zimmer zurück, schloss die Tür und googelte: »Tampon beim Sex vergessen.« Sie landete auf Sexseiten und in medizinischen Foren. Es wurde von einem toxischen Schocksyndrom berichtet, bei dem es zu hohem Fieber, Haut- und Schleimhautsymptomen, Kreislauf-, Leber- und Nierenversagen sowie einer Bewusstseinstrübung kommen könne. Sie musste es erneut versuchen, wenn sie nicht an einer inneren Vergiftung zugrunde gehen wollte. Sie verschanzte sich im Bad, legte sich auf den Boden und drehte und dehnte sich verzweifelt, unter Tränen, sie hob die Beine und stützte sie am Badewannenrand ab, ihr Fingernagel kratzte, die Watte löste sich langsam auf, bis sie den Tampon endlich aus sich herauszog. »Was vom Leo übrig bleibt«, dachte sie.

Und sie wusste nicht, was sie mehr ekelte: dass er sie immer noch liebte oder dass sie ihn nicht mehr liebte. Sie fuhr zurück nach Frankfurt.

Welch ein Rückfall! Sie war gescheitert bei dem Versuch, einen männerlosen Herbst zu ertragen, die Entgiftung war entgleist. Der Verzicht war eine Kur, die sie nicht einzuhalten vermochte. Und da sie schon einmal dabei war, all ihre Vorsätze zu brechen, fraß sie sich entgegen ihrem Diätplan durch jegliche ihr in den Sinn kommende Sünde. Sie schrieb an fünf ihrer Verflossenen dieselbe mehrdeutige Nachricht und testete, wer zuerst antwortete, ein Wettlauf, den sie aus Langeweile und Bedürftigkeit veranstaltete, zwei Adressaten antworteten gar nicht, drei andere schrieben bedeutungsarme SMS zurück. Sie rauchte morgens im Bett, mit ungebügeltem Gesicht und ungeduschtem Körper. Sie hörte auf, Mahlzeiten zu sich zu nehmen, und ernährte sich ausschließlich von Süßigkeiten, Erdnüssen und abgepackten Snacks. Fleisch und Fisch ekelten sie. Sie verbrachte die Tage vor dem Computer, klickte sich ziellos durch Webseiten, bestellte Kleider und Taschen im Internet, die als Pakete eintrudelten, in Plastik eingeschweißt, und ihr nicht gefielen, der Stoff war billig, sie war pleite. Sie vernachlässigte ihren Master, schwänzte Kurse und verschob ihre Therapie, vergaß den Geburtstag einer guten Freundin, sprach nicht mehr mit David (er grüßte sie morgens nicht mehr im Bad, sie lebten schweigend, Zähne putzend und Türen knallend aneinander vorbei), kam ständig überall zu spät, malte sich jeden Tag rote Lippen, trug ein blasses Gesicht und dunkle Augenringe, bekam trockene Haut und juckenden Ausschlag an den Armen, ging bei minus drei Grad in kurzen Kleidern vor die Tür, fror in der Feuchtigkeit, trat in spritzende Pfützen, sprach mit schriller Stimme, hatte Frostbeulen am Hals und am Herzen, fing an, Martini zu trinken, hörte abends die Krähen in den hängenden Ästen der Bäume, bekam einen leeren Blick, ließ sich von Männern in Clubs begrapschen und auf Schnäpse einladen, tanzte aufreizend auf Tischen wie eine Animateurin, hopphopp, ein Go-go-Girl, das sich selbst zum Durchhalten auffordert, schlief nie vor drei Uhr nachts, pulte sich die Daumen blutig und klebte sie mit Pflastern zu, las keine Zeitung mehr und verpasste die Nachrichten, trank jeden Tag drei Brausetabletten Aspirin, Multivitamin, Magnesium, schluckte Heilerde und Lachsöl-Omega-3-Fettsäure-Kapseln und Biotin für Haut und Haar, Baldrian fürs Gemüt, Artischockenpillen für die Verdauung, Eisen, Calcium-Nahrungsergänzungsmittel, gab ein Vermögen im Drogeriemarkt aus, verlor Gewicht und ihr Handy, manchmal sogar den Verstand, bat ihre Eltern um Geld, verschüttete Wein auf ihrem Laptop, der das Y, das A, das S und die Strg-Taste verklebte (sie konnte nun nicht mehr schreiben oder nur Worte ohne diese Buchstaben benutzen), trug einen Mantel, an dem zwei von vier Knöpfen fehlten, aber sie konnte ja nicht nähen, hatte nasse Stiefel, rief ihre Großmutter nicht zurück und weinte.

Die Eltern riefen sie verständnislos an, wo bleibt die Masterarbeit, rauchst du schon wieder, reiß dich mal zusammen, ja, wenn du zu Hause nicht arbeiten kannst, dann musst du in die Bibliothek gehen, ruf doch deinen Professor mal an, geh nicht immer so spät ins Bett. Aber die Eltern waren weit weg und hatten den Überblick und somit ihre Möglichkeit einzugreifen verloren, und sie wünschte sich die Kindheit zurück oder einen Mann, der auf sie aufpasste und ihr bei den Hausaufgaben über die Schulter schielte, der ihr abends seine Brust hinhielt, wenn sie Geräusche hörte, der sie morgens weckte, der aufstehen und sich aufraffen und arbeiten würde, der sie mit Küssen rufen würde, duftend wie Brötchen, damit der Hunger sie aus dem Bett triebe, der Lebenshunger, aber sie war immerzu satt, sie hatte es satt, sich selbst der Personal Trainer und Aufpasser, Bademeister und Psychotherapeut, Koch und Geliebter, Lehrerin und Mutter und Krankenschwester zu sein, sie brauchte eine Putzfrau für ihren unordentlichen Kopf, der Kummer fraß die Konzentration, jedem kurzen Geistesblitz folgte eine lange sentimentale Dunkelheit, die das Licht ertränkte. Sie suchte Zuflucht in zahlreichen SMS und E-Mails und Anrufen, aber Freundschaften hatten nicht dieselbe Heilkraft, nicht dieselbe Intensität wie ein Mann, irgendein Mann, ein guter Mann, ein liebender Mann, ein Mann wie ein Rettungsring. Einer, den es interessierte, wenn sie zur Krebsvorsorge ging oder wenn sie fror, einer, der ihr den Koffer in den vierten Stock trug und der sich sorgte, wenn ein Mückenstich nicht verheilte, einer, für den sie so unaustauschbar war wie für die Eltern, einer, der für sie zur Apotheke ging, auch mitten in der Nacht, auch nur für eine Halspastille. Einer, der bei ihr blieb, wenn ihr das Auge ausfiele wie ihm die Haare. Sie aß vor dem Fernseher, weil er das einzige Gegenüber war, das ihr Gesellschaft leistete.

Eines Morgens fand sie in ihrem Briefkasten einen Umschlag ihres Professors, sie öffnete ihn erst, als sie sich oben in der Wohnung aufs Sofa gesetzt hatte, denn sie ahnte nichts Gutes. Ihr Herz sprang auf ihrem Magen Trampolin. Vielleicht lasse ich den Umschlag noch ein paar Minuten geschlossen, ein paar Minuten im seligen Zustand des Unwissens, sagte sie sich. Dann zog sie behutsam das gefaltete Blatt aus dem Kuvert wie mit einer Pinzette, es bestand noch Hoffnung, dass der Professor ihr das zusammenhangslose Geschwätz verzieh, er schätzte sie, vielleicht kam sie damit durch, wie bei der Fahrprüfung. »Ich muss es in aller Deutlichkeit sagen«, stand dort gleich zu Beginn, »ich bin sehr enttäuscht von Ihnen! Das Exposé ist leider bisher das einzig Brauchbare an dieser Arbeit. Das Stipendium läuft in drei Monaten aus, und unter diesen Umständen werde ich den Antrag nicht verlängern.« Sie schmiss den Brief auf den Boden wie ein brennendes Stück Stoff, angewidert und ängstlich, als wäre darauf eine vom Krebs zerfressene Kehle abgebildet.

Die nächsten Tage konnte sie das Dokument der Masterarbeit auf ihrem Computer kaum öffnen, sie schaute Videos auf YouTube und entdeckte dabei ein MTV Unplugged von ihrer Exaffäre, dem Gitarristen aus Berlin, er hatte es zu etwas gebracht, jedenfalls zu zwei Stunden kabelloser Musik, und das auf MTV, die Lieder waren tatsächlich gut, und das Publikum auf dem Bildschirm applaudierte ekstatisch. Vielleicht hätte sie bei ihm bleiben sollen, was war schon ein wenig Atem und Musik auf einer Bierflasche, das bisschen Puste, für die sie ihn damals verlassen hatte, sie war die Pusteblume, weggeweht vom Wind der Wünsche, zu vieler Wünsche auf einmal, sie stand auf, streifte durch die Küche und aß eine alte übrig gebliebene Pizza von David und einen 500-Gramm-Beutel Cashewnüsse auf, das Salz klebte ihr auf den Lippen, sie rauchte beim Zerkauen Zigaretten an, die sie wieder ausdrückte, weil sie ihr nicht schmeckten, ihr wurde ganz kalt und schwindelig, sie fühlte sich durch und durch unwohl, das Gummiband ihrer Jogginghose schnürte ihr Rillen in den Bauch, sie zupfte unbehaglich daran herum und quälte sich durch die stundenlange, tagesfüllende eigene Unlust, sie fand schon lange an nichts mehr Gefallen, nicht einmal mehr am Rauchen, und trotzdem aß und trank sie, nur um danach stundenlang Übelkeit zu ertragen, das Leben hatte sie gestopft, und niemand wollte sie schlachten.

Ein paar Mal schlief sie mit einem Mann, dessen Anwesenheit sie schon kurz danach nicht mehr ertragen konnte. Er wollte sie ständig bekochen, aber sie wollte sein Essen nicht, nur ab und zu seine Arme um ihre Schulterblätter, als hielte er sie beisammen. So sehr sie sich bemühte, sie konnte nichts für ihn empfinden.

»Küss mich«, hatte sie zu ihm gesagt, als sie sich auf einer Party von Freunden kennengelernt hatten, »ich will nur wissen, ob ich noch etwas spüre.« Er hatte sie geküsst und schon im Taxi beinah ausgezogen, sie war mit zu ihm gegangen, eine taumelnde Karikatur ihrer selbst. Danach hatte er sie noch einige Male angerufen, und sie war an Sonntagen in seine Arme geflohen und montags schnell wieder entkommen. Ihre Gleichgültigkeit diesem Mann gegenüber erschreckte sie. Sie war sich selbst verloren gegangen, bloß 170 Zentimeter Körper noch, in deren leerer Landschaft sich ein kleines Mädchen verlaufen hatte.

Beinah alle Mädchen in ihrem Umfeld litten inzwischen an irgendwelchen Lebensmittelunverträglichkeiten – Laktose, Weizen, Gluten, Glucose, Fructose – und kämpften mehr mit ihrem Gewicht als für das Klima oder die Politik. Diese Mädchen wollten nicht sich selbst oder den Männern etwas beweisen, sondern insbesondere anderen Mädchen: das Verbergen aller Schwächen und blauen Flecken auf dem Lebenslauf. Der Charakter wurde retuschiert wie ein Foto für ein Modemagazin. Über Niederlagen schwiegen sie. Theresa liebte ihre Freundinnen, aber unter manchen von ihnen fühlte sie sich verloren, unreif, verdorben. Diese Mädchen korrigierten sie wegen ihres lauten Sprechens, wegen ihres Alkoholtrinkens, beim Vorbereiten einer Salatsoße. »Kannst du vielleicht die Gurke so schneiden?«, sagten sie, wenn Theresa die Gurke unbeholfen in Streifen schnitt. Ihr war es vollkommen gleichgültig, ob Würfel oder Streifen, geschält oder ungeschält, sie war flexibel, wenn es um Gurken ging, aber ihre Freundinnen schienen da ganz konkrete Vorstellungen zu haben, von denen sie, Theresa, unverständlicherweise abwich. Als Theresa eine Salatsoße anmachte, lehnte sich eine ihrer Freundinnen prüfend über ihre Schulter: »Kannst du für die Salatsoße statt Öl lieber Milch verwenden?«

Alles, was sie anfasste, war falsch. Dabei hatte Theresa doch nur Verantwortung für die Soße, alles andere war ihr ohnehin abgenommen worden und entzog sich ihrem Einflussbereich. Das Fleisch, das Gemüse, das Dessert durften andere zubereiten. Aber selbst für die Soße schien sie nicht gut genug zu sein. »Kontrollfreak, Diätbesessene!«, dachte Theresa bissig und schüttete Milch auf den Balsamico, vielleicht durfte sie ja wenigstens selbst umrühren. Sogar Öl wurde verboten, ebenso nächtliche Anrufe bei Männern, so wie Trunkenheit, lauthalsiges Benehmen, gewagte Ansichten. Sie wollte oft Sätze sagen, die niemand anderer sagte. Und häufig tat sie es auch.

Über einen Freund fand sie heraus, dass eine ihrer engsten Freundinnen, Charlotte, monatelang in ihren Mitbewohner David verliebt gewesen war, eine erfolglose Affäre mit ihm angefangen hatte, ohne ihr, Theresa, auch nur ein Sterbenswörtchen davon zu erzählen. Erst dadurch erklärten sich die seltsamen Fragen, die ihr Charlotte damals vor dem Einzug gestellt hatte: Warum sie ausgerechnet dort einziehe, mit David zusammen, da sei eine Liebschaft ja programmiert, David sei doch ein Dreckskerl – geheuchelte Anteilnahme mit verborgenem Motiv. Sie sprach Charlotte nie darauf an, sie wollte ihr die Peinlichkeit ersparen.

Über ihre andere Freundin, Camilla, erfuhr sie von Leopold, dass die für sich und ihren Liebhaber Viktor ein Hotelzimmer während des Oktoberfestes reserviert hatte, aber nachdem Viktor ihr abgesagt hatte, mit ihr, Theresa, bei einer Freundin schlief, ohne auch nur mit einem Wort das Hotel zu erwähnen. Camilla hatte so getan, als habe sie immer schon mit Theresa bei der Freundin übernachten wollen, obwohl es sich bei diesem Entschluss eigentlich bloß um eine Notlösung handelte. Leopold, der mit Viktor befreundet war, verriet Theresa dann auch noch, dass Viktor vor Camilla bloß krank gespielt, diese das Hotelzimmer storniert und Viktor fünf Minuten später dasselbe Zimmer für sich und ein anderes Mädchen erneut telefonisch gebucht habe. Wenn die Menschen Rat suchten, unterschlugen sie immer wichtige Informationen, da hieß es dann zum Beispiel, dass einer angerufen habe, obwohl man verschwieg, dass man zuvor selbst dreimal angerufen hatte und dies nur ein Rückruf war. Oder dass einer noch einmal gekommen sei, spät am Abend, aber es wurde nicht mitgeteilt, dass dieser Kerl nur seine Jacke gesucht oder nach Feuer gefragt hatte.

Die Liebeswelt war voller Grausamkeiten, über die niemand zu sprechen wagte. Sie alle trugen ihre Clownsmasken. Gefühle gab es nur noch in der Oper.

Zahlreiche Freunde Theresas hatten bereits einen Burn-out, eine Depression oder einen Entzug in einer Klinik hinter sich, mit unter 30 Jahren, aber über 40 Zigaretten am Tag. Dort wurden sie mit Nordic Walking geheilt, um 8:15 Uhr, nach dem Frühstück einer Schwarzbrotscheibe und eines Obstsalats mit Pfirsichen, pinkfarbenen Kirschen und weißen Ananaswürfeln aus der Dose. Nachmittags durfte man im Gemeinschaftsraum mit Tüchern tanzen oder Seidenmalerei erlernen. Es wurden Aquarelle gefertigt oder aus Büroklammern Kunstwerke gebastelt, »heute verfremden wir einen Alltagsgegenstand«, verkündeten die Leiterinnen der Kunstgruppe heiter, und an den Feiertagen wurden die Fenster mit Fingerfarbe bemalt. Unzählige Kliniken waren eingerichtet worden, um die neuen Krankheiten mit englischen Namen zu heilen: Da waren Bore-outs von Studenten und von Menschen, die mit einer Depression aus Langeweile befallen sind, ADD oder ADS bereits in der Grundschule (Attention Deficit Disorder oder Syndrome), Drug Abuse von frisch getrauten Ehefrauen (insbesondere von Schmerzmitteln, Antidepressiva, Ritalin, Adderall, Schlaftabletten, Antriebsverstärkern, Stimmungsaufhellern, Energiepillen, Beruhigungskapseln, Appetitzüglern, Fettaufnahmehemmern, Bodyboostern), Zwangsstörungen bei den Singles (OCD, Obsessive-Compulsive Disorder), und es gab die kranken Jugendlichen, die nun Borderliner, hyperactive Kids oder Internet Addicts genannt wurden. Es gab unendlich viele Substanzen für unendlich viele Symptome. Manchmal glaubte Theresa, sie erfülle all diese Krankheitsbilder, wie ein Hypochonder, aber sie wusste, dass sie auch unter Hypochondrie litt, sie sammelte Krankheiten wie andere guten Wein. Dann hörte sie nachts im Bett, wie ihr Herz aufhörte zu schlagen, dann verschluckte sie beim Trinken aus der Cola-Dose eine Wespe, dann brach ihr mitten beim Autofahren der Blinddarm entzwei, dann erblickte sie im Spiegelbild ihr wachsendes Auge – erstes Anzeichen von Augenkrebs oder Gehirntumor, fortschreitender Blindheit, dann machte sie alle drei Monate einen Aidstest, selbst wenn sie mit niemandem Geschlechtsverkehr gehabt hatte, dann hielt sie sich für unfruchtbar, sobald sich die Regel ein paar Tage verspätete, dann gab es ein Ziehen in den Nieren, es pfiffen die Ohren, die Waden zuckten im Krampf, das Raucherbein purzelte ihr grau-schwarz zu Boden, ihr wuchs ein dritter Arm, die Nasenlöcher schwollen ihr zu, und sie träumte von Deformationen.

Doch dann war plötzlich alles wieder gut, sie trank ein Glas Wein, rauchte und vergaß die Schreie ihres Körpers. Die Musik der Nachtclubs war lauter als das Summen und Rauschen der Organe, das Gebrüll der Blutgefäße und das Gewinsel des Gehirns. Sobald das Leiden nachlässt, die Symptome abnehmen, beginnt der Mensch erneut mit Übermut.

Sie fragte sich, ob es weiser wäre, keine Gefühle zu haben oder keine Gefühle zu zeigen. Sie überlegte, wo sie das Mädchen verloren haben könnte, das sie gewesen zu sein glaubte. Damals, als sie angefangen hatte zu studieren, hatte sie sich für Politik interessiert und für Wissenschaft, für Biotechnologie und Gehirnforschung, für die Gesundheitsreform und das Wirtschaftsstrafrecht, sie war ins Kino gegangen, in die Oper und ins Theater. Heute schaffte sie es nicht einmal mehr auf die Spiegel-Online-Seite. Sie war jemand gewesen, der von sich geglaubt hatte, mit 28 schon eine Tochter zu haben. Das Leben rauschte vorbei wie die Landschaft am Fenster eines vorbeifahrenden Zuges.

Sie war allein, und wenn sie abends ausging, musste sie auch noch ihren Schatten nach Hause bringen. Wenn sie sich nachts betrunken alleine die Treppen hinaufschleppte, trug ihr niemand die gebrechlichen Knochen, niemand liebte ihre Knochen, und das war traurig. Sie kochte nicht, weil niemand da war, der es essen würde, und sie verabredete sich jeden Abend, weil niemand da war, der zu Hause saß, und sie behauptete sich, weil niemand da war, der es für sie tat. Sie ließ beim Einschlafen das Licht brennen, und sie kaufte sich einen Schnuller, mit dem sie sich selbst das Maul stopfte, einen Schnuller, der sie vom Schreien abhielt.

Ihr war es, als wandere jemand unruhig durch ihren Körper, groß wie ein Käfer oder eine Kakerlake. Auf und ab.

Es war ein mondloser November.

Sie wurde von Krähen geweckt. Der Winter kam, und Weihnachten stand vor der Tür. Sie hatte ihre Eltern um mehr Geld gebeten, das Stipendium würde bald wegfallen, aber ihre Bedürfnisse nicht, sie lief dauernd zum Kiosk für Zigaretten und zur Apotheke, um alles wiedergutzumachen.

Die Vitaminpillenpackungen stapelten sich auf ihrem Nachttisch, leer gefressene Plastikhüllen, rollende Dosen, Orthomolfläschchen, Vitasprintampullen, Vitamin-C-Pulver, aufgerissene Aspirinpapierchen, überall herumflatternde Packungsbeilagen, und mitten in diesem Haufen lag ihr Irrglaube, künstliche Vitaminpräparate aus der Fabrik könnten Liebeskummer heilen. Ohren zuhalten half da auch nichts.

Sie fuhr nach Hause und genoss die Familie, die friedlichen Spaziergänge an der Alster im kratzigen Eis, die Wärme der wirklich alten Freunde mit ihren sanften Gesichtern, die Harmlosigkeit der Wohnung, dem Ort, an dem niemand ihr etwas Böses wollte. Sie sah kleine Kinder mit Fäustlingen lachend auf ihre Mütter zulaufen, sie ging in die Kirche und lauschte dem Weihnachtsoratorium. Sie nahm ihre Großmutter an der Hand und führte sie über die zugefrorene Alster, vorbei an beleuchteten Buden mit Glühwein und rotnasigen Verkäufern. Die Menschen schauten gütig, es lauerte keine Arglist in den Ecken der Stadt, nur Erinnerungen an eine unverdorbene Kindheit mit Playmobil, Kaufmannsladen, Gänsebraten und Fahrrädern mit Stützrädern. Damals wurde auch ein Weihnachtsbaum für sie und ihre Brüder geschmückt, sie durften das Zimmer bis zur Bescherung nicht betreten, es wurden Lieder gesungen, sie sagte Gedichte auf, ihr kleiner Bruder stand ehrfürchtig vor dem Weihnachtsmann und rief hopsend: »Ich hab mir auch ein nächstes Jahr gewünscht!«

Ostern wurden Eier versteckt, es gab den ersten Spargel. Die Sommer verbrachte man am See oder am Meer. Es gab jeden Abend etwas zum Vorlesen, Grimms Märchen und Andersen, später auch Wilhelm Busch, man machte Telefonstreiche, bis die Polizei anrief, und Kreidemalerei vor dem Haus, bis es regnete. Es gab viel zu essen und unermesslich viel Zeit.

Wenn sie Fotos anschaute, kamen ihr die Achtziger- und Neunzigerjahre unschuldig vor, die Menschheit erschien ihr anständig, keine Selbstdarstellung im Internet, im Fernsehen, keine Hysterie und Hemmungslosigkeit, kein Überdruss. Damals gab es noch ein Teeservice oder Kofferset bei »Glücksrad« zu gewinnen, heute lockten alle Sender mit Millionenpreisen und Feuerwerkskanonen. Die Boshaftigkeiten des Erwachsenseins existierten noch nicht, das Kind schaut keine Nachrichten, das Kind weiß nichts von der Welt, der Vater liebte die Mutter, die Ehe der Eltern war jung und ohne Gehässigkeiten der verlorenen Zeit, der Socken, der ausgetrunkenen Weingläser, des unehelichen Kindes, der ausgebliebenen Reisen, des Verlusts von Anziehungskraft, all der ungeborenen Niederträchtigkeiten.

Die Gutmütigkeit ihrer Eltern rührte sie, und sie weinte beim Anblick des kleinen Mädchens auf dem Foto, das ihr entgegenzuplappern schien, noch mit Milchzähnen, denn sie hatte dieses Mädchen verdorben wie einen verkochten Grießbrei.

Dann folgten die Hänseleien, die Asymmetrie der Pubertät, in der Beine und Arme zu lang und die Röcke zu kurz sind. Es wurden die ersten Zigaretten geraucht und Deo zur Tarnung versprüht, kleiner Feigling und Apfelkorn getrunken, die Eltern verschmäht. Alles war peinlich, es wurde Schminke ausprobiert und falsch angewandt, es wurden viel zu große Jacketts und Blusen gekauft, sogar Hosenanzüge, um erwachsener auszusehen, man redete dummes Zeug, man machte Ranglisten von Jungs, man überspielte Unerfahrenheit, man schloss andere aus, bildete Gruppen, flüsterte, lästerte, man hörte schlechte Musik, Bravo Hits 2. Es gab noch keine Handys, aber Pager, die Telmi oder Quix hießen, alle benutzten dasselbe Parfum ck one, es folgte Tommy Hilfiger und Tommy Girl, man siezte 25-Jährige, es gab Engtanzpartys und Flirtfeten, und stets warteten um Mitternacht die Eltern im Auto vor der Tür, in das man gedemütigt einstieg. Man wurde von den Nachtclubs abgewiesen, nachdem man stundenlang frierend in der Schlange gewartet hatte, man wünschte sich schlechte Schulnoten und größere Brüste, man wollte ständig etwas sein, ohne zu wissen, was.

Mit der Volljährigkeit verstärkte sich die Maßlosigkeit, Ergebnis einer »Verziehung« durch Eltern, durch die Gesellschaft, Freunde und Medien. Die Wahrnehmung war mit Möglichkeiten zerfressen wie ein Kleid im Mottenschrank, und die Unschuld schien verloren wie ein Krieg.

Nun war Weihnachten 2011. Ihre Brüder entkorkten den Wein und zerlegten die Gans, in der Küche flimmerte die Hitze, und Theresa stand inmitten des geschäftigen Gewimmels und sah der Butter dabei zu, wie sie beim Schmelzen die satte Farbe eines Maiskorns annahm. Ihre Mutter rührte die Soße für die Gans, ihr Vater schmeckte den Rotkohl ab. »Du stehst hier ein bisschen im Weg. Lass mich mal an den Kühlschrank.« Theresa wanderte von links nach rechts, wie auf einem Schachbrett, man schob sie vor und zurück. »Mach dich doch auch mal ein bisschen nützlich«, sagte ihre Mutter, während sie etwas Bratenfond in die Soße gab. »Wie denn?«, fragte Theresa. »Hier. Du kannst den Rotkohl schon ins Esszimmer bringen«, sagte ihr Vater. Er tat die saftigen purpurfarbenen Streifen in eine Schale und drückte sie Theresa in die Hand. »Aua!« Theresa stieß einen Schrei aus und ließ die Porzellanschale fallen. »Was machst du denn da?« Ihre Mutter ließ die Soße stehen und machte einen Schritt auf die Unfallstelle zu, wo der Rotkohl purpurfarben über den Boden strömte und die Holzdielen im Flur in dunkle Tinte tunkte.

»Du bist aber wirklich ungeschickt«, sagte ihr jüngerer Bruder, der gerade ein Gänsebein ausrupfte, unter einem Knacksen brach der Geflügelknochen entzwei, und die Haut spritzte in Fetzen in alle Richtungen und hinterließ Fettflecken auf dem Gesicht ihres Bruders. »Die Schüssel war so heiß.« »Dann zieh dir doch vorher Handschuhe an. Oder nimm ein Küchenhandtuch.« »Jetzt wisch das wenigstens auf.« »Den Rotkohl müssen wir wegwerfen, der ist mit Scherben durchsetzt«, sagte ihr Vater und schaute den triefenden Massen nach, die im Mülleimer verschwanden. Theresa pickte die Scherben mit der Hand aus den Gemüsestreifen. Der Boden war lila verfärbt und roch nach Kohl. »Geh jetzt lieber aus der Küche raus. Du kannst im Esszimmer die Kerzen anzünden. Aber bitte nicht das Haus in Brand setzen!«, sagte ihre Mutter, die sich wieder der Soße gewidmet hatte. »Deine Brüder sind da irgendwie begabter.« »Jaja, meine tollen Brüder!« Theresa schlurfte aus der Küche. Beim Essen sagte sie kaum ein Wort, sie war von ihrer eigenen Unzulänglichkeit eingeschüchtert und wartete trotzig darauf, dass jemand sie in Schutz nähme, aber alle Familienmitglieder bedauerten mehrfach betont, wie sehr der Rotkohl zu der Gans fehle: »Na ja, eine Gans ohne Beilage, schade.« Man rieb es ihr unter die Nase und würde es noch Jahre danach an Weihnachten tun. Ihr älterer Bruder erzählte eine Geschichte von seiner letzten Reise, und ihre Mutter lauschte und lachte, lauschte und lachte. »Das ist ja herrlich!«, rief sie aus, wenn ein besonders amüsantes Detail in seinen Erzählungen auftauchte. Ihr Vater sprach mit dem jüngeren Bruder, sie diskutierten über den europäischen Umgang mit der Finanzkrise und die Maßnahmen zur Rettung Griechenlands. Dabei unterbrachen sie einander in erregter Lautstärke und posaunten angelesene Meinungen über die Gans hinweg, die arme Gans, die dickbäuchig auf dem Tisch dampfte zwischen der Wissensbeweihräucherung der Männer und der zärtlichen Admiration der Mutter, die ihrem Sohn alles zusprach, weil er so klug und unterhaltsam und ohnehin der beste Mann auf der Welt war, besser als ihr Mann, besser als alle Dreckskerle.

Auch Theresa lag da wie eine dumme Gans und konnte und wollte nicht mitreden. Sie verstand nichts von der Finanzkrise, sie konnte nicht erklären, was Derivate waren, sie war nicht gereist, nicht nach Indien oder China, nicht einmal nach Mexiko, ihr fehlte das Wissen, das man offensichtlich hier benötigte, um am Familienleben teilzunehmen, sie wollte nicht gefragt werden, und dennoch kränkte es sie, dass man sie ausließ. Vielleicht wegen des Rotkohls? Früher hatten ihre Eltern immer mit einem gewissen Entsetzen, ja mit Empörung darauf reagiert, dass sie keine Zeitung las, nicht die Außenpolitik und Wirtschaft verfolgte, nicht alle Opern Verdis oder Mozarts rückwärts in alphabetischer Reihenfolge aufzählen, nicht alle ehemaligen Bundespräsidenten benennen, nicht alle Hauptstädte Europas zuordnen konnte.

»Was soll bloß aus eurer Generation werden? Eure Generation liest nicht mehr! Wie wollt ihr denn einmal die Welt regieren oder verändern?« Ja, was sollte aus ihnen allen werden, den Unengagierten, die keiner Partei beitraten und keinem Förderkreis, die sich und die Kultur verkommen ließen, bloß um sich stattdessen bei Facebook auf Fotos zu taggen. »Das ist nicht nur erbärmlich, das ist gefährlich!« Theresa gab ihnen recht, aber sie fühlte sich zu schuldig, um es zuzugeben, also keifte sie los: »Nervt mich nicht. Warum muss alles immer mit einer Pflicht behaftet sein! Ich komme mir vor wie bei der Inquisition. Das Zuhause soll doch kein Prüfungssaal sein.« »Eltern sind auch Lehrer«, sagte ihr Vater. So war es immer gewesen, bis sie ausgezogen war, hatten sie ihr Bücher und Zeitungsartikel auf den Schreibtisch gelegt, lesen war gut, fernsehen böse, Loriot gut, Sarah Jessica Parker böse. Nun saßen sie alle beisammen, jede Geschichte musste sitzen, jeder Spruch ein Treffer sein, die Brüder übertrumpften sich mit ihren Geschichten, der Vater berichtete von neuen Mandaten, von jungen Kollegen, von seiner Ehrenprofessur an der Uni, die Mutter schnalzte vor Freude bei jedem Satz ihres Lieblingssohns, und Theresa wunderte sich über die Idylle, die sie jahrelang in ihrem Zuhause gesehen hatte und die sie heute nicht wiederfand. Hier war es doch, hier muss es gewesen sein. Niemand hatte ihr je so wehgetan wie ihr Vater.

Alle räumten die Teller ab. »Lass das lieber«, sagte ihre Mutter, als Theresa die Schale mit der Gänsebratensoße nehmen wollte, »der Wohnzimmer-Teppich ist gerade aus der Reinigung zurück.« »Resi wäscht ab!«, rief ihr Bruder. »Du hast ja sonst nicht geholfen«, fügte ihre Mutter hinzu.

»Ist ja gut!«, sagte sie und zwang sich, die Flüssigkeit mit dem Auge herunterzuzwinkern, damit niemand sah, dass sich die Augen mit Tränen füllten. Sie musste die Augen weit aufreißen, um mehr Platz für die Tränen zu schaffen, anschließend die Lider zusammenkneifen wie einen Damm und das gestaute Wasser nach unten pressen, das schluckende Auge. »Jetzt lasst doch unser Resiwesen in Ruhe«, sagte ihr jüngerer Bruder und kam um den Tisch gelaufen, um seinen schweren Arm um sie zu legen. Die Tränen spülten inzwischen ihre Nase und ihren Rachen hinunter, sie würgte die salzigen Tropfen hinab, hinab in die Tiefen, in denen sich so viel Salz und Hunger und Nahrung und Wein angesammelt hatte in den letzten Wochen, sie hatte sich an ihrem Leben verschluckt, es war ein Aufstoßen, das nicht hochkam, eine verstopfte Seele.

»Warum bist du nur so hilflos? Ich weiß gar nicht, wie du mal alleine leben willst!«, sagte ihre Mutter, als sie nach dem Essen zu zweit in der Küche waren und die Geschirrspülmaschine einräumten. »Deswegen habe ich ja Mitbewohner.« »Aber schau dir deine Brüder an, die kommen überall auf der Welt allein zurecht. Und sie sind hilfsbereit und aufmerksam.« »Und ich bin die böse

Hexe!« »Du bist nicht die böse Hexe, Theresa, aber du musst noch an dir arbeiten. Du siehst ja nicht mal, wenn etwas getan werden muss!« »Du hast ja auch vieles nicht gesehen! Bei Papi warst du genauso hilflos!« Sie erschrak über die verrutschten Worte, die ihr aus dem Mund gestolpert waren. »Misch dich da bitte nicht ein. Ich hatte drei pubertierende Kinder. Und dein Vater ist ja schnell wieder zur Vernunft gekommen.« Ihre Mutter schrubbte die dreckigen Pfannen, das Wasser strömte aus dem Hahn in die Spüle, ihre Hände sahen schon ganz rot und schrumpelig aus, wie ein Fötus, der Schaum schlug kleine Bläschen, es roch nach Spülmittel mit synthetischen Zitrusfrüchten, und ihre Mutter rubbelte energisch auf einem eingetrockneten Fleck herum.

»Verzeihung«, sagte Theresa schnell. Ihr jüngerer Bruder kam mit einem Stapel Tellern herein. »Soll ich mal abwaschen?«, fragte er. »Das passt schon«, antwortete die Mutter. Natürlich, er muss nichts tun!, dachte Theresa. »Ich gehe jetzt laufen.« Sie rubbelte mit dem Handtuch die Töpfe trocken, dann zog sie ihre Joggingschuhe an.

Die Luft war schneidend finster, und die Gans steckte ihr noch in der Speiseröhre, aber sie trabte los und sah ihrem Atem hinterher. Sie joggte an einer Gruppe Abiturienten vorbei, die sich auf einer Parkbank mit Bier betranken, es roch nach Joints und zu viel Haargel. Sie lächelte die Jugendlichen an, während sie die Gruppe durchkreuzte, als wäre sie eine von ihnen. Aber die Jugendlichen erkannten sie nicht. Sie war keine von ihnen mehr.

Während sie lief, überlegte sie fieberhaft, wie sie ihren Vater mit seiner Untreue konfrontieren könnte, er hatte nicht nur ihre Mutter, sondern auch sie hintergangen, und sie wollte wissen, warum und ob er sie noch genauso liebte, obwohl sie jetzt irgendwo eine Halbschwester hatte, für die sie selbst noch keine Liebe aufbringen konnte, sie schämte sich zu sehr für ihren Vater, der ein Schwächling war, ein geiler Bock ohne Hemmungen, ihr eigener Papi, der ihr immer Kinderlieder vorgesungen und Geschichten vorgelesen hatte.

Sie rannte immer schneller, die Sätze schossen ihr aus dem Magen in den Kopf: Du Schwein, du hast mich verraten, du hast Mami gedemütigt, entstellt, lächerlich gemacht, ich glaube an gar nichts mehr, mir fehlt die Religion und die unbefleckte Welt, und du, du hast mir alle Illusionen genommen. Patchworkfamilie, ich hasse dieses Wort. Als sie vor ihrer Haustür ankam, verließ sie der Mut, es war zu spät für Schuldvorwürfe, sie waren unnütz, denn die Wahrheit war bereits in der Welt und verpestete sie, ausgelaufenes Öl im Ozean, das man nicht wieder einfangen konnte. Sie wollte ihn nicht noch unglücklicher machen, als er ohnehin schon war.

Sie klingelte, weil sie den Schlüssel vergessen hatte. Er öffnete ihr und stand mit seinem schiefen Gesicht in der Tür. »Geht's dir gut, Papi?« »Ja, mir geht es gut. Und dir, mein Kind?« »Gut«, sagte sie. »Ich hab dich lieb«, fügte sie hinzu. »Ich dich auch, sehr sogar. Du bist mein Augapfel.« Er nahm sie in den Arm, und sie ließ sich hineinfallen, aber er wirkte gebrechlicher als früher, seine Hände waren mit braunen Altersflecken besprenkelt, und sie hörte seine Lunge beim Atmen rasseln. »Ich stinke sicher nach Schweiß«, sagte sie verlegen und schlüpfte aus seinem Arm. »Du stinkst nie. Du hast nicht mal als Baby gestunken, wenn ich dir den Po abgewischt habe.«

Irgendwann würde sie vielleicht ihm den Po abwischen müssen, er würde Hilfe beim Duschen benötigen, vielleicht eine Frau zum Waschen und eine Fußpflegerin, man würde ihm die Einkaufstüten nach Hause liefern und ihm den Alkohol verbieten und die Crème fraîche (»Dein Cholesterin!«), er würde sie vielleicht vergessen, ihren Namen und seinen eigenen – und sie wollte doch, dass er seine Enkelkinder noch kennenlernte, dass er sie zum Altar führte, dass er sah, was aus ihr wurde, es musste etwas aus ihr werden, so wollte sie ihm nicht in Erinnerung bleiben, als gescheiterte Masterstudentin mit krächzender Feierstimme, in einer Viertelunfertigkeit, die ihn traurig machen würde, noch trauriger als sein Alter und seine eigenen Gebrechen, die von der Zeit an die Oberfläche gespült worden waren. Seine Haare waren inzwischen silbern und seine Schritte langsam, er musste sich an der Autotür festhalten, wenn er unter einem Ächzen ausstieg, und er fing an, seine Geschichten mehrfach zu erzählen, in größter Ausführlichkeit, mit unnötigen Details und mühsamen Ausschweifungen (»Da hat der – wie hieß er noch, dieser Freund von dem – na, diesem Anwalt aus Berlin, der diesen großen Fall gemacht hat über diesen Millionenbetrug von diesem – ach, wer war das noch, aus diesem Dorf in Niedersachsen, dort, wo auch dieser CDU-Politiker herkam – die Endlosschleife eines labyrinthischen Gehirns, in dem sich ein alter Mann nicht mehr zurechtfand. »Komm zum Punkt«, wollte sie rufen), er begann zu schnaufen und zu schwitzen, wenn er seine Brille suchte, er hechelte ängstlich, wenn jemand ein Glas umschmiss, er war besorgt, wenn seine Kinder bei Dunkelheit Auto fuhren, und atmete übertrieben erleichtert auf, wenn sie heil wieder nach Hause gekommen waren, er klagte über das Wachliegen in der Nacht, die wilden Träume, die schmerzenden Zähne, wenn er in ein Steak biss, Taxis mussten vorbestellt werden, wenn man in Urlaub fuhr, es wurde am Tag vorher am Flughafen eingecheckt, die Koffer wurden wie Mumien eingewickelt und zugeklebt, die Reiseapotheke wog zehn Kilo, das Handy wurde nicht mehr gehört, auch das Festnetz musste auf maximale Lautstärke gestellt werden, es wurde Sonnencreme mit Faktor 50 verwendet, die Kinder wurden ermahnt, bei Hitze einen Hut aufzusetzen und bei Kälte einen Schal umzubinden, eine Mütze, Handschuhe und Frostschutzcreme mitzunehmen, sich gegen Grippe impfen zu lassen, nicht mit nassem Haar aus dem Haus zu gehen, vor langen Autofahrten wegen Stauwarnungen den ADAC anzurufen, man durfte nicht direkt nach dem Essen schwimmen, man sollte den Rücken schonen, nicht bei mattem Licht lesen (Kind, deine Augen!) und nicht beim Autofahren telefonieren. Die Eltern konnten nicht mehr auf Leitern steigen und die Schnelllebigkeit der Welt, ihrer Kinder, nicht mehr verstehen. Der Körper verzeiht nicht. Die Fragilität der Eltern war niederschmetternd. Alles war umständlich geworden, überaus umständlich.

Sie wollte zurück in die sorglose Welt der Modelleisenbahnen, in der man dauernd als Pippi Langstrumpf oder Pinguin verkleidet zum Fasching hüpft, sie wollte mit Legosteinen spielen anstatt mit ihren Befindlichkeiten. Sie suchte den heilen Rückzugsort ihrer Kindheit, einer Kindheit, in der ihr Körper noch kerngesund und die Ehe ihrer Eltern noch unbefleckt war, in der ihr Kinderzimmer noch voller weicher Kuscheltiere und noch nicht zu einem modernen Arbeitsraum umgestaltet worden war, in der nun eine Stereoanlage und ein Bücherregal an den Wänden lehnten, während die Bären und Hasen im Keller in ihren Kisten von Motten zerfressen wurden. Die Kindertapete mit den kleinen Löwen und Affen war mit einer cremegelben italienischen Tapete überklebt worden. Sie hatten zu einer Kindheit gehört, in der ihr Vater noch stärker als sie und kräftiger als ihre Brüder war, einer Kindheit, in denen der Vater den Kindern Tennis und Skifahren beigebracht hatte, was er nun wegen seines Hüftgelenks selbst nie wieder tun würde, er war von den Bergen und Centercourts verbannt, ihm blieben der Langlauf und der Golfplatz. Inzwischen war es angebracht, dass sie ihrem Vater den Koffer trug, nicht umgekehrt. Bald würde sie in einem eigenen Zuhause Weihnachten ausrichten und ihren Eltern die Zugtickets reservieren müssen. Es gab eben keine Rückkehr. Die Zeit ist eine Bestie.

Es verging kein Tag, an dem sie nicht an Moritz dachte. Aber es gab niemanden, mit dem sie darüber reden konnte. Sie schämte sich für ihre lang anhaltende Sehnsucht und begann, heimlich davon zu trinken, wie ein Alkoholiker Hustensaft trinkt, aber sie hatte Angst vor der Fahne, Angst, dass es jemand bemerkte. »Get over it«, wollte sie sich befehlen, aber er ließ sich nicht verdrängen. Sie schrieb ihm und verriet es niemandem, sie stellte ihn sich vor, seinen Körper und seine Küsse. Er war ihr Geheimnis geworden, ihre Leiche, die sich nicht begraben ließ. Vielleicht sträubte sie sich aber auch nur so sehr, ihn loszulassen, weil er das letzte Stück Kindheit, Halb-Erwachsenheit darstellte, das Aufschieben des Masters und aller Entscheidungen, Ferien im Niemandsland. Wenn sie nur eine Orangina sah, fiel ihr Moritz ein, weil sie einmal gemeinsam eine gelbe Orangina mit bunten Strohhalmen getrunken hatten, als sie durch Bad Homburg spaziert waren. Er fiel ihr auch ein, wenn sie einen schwarzen Audi A3 sah, weil er einen fuhr, und manchmal erschrak sie, wenn hinter ihr an der Ampel ein solches Auto hielt, dann sah sie ihn fast am Lenkrad, als würde er einfach so dastehen und durch die Stadt kreisen. Und er fiel ihr ein, wenn jemand nur von Asien sprach, weil er in Mumbai war, und das war immerhin auch in Asien. Sie dachte an ihn, wenn jemand aus seiner Straße gebogen kam, die sie passieren musste, um zur Post zu gehen, und die sie oft durchquerte, auch wenn es bei der Post nichts abzuholen gab. Sie lief die Straße einmal auf und ab, als könnte das Haus sie sehen und ihm von ihr berichten. Ihre Liebesgeschichte hatte für die Dauer einer Spargelzeit gehalten, eine kurze Saison bis zu den Pfifferlingen.

Auch Weihnachten segelte vorbei und der Januar mit den dunklen Tagen. Die Stille war erschreckend laut. Sie stellte morgens als Erstes das Radio an, wenn sie aufstand, und es lief dann den ganzen Tag – durchgehend Geplärre im Hintergrund wie ein liegen gelassener hungriger Säugling. Es war ihre Verbindung zur Außenwelt, sie hörte Menschen sprechen und Verkehrsinformationen, das Wetter, es gab ihr ein beruhigendes Gefühl, dass da draußen alles weiterging, lauter Banalitäten, Politiker X kritisierte die Reformen der Partei Y, Fußballverein C schoss ein Tor, ein Blitzer auf der B 66, nur noch unbedeutende Buchstaben. Die Gefühllosigkeit war erdrückend. Das Schlimmste am Liebeskummer war, dass er verging.

Das Jahresende verebbte im Jahresbeginn. Wo lag der Unterschied zwischen Friedlichkeit und Faulenzerei? Früher hatten alle stehen wollen, es ging ums Aufstehen, hoch hinauswollten sie, und nun auf einmal sollten alle sesshaft werden und genügsam!

Sie konnte ihre Masterarbeitseinreichung nicht mehr endlos hinausschieben, der Professor schrieb ungeduldige E-Mails, und sie war kein Mensch, der gerne scheiterte. Zudem wurde sie gerne geprüft. Sie liebte Noten, Bewertungen, Ranglisten. Sie gaben ihr ein Gefühl von Ordnung und Messbarkeit ihres Erfolges, eine Eins konnte niemand infrage stellen, ein erster Platz war für alle sichtbar, unzweifelhaft (im Gegensatz zu den Siegen und Niederlagen in der Liebe, dem Wettkampf mit der eigenen Person). Aber sie hasste den Aufwand, den man für die meisten Dinge betreiben musste. Wenn sie in ihrer Handtasche etwas nicht fand, schüttete sie den Inhalt einfach auf den Bordstein, auf den Fußboden, ins Waschbecken, nur um dann wenig später gesenkten Hauptes auf dem Bürgersteig ihre Lippenstifte und Tampons einzusammeln, mit gebeugten Knien, irgendwann krabbelnd, mit dem Po in die Höh, alle meine Entchen. Sie war eine Unbeherrschte. Und jetzt übte sie sich in der Erziehung ihres Herzens.

Ihre Freundinnen fingen an, mit Männern zusammenzuziehen, sich zu verloben, zu arbeiten, wechselten den Job, erhielten Boni und Beförderungen, waren um 22:30 Uhr müde (halb elf!), am Sonntag sogar schon um 21:45 Uhr nach dem »Tatort« reif fürs Bett, nutzten die Wochenenden fürs Fitnessstudio und Einkäufe in der Apotheke und sagten ständig: »Ja, wenn du erst mal arbeitest ... dann steckst du das auch alles nicht mehr so leicht weg. Dann bist du abends zu erschöpft, um dir dauernd komische Fragen zu stellen. Dann bist du froh, wenn du nicht ständig den Mann wechselst.«

Aber diese Aussage bestätigte sie nur noch mehr in ihrer Abneigung gegen die gesittete Genügsamkeit aller anderen. Das also sollte dann das Leben sein: Dass man einzig und allein deshalb zufrieden ist, weil einem zum Unglücklichsein die Kraft fehlt? Die Menschen arbeiten bis zur geistigen Ohnmacht, bis sie sich selbst dermaßen ermüden, dass sie aufhören, Fragen zu stellen und nach Antworten zu suchen. Sie ergeben und unterwerfen sich, begnügen sich mit Arbeit, Auto und Wochenenden in Barcelona, alles Beschäftigungstherapie.

Sie glaubte nicht an Zweisamkeit und den Spielfilm am Sonntag, an das Ertragen von Tausenden von Tagen, aber wo, wo nur war die Alternative? Ihr Leben verlief in Grenzen, die sie wie ein Korsett empfand, es gab Schulen, auf die man zu gehen, und Menschen, die man zu kennen hatte, und es gab Uniformen und einen Terminkalender, Hochzeit mit Anfang 30, Hochzeitseinladungen, man musste Hüte ebenso aufsetzen wie mondäne Gesichter. Und irgendwann kam der Knacks.

Und was dann? Ihre Freunde wurden ihr fremd, die Masterarbeit wuchs zu einem Klotz am Bein, das schlechte Gewissen plagte sie jeden Tag: Du wirst versagen, warum lernst du nicht, du solltest mehr Sport machen und weniger rauchen, und sie fütterte all ihre Makel wie bunte Zierfische im trüben Aquarium, das niemand mehr putzt, sie warf stinkende Flocken in die hungrigen Mäuler. Sie musste Ende des Jahres ihre Arbeit fertig geschrieben haben.

Beim Joggen im Grüneburgpark sah sie Kindergartenkinder an sich vorbeiquaken, bunte Anoraks, singende Mützen, und ihr Blick blieb lange an den Kleinen hängen, nicht weil sie Ende 20 war und die Biologie Muttergefühle weckte, sondern weil sie wie versteinert laut zu sich sagte: »Das war doch grad noch ich!«

In diesem Januar fragte man sie das letzte Mal beim Zigarettenkaufen nach dem Ausweis. Sie war 29 Jahre alt.

»Ich habe immer geglaubt«, sagte sie kurz vor ihrem Geburtstag bei einem Wein zu Clara, die sie in Frankfurt besuchte, »dass das Alter etwas wäre, das nur anderen passiert, so wie ein Autounfall. Ich habe geglaubt, dass das Alter etwas Fernes wäre, weit weg wie der Mond. Inzwischen lebe ich dort. Mit Astronautenkopf und Atemnot.« »Mir war auch ganz schlecht vor meinen letzten zwei Geburtstagen, ich konnte die Nächte vorher kaum schlafen und war dann tagsüber total missmutig«, sagte Clara. »Ja, ich auch!«, rief Theresa beinah froh, dass sie nicht allein war. »Mir war geradezu mulmig, als hätte ich einen Auftritt vor mir.« »Der große Auftritt des Abdankens, das Ende der Kindheit.« »Genau. Es ist das einzige Erdbeben, das alle betrifft, die je gelebt haben und leben werden. Nur nicht gleichzeitig«, sagte Theresa. »Ich habe manchmal das Gefühl, als hätte ich den Gipfel meines Lebens bereits hinter mir, als würde jetzt nichts Besseres mehr kommen. Bald wachen wir auf und sind 70.« »Du meinst, wir sind schon verwelkt?« »Irgendwie schon! Es ist, als würden wir auf den Sonnenaufgang warten, ohne zu merken, dass es bereits Mittagszeit ist. Aus der Perspektive unserer Eltern sind wir jung, aus der Sicht von Teenagern aber sind wir verbraucht, abgenutzt, ausrangiert. Ich habe irgendwo aufgeschnappt, dass die Zeit mit dem Alter immer schneller vergeht. Das heißt, gefühlt ist man mit 18 Jahren in der Mitte des Lebens. Die Zeit bis dahin vergeht im gleichen Tempo wie die verbleibende Zeit.« »Unsinn, Theresa, wir sind noch am Höhepunkt unserer Strahlkraft.« »Nimm zum Beispiel unsere Fruchtbarkeit. Die hat bereits nachgelassen.« »Aber du studierst ja sogar noch! Du lebst in einer WG! Wie viel Jugend brauchst du denn noch?« »Aber das Gesicht entgleitet mir, die WG bricht auseinander, und von der Masterarbeit brauchen wir gar nicht zu reden! Unfertig zu sein hält nicht jung.«

»Was macht denn dein Master?«, fragte Clara vorsichtig. »Nichts macht er. Vielleicht sollte ich den Club der ›Anonymen Emotioniker‹ gründen. Monatsbeitrag: zwei Liter Tränenflüssigkeit, drei betrunkene Anrufe, ersatzweise ein betrunkener Gesang unterm Fenster, zwei Wutausbrüche und ein vollgerotzter Liebesbrief. Dazu gibts den Soundtrack von Puccini gratis. Statt all you can eat gibt es bei mir all you can bleed. Wer am meisten leidet, gewinnt ein Teeservice, das er beim nächsten Emotionsausbruch gegen die Wand feuern kann.« »Oder ein Kofferset, damit er pathetisch abreisen kann«, sagte Clara. »Man muss tatsächlich anonym sein heutzutage, keiner steht mehr zu dem, was er fühlt. Niemand gibt zu, wenn er traurig ist.« »Vielleicht weiß keiner mehr, was er fühlt«, sagte Theresa. Sie schenkte Wein nach. »Wir brauchen alle immer viel Wein, bis wir das aussprechen, was wir denken.« »Ich sollte eine Handyfunktion erfinden, wie einen Promilletest. Man pustet hinein, und wenn man über 0,5 Promille hat, werden die Nummern sämtlicher Liebhaber und Exfreunde gesperrt.« »Nie wieder Drunkdialing. Damit wirst du reich!«

»Wollen wir noch eine Flasche aufmachen?«, fragte Theresa. »Unbedingt.« »Männer kämpfen anfangs immer wie die Wilden. Und dann, von heut auf morgen, hören sie plötzlich auf. Und es kommt nichts mehr. Ich wüsste so gerne, was das ist, was da geschieht, so über Nacht.« »Das ewige Rätsel. Meist passiert es doch, sobald man sich fallen lässt. Dann hören die Anrufe und Nachrichten schlagartig auf. Und es folgt das quälende Fragezeichen, das einem dann monatelang durch den Kopf spukt, warum, woran hätte ich es erkennen können, wie hätte ich es aufhalten können, warum, wann hat es angefangen, wann hat es aufgehört, warum, immer wieder warum.« »Genau so ist es!« »Aber die Amour fou muss sich eben schnell auflösen, Betrunkenheit hält ja auch nicht drei Jahre.« »Schön wär's! Ein Jahr Vollrausch, Schuldunfähigkeit und dann keinen Kater.« »Wahrscheinlich verwechseln wir die anfängliche Geilheit der Männer einfach mit Liebe.« »Unsere eigene Lust kommt doch meist auch im Gewand der Liebe daher. Lust ist auch ein Gefühl, das wir fälschlicherweise als Liebe einordnen. Vielleicht weil die Lust oder die Liebe, zumindest kurzweilig, auf einen einzigen Mann beschränkt sind.«

Nach der dritten Flasche beschlossen sie, in eine Bar zu gehen, und als dort nicht viel passierte, in noch eine Bar, schließlich in einen Nachtclub, aber es war Mittwoch, und der Club war leer.

Sie warteten am Tresen, bestellten sich Jägermeister und warteten weiter, dass etwas passierte, vielleicht ein Anruf, ein Auftritt, dass jemand zur Tür hereinkäme, vielleicht Moritz, vielleicht war er ja zufällig in Frankfurt, sie musste ihm schreiben, sie schrieb ihm: »Wo bist du?« Aber er war nicht da. Sie war an dem gescheitert, was ihr am meisten Vergnügen bereitete, was sie vom Leben und vom Tod ablenkte, an ihrem Spieltrieb.

Irgendwann waren Kater und Grippe überwunden, und sie joggte nun jeden Morgen und schrieb eisern an ihrer Arbeit, kopierte Aufsätze, korrigierte Fußnoten, telefonierte mit ihrem Professor. Ihr Leben bestand aus Aufstehen, in die Uni gehen, nach Hause kommen, Abendessen, eine Stunde auf dem Sofa sitzen, Schlafengehen. Wieder Aufstehen. Zwischendurch Wochenende. Immer hatte sie aufbegehrt, aber nun gab sie Ruhe. Sie war in der Uni so allein, dass sie sich zum Essen auf dem Klo einschloss. Sie nahm sich von zu Hause Käse mit oder Joghurt und aß die Packungen im Behinderten-WC leer, dort konnte kein anderer rein, dort konnte niemand ihren elenden Zustand sehen, ihr abartiges Essverhalten, ihr Einzelgängertum. Manchmal saß sie auch einfach auf dem Klodeckel und hörte Musik auf ihrem iPod, sie wollte unsichtbar sein in ihrem hässlichen Versteck, hier musste sie niemandem begegnen und niemandem Rechenschaft ablegen. Sie schämte sich, weil sie das Klo, das speziell für Rollstuhlfahrer eingerichtet worden war, mit einer kleinen Rampe und viel Platz und einer roten Notfallschnur, die neben der Kloschüssel baumelte, so lange besetzt hielt. Sie schämte sich, weil sie manchmal dabei erwischt wurde, wie sie aus der Tür kam, einer Tür mit dem Behindertensymbol, und jemand davor stand, der sie schräg ansah, sie musterte, als wäre sie ein Scheusal, das den Behinderten den Platz wegnahm, oder als wäre sie verrückt, weil sie sich irrtümlich selbst für behindert hielt, oder als hätte sie Durchfall, weil sie sich weigerte, das normale Mädchenklo zu benutzen. Sie schämte sich so sehr, aus der Klotür zu treten, dass sie diese häufig nur einen Spalt öffnete und schaute, ob jemand daran vorbeiliefe oder ob die Luft rein wäre und sie ihr Versteck ohne bewertende Blicke verlassen könnte. Bald würde man sie in der Uni bestimmt das »Klomädchen« nennen, so wie es Dicke und Dünne und Bunte und Laute gab, ihr besonderes Merkmal: isst auf dem WC. »Kennst du diese Blonde, die sich immer aufs Behinderten-WC schleicht? Die ist vielleicht seltsam!«, so würde ihr Ruf in den kleinen, jüngeren Studentengruppen sein.

Außerhalb der Uni widmete sie sich ihren Freundinnen, bemühte sich darum, ihre Zuneigung wiederzuerlangen, indem sie kleine Aufmerksamkeiten bastelte, Theaterkarten besorgte oder lange E-Mails schrieb. Sie gingen ins Kino oder trafen sich zum Weintrinken am Abend. Jede von ihnen war inzwischen mit Kummer vertraut, das war das Gute am Älterwerden. Die Zeit heilte keine Wunden. Die Zeit fügte den Menschen die Wunden zu.

»Das Leben ist schon schwer genug«, sagte ihre Mutter, »such dir nicht noch einen schwierigen Mann.«

Im Februar traf sie Albrecht.

Ein Jüngling liebt ein Mädchen,
Die hat einen andern erwählt;
Der andre liebt eine andre,
Und hat sich mit dieser vermählt.

Das Mädchen heiratet aus Ärger
Den ersten besten Mann,
Der ihr in den Weg gelaufen;
Der Jüngling ist übel dran.

Es ist eine alte Geschichte,
Doch bleibt sie immer neu;
Und wem sie just passieret,
Dem bricht das Herz entzwei.

Heinrich Heine

Sie hatte Albrecht an Karneval kennengelernt, er war der Kindergartenfreund ihres Freundes Sebastian, und er war als Bushaltestelle verkleidet. Auf seinem Kopf steckte ein Schuhkarton mit der Aufschrift »Öder Weg«, und an seinem Körper hingen, an beiden Seiten, riesige Papptafeln mit einem Münzeinwurf und dem Fahrplan. Sie ging als Katze. Sie war eitel. Sebastian stellte ihr Albrecht vor, sie warf eine Münze in seinen Münzeinwurf und fragte, ob sie nun eine Fahrkarte erhielte. »Wohin möchtest du denn?«, fragte er. »Zurück in die Zukunft«, antwortete sie. »Komme ich darin denn vor, oder bin ich bloß die Zeitmaschine?«, fragte er. »Das kommt drauf an«, antwortete sie. Sie tanzten stundenlang miteinander, die Katze auf dem heißen Busdach, irgendwann flog der Pappkarton von seinem Kopf, die dünnen Haare fielen ihm ungebändigt über die Augen und wippten im Wind ihrer Bewegungen auf und ab, er wickelte sie ein und aus, wie Spaghetti auf einer Gabel, und er führte. »Ich finde dich gut«, sagte er. Sein Kuss schmeckte nach Multivitaminsaft.

Er war 41, hatte glattes braunes Haar und einen hageren Körper. Seine schmalen Beine steckte er in lehmfarbene Hosen, die an den Knien so weit waren, dass sie Beulen schlugen. Er war wirklich besonders lang, manchmal erinnerte sein Körper an die ulkigen Spiegel auf dem Rummel, in denen man dick und gedrungen oder gestreckt und gezerrt aussieht, sein ganzes Wesen, sogar sein Gesicht, hatte etwas in die Länge Gezogenes.

Albrecht war bereits geschieden und verdiente sein Geld damit, dass er als wissenschaftlicher Mitarbeiter an der Uni Harmonielehre unterrichtete und nebenbei verzogenen untalentierten Heranwachsenden, die nie übten und ihn als Hausangestellten ansahen, der ihnen Hausaufgaben erteilte und sie rügte, weil sie Tschaikowsky verhunzten, das Klavierspielen beizubringen versuchte. So eine Schülerin war sie selbst einmal gewesen.

Als junges Mädchen hatte sie sich immer einen Dirigenten als Mann gewünscht, der erhaben wie ein Feldherr, ein General sein Orchester führt, Befehlshaber über alle Geigen und Trompeten, im gewaltigen Gewölbe eines Opernhauses. Anfangs hatte sie Albrecht bewundert wie einen begnadeten Musiker, hatte ihm am Flügel gelauscht, den er beherrschte wie ein Dompteur einen wilden Löwen, wie ein Schlangenbeschwörer eine bauchige Frau, die sich seinen Fingern ergab und sich ihm anschmiegte; sie war beeindruckt gewesen von seiner Hingabe, den kreisenden Bewegungen seines Oberkörpers, wenn er Chopin oder Schubert spielte, der Klarheit und Genauigkeit seiner knochigen Finger bei Bach, seinem Wissen über Clara Schumann oder Franz Liszt, aber irgendwann hatte sie bemerkt, dass er sich in jeder Hotelbar ungebeten an den Flügel setzte, sie hatte sich geschämt für seine ewig gleiche Vorführnummer, für sein Bedürfnis nach dem dünnen Applaus vereinzelter Hotelgäste, die auf ihren Sesseln im Halbschlaf versackt waren und beinahe in den Stoff- und Whiskymassen versanken. Sie verzog nur leicht das Gesicht. Er rückte den Klavierhocker zurecht mit großer Geste, atmete in eine stille Pause, bevor er ansetzte, und hob die Arme wie zum Fangen eines Nagetieres, die Hände zu Krallen gespreizt, die Ellenbogen angewinkelt wie ein Vogel, und dann hämmerte er auf die Tasten so schnell wie möglich, als wäre das Tempo ein Qualitätsmerkmal. Hart und ambitioniert schlug er die Töne, und sie sah sein Profil mit den tanzenden Armen, den über die Tastatur trabenden Fingern, und sie versuchte, die kleinen braunen Büschel, seine Ohrenhaare, zu übersehen.

Albrecht hatte eine milde Stimme, die sich kaum jemals in einem Crescendo verirrte, er verlor nie die Beherrschung, keine Unüberlegtheit entwischte seinem Mund, obwohl er gern Wein trank; für ihn bedeutete »durchdrehen« so etwas wie wild tanzen. Und so verschwieg sie ihm ihre Vergangenheit. Für ihn begann ein reizvoller Abend mit einem guten Buch und endete mit ihr in seinen Armen, für sie waren solche Abende zwar gut fürs Gewissen, aber schlaff wie ein Sonntag vor dem Fernseher. Er sagte, er liebe das Adrenalin ebenso wie sie, aber er liebte das Reise-Adrenalin auf seinen Bergsteigertouren und nicht das Herz-Adrenalin auf ihren Glückstouren. Sie hasste die Smileys, die er in jeder SMS versendete, zwinkernde Fratzen, unorigineller Sprachersatz. Er hatte nie eine Freundin betrogen, auch nicht seine Exfrau, und sogar nur ein einziges Mal seine Eltern beschimpft, er hatte keine Angst, nur in Menschenmassen gruselte er sich, und wenn sie Angst hatte – sie hatte vor allem Angst: vor Spinnen, vor dem Ozean, vor dem Fliegen, vor Krankheiten, dem Verfall, vor ihrem eigenen Körper, vor Zurückweisung, vor Mücken, Käfern, Kakerlaken, Würmern, Haien, vor Gewitter, vor dem Universum, vor Terroranschlägen, Entführungen, der Dunkelheit, dem Einschlafen, ihrem Spiegelbild, dem Tod, dem Tod, dem Tod –, sagte er wenig Tröstendes, weil er nicht verstehen konnte, wie Angst funktioniert. »Siehst du! Da ist nichts«, aber es nützte ihr gar nichts, wenn er nachts aufstand und in den Schrank schaute und unter das Bett krabbelte, wo sie sich manchmal verkroch, mit seinem leicht o-beinigen Gang und seinem stets glatten Gesicht. »Da ist wirklich nichts!« Nein. Und da war wirklich nichts.

Er war weder ein Großmaul wie Moritz noch ein Strolch wie Leopold oder ein Tyrann wie Benjamin. Er war anständig und zuverlässig; der größte Unfug, den er je gemacht hatte, war, mit 16 Jahren eine Flasche Jim Beam aus dem Supermarkt zu entwenden. Er rieb sich stündlich die Hände mit Desinfektionsmittel ein, immer ragten ihm Sagrotantücher aus den Hosentaschen, aus den Jackentaschen, er war äußerst empfindlich und achtete auf Hygiene. Er sprühte alles ein, die ganze Wohnung roch steril. Er schmierte sich morgens Brote, die er in Tupperdosen verpackt mit zur Arbeit nahm, manchmal auch Nudelsalat mit Erbsen und Mayonnaise, das war so praktisch und hygienisch und preiswert sowieso. In der Kantine kostete ein Mittagessen 5 Euro 40. So war er. Und sie war so nicht.

Als er jung war, hatte er Pianist werden wollen, später Rockstar. Manchmal trug er noch gern schwarze Lederjacken und trat in Bars auf.

Jeder Tag erschien ihr wie das Leitmotiv einer heiteren Operette, schmerzlose Aneinanderreihungen von Dur-Akkorden. Die höheren Töne verklingen schneller, das hatte einen physikalischen Grund, er konnte nichts dafür, dass er hell war wie C-Dur. Sie hatte ihren Freundinnen nichts mehr zu erzählen, und sie dachte an Woody Allen, der mal gesagt hatte: »Das Glück schreibt mit weißer Tinte.« Da war nichts zu lesen in ihrer Biografie, die Geschichtsbücher blieben leer ohne Tyrann und Diktator. Vielleicht war es Zaubertinte, die sie benutzte, und es brauchte nur einen Spritzer Zitrone oder den Hauch ihres Atems, um sie sichtbar zu machen, aber sie konnte den Dechiffriercode nicht finden, so sehr sie auch mit den Reagenzgläsern ihrer Amplituden experimentierte, versuchte, ihn aus der Fassung zu bringen oder auf die Palme. Aber seine Landschaft war palmenlos, baumlos, unkrautlos, voller bunter Tulpen und üppiger Margeritenfelder, die sich ihren Schreien nicht beugten, sondern nur mitschaukelten im wuchtigen Wind ihres Wahns. Er kämpfte nicht mit ihr, und ihr fehlte der Zorn, das Verbotene, die Versöhnung, die Wut, wenn sie mit ihm war, wenn er sie küsste oder streichelte. Nur im Versteck des Verpönten war alles erlaubt. Die Bequemlichkeit widersprach der Lust.

»Findest du es nicht beklemmend, dass wir vielleicht nie wieder jemand anderen küssen werden? Nie wieder neuen Sex haben werden?«, fragte sie ihn abends, als sie auf seiner Brust lag und sich seine kahlen, weißen Rippen beim Atmen unter ihrem Hals wölbten. »Überhaupt nicht. Ich finde die Vorstellung schön. Ich will nur mit dir schlafen«, antwortete er innig. Aber er schlief kaum noch mit ihr. Sie war allein mit ihrer Ungenügsamkeit.

Die Zugehörigkeit, die Ausschließlichkeit, das Fehlen von Unrast, das alles genoss er so wahrhaftig, dass sie es nie wieder wagte, mit ihm über ihren abgekühlten Heißhunger und ihren Appetit nach Besessenheit zu sprechen.

Sie hatte die Lust verloren.

So wie man als Kind einen Milchzahn verliert. Und übrig bleibt ein Loch, und man kann nicht beißen oder kauen. Das Verlangen war ihr ausgefallen, es war nur noch eine Wimper auf dem Kissen, eine Kontaktlinse, nach der sie am Boden suchte, aber die Lust versteckte sich, und sie konnte sie nicht finden. Es war, als würde sich der Beischlaf einfach nicht mehr zufällig und mühelos ergeben.

Albrecht musste meist vor ihr aus dem Haus. Wenn er arbeiten ging, stand er früh auf, trank einen Espresso im Stehen, ging walken oder fuhr Fahrrad. Aber selbst ohne Wecker schien sie immer etwas aus dem Bett zu treiben, der Hunger oder die Geschäftszeiten am Samstag, man musste zur Reinigung oder hatte eine Verabredung, oder Theresas Mitbewohner waren bereits wach, und man hörte ihre Gespräche im Flur oder das Geschirr in der Küche, keine Zeit für Privatsphäre – Sex am Morgen war unmöglich geworden.

Und abends, wenn sie sich zu Hause nebeneinander die Zähne putzten, alberten sie im Bad noch herum, beschmierten sich mit Creme oder Zahnpasta, aber im Bett schien dann alle Energie verbraucht, sie legte sich auf seine weiße Brust und hoffte, dass er schnell einschlafen würde. Und meist war er müde, manchmal ging er auch vor ihr ins Bett, dann saß sie noch am Computer und schrieb Briefe an Freunde oder Kurzgeschichten an sich selbst. Später schlich sie sich zu ihm ins Bett, er grunzte, wenn sie kam, sie war so leise wie möglich, so leise in dieser Beziehung, als hoffte sie, er würde irgendwann einfach nicht bemerken, dass sie nicht mehr da war. Sie wollte sich in Luft auflösen, und deshalb schlich sie Tag und Nacht an ihm vorbei.

Vor den Einladungen am Abend passte ihr der Sex ebenfalls nicht, weil sie sich gerade die Haare gewaschen und geföhnt oder sich das Gesicht gepudert und den Lippenstift aufgetragen hatte (jetzt nicht, du verschmierst alles!) oder weil sie sowieso schon zu spät dran waren. Erstaunlich, dachte sie, früher war ihr ihre Frisur vollkommen gleichgültig gewesen, die Lust hatte immer die Eitelkeit besiegt, aber die Lust war inzwischen dauernd fort, und sie war immerzu besorgt um ihr Gesicht oder ihr Haar aus lauter Unsicherheit. Und auch am Ende des Abends passte ihr der Sex nicht. Wenn er nach dem Ausgehen noch einen Döner verschlang, dann schliefen sie beide sofort ein, einmal sogar auf dem Döner, der ihnen das Bett mit Zaziki-Soße beschmierte und dessen beißender Zwiebelgeruch noch wochenlang im Schlafzimmer hing. Manchmal döste er bereits, während sie sich noch im Bad die Haare kämmte, bevor sie schlafen ging. Sonntags faulenzten sie zu sehr, um sich in ihren Jogginghosen vor ausgefressenen Tellern noch auszuziehen. Meist hatte sie dann Bauchschmerzen von den ausgedehnten Frühstücken, die sich bis spät in den Nachmittag hinzogen, Schinken, Wurst, Käse, Rührei, noch Joghurt und Quark zum Dessert mit Obst, dann Kaffee mit viel Milch und Schokolade oder Gummibären – sie fraß sich durch ihre Sonntage, durch die Leere und mondäne Langeweile, alle Geschäfte und alles Glück geschlossen, zugesperrt, leblose Welt auf den Straßen und in der eigenen Wohnung, keine Aussicht auf Glück, am Abend bloß noch ein Film, eine DVD, eine Serie, endloses Flimmern und dazu Nüsse oder Kekse und Brösel und bräsige Stimmung, Krümel von einer unerotischen Völlerei. Keine Mahlzeit konnte sie zufriedenstellen und sättigen, obwohl sie gefüllt war, gestopft bis oben hin, bis an die Kehle verstopft mit Selbsthass ohne Abführmittel. Bevor sie sich am nächsten Morgen wog, schnitt sie sich die Fuß- und Fingernägel, sie rasierte sich die Beine und zupfte sich die Augenbrauen, um die Kilogrammanzeige zu reduzieren.

Manchmal schlief sie abends aus schlechtem Gewissen mit ihm, manchmal aus Angst, er könnte sie sonst verlassen, manchmal aus Ehrgeiz, um sich daran zu erinnern, dass sie noch dazu fähig war, manchmal aus Scham, weil sie fürchtete, dass er mit seinen Freunden darüber sprach, wie selten es passierte, manchmal aus Verzweiflung, weil sie hoffte, die Lust würde wiederkommen, manchmal aus Pflichtgefühl, weil er lieb zu ihr war, manchmal aus Routine, weil es nach dem Zähneputzen irgendwie so üblich war, manchmal aus Eitelkeit, weil sie ihm gefallen wollte, und manchmal aus Wut, aus Protest, dass sie nun doch geworden war wie alle anderen Frauen. Manchmal stellte sie sich dabei andere Männer vor, aber keine Männer, die sie mochte, wie Moritz oder Benjamin oder den gut aussehenden Typen aus ihrer Uni, nein, sie stellte sich Männer vor, die sie ekelten, einen ehemaligen Professor mit Mundgeruch, einen Freund ihres Vaters, der sie auf ihrer Abiturfeier lüstern am Arm gepackt hatte mit vorgeschobenem Unterkiefer und angefeuchteten Unterlippen, der beim Essen schmatzend kaute und speckige Hände hatte, diese Hände stellte sie sich vor, an sich, unter sich, in sich, oder den Taxifahrer, der sie damals in Berlin mit seiner Friteuse-

Hand begrapscht hatte, mit den buttrigen Fingern und dem Fleischfettimbissgeruch im Auto. Er hatte beim Fahren von vorne links nach hinten rechts gelangt, wo sie saß, müde und auf dem Heimweg, er hatte in ihre nackten Schenkel unter dem Rock gekniffen, bis die Haut sich verbeulte, und sie dabei gefragt, ob sie es schon einmal mit einem Libanesen getrieben habe. Sie stellte sich vor, sie wäre eine Nutte, man bezahlte sie, dies wäre kein Liebesakt. Sie konnte sich in ihrer Nacktheit, ihrer Dünnhäutigkeit keinen liebenswerten Menschen vorstellen, nicht mehr. Sie musste eine Hure sein, die Hure Babylon. Sie lebte ihre Sexualität allein aus, in ihrem Kopf, manchmal nur mit sich, es überkam sie an den absurdesten Orten, dann wollte sie aufs nächstbeste Klo schleichen, um die Chance zu ergreifen. Manchmal tat sie es auch im ICE, an der Tankstelle und kam sich danach so schäbig und ekelhaft vor, dass sie sich wunderte, dass es überhaupt jemanden gab, der sie liebte. Abends im Bett aber gab es keine Lustspiele. Diesmal hatte die Beziehung ihre Gier gefressen. Das Verlangen war einer zärtlichen Trägheit gewichen, Liebkosungen im Halbschlaf, kraftlosen Küssen, eingeübten Handbewegungen, eckiger Mechanik.

Sie fragte sich, wo all die Ausdauer und Stärke geblieben waren, die sie gehabt und aufgewendet hatte, um sich mit Benjamin zu raufen oder Moritz zu zerfleischen. Nun war sie immerzu schlaff und matt, und selbst ein Kuss oder eine Armbewegung waren zu aufwendig. Nur ganz selten, wenn sie an einem Sonntagmorgen friedlich und leicht verkatert neben ihm aufwachte, packte sie das Verlangen wie ein Raubvogel seine Beute, und sie konnte sich kaum wehren. Es waren kurze Anflüge. Oft, wenn der Trieb erloschen, wenn das Zehren gewichen war, dachte sie an den Tod. Danach folgten wieder Tage des Verdrusses, fieberlose Wochen. Die Sättigung rankte sich wie Efeu um ihren wehrlosen Körper. Die Harmonie war der K.-o.-Tropfen, der ihre Lust abtötete.

Früher, dachte sie, hatte sie danach überall einschlafen können, sie war nackt und zerzaust auf dem Boden liegen geblieben, ohne Decke, noch geschminkt, gedankenlos und wunschlos, aber heute, heute musste sie danach immer aufstehen und sich im Bad wieder zurechtbiegen, sich verbissen eilig anziehen und zudecken, als wollte sie die Tat unter der Bettdecke vergraben. Dann dehnte sich der Tod in ihr aus. Ein Sportler beim Stretching für die Meisterschaft.

Der Sex war so beliebig geworden, es war gleichgültig, wann er stattfand, er war aufschiebbar, da immer zu haben, wie ein nicht eingelöster Gutschein. Es gab keine Zeit und keinen Druck, keine Überfälle mehr, kein »Jetzt oder nie«. Und da draußen gab es noch neue, unberührte Haut, vielleicht schlechtere Haut, aber wenigstens nicht die ewig gleichen Wölbungen und Gerüche, nicht der routinemäßige Ablauf des Ausziehens und Liebkosens, wenigstens ein anderer Hautgeschmack, vielleicht schärfer, vielleicht salziger, ein neuer Mensch, vollkommen unbekannt, nicht einmal unbedingt schön, höchstens gepflegt, vielleicht sogar alt oder jung, blutjung, gerade 20 und unerfahren – und dann überkam sie die Lust, eine so große Lust, dass sie, sobald Albrecht morgens aus dem Haus war, davon phantasierte und sich im Bett reckte. Ihr Lustleben spielte sich ohne ihn ab. Sie hatte nur noch sich.

Es gab keinen Ausweg, man musste betrügen oder für immer die Lust verlieren, vielleicht den Sex etwas würzen, aber da fiel ihr wenig ein, und bei Rollenspielen in Krankenschwesterkostümen kam sie sich albern vor und bei Handschellen und Federn erst recht, das ging nicht, schon gar nicht mit Albrecht, dem sie danach ja wieder unter die Augen treten und in die Augen schauen müsste, der sie ernst nahm und achtete und respektierte, von dem konnte sie sich doch nicht entführen lassen oder fesseln, vor dem konnte sie sich nicht mehr gehen lassen oder auspeitschen, dafür kannten sie einander zu gut, dafür waren sie einander zu vertraut, dafür war es zu spät. Ihn zu verschlingen oder zu verführen wäre lächerlich, sie konnte nicht nackt im Türrahmen stehen nur mit Strapsen, sie war doch ein studiertes Mädchen, Frau Master. Wie schaffen die anderen das nur! Oder sagte niemand die Wahrheit? Woher soll man wissen, was richtig ist, wenn niemand darüber spricht? Oder brauchte sie einfach mehr zum Glücklichsein als andere?

»Willst du schon wieder rauchen?«, fragte Albrecht jedes Mal, wenn sie sich eine Zigarette ansteckte. Dabei rauchte sie kaum noch, nur abends ab und zu, wenn sich der Tag mit einem Glas Wein von ihr schälte. »Ich will ja aufhören, aber ich liebe Rauchen«, erwiderte sie. So sehr sie sich bemühte, das Rauchen zu lassen, es wollte ihr nicht gelingen, sie machte ständig Ausnahmen für sich selbst, heute wurde gepokert, am Wochenende war ein Geburtstag, nächste Woche waren die Tage stressig, abends wollte sie sich entspannen, die Ruhe und die Unruhe hatten dasselbe Suchtpotenzial. Die gesunde Liebe erschien ihr wie eine Pflicht.

»Warum musst du immer alles zerstören, was gut für dich ist?«

»Mein Körper ist ja auch nicht lieb zu mir!«, keifte sie. »Sei doch erst einmal lieb zu ihm!« Er wusste, dass sie eine Betrügerin war. »Immer musst du alles kaputt machen – ich schaue mir das nicht an«, sagte er. »Lass mich«, sagte sie und steckte sich trotzig eine Zigarette an der letzten an.

Sie wusste nicht, warum sie so geworden war, warum sie alles immerzu aufs Spiel setzen musste, jeder Tag war ein Casinobesuch, aber keiner spielte mehr mit ihr. Vielleicht ist so was genetisch, dachte sie. Die einen betrügen, die anderen nicht – oder wird darüber nur geschwiegen, und jeder tut es?

Theresa ging wieder zu ihrer Therapeutin. »Mein Vater ist fremdgegangen«, erzählte sie ihr, und es war ihr unbehaglich dabei, aber irgendjemandem musste sie es sagen, und vor ihren Freunden wollte sie so etwas nicht preisgeben, sie wollte ihre Eltern nicht bloßstellen, es wäre ihr wie Verrat vorgekommen. »Und wie war das für Sie?« »Ich habe es immer geahnt, schon in der Pubertät. Da wurde ich ja selbst genug von Männern –«, sie stockte, aber ihr fiel kein passenderer Ausdruck ein, »verarscht«, fuhr sie fort, »verzeihen Sie den Ausdruck.« »Warum haben Sie sich den Männern so angeboten? Sie haben sich ja ausgeliefert.« »Ich weiß nicht, ich wollte gefallen. Ich wollte teilhaben.« »Und Sie dachten, die einzige Möglichkeit, einem Mann zu gefallen, ist durch Körperlichkeit?« »Irgendwie schon. Damals. Heute weiß ich es nicht, wahrscheinlich immer noch. Was Mädchen alles so durchmachen müssen …« Sie hielt inne. Sie wollte sich erklären, ihre mangelnde Charakterstärke rechtfertigen.

»Es ist wie eine Art Selbstekel. Menschen haben Pickel auf dem Rücken oder riechen schlecht oder husten mit Auswurf. Ich will nicht, dass jemand mich so sieht, krank und ekelhaft. Ich will nicht jemanden so sehen müssen. Ich will lieber aus der Ferne lieben und geliebt werden.« »Vielleicht können Sie gar nicht lieben.« »Aber ich hatte doch schon Liebeskummer!« »Das war kein Liebeskummer, das war Gekränktheit, Rechthaberei. Sie wollten Ihren Willen durchsetzen«, entgegnete die Therapeutin. »Na gut. Vielleicht war es Lustkummer. Ich wollte diesen Mann einfach immerzu anfassen.«

»Wie war das für Sie, als Sie herausfanden, dass Ihr Vater eine Geliebte hat?« »Ich habe es ja erst viel später erfahren, als es schon vorbei war. Aber es war ekelhaft. Trotzdem liebe ich meine Eltern.« »Es geht ja nicht um Schuldzuweisungen. Wir schauen uns nur an, was in Ihnen los ist.« »Da ist einiges los!« »Ich denke, Ihnen fehlt das Urvertrauen.«

»Aber meine Eltern waren eigentlich immer lieb zu mir«, sagte Theresa. »Sie sollen Ihre Eltern nicht in Schutz nehmen. Wir greifen hier niemanden an.« »Aber sie können wirklich nichts dafür, meine Eltern.« Meine armen Eltern, dachte sie, die haben doch das Beste getan, was sie konnten. Und ich, ich habe sie enttäuscht.

»Ich weiß gar nicht, was ich ohne sie tun soll. Die Vorstellung, einmal ohne sie auf der Welt sein zu müssen, ist so grausam, dass ich ohnmächtig werden könnte.« »Ja, dieser Gedanke ist wuchtig. Aber Sie werden sehen, dass Sie irgendwann einmal so erwachsen sind, dass Sie sich von Ihren Eltern befreien.« »Ich weiß gar nicht, ob ich mich befreien will.« »Das wird ganz automatisch kommen.« Theresa wusste nicht, was sie sagen sollte, sie gab ihrer Therapeutin oft recht und war trotzdem nicht überzeugt. Sie war nur zu faul und zu feige für eine Diskussion. »Das Verhalten Ihres Vaters haben Sie dann später in Ihren eigenen Beziehungen nachgeahmt«, setzte die Therapeutin erneut an. »Ja, vielleicht. Präventiv. Ich dachte immer: Bevor ich betrogen werde, betrüge ich lieber selbst. Dann habe ich ein Ass im Ärmel, einen Vorteil, wenn es zum Äußersten kommt.« »Sie haben aus Angst betrogen?« »Ja, ich denke, das habe ich.«

Theresa schwieg. Die Stille war unangenehm, die Therapeutin unternahm nichts, um sie zu durchbrechen. Beide atmeten laut. Theresa errötete, obwohl sie auf der Bahre lag wie eine Patientin und die Therapeutin sie nicht sehen konnte. Vielleicht schreibt sie nebenher SMS, vielleicht langweilt sie sich, vielleicht ist sie eingeschlafen oder zeichnet Comics, während ich mich hier entblöße, dachte Theresa, vielleicht ersteigert sie im Internet gerade eine Lampe. »Vielleicht auch aus Langeweile. Aus Mangel an Ausdauer. Ich wollte das Allerbeste finden, ich wollte Glück, und hopp, noch mehr und hopp, noch mehr. Ich wollte den höchsten Ton treffen«, sagte Theresa, nachdem sie eine Weile nachgedacht hatte. »Sie brauchen sehr, sehr viel Nahrung von außen. Sie sind innerlich verarmt. Das Kind in Ihnen ist verarmt. Nehmen Sie es bei der Hand.« Das saß. »Ich will aber nicht mehr so viel brauchen.« »Sie verlangen eine schnelle Lösung von mir, aber die habe ich nicht. Sie brauchen Geduld.« Aber ich will es jetzt!

Im Sommer verbrachten Albrecht und sie eine ruhige Woche an der kroatischen Küste miteinander, sie badeten im Meer, streckten sich am Pool aus und lasen nebeneinander. Sie mieteten sich kleine Roller und brausten durch die Bergstraßen von Ort zu Ort. Sie saß auf einem Schaukelstuhl im Hotelgarten, durch den sich lilafarbene und purpurrote Bougainvilleas und Efeu rankten. Er desinfizierte das Hotelzimmer mit Sagrotantüchern. Abends putze er sich mit Wasser aus der Minibar die Zähne. »Nimm lieber das, Theresa. Das Leitungswasser ist gefährlich!«, rief er ihr zu. »Hier ist nichts gefährlich«, murmelte sie vor sich hin, und sie dachte an diese keimfreie Beziehung. Nach wenigen Tagen schien die Zweisamkeit sie beinah zu erdrücken, das Hotel in völliger Menschenferne auf einem Berg mit endlosen Stufen hinunter zum Meer, das Vergehen der Tage, Abende in Restaurants ohne darauffolgende Trunkenheit, kein Telefon, fremdsprachiges Fernsehen, nicht einmal eine DVD, nur sie beide und der Wind, der die Wolken vor den Mond schob wie Segelboote. Der Mond trug die Farbe von Knochen. Am fünften, sechsten und siebten Tag regnete es, sie konnten nicht am Pool liegen, das Meer zischte grau und trüb und spülte aufgewühlte Steine vom Meeresboden an den Strand, ihre Kleidung lag klamm auf dem Bett oder war im Hotelzimmer verstreut, der Bikini wollte nicht trocknen, es gab nichts zu tun, und sie fror. Sie saß mit Albrecht in der Hotellobby, sie spielten endlose Partien Backgammon und bestellten dazu dauernd Caffè Latte oder Nüsse oder Oliven, und sie bekam Bauchweh davon. Die Regentage verstrichen langsam, wie in Gefangenschaft, man konnte nur essen und warten und sich auf die nächste Mahlzeit freuen, sie hangelten sich vom Frühstück zum Mittagessen, zum Nachmittagstee, zum Abendbrot, es war wie im Flugzeug, wo man alle drei Stunden einen Snack serviert bekommt, damit die Zeit aufgeteilt wird, in ein Vorher und ein Nachher.

Nachts gruselte sie sich, obwohl er bei ihr lag, wenn der Wind wie hundert Eulen an der Brüstung wimmerte und über die Lamellen der Fensterläden trabte. Nach dem Frühstück fühlte sie sich schon wieder schläfrig, sie hatte nichts anzuziehen für das kühle Wetter, alle Kleidung war von der Regenluft wie eingeweicht, und die Küste war verhangen. Albrecht blieb bei alledem frohen Mutes, seine Zuversicht und Heiterkeit machten ihr das Jammern beinah unmöglich. Und nachts schlief er prächtig und ohne aufzuwachen, während sie immer wieder wach wurde, weil sie pinkeln musste, sich wälzte, weil ihre Blase drückte, sie Durst hatte, ihre Gedanken über sie hinauswuchsen, weil der Tod groß war.

Nein, nicht vor mir im Staube knien

Nein, nicht vor mir im Staube knien!
Nicht mir im Arm wie Rohr zerbrechen!
Ist erst der Stunde Rausch dahin,
Ich weiß, du wirst es an mir rächen.

Jetzt ist dein Aug' von Tränen naß,
Doch manchmal blinkt's wie Mördereisen.
In deiner Liebe grollt der Haß
Und droht mich künftig zu zerreißen.

Wo ist der Held, der frei vereint
Mit mir auf Lebenshöhen stiege?
Der tröstet, wenn das Herz mir weint,
Und mit mir lächelt, wenn ich siege?

Der nicht Gebieter ist noch Knecht,
Der fühlt wie stille Wunden brennen,
Der schonend nach dem zärtern Recht
Sich neigt in willigem Erkennen?

Wo ist der Held? Es tönt von fern
Wie Gruß von ihm an meine Ohren.
Der Held, der meines Lebens Stern,
Wird erst nach meinem Tod geboren.

Isolde Kurz

Sie schrieb nun manchmal heimlich Nachrichten an Moritz: »Musst du auch noch an uns denken?« Er antwortete ihr wie ein Geschäftspartner, ohne Verzierungen, ohne Futter. Sie bat ihn, sich zu melden, wenn er mal wieder in Deutschland sei. Das werde er machen, versprach er. Aber er tat es nicht, obwohl er seit Tagen nur um die Ecke zu Besuch war. Seit ihrer letzten Begegnung war über ein Jahr vergangen.

Sie traf ihn zufällig auf einem Geburtstag. Moritz trat ihr mit dem Stolz und der Kälte eines Offiziers gegenüber, unnahbar für sie, gewöhnlicher Besuch für alle anderen, Frankfurt war dauernd voll von Gästen, Heimkehrern, Durchreisenden. Er grüßte sie förmlich, aber sie standen nie beieinander auf dem langen Balkon, der dennoch nicht groß genug war, um dem Abstand zwischen ihnen Raum zu geben.

Später am Abend, als alle Gäste nach dem Geburtstagsgesang um Mitternacht mit Taxis zu einem Club fahren wollten, stand sie hinter Moritz und wollte gerade zu ihm in den Wagen steigen, da schmetterte er ihr an der Tür ein »Wir sind voll!« an den Kopf, wie einen Ball auf ein unsportlich unförmiges Schulkind. Beim Völkerball war sie im Gymnasium immer sofort als scheintot vom Spielfeld an die Außenlinie geflogen, mit dem dumpfen Stoß des Gummiballes gegen die Stirn, von dort musste man sich durch das Abwerfen eines gegnerischen Spielers wieder ins Feld bringen. Nur wen sollte sie abwerfen, wen treffen, um selbst wieder mitspielen zu dürfen? Sie stieg mit ein paar Freunden in ein anderes Taxi und sah ihn im Club wieder, er unterhielt sich angeregt an der Bar, sie ließ ihn nicht aus ihrem Blickfeld, heute wollte sie seine Ausweichmanöver nicht auf sich sitzen lassen, sie wollte wieder auferstehen aus den Ruinen, unter denen er sie vor über einem Jahr begraben hatte, ohne einen Spürhund loszuschicken.

Die Zeit verging, sie stand mit einer Freundin neben der Tanzfläche und rauchte, da kam er mit einem Schlenker an ihr vorbei mit schwingenden Knien und warf ihr mit der Hand einen Kuss zu. Sie winkte ihn mit gekrümmtem Zeigefinger zu sich heran, wie die Hexe das Kind in ihr Knusperhäuschen. »Willst du mich eigentlich verarschen mit deinem beschissenen Luftkuss!«, fauchte sie. »Ich kann einfach nicht glauben, wie du mich behandelst!« Sie schimpfte mit ihm wie die gekränkte Geliebte, die sie war und die sie nie hatte sein wollen. Moritz war gar nichts, weder kalt noch heiß, weder betroffen noch wütend, weder schwermütig noch überschwänglich. Gefühle lassen sich nicht herbeischreien wie Käufer für Sonderangebote auf dem Marktplatz. »Wie behandle ich dich denn?«, fragte er unschuldig, als wäre er verblüfft über diese Auseinandersetzung. »Gar nicht! Du behandelst mich ... wie ein Stück Schinken. Eine Margarine! Einfach gar nicht! Und das nach allem ... nach allem, was wir ...«, wieder war sie es, die Energie aufwandte, während er unbeeindruckt war wie immer, aber der Rüffel kam zu spät, sie wollte ihn feuern, obwohl er schon gekündigt hatte. Sie genoss keinen Kündigungsschutz, das Gesetz war nicht auf ihrer Seite. Sein Gesicht war kalkfarben, fast transparent, er hatte dunkle Ringe unter den durchdringenden Augen. »Du siehst schlecht aus«, zischte sie gehässig. »Du nicht«, grinste er gelassen. »Ich würde dich jetzt gerne küssen, aber das darf ich ja nicht«, sagte er auffordernd mit eindringlicher Stimme und schlenderte weiter; wenn er erntete, war er gründlich, da blieb kein Korn auf dem Feld, keine Wurzel in der Erde, er war nicht verschwenderisch, das Pflügen lag ihm, aber sie, angespannt und mit ihrer Beherrschung am Ende, sah ihre Würde wie Späne auf den Acker raspeln, spürte ihre Zähne und den Kiefer knacken, ihr Hals reckte sich, die Haut straff gezogen wie ein Spannbettlaken, sie war eine einzige Vernichtungsmaschine, schredderte ihre Vernunft mit den scharfen Klingen der Maßlosigkeit, ratter ratter, ratsch, und rief ihm hinterher: »Warte! Du darfst!« Aber die Musik verschluckte ihre Stimme – wie ein Blauwal, der mit weit geöffnetem Maul große Mengen Wasser aufnimmt, es mit der Zunge durch die Barten herausdrückt und nur die winzigen Planktonorganismen in den Fransen speichert. Ihre Worte waren ausgesiebt. Sie wollte doch nur fragen, warum sie gescheitert war.

Später, im Bett, konnte sie sich nicht beherrschen, sie schrieb ihm noch eine Nachricht, »Ich will dich wiedersehen«, und versuchte, ihn anzurufen, aber er nahm nicht ab. Er schrieb ihr in der nächsten Nacht: »Theresa, was willst du noch von mir? Du fickst Albrecht!« Das war das Letzte, was sie von ihm hörte.

Sie brach ihre Masterarbeit ab. Theresa hatte das Gefühl, sie habe ewig im Stau gestanden, und nun – nach Stunden der Gereiztheit und Ungeduld, der vollen Blase und dem hundertfachen Blick auf die Kilometeranzeige, Eins, Null, Null, wenigstens rollt es! – habe sie den Stau überwunden. Auf einmal ging alles wieder ganz schnell, und sie wunderte sich, wo all die Autos geblieben waren, die sie eben noch beschimpft hatte, und dann sah sie die Fahrzeuge auf der Gegenfahrbahn, die noch munter und fröhlich mit 150 km/h über die Autobahn flitzten, ahnungslos. »Die Armen!«, dachte sie dann, »die wissen noch nicht, was ihnen bevorsteht.«

Und sie half ihren Freundinnen, die verlassen waren und verlassen hatten, die immer wieder dieselben Sätze sagten und deren Fragen sich wiederholten, die Gespräche drehten sich im Kreis, wie auf einem Karussell, und dann und wann ein weißer Elefant, sie tröstete sie mit der Geduld einer Gleichgesinnten, die bereits über den Berg war. Sie formulierte Nachrichten für Sarah und wählte Kleider für Lisa, sie lieh Antonia, die ihren Liebsten beeindrucken wollte, CDs mit klassischer Musik, sie analysierte die SMS von Kerlen, von Alex und Max, von Clemens und Lucas, die sie nicht einmal kannte, sie fragte immer nach, begleitete Sophie auf Geburtstage, zu denen sie eigentlich keine Lust hatte, bloß weil Sophies Verflossener dort war, sie schminkte Marie, sie gab Anna ihre Lieblingsohrringe. Sie tröstete Louise, die ihr erzählte, dass sie einen Typen kennengelernt habe: »Er hat bei mir übernachtet, und alles war schön. Aber als ich am nächsten Morgen sagte, ich würde ein paar Rühreier zum Frühstück machen, da war er total begeistert und hat voller Tatendrang versprochen, unten im Feinkostladen Trüffelöl für die Eier und ein wenig frischen Parmaschinken zu holen. Dann ist er aus der Tür gestürmt und nie wiedergekommen. Theresa, ich habe da massenweise Eier gemacht und gebrutzelt und dabei gepfiffen. Ich hatte mich so auf einen schönen Vormittag gefreut, habe sogar meine Schwester angerufen und ihr von dem Typen erzählt, der gleich wiederkommt mit Trüffelöl für mich. Es war so demütigend, als die Eier in der Pfanne langsam runzlig und braun wurden und ich am Fenster nach ihm Ausschau hielt. Ich hatte acht Stück gemacht, acht Eier, Theresa. Die habe ich alle weggeworfen!«

»Warum hast du mich nicht angerufen? Ich hätte sofort mit dir Eier gegessen.«

»Es war so demütigend, ich konnte die Eier nicht mehr sehen. Und erst recht nicht essen.«

»Von wegen Friede, Freude, Eierkuchen! Die alte Leier, alte Eier, alter Feigling.«

»Männer wenden inzwischen die perfidesten Fluchttechniken an. Neulich hat mir ein Freund erzählt, er habe nachts nach dem Sex, um ein Mädchen loszuwerden, einen geschäftlichen Anruf vorgetäuscht, sich in einen Anzug geschmissen, zwei Taxen bestellt, sie in das eine Taxi gesetzt, der Glaubwürdigkeit halber sich selbst in das andere Taxi, habe ihr gewinkt, sei einmal um den Block gefahren, habe sich wieder vor seiner Tür absetzen lassen, sieben Euro gezahlt, sich ausgezogen und wieder schlafen gelegt. So viel Aufwand, nur um nicht neben dem Mädchen aufzuwachen. Ich hab es so satt, allein zu sein. Meine Reisen allein zu buchen, mit anderen Single-Freundinnen Silvester zu feiern und so zu tun, als wäre dies eine freiwillige Entscheidung. Ich habe es satt, mir diese Mädchen anzuhören, die verlassen wurden und so tun, als wären sie der Auslöser. Hauptsache, man hat eine gute Ausrede parat. Und alle belügen sich heiter selbst!«

»Die Menschen belügen sich immer selbst. Auch in Beziehungen! Wenn sie sich einreden, dass ein gemeinsamer Wok-Kauf etwas Schönes ist. Oder ein Samstag im Stoffgeschäft, für den neuen Sofabezug.«

Louise lachte. »Ich habe echt keinen Wok!«

»Ich auch nicht.«

Jede von ihnen hatte ihre eigene Liebesgeschichte, vielleicht war ihre eigene gar nicht so groß, dachte sie.

Danach

Es wird nach einem happy end
im Film jewöhnlich abjeblendt.
Man sieht bloß noch in ihre Lippen
den Helden seinen Schnurrbart stippen –
da hat sie nu den Schentelmen.
Na, un denn –?

Denn jehn die beeden brav ins Bett.
Na ja ... diß is ja auch janz nett.
A manchmal möcht man doch jern wissn:
Wat tun se, wenn se sich nich kissn?
Die könn ja doch nich imma penn ...!
Na, un denn –?

Denn säuselt im Kamin der Wind.
Denn kricht det junge Paar 'n Kind.
Denn kocht sie Milch. Die Milch looft üba.
Denn macht er Krach. Denn weent sie drüba.
Denn wolln sich beede jänzlich trenn ...
Na, un denn –?

Denn is det Kind nich uffn Damm.
Denn bleihm die beeden doch zesamm.
Denn quäln se sich noch manche Jahre.
Er will noch wat mit blonde Haare:
vorn doof und hinten minorenn ...
Na, un denn –?

Denn sind se alt. Der Sohn haut ab.
Der Olle macht nu ooch bald schlapp.
Vajessen Kuß und Schnurrbartzeit –
Ach, Menschenskind, wie liecht det weit!
Wie der noch scharf uff Muttern war,
det is schon beinah nich mehr wahr!

Der olle Mann denkt so zurück:
Wat hat er nu von seinen Jlück?
Die Ehe war zum jrößten Teile
vabrühte Milch un Langeweile.
Und darum wird beim happy end
im Film jewöhnlich abjeblendt.

Kurt Tucholsky

Die Masterarbeit war also aufgegeben und ihr Professor enttäuscht. Ich mache das schon irgendwann fertig, sagte sie sich, vielleicht wenn ich mal schwanger bin.

Albrecht hatte von der Uni Braunschweig eine Stelle als Privatdozent für Musikwissenschaften angeboten bekommen. Und obwohl er eigentlich gerade beschlossen hatte, nach Berlin zu gehen, weil ihn Berlin schon immer reizte und er – im Gegensatz zu ihr – dort nie gelebt hatte, bat er sie, ihn nach Braunschweig zu begleiten. Nichts hielt sie mehr in Frankfurt, und obwohl sie in Braunschweig niemanden kannte, sagte sie zu.

Der Umzugswagen stand vor der Tür, ihre Kisten waren gepackt, ausgebeulte Kartons, Hausrat ragte über die Ränder hinaus, und die Pappe verbog sich unter dem Gewicht der Altlasten. »Die kriegen wir ja so gar nicht zu, da wird alles rausfallen«, sagte der Umzugsmann. Es war 7:43 Uhr und kalt draußen. Sie standen auf der Straße, oben war die Terrasse, auf die Leopold einst geklettert war, David und Franzi lagen noch im Bett, bald würden sie zur Arbeit gehen, es war ein gewöhnlicher Dienstag. Albrecht stand neben ihr auf dem Bürgersteig und wirkte kein bisschen müde. Ihr quoll die Vergangenheit aus den Augen, ihr Gesicht fühlte sich aufgedunsen an, mit Erinnerungen aufgespritzt, ihre Pupillen brannten. »Ich fahre dein Auto nach Braunschweig.« Albrecht packte den Kofferraum, und sie sah ihm und dem Möbelmann dabei zu, wie sie fürsorglich mit ihrem Übergepäck hantierten, umräumten, zuschnürten, einwickelten, den großen Spiegel in ein Tuch hüllten. Sie konnte sich nicht mehr darin sehen.

»Na, dann wolln wir mal!«, rief der schwitzende Möbelmann seinen zwei Gehilfen entgegen, die den Lastwagen beluden. »Wir fahren dann vor«, sagte Theresa. Es war inzwischen kurz vor neun, und David und Franzi kamen aus dem Haus, beide im Hosenanzug. »Machs gut, Resi!« Sie hielten sich fest, und Theresa begann zu weinen. »Schluss jetzt. Ich muss ins Büro«, David nahm seine Aktentasche und preschte davon. »Ich muss leider auch los. Wir haben gleich ein Meeting.« »Danke für alles, Franzi.«

Theresa hielt sich an ihr fest, letzter Bauklotz ihrer Kindheit, letzter Augenzeuge ihres jugendlichen Lebens, bei Prozessen nach Autounfällen nannte man solche Personen Knallzeugen, die den Aufprall nur gehört und nicht gesehen hatten. »Ich komme bald wieder«, tröstete Theresa sich selbst. Alle gingen zur Arbeit. »Das Leben geht auch ohne mich weiter«, dachte sie. Ihr grauste es vor dem, was ihr bevorstand, sie konnte ihr Erwachsenenleben durch nichts mehr aufschieben, jede lebensverlängernde Maßnahme war ausgeschöpft, sie musste jetzt arbeiten und Geld verdienen. Vorbei die künstliche Ernährung mithilfe ihrer Eltern, vorbei die Doktorspielchen, Mund-zu-Mund-Beatmung mit Moritz, Flüssigkeitszufuhr und Magen auspumpen, man entließ sie beinah kerngesund, und nun musste sie auf eigenen Beinen stehen, mit eigenen Lungen atmen, Freiheit durch Beschränkung der Freiheit. Sie musste.

»Komm, wir fahren schon mal«, Albrecht nahm ihre Hand. Seine Hand war unglaublich weich und groß, eine Klavierspielerhand. Sie weinte 347 Kilometer lang, bis sie in Braunschweig vor seiner Tür angekommen waren, dann hörte sie schlagartig auf, wie Regen.

Albrecht hatte in Braunschweig eine Wohnung mit Wintergarten im Hochparterre gemietet, am Wochenende bastelte er künstlerische Installationen aus Rädern, Holzschnitzereien und Lichtmaschinen im Keller, er las gründlich Zeitung und beklagte die Zustände in der Politik. Ab und zu schrieb er Leserbriefe und beschwerte sich über zu wenig politisches Engagement, vor allem in ihrer Generation.

»Ich demonstriere ja auch nicht gerade nackt vor dem Rathaus«, erwiderte sie dann, um ihre Freunde in Schutz zu nehmen. »Aber du setzt dich wenigstens mit den aktuellen Themen auseinander«, verteidigte er sie. »Geht so«, widersprach sie.

Er aber sah sie so, wie er sie sehen wollte. Für ihn war sie liebenswert, beschützenswert, achtenswert. Er gewöhnte ihr das Rauchen ab, aber sie rauchte manchmal heimlich, vor allem wenn sie trank; dann schubste sie ihn weg, sobald er sie abzuhalten versuchte. »Lass mich«, sie riss den Arm mit der Zigarette von seiner Hand los und behütete die Zigarette mit aller Kraft, hielt sie in die Höhe. »Du Lehrer! Du Gesundheitsminister!«, zischte sie dann, auch wenn sie wusste, dass er nur das Beste für sie wollte.

Das war es, was sie nicht ertragen konnte. Er kochte gern für sie, Aufläufe, Flammkuchen, Nudeln, dabei liebte sie Fleisch. Überall musste Käse drauf, Parmesan, Pecorino, Gouda, Mozzarella, schmelzender Käse, der sich dehnte und dehnte und den sie von all seinen Speisen abzupfte wie Kaugummi. Auf seine Salate schüttete er haufenweise rote Bohnen aus der Büchse, sie dachte an Blähungen, er war ein unerotischer Genießer.

Auf Restaurants konnten sie sich nie einigen. Er liebte Maultaschen und schwäbische Spezialitäten, sie liebte die vietnamesische Küche und blieb am liebsten abends zu Hause. Manchmal beschwerte er sich beim Kellner über die Preise oder darüber, dass der Wein nicht kalt genug war. Sie lächelte den Kellner an. »Haben Sie vielen Dank!«, und stockte sein Trinkgeld auf.

Er sprach nur selten von seiner Scheidung, und mit Kindern wollte er sich noch Zeit lassen. »Du willst doch jetzt nicht etwa ein Kind!«, rief er und tippte sich mit dem Zeigefinger an die Stirn, wenn sein Blick ihren Augen folgte, die auf der Straße an den Kindern anderer Frauen hängen blieben und den Schritten der Kleinen folgten wie einer vorbeifahrenden verdunkelten Limousine. »Nein, nein«, sie schüttelte beschwichtigend mit dem Kopf. »Ich hab dich lieber für mich allein. Wir sind doch auch zu zweit glücklich«, sagte er. »Und was Kinder kosten ...«, fügte er hinzu.

Sie hatte doch immer Kinder haben wollen. Oder etwa nicht? Vielleicht war es besser so, dachte sie. Mit HPV, ihrem Immunsystem und all ihren Wehwehchen würde eine Schwangerschaft ohnehin bloß Komplikationen mit sich bringen. Und wie sollte sie für ein Kind sorgen? So besuchte sie ihre Freundinnen, die Kinder bekommen hatten, und setzte sich die kleinen Wesen auf den Schoß. Sie versendete Fotos von den Babys der anderen, vom Leben der anderen. Manchmal wusste sie nicht, ob sie lieber mit ihren Single-Freundinnen oder mit den Muttis tauschen wollte.

Man kann nicht alles haben!, sagte sie sich, aber sie hatte eigentlich immer Babys gewollt. Heiraten fand Albrecht inzwischen altmodisch, und auch sie bestand nicht darauf. Er ging gern wandern und reiste in den Schwarzwald, sie liebte Frankreich, das er für überteuert hielt, und die Franzosen, ach, die waren ja so arrogant! Dann lieber Kroatien.

Aber er war voller Leidenschaft, wenn er am Klavier saß und mit einer demütigen Versunkenheit die Tasten streichelte, um ihnen etwas zu entlocken. Manchmal schrieb er auch für sie Lieder, aber sie setzte sich kaum noch ans Klavier.

Sie trug jetzt eine Brille, der Augenarzt hatte ihr von Kontaktlinsen abgeraten: »Bei Ihren empfindlichen Augen, bei Ihrer Vorbelastung.« Und weil sie immer schlechter sehen konnte, vor allem das, was nah war, weil alles vor ihrem Auge verschwamm und zerbröckelte, weil kleine Würmer ihr über das Sichtfeld krochen, Schatten auf der Linse wie Bakterien unter einem Mikroskop, kaufte sie sich eine Brille. Das Gestell gefiel ihr nicht wirklich, sie hatte es stundenlang bei einem Optiker ausgewählt, aber es saß wie ein Fremdkörper auf ihrer Nase, ständig verschmierten die Gläser, sie konnte die Brille nicht ertragen und warf sie mehrmals in einem Anflug von Verzweiflung zu Boden. Sie war nicht kaputt zu kriegen.

Abends verließ sie kaum noch das Haus. Bei dem Gedanken an Partys und Alkohol befiel sie Angst vor dem ungestümen Sprung in den Abgrund. Sie fuhr an den Wochenenden lieber nicht nach Berlin oder Frankfurt, sondern verweilte in der Beschaulichkeit Braunschweigs, rauchfreie, alkoholfreie, betrugsfreie Zone, ein Schutzbereich wie ein Krankenhausgrundstück, konsumloses Konsulat, Gelände der Gefahrlosigkeit. Mit dem Umzug hatte man ihr alles abgenommen – wie an einer Pforte der Justizvollzugsanstalt vor dem Antritt einer Strafe, sie hatte die Waffen und die Drogen abgegeben.

Albrecht schützte sie vor sich selbst, er forderte nichts von ihr, er regte sie nicht auf, er regte sich nicht auf, von seinem harmlosen Zorn über die Parteiprogramme in Deutschland einmal abgesehen, kurz, er war friedlich, und das ergriff sie. Er führte sie nicht in Versuchung.

Nur einmal fuhr sie nach Berlin, sie wollte abends auf eine große Party gehen und saß vorher mit Carlotta, die aus Bielefeld gekommen war, und Clara in einem Restaurant und trank Wein. »Wollen wir bald los?«, fragte Carlotta. »Noch ein Glas! Wir sehen uns so selten«, sagte Theresa. Aber schon die ersten zwei Gläser hatten ihr nicht geschmeckt, sie spürte einen seltsamen Druck auf dem Herzen, wie ein Stechen nach einem Marathon, und der Krampf zog sich bis in den linken Arm. Sie fasste sich mit aufgerissenen Augen an die Brust. »Ist alles gut?«, fragte

Clara. »Ich weiß nicht, ich fühle mich so zittrig«, sagte Theresa und versuchte, ihre Panik zu beherrschen, beruhige dich, reg dich nicht auf, es ist nichts, mit 29 hat man keinen Herzinfarkt und auch keinen Schlaganfall, obwohl sie mal irgendwo gelesen hatte, dass auch junge Leute ab und zu an so was sterben. »Liebes, wenn dir nicht gut ist, müssen wir auch nicht auf diese Party gehen«, sagte Clara. »Ich will aber!« Ja, sie wollte wollen, aber es wurde immer schlimmer, sie befürchtete, die Freundinnen, die sie so selten sah, könnten denken, sie simuliere, sie sei lahm geworden, sie sei verrückt und alt, aber es ging nicht, sie mochte weder rauchen noch trinken, es überfiel sie eine schwindelerregende Angst. Das Herzblubbern.

»Ich muss an die Luft.« Kurzatmig stand sie dann vor dem Restaurant, die Raucher plauderten heiter neben ihr, aber sie nahm kaum etwas wahr, am liebsten hätte sie die Raucher angeschrien: »Weg mit euch, fort!« Es war das Entsetzen ihres Körpers, der sich mit aller Macht gegen sie und ihren Rückfall stemmte. Clara und Carlotta standen neben ihr und redeten beruhigend auf sie ein. »Hast du was genommen?«, fragte Clara vorsichtig. »Nein, nein, gar nichts. Ich schwöre, ich habe nichts. Es ist mir einfach nicht wohl.« »Komm, wir gehen nach Hause und trinken in der Küche gemütlich einen Tee«, sagte Clara. Theresa beruhigte sich erst, als sie in einem riesigen Sweatshirt von Clara in deren Küche saß und vor der Welt da draußen sicher war, nun konnte ihr nichts mehr passieren, hier herrschte Schlafanzugstimmung. »Du hast immer noch lilafarbene Lippen«, sagte Clara. »Vermutlich der Kreislauf.« Carlotta schien zu glauben, dass es sich um eine psychische Krankheit handelte. »Du wirkst so verändert, wie jemand, der konvertiert ist.« »Vielleicht brauche ich irgendeine Religion!« Theresa versuchte, ein wenig Komik in die Situation zu bringen, »ich habe meine eigene Resi-gion.« Sie musste aufs Klo und hockte da über der Schüssel, nicht wissend, ob sie das Gesicht zum Speien darüberhalten oder sich draufsetzen sollte. Wenn ich jetzt sterbe, werde ich so gefunden, wie unwürdig. Sie hatte mal von einem Mann gelesen, der beim Onanieren in eine Steckdose an einem Stromschlag verendet war. Sein Sohn hatte ihn gefunden. Ein anderer war an den Gasen seiner eigenen Blähungen erstickt. Irgendwo hatte sie auch gehört, man scheiße sich in die Hose, wenn man stirbt, weil sich jegliche Muskulatur löse. Es kam nichts, sie hing mit dem Gesicht über der Kloschüssel und wartete und würgte und schob sich den Finger an den Gaumen, aber da war nichts, weder oben noch unten. Ich werde alt, dachte sie, oder wahnsinnig.

Aber sie wollte nicht schwachsinnig werden. Manchmal wäre sie gern berühmt geworden. Damit niemand ihr mehr etwas anhaben könnte. Sie glaubte, durch eine gewisse Form des Ruhmes und des Erfolges wäre sie unantastbar. Die Liebe käme dann von ganz allein. Niemand verließ eine Sängerin, niemand nahm es Liz Taylor übel, dass sie achtmal verheiratet war. Keiner würde bei Madonna das Telefon abschalten, die Badewanne überlaufen lassen, nach Mumbai fliehen. Aber sie war keine Operndiva, keine Pianistin, nicht einmal ein Bandmitglied – sie hatte sich gegen die Bühne entschieden, für eine Laufbahn der Feigen und Angepassten. Damals, als sie mit dem Studieren angefangen hatte, war sie sich des Ausmaßes dieses Entschlusses überhaupt nicht bewusst gewesen, sie hatte sich entschieden, so wie man morgens über seine Kleidung entscheidet, mit einer gewissen Eitelkeit, aber ziemlich gleichgültig. Theaterwissenschaften und Italienisch waren in Ordnung, dagegen gab es nichts einzuwenden, keine entsetzten Blicke, keine Rechtfertigung, aber es gab auch keine Jubelschreie, niemand staunte, so wie man über einen Regisseur oder Astronauten staunt. Sie hatte nichts auf dem Papier, um zu beweisen, dass sie mehr als nur ein Mitläufer war, mehr als ein uninspiriertes Mädchen, keine Stromliniengestalt. Aber das Allumfassende, der künstlerische, wissenschaftliche und wirtschaftliche Rundumschlag erschien ihr unerreichbar, die Universalgelehrten waren lange ausgestorben, und für sie gab es in den Geschichtsbüchern keinen Eintrag, sie war kein Wunderkind, kein Genie, nur ein Mädchen ohne Google-Treffer, niemand würde merken, wenn sie weg wäre. »Wenn ich nicht arbeiten müsste, um Geld zu verdienen, hätte ich es gleich an einer Schauspielschule versucht. Oder ich hätte mich getraut, Sängerin zu werden. Aber ich wollte den sicheren Weg gehen.«

Man kann nicht für sein Gehirn respektiert werden und gleichzeitig im Minirock singend auf einer Bühne hampeln, es gab keine gleichzeitige Einladung zur Oscarverleihung und zum Nobelpreis. Sie war zu alt für eine Umschulung. Auf der Suche nach der verlorenen Zeit.

Auch ihre Freundinnen haderten mit den Entscheidungen ihrer Jugend, der ahnungslosen Abiturzeit, in der man so mir nichts, dir nichts ein Kreuz bei irgendeinem Studiengang setzt, ein Kreuz wie bei einer Umfrage: »Wie zufrieden sind Sie mit Ihrem Stromanbieter?«

So fingen die Freunde nun plötzlich 30-jährig mit einem Zweitstudium an, einer Ausbildung, einem Masterprogramm im Ausland, kündigten ihre Jobs in PR-Agenturen oder bei Lebensmittelkonzernen, mal fehlte das Geld, mal die Perspektive, und immer, ausnahmslos, fehlte es an dem Willen, erwachsen zu werden. Man wollte noch studieren, lieber noch Entscheidungen revidieren, umkrempeln, herumprobieren, Praktikum, Rückwärtsgang, Aufbaustudium, Bachelor, Trainee, MBA – festlegen hieße ja ausschließen, für immer. Nein nein, der Dirigent, der Pilot, der Tierfilmer, der Präsident, alles sollte noch möglich bleiben, am liebsten bis zum Ende aller Tage. Es fiel den Menschen ja schon schwer, sich morgens auf ein Restaurant für mittags zu einigen, man hatte ja Handys: »Komme später, komme nach, heute doch nicht, lieber morgen, am Wochenende vielleicht, lass uns noch mal sprechen, telefonieren, e-mailen, smsen, eine Umfrage machen, Rundmails versenden, Restaurantführer lesen, im Internet nach Bewertungen schauen, abwarten.« Alles blieb offen und spannend bis zur letzten Minute, bis in die letzten Winkel ihrer

Seelen, die aus kümmerlichen Einzelteilen bestanden. Sie trugen die Narben der Freiheit.

Der Ehrgeiz, das Vermögen der Eltern zu mehren, wich irgendwann dem bescheideneren Willen, wenigstens den Standard von zu Hause zu halten, das Aufgebaute nicht zu verprassen, doch wo sollte das Geld herkommen, wenn man mit 32 immer noch studierte oder halbtags arbeitete und nebenbei Fotoseminare besuchte, um sich den Kindheitstraum zu erfüllen. Im Berufsleben – ebenso wie im Liebesleben – nahm man die zweite Wahl billigend in Kauf, bloß ein Schulterzucken noch. Sie alle machten aus ihren Vorsätzen Konfetti und versprühten es auf ihren 30. Geburtstagen in Fontänen, mit Konfettikanonen von der Decke.

Eine Freundin hatte sich als Politikjournalistin beim ZDF beworben, inzwischen filmte sie als Kamerafrau den Korrespondenten vom MDR in Halle, ein anderer Freund wollte Karriere als Anwalt für Umweltrecht machen und war bei einer Jagdzeitschrift gelandet, für die er Patronen, Jagdmesser oder Lockpfeifen und Lockflöten testete und bewertete, ein Dritter träumte davon, Filmproduzent zu werden, hatte in München an einer der besten Filmhochschulen einen guten Abschluss gemacht, einen hochgelobten Kurzfilm gedreht und arbeitete mittlerweile in einem Druckereibetrieb. Clara hatte Psychologie studiert und brachte nun als Mentaltrainerin unbeholfenen Mitarbeitern von Unternehmen in Schulungen und Seminaren bei, richtig miteinander zu kommunizieren, indem sie Rollenspiele veranstaltete. Sie war eine buchbare Animateurin mit abgeschlossenem Studium. Unsicherheiten, die mit 22 noch entzückend waren, wirkten mit 30 wie verzweifelte Versuche, das Leben doch noch mit dem Brecheisen zu verbiegen.

Die Überheblichkeit der Jugend wich dem Gesetz der Zeit. Es sah inzwischen albern aus, wenn man tagsüber im Café saß, wenn man auf der Straße wild herumknutschte oder betrunken aus einem Club purzelte.

»Das Glück liegt im Normalen«, hatte ihre Mutter gesagt, aber Theresa hatte das bisher stets bezweifelt.

Sie lebte in einer Wohlstandshölle. Ihre Kollegen vom Online-Portal für Events in Niedersachsen waren nette Menschen, sie ging manchmal mit ihnen vor die Tür und rauchte frierend auf der Straße, schon der Atem allein schien zu rauchen, während Mütter Kinderwagen an ihnen vorbeischoben. Sie warf einen Blick auf die Kleinen. Da war es, das andere Leben. Mehr als ein paar Zigaretten teilte sie nicht mit ihren Kollegen, die über Fußball sprachen oder über Krimis, die sie nicht las, weil sie sich gruselte. Manchmal ging es bei den Raucherpausen auch um Reiseziele oder um eine neue Küche für das Zuhause, die besten Waschmaschinenhersteller, ein Fahrrad für das Kind zum Geburtstag oder den günstigsten Chinesen der Stadt. Die Arbeit hatte viel mit Zahlen zu tun, sie sortierte Rechnungen und füllte Akten.

»Ich wollte mal Regisseurin werden, als ich klein war«, erzählte sie einem Kollegen. »Hey, wir haben doch viele Künstler im Programm!«, sagte der aufmunternd. Aber sie war bloß die, die Karten verkaufte und Bestellungen bearbeitete. »Und wir bekommen dann 50 Prozent Rabatt auf alle Vorstellungen«, sagte der Kollege. Ihr Schreibtisch klebte voller Post-its, Listen mit Theaterstücken, die sie sehen wollte, abzuarbeitende Aufgaben, eine Kollegin brachte jeden Freitag selbst gebackene Kekse mit, eine andere hatte ihr eine Pflanze für ihren Schreibtisch geschenkt. Sie saß mit einer Teekanne in dem Großraumbüro und schaute auf ihren Monitor. Meist fuhr sie mit dem Fahrrad nach Hause, nur manchmal, wenn sie nachdenken wollte, lief sie zu Fuß durch die Dunkelheit, nahm einen Umweg, drehte noch eine Runde um den Block und weinte, weinte, weil sie schon wieder fremdgehen wollte. »Warum kann ich nicht treu sein?«, fragte sie sich, »warum suche ich selbst bei der Arbeit den mittelmäßigsten Kollegen mit eckigen Schuhen und eckigen Manschettenknöpfen, mit einer Aktentasche aus Synthetikleder und strähnigen Haaren und versuche, ihm schöne Augen zu machen, was bin ich nur für ein Mensch geworden, oder war ich schon immer so? So wollte ich doch nie sein.«

Es war ihr 30. Geburtstag, und sie war nach Hamburg gefahren, um dort ein Fest zu feiern. Alle waren gekommen, die Mädchen, die als Frauen herumliefen, mit Kindern unter dem Arm, die Jungen, die wie Männer über den Job, Arbeiten in Australien, in Shanghai oder Mexico City sprachen, mit einer Hand stets am Blackberry, die frisch Vermählten mit hübschen Hochzeitsfotos auf den iPhones, die Singles mit aufwendig gestylten Haaren und einem Aperol Spritz zwischen den drahtigen Fingern – und sie, in einem blauen Sommerkleid und kleinen Handschuhen aus Spitze. Die Gefährten ihrer Kindheit spazierten noch einmal vor ihr auf und ab wie über eine Bühne, um sich zu verneigen, jeder einzeln, in seiner Rolle. Ihre Freundin Sophie hängte sich betrunken an ihren Arm. »Ist hier nicht irgendwer, mit dem ich knutschen kann?« »Ich weiß nicht«, sagte Theresa. »Ich will doch bloß knutschen!« »Vielleicht der Julian da hinten?« Theresa zeigte auf einen Freund ihres Bruders. »Aber was hat der denn für Schuhe an?« Sophie baumelte an Theresas Arm wie an einer Stripteasestange. »Egal. Die Schuhe blende ich aus. Süß ist er schon. Ich geh mal rüber.«

Theresa blieb stehen, Albrecht kam vorbei und gab ihr einen Kuss. Sie hatte gar keinen Spaß mehr, schon seit Wochen nicht. Ihr Freund Christian, der vor zwei Jahren seine Jugendliebe verlassen hatte, nahm einen großen Schluck von seinem Wodka und sagte zu Theresa: »Das Problem in unserm Alter ist, dass man anfängt, sich zu fragen, ob man seltsam ist, wenn man allein ist.« »Aber das ist Unsinn. Ich hatte eine Freundin in Frankfurt, die für vier Wochen in Argentinien war im Sommer und dort einen Mann kennengelernt hat. Dieser Kerl kann sie nicht besuchen, weil er kein Geld hat, aber sie sagen, dass sie zusammen sind, nur damit sie nicht erzählen muss, dass sie allein ist. Und jetzt wartet sie so lange, bis sie jemand Neuen kennenlernt, und harrt mit diesem Alibi-Freund an ihrer Seite aus, mit dem sie jeden Abend zwanzig Minuten über Skype chattet. Sie sagt selbst, dass sie nicht verliebt ist. Aber es sei leichter so, vor allem, um andere Männer kennenzulernen.« »Vielleicht sollte ich mir auch eine Freundin in der Südsee suchen«, sagte Christian.

Sarah stellte sich zu ihnen und biss in eine Tomate. »Ich muss bis zur Hochzeit noch sechs Kilo abnehmen. No carbs.« »Du bist aber konsequent«, sagte Theresa. Sie langweilte sich, sie wollte heraus aus dem Gespräch, aber überall standen Problemzonen herum, ob mit oder ohne Kohlenhydrate gab es Missverständnisse und Fallgruben. »Ich geh mal was zu trinken holen«, log sie und schüttete ihr halb volles Glas in den Rasen. Sie verschanzte sich im Klo, setzte sich auf den zugeklappten Deckel, stützte den Kopf in die Hände und wartete, dass die Zeit verstrich. Als sie nach einer Weile die Tür wieder aufsperrte, kam Sophie ihr entgegengestürmt. »Dieser Julian will mich nicht küssen«, lallte sie. »Ich hab ihm den Mund hingehalten, und er hat nichts gemacht. Gar nichts!« »Vielleicht hat er es nicht begriffen.« »Das war so eindeutig, Theresa. Ich stand eigentlich beinahe nackt vor ihm. Und der hat einfach nichts gemacht!« »Vielleicht hängt er noch an seiner Exfreundin.« »Ach, ich wollte doch nur knutschen.« »Sag ihm etwas Unanständiges.« Aber Julian war bereits gegangen.

Kurz darauf hatte Sophie in Tränen aufgelöst bei Julian angerufen, nachdem sie von Theresa seine Telefonnummer bekommen hatte. »Der Taxifahrer hat mir eine runtergehauen. Ich stehe hier irgendwo am Park. Kannst du mich holen?« Sie winselte, er raffte sich vom Sofa eines Freundes auf, zu dem er noch gegangen war, um gemütlich eine zu rauchen und den Abend ausklingen zu lassen. »Was ist denn passiert?«, fragte Julian, als er Sophie auf einer Treppe vor einem Haus fand, schwarze Fäden von zerlaufener Wimperntusche waren auf ihren Wangen angetrocknet. »Der Taxifahrer hat mich geschlagen, und ich bin sofort rausgesprungen«, sagte sie mit Babystimme. »Und warum hat er dich geschlagen?«, fragte Julian. Aber dafür reichte ihre Phantasie offensichtlich nicht aus. »Es war soo schrecklich Julian!«, sagte sie und warf ihr Gesicht an seine Brust. Sie standen vor ihrem Haus. »Willst du nicht noch mit hochkommen?«, fragte sie bedürftig. »Ich glaube, das ist keine so gute Idee, Sophie.« »Dann lass uns noch eine hier unten rauchen. Bitte bleib noch hier.«

Sophie hatte Theresa danach angerufen und ihr alles berichtet, als die schon dabei war, die ersten Aschenbecher zu leeren und Gläser in die Küche zu tragen. »Das tut mir so leid, Sophie. Vielleicht wollte er die Situation nicht ausnutzen.« »Meinst du?«, fragte Sophie getröstet. »Danke für den schönen Abend. Gute Nacht.« Theresa legte auf, vereinzelte Menschen saßen noch im schwächelnden Kerzenlicht, die ersten Stumpen waren abgebrannt.

Der Abend neigte sich dem Ende. Leopold war nicht gekommen und Moritz sowieso nicht. Benjamin hatte kurzfristig abgesagt, weil er wieder einmal krank geworden war. Albrecht saß mit ein paar Jungs in der Ecke und trank Schnäpse, er war der Älteste von ihnen und bemühte sich, jugendlich zu wirken.

»War doch ein schöner Abend«, flüsterte er ihr ins Ohr, als sie die Fleischreste in die Mülltonne schabten und die Mülltüten zuzogen. »Findest du?« »Ja, sehr sogar.« Er stellte die schweren Tüten vor die Tür. Vielleicht hatte er recht.

Leopold arbeitete inzwischen als Taxifahrer in Frankfurt, er lebte in einer kleinen Dachgeschosswohnung in Bockenheim, die Wände waren schräg wie er, sein Atem roch nach kaltem Rauch, er aß nur nachts, wenn er zu betrunken war, um mit den Wurstscheiben seinen Mund zu treffen, und am Morgen lag das Fleisch auf den Küchenfliesen und auf dem Tisch, schlug Wellen und rollte sich zusammen, er hatte fast alle Schulden bei seinen

Freunden abbezahlt, Freunde, die ihn nur noch selten anriefen, die meisten von ihnen hatten mittlerweile eine Familie gegründet, und zwischen Windeln und Möhrenbrei blieb keine Zeit für freundschaftliche Fürsorge, sie überkam ein schlechtes Gewissen, wenn Leopold ihnen wieder einfiel, die Treffen mit ihm waren Ballast und wurden aufgeschoben. Auch den Kontakt zu seiner Familie hatte Leopold abgebrochen, als sie ihm vor einiger Zeit Geld und Liebe entzogen und ihn vor die Tür gesetzt hatten. Zwischenzeitlich war er wieder bei den Eltern eingezogen, weil die sich geweigert hatten, seine Wohnung weiterhin zu zahlen, und weil sie sich Kontrolle und Betreuung erhofften. Sie füllten den Kühlschrank, aber er füllte sich ab mit ihrem Wein und ihren Medikamenten, er war kein Kind mehr, das man mit einem Pfannkuchen beruhigen, das man mit einem erhöhten Taschengeld auf die richtige Bahn lenken kann, er war unlenkbar geworden, ein Geisterfahrer in seinem eigenen Körper. Sein Vater hatte ihm noch ein Praktikum bei irgendeinem Unternehmen in der Buchhaltung verschafft, aber Leopold war dort nach zehn Tagen wieder gefeuert worden, nachdem er aus einer Kneipe direkt ins Büro gefahren war und vollkommen abgefüllt seinen Chef mit der Faust ins Gesicht geschlagen hatte: »Ich hasse Zahlen. Ich hasse diese ganze Zahlengesellschaft. Ich koche! Ich koche vor Wut. Ich koche euch alle in meinem Kopftopf!«

Der Chef sah freundlicherweise von einer Strafanzeige ab, aber Leopold war »für die Firma nicht mehr tragbar«. Seine Eltern waren vor Hilflosigkeit vollkommen heiter, sie lachten bei jeder Fernsehsendung, beim Abendessen mit ihrem Sohn, es wurde gescherzt und weitergelebt, als ob nichts wäre, der Vater trank Wein, wenigstens haben wir uns, Prost, Prost, aber der gute Name, die gute Gesellschaft, das alles sollte nicht verschwinden, so etwas passiert doch nur Asozialen. Leopold duschte inzwischen mit seinem Geschirr, das er in die Badewanne stellte und das sich im Shampoo-Wasser stapelte, weil er es nie abwusch. Leopolds Mutter ging in die Kirche, um zu beten, sie sah keinen

Ausweg mehr, doch niemand konnte helfen. Bei Abendessen und Feiern konnte sie nicht von ihm erzählen, mit ihren Freundinnen aus dem Bibelkreis konnte sie erst recht nicht über ihn sprechen, also schwieg sie und verlor sich in Canapés und Rotwein, aber sie ahnte es, sie ahnte es und lachte: Ihr einziger Sohn war verloren.

Leopold hatte inzwischen die hagere Gestalt eines abgenagten Hundeknochens angenommen, und seine Haare waren farblos ebenso wie seine Haut, die einen Graustich hatte, als habe man sie durch Asche geschleift. Er lag herum wie die leere Schale einer gefressenen Clementine. Er hatte Schulden bei seinem Kiosk und konnte sich die Betäubungsmittel nicht mehr leisten, so zerkleinerte er die Pillen seiner Mutter und saugte sie mit der Nase oder rauchte sie in knisternden Tüten. Er war durch das Netz der Gesellschaft gefallen, so wenig war er, keine Masche, kein Sieb konnte ihn mehr halten. Heute wurden gewisse Biografien nicht mehr als vertretbar anerkannt. Er unternahm allein nächtliche Touren und stellte sich auf Barhocker oder Tresen, auf denen er wahnwitzige Botschaften über das Militär oder über Untergrundorganisationen verkündete. Einmal stürzte er bei dem Satz »Nur der Krieger besiegt die Feiglinge!« vom Tresen und fiel so ungünstig, dass er sich die Nase brach, seine gerade römische Nase, die von nun an einen Buckel hatte.

Seine Eltern richteten ihm sein altes Kinderzimmer her und brachten ihn zum Arzt. Mami füllte den Fragebogen aus und gab die Chipkarte der Krankenkasse ab. Aber der Erwachsene darf nicht zurück in die Kindheit. Der Arzt verordnete ihm einen Entzug, eine Therapie auf Rügen. Von dort aus rief er Theresa an. »Wie geht's dir?«, fragte sie zärtlich. »Ich bin der DAX. Mir geht's nicht gut.« »Du wirst dich erholen«, antwortete sie. »Ich will zu dir«, sagte er. »Werd wieder gesund«, sagte sie, »wenn du wieder da bist, sehen wir uns.« Sie legte auf. Er war nicht mehr der Mensch, mit dem sie mal ein Bett geteilt, den sie geküsst und ausgezogen hatte. Ja, sie waren vertraut miteinander, und sie sorgte sich um ihn, aber bei dem Gedanken an Sex mit ihm musste sie sich schütteln, als habe sie zuckende Schnecken gegessen.

Für sie war die Nachricht, dass er in einer Klinik war, geradezu befreiend, es beruhigte sie, dass er in guten Händen war, dass man auf ihn aufpasste, weit weg von allen. Aber schon nach wenigen Wochen entließ man ihn wieder, weil, wie Theresa später herausfand, die Krankenkasse sich weigerte, weiterhin für seinen stationären Aufenthalt aufzukommen. Er musste arbeiten, um Mitglied in der Versicherung zu bleiben, und so machte er mit Müh und Not seinen Taxischein, und seine Mutter mietete ihm ein kleines Zimmer. Dort verbrachte er die Tage vorm Computer und spielte Kriegsspiele und Autorennen und Fußball, regungslos im blauen Bildschirmflimmern mit grölenden Fans auf dem Monitor, auf Computertribünen, Geräuschkulissen der Trostlosigkeit, schießende Pfeile, rotierende Feuerbälle, wundgedrückte Daumen. Nachts fuhr er betrunkene, flegelhafte Halbwüchsige durch die Stadt oder wartete qualmend am Hauptbahnhof auf Kundschaft, seine Fingernägel verrieten, dass er ein starker Raucher war, und seine Zähne auch. Er hob die Stummel liegen gelassener Kippen von der Straße auf und zog daran, bis der Filter kokelte, und er klaute Klopapier aus öffentlichen Toiletten, um es mit nach Hause zu nehmen und Geld zu sparen. Er aß die Reste aus Tuben, presste den letzten Senf oder Meerrettich heraus und saugte daran oder lutschte die Ketchupflasche aus, ohne Beilage. Er drehte die dreckige Matratze um, weil er kein Laken benutzte, und auch seine Bettdecke war nie bezogen. Die Handtücher lagen feucht und modrig auf dem Boden, und er trocknete sich mit seinen T-Shirts und Pullovern ab, wenn er überhaupt noch duschte. Er war immer noch ein anständiger Junge, der seine Verwahrlosung mit einem Achselzucken hinnahm wie eine Bundestagswahl. Er war so einsam, dass er Theresa oft betrunken anrief, nur um ihr zu erzählen, dass seine Schnürsenkel ungleich lang wären, der linke wäre zu lang, der rechte zu kurz, und er hätte niemandem, mit dem er sich über so etwas aufregen könnte. Wer produzierte denn solche Schnürsenkel? Wenn er Schnürsenkel herstellen würde, wären die aber genau gleich lang! Genau! Er roch wie ein herrenloser Hund und lief nachts alleine ziellos herum, manchmal schlief er auf Bänken oder in Hauseingängen, er prügelte sich mit anderen Betrunkenen, von denen er Zigaretten schnorrte. Er trank auch während der Arbeit und verlor seinen Führerschein, als er einem Polizisten den Mittelfinger zeigte. Und obwohl er seinen Eltern versprach, nicht mehr zu trinken, brachte man ihn schon nach wenigen Tagen wieder in eine Ausnüchterungszelle wegen Erregung öffentlichen Ärgernisses. Er hatte im Zustand rüpelhafter Trunkenheit auf dem Opernplatz randaliert, war auf die steinerne Fontäne des Springbrunnens geklettert und hatte von dort aus hinuntergepinkelt.

Auch zu Benjamin hatte sie hin und wieder Kontakt, er lebte noch in Berlin und arbeitete erfolgreich, aber missmutig für einen großen Dekorateur, der Küchen und Badezimmer entwarf, aber keine Häuser. Seine Junggesellenwohnung war voller Bücher und Weinflaschen, aber der Kühlschrank war leer, und das Bett war immer ungemacht, er war nun 36 Jahre alt, und abends briet er sich Nudeln in Öl, die er mit Fertigsaucen oder Tomatenmark würzte. Zwischendurch hatte er ein neues Mädchen kennengelernt. Sie war eine hübsche, gescheite Journalistin, die sich auf Anhieb für ihn interessierte, aber nachdem sie ein Paar geworden waren, hatte er wie früher stets das Handy ausgeschaltet. Er rief nicht zurück und meldete sich nur nach Lust und Laune. Einmal war sie auf der Autobahn in ein schweres Gewitter geraten und mit dem Auto am Fahrbahnrand liegen geblieben. Sie hatte ihn angerufen, um ihn zu bitten, sie abzuholen oder ihr zu helfen, aber sie hatte ihn wie so oft nicht erreicht und sich daraufhin kurzerhand von ihm getrennt. »So kann man nicht zusammen sein!«, hatte sie gesagt. Er war seitdem allein und wirkte immer ein wenig geknickt, wenn er den anderen dabei zusah, wie sie zusammenlebten. Sein markantes Gesicht war inzwischen mit Furchen durchwachsen. Er hatte sich verändert, wie sich eine Landschaft mit den Jahreszeiten verändert. Um die Augen lagen Krähenfüße, wie das Delta eines Flusses, ein Riss in zerplatzter Tonerde, gespreizte Druckstellen auf Keramik, vertrocknete Ströme auf der Stirn. Aber er hatte seine Männlichkeit nicht verloren und verführte noch immer genügend Mädchen, die gerade das Abitur bestanden oder den Führerschein gemacht hatten, Erstsemesterinnen Anfang 20, die er nicht ernst nahm. Sonntags war er immer allein und gottverlassen.

Auch Moritz sah sie wieder, aber erst ein Jahr später, auf einer Hochzeit. Sie hatte bereits von Freunden gehört, dass er aus Mumbai zurückgekehrt war und nun in Hamburg arbeitete, nur 190 Kilometer von ihr entfernt. Der Gedanke beruhigte sie. Als sie ihn in der Kirche entdeckte, erhaben und ehrfürchtig neben seinen Freunden sitzend, im eleganten hellgrauen Cut mit kurz geschorenen Haaren, hatte sie für einen Moment das Gefühl, er würde zu ihr hinaufsehen. Er schien jemanden zu suchen und drehte den Kopf, schaute für eine kurze Sekunde exakt in ihre Richtung und suchte weiter. Sie saß oben und er unten, sie ließ ihn nicht aus den Augen, beobachtete, wie er sich fromm erhob, als die Braut die Kirche betrat, wie er mitsang und mitbetete. Sein Anblick brannte in ihren Augen wie eine Zwiebel beim Häuten.

Der Gottesdienst hielt sie gefangen, bändigte ihre Gedanken mit milden Gesängen, und sie wartete ergeben auf die Trauung und den Auszug aus den heiligen Hallen.

Jesus bleibet meine Freude, Meines Herzens Trost und Saft,
Jesus wehret allem Leide, Er ist meines Lebens Kraft,
Meiner Augen Lust und Sonne, Meiner Seele Schatz und Wonne;
Darum lass ich Jesum nicht Aus dem Herzen und Gesicht.

Sie wünschte sich einen Glauben, aber es war keiner da.

Die Desillusionierung ist irreversibel. Weihnachtsmann, Osterhase, Traumjob, ewiges Leben – alles futsch!

Sie konnte es kaum erwarten, ihn auf dem Empfang zu begrüßen, aber vorher kippte sie geschwind ein Glas Sekt, das ihr von einem Tablett gereicht wurde. Sie war ohne Albrecht auf die Hochzeit gefahren, da er in den Endproben für eine Aufführung seiner Schüler an der Musikhochschule steckte und sich aus Hochzeiten und Festen nichts machte.

Sie sah Moritz von hinten und schlang mit größtmöglicher Herzlichkeit die Arme um ihn zur Begrüßung, nur um ihn noch einmal zu halten. »Ich freue mich so, dich zu sehen!« Sie wollte so liebevoll wie möglich mit ihm sein. »Hallo Theresa«, sagte er. »Deine Haare sind kurz«, sagte sie. Er hatte zugenommen, sein Gesicht wirkte aufgeschwemmt, das Kinn hatte an Konturen verloren, und von seiner ehemals geschmeidigen Mähne waren stachlige Raspeln übrig geblieben, er glich einem bleichen Soldaten bei der Bundeswehr unter Schlafentzug und Tiefkühlpizzakost, gemähte blühende Wiese, ausgerupft und gepflückt. Trotzdem berührte sein Anblick sie bis auf die Lungen.

»Oh, würdest du mal, bitte …« Sie hielt ihm ihr Handgelenk hin und bat ihn, ihr Armband zu schließen, dessen Verschluss aufgesprungen war. Seine Finger fuhren über ihre Pulsadern. Sie spürte seine Fingerkuppen, jede einzelne Rille in den Spitzen, eine federleichte Berührung, die ihm nichts anzuhaben schien, während sie sich kaum auf den Beinen halten konnte.

»Du bist zurück?«

»Ja, Gott sei Dank.« Theresa bemühte sich, schön zu sein. Sie war so mit ihrem Aussehen beschäftigt, dass es ihr schwerfiel, ihm zuzuhören. Während er sprach, spitzte und formte sie ihren prallen Mund und riss die Augen weit auf. Wie sehe ich aus, dachte sie, wie findet er mich, dachte sie weiter und zog ihren Hals straff, und warum, dachte sie, ist es mir so wichtig, was er von mir hält.

Er kannte mich zu einer Zeit, als ich am besten war, auf dem Höhepunkt.

»Mumbai war irgendwann zu viel«, fuhr er fort. »Ich hab dort nur gearbeitet. Und jetzt bin ich wieder hier. Mein Chef hat mich nach Hamburg geschickt.«

»Er wohnt in meiner Heimat«, dachte sie, »er ist wieder bei mir. Vielleicht sollte ich eine Zigarette rauchen, vielleicht sieht das gut aus, vielleicht erinnert er sich an uns, an mich, als er mich schön fand.«

»Neulich waren wir mit den Kollegen einen trinken, und mein Chef meinte, ich könnte vielleicht für die Firma nach Moskau gehen.« Er sprach, wie so oft, nur von sich, von seinen Geschäften.

»Und?« Sie reckte den Hals.

»Ich weiß es noch nicht.« Er redete ununterbrochen von seinem Chef, von seinen Perspektiven und irgendwelchen Angeboten von Firmen mit Abkürzungen, QWB, IGF, HPP, ABC, die Katze lief im Schnee. »Die würden mir für Moskau eine Wohnung stellen und einen Dienstwagen mit Fahrer.«

»Toll«, sagte sie so bewundernd wie möglich.

Sein Kinn stülpte sich über seinen Hals. Er sah aus wie jemand, der nicht geliebt wird. Und sie sah aus, wie eine, die geliebt werden wollte.

»Aber dann bist du ja schon wieder fort.«

»Ich weiß, Theresa.« Sie liebte es, wenn er ihren Namen sagte. »Aber ich hänge nicht so an der Heimat wie du.«

Immer wollte er weg, schon wieder wollte er weg von hier, und sie fragte sich, warum sie nicht Grund genug war, hier zu bleiben. Sie nahm es persönlich, aber sie lächelte, weil lächeln ihr besser stand.

»Ich bin ja jetzt schon total raus hier. Meine Freunde heiraten. Und ich habe zwei Jahre kaum jemanden zu Gesicht gekriegt, geschweige denn ein Mädchen. Ich habe nur gearbeitet.«

»Gibt es eine Frau in deinem Leben?«, fragte sie.

»Ja«, sagte er.

Sie wollte so beiläufig und unbeeindruckt schauen wie möglich. Jetzt war es Zeit, sich eine Zigarette anzuzünden. Er liebte jemanden, aber sie war es nicht.

»Meine Mutter«, sagte er. Ihre Gesichtszüge lösten sich.

»Was wäre wohl gewesen, wenn du nicht gegangen wärst?«, fragte sie.

»Dann würden wir wahrscheinlich hier jetzt nicht so stehen.«

Sie versuchte, zu erkennen, ob der Gedanke ihn melancholisch stimmte, ob die Hypothese, die Alternative, das Vertane ihm Reue einjagte, aber sie sah keine Regung.

»Und wenn du hiergeblieben wärst, wenn Leopold nicht gewesen wäre?«, bohrte sie weiter. »Wenn.« Sein Wenn war endgültig, keine Bedingung oder Kondition, sein Wenn war ungeschehen, und sie würde nie erfahren, was passiert wäre, denn er haderte nicht mit Dingen, die er nicht ändern konnte, er haderte nicht mit der Vergangenheit. »In Wahrheit konnte er mit mir vermutlich wenig anfangen«, dachte sie. »Er weiß ja mit sich selbst kaum etwas anzufangen«, dachte sie weiter.

»Für mich war es so hart, dass du gegangen bist«, sagte sie, und sie wollte zerbrechlich wirken, ohne sich zu erniedrigen.

»Ich weiß, Theresa, für mich war es noch beschissener«, sagte er. Sie setzte zur Gegenrede an, doch bevor sie sprechen konnte, fuhr er schon fort: »Aber ich wusste, ich muss da unten bleiben.«

Als habe er geahnt, dass sie alles infrage stellen würde. Für ihn war sie keine Alternative.

»Wann hast du aufgehört mich zu lieben?«, fragte sie. Sie musste es fragen, sie konnte es nur jetzt tun, sie brauchte einen Abschluss, und diese Frage war wie eine lästige Hausfliege seit über einem Jahr durch ihre Zimmer gesurrt, jetzt könnte sie die Fliege fangen, sie hielt das Glas schon in der Hand, das sie ihr über den Kopf stülpen wollte, da saß sie auf der weißen Tapete, und sie hoffte, sie würde sie nicht zerquetschen. Zack! In dem Moment kam eine Kellnerin mit neuen Getränken. »Dürfte ich Ihnen noch einen Sekt anbieten?«

»Oh ja, sehr gern.« Er reichte ihr ein Glas, und sie tranken. Sie konnte die Frage nicht wiederholen, und er schien sie vergessen zu haben. Die Fliege war entwischt. Manche Dinge bleiben unbeantwortet.

Sie bemitleidete die Menschen ohne Antworten, die, die früher noch nicht wussten, dass die Erde eine Kugel war, die, die keine Ahnung hatten von der Welt, die keine Telefone kannten und keine Autos. Aber auch sie wusste gar nichts, und in fünfhundert Jahren würde man über sie lachen, über sie alle.

»Ich habe nie aufgehört«, sagte er.

Drei Monate später zog Moritz für seinen Chef nach Moskau. Er lebte dort in einem möblierten Apartment und hatte wenig Freunde, nur zwei Kollegen, die ihn ab und zu zum Abendessen bei ihren Familien einluden oder mit ihm zum Fußballspielen gingen. Eines Abends lernte Moritz eine 42-jährige Deutsche kennen, die ihren Mann vor Jahren nach Russland begleitet hatte. Sie hatte bereits ein vierjähriges Kind, lebte aber inzwischen von ihrem Mann getrennt, weil dieser, so erzählte sie Moritz, immer nur gearbeitet habe. Sie habe dann vollkommen mutterseelenallein in dieser fremden Großstadt auf ihren Ehemann gewartet, ohne Russisch zu sprechen, ohne Freunde, mit einem schreienden Baby in einer vor Kälte und vor Nähe geschützten verdunkelten Wohnung. Sie hatte oft nach Deutschland zurückgehen wollen, das Land hier war ihr immer fremd geblieben, aber ihr hatten der Mut und das Geld gefehlt, und sie hatte sich gesagt, das Kind brauche seinen Vater. So war sie in Moskau gestrandet und hatte eines Abends, als der Babysitter das Kind betreute, Moritz in einer Bar angequatscht, nachdem sie bei seiner Wodkabestellung am Tresen seinen deutschen Akzent bemerkt hatte.

Moritz, der zehn Jahre jünger als sie war, kam sofort mit ihr über Deutschland ins Gespräch, sie redeten von Schwarzbrot und von Weihnachten, und sie tranken Shots aus kleinen Gläsern auf die Heimat und auf die Familie. Sie nahm ihn mit zu sich nach Hause, und obwohl ihre Wohnung nach Kind roch und ihr Körper hager und haarig war, schlief er mit ihr. Sie trafen sich von nun an jede Woche. Immer mittwochs, wenn der Babysitter ihren Sohn nahm und sie kinderfrei hatte.

All ihre Aussichten waren in der Brandung der Zeit zerschellt.

Kein Institut in Hongkong, kein italienisches Opernhaus hatte ihr je wieder ein Angebot gemacht, sie arbeitete jetzt in Braunschweig für ein Online-Portal für kulturelle Veranstaltungen und Events und hoffte, irgendwann genug Zeit oder Muße zu haben, ein Theaterstück oder ein Drehbuch zu schreiben, vielleicht ein Lied aufzunehmen, eine Oper zu inszenieren.

Vielleicht, dachte sie, vielleicht bin ich erst dann glücklich.

Jeder Mensch hat ein zweites Leben, das er nicht gelebt hat.

Selbst mit Moritz oder Benjamin hätte sie dieses Leben in Braunschweig, in der Zweieinhalb-Zimmer-Wohnung, in die morgens das Licht nur in die Ecken drang, mit Quark und einem Grauburgunder im Kühlschrank und Knäckebrot zum Frühstück, mit knarzendem Holzfußboden, mit dem Biosupermarkt gleich um die Ecke, nicht leichter ertragen. Nicht einmal mit Moritz! Die Normalität hätte ihn entzaubert, Albrecht statt Moritz, Braunschweig statt Mailand, 20 unvollendete Kurzgeschichten auf ihrem Laptop, sie alle waren Zeugen für das Ungetane, für das, was nicht geschehen war, für das Leben einer anderen, nicht ihres.

Jeder Tag eine harmlose Geschichte, friedlich wie eine abgegraste Weide. Während sie in das Leben biss wie ein Raubtier, leckte Albrecht nur daran wie eine Ziege, oder er lutschte darauf herum wie ein Greis auf einem Drops. Seine Küsse waren so vergänglich wie eine Zigarette. Bloß eine Raucherpause zwischen zwei Flügen, mit frierender Hand vor der Tür.

Eines Morgens wachte sie früh auf, es war erst kurz vor sechs, und sie sah seinen Kopf auf dem hellblauen Kopfkissen. Er atmete ruhig. Und auf einmal, im bleichen Licht des frühen Tages, wusste sie, dass sie angekommen war, so unbemerkt, dass sie es kaum wahrgenommen hatte: in ihrem Leben mit Albrecht.

Dieses, ja dieses, war ihr Leben.

Der Abdruck der Gedichte erfolgt mit freundlicher Genehmigung:

Bertolt Brecht
Die Dreigroschenoper, S. 159. Aus: ders., Gesammelte Werke. Hrsg. in Zusammenarbeit mit Elisabeth Hauptmann. Band 1: Stücke. © Suhrkamp Verlag, Frankfurt am Main 1967
»Terzinen über die Liebe«, S. 193. Aus: ders., Gesammelte Werke. Hrsg. in Zusammenarbeit mit Elisabeth Hauptmann. Band 4: Gedichte. © Suhrkamp Verlag, Frankfurt am Main 1967

Robert Frost
»Acquainted with the night«, S. 283. Aus: The poetry of Robert Frost. The collected poems. Edited by Edward Connery Lathem. © Henry Holt and Company, New York 1969

Robert Gernhardt
»Siebenmal mein Körper«, S. 45. Aus: ders., Gesammelte Gedichte 1954–2006. © S. Fischer Verlag GmbH, Frankfurt am Main 2008

Isolde Kurz
»Über ein Glück, das du flüchtig besessen«, S. 39 / »Nein, nicht vor mir im Staube knien«, S. 367. Aus: ders., Gesammelte Werke. © Georg Müller Verlag, München 1925